HEYNE <

Das Buch

Mitten im Dschungel von Nord-Burma liegt ein wahres Paradies: Tripitaka bietet alles, was ein Tourist sich wünschen kann. Aus diesem Grund will die weltweit operierende Hotelkette Straight Royal hier ihr Vorzeigehaus errichten. Doch in Agent Patrick Hyde wächst der Verdacht, dass ein internationaler Drogenring, dem er auf der Spur ist, in Tripitaka ein gigantisches Projekt abwickeln will. Die Macht des Drogenkartells reicht weit und Patrick wird schnell klar, dass dieser Verdacht ausreicht, um ihn in Lebensgefahr zu bringen - und dass es nicht nur sein Leben ist, das er schützen muss.

Der Autor

Der britische Autor Craig Thomas wurde in Wales geboren. Nach dem Studium der englischen Literatur am University College in Cardiff unterrichtete er einige Jahre an verschiedenen Schulen. Doch schon neben seiner Lehrtätigkeit begann er zu schreiben. Er erfand den Agenten Patrick Hyde, der nun schon in einer Reihe seiner Romane - unter anderem in *Die Krähe* (01/10083) und *Schlangenspiel* (01/9899) - die Hauptrolle spielt.
Craig Thomas lebt mit seiner Ehefrau in Lichfield, einer Kleinstadt in Mittelengland.

CRAIG THOMAS

In der Hitze des Dschungels

Roman

Aus dem Amerikanischen
von Olaf Kraemer

WILHELM HEYNE VERLAG
MÜNCHEN

HEYNE ALLGEMEINE REIHE
Nr. 01/12552

Titel der Originalausgabe
SLIPPING INTO SHADOW

Umwelthinweis:
Dieses Buch wurde auf
chlor- und säurefreiem Papier gedruckt.

Taschenbuchausgabe 06/2004

Printed in Germany 2004
Umschlagillustration und Umschlaggestaltung:
Nele Schütz Design, München
Druck und Bindung: GGP Media, Pößneck

ISBN: 3-453-87467-6

http://www.heyne.de

Für
Daw Aung San Suu Kyi
und die
Nationale Liga für Demokratie
mit Bewunderung

Prolog

So des Atreus Söhne entsendet mit Macht,
wider Paris der Hüter des Gastrechts: Zeus;
um sie, die viele Männer begehren.
Aischylos, *Agamemnon* 60–63

Das Hochufer auf der anderen Seite des Flusses hob sich als schwarze Silhouette gegen den von zuckenden Blitzen grell erleuchteten Himmel ab. Instinktiv schreckte Patrick Hyde vor dem gleißenden Licht und dem darauf folgenden tropischen Donner zusammen. Die schwüle Nachtluft roch nach Ozon. Als der Lichtschein wieder hinter der stolzen Figur der Raffles-Statue verschwunden war, rieb er seine vom Widerschein der Blitze geblendeten Augen und konzentrierte sich auf eine kleine Gruppe von Männern am Sockel der Statue.

Die beiden Chinesen mussten wohl Leibwächter sein. Während der eine rücklings zum Fluss gewandt am Geländer lehnte, war vom anderen, kaum zwanzig Meter davon entfernt, nur der Schatten auf dem Pflaster zu sehen. Der Fluss schimmerte im Neonlicht der Stadt, und aufgereiht wie Perlen zu einer Kette glitzerten die billigen Restaurants und Touristenbuden. Zwischen Statue und Flussufer unterhielt sich halb geduckt *sein* Mann mit einem Malaien und einem Weißen. Als sich das Donnergrollen in Richtung des malaiischen Festlands verzogen hatte, konnte Hyde den Malaien als einen ihm bekannten Drogenhändler identifizieren; der Weiße, um den sich die ganze Operation hier vor seinen Augen drehte, war ihm jedoch unbekannt.

Das Geflüster zwischen den drei Männern knisterte im Ohrhörer seines Abhörgeräts, dessen Empfänger und Aufnahmegerät mit einem Schulterhalfter so eng unter seiner

Achsel befestigt waren, dass er an Brust und Rücken zu schwitzen begann.

Hyde hielt den Sucher der Spiegelreflexkamera mit dem langen Minimodulux-Nachtsichtgerät an sein Auge und stützte das schwere Teleobjektiv auf dem Brückengeländer ab. Er fokussierte, und die Umrisse von Henderson, dem korrupten Polizisten aus Sydney, erschienen nun scharf und klar. Der Malaie drehte sich gerade in seine Richtung, während sich der Weiße fast gefällig ins Sucherbild neigte, als Hyde ruhig den Auslöser betätigte. Leise transportierte der Motor den Film weiter. Das Gespräch zwischen den dreien verstummte von neuem, und Hyde konnte im Sucher die dunklen Schweißflecken unter den Achseln von Hendersons Anzug erkennen.

Gefolgt von ohrenbetäubendem Donner zuckten erneut gleißende Blitze über Singapurs Zentrum hinweg bis hinüber zum Flughafen Changi. Die Schwüle, die sich für Augenblicke verzogen hatte, legte sich wieder drückend über ihn. In die wiederkehrende Ruhe hinein lauschte er dem angespannten Schweigen der drei Männer.

Es musste alles so schnell wie möglich geschehen, um wenigstens ein Minimum an Vertrauen aufzubauen. Vor einer Woche erst hatte er Henderson überzeugen können, die Seiten zu wechseln. Als Druckmittel hatten ihm dabei Fotos gedient, die er aus dem Kofferraum seines Wagens heraus im King's Cross Viertel von Sydney aufgenommen hatte. Bei der Übergabe einer Sendung burmesischen Heroins an einen bekannten vietnamesischen Drogenhändler war Hendersons Autokennzeichen darauf deutlich zu erkennen. Mit dem belastenden Beweismaterial konfrontiert, hatte er seinen anfänglichen Widerstand sofort aufgegeben und einem Treffen in Singapur mit seinen Auftraggebern zugestimmt. Diesmal sollte er sich jedoch mit einem hochrangigen Mitglied der Bande treffen und nicht nur mit dem Malaien, der ihn üblicherweise versorgte. Es war ein Akt bloßer Verzweiflung gewesen und noch dazu vollkommen inoffiziell. Die australischen Sicherheitsbehörden, die Hyde zu dem verdeckt ermittelnden Team hinzugezogen hatten, waren gerade im Begriff gewesen, die Ermittlungen gegen Korruption und Drogenhandel innerhalb der Polizei wieder abzublasen. In einem Wahljahr wollten es die Politiker nur mit einem überschaubaren Maß an Korruption zu tun haben, daher mochten sie der Öffentlichkeit nicht mehr als einen Schauprozess gegen ein halbes Dutzend korrupter Polizeioffiziere zumuten. Aus diesem Grund sollte die Operation eingestellt werden, obwohl sie doch gerade hätte ausgeweitet werden müssen. Hyde war darüber äußerst aufgebracht gewesen.

Henderson hatte ein Treffen arrangiert, bei dem es vorgeblich um die Ausweitung der Lieferungen burmesischen Heroins gehen sollte. Um aussagekräftiges Beweismaterial zu sammeln, trug er am Körper ein Mikrofon und wurde während der gesamten Unterredung von Hyde fotografiert. Mit diesem Material sollten die Behörden in Sydney überzeugt werden, die verdeckten Ermittlungen nicht nur fortzuführen, sondern deren Umfang noch zu erweitern. Denn mit den sechs korrupten Polizisten allein ließen sich die Hunderte Kilogramm Heroin, die Jahr für Jahr nach Australien strömten, nicht erklären …

Henderson selbst wusste wenig, fast nichts. Er und seine Komplizen erhielten das Rauschgift von chinesischen und malaiischen Geschäftsleuten in Singapur oder Macao, wo sie in Fünfsternehotels wohnten und in den Kasinos mit unbegrenztem Kredit spielen konnten. Am Flughafen Kingsford Smith in Sydney hatten sie zwei Zollbeamte bestochen, um das Heroin in ihrem Handgepäck, das dort weder durchleuchtet noch durchsucht wurde, ungehindert nach Australien zu bringen. Dies ging seit drei Jahren so, manchmal brachten sie es zu einem Seebad in Queensland, manchmal gaben sie es in Sydney direkt an Drogenhändler weiter.

Hyde hörte wieder Hendersons Stimme:

»Wir könnten mehr gebrauchen. Es ist kein Problem. Wir garantieren, dass wir die vierfache Menge nach Australien bringen. Absolut sicher.« Er konnte Hendersons rauen, unregelmäßigen Atem hören. Jeder wird zum schlechten Schauspieler, sobald ein Mikrofon an seinem Körper klebt.

Der Weiße, groß und schlank in einem grauen Anzug, verzog während des Gesprächs keine Miene. Mit den hageren Fingern seiner rechten Hand strich er über sein Kinn. Hyde wurde den Verdacht nicht los, dass er Hendersons Auftritt misstrauisch taxierte. Vermutete er vielleicht, dass er ein Mikrofon bei sich trug, um ihr Gespräch aufzuzeichnen?

Jetzt verfluchte Hyde den Defekt in der Elektronik des Flugzeugs, der für die achtstündige Verspätung seines Flugs von Sydney nach Singapur verantwortlich gewesen war. Noch mehr verfluchte er Medhev Kumars hingekritzelte Notiz, die er zusammen mit dem von ihm angeforderten Abhörgerät in seinem Hotel vorfand. Seine Mutter sei krank oder so ähnlich ... Ohne für Ersatz zu sorgen, war Kumar, sein wertvoller Helfer vor Ort, überstürzt in sein burmesisches Heimatdorf zurückgekehrt.

Obwohl er dem Polizisten aus Sydney davon nichts mitgeteilt hatte, waren sie nun auf sich allein gestellt. Wenn irgendetwas schief gehen sollte, konnte er nichts für Henderson tun.

»Wir sind mit den derzeitigen Abmachungen zufrieden«, murmelte der Weiße. Er sprach mit australischem Akzent, der jedoch den unverkennbar überheblichen Beiklang von Geld und Macht hatte. Während die beiden Chinesen die Unterhaltung scheinbar unbeteiligt aus der Entfernung verfolgten, rückte der Malaie nun etwas näher ...

Wieder tauchten Blitze die Gruppe unter der Statue in gleißendes Licht. Im Sucher seiner Kamera erkannte Hyde deutlich, wie Henderson erschrak. Kurz bevor einsetzender Donner in seinen Ohren dröhnte, vernahm er durch den Ohrhörer den sich nun überschlagenden Atem seines Schützlings. Er spürte, wie seine eigene Anspannung stieg. Der Widerschein der Blitze erlosch hinter den hohen Bürohäusern auf der anderen Seite des Flusses, die ihm jetzt wie aufgereihte Wachsoldaten aus Glas und Beton erschienen.

Mit dem nächtlichen Glanz von Singapur kehrte langsam die feuchte Dunkelheit zurück.

Der Malaie trat noch näher an Henderson heran, während sich der Weiße zu ihm hinüber beugte. Es war offensichtlich, dass Henderson ihn nie zuvor gesehen hatte.

»Ich hätte nicht zu kommen brauchen.« Seine Stimme klang matt und wurde zusätzlich durch Hendersons schnelles Atmen gedämpft. Im Sucher konnte Hyde den Schweiß auf Hendersons Stirn glänzen sehen. Er war blass wie eine Leiche. »Sie haben um dieses Treffen gebeten, Inspektor. Warum also sind Sie so nervös?«, vernahm er ihn in scharfem Tonfall.

Die Situation änderte sich abrupt. Schien sie zunächst hin und her zu schwanken, so nahm sie jetzt definitiv einen unheilvollen Verlauf.

»Was ist los, Henderson? Stimmt etwas nicht mit Ihnen?«, bohrte der Weiße weiter.

Es war, als sähe Hyde einen ihm vertrauten Film, in dem er die nun folgenden Dialogfetzen, die Bewegungen und Gesichtszüge des Schauspielers schon kannte. Mit wachsendem Schrecken musste er mit ansehen, wie die Situation ihm entglitt. Vielleicht schaffte es Henderson noch, seinen Kopf aus der Schlinge zu ziehen …

Wieder Blitze. Hendersons Gesichtszüge schienen nun vor Angst zu erstarren. Durch das Nachtsichtgerät wirkte die ganze Szene farblos, die hohen Gebäude hoben sich wie ein Mausoleum vor dem silbrigen Wasser ab. Während die Dunkelheit langsam wieder zurückkehrte, trat der Malaie immer näher an Henderson heran, und der Polizist wich dabei nur zögernd zurück. Plötzlich hörte Hyde den Aufschrei des Malaien. Mit schnellem Griff hatte er das Mikrofon an Hendersons Körper entdeckt …

Einsetzender Donner übertönte alle Geräusche.

Als der grelle Widerschein des Blitzes von Hydes Netzhaut verschwunden war, konnte er am Sockel der Statue eine regungslos auf dem Boden liegende Gestalt ausmachen. Schatten rannten in Richtung einer schwarzen Limousine, die etwa hundert Meter entfernt in der Parlamentstraße parkte. Im abziehenden Donner hörte er das Starten des Motors und sah den Wagen davonfahren. Ein kurzes Aufleuchten der Bremslichter, und er war verschwunden.

Entsetzt ließ Hyde die Kamera sinken. Die Szene vor seinen Augen verschwand so bestimmt und endgültig, wie Henderson selbst aus dem Leben geschieden war. Hyde nahm den Hörer aus dem Ohr und schleuderte ihn weg. Wie auf einen in diesem Moment diagnostizierten bösartigen Tumor schaute er dabei auf das Halfter in der Innenseite seines Jacketts, mit dem er das Abhörgerät festgebunden hatte.

»Verdammt!«, entfuhr es ihm schwer atmend, die anderen Worte verschluckte die feuchte Luft.

Er richtete sich auf. Hier von der Cavanagh-Brücke aus erschien ihm die Raffles-Statue nur noch mannshoch, der lang gestreckte Schatten von Hendersons Körper war kaum größer als eine Regenpfütze. Wutentbrannt hämmerte Hyde mit den Fäusten auf das Brückengeländer, um dann fassungslos auf das dunkle Wasser zu starren, das unter der Fußgängerbrücke träge dahinfloss. Ihm stieg der Geruch der nahen Imbissbuden, die mit ihren kleinen aufflackernden Feuern die Ufer des Flusses säumten, in die Nase.

Die ganze Schuld wollte er auf Kumar schieben, der plötzlich verschwunden war und ihn hier allein gelassen hatte. Mit seiner Unterstützung hätte er einen ausreichenden Schutz für Henderson garantieren können. Dabei wusste er sehr wohl, dass nur er es war, der hätte verhindern können, dass Henderson vor seinen Augen niedergestochen wurde. Auch hatte ihn die Neugier getrieben herauszufinden, wohin Henderson ihn überall hätte hin führen können – neue Gesichter wie das des Weißen etwa oder Verbindungen mit der Hotelkette, in deren Kasinos die Heroinprofite gewaschen werden *mussten* ... Hyde schüttelte heftig den Kopf und schlug dabei wieder mit den Handflächen auf das Brückengeländer. Er wollte verhindern, dass seine verdeckten Ermittlungen eingestellt wurden, und er wollte herausfinden, wohin sie ihn bringen würden ... Er hatte ohne irgendwelche Vollmachten und nur seinem Instinkt folgend Hendersons Leben aufs Spiel gesetzt. Dabei folgte er leider einer Hypothese, der die australischen Sicherheitsbehörden und der Polizeipräsident nicht folgen wollten.

Schluss. Aus. Keine Möglichkeit mehr, diesen Weg weiterzugehen.

Hyde schraubte das Objektiv von der Kamera und packte es in die Sporttasche zu seinen Füßen. Dann zog er sein Jackett aus und zerrte an dem Verschluss, der das Halfter fest um seinen verschwitzten Rücken und seine Brust hielt. Wütend warf er alles in die Tasche, während irgendjemand auf einer Touristendschunke laut auflachte, die gerade unter der Brücke hindurch glitt. Von neuem erleuchteten Blitze Hendersons Leiche. Dann setzte wieder die Dunkelheit ein und das Krachen des davonziehenden Donners.

Um die Öffentlichkeit zu beruhigen, wird es nun wohl einen Schauprozess für die fünf übrig gebliebenen korrupten Polizeioffiziere geben. Politiker und Geschäftsleute können wieder beruhigt schlafen. Der burmesische Heroinhandel war einfach eine *zu* riesige Angelegenheit, über die niemand wirklich die ganze Wahrheit wissen wollte.

Hyde schnappte sich die Sporttasche. Es machte keinerlei Sinn, auch nur in die Nähe der Leiche zu gehen und vielleicht dabei noch beobachtet zu werden. Henderson war tot.

Er warf einen letzten Blick auf die Statue des Gründers von Singapur und den hässlichen Fleck an ihrem Sockel und ging zurück über die Brücke in Richtung der Imbissbuden und des Parlaments.

Mit einer energischen Handbewegung strich Marian Pyott den Namen des Mannes auf ihrer Liste durch. Ein Lächeln huschte über ihr Gesicht, als sie sich die Kastration dieses Mannes vorstellte. Wegen ihrer Rückenschmerzen lehnte sie sich behutsam im Stuhl zurück, zündete sich eine Zigarette an und blies den Rauch an die vergilbte Decke des Raums. Am Fenster ihres Wahlkreisbüros in den Midlands lief Regen wie Speichel auf einer runzligen Haut herunter. Sie zitterte. Es war Anfang Oktober und schon recht kalt, da die Zentralheizung immer noch nicht angestellt worden war. Der nach versengtem Staub riechende elektrische Lüfter war mit dem Heizen des großen eintönigen Raums, in dem sie wie an jedem Samstagmorgen ihre Sprechstunde abhielt, überfordert.

Kräftig blies sie den Rauch aus und dachte dabei an den Anruf des Mannes. *Seien Sie ein gutes Mädchen und schaffen Sie mir diese Anzeige wegen Trunkenheit am Steuer vom Hals.* Sie fragte sich, ob er sie wohl jemals gewählt hatte oder es künftig tun würde, jetzt, da sie dem Druck und seinen prahlerischen Versprechungen nicht nachgegeben hatte. Warum sonst saß sie denn hier? Die Polizei hatte ihn auf einem Parkplatz ins Röhrchen pusten lassen. Allein die Tatsache, dass er ihre Partei finanziell unterstützt und in seinem Garten eine Wohltätigkeitsveranstaltung organisiert hatte, war ausreichend gewesen, dass sie sich in den Gang der Dinge hatte einmischen müssen.

Zum regennassen Fenster gewandt, sagte sie ins Telefon: »Ich habe keine Zeit, *Ihnen* zu helfen.«

Im Vorzimmer warteten Wähler. Lediglich die Geräusche eines Kindes, das seinen Hund peinigte, drangen zu ihr. Sie schaute auf ihre Liste. Es war bereits elf Uhr dreißig, und noch vier weitere Fälle warteten auf sie. Marian hatte nur eine vage Vorstellung, was das Leben dieser Menschen so durcheinander gebracht haben konnte, dass sie an einem regnerischen Herbstmorgen ihren Parlamentsabgeordneten aufsuchten, anstatt wie gewöhnlich einkaufen zu gehen. Mit sechs Fällen hatte sie sich heute bereits befasst. Ach was, *befasst?* Zugehört, besänftigt, Vorwürfe gemacht, Rat oder Hilfe angeboten, aber nichts hatte sie aus der Welt geschafft. Die meisten erwarteten, dass sich das Unterhaus innerhalb der nächsten Woche mit ihrem Problem befasste und die Sache vom Fernsehen übertragen würde. Und sie erwarteten, dass ihr Problem Mittelpunkt einer flammenden Rede über Gerechtigkeit, Freiheit und die Rechte des Individuums würde. Sie wollten für einen Moment im Rampenlicht stehen, wo es doch keine wirkliche Lösung gab. Wie etwa die in einem städtischen Wohnblock terrorisierte alte Frau, die Polizei und Sozialbehörden den Überfällen von Straßenräubern und Dieben überlassen hatten ... Oder die Ehefrau, deren spurlos verschwundenen Mann die Behörden aus Unfähigkeit oder Nachlässigkeit nicht wieder auffinden konnten ... Oder der Direktor einer örtlichen Firma, die von einem Konzern geschluckt worden war und deren Belegschaft nun darum bangte, dass ihre Arbeitsplätze nach Mexiko exportiert werden sollten.

Marians linkes Bein schmerzte, als sie ihr Gewicht auf dem Stuhl verlagerte. Es musste wohl das Wetter sein. Noch immer humpelte sie leicht. Hinter dem linken Ohr und am Hals waren zwei kleine Narben, und weitere Narben und größere Striemen befanden sich an ihrer Hüfte, am Bauch und am Arm – schmerzhafte Erinnerungen daran, dass David Winterborne vor einem Jahr versucht hatte, sie in Brüssel ermorden zu lassen. Der Gedanke ließ Marian erschaudern. Sie zündete sich eine weitere Zigarette an und zog gierig daran. Im Warteraum tollte das Kind mit seinem Hund.

Vor einiger Zeit hatte sie David in einem großen Landhaus in Kent besucht, das dem Innenministerium als Gefängnis für prominente und einflussreiche Persönlichkeiten diente. In seiner Wohnung im ersten Stock verfügte er über eine Stereoanlage, Bücher und einen Computer, und nur sein Ehrenwort hielt ihn auf dem Gelände. Sein Vater Clive hatte derweil den Posten des Aufsichtsratsvorsitzenden der Winterborne Holding übernommen. So konnte David aus dem Hintergrund sein weit verzweigtes Unternehmen ungestört weiter führen. Sie war gekommen, um ihm zu zeigen, dass sie wieder richtig gehen und atmen konnte und dass sie mit ihrem Haar und ihrer Kleidung die Narben verdecken musste. Sie war natürlich auch gekommen, um sich am Anblick des Gefangenen zu laben, doch als sie sein Faxgerät, den Computer und die Telefone gesehen und die Ehrerbietung der Gefängnisbeamten ihm gegenüber bemerkt hatte, war sie es gewesen, die sich nun gedemütigt fühlte. David hatte nur hämisch gelacht, als er die wahren Motive ihres Kommens durchschaut und die Enttäuschung in ihrem Gesicht gelesen hatte.

Mit seinem Schuldeingeständnis, Gelder der Europäischen Union veruntreut zu haben, ließ der Generalstaatsanwalt die anderen Anklagepunkte wie Anstiftung zum Mord, Ruin einer amerikanischen Flugzeugfirma und Sabotage zweier Fluggesellschaften fallen. Zudem verweigerte das Innenministerium die Auslieferung in die Vereinigten Staaten, wo gegen ihn bereits Anklage erhoben worden war. Nach weiteren zehn Monaten würde er wieder ein freier Mann sein, ohne einen Flecken auf seiner Weste zu haben. Das Humpeln, die Albträume und die entsetzlichen Kopfschmerzen würden wesentlich länger dauern als Davids Gefängnisaufenthalt.

Wieder blies sie den Rauch an die Decke. Innerlich aufbrausend entschied sie sich, *David zu ruinieren*. Sie drückte ihre Zigarette aus und betätigte die Klingel, um die nächsten Wähler auf ihrer Liste hereinzulassen. Als Nächstes waren die Straßenerweiterungsarbeiten an der Reihe, dort, wo die Stadt mit ihrem Einkaufszentrum an Warwickshire grenzt. Ein Landwirt und eine von auswärts zugezogene Frau hatten sich in ihrem Protest verbunden. Sie war eine sprachgewandte Naturschützerin, eine Angehörige der Mittelklasse. Grinsend fragte sich Marian, in wessen Auto die beiden wohl gekommen waren. Wie sie gelegentlich zugeben musste, war der Ärger über die vergleichsweise angenehme Situation von David Winterborne und das lächerliche Strafmaß der Grund für ihre wachsende Unzufriedenheit und innere Leere. Sie vermisste etwas in ihrem Privatleben. Alles kam ihr so inhaltslos vor.

Im Warteraum hörte sie plötzlich die laut protestierende Stimme einer Frau, dann das tiefe Dröhnen des Landwirts und die ihr bekannte Stimme einer jungen Asiatin. Die Stimmen wurden erregter, es hörte sich nach Streit an. Marians Gesichtszüge verfinsterten sich. Sie schob den Stuhl zurück und ging etwas schwerfällig zur Tür. Als der Krampf in ihrem linken Bein nachließ, fiel ihr das Gehen wieder leichter. Die Sekretärin musste wohl gerade hinausgegangen sein, hielt sie doch gewöhnlich besser Ordnung im Wartezimmer.

Marian öffnete die Tür und erblickte drei Akteure mit ihrer kleinen Schar von Zuschauern. Der Landwirt mit seinem grünen Gewissen in Jeans und Regencape und Syeeda Lal. Das Regenwasser perlte von den Schultern ihres Mantels, und Wasser tropfte von ihrem Regenschirm auf den abgetretenen Teppich. Wie auf ein Zeichen hin drehten sich alle drei zu ihr um.

Marian hob ihre Arme.

»Mrs. Topping ist wohl kurz herausgegangen. Bitte«, sagte sie eindringlich, »einer nach dem anderen.«

Das grüne Gewissen meinte, dass ihr der Vortritt gebühre, und wollte gerade ansetzen, als es aus Syeeda hervorbrach:

»Bitte, Marian! Dies ist ein Notfall, wirklich. Ich muss sofort mit Ihnen sprechen!« Tränen hatten ihren Lidschatten verschmiert, und ihre Lippen zitterten vor Aufregung. Ihr gehetzter Gesichtsausdruck war nicht zu übersehen.

Demonstrativ schaute Marian auf ihre Uhr.

»Fünf Minuten«, verkündete sie. »Verzeihen Sie bitte, Mrs. Rainsford, aber ich bin sicher, Sie haben dafür Verständnis.« Sie führte Syeeda in das Büro und schloss die Tür vor der entrüsteten Miene von Mrs. Rainsford, die sich in ihrer Wichtigkeit und Überzeugung missachtet fühlte.

Marian verlor nun ihr letztes Interesse an den Verkehrsproblemen einer überalterten Stadt. Syeeda wirkte wie eine Flüchtende im hellen Licht der Suchscheinwerfer. Sie war ratlos und verstört.

»Setzen Sie sich, Syeeda«, befahl ihr Marian. Nicht vertraut mit diesen Räumen, erschien die junge Frau nun völlig durcheinander, was auch immer ihr widerfahren war. »Bitte …«

Sie rückte den Stuhl von ihrem Schreibtisch und zwang Syeeda Lal regelrecht, sich hinzusetzen. Steif wie ein buckliger, zerzauster Vogel rang sie mit ihren Händen, der Regen glänzte auf ihrem Mantel und glitzerte in ihrem schwarzen Haar. Behutsam nahm auch Marian wieder Platz.

»Was ist geschehen? Was kann ich für Sie tun?«

Syeeda wandte den Blick von ihren Händen. Der Riemen ihrer Schultertasche rutschte hinunter und verfing sich in ihrer Armbeuge. Ihre großen Augen füllten sich mit Tränen, die langsam ihre Wangen hinunterliefen, während gleichzeitig das Wasser des Regenschirms auf den Teppich tropfte.

»Er ist tot.« Sie wirkte bestürzt und traumatisiert wie nach einem Unfall bei hoher Geschwindigkeit. »Medhev ... die Polizei. Sie kamen zu mir ins Restaurant, um es mir zu sagen. Medhev ist tot ...« Die heisere Stimme stockte vor Schmerz und Verzweiflung.

»Was? Jetzt? Heute?« Das war alles, was Marian hervorbringen konnte.

Medhev Kumar ... Sie kannte den Jungen, vor drei oder vier Monaten war sie ihm vorgestellt worden. Er war aus Burma gekommen und hatte sich ausgerechnet hier in dieser kleinen Stadt niedergelassen. Im Auftrag ihres Vaters betrieb Syeeda das Jaipur Restaurant, die Perle seiner kleine Kette indischer Restaurants. Kumar war so etwas wie ein entfernter Verwandter, und er musste Burma unter tragischen Umständen verlassen haben.

»Heute?«, wiederholte sie. »Wie?«

Syeeda nickte heftig, dann schien sich ihre Miene plötzlich in ungestümes Leugnen zu verwandeln. Ein Gemisch aus Tränen und Regen tropfte auf ihre Schenkel.

»Sie sagen ... es sei eine Überdosis *Drogen* gewesen.« Sie schluckte hörbar. »Sie fragten mich, wie lange er schon *abhängig* gewesen sei ... Sie fragten mich, ob ich wüsste, dass er unter Verdacht stand, mit Drogen gehandelt zu haben!« Die Unschuld Medhevs beschwörend, erschien sie Marian wie die resolute Verteidigerin des toten Jungen.

Der Regen auf der schmutzigen Fensterscheibe verbreitete eine ungemütliche Atmosphäre. Selbst der würdevoll schmunzelnde Gesichtsausdruck auf dem gerahmten Foto des früheren Premierministers und Führers der Konservativen Partei schien durch Syeedas Ausbruch verstört worden zu sein.

»Die Polizisten behaupten, Medhev sei ein Drogenhändler gewesen? Das können sie doch nicht wirklich meinen?«

»Doch, genau!« Sie hatte aufgehört zu weinen, und ihre Augen spiegelten jetzt eine beinahe finstere Entschlossenheit wider. »Sie interessierten sich sehr für seine Herkunft aus Myanmar! Sie hatten ihn schon eine ganze Weile beobachtet und glaubten, dass sein Asylantrag nur ein Vorwand war …«

»Burma?«

Kumar stammte aus Myanmar – für sie war es immer noch Burma –, genau wie ein Großteil des Heroins, das seinen Weg nach Großbritannien fand. Er hatte in einem der Restaurants von Rabindur Lal gearbeitet, bevor er hier politisches Asyl beantragte. Als Grund gab er an, Aung San Suu Kyi und die Demokratiebewegung in Burma unterstützt und gegen die Militärjunta opponiert zu haben. Soweit Marian wusste, wurde sein Antrag noch bearbeitet, ihren bisherigen Erkundigungen bei einem nachgeordneten Beamten des Innenministeriums zufolge durchaus viel versprechend. Sie hatte die Geschichte des Jungen geglaubt und seinen Antrag unterstützt. Sollte alles nur Lüge gewesen sein?

Sie versteckte sich mit ihren Zweifeln hinter dichtem Zigarettenqualm.

Vor einem Monat hatten sich Kumar und Syeeda verlobt. Falls sein Asylantrag abgelehnt werden sollte, hätte er trotzdem als ihr Ehemann hier bleiben können. Syeedas Eltern hatten Kumar sogar seine ärmliche Herkunft nachgesehen und ihr Einverständnis zu der Beziehung gegeben.

Der Junge hatte sich stets im Hintergrund gehalten, und seine fast aufreizende Geheimnistuerei hatte Marian manchmal als Geringschätzung ihrer eigenen Unterstützung für die burmesische Demokratiebewegung und der Artikel, die sie schrieb, empfunden. Es schien ihr so, als hätte Kumar in ihr nur die selbstzufriedene Außenstehende gesehen. Sie hatten niemals das tragische Schicksal seines Landes besprochen. War es jetzt ihre eigene Voreingenommenheit, die sie schlecht über ihn denken ließ?

»War es Heroin?«

»Ja!«, schnappte Syeeda, als hätte sie Marians Gedanken erraten. »Marian, Medhev hat keine Drogen genommen. Ich bin ausgebildete Krankenschwester, ich würde die Anzeichen erkennen! Ich weiß, wie Sucht aussieht.«

»Sind Sie sicher …? Um Gottes willen, das ist ja fürchterlich.«

Möglicherweise hatte er jedoch mit Drogen *gehandelt*. Marian fühlte sich plötzlich hintergangen. Syeeda vergrub ihr Gesicht in den Händen. Während der Regen gegen das Fenster trommelte, hörte Marian das Brummen des Verkehrs und die Schritte auf dem nassen Bürgersteig. Der Hund und das Kind tollten noch immer im Warteraum. Mrs. Toppings laute und betont freundliche Stimme schreckte sie beide aus ihrem langen Schweigen auf. Zurück vom Einkaufen, dachte sie und hielt bewusst ihre Gedanken weit weg vom Tod des Jungen und ihren Verdächtigungen.

Syeeda hatte zunächst als Krankenschwester gearbeitet, bis ihre Eltern, die keine weiteren Kinder hatten, sie überreden konnten, in Zukunft die Restaurantkette zu übernehmen. Syeeda hätte es *gewusst*, falls Kumar abhängig gewesen wäre. Aber möglicherweise hatte sie nichts davon gewusst, dass er ein Dealer gewesen war …

… Der Unionsstaat Myanmar – oder Burma – war Teil des Goldenen Dreiecks. Kumar war in einem abgelegenen Dorf in der Landschaft Shan im Nordosten des Landes aufgewachsen, dort, wo der Heroinhandel alles beherrschte und durchdrang. Hatte er etwa auch dazugehört?

Sie sah, wie Syeeda heftig den Kopf schüttelte. Ihr gelocktes Haar schwang wie eine Gardine im Wind vor ihrem schmalen Gesicht hin und her.

»Es ist nicht wahr«, beharrte sie. »Sie helfen mir doch, die *Wahrheit* herauszufinden, Marian?«

Sie schien in sich zusammenzufallen, als wäre eine innere Stütze zerbrochen. Der Druck von Monet an der gegenüberliegenden Wand, der graue Büroschrank, die Plakate und Listen, das verstaubte Ledersofa und der verkratzte

Schreibtisch bestärkten sie in ihrem Glauben, dass etwas derart Ungeheuerliches hier nicht passieren könne.

Ja, sie würde wohl die Polizei anrufen. Einen der Kriminalkommissare kannte sie ganz gut. Vielleicht würde sie sogar mit dem Polizeipräsidenten darüber sprechen. Auf jeden Fall musste die Angelegenheit geklärt werden. Sie zögerte, doch dann fragte sie:

»Hat die Polizei Drogen bei Medhev gefunden?«

Syeeda nickte ärgerlich.

»Sie sagten, das Heroin sei in seiner Wohnung unter der Matratze, auf der er gefunden wurde, versteckt gewesen ...« Ihre Stimme brach, und ihre Gesichtszüge nahmen einen gequälten Ausdruck an. Marian wandte sich ab und griff zum Telefonhörer. Syeeda fand ihre Stimme wieder. »Ich habe ihn in den letzten vierundzwanzig Stunden nicht gesehen ... Er rief mich an, um mir zu sagen, dass er nicht ins Restaurant kommen könne, er fühle sich nicht wohl. Das war gestern. Heute Morgen ...« – sie schaute unvermittelt auf ihre Uhr – »... vor etwa einer Stunde kam die Polizei. Ich war gerade vom Markt zurückgekehrt, als sie auf mich im Restaurant warteten ...« Sie sprach nun nicht mehr mit Marian, eher zu sich selbst.

Marian wählte die Nummer der Polizei. Kumar – Burma – Heroin ... Syeedas Verlobter ein Süchtiger und ein Drogenhändler?

Teil Eins

DER GOLDENE FLUSS

Scharfwitternd scheint die Fremde, einem Jagdhund
gleich
zu sein, spürt auf – beim Suchen, wen er traf: den Mord.
Aischylos, *Agamemnon* 1093-4

Das buddhistische Rechtsverständnis basiert auf *Dharma*,
der Rechtschaffenheit und Tugend, aber nicht auf der
Macht, wehrlosen Menschen harte und starre Regeln
aufzuerlegen.
Aung San Suu Kyi (1989)

Kapitel eins

Der Lotusesser

Ros betrat ihr Haus, und ihre Stimmung verbesserte sich schlagartig, als sie ihn mit den Händen in den Taschen seines Armani-Anzugs im Wohnzimmer stehen sah. Leicht vornübergebeugt starrte er wie abwesend aus dem Fenster auf den Hafen hinüber zu Sydneys Nordufer und der Oper. In der einsetzenden Dämmerung war auf der Brücke bereits die Kette der Autolichter zu erkennen, während ein milder Frühlingstag ausklang.

Nahe dem Fenster lag eine ärgerlich zu Boden geworfene Zeitung auf dem dicken Teppich. Auf der Titelseite wurde in reißerischer Aufmachung vom ersten Prozesstag der fünf der Korruption und des Drogenhandels angeklagten Polizeioffiziere von Sydney berichtet. Hyde hatte ihr immer noch den Rücken zugewandt, und seine Körperhaltung drückte etwas Spöttisches, fast Verächtliches aus. Erst als er sich zu ihr umdrehte, sah sie seinen grimmigen Ausdruck und die offenkundige Enttäuschung in seinem Gesicht.

»Alles in Ordnung?«, fragte er sie in beiläufigem Tonfall und nickte dabei in Richtung ihrer Aktentasche und der großen Mappe, die sie auf die Chaiselongue gelegt hatte.

»Ausgezeichnet!«, erwiderte sie noch immer in der Hoffnung, dass sich seine schlechte Laune dadurch bessern würde. »Du bist früh fertig«, fügte sie hinzu und strich sich die Haare aus der Stirn.

Durch das offene Fenster nahm sie das entfernte Rauschen des Feierabendverkehrs wahr. Die Hände immer noch in den Taschen, musterte er sie und den Raum, als sei er soeben in einer ihm fremden Umgebung aus dem Schlaf erwacht.

Der Hausdiener reichte Ros ein Glas Gin Tonic. Auf den polierten Glasflächen der Beistelltische standen Tabletts mit

Kanapees. Im Esszimmer war der Queen-Anne-Tisch voll gestellt mit Gläsern. Daneben war ein kaltes Buffet aufgebaut. Sie warf einen flüchtigen Blick darauf, um sich zufrieden wieder ihm zuzuwenden.

»Auf ein gutes Tagewerk und zum Wohl, Hyde.«

»Es freut mich«, antwortete er ohne große Begeisterung, »dass du den Vertrag noch rechtzeitig abschließen konntest.«

Sie schüttelte vorsichtig den Kopf, ohne jedoch ihre zuversichtliche Miene zu verlieren.

»Nicht ganz. Aber fast ...«

Er folgte ihr auf den Balkon. Das große Haus schien wie ein Schwimmer kurz vor dem Eintauchen über dem Wasser zu schweben. Der Hafen war übersät mit Segelschiffen. Die meisten wirkten von hier oben kaum größer als Spielzeuge. Ros konnte die ersten Grillfeuer des Abends riechen und das Stimmengemurmel aus den angrenzenden Gärten hören.

Sie atmete tief durch, und ihr Ton bekam etwas Schmeichelhaftes, als sie zu sprechen begann.

»Beruhige dich, du hast dein Bestes getan. Es gibt keinen Grund mehr, dich weiter über die Geschichte aufzuregen.« Hyde war wie besessen von der ganzen Angelegenheit. »Kannst du es nicht wenigstens für heute Abend vergessen? Bitte ...« Sie hielt seinen Arm und drückte ihn an sich.

»Was, um Gottes willen, redest du, Ros?«

»Und was, verdammt noch mal, ist los mit dir, Hyde?«

»Was meinst du wohl? Der Polizeipräfekt, natürlich!«

»Hast du denn mit ihm gesprochen?«

»Mit ihm und dem verdammten Sicherheitschef. Nachdem ich die letzten vier Monate an jede Tür gehämmert hatte, hat endlich jemand mein Klopfen gehört!« Er ließ sie stehen und ging zum anderen Ende des Balkons. »Verpissen soll ich mich! Der Polizeipräfekt erklärte wörtlich: ›Ihre Theorie ist etwas mehr als ausgefallen, Mr. Hyde. Selbstverständlich sind wir Ihnen für Ihre Hilfe und Ihren Einsatz zutiefst dankbar ...‹«

Über sein bösartiges Nachäffen des Polizeichefs musste Ros lachen. Hyde reagierte nur mit einem müden Grinsen.

»Du hast dein Bestes getan, Hyde. Lass sie doch in Ruhe, wenn sie nicht auf dich hören wollen. Sie brauchen keinen zusätzlichen Ärger. Die fünf Burschen auf der Anklagebank scheinen ihnen vollständig zu reichen. Es wird die Öffentlichkeit beruhigen, dass die Leute, die sie gewählt haben, sich um diese Kerle kümmern. Ich bin jedenfalls froh darüber.«

»Du jedenfalls! Willst du mir etwa gute Ratschläge erteilen?«

Wütend schlug er die Arme über dem Kopf zusammen. »Selbst du hast mir gesagt, ich würde in die falsche Richtung bellen, und meine Annahmen seien unsinnig. Das sei die erste Stufe der Paranoia.« Hyde machte sie dabei ebenso akkurat nach wie zuvor den Polizeipräfekten.

Nahezu geräuschlos glitten hinter ihnen die Leute vom Partyservice durch die hell erleuchteten Räume und sprachen dabei mit gedämpfter Stimme. Ihr Anblick erinnerte Ros daran, dass sie eine wohlhabende Geschäftsfrau, eine großzügige Gastgeberin und eine Kunstmäzenin war. Nach einem kurzen Empfang für ihre Gäste würden alle mit Limousinen zu einer Benefizaufführung des *Don Giovanni* in die Oper gefahren werden. Anschließend würde es hier im Haus ein Abendessen geben.

Hyde blickte sich ungehalten um, als es trotz aller Sympathie für ihn ungeduldig aus ihr hervorsprudelte. »Verzeih bitte, aber du bist nach Australien zurückgekommen und hältst jetzt die Fahne wie auf einem Kreuzzug hoch, als wolltest du das ganze Land ausmisten.« Sie kam näher zu ihm und nahm erneut seinen Arm. Zögernd drehte er sich zu ihr um. Die Eiswürfel klackten gegen ihre Zähne, während sie ihren Gin Tonic austrank. Ros schaute auf die Uhr und platze dann heraus: »Herrje, ich muss mich sofort duschen. In zehn Minuten muss ich fertig sein! Kommst du zurecht, wenigstens an diesem Abend?«

»Ich bin nur wütend – das ist alles. Ich werde mich nicht daneben benehmen.«

»Vielleicht begleitest du mich nächste Woche nach Singapur, jetzt, da du nichts zu tun hast. Oder du erledigst erst den kleinen Auftrag für Aubrey, und wir treffen uns dann in Penang. Wir könnten dort ein wenig Ferien machen ...«

»Ja, ja. Etwas Ablenkung ist in Ordnung, Ros.«

»So kannst du nicht weitermachen, Hyde!«

»Nein, das geht wohl nicht.« Entgegnete er schmollend. Dann nahm er lächelnd ihre Hand. »Ich hänge mich da nicht mehr rein. Versprochen.«

»Gut.«

Erleichtert zog sich Ros vom Balkon zurück und gab dem Hausdiener und den Leuten vom Partyservice die letzten Anweisungen. Hyde blickte hinüber auf das nun dunkler werdende Wasser der Bucht mit den vielen verstreuten Segelbooten. Auf der anderen Seite des Hafens schloss die Stadt in Erwartung des Abends mit einem weiteren glänzenden Geschäftstag ab, während hier auf dem Balkon die Insekten an der blauen Leuchtröhre verbrannten und auf die darunter liegende Terrasse fielen.

Ros hatte wie immer Recht. Vier Monate nachdem Henderson in Singapur getötet worden war, musste er sein Scheitern endlich eingestehen. Die Türen waren schon überall zugeknallt geworden, nur hatte er das Knallen nie wahrgenommen. Es war alles vergeblich gewesen. All die Reisen nach Queensland, Singapur und Macao waren reine Zeitverschwendung gewesen, so wie die Überprüfung der Bankkonten der verhafteten Polizeioffiziere, die Besuche in den Spielkasinos und die Hotelrechnungen, die sie stets auf ihren Ausflügen zu bezahlen vergaßen, wenn sie das Heroin besorgten. Für ihn nahm die ganze Sache immer größere Dimensionen an, doch die Politgrößen mochten diese unkontrollierbare und verworrene Situation überhaupt nicht. Sie wollten sich mit einem netten *kleinen* Schauprozess abfinden und hatten es nur auf die Wählerstimmen abgesehen, die er bringen würde. Ros hatte wieder einmal Recht gehabt.

Der Polizeipräfekt und der Sicherheitschef, die eigens aus Canberra zu einem Treffen mit ihm angereist waren, hatten ihm die Leviten gelesen. *Verschwinde und lass uns in Ruhe,* war ihre unmissverständliche Botschaft gewesen. *Sie sind eine Plage geworden, Mr. Hyde.* Natürlich war er wie eine beleidigter Junge hinausgestürmt.

Es *war* zu einer Besessenheit geworden. Doch das spannende und aufregende Spiel war nun vorbei. Es war Montagmorgen. Zeit zum Aufwachen ...

Ros war in Australien regelrecht aufgeblüht, während er hier langsam zu verwelken drohte. Von ihrem Onkel hatte sie eine Viehzucht und mehrere Immobilien geerbt. Die Viehzucht hatte sie verkauft und das Geld erfolgreich wieder investiert. Mehr aus einer Laune heraus als aufgrund sorgfältiger Planung hatte sie verschiedene Firmen aufgekauft und kümmerte sich intensiv um deren Sanierung. Die Einrichtungsfirma war inzwischen zu ihrer Leidenschaft geworden. Sie hatte ihr Talent für das Geschäft, für das Design und für die Finanzierung entdeckt. Sie fühlte sich jetzt rundum wohl in Australien, und die Arbeit machte ihr großen Spaß ...

Er hingegen hatte hier lediglich eine Wohnung. Auch London war nicht mehr sein Zuhause, und Australien, das er als Kind verlassen hatte, kam ihm jetzt fremd und öde vor; ein Ferienziel, das er nicht rechtzeitig verlassen hatte, bevor das Flugticket verfallen war. So wie er zur Verstellung seinen Armani-Anzug trug, war dieses Land ohne jede Bedeutung für ihn. Er hatte oft das Gefühl, wie ein Lotusesser, wie ein Genusssüchtiger auf einer einsamen Insel zu leben. Die einzige Bindung an London war sein Haus in Earls Court und die Katzen, die er nicht nach Australien bringen wollte. Sie blieben dort, wo sein Mieter Max sich um sie kümmerte.

Ros hatte sich bestens hier eingerichtet. Auch er lebte in einem der begehrten Vororte von Sydney, besser konnte er es kaum haben. Niemals könnte er Ros verlassen, also sollte er eigentlich zufrieden sein.

Hatte nicht auch Othellos Obsession ein Ende gefunden, wie Ros des Öfteren zu necken pflegte? Diese Ironie half ihm nicht, darüber hinwegzukommen. Die verdeckten Ermittlungen waren Schwerstarbeit gewesen, und er hatte sie noch nicht abgeschlossen! Sollte er jetzt mit seiner seltsamen Qualifikation zum Arbeitsamt gehen?

Fünf korrupte Polizisten konnten nicht allein für all das burmesische Heroin verantwortlich sein, das Australien in den letzten Jahren überschwemmte. Die Hotelgruppe Straits Royal *musste* darin verwickelt sein. Welchen Sinn machten sonst die kostenlosen Aufenthalte für die Polizisten und die unbeschränkte Kreditlinie in den Spielkasinos? Wenn Kumar sich nicht davongemacht hätte, dann hätte Henderson ihn möglicherweise weiter in das Labyrinth geführt … Aber Kumar ist nach England gezogen und arbeitet nun in einer Currybude in den Midlands. Sein Brief hatte keinerlei Erklärungen enthalten, warum er alles stehen und liegen gelassen hatte und so überhastet nach Burma zurückgeflogen war. Nur ein paar Hinweise, dass er an einer großen Sache dran sei. Vermutlich waren das nur Träumereien gewesen, um sich der langweiligen Normalität zu entziehen. Auf Kumars Brief hatte er nie geantwortet.

Als wollte er seine Zweifel verscheuchen, schüttelte Hyde den Kopf und strich sich durch sein krauses Haar. Er räkelte sich in der abendlichen Wärme, wobei seine Rippen kaum noch von den Schlägen schmerzten, mit denen zwei der verdächtigen Polizisten und der Leibwächter eines Drogenhändlers ihn im King's Cross misshandelt hatten. Das war damals äußerst knapp ausgegangen.

Hyde grinste vor sich hin, als er daran zurückdachte. In einer dunklen und schmutzigen Gasse sollten ihm damals die Lichter ausgeblasen, die Scheiße aus ihm herausgeprügelt werden. Wer wollte das schon mit sich geschehen lassen?

Er klatschte mit den Händen und erschreckte damit ungewollt einen der umherschwirrenden Ober. Hyde nickte ihm zu, als der junge Mann ihm eine Flasche Chardonnay entgegenhielt. Heute Nacht ist die Oper dran und nicht die dunkle Gasse. Er nahm das dargebotene Glas und nippte an dem gekühlten Wein.

Mit seinen Fünfsternehotels, den Kasinos und Ferienanlagen überall in Australien und Südostasien musste die Straits Royal Gruppe eine riesige Geldwaschanlage sein. In

Amerika und Europa ließen sie sich in letzter Zeit ebenso nieder. Es war eine perfekte Methode, das burmesische Heroin zu vertreiben und die Profite wieder im Konzern anzulegen und auf diese Weise zu waschen. Er war davon überzeugt, doch hatte er nicht die Spur eines Beweises. Keiner glaubte seiner Geschichte, und selbst Ros lachte über die ganze Sache. Sein Gefühl und sein Instinkt trieben ihn, oder war es vielleicht doch Paranoia? Wieder nippte er an dem Wein. Er fühlte sich wie jemand an der Tür, der eine unangenehme Nachricht überbrachte, wie ein Mormone in einer sehr weltlichen Umgebung. Er würde sich wohl für Penang entscheiden. Dort hatte der alte Aubrey einen Freund, der um sein Leben fürchtete, weil er von seinem Besitz vertrieben werden sollte. Scudamore war Teil von Aubreys Vergangenheit und nicht seiner. *Mir zu Gefallen, Patrick*, hatte Aubrey ihm in der vertrauten, geliebt-gehassten Handschrift geschrieben. Es war praktisch kein Aufwand, warum also nicht?

»Zum Wohl, Hyde«, murmelte er vor sich hin und starrte dabei auf die Stadt, die er endlich als sein Zuhause akzeptieren sollte.

»Danke für Ihren Rückruf, Roger.« Wie ein Bild betrachtete sie durch das Zimmerfenster den Sonnenuntergang. »Es scheint nun alles ziemlich klar zu sein. Ich werde versuchen, es ihr so schonend wie möglich beizubringen.«

»Verzeihen Sie, Marian, dass meine Jungs so forsch vorgegangen sind.« Der Kriminalkommissar zeigte volles Verständnis für Marians Betroffenheit über seinen Bericht und die Schwierigkeit, in der sie sich nun gegenüber Syeeda Lal befand. *Wie sollte sie ihr das bloß beibringen,* überlegte Marian zaudernd. »Wie ich bereits sagte, ist die Sache im Wesentlichen geklärt. Das West Midlands Drogendezernat beobachtete ihn schon ein paar Wochen, weil er mit ein paar merkwürdigen Freunden, einigen uns bekannten Drogenhändlern, verkehrte. Außerdem wurde in seiner Wohnung ein Haufen Bargeld und reichlich Heroin gefunden. Die Autopsie bestätigt zudem, dass er an einer Überdosis starb. Doch ich schätze, das wird es ihnen nicht leichter machen, Marian.«

»Auf jeden Fall herzlichen Dank, Roger.« Sie wollte das Gespräch schnell zu Ende bringen, denn sie begann sich jetzt in ihrem Wahlkreisbüro unwohl zu fühlen. Um diese Zeit würde Syeeda bereits im *Jaipur* arbeiten, das nur ein paar hundert Meter von hier hinter dem Klosterteich entfernt lag. Die physische Nähe des Mädchens machte Marian beklommen, und sie ärgerte sich über die unerfreuliche Situation, in der sie sich nun befand. »Und nochmals danke, Roger, ich schulde Ihnen einen Drink.«

»Wann bekommen Sie denn Ihren Führerschein zurück?«, wechselte der Polizeioffizier das Thema, um die angespannte Stimmung etwas aufzulockern.

»Ach, erst in drei Monaten.«

»Gott sei Dank sind Sie mit hundertachtzig Sachen nicht in meinem Revier erwischt worden. Das wäre sehr unangenehm geworden!«

»Auf Wiedersehen, Roger, wenn ich wieder hinter dem Steuer sitze, werde ich mir mehr Mühe geben.«

Marian legte den Hörer auf, zündete sich eine Zigarette an und streckte ihre Füße auf einem Kissen aus. Dicker Rauch schwebte im Zimmer, und der Sonnenuntergang schien am Horizont wie ein Stoppelfeuer zu brennen und verwandelte den nahen Klosterteich in eine golden leuchtende Fläche.

Verdammt noch mal, Kumar *war* ein Heroindealer gewesen. Sie ärgerte sich jetzt, von ihm getäuscht worden zu sein, ärgerte sich auch über Syeeda, die sie in diese Sache hineingezogen hatte. Wütend blies sie den Rauch an die Decke und erhob sich dann etwas mühsam aus ihrem Schreibtischstuhl, um sich einen weiteren Whisky einzugießen. Ihre eigene Angst war ihr deutlich bewusst, denn sie scheute sich davor, Syeedas Illusionen zu zerstören und deren Liebe zu Kumar wie einen Käfer totzutreten.

Morgen, redete sich Marian ein, obgleich sie in den letzten beiden Tagen jeden Kontakt mit Syeeda vermieden hatte. Warte bis morgen, entschied sie sich, und sag es ihr am

Telefon auf die feige Art, schlechte Nachrichten zu überbringen.

»Was für ein Lump, was für eine Schweinerei!«, fluchte sie und atmete schwer.

Von seinem mit Stuck verzierten Zimmer schaute er auf die weitläufige Anlage von Cheveney Park. In der Abenddämmerung umflogen die Amseln mit lautem Zwitschern den Springbrunnen, der von den Eibenhecken eingefasst war. David Winterborne beobachtete den Gärtner, wie er seine Schubkarre zu den Gartenlauben schob. Dabei blendete ihn die untergehende Sonne so stark, dass er seine Augen zukneifen musste. Weiter rechts sah er auf der Terrasse einen Gefängniswärter, der gelangweilt seine Zigarette auf dem Kies austrat.

Die eine Hand sein Kinn umfassend, die andere vor der Brust verschränkt, wandte sich David Winterborne wieder vom Fenster ab. Der Raum war mit Möbeln aus seinem Haus am Eaton Square eingerichtet. Nur der dicke grüne Teppich stammte noch von seinem Vorgänger, einem Anlagebetrüger, der von hier aus direkt nach Heathrow gebracht worden war, um von dort zu seinem luxuriösen Haus auf den Bahamas zu fliegen.

Das Zimmer war etwas beengt, aber gerade groß genug für seinen Schreibtisch mitsamt Telefon und Faxgerät, sein Bett, das Bücherregal und den Büroschrank. Es reichte für den Rest seiner Haftstrafe.

Sein Magen knurrte und erinnerte ihn daran, dass in etwa zehn Minuten sein Wärter Reg das Abendessen bringen würde. Er hatte geräucherten Lachs und ein Rindersteak bestellt, das vom Restaurant im Ort nach seinem Geschmack fast roh zubereitet wurde. Bewusst hatte er Ralph Lau, der vor ein paar Minuten Cheveney Park in seinem Rolls Royce verlassen hatte, nicht zum Abendessen eingeladen.

Sein Cousin Ralph, der den Schwerpunkt der Geschäfte von Winterborne Holdings wieder zurück nach Singapur und Südostasien verlagern wollte, machte ihm immer mehr

Schwierigkeiten. Im Gegensatz zu Lau plante er, künftig verstärkt den europäischen und amerikanischen Markt anzugehen. Für den Rest seiner Haftzeit musste er ihn wohl oder übel noch tolerieren, schließlich brauchte er ihn als Gegenpol zu seinem Vater Clive, der im Namen von Winterborne Holdings zu einem moralischen Kreuzzug blies. Als der EU-Subventionsbetrug aufgedeckt worden war, wurde Clive Aufsichtsratsvorsitzender und zog umgehend die Firma aus den Geschäften mit Aero UK und dem Wiederaufbauprogramm zurück. Darüber hinaus kündigte er die Zusammenarbeit mit anderen Firmen, die in irgendeiner Weise in den Betrugsskandal verwickelt waren, so als wollte er seinem Sohn nach dessen Haft einen geläuterten multinationalen Konzern überreichen. Armer Clive, der Winterborne Holdings ordentlich mit Weihwasser besprenkelte.

Clive war jedoch verborgen geblieben, dass in der Zwischenzeit der asiatische Zweig der Firma die europäischen und amerikanischen Operationen stark beeinflusste. Die Banken hatten ein Stillhalteabkommen mit Winterborne Holdings geschlossen, denn kein Institut wollte weitere Kredite gewähren, solange David noch im Gefängnis saß. Daher besorgte sich Ralph die immer notwendiger werdenden Finanzmittel über die zur Holding gehörende Hotelkette, die Straits Royal Gruppe. Wie Pilze in einem dunklen Keller war die Notwendigkeit nach neuem Kapital stetig gewachsen. Ralph Lau, den David für die Zeit seiner Haft zum Vorstandsvorsitzenden bestellt hatte, bezeichnete es als *Kapital der besonderen Sorte.*

Jemand klopfte höflich an die Tür.

»Kommen Sie herein, Reg!«

Der Gefängniswärter war ein freundlicher, kleiner rundlicher Mann. Er stellte das Tablett auf den Tisch, schob das Hauptgericht in den Mikrowellenherd darunter, rückte Davids Stuhl zurecht und verschwand wieder. Seine von ihm vergötterte Tochter mochte ihre neue Privatschule überhaupt nicht. Aber Reg war unnachgiebig und wollte, dass sie Davids Großzügigkeit schätzen lernte, der die Schulgebühren von seinem Vorgänger in diesem Zimmer übernommen hatte.

Winterborne setzte sich und nahm das Tuch vom geräucherten Lachs mit dem braunen Buttertoast. Den Wein ließ er stehen, denn er musste später noch wichtige Telefongespräche führen.

In nur zwei Jahren hatte Straits Royal Umsatz und Gewinn verdoppelt. Mit Unbehagen, aber auch mit Bewunderung musste er zur Kenntnis nehmen, wie die Hotelkette zum Kern seines Konglomerats geworden war, denn mit dem Gewinn konnte er wie ein reicher Onkel mit scheinbar unbegrenzten Mitteln seine amerikanischen Expansionspläne finanzieren. Er zögerte nur bei dem Gedanken, dass die Straits Royal Gruppe eines Tages den Rest von Winterborne Holdings wie ein kleines Kind auf dem Arm hin und her schaukeln würde.

Während des Essens las Winterborne ein Stapel von Faxen und ließ sich Ralphs Vortrag noch einmal durch den Kopf gehen. Sein Geschäftsplan für Burma war dermaßen verführerisch, dass David ihn wohl akzeptieren würde. Zwar hing noch viel von Ralphs baldigem Treffen in der Botschaft von Myanmar ab, doch sollte das Mekong-Projekt in Zukunft genügend Gewinn abwerfen, würde es Winterborne Holdings unangreifbar machen. Dominierend in den Vereinigten Staaten und stark wie früher in Europa, wäre sein angeschlagenes, unsicheres Imperium wieder saniert. Manchmal überkam ihn in Laus Gegenwart das Gefühl, als sei er lediglich Berater in der eigenen Firma. *Das* musste sich mit seiner Freilassung ändern.

Nachdem David den Lachs verspeist hatte, bückte er sich und holte das Rindersteak mit frischem Gemüse aus dem Ofen. Das Fleisch war so, wie er es verlangt hatte. Die Situation hier in Cheveney Park hatte ihn mit der Zeit selbstgefällig werden lassen. Vielleicht sollte er doch ein Glas Wein nehmen? Die untergehende Sonne tauchte sein Zimmer in ein freundliches Orange, sodass es ihm fast wie in seinem eigenen Büro und nicht mehr wie in einer Gefängniszelle erschien.

Und dieser Hyde sollte ein Gefolgsmann von *Aubrey* sein? Den kurzen Schauer von Nervosität, der ihn bei dieser Neuigkeit überkam, hatte er vor Lau verborgen. Steckte Aubrey wieder seine Nase in die Angelegenheiten von Winterborne Holdings, oder war dieser australische Exspion lediglich darüber verärgert, wie wenig Bedeutung man der Beinahe-Katastrophe in Sydney geschenkt hatte? David wusste es nicht und konnte sich auch keinen weiteren Gefahren aussetzen. Lau hatte um seine Zustimmung gebeten, Hyde zu eliminieren. Nach reiflicher Überlegung hatte David eingewilligt und ihm angeboten, *seine eigenen Leute dafür einzusetzen, denen möglicherweise weniger Fehler unterlaufen würden.* Bei diesen Worten war Lau zusammengezuckt, und seine Wangen hatten sich vor Ärger gerötet.

Mit Marian war es natürlich eine andere Sache. Ralph war überrascht gewesen, wie wenig es David ausgemacht hatte, dass die unnachsichtigste aller Rachegöttinnen ihnen wieder in die Quere gekommen war. Die Kumar-Geschichte war zwar einwandfrei abgelaufen, aber dennoch hatte seine Freundin die *liebe* Marian sehr beeindruckt. Lau hatte wohl geglaubt, David würde wegen dieser Nachricht sofort in blinden Aktionismus verfallen. Irgendwann jedoch würde er sich um Marian kümmern müssen. Falls sie sich mehr für seine Geschäfte interessieren und ihm zu nahe kommen würde, dann müsste er wohl seine fast schon spirituelle Angst vor ihr überwinden.

Plötzlich hatte das Steak jeden Reiz für ihn verloren. Marian – diese verdammte Marian – hatte ihm den Appetit verdorben. Verärgert schob David den Teller beiseite. Er musste einen *triftigen* Grund haben, um sie zu erledigen. So leicht, wie er Hyde der Finsternis übergeben hatte, konnte er sie nicht verschwinden lassen. Seit seiner Kindheit hing er fast abergläubisch an ihr. Noch immer war sie in seinem Kopf, sie war ein Teil von ihm.

Er hatte schon einmal versucht, sie töten zu lassen, doch sie hatte überlebt. Er hatte diesem Anschlag nur deshalb zugestimmt, weil sie ihn aufs Äußerste bedroht hatte. Nur wenn Marian ihm wieder ernstlich in die Quere kommen sollte, würde er einen Mord erneut in Erwägung ziehen.

Kenneth Aubrey fühlte sich erschöpft und ausgelaugt. Es war nicht nur die Trilogie des Aischylos', die an seinen Kräften zehrte, sondern vielmehr die Anspannung, die es ihn kostete, diesen Abend zusammen mit Marian in der behaglichen Dunkelheit des National Theatre zu verbringen. Ihm erschien die Intensität, mit der sie das Stück verfolgte, wie die Nähe zu einer starken Flamme. Die gleiche Energie, mit der sie die Aufführung der *Orestie* verfolgte, zog sie scheinbar wieder aus dem Stück heraus. Für einen bequem gewordenen alten Mann war das zu anstrengend und zu ermüdend. Kein Wunder, dachte Aubrey, dass ihr Vater Giles, der wohl wusste, was ihn erwarten würde, ihm bereitwillig die Eintrittskarte überlassen hatte.

Die Schauspieler und der Chor verließen die kahle Bühne. Die Bluttaten des *Agamemnon* und die Schrecken der *Choephoroi* waren vorüber, die *Eumeniden* waren gezähmt worden. Entzückung ließ Marians Gesicht noch erstrahlen, während die meisten Zuschauer sich bereits mit dem Souper oder der Heimfahrt im Spätzug anstatt mit Athen und der Gerechtigkeit befassten. Als hätte sie Angst, den Nachhall des Dramas zu verlieren, atmete sie langsam und tief, drehte sich dann zu Aubrey und fragte mit ironischem Unterton:

»So, Kenneth, hast du das auch überlebt?«

»Gewiss doch, Marian.«

»Aber einmal im Leben ist wohl genug?«

»Für mich schon. Trotzdem vielen Dank, obwohl ich nicht so recht weiß, was es mir in meinem Alter noch bringen kann.«

Als sie das Foyer erreichten und zum Ausgang strebten, nahm Marian Aubrey an seinem dünnen Arm. Dankbar hakte er sich bei ihr unter und stützte sich dabei auf sie. Um die bedrückende Stimmung nach den vielen Morden und dem Leid der Seelen, die diesen Abend beherrschten, wieder etwas aufzuhellen, murmelte er leise:

»In meinem Klub oder in den paar Aufsichtsratssitzungen, an denen ich teilnehme, erwarte ich nicht, mit derart fundamentalen Entscheidungen konfrontiert zu werden, meine Liebe.« Dabei spürte er, wie nach der Wahrhaftigkeit in Aischylos' tragischer Dichtung seine Selbstsicherheit langsam zurückkehrte.

»Und das, obwohl du seit Jahrzehnten Entscheidungen von ähnlicher Tragweite zu verantworten hattest?«, neckte Marian ihn freundlich. »Na ja, du hast dich jetzt ins Privatleben zurückgezogen.« Verlegen fügte sie hinzu: »Vielleicht nehme ich alles viel zu ernst. Was meinst du?«

Sichtlich enttäuscht darüber, dass der Regisseur es unterlassen hatte, in dem Stück Parallelen zu Bosnien oder Tschetschenien zu ziehen, wurden sie von den übrigen Zuschauern auf ihrem Weg zum Ausgang regelrecht eingekeilt. Aubrey spürte jetzt deutlich die Gebrechlichkeit des Alters in dieser Menge und zog Marian noch näher zu sich heran, die seine Abhängigkeit sichtlich zu genießen schien.

»Genau wie diese Kumar-Geschichte«, flüsterte sie in sein Ohr. »Auch das habe ich viel zu ernst genommen. Verzeih bitte, dass ich dich damit belästigt habe, da doch nur dabei herauskam, dass dieser junge Kerl ein Drogenhändler war, auf den *ich* hereingefallen bin!«

Aubrey lächelte und streichelte ihre Hand. Ein achtlos um den Hals geworfener Schal streifte seine Wange, als Marian plötzlich stehen blieb. Die Leute um sie herum drängelten sich ungeduldig an ihnen vorbei.

»Marian! Ich sah dich in der Pause und wollte nur Hallo sagen«, hörte sie in einem amerikanischen Akzent.

Der Mann war eine stattliche Erscheinung, wirkte im Ganzen jedoch etwas unecht, als sei eine schmeichelhafte Fotografie von ihm hier mitten unter den Menschen aufgestellt worden. Das Zittern von Marians Arm ließ Aubrey den Amerikaner erkennen, dessen Begleiter er vom Sehen her gut kannte; Peter Grainger war Mitglied seines Klubs und Sprecher der Opposition für Handel und auswärtige Angelegenheiten.

»Robbie«, raunte Marian verlegen und wandte sich sogleich an Aubrey, um sie einander vorzustellen.

»Guten Abend, Kongressabgeordneter Alder«, murmelte Aubrey.

»Sir Kenneth – natürlich!«, erwiderte der Amerikaner und gab ihm die Hand, die Aubrey nur kurz schüttelte. »Was für ein Zufall!« Und zu Marian gewandt fügte er in vertraulichem Ton hinzu: »Welch große, wunderschöne Überraschung. Als Peter mich bat, ihn ins Theater, noch dazu in eine griechische Tragödie, zu begleiten, hatte ich nicht erwartet, dass der Abend sich noch so steigern würde. Was für eine Vorstellung, nicht wahr?«, fügte er zum Zuschauerraum gewandt hinzu.

»In der Tat, es war ein langer Abend«, pflichtete ihm Aubrey trocken bei. Etwas von Giles' Antipathie schien durch seine alten Venen zu fließen, als er die starke Ablehnung, ja die Aversion über das plötzliche Auftauchen des Amerikaners spürte.

»Ich ... ich muss mit dir sprechen, Marian, ich kann diese Gelegenheit nicht verstreichen lassen.«

»Nein«, entgegnete sie mit heiserer Stimme und hielt dabei Aubreys Arm fest. Er erinnerte sich, dass Marian mit diesem Mann *zwei* Affären gehabt hatte, und plötzlich drängte es ihn, ihr den vermeintlichen Kommentar ihres Vaters mitzuteilen, der etwa so gelautet hätte: Alder brauchte nur mit dem kleinen Finger in ihre Richtung zu schnippen, und schon würde sie angerannt kommen. Marian warf ihr Haar zurück und fügte kühl hinzu: »Es ist nett, dich wiederzusehen, Robbie.«

Wann war ihre zweite Beziehung zu Ende gegangen? War es vor drei Jahren gewesen? Alder hatte damals seinen Posten bei der Botschaft am Grosvenor Square aufgegeben und war im Wahljahr in der Hoffnung auf höhere Weihen nach Amerika zurückgekehrt. In seinem Heimatstaat wurde er als Kongressabgeordneter gewählt und hatte infolgedessen die erste Stufe auf der langen Leiter zum Weißen Haus erklommen. Er war ein Populist, manchmal ein wenig radikal, aber dabei stets charmant mit jedem Atemzug. Marian war damals hin- und hergerissen gewesen und hoffnungslos unglücklich – aber am Ende hatte sie sich für ihre eigene und gegen seine politische Karriere entschieden. Sie war ihm nicht, wie er es ihr vorgeschlagen hatte, nach Washington gefolgt, und diese Entscheidung, so empfand es Aubrey heute, hatte sie immer bereut.

Zusammen mit einem Dutzend anderer wurde Alder, der nicht über ein großes Erbe verfügte und früher Anwalt gewesen war, als einer der künftigen Präsidenten gehandelt. Wie er ihn jetzt sah, stieß es Aubrey säuerlich auf, dass der Mann möglicherweise das Zeug für das höchste Amt hatte. Vielleicht war es das, überlegte er fast eifersüchtig, was Marian in seinem Bann hielt, obwohl er ihr intellektuell unterlegen und in seiner Art eher oberflächlich war.

Ich habe mir heute viel mehr von dir geborgt als deine Eintrittskarte, Giles, mein alter Freund, ging es ihm durch den Kopf.

»Können wir nicht einen Kaffee zusammen trinken oder etwas zu Abend essen?«, bot Alder an. »Es ist doch noch nicht zu spät für ein Souper«, fügte er an Grainger und Aubrey gewandt hinzu.

»Ich muss noch an einer Rede arbeiten«, entgegnete Grainger mit einem breiten Lachen. »Andererseits würde ich gerne Ihre Meinung über Russland hören, Sir Kenneth. Ich hätte sozusagen gern die Erlaubnis, mich Ihrer Erfahrung zu bedienen. Meiner Meinung nach verhält sich die Regierung viel zu nachsichtig, was die Rückzahlungen der Kredite angeht und die Nachprüfungen, wohin diese Gelder letztendlich geflossen sind.« Dabei hatte er Aubrey schon zur Seite genommen und begleitete ihn, Alder und Marian zurücklassend, zum Ausgang.

»Junger Mann, Sie schmeicheln mir!« entgegnete Aubrey. »Wenn Sie mich jedoch zum Taxi begleiten, werde ich versuchen, Ihnen eine Antwort auf jede Ihrer Fragen zu geben. Gute Nacht, Marian!« Er wusste, dass er sich in Marians Leben nicht einmischen konnte, obwohl er es gerade in diesem Moment so gern getan hätte.

Er winkte den beiden zu. Alder war leicht gebräunt und

ein elegant aussehender Mann von Anfang Vierzig. Sein wallendes, kräftiges Haar war bereits von Grau durchzogen. Er hatte klare blaue Augen und ein scharf geschnittenes Kinn. Marians Schönheit war feiner, sie wirkte ernsthafter, obwohl sie jetzt, wie Aubrey bemerkte, voll wiederkehrender Leidenschaft für Alder erstrahlte.

»Auf Wiedersehen, Kenneth!«, rief sie ihm fröhlich hinterher. Ihre ernste Stimmung während der Vorstellung und ihrer anfänglichen Unterhaltung danach war jetzt etwas Heiterem und Vergnügtem gewichen.

»Amüsier dich noch, meine Liebe!«, murmelte Aubrey in düsterem Ton, der den Chormitgliedern des Dramas, das er gerade durchgestanden hatte, durchaus angemessen gewesen wäre.

Im Inneren des Wagens war es stickig, so dass Hyde erst die Fenster herunterkurbelte und dann sein einziges Gepäckstück, eine Sporttasche, auf den Rücksitz warf. Der Wagen roch nach Plastik und Staub. Über der schmalen Meerenge, die Penang vom malaiischen Festland trennte, zogen bereits dichte Wolken auf, welche die Hügel im Norden des Flughafens einhüllten. Es war Regenzeit.

Wenn Ros in einigen Tagen ihre Geschäfte in Singapur erledigt hatte – sie war nahe daran, den Auftrag für den Innenausbau einer Ferienanlage in Burma zu erhalten –, würde sie für ein verlängertes Wochenende nach Penang nachkommen.

Hyde trat ein paar Schritte vom heiß flimmernden Blech des Wagens zurück und wartete, bis der Innenraum ein wenig kühler wurde. Auf dem Parkplatz der Mietwagenfirma blitzten Chrom und Lack in der sengenden Sonne. Er fühlte sich müde und schmutzig vom Flug, konnte aber ein Grinsen nicht unterdrücken. Um ihn herum wurde dieser gesichtslose Flughafen Teil eines fremden Landes.

Hyde seufzte, verwundert darüber, dass ein alter Mann glaubte, irgendjemand würde ihm nach dem Leben trachten.

Zwischen den Inseln und dem Festland glitzerte das

Meer in der Morgensonne, die hier noch gleißender als in Sydney strahlte. Auf dem Festland kletterte der Dschungel die Berge bis zu den tief hängenden Wolken hinauf. Hyde stieg in den Wagen, breitete die Straßenkarte auf dem Beifahrersitz aus und startete den Motor. Er fuhr zur Ausfahrt und bog in Richtung Norden in die Küstenstraße ein. Wie ein Hund schnupperte er die Luft, während der Fahrtwind mit seinem Haar spielte und seine schwitzende Stirn kühlte.

Er passierte einen buddhistischen Tempel, Häuser im Kolonialstil und Bäume mit unzähligen Papageien. Direkt vor ihm flog ein kleiner, heller Vogel in Richtung der Vororte von Georgetown. Hütten, Pfahlhäuser, Schuppen, Bungalows und Geschäfte säumten die Straße wie Betrachter der sich vor ihm auftürmenden Hochhäuser. Fast respektlos hob sich das moderne Zentrum von Georgetown gegen den umliegenden Dschungel ab.

Er spürte noch den leichten Kater vom gestrigen Abend in der Oper, mit der Wohltätigkeitsgala, dem Geld und der Kunst und seine und Ros' Abhängigkeit voneinander. Es herrschte wenig Verkehr.

Ein grüner Nissan folgte ihm, den er in den nordwestlichen Vororten immer noch im Rückspiegel sah. Er war unaufmerksam gewesen, denn er hatte keine Ahnung, seit wann er verfolgt wurde. Er hatte auch nicht erwartet, dass irgendjemand sich für seine Ankunft hier interessierte, geschweige denn, dass überhaupt jemand davon wusste. Hyde beschleunigte vorsichtig, als sich vor ihm das tiefblaue offene Meer mit hohen weißen Hotels an der Küste auftat. Der grüne Wagen beschleunigte ebenfalls, um sich dann wieder etwas zurückfallen zu lassen, wohl um nicht entdeckt zu werden. Auch Hyde bremste etwas ab. Ford und Nissan hielten nun wieder den gleichen Abstand.

Die Hotels verschwanden wie Kreuzfahrtschiffe an der Reede hinter ihm. Trotz der Regenzeit war der Küstenort Batu Ferringhi von Touristen überlaufen. Die Scheiben des Nissan waren getönt, sodass er den Fahrer nicht erkennen konnte. Er fühlte sich von ihm regelrecht in Richtung von Scudamores Bungalow getrieben.

Auf die Hotels folgten zahlreiche kleinere Buchten. Die Hügel reichten jetzt bis zur Straße, und der angrenzende Dschungel war übersät mit Lichtungen und *Kampongs*, an die sich üppige Gärten mit gepflegten Rosenhecken anschlossen. Der Nissan folgte *ihm*, und das interessierte ihn jetzt mehr, als einen alten, ihm fremden Mann zu besuchen. Hyde betrachtete es als eine Einladung zum Spiel.

Aber warum? Wegen Sydney? Man hatte ihn doch abblitzen lassen und ihn kaltgestellt. Oder *beunruhigte* er sie noch immer?

Hyde schaute nun häufiger auf die Karte, und als die Straße in eine Landzunge einbog, drosselte er die Geschwindigkeit, um die Namen an den weißen Gartenzäunen besser lesen zu können. Vor ihm erstreckte sich das kristallklare, mit Windsurfern übersäte Meer. An Scudamores eingezäuntem Bungalow blieb er schließlich stehen und wartete, bis der Nissan ihn überholte, der ohne langsamer zu werden an ihm vorbeifuhr, um dann hinter der nächsten Kurve irgendwo auf der Landzunge zu verschwinden. Hyde prägte sich das Autokennzeichen ein. Man weiß ja nie, dachte er, aber wahrscheinlich war es doch nur ein Mietwagen. Dann stieg er aus dem Ford in die feuchte drückende Hitze.

Ein Malaie in weißem Hemd, hell kariertem Sarong und einem schwarzen samtenen Käppi öffnete die Tür. Im selben Moment hörte Hyde Gebrüll aus den Hinterräumen:

»Ich habe dir doch gesagt, Rahim, dass du die verdammte Tür nicht öffnen sollst, ohne vorher nachzusehen, wer da ist.« Es war ein nordenglischer Akzent, vielleicht aus Lancaster. Seine Stimme war schwer vom Alkohol.

»Ist Mr. Scudamore zu Hause?«, fragte Hyde. »Sagen Sie ihm bitte, ich sei der Botenjunge, und fragen Sie ihn, ob er mich sehen will. *Tuan* Aubrey hat mich geschickt.«

Von der Eingangstür konnte er durch das Haus auf die Terrasse schauen, auf der ein grün-weißer Sonnenschirm mit mehreren Korbsesseln stand. Dahinter ragten aus dem glitzernden Meer steile Felsen. Von der Terrasse kam ein schwankender Schatten durch die mit Teakholz getäfelte

Eingangshalle auf Hyde zu, die früher einmal der Gesellschaftsraum gewesen sein musste. Dann versperrte ihm Scudamores massiger Körper die Sicht auf Meer und Berge. Hyde roch den Alkohol und spürte die Angst des Mannes.

Mit einem Glas in der Hand verharrte der alte Mann am anderen Ende der Eingangshalle und musterte ihn aus der Entfernung mit seinen scharfen, hellen Augen wie ein angeschlagener Stier. Hyde war vom Anblick dieses fetten, alten Engländers enttäuscht, der ihm wie ein gestrandeter Schiffbrüchiger vorkam. Die ungepflegte, angetrunkene Erscheinung vor ihm verwischte seine noch so schwachen Vorstellungen, mit denen er hierher gekommen war. Aber da gab es ja noch den grünen Nissan!

»Wer sind Sie?«, bellte Scudamore ihn an.

»Kann ich hereinkommen?«

»Nein, noch nicht!«

Sein Argwohn war chronisch. Der Mann, ein Exoffizier der Spezialeinheit, war ungeschlacht, wie ein Wrack.

»Aubrey bat mich …«

»Der war sich wohl zu fein, selbst zu kommen, was?« Scudamore grinste gehässig, warf seinen Kopf hin und her, als wolle er die Wirkung des Alkohols von sich abschütteln, und ging dann einen Schritt zur Tür. Rahim rührte sich nicht vom Fleck. »Alter Sack«, brummte Scudamore.

Hyde schmunzelte.

»Mein Name ist Hyde. Sie sprechen von meinem ehemaligen Arbeitgeber. Kann ich jetzt hereinkommen?«

Gelassen schaute er noch einmal auf die Straße in Richtung der Landzunge, als wollte er sich vergewissern, den Ford tatsächlich abgeschlossen zu haben. Dabei konnte er in einer Kurve den Kühler des grünen Nissan mit den getönten Scheiben ausmachen. Es war nicht Scudamore, den sie beobachteten, vielmehr waren sie an ihm selbst interessiert. Hyde begann sich jetzt vage an den Wagen zu erinnern, der ihm auf dem Weg zum Flughafen von Sydney gefolgt war. Dann schoss ihm der Mann neben ihm am Check-in Schalter durch den Kopf. Und schließlich war da noch irgendjemand in Kuala Lumpur, während er auf seinen Anschlussflug wartete. Er war tatsächlich sehr nachlässig gewesen.

Scudamore antwortete ihm nicht und ging durch das Haus zurück auf die Terrasse, als habe er jegliches Interesse an seinem Besucher verloren. Rahim bat Hyde ins Haus, wobei ihm der grüne Nissan in der Kurve so gegenwärtig war wie eine frische Tätowierung zwischen seinen Schulterblättern.

»Möchten Sie etwas trinken, *Tuan*?«

Hyde hielt einen Moment inne und antwortete dann: »Kaffee, bitte.«

Das achtlos eingerichtete Haus wirkte auf ihn, als würde es Menschen gehören, die gerade zusammengezogen waren oder die ihr Interesse an jeglichem Besitz und Erinnerungen verloren hatten. Die Möbel waren alt und schäbig. Alles erschien provisorisch, als erwartete Scudamore jeden Augenblick den Befehl zum Aufbruch. Die Hände in den Taschen seines cremefarbenen Anzugs, lehnte sich Hyde schließlich an den Rahmen der Terrassentür.

Scudamore saß schon wieder und wurde von dem Korbsessel wie ein aufgedunsener grauer Teig zusammengedrückt. Er trug sein Hemd weit aufgeknöpft, sodass das schwarze, lockige Haar an Brust und Bauch hervorquoll. Der Alkohol und die Sonne hatten sein Gesicht gerötet. Hyde wurde von Scudamores rattengrauen Augen aufmerksam und gründlich gemustert.

»Sie schauen sich nicht viel um.«

»Und Sie schauen noch weniger.«

Dabei begann Scudamore so laut und heftig zu lachen, dass er husten musste. Schließlich antwortete er:

»Sie können sich ruhig hinsetzen.« Als er sein Glas abstellte, zitterte seine Hand, und er verschüttete etwas Whisky. Er musste schon die Nacht hindurch und den ganzen Morgen getrunken haben und das wahrscheinlich seit mehreren Tagen und Nächten. Scudamore war zutiefst verstört, und die zahlreichen Whiskyflecken auf der Terrasse waren ein sicheres Indiz seiner Furcht.

»Was wollen Sie von Aubrey?«, fragte ihn Hyde schließlich.

»Ich will … ich will, dass mich der alte Lump endlich *ernst* nimmt!«, platzte es aus ihm heraus, wobei der Korbstuhl unter den ärgerlichen Bewegungen quietschte und krächzte wie ein Papagei auf einem der nahen Bäume.

Unterhalb des Hauses, das an einer Klippe über dem Meer gebaut war, erstreckte sich der Strand. Er war menschenleer, und vermutlich war es das Stück Land, das Scudamore gerade an die Straits Royal Gruppe verkaufen wollte, die dort eine Ferienanlage mit einem Kasino bauen wollte. *Scudamore gehört nicht zu den Menschen, die sich von Schatten beeindrucken lassen,* hatte ihm Aubrey mit auf den Weg gegeben. Und Scudamore zufolge bediente sich die Straits Royal Gruppe sehr unsauberer Methoden, um den Kaufpreis zu drücken.

»Er hat mich immerhin hierhergeschickt, also nimmt er die Angelegenheit wohl ernst genug.« Hyde setzte sich ihm gegenüber an die andere Seite des weiß lackierten gusseisernen Tisches, streckte seine Beine aus und fügte mit abfälligem Unterton hinzu: »Ernst genug für Sie jedenfalls.«

Scudamore starrte ihn an, bevor er seinen Blick wieder über die Landzunge und den Strand schweifen ließ. Er betrachtete diese Landschaft, als suchte er dort nach verlorenen Kostbarkeiten und nicht, als wäre sie die Ursache möglicher Gefahren. In der Ferne glitt majestätisch eine Motoryacht über das Wasser. Ein Windsurfer wurde gerade durch die Wellen eines vorbeirasenden Jetskis aus dem Gleichgewicht gebracht.

Scudamore hielt wieder sein Glas Whisky in der Hand, die groß wie ein Boxhandschuh war, und brummte: »Sie sehen wohl, dass ich Angst habe, nicht wahr?«

»Ja, das kann ich sehen.«

Hyde mochte Scudamores heruntergekommenes Äußeres überhaupt nicht, obwohl ihm Aubrey versichert hatte, dass er früher ein guter Polizist gewesen war und er ihm sein Leben verdankte.

»Wollen Sie wissen, wovor ich eine solche verdammte Angst habe?«, forderte ihn Scudamore heraus.

»Wie viel ist dieses Grundstück Ihrer Ansicht nach wert?«, entgegnete Hyde.

»Eine halbe Million«, antworte Scudamore eher beiläufig, ehe es aus ihm hervorbrach: »So viel nehmen die in den ersten sechs Monaten allein an der Bar ein.«

»Und was haben sie Ihnen angeboten?«

»Zweihunderttausend.«

»Und dann wundern Sie sich, dass Sie einen derartigen Druck ausüben?«, höhnte Hyde.

Scudamore knallte sein Glas auf den Tisch. Verschütteter Whisky glitzerte auf seiner Hand.

»Sie verdammter Klugscheißer!«, brüllte er ihn an. »Die Ganoven von der Straits Royal Gruppe versuchen, mich zu bescheißen! Wollen Sie mal sehen, wie ernst die das meinen?« Er sprang auf, wobei sein massiger Körper den Blick auf die Landzunge verstellte, und stürmte hinein, als wolle er in ein fremdes Haus einbrechen. »Kommen Sie her und sehen Sie sich die Preise von Bauland hier in der Gegend an!«, brüllte er aufgebracht.

Hyde zuckte nur mit den Achseln und folgte Scudamore ins Wohnzimmer, wo der dicke alte Mann schon vor dem Fernseher kniete und schwer atmend eine Kassette in den darunter stehenden Videorecorder steckte. Listig, fast verschlagen schaute er auf zu Hyde.

»Ich weiß über Sie Bescheid, Sie verdammter Aussie!«, knurrte er. »Sie sind Aubreys verlorener Sohn, sein Lieblingsjunge. Sie selbst haben ja eine ziemlich merkwürdige Meinung von der Straits Royal Gruppe, nicht wahr?« Er wedelte mit der ausgestreckten Hand, als er Hydes überraschtes Gesicht bemerkte. »Ich bin nicht so verrückt, wie Sie vielleicht denken. Als Aubrey mir Ihre Geschichte erzählte, dachte ich, es würde Sie vielleicht interessieren, dass die Burschen auch hinter mir her sind.«

Schwerfällig richtete er sich wieder auf und nahm die Fernbedienung von der Lehne des schäbigen Sessels, in den er sich hineinfallen ließ. Dann schaltete er Fernsehgerät und

Videorecorder an, wobei sein Atem so schwer ging, als ringe er um sein Leben.

Auf dem flimmernden Bildschirm erschien eine ungepflegte ältere Mercedes-Limousine, die möglicherweise auf derselben Straße entlangfuhr, die Hyde gerade von Georgetown hierher genommen hatte. Der Wagen fuhr auf die Kamera zu, dann an ihr vorbei in Richtung der Landzunge und der weiß getünchten Bungalows. Mit entsetztem Gesicht umkrallte jetzt der dicke Mann die Sessellehnen. Auf dem Fernsehschirm tauchte plötzlich eine verschwommene Gestalt an der Straße auf, die so etwas Ähnliches wie das Tuch eines Toreros vor das Auto schleuderte. Es war eine mit Nägeln besetzte Matte, die von der Polizei zum Stoppen flüchtender Autos benutzt wurde. Die Reifen des Mercedes platzten, und der Wagen schleuderte unkontrolliert auf die Klippe zu.

Das Video war bearbeitet worden, denn in der nächsten Einstellung nahm die Kamera vom Fuß der Klippe den Wagen auf, wie er den Abgrund hinabstürzte und dann wie in einem Spielfilm auf dem Boden zerschellte und in Flammen aufging.

Vorsichtig beobachtete Hyde, wie Scudamore seinen zitternden Körper von den Bildern wegdrehte und mit heiserer Stimme zu sprechen begann:

»Vor zwei Tagen passierte genau das mit meinem Wagen. Ein wahres Wunder, dass *ich* nicht über die Klippe fuhr!« Seine zittrige Hand deutete dabei auf das Bild des brennenden Wracks. »Dieselbe Farbe und dasselbe Model. Es war ihre letzte Warnung! Seit zwei Wochen habe ich darauf gewartet, und jetzt ist es vor zwei Tagen passiert!«

Hyde stand auf und ging auf die Terrasse, wo er Scudamores Glas mit Whisky füllte. Dicke Regenwolken zogen über dem Meer auf und verhüllten die Berge des malaiischen Festlands. Die kleineren Boote und Windsurfer verschwanden allmählich. Hyde ging zurück ins Zimmer und reichte dem alten Mann das Glas. Mit schwammigen Lippen saugte er an dem Whisky.

»Ich will in Bournemouth sterben und nicht hier!«, jammerte Scudamore.

»Sie wollen im Ernst mit einer halben Million Pfund auf der Bausparkasse sterben?«

»Warum nicht?«, bellte Scudamore zurück, dessen Leinenjackett wie ein armseliger Vorhang über seinem dicken Bauch hing. Sein Panamahut war völlig zerschlissen. Er war ein heruntergekommener Auswanderer mit Arthritis und einem Alkoholproblem, der sich nichts sehnlicher wünschte, als in einen englischen Vorort mit der staatlichen Krankenversorgung und dem anständigen Fernsehprogramm zurückzukehren. »Warum denn nicht?«, wiederholte er.

In der Tat, warum eigentlich nicht? Die Straits Royal Gruppe könnte sich bestimmt eine halbe Million leisten.

Hyde setzte sich Scudamore gegenüber und beugte sich wie ein Priester bei der Beichte etwas vor. Rahim kam mit dem Kaffee, stellte ihn auf einen Beistelltisch und zog sich schließlich mit einem missbilligenden Blick auf das Whiskyglas in der Hand seines Herrn wieder zurück. Hyde goss sich Kaffee ein, trank einen Schluck und sagte:

»Mit wem haben Sie bisher verhandelt, irgendein hohes Tier bei Straits Royal?«

»Wir sind wohl langsam interessiert, was?«, höhnte Scudamore. »Sie denken, die wollen das Kasino hier bauen, um Drogengeld zu waschen? Ist es das?«

»Auf der malaiischen Halbinsel haben sie nur ein einziges Kasino, oben in den Bergen von Genting.«

»Das weiß ich.«

»Wie ich sehe, hat Ihnen Aubrey eine Menge Informationen über meine Tätigkeiten anvertraut.«

»Der alte Sack erzählte mir, dass Sie wie eine Nymphomanin in Einzelhaft ausgerastet sind, als man Sie an die Luft setzte. *Und* er glaubte kein Wort ihrer schönen Verschwörungstheorie«, fügte Scudamore in bissigem Tonfall hinzu.

Hyde lachte. »Sie haben Recht, genau so war es. Malaysia gehört zu den asiatischen Tigerstaaten mit stetig wachsendem Tourismus. So wie der Doktor es der Straits Royal

Gruppe verschrieben hat: Ein Dutzend neuer Ferienanlagen und Spielkasinos hier in Malaysia, in denen man eine Menge Geld waschen kann – das ist doch besser, als die Kasinos in Laos oder Kambodscha zu bauen, die von den Leuten aus dem Westen auf absehbare Zeit bestimmt nicht in größerer Zahl besucht werden. Nicht wahr?«

»Mein Gott, was ist das für ein Quatsch! Ist das alles, was Sie zu bieten haben? Außerdem dachte ich, Sie seien hier, um mir zu helfen«, entgegnete Scudamore abfällig. Aber Hyde hatte schon sein Interesse geweckt, indem er Straits Royal auf eine Ebene mit gewöhnlichen Gaunern gestellt hatte, der Sorte von Menschen also, die früher von Scudamore am laufenden Band verhaftet worden waren. »Da stimme ich mit Ihnen überein, sie breiten sich wie eine Plage im ganzen pazifischen Raum aus. Ihr Land ist ja überfüllt mit den verdammten Kasinos und Hotels. Trotzdem kann ich die Sache nicht so recht glauben.«

»In Malaysia ist das Glücksspiel nicht sonderlich beliebt. Die Regierung …«

»Die wird viel daran verdienen. Die akzeptieren die Spielregeln. Kasinos ziehen magisch die Touristen an. In fünf Jahren werden sie in jedem Ferienort stehen.«

»Und alle werden der Straits Royal Gruppe gehören. Einschließlich dem Kasino an Ihrem Strand?«

»Zusammen mit den umliegenden Grundstücken ist das Gelände groß genug für einen Ferienkomplex. Sie haben die anderen Grundstücke schon alle gekauft, ohne die Leute zu terrorisieren.«

»Und Sie dachten wohl, das würde Ihr Gelände besonders wertvoll machen, Sie habgieriger Kerl! Nicht wahr?«

»Lassen Sie mich doch in Ruhe.« In seinen Worten war jedoch keine Böswilligkeit zu hören. »Sie können dort Villen mit einem Privatstrand bauen, ein riesiges Kasino mit Fitnessklub und so fort. Die können es sich leisten, meinen Preis zu bezahlen.«

»Wer war der Ranghöchste, mit dem Sie bisher gesprochen haben?«

»Auch so ein verdammter Aussie mit noch piekfeinerem

Akzent, als Sie ihn sprechen. Sein Name ist Pearson. Bruce Pearson. Heißt ihr in Australien eigentlich *alle* Bruce?«

»Beileibe nicht. In Melbourne soll es einen Burschen namens Shane geben.« Hyde verbarg seine Erregung, als er den Umschlag mit Fotografien aus seiner Brusttasche zog und sie durchging. Er reichte Scudamore ein Foto. »Verzeihen Sie, aber es wurde bei Nacht aus großer Entfernung aufgenommen. Ist das dort links Pearson? Der Typ rechts von ihm ist tot. Er lebte ungefähr noch vier Minuten, nachdem ich dieses Foto geschossen hatte.«

Scudamore musterte die Gestalt auf dem Foto mit ängstlichem Blick. Sein Körper begann vor Erregung zu zittern, als wäre er nur ein leichtes Gewand.

»Nein«, antworte er nach einer Weile erleichtert, »ich habe den Kerl nie zuvor gesehen.«

Wieder eine Niete! Hyde war maßlos enttäuscht, denn in der Hoffnung, dass Scudamore den Mann, der Henderson getötet hatte, identifizieren würde, war er schließlich nach Penang gekommen.

»Schade.«

Fang an zu leben, Hyde, waren Ros' Worte gewesen. Warum konnte er es einfach nicht *sein lassen*? Warum musste er dieser alten Geschichte immer noch hinterherrennen? Er schüttelte den Kopf und schwor sich im Stillen, die Geschichte mit diesem alten Kerl so schnell wie möglich hinter sich zu bringen, um dann nach Australien zurückzukehren.

»Und was ist mit meinem Problem?«

»Ihr Problem? Ich habe Aubrey versprochen, Ihnen soweit ich kann zu helfen. Arrangieren Sie für morgen ein Treffen mit Pearson. Ich muss erst die Stärke der Gegenseite abschätzen. Wir brauchen Beweise. Das Geständnis eines Mitarbeiters wäre ausreichend, um Straits Royal unsererseits ein wenig zu erpressen. Sind Sie damit einverstanden?«

Kapitel zwei

Kalis Tänzer

In dem KOMTAR-Gebäudekomplex hatte Scudamores Anwalt ein eindrucksvolles und zweifellos sehr teures Büro gemietet. Auf dem Weg dorthin fuhr Scudamore in seinem sich jetzt wieder in tadellosem Zustand befindenden Mercedes langsam auf der Penang Road an Hyde vorbei, der seinen Ford gegenüber des Odeon-Kinos geparkt hatte. Er kurbelte das Fenster seines Wagens herunter, um die noch frische Morgenluft einzuatmen. Nur ein paar hundert Meter von hier hatte er die Nacht in einem schäbigen Hotel verbracht. Das scharfe malaiische Essen, das dort zum Frühstück serviert worden war, spürte er noch immer auf der Zunge.

Die Sonne stand bereits hoch am Himmel, die Schatten wurden jetzt schnell kürzer und das Licht härter. Hyde hatte Scudamore darum gebeten, früh zu kommen und zu Fuß zum Bürohaus zu gehen, damit er überprüfen konnte, ob der dicke Mann noch unter Beobachtung stand. Mit beiden Händen umklammerte Hyde jetzt das Lenkrad. Der grüne Nissan war ihm gestern von Scudamores Haus zurück nach Georgetown gefolgt, hatte ihn aber dann im Berufsverkehr, lange bevor er am Hotel angekommen war, verloren. Sie mussten ihn also wieder ausfindig machen, was jedoch flinkes Fußwerk voraussetzte. Das Einfachste würde sein, überlegte er sich, einen Burschen aus der Gruppe seiner Beschatter zu schnappen und etwas Belastendes über Pearson oder die Straits Royal Gruppe aus ihm herauszuprügeln. Diese Information könnte er dann gegen den von Scudamore geforderten Kaufpreis des Grundstücks eintauschen. Alles andere würde die Operation nur unnötig komplizieren und ein ganzes Team erfordern.

Nachdem Scudamore an ihm vorbeigefahren war, reihte

sich Hyde in den fließenden Verkehr ein. Er folgte dem Mercedes in weitem Abstand. Niemand schien ihm zu folgen. Für einen Moment fuhr ein alter Chinese auf einer betagten Fahrrad-Rikscha neben ihm her und versuchte krampfhaft über den Lenker gebeugt, mit ihm Schritt zu halten. Als Hyde an der nächsten Ampel hielt, umgaben ihn Gerüche und Geräusche eines nahen Bazars. Schillernde Kleider lagen ausgebreitet auf Tischen, billiger Schmuck glitzerte in der Sonne, und ein blau-roter Drachen stierte vom Eingang eines chinesischen Tempels auf ihn nieder.

Grün. Hyde beschleunigte rasch und hielt sich jetzt nur einen Wagen hinter Scudamore. Er würde ihn schon von seinen Dämonen befreien, dachte er. Aber andererseits könnte Scudamore ihn noch weiter ins Innere von Straits Royal führen.

Der Mercedes verschwand in der Tiefgarage hinter dem KOMTAR-Gebäude. Hyde parkte den Ford am Bürgersteig ein, schaltete den Motor aus und schaute sich dann aufmerksam um. Niemand schien an Scudamores Wagen Interesse zu haben. In der Nähe öffnete ein Ladeninhaber das Speergitter mit lautem Krachen. Etwa fünfzig Meter entfernt lehnte ein Malaie scheinbar unbeteiligt an seinem grauen Lexus und zündete sich gerade eine Zigarette an. Aus stinkenden Bussen ergossen sich die Pendler auf die Straße, und vor jeder Ampel staute sich eine Traube von Autos. Hyde stieg aus und verschloss den Wagen. Er würde die Umgebung des KOMTAR-Gebäudes auskundschaften und den Eingang, den vermutlich Pearson nehmen würde, beobachten. Keine Spur eines grünen Nissan oder sonst von irgendjemand, der Interesse an ihm haben könnte.

Hyde schlenderte an alten Geschäften vorbei und schaute neugierig wie jeder Tourist in deren schummrige Innenräume. Neben einem mit Gewürzen voll gestellten Eingang krächzte ein Papagei und rüttelte am Gitter seines Käfigs. In einer kleinen buddhistischen Stupa war die goldbesetzte Figur des Siddhartha in der typisch meditativen und melancholischen Haltung eingelassen. Daneben war ein Schaufenster mit Fernsehgeräten, in einem anderen wurden

Sexvideos und weibliche Dessous angeboten, von denen er schon mit fünfzehn Jahren aufgehört hatte zu träumen. Er erreichte gerade den Lexus mit dem daneben stehenden, betont unbeteiligt wirkenden Malaien, als sich das Beifahrerfenster öffnete.

Beim Anblick des Gesichts im Wagen erstarrte Hyde vor Schreck. Er kannte die Person, zu der es gehörte, leider nur zu gut. Es war Jessop, ein ehemaliger Agent. Augenblicklich spannten sich seine Nerven an. So verblüfft, wie Hyde über den Anblick Jessops war, so vergnüglich und höhnisch wirkten Jessops Gesichtszüge. Ein überlastetes Elektrokabel schien zwischen beiden gespannt zu sein, so geladen war die Atmosphäre.

»Hyde!«, platzte Jessop in Londoner Akzent und bösartigem Unterton heraus.

»Jessop ...«

Hyde ließ die Hände in seinen weiten Hosentaschen stecken und bemerkte, wie sich Jessop um eine betont überraschte Miene bemühte. Jessops Spezialität war das Eliminieren, das dreckige Ende jeder Spionagetätigkeit. Der Mann war Abschaum – und von privater Seite teuer zu engagieren. Der *konnte* also nicht allein deswegen in Penang sein, nur um einen alten Mann davon zu überzeugen, den Verkaufspreis seines Bungalows zu senken. Aus den Augenwinkeln bemerkte Hyde plötzlich, wie sich die Haltung des Malaien seltsam anspannte.

Er war für einen Augenblick desorientiert, spürte aber gleichzeitig eine fast verzweifelte Gelassenheit, als er bemerkte, wie Jessops Gedanken ihn zu umgarnen begannen. Wie ein Amateur hatte Hyde sich in einem Stolperdraht verheddert. Jessop musste also an *ihm* und nicht an Scudamore interessiert sein. Die Straits Royal Gruppe hatte Jessop wegen des Heroins engagiert.

Jessop blickte hinüber zu dem nun nicht mehr so gelassenen Malaien. Ein Chinese chauffierte den Lexus, während ein anderer Chinese auf der Rückbank saß. Langsam öffnete sich Beifahrertür, und Hyde begann zu rennen. Als Jessop sich langsam aufrichtete und in seine Jackentasche griff, konnte er sich endlich von dem lähmenden Schock befreien.

»Tan – *er ist es*!«, hörte er ihn, und Jessops nächste Worte waren nur noch ein hektisches und drohendes Geschrei, das die Passanten wohl ähnlich schockierte wie seine eigene Flucht. »Hyde!«, hörte er noch und drehte sich um.

Der Malaie hatte schon die Verfolgung aufgenommen, während Jessop die beiden anderen Chinesen hinter ihm her schickte. Vorbei an einem abgemagerten Hund, der gerade einen Abfallhaufen durchstöberte, taumelte Hyde nass geschwitzt in eine Seitengasse, die im Licht der Morgensonne glänzte. Instinktiv griff er unter seine Achsel, um seine – nicht vorhandene – Pistole zu ziehen. Hinter ihm hörte er Schritte und das Jaulen des Hundes, den der Malaie wohl mit einem Tritt aus dem Wege befördert hatte. Jessop – dieser verdammte Psychopath. Die Gedanken schossen ihm durch den Kopf, als er in das gleißende Sonnenlicht rannte und dabei fast eine zierliche Malaiin in einem bunten Kostüm umrannte. Ihre elegante Sonnenbrille flog in hohem Bogen zu Boden und offenbarte ihre verängstigten Gesichtszüge.

Hyde schubste sie zur Seite und rannte weiter. Der intensive Geruch von Gewürzen, Benzin und Schmutz stieg ihm in die Nase. Der Malaie und einer der beiden Chinesen waren kaum dreißig Meter hinter ihm. Der Berufsverkehr verstopfte den Jalan Dr. Lim mit Autos, Fahrrad-Rikschas, Lastwagen und den obligatorischen stinkenden Bussen. Die geschäftige Menge warf ihn fast zurück, und es schien zunächst, als würde er von ihr verschluckt werden. Wie ein Schwimmer begann er, sich schneller durch die Menschenmenge zu bewegen. Nach einer Weile schaute er sich um, konnte jedoch keinen seiner beiden Verfolger mehr ausmachen.

Ein Bus spuckte seine Ladung Passagiere auf den Bürgersteig, doch Hyde konnte sich nun immer leichtfüßiger und schneller in der Menge fortbewegen. Der Chinese und der Malaie hatten es schwerer in seinem Kielwasser, denn immer wieder mussten sie innehalten, um nach ihm zu schauen und sich erneut durch die Masse kämpfen. Wieder stoppte der Verkehr an einer Ampel, und Hyde nutzte die Gelegenheit, zwischen Autos, Lastwagen und verdutzten Rikschafahrern auf die andere Straßenseite der Jalan Dr. Lim zu gelangen. Dort hielt er für einen Moment inne, um sich zu orientieren und seine Situation zu überdenken. Er war völlig außer Atem, doch durch den plötzlichen Adrenalinschub voller Energie. Gejagt von Bussen und Taxis, kämpfte sich der Malaie gegen den Strom der Passanten in Richtung des KOMTAR-Hochhauses. Den Chinesen würde Hyde jedoch selbst aus kürzester Entfernung nicht wieder erkennen.

Er bog in eine Seitengasse ein. Sofort machte die Gegend einen armseligeren und heruntergekommeneren Eindruck. Die vielen Cafés, Snackbars und kleinen Läden erfüllten die Luft mit Gerüchen nach Gemüse und Gewürzen. Auf der Straße türmte sich Abfall aus zerschlissenen Körben zwischen Rattanstühlen. Hinter ihm schien sich niemand mehr mit besonderer Eile zu bewegen, woraufhin auch Hyde etwas ruhiger wurde und noch tiefer in diese fernöstliche Welt eintauchte. Schwer atmend passierte er einen Buchladen, dann einen ausgehöhlten Elefantenfuß, in dem blank polierte Rohrstöcke steckten. Er kam vorbei an steinernen Löwenskulpturen, die einen der Göttin der Barmherzigkeit geweihten Tempel bewachten und grimmig die Wechselstuben auf der gegenüberliegenden Straßenseite beäugten, an einem Hindutempel, der die in Stein gehauenen Shiva mit Parvati in sexueller Vereinigung zeigte, und schließlich an einer schlichten Moschee.

Die Hände in die Hüften gestemmt, blieb Hyde für einen Moment stehen und sog mit tiefen Zügen die übel riechende Luft in seine Lungen. Sein Anzug war voller Schweißflecken. Jetzt konnte er es nicht riskieren, in Scudamores Nähe zu kommen. Trotzdem musste er es irgendwie schaffen, denn der alte Mann war in Gefahr und könnte von Jessop dazu benutzt werden, ihn selbst ausfindig zu machen. Er brauchte eine Pistole.

Jessop war ein Psychopath. Er hatte früher mit Fraser zusammengearbeitet, doch Fraser war jetzt tot, irgendwo war er in den Vereinigten Staaten getötet worden. Tony Godwin war bei der Beerdigung gewesen und hatte Hyde eine Postkarte geschickt, um ihn auf dem Laufenden zu halten: *Ich musste sichergehen, dass der Bastard wirklich im Sarg liegt,* hatte er ihm damals geschrieben.

Aber Jessop lebte und hatte es jetzt in Penang auf Hyde abgesehen. In der Straits Royal Gruppe gingen sie also immer noch davon aus, dass er hinter ihnen her war. Er hatte zwar widerwillig seine Ermittlungen einstellen müssen, doch ging ihm der Ruf voraus, sich nicht so ohne weiteres von einer Sache abbringen zu lassen, bevor er sie zu Ende gebracht hatte. Sie wussten also, dass er ihnen weiterhin Unannehmlichkeiten bereiten würde.

Hyde musste so schnell wie möglich Scudamore holen. Obwohl sie zuvor einen Treffpunkt vereinbart hatten, konnte er unter diesen Umständen nicht dort hingehen.

Nervös strich er sich durch sein krauses Haar. Seine eigene Nervosität und Erregung schlug sich in dem stärker werdenden Wunsch nach einer Pistole nieder.

Fieberhaft hämmerte Jessop eine Nummer in die Tastatur des Autotelefons. Dass ihm Hyde durch die Lappen gegangen war, zerrte an seinen Nerven. Der Jetlag nach dem langen Flug von London hierher hatte ihn ziemlich ausgelaugt. Jessop war außer sich vor Wut, dass der Malaie und der Chinese Hyde in der Menge verloren hatten. Wenigstens war Scudamore noch im Büro seines Anwalts im KOMTAR-Gebäude. Der würde ihn sicher zu Hyde führen.

»Sir, hier spricht Jessop«, sagte er in höflichem Tonfall, während Pearson noch immer pikiert neben ihm im Fond der Limousine saß. »Ich glaube, Hyde interessiert sich neuerdings für Mr. Pearson. Sie und Mr. Winterborne hatten doch Recht gehabt.«

»Wo steckt Hyde jetzt?«

»Im Moment, Sir, ist er verschwunden. Nur für kurze Zeit, Sir. Aber wir beschatten den alten Mann, den er gestern besucht hatte.«

»Sie haben Hyde noch nicht erledigt?« Obwohl den halben Erdball entfernt, klang Ralph Laus Stimme kristallklar. Ungeduldig verlangte Pearson den Telefonhörer, während Jessop sich nervös ans Kinn griff. »Jessop, es war Ihre Aufgabe gewesen, diesen Hyde zum Schweigen zu bringen!« Für einen Augenblick ging Laus Stimme in lauter Musik unter. Dann meldete er sich wieder zu Wort: »Jessop, erwarten Sie noch Schwierigkeiten?«

»Nein, Sir. Der Grund, warum ich eigentlich anrufe, ist ein anderer. Ich möchte, dass Mr. Pearson so schnell wie möglich zurück nach Singapur fliegt, um Hyde aus dem Wege zu gehen.«

»Wieso soll dieser Kerl an Pearson interessiert sein? *Kennt* er ihn etwa?«

»Ich glaube, Sie sollten Hyde nicht unterschätzen.«

»Ja, ja, ich weiß, David ist wie Sie über seine Verbindung zu Aubrey beunruhigt. Aber das ist alles nicht mehr wichtig, wenn Sie ihn nur bald zum Schweigen gebracht haben.«

Pearson wurde langsam ungeduldig, denn Jessop schenkte seiner Stellung im Konzern offensichtlich zu wenig Aufmerksamkeit.

»Sir, werden Sie Pearson nahe legen, Penang zu verlassen?«

»Wenn Sie es tatsächlich für notwendig erachten ... Ja, geben Sie ihn mir!«

Jessop gab Pearson den Hörer, der trotz seines eleganten grauen Anzuges einen verwirrten und schockierten Eindruck machte. Die Limousine war jetzt vor dem KOMTAR-Hochhaus vorgefahren. Wie ein Straßenräuber hatte sich Jessop in den Wagen an seine Seite gedrängt und faselte irgendetwas von einer Geschichte, dass ein Mann namens Hyde in Penang wäre und über seinen Aufenthalt hier Bescheid wüsste. Außerdem mochte er es überhaupt nicht, Anordnungen von jemandem entgegenzunehmen, der lediglich eine Stufe höher in der Hierarchie stand als die Dummköpfe, die er selbst eingestellt hatte, um Scudamore so unter Druck zu setzen, dass er seine Preisvorstellungen revidierte.

»Sir, hier ist Pearson. Die Situation erscheint mir zumindest überschaubar, und ich sehe keinerlei Grund, warum ich Scudamore nicht treffen sollte, um endlich den Kaufvertrag zu unterschreiben.«

»Ich habe doch gesagt«, insistierte Jessop, »nicht, solange Hyde Ihnen so dicht auf den Fersen ist.«

Verärgert darüber, dass sich Jessop erneut einmischte, vergaß Pearson seine vornehme Zurückhaltung und schnaubte in den Hörer:

»Warum sollte Hyde irgendein Interesse ausgerechnet an *mir* haben?«

»Bruce«, antwortete Lau in freundlichem, aber bestimmtem Ton, »Jessop kann die Situation vor Ort am besten einschätzen. Folgen Sie seinem Rat und kehren Sie nach Singapur zurück, bis die ganze Angelegenheit ausgestanden ist. Und jetzt geben Sie mir noch mal Jessop.«

Pearson sah, wie Jessop die Behandlung durch Lau genoss. Innerlich vor Wut schäumend, gab er ihm den Hörer wieder.

»Sir?«

»Lassen Sie Hyde verschwinden, aber schnell. Den alten Mann lassen Sie in Ruhe, wenigstens, solange der Vertrag noch nicht unterschrieben ist.«

»Sir!«

»Und heute noch!«

Mit diesen Worten hatte Lau, der sich anscheinend in einem Nachtclub oder einer Diskothek aufhielt, aufgelegt. Zu Pearson gewandt, vermied Jessop nun jegliche Geringschätzung und sagte mit übertriebener Höflichkeit:

»Verzeihen Sie, Mr. Pearson, aber Sie konnten das nicht wissen. In vierundzwanzig Stunden können Sie wieder nach Penang zurückkehren, um mit Scudamore den Vertrag abzuschließen.«

»Er gab Ihnen nur den heutigen Tag«, antwortete Pearson mit süffisantem Lächeln. »An Ihrer Stelle würde ich mich sputen, Sportsmann.«

Bevor Marian die Wohnungstür öffnete, vergewisserte sie sich noch einmal ihrer eigenen Entschlossenheit, diesmal die Spielregeln und Schwierigkeiten einer transatlantischen Affäre zu akzeptieren – falls, ja falls ihr Alder nicht mehr anbieten würde. Um ihr sexuelles Verlangen zu kaschieren, ließ sie ihn wie einen devoten Diener in die Wohnung. Grinsend betrat er das Apartment. Hier vom obersten Stockwerk aus sah er von der einen Seite auf Chelsea Gardens und von der anderen Seite auf die Themse und das Chelsea Embankment. Beim Anschalten des Lichts erschien es Marian, als würde mit Alder eine geheimnisvolle Kraft in ihre Wohnung eindringen.

Obwohl er die Wohnung nie zuvor gesehen hatte, fühlte sich Alder hier augenscheinlich wie zu Hause. Als sie sich vor Jahren das erste Mal begegnet waren, hatte sie als eine junge Geschichtsdozentin noch auf dem Universitätsgelände gewohnt, während er sich als Stipendiat eine kleine Wohnung in Maida Vale genommen hatte. Schlagartig wurde ihr bewusst, dass sie sich nun schon fast zwölf Jahre kannten. Das erste Mal hatte ihre Beziehung geendet, als ihm nach einem kurzen Zwischenspiel bei einer Londoner Anwaltskanzlei seine Abneigung gegenüber der Juristerei im Allgemeinen und dem englischen Recht im Besonderen klar geworden war. Damals hatte er sich entschieden, zurück in die Vereinigten Staaten zu gehen, um Karrierediplomat im Außenministerium zu werden. Ihre zweite Erfahrung von Intimität und gegenseitiger Abhängigkeit hatten sie gemeinsam durchlebt, als Marian gerade ins Unterhaus gewählt und Alder an die amerikanische Botschaft am Grosvenor Square versetzt worden war. Das war vor drei Jahren gewesen. Nach einem kurzen Gastspiel in London war er auf Einladung einflussreicher und wohlhabender Gönner nach Amerika zurückgekehrt, um für den Kongress zu kandidieren. Er hatte sie darum gebeten, ihn nach Amerika zu begleiten, doch damals hatte sie das Unterhaus als den überzeugenderen und verführerischen Liebhaber betrachtet, und so war sie in London geblieben.

Und jetzt? Das Selbstbewusstsein und die Sicherheit, mit der er sich in ihrer Wohnung bewegte, erweckten in ihr den

Wunsch, dass er über Nacht bleiben möge. Vielleicht sogar länger. Vielleicht konnte Alder wieder Teil ihres Lebens werden. Sie war schockiert über ihre Sehnsucht und empfand sie fast als Krankheit.

Marian löste die Quasten und zog die schweren Samtvorhänge vor die leuchtenden Straßenlaternen an der Uferstraße. Sie hatte ihm noch den Rücken zugewandt und spürte die aufkommende Lust, ihre Sehnsucht nach Liebe, und zögerte für einen Moment, ihm in die Augen zu schauen. Bei Robbie Alder hatte sie nie gewusst, wo Sehnsucht aufhörte und Liebe anfing oder ob das eine ein Hinweis auf das andere war.

Dann drehte sie sich um und schaute in ein Paar erregter und fragender Augen.

»Ich mag die Wohnung. Wie lange hast du sie schon?«

»Fast drei Jahre«, entgegnete sie.

»Mir gefallen die Farben und der Schreibpult dort drüben«, fügte er mit einer grotesken Ernsthaftigkeit hinzu. Im Gegensatz zu ihm fielen Marian die Bücherregale und die Stereoanlage mit den umherliegenden CDs unangenehm ins Auge. Alles erschien ihr eher wie die Inszenierung eines unerfüllten Lebens. »Ja, es gefällt mir wirklich bei dir«, seufzte er und streckte sich auf dem Sofa aus. Die Hände hinter dem Kopf verschränkt fuhr er fort: »Und, bist du hier glücklich?«

Marian nickte zu heftig und zu schnell, als wolle sie der Intimität mit ihm ausweichen. Seine Präsenz in ihrer Wohnung war überwältigend, und sie spürte, wie der erste Ansturm auf ihr Leben begonnen hatte.

Sie schien unfähig, sich dem zu widersetzen. In den wenigen Beziehungen, die sie nach Alder eingegangen war, hatte sie stets ihre Beobachterrolle beibehalten können. Nie war ihr die Kontrolle über sie selbst in dem Maße entglitten, wie das zwei Mal bei ihm der Fall gewesen war.

»Kaffee?«, fragte sie mit heiserer Stimme.

Für einen Moment verabscheute sie ihre Ungeduld und ihre unreife Begierde. Eine Lampe warf den Schatten seines Profils an die Wand, als er im Bücherregal stöberte. Selbst seine Silhouette war ihr vertraut und verstärkte noch ihre Sehnsucht nach ihm.

»Ja, gerne«, antwortete er.

Instinktiv versuchte sie sich einzureden, dass seinen Ambitionen nur eine *amerikanische* Frau gerecht werden konnte. Er musste vielleicht noch fünfzehn Jahre warten, einige Siege erringen und noch weitere wohlhabende Förderer gewinnen, bevor er sich ernsthaft um die Präsidentschaft bewerben konnte. Sie wusste schon damals von seinen Ambitionen und hatte sich geschworen, dass dies das Ende ihrer Beziehung sein würde. In letzter Zeit hatte sie ein Gefühl für ihre eigene Unabhängigkeit bekommen, während in den Jahren davor einschließlich ihrer beiden Affären diese Unabhängigkeit und Selbständigkeit wie von einem anschwellenden Fluss davongespült zu werden drohte.

Marian versuchte, die Vergangenheit zu verdrängen. Seitdem sie sich vor drei Tagen im Theater erneut getroffen hatten, hatte sie sich das erste Mal seit längerer Zeit wieder lebendig gefühlt.

»Ich setze nur das Wasser auf«, sagte sie zitternd und schlang sich nervös ihre Arme um die Brust. Sie spürte noch die angenehme Atmosphäre des gemeinsamen Abendessens und – ihre guten Vorsätze über Bord werfend – wünschte sich jetzt nichts sehnsüchtiger, als dass er mit ihr die Nacht verbringen würde.

Marian setzte das Wasser auf und ignorierte zunächst die vier Nachrichten auf ihrem Anrufbeantworter in der Küche. Auf der Cocktailparty in der amerikanischen Botschaft, die sie zuvor beide besucht hatten, erstrahlte er wie ein aufgehender Stern der amerikanischen Politik. An seiner Seite wurde sie an diesem Abend von Mitarbeitern wie von Gästen gleichermaßen hofiert. Dort hatte Marian gut die Strecke abschätzen können, die er schon auf dem Wege seiner Ambitionen zurückgelegt hatte. Alder hatte Grosvenor Square als kleiner Botschaftsangestellter verlassen und war jetzt als Mitglied einflussreicher Kongresskomitees zurückgekehrt. Er war ein aufstrebender Politiker, über den in der Presse zahlreiche Berichte erschienen.

Er war im Auftrag des Kongresskomitees für Außenhandel nach London gekommen, um sich im britischen Außen- und Handelsministerium über Südostasien und hier besonders über Myanmar zu informieren. In Abstimmung mit London, Berlin und Paris wollten die Amerikaner die Handelsrestriktionen gegenüber Burma erleichtern.

Marian schaltete den Heißwasserkocher aus, tat Kaffee in den Filter und goss gedankenverloren Wasser darüber. Sie war über ihre eigene Kritiklosigkeit seiner Haltung gegenüber Burma entsetzt. Sie hatte sich von seiner Nähe und seiner Ausstrahlung auf dem Botschaftsempfang blenden lassen und hatte darüber Alders Oberflächlichkeit in der Beurteilung der Lage von Myanmar und über seine Geringschätzung ihres eigenen Standpunkts vergessen.

Erneut fiel ihr das Blinken des Anrufbeantworters ins Auge. Obwohl sie im Moment nicht die geringste Lust hatte, die aufgezeichneten Nachrichten abzuhören, war es ihr penibles Pflichtgefühl, ihn anzuschalten.

Giles' Stimme ließ sie wie den bei einer Knutscherei erwischten Teenager erröten, als wäre ihr Vater plötzlich ins Zimmer gekommen und sie und Alder hätten hastig ihre derangierte Kleidung wieder zurechtgerückt. Sie lachte über diese Vorstellung. Ihr Vater erinnerte sie an das für morgen vereinbarte Mittagessen. Nein, sie hatte es nicht vergessen. Der zweite Anruf kam von Rose, ihrer wissenschaftlichen Assistentin. Sie wollte Marian warnen, dass der stellvertretende Fraktionsvorsitzende ihr gehörig den Kopf waschen wollte, weil sie im Unterhaus eine Anfrage über die geplante Reise einer Handelsdelegation nach Burma gestellt hatte. Beide Parteien zogen in dieser Sache an einem Strang, und Angriffe auf die Regierung waren deshalb nicht opportun. Mein Gott, sie *sollte* wirklich ihren Standpunkt Alder gegenüber vertreten und sich nicht von ihm einschüchtern lassen. Der dritte Anruf kam von ihrer Wahlkreissekretärin und der vierte war von Syeeda Lal.

Schuldbewusst erschrak Marian, als sie die traurige Stimme hörte. Die junge Frau wartete immer noch auf ihren Rückruf, den Marian schon Tage vor sich hergeschoben hatte. Es gab aber keinen Hinweis, keine noch so kleine Chance, dass Kumar vielleicht doch kein Drogenhändler gewesen war. Syeeda hatte sich in ihrem Liebhaber schlicht getäuscht.

»Was war das?«, fragte Alder in der Küchentür stehend.

»Was? Ach ja, Wahlkreisangelegenheiten. Syeedas Freund ist gerade gestorben, bevor er zum bösen Jungen wurde. Es ist mir zwar sehr unangenehm, aber ich muss es ihr irgendwie beibringen.« Sie zuckte mit den Schultern, als die Nachricht beendet war und das Band zurückspulte.

Zärtlich legte er seine Hand auf Marians Schulter, und sie neigte leicht den Kopf und berührte ihn mit ihrer Wange. Das Gefühl war ihr so vertraut, als hätte es keine jahrelange Unterbrechung ihrer intimen Beziehung gegeben. Seine Hand umfasste sie fester, gleichzeitig suchte sie mit dem Mund seine Lippen und vergaß darüber dankbar Syeeda Lal. Sehnsüchtig verlangte Marian jetzt nach ihm, wobei sie sich an ihr letztes gemeinsames Liebesspiel vor Jahren erinnerte.

Öltanker glitten durch das tiefblaue Wasser, das sich zwischen Georgetown und dem Festland erstreckte. Es herrschte noch wenig Verkehr auf der morgendlichen Lebuh Farquhar. Die weißen Kolonialbauten leuchteten im grellen Licht der Sonne. Regenbogenfarbene Wasserstrahlen, die sich gemächlich wie Windmühlenflügel drehten, wurden aus den Rasensprengern emporgeschleudert, um die Grünanlagen des untergegangenen Empires zu bewässern. Scudamore hatte zehn Minuten zuvor das Eastern & Oriental Hotel betreten und saß dort an der Bar. Einer der beiden Chinesen, die ihn wahrscheinlich den ganzen Weg vom KOMTAR-Gebäude hierher verfolgt hatten, hielt sich in der Hotelhalle auf, während der andere Zeitung lesend vor dem Eingang wartete.

Hyde konnte weder Jessop noch den Malaien entdecken. Er saß hinter einem verschmutzten Fenster in einer Kaffeestube und las eine zwei Tage alte Ausgabe der *Times*. Das Lokal war erfüllt von lauten chinesischen und malaiischen Stimmen, dem Quäken des Fernsehapparats über dem Tresen und dem Gekreische eines Papageis irgendwo aus den Hinterräumen. Auf dem Bürgersteig wurden gerade die Verkaufsstände aufgebaut, deren verschmutzte Markisen sich über Wolken ätzenden Rauchs spannten.

Scudamore konnte er sich jetzt nicht nähern, doch musste er unbedingt Kontakt mit ihm aufnehmen. Die beiden Chinesen schienen zu allem bereit zu sein, so dass Hyde keine Chance sah, Scudamore einfach in der Bar abzuholen. Gab es überhaupt eine Chance, sich ihm unbemerkt zu nähern? Aus seinem Reiseführer suchte er sich die Telefonnummer des Hotels heraus, erhob sich von seinem Platz und ging zum Telefon.

Hyde lehnte sich an die mit bröckelndem Putz übersäte Wand und beobachtete eine Spinne an der niedrigen Decke und das Geschehen hinter dem schmutzigen Fenster. Er wählte die Nummer des Hotels und ließ sich mit der Bar weiterverbinden. Am anderen Ende hörte er eine malaiische Stimme.

»Ein Mr. Scudamore sitzt an Ihrer Bar, ich möchte gern mit ihm sprechen.« Der Malaie protestierte zunächst gegen den Missbrauch seines Telefonanschlusses, worauf Hyde hinzufügte: »Es ist dringend, ich bin sein Anwalt.«

Am anderen Ende der Leitung hörte er, wie Scudamores Name wiederholt wurde, und nach einem Moment hörte Hyde die verschlagene und nervöse Stimme des alten Mannes.

»Ja?«

»Hier ist Hyde.«

»Verdammt noch mal, wo sind Sie denn geblieben? Sie sagten, wir treffen uns in …«

»Hören Sie zu. Ein Chinese ist auf Sie angesetzt …«

»Selbst ich habe *ihn* schon entdeckt, Hyde!«

»Da sind noch andere. Einen davon kenne ich.«

»Einer aus Ihrer alten Truppe?«

»Genau. Aber ich glaube nicht, dass er Ihretwegen hier ist. Er muss es auf mich abgesehen haben.«

Nach einem Moment der Stille entgegnete Scudamore: »Dann halte ich mich besser von Ihnen fern, nicht wahr?

Was war überhaupt los? Warum ist dieser Lump Pearson nicht aufgetaucht? Das Treffen wurde einfach abgesagt, oder wissen Sie es schon?«

»Ich weiß, ich wurde entdeckt.« Damit gab Hyde sein eigenes Versagen und seine Dummheit zu.

»Und wo stecken Sie jetzt?«

»Ich beobachte Sie von der anderen Straßenseite.«

»Und Sie glauben, sie sind hinter *Ihnen* her? Bin ich dann sicher?«

»Nein. Die Burschen hoffen, dass Sie sie zu mir führen werden.«

Hyde hörte Scudamores rasselnden Atem im Hörer, der mit fester Stimme fortfuhr.

»Wie gehen wir jetzt vor? Können Sie mich draußen treffen?«

»Nein. Vor dem Hotel wartet ein weiterer Chinese, und ein Wagen parkt zu auffällig an der Straße.«

»Werden wir denn überhaupt eine Chance haben, Hyde?«

»Das können wir nur hoffen. Lassen Sie sich noch etwas Zeit, kommen Sie dann heraus und gehen Sie in Richtung des Esplanade.« Er beugte sich über den Stadtplan in seinem Reiseführer und fuhr fort: »In der Nähe der alten Festung, ja? Achten Sie auf einen blauen Ford und beeilen Sie sich, wenn ich die Beifahrertür öffne. Haben Sie mich verstanden?«

»Wo gehen wir anschließend hin?«, fragte Scudamore in ironischem Tonfall.

»Ich dachte zum Abendessen und danach vielleicht in einen Nachtclub. Ist ihnen das recht?« Scudamore schnaufte vernehmlich ins Telefon. Zu Hydes Erstaunen schien der Mann die Sache ernst zu nehmen. Es *gab* wohl doch noch eine jüngere und lebendigere Seite in dem riesigen Sack aus schwabbeligem Fleisch. »In Ordnung, kommen Sie in fünf Minuten heraus und gehen Sie hinunter zur Cornwallis Festung.«

»Fünf Minuten. Richtig?« Dann fügte er hinzu: »Sie verrückter Hund«, und legte den Hörer auf.

Hyde stellte das Telefon wieder an seinen Platz und kehrte an seinen Tisch zurück. Zwischen dem Fenster und der sich auf der gegenüberliegenden Straßenseite bis zum Meer erstreckenden gepflegten Rasenfläche fuhren Taxis und Fahrrad-Rikschas. Er konnte förmlich die Nähe von Jessop wittern, wobei ihm jetzt unangenehm aufstieß, dass er noch immer unbewaffnet war.

Er faltete die Zeitung zusammen, stand auf und warf ein paar Münzen auf den Tisch. Draußen unter der Markise der Kaffeestube bog er sofort in die schmale Seitengasse ein, in der er den Wagen geparkt hatte, den er kurz zuvor bei Hertz gemietet hatte. Er hatte es nicht gewagt, zu seinem alten Auto zurückzukehren, das noch auf der Penang Road parkte und wohl von Jessops Leuten beobachtet wurde. Hyde schloss den Wagen auf, stieg ein, startete den Motor und fuhr mit dem Ford langsam zur Ecke Lebuh Farquhar. Der rote Citroën, der ihm zuvor schon aufgefallen war, parkte weiterhin vor dem Hotel, während der Chinese am Eingang noch immer seine Zeitung las. Noch eine Minute.

Plötzlich tauchte Scudamore auf und trat aus dem harten Schatten der Eingangshalle in das gleißende Sonnenlicht. In übertriebener Manier schaute er sich um und ignorierte dabei den Chinesen, um dann links in die Lebuh Farquhar in Richtung des Esplanade einzubiegen. Fünf Sekunden später erschien der andere Chinese, und nachdem er sich kurz mit seinem Kumpel verständigt hatte, nahmen beide die Verfolgung von Scudamore auf.

Hyde verharrte in plötzlicher Spannung und musterte zwei Männer. War der eine möglicherweise ein Dealer, der andere dessen Kunde? Eine Fahrrad-Rikscha hielt neben den beiden. Ein BMW stoppte an der Ampel. Der Citroën fuhr hinter dem BMW aus der Parklücke. Hyde bog jetzt bei Grün mit seinem Ford in die Lebuh Farquhar. Der BMW fuhr langsam an die beiden Chinesen heran, während der Citroën mit Scudamore Schritt hielt. Die Chinesen sprachen jetzt mit jemandem im BMW, um dann sogleich die Verfolgung des alten Mannes wieder aufzunehmen. Hyde hielt sich zwei Wagen hinter dem BMW.

Als Scudamore die Kreuzung mit der Jalan Penang erreichte, zog der Citroën in Richtung des *Padang*-Parks an ihm vorbei, um sogleich wieder langsamer zu werden. Der Sinn dieses Manövers war offensichtlich. Scudamore sollte mit Hilfe der beiden Chinesen im Citroën verschleppt werden. Jessop war möglicherweise im BMW, der weiterhin in Schrittgeschwindigkeit folgte. Wenn sie jetzt in den Rückspiegel blicken würden, könnten sie sehen, dass Hyde dasselbe tat.

Scudamore erreichte den *Padang*. Die Palmen und die wie Hochzeitskuchen aussehenden Kolonialgebäude machten den Eindruck, als würden sie einem Kricketspiel oder einer Militärparade beiwohnen. Inmitten der Touristen und Passanten wirkte Scudamore wie ein großer Fleck. Der BMW beschleunigte. Die Beifahrertür des Citroën öffnete sich.

Hyde gab jetzt Vollgas, überquerte die Kreuzung Lebuh Light und überholte den BMW, wobei er zwei Wagen und einen ausweichenden Lastwagen schnitt. Ihm blieben nur noch Sekunden.

Vor dem Hintergrund der imperialen Pracht und der strahlenden *Sarungs* bemerkte Scudamore von alldem nichts. Vorbei an den Schatten spendenden Palmen schlenderte er unbeirrt auf den wartenden Citroën zu. Als er die gusseisernen Gitter erreichte und auf die Festung zulief, schlossen die beiden Chinesen zu ihm auf. Hydes Körper glühte förmlich, während er mit jaulendem Motor an dem berühmten Uhrenturm vorbei die Lebuh Farquhar entlang raste. Jetzt machten sie ernst. Scudamore war im Begriff, eingesackt zu werden. Die Tür des Citroën war weit geöffnet, und die beiden Chinesen waren nur noch wenige Meter hinter ihm.

Hyde brachte mit einer Vollbremsung den Ford hinter dem Citroën am Rinnstein zum Stehen und riss die Beifahrertür auf.

»Rein mit Ihnen, Sie blöder Hund! Steigen Sie endlich ein!«, brüllte er den verdutzten Scudamore an. Im Spiegel konnte Hyde erkennen, wie der BMW näher kam und einer der beiden Chinesen in die Jackentasche griff. »Rein mit Ihnen!«, rief er noch einmal.

Scudamore rannte zum Ford. Zweimal war ein gedämpftes, knackendes Geräusch zu hören, worauf er ins Stolpern geriet und sich gerade noch auf den Beifahrersitz fallen lassen konnte. Auf seinem Hemd und seinem Jackett erschien helles Blut. Mit quietschenden Reifen beschleunigte Hyde den Wagen, streifte dabei den Citroën, wodurch die Beifahrertür zuknallte, und reihte sich schlingernd wieder in den Verkehr ein. Zwei dumpfe Aufschläge im Kofferraum des Ford. Scudamore griff sich stöhnend an die Seite, während ein weiterer Schuss das Rückfenster zerschlug. Der BMW war höchstens dreißig Meter hinter ihnen, als der Citroën losfuhr und ebenfalls die Verfolgung aufnahm.

Mit hoher Geschwindigkeit riss er den Ford von einer Seite der Straße zwischen Esplanade und der Kaimauer und zurück zur anderen Seite. Er überfuhr die nächste rote Ampel und bog kurz hinter der Bibliothek in letzter Sekunde links ab. Er hatte keine Ahnung, ob er hier in Penang auf fremde Hilfe bauen konnte, aber es musste sie hier geben, ohne auf die Polizei oder die örtlichen Behörden zurückgreifen zu müssen. Diesmal waren die Ampeln grün, als er Lebuh Light, dann Lebuh Farquhar überquerte und schließlich in die Love Lane einbog. Scudamore neben ihm war totenblass und schien stark zu bluten. Er hatte keine Ahnung, ob der alte Mann neben ihm nicht verblutete. Den BMW sah er nicht mehr im Rückspiegel, doch Augenblicke später war er wieder aufgetaucht. Hyde schluckte trocken. Scudamore, der sich mit seiner blutverschmierten Hand die Seite hielt, war kalkweiß im Gesicht, sein röchelnder Atem ging unregelmäßig. Immer noch war der BMW hinter ihnen.

Gemüsestände und Karren blockierten den schmalen Bürgersteig. Vorbei an billigen Hotels und kleinen Läden bog er mit quietschenden Reifen links in eine schmale Gasse ein. Zwei Jungen auf einem Motorroller und ein Mann mit einem langen Karren voller Gewürze stoben auseinander, um nicht vom Wagen erfasst zu werden, und landeten in hohem Bogen in einem zerberstenden Spiegel.

Links, dann rechts und noch mal rechts fuhr Hyde immer tiefer hinein in das Gewirr enger und dunkler werdender Gassen. Dann bremste er plötzlich scharf ab, sodass der alte Mann fast gegen die Windschutzscheibe knallte. Im Spiegel sah Hyde, wie der BMW am Ende der schmalen Straße in Richtung Lebuh Carnarvon vorbeiraste. Er atmete tief durch und fuhr langsam wieder rückwärts aus der Straße, während Scudamore stöhnend immer tiefer in den Beifahrersitz sank.

Das britische Honorarkonsulat in Penang befand sich im Bankenviertel nur zwei Querstraßen vom Hafen entfernt im UMBC-Gebäude auf der Lebuh Pantai. Der Konsul residierte im fünften Stock und teilte sich sein Büro mit den Wirtschaftsprüfern und Steuerberatern von Price Waterhouse. Die Vertretung Ihrer Majestät war Untermieter von verdammten *Buchhaltern*. Das Außenministerium war also, wie es eigentlich auch sein sollte, Teil des Finanzsektors.

»Wir besuchen meinen Steuerberater«, kündigte Hyde an. Scudamore starrte ihn mit vor Schmerz tränenden Augen an.

In weniger als fünf Minuten hatte er die erste Straße hinter dem UMBC-Gebäude erreicht, geparkt und den Motor ausgestellt. Von einem kleinen Hindutempel aus, der zwischen der Bank von Malaysia und der Hong Kong Shangai Bank fast erdrückt wurde, schienen Shiva, Parvati und ihr elefantenköpfiger Sohn die Einzigen zu sein, die Hydes Aktion wahrnahmen. Die im Vergleich zur Umgebung zwergenhaften Gestalten der Gottheiten bewahrten dabei ihre seltsame und nach innen gerichtete Würde. Nur Ganeshas goldbesetzter und blauer Elefantenkopf schien milde zu lächeln.

»Es sind nur ein paar Schritte.« Hyde öffnete die Beifahrertür und zog vorsichtig an Scudamores erschöpftem Körper. Der alte Mann stöhnte. »Kommen Sie, hier wird man Sie wieder zusammenflicken.« Bei Price Waterhouse müssten sie einen Erste-Hilfe-Koffer haben, eigentlich sogar eine Krankenschwester, um die verkaterten Mitarbeiter zu versorgen, dachte Hyde. Irgendwie brachte er ihn aus dem

Wagen und stellte ihn wie ein unhandliches Paket daran gelehnt ab. Das Sitzpolster war mit Blut durchtränkt. Scudamore stütze sich mit seinem ganzen Gewicht auf Hyde. Mach jetzt bloß *nicht* schlapp, dachte er und stöhnte: »Auf geht's!«

Unter dem gewaltigen Gewicht ächzend, stolperte er durch die schmale Straße. Scudamores Gesicht war inzwischen schweißüberströmt, und das Blut hatte seinen hellen Anzug durchtränkt. Die Fußgänger auf der Lebuh Pantai blieben schockiert stehen, während Hyde sie aus dem Weg winkte. Die beiden eingehakten Männer wirkten finster und abstoßend, sodass die Leute auf der Straße beiseite sprangen und eine Gasse für sie öffneten.

Sie taumelten in Richtung des UMBC-Gebäudes mit seinen glänzenden, dunkelblau getönten Fensterscheiben. *Fünfter Stock*, dachte Hyde, schob Scudamore durch die Drehtür und ignorierte den uniformierten Portier und den Sicherheitsmann, die beide aufgebracht auf sie zustürzten.

»Bleiben Sie zurück!«, bellte er sie an. »Verstehen Sie nicht? Bleiben Sie zurück!«

Das genügte, um unbehelligt den Aufzug zu erreichen. Er schob Scudamore in einen der wartenden Aufzüge, der durch das plötzliche Eintreten des schweren Mannes hin und her wankte. Hyde schloss die Tür vor der Neugierde der Umstehenden und ihrer immer klarer werdenden Absicht, die Polizei zu rufen. *Fünfter Stock* – Price Waterhouse. Die kaum wahrnehmbare Beschleunigung brachte Scudamore erneut ins Schwanken. Die Tür öffnete sich, und zwei junge Männer in kurzärmeligen Hemden und breiten, farbigen Hosenträgern waren im Begriff, den Aufzug zu betreten. Eine junge Frau in heller Bluse und kurzem engen Rock wartete hinter ihnen. Beim Anblick von Scudamores blutdurchtränktem Anzug ergriff die drei ein Schauder und ließ sie zurückweichen. Hyde stellte einen Fuß zwischen die Tür, um sie aufzuhalten, und schnappte sich mit festem Griff einen der Männer.

»Die britische Vertretung. Wo ist sie?«, bellte er ihn an.

Die Türen an beiden Enden des Korridors waren aus

schwarzem unpoliertem Holz mit Messinggriffen und Sicherheitstastaturen auf der einen Seite.

»Sie müssen die Gegensprechanlage benutzen«, sagte er und zeigte darauf, »dann werden Sie hereingelassen.«

»*Sie* lassen mich rein. *Sofort!*«

Ein kurzer Moment des Protests, dann ging der Mann schulterzuckend zur Tür und tippte eine Nummer ein. Als der Türsummer ertönte, stieß Hyde sie auf, hob Scudamore etwas an und schob ihn hindurch.

»Wo?«

»Die ersten Räume auf der linken Seite. Ist er ... angeschossen worden?«

»Ja, danke.« murmelte Hyde.

Er öffnete die dunkle Tür mit dem Messingschild, auf dem der Name und der Titel des Honorarkonsuls Ihrer Majestät stand. Vorbei an den verdutzten Menschen stürmte Hyde ins Zimmer und legte Scudamore vorsichtig auf den Teppich. Sofort sprang eine ältere Frau mit grünen, intelligenten Augen auf und hockte sich neben ihn hin. Hinter einer Glaswand erhob sich der Vertreter Ihrer Majestät von seinem Schreibtisch und trat mit erschrockenem, verunsichertem Gesichtsausdruck ins Zimmer.

»Lässt sich diese Tür verschließen?«, fragte Hyde. Erst dann sah er den Schlüssel im Schloss stecken und drehte ihn um.

»Was geht hier vor?« Der Honorarkonsul war vielleicht fünfunddreißig, schlank, mittelgroß und machte einen unerfahrenen Eindruck. Zaghaftigkeit und Pflichtbewusstsein überschatteten seine durchaus freundlichen Gesichtszüge. »Wer sind Sie? Wen haben Sie hierher gebracht?«

»Ist das eine Schusswunde?« fragte die ältere Frau in schottischem Akzent. »Was ist passiert?«

»Können Sie ihn wenigstens vorläufig wieder zusammenflicken?«

Sie nickte und richtete sich wieder auf.

»Ich hole den Erste-Hilfe-Koffer. Dennoch muss er ins Krankenhaus gebracht werden.«

»Später. Ich muss erst mit dem Hochkommissar in Kuala Lumpur sprechen.«

»Warum?«, mischte sich der Honorarkonsul wieder ein. »Wer *sind* Sie?«, fragte er mit der gebannten Neugierde eines Kindes, das fremden Tieren im Zoo gegenübersteht.

»Sie heißen Fuller?« Den Namen hatte Hyde auf dem Türschild gelesen. Der Mann nickte und strich sich unsicher durchs Haar. »Hören Sie, das hier ist weder ein Spiel noch hat es überhaupt stattgefunden. Jedenfalls nicht offiziell.« Fuller schaute ihn an, als würde er ihn an jemanden erinnern, den er vor langer Zeit auf einer alten Fotografie gesehen hatte.

»Sie sind ein Agent …?«

»Ich war. Ich weiß nicht genau, was hier vorgeht«, log Hyde, »aber er braucht Schutz. Sie kennen doch die Leute in Kuala Lumpur? Gut. Gehört Evans noch dem Hochkommissariat an?«

»Evans? Oh, *dieser* Evans. Ja, er arbeitet jetzt bei der Drogenüberwachung.«

»Gut. Geben Sie ihn mir!«

»Ich, äh … waren *Sie* einer von Aubreys Leuten?« Er zuckte vor Erregung zusammen, denn ihm kam die ganze Situation wie im Kino vor. Nach weiteren zehn Minuten würde Fuller wahrscheinlich anfangen sich zu langweilen, falls Hyde seinem Zelluloidbild nicht entsprechen würde.

»Ja. War ich. Geben Sie mir Evans, bitte. Nein, warten Sie, rufen Sie zuerst den Wachmann im Eingang an und versichern Sie ihm, dass hier oben alles unter Kontrolle ist. Es handelt sich lediglich um einen unerfreulichen Unfall eines britischen Staatsbürgers. *Schnell!*«

»Seien Sie vorsichtig, Marjorie«, rief Fuller der Schottin zu, die aus einem Hinterzimmer zurückkam, Scudamores Hemd zerriss und die Austrittswunde untersuchte. Sie war sichtlich betroffen über die Schwere der Verletzung. Glücklicherweise hatte ihn nur eine Kugel getroffen, dachte Hyde erleichtert.

Fuller war inzwischen hinter die Glaswand zurückgekehrt und sprach beruhigend auf den Wachmann ein. Die unvorhergesehene Verantwortung, die jetzt auf ihm lastete, schlug ihm anscheinend auf den Magen. Dann wählte er erneut und sprach mit dem Hochkommissariat in Kuala Lumpur. Hyde verließ den am Boden liegenden Scudamore und ging hinüber zu Fullers Schreibtisch, der ihm nach einiger Zeit den Hörer entgegenhielt. Von nebenan drang Scudamores Stöhnen zu ihnen, dem Marjorie gerade einen Bauchverband anlegte und eine ganze Mullbinde an seine Seite drückte. Dabei fielen ihr Strähnen ihrer roten, vom Salzwasser gebleichten Haare ins Gesicht. Als sie aufschaute, bemerkte sie Hydes Blick und rief ihm beruhigend zu:

»Er hat Glück gehabt. Es war ein glatter Durchschuss.«

Hyde nahm den Hörer.

»Evans? Hier ist Hyde.«

»Nun, Hyde, von den Toten auferstanden? Ich hatte mich schon gefragt, wer von der alten Truppe das hätte sein können. Ich hätte mir denken können, dass du es warst, der verwundete alte Männer von der Straße ins Konsulat zerrt. Der Junge dort scheint etwas überfordert zu sein, was wohl den meisten in deiner Nähe so gehen würde.«

»Hör zu, du walisische Schwatztante«, unterbrach ihn Hyde in freundlichem Ton. Er war froh darüber, mit einem alten Bekannten so sprechen zu können, als würde man nach Jahren einen Schulfreund unvermittelt in einem Lokal wiedertreffen. »Du weißt ja, ich arbeite nicht mehr für euch. Was den verletzten Mann hier angeht, so war es der zwielichtige Jessop, der für die Schießerei verantwortlich ist. Aber ich bin es, hinter dem er eigentlich her ist.«

»Jessop? Frasers alter Kumpel? Ist der denn da oben? Um Himmels willen, Junge, als Tony Godwin mich von Frasers Tod benachrichtigte, habe ich vor Freude eine Flasche Champagner geköpft.«

»Natürlich.«

»Und das Opfer? Ist der Mann tot? Wie heißt er?«

»Nein, er ist nicht tot. Er ist unbeteiligt. Es ist ein Kumpel vom alten Herrn, der für einige Zeit Schutz braucht. Und *ich* muss hier so schnell wie möglich verschwinden.«

»Wohin? Zurück nach Sydney?«

Ohne reifliche Überlegung antwortet Hyde: »Nein, nach London. Ich möchte mit dem Alten die ganze Geschichte besprechen.«

»In Ordnung.« Die Erregung in Evans' Stimme nahm spürbar zu, durchaus der sexuellen Gier eines Mannes vergleichbar, der gerade das Gefängnis verlassen hatte, dachte Hyde. »Und du hast *keine* Ahnung, was hinter dieser Geschichte steckt?«

»Da war etwas in Australien, was damit zusammenhängen muss. Denn wer immer Jessop eingestellt hat, muss wohl der Meinung sein, meine Zeit sei abgelaufen.«

»Wenn Jessop mit von der Partie ist, wird es ungemütlich werden. Ich hörte, er würde in der Zwischenzeit viel im Privatsektor arbeiten, nur für erstklassige Kunden und meistens zusammen mit dem anderen Hurensohn Fraser. Hör zu, ich fliege selbst rauf, denn ich will die Gelegenheit nicht verpassen, dich wiederzusehen. Wir kümmern uns um euch. Und gib mir noch mal Fuller, der übrigens kein Idiot ist, nur etwas unerfahren in der schwarzen Kunst. Ich werde ihm Anweisungen geben, dass er sich um euch kümmert, bis ich angekommen bin. Und pass auf dich auf!«

»Sicher.«

Es war acht Uhr in der Früh, und über London erstrahlte ein klarer, kalter Herbsthimmel. Noch glückselig vor Leidenschaft drehte sich Marian im Bett zu Alder. Doch dessen Seite war leer, wie sie mit Schaudern entdeckte. Sie wollte über seine Schulter streichen, seinen Nacken und seine Lippen, die so leidenschaftlich ihre Brüste, ihren ganzen Körper geküsst hatten. Erleichtert hörte sie Geräusche aus der Küche zu ihr dringen. Er war nicht gegangen.

Auf dem Rücken liegend streckte sie sich schwelgend aus. Höflich und zuvorkommend wie immer machte er offensichtlich den Kaffee. Erst als er sie entkleidet hatte, waren ihr wieder die Narben als Folge des Autounfalls bewusst geworden. Anfangs war er schockiert über den Anblick der Striemen auf ihrem Körper gewesen. Später dann hatte er sich behutsam erkundigt, und sie hatte ihm von ihrem Unfall berichtet. Aber nicht davon, dass sie seitdem das erste Mal wieder Sex gehabt hatte, so sehr wollte sie ihn, sehnte sich nach der Vereinigung mit ihm.

Die Erwartungen waren erfüllt worden, dachte sie, als würde sie einem Studenten ein Zeugnis ausstellen. Während sie sich die Zeit ihrer Affären nochmals ins Bewusstsein gerufen hatte, die Zimmer, in denen sie zärtlich zueinander waren und miteinander geschlafen hatten, war sie glücklich an seiner Seite eingeschlafen. *Die Zeit, im Bikini herumzulaufen, ist für mich vorbei.* Erst jetzt konnte sie über ihre Narben Witze machen. Alder hatte ihr daraufhin geantwortet, dass sie schon immer das Museum dem Strand vorgezogen hätte.

Das Telefon riss sie aus ihren Träumereien.

»Marian Pyott«, meldete sie sich immer noch etwas trunken vor Leidenschaft.

»Marian? Hier ist das Büro des stellvertretenden Fraktionsvorsitzenden.« Sie erkannte die liebenswürdige Stimme von Bill Marriner, dem Sekretär im Fraktionsbüro. »Verzeihen Sie bitte die frühe Störung.« Also geschah es absichtlich. Es war wie das Türklopfen um vier in der Früh und entsprach dem Versuch der Fraktionsführung, aus der Partei einen Polizeistaat zu machen. Marian musste darüber lachen und setzte sich, am Kopfende des Bettes an die Wand gelehnt, aufrecht hin. Bill, wenn du mich jetzt so sehen könntest.

»Ja, Bill?« erwiderte sie freundlich.

»Passt es Ihnen um zehn Uhr dreißig, Marian? George würde gern mit Ihnen sprechen.« Es war genau so, wie Rose sie gestern Abend auf dem Anrufbeantworter vorgewarnt hatte! Die Fraktionsführung war sauer und wollte, dass sie ihre Anfrage im Unterhaus wieder zurückzog, denn die Opposition unterstützte die Regierung in ihrer Handelspolitik gegenüber Burma. Folglich waren alle Querschüsse gegen diese Politik zu unterlassen. Während der Außenminister behauptete, die Politik des Handelsministeriums sei eine moralische Herausforderung an die Machthaber in Rangun, versuchte der Premierminister der burmesischen

Junta klar zu machen, dass sie keine andere Wahl hätte, als auf den Zug der Demokratisierung zu springen.

Dem Treffen mit dem Fraktionsvize George Theobald sah sie mit gemischten Gefühlen entgegen, aber sie konnte sich ihm nicht entziehen.

»In Ordnung, Bill. Werden Sie auch dabei sein, um anschließend das Blut wegzuwischen?«

Marriner versuchte ein Kichern, brummte dann aber nur: »Danke, Marian.«

Sie legte den Hörer auf und versuchte, ihre vorherige Stimmung wieder einzufangen, indem sie alles Politische beiseite schob. Doch es gelang ihr nicht, obwohl Alder jeden Moment mit frischem Kaffee ans Bett kommen würde und sie mit nackten Brüsten im Bett saß und sich nach ihm sehnte. Dieser verdammte Bill Marriner hatte mit Politik ihre Leidenschaft achtlos beiseite geschoben. Rasch stand sie auf, band sich das Laken um die Schulter und ging in die Küche.

Alder folgte ihr. Sie genoss das Gefühl, ihn um sich zu haben, und fragte: »Und was sind *deine* Pläne für heute, mein Ritter und heimgekehrter Liebhaber?«

»Ich muss um elf im Handelsministerium sein und treffe dort einige Geschäftsleute, die in Burma investieren wollen. Ich will *ihre* Meinung hören und sehen, wie weit sie mit meiner übereinstimmt.«

»Und die wäre?«, brüstete sie sich.

»Diese Suu Kyi verfolgt eine falsche Politik, wenn sie Investitionen und Tourismus unterbinden will. So wie das übrigens auch das Weiße Haus verfolgt und du, meine Liebe. Es gibt keinen anderen Weg, nur mit Wohlstand erreicht man schneller das, was Suu Kyi will, anstatt zu den Bekehrten über den eigenen Gartenzaun zu reden!«

Marian öffnete den Mund, um ihm zu antworten, verschloss dann jedoch ihre Lippen, bis sie wieder lächeln konnte. Sie bemerkte, wie sie jeglichen Widerspruch in sich unterdrückte, um ja nicht mit Alder zu streiten. Sie wurde repressiv gegenüber ihrer eigenen abweichenden Meinung. Leidenschaft führt zu einem Polizeistaat, erkannte sie gelassen.

»Jedenfalls freue ich mich, dass du wieder hier bist.«

»Genau wie ich. Ich habe dich sehr vermisst, Marian. Das ist mir letzte Nacht besonders deutlich geworden.«

»Danke sehr, mein Herr, wie freundlich …«, begann sie, aber die Stimme versagte ihr aus Hoffnung und plötzlicher Leidenschaft. Sie küsste ihn stürmisch.

Kapitel drei

Amtsanmaßung

Das Taxi hielt am Eingang für die Unterhausabgeordneten. Ein kräftiger, kühler Wind pfiff über den Innenhof des Parlamentsgebäudes und zerzauste ihr blondes Haar, als sie aus dem Wagen stieg. Nachdem sie den Taxifahrer bezahlt hatte, versuchte sie in dem starken Wind ihren flatternden langen Schal und Rock unter Kontrolle zu bringen. Der durchgefrorene Polizist hinter der Glaswand erwiderte mit einem Grinsen ihren Gruß, als Marian mit hastigem Schritt die Eingangshalle betrat.

Auf dem Flur begegnete sie einem Mitglied der jetzigen Regierung, Euroskeptiker wie sie selbst, der sich jedoch nicht so deutlich wie sie zu äußern pflegte. Marian rief ihm ein fröhliches »Guten Morgen, Tony!« zu.

»... Abendessen bei der Tiefbauvereinigung im nächsten Monat«, hörte sie ihn im Vorbeigehen. »Werden Sie auch kommen, Marian?«

Ohne sich umzudrehen, winkte sie ihm munter zu und rief ihm hinterher: »Sorgen Sie dafür, dass ich eingeladen werde, Tony.«

»Mir gefiel Ihr Artikel neulich«, erwiderte er lachend.

»Danke, Tony!«

Ihr Artikel über die neue Regierungspolitik gegenüber Burma war in der vorigen Woche im *Daily Telegraf* unter dem Titel ›Mit dem Feind schlafen‹ erschienen. Dort hatte sie die Labourregierung scharf kritisiert, weil sie unter dem Druck der heimischen Wirtschaft, der Banken und der Europäischen Union den Sirenenklängen der Generäle aus Rangun schließlich erlag. Vor allem hatte sie die vorgeblich so moralische Position der Regierung verhöhnt und die Versprechungen der burmesischen Junta von mehr Freiheit für Suu Kyi und ihre Bewegung in Zweifel gezogen. In der ihr eigenen etwas überheblichen Manier hatte Marian am Schluss des Artikels *das Kabinett als erweiterte provisorische Unterkunft für die Mitarbeiter des Außenministeriums* bezeichnet.

Ihr Vater hatte sie am Morgen angerufen, während Marian sich gerade ankleidete. Giles hatte ihr nur mitteilen wollen, dass ihn Clive Winterborne zum Mittagessen begleiten würde. Marian hatte daraufhin gekontert, dass Alder *sie* mittags begleiten würde. Doch damit hatte sich Marian in die Höhle des Löwen begeben und den Protest ihres geliebten Vaters darüber herausgefordert, dass Alder zurück in England erneut in ihr Leben getreten war. Sie war wegen der langen Liebesnacht am Morgen in Eile gewesen und hatte daher schnell den Hörer wieder aufgelegt, bevor Giles ihr darauf antworten konnte.

Marian erreichte jetzt die mehr von Touristen und ihren Führern als von Abgeordneten bevölkerte große Vorhalle des Unterhauses und kollidierte unter dem Churchill-Bogen beinahe mit Peter Grainger. Sein überheblicher Gesichtsausdruck, der eher zu einem erfahrenen Oppositionssprecher passte, hellte sich merklich auf, als er sie erkannte.

»Guten Morgen, meine Liebe.« Marian war über seine vertrauliche Art nicht pikiert, denn Peter Grainger sprach gewöhnlich zu allen Frauen in diesem väterlichen Tonfall, und waren sie ihm noch so unbekannt. Es hieß, er müsse laufend seine Geliebten wechseln, weil sie seiner herablassenden Art schlicht überdrüssig wurden.

»Peter, wie nett, Sie zu sehen«, erwiderte sie und strahlte ihn an. Marian konnte es sich leisten, ihm gegenüber generös zu sein, denn immerhin war er vor einigen Tagen Alders Begleiter im Theater gewesen und hatte möglicherweise ihr Wiedersehen mit arrangiert.

»Wie ich höre«, begann er mit einem breiten Grinsen, »geht es Ihnen gut.« Dabei zog er seine Augenbrauen in derart übertriebener Art hoch wie ein miserabler Mime, der einen viktorianischen Verführer zu spielen hatte.

»Ich hoffe doch, dass mein amerikanischer Freund sich weiterhin diskret verhält, oder, Peter?«

»Aber natürlich! Wenn ich ihn in einer halben Stunde

treffen werde, erwarte ich, *keinerlei* grausige Einzelheiten von ihm zu hören! Ich bin gerade auf dem Weg zum Handelsministerium und nehme an, dass Robert auch dort sein *wird*.«

»Aber selbstverständlich, Peter. Er verfügt immer noch über genügend Manneskraft, ohne sogleich vor Erschöpfung zusammenzuklappen. Wie schade nur, wenn man dabei den Grund Ihres gemeinsamen Besuchs im Ministerium in Betracht zieht.«

Graingers Gesicht, das von bester Gesundheit strotzte und stets leicht gerötet war, verdunkelte sich plötzlich. Mit Leidenschaft besuchte er den Gymnastikraum im Unterhaus, einen Gesundheitsklub in Chelsea sowie eine unbekannte Anzahl von Betten in den etwas wohlhabenderen Bezirken der Hauptstadt. Seine körperliche Fitness war daher über jeden Zweifel erhaben.

»Ihr Auftritt neulich in den Abendnachrichten war *nicht* sehr hilfreich, mein liebes Mädchen«, brummte er. »Sie kennen doch die eigene Parteilinie, die Regierung in der Burmapolitik voll zu unterstützen. Auf dem hohen Ross der politischen Moral zu sitzen und darüber zu philosophieren, wie sich diese engelsgleich aussehende Suu Kyi gern das Verhalten des Westens vorstellt, *war nicht gerade segensreich*.« Dann hielt er abrupt inne und klopfte Marian freundlich auf die Schulter.

»Es gibt keinen Grund, mir weitere Vorhaltungen zu machen, Peter. George Theobald hat mich schon ins Visier genommen. Der Terminator erledigt gewöhnlicherweise solche Sachen sehr effektiv.«

»Oh, das überrascht mich nicht.« Offensichtlich wusste er nichts davon, dass Marian eine Standpauke der Parteiführung erwartete. »George Theobald kann man sich wahrlich nicht auf der Seite seiner politischen Feinde wünschen.« Sein breites, zufriedenes Grinsen war wieder da, als er fortfuhr: »Viel Glück, ich werde Ihre unsterbliche Verehrung des Rob Alder weitergeben, soll ich? Oder haben Sie es ihm heute Morgen schon geschworen?« Dabei funkelten seine Augen verschmitzt.

Grainger hatte kürzlich seinen fünfzigsten Geburtstag gefeiert und erachtete es jetzt als seine Pflicht, sich eine aristokratische Gelassenheit des Alters und der Weisheit anzueignen. Marian lachte keck, als er fortfuhr: »Selbst der junge Alder glaubt, dass viel an der Kritik der Junta Propaganda sei und wir nicht alles für bare Münze nehmen sollten. *Sie werden uns entgegenkommen müssen,* Marian!« Er sprach dabei in dem geheimnisvollen und aufgeregten Tonfall des Premierministers, wenn ihm die letzte, nicht wie erwartet katastrophal ausfallende Meinungsumfrage vorgelegt wurde. *Gott ist im Himmel und alles in der Welt ist in Ordnung!* zitierte sie ihn fast laut. »Wir bieten ihnen einen klaren Weg in die Zukunft an und zeigen ihnen, welche Vorteile sie von den geplanten Investitionen und dem Tourismus erwarten können. Und wir weisen dabei ebenso auf die Gegenleistungen hin, die sie zu erbringen haben.«

»Hört auf, Leute ohne Prozess einzusperren oder sie gar zu erschießen, nur weil sie ihr Recht auf Meinungsfreiheit wahrnehmen. Sind das die unbedeutenden Vergehen, Peter, von denen Sie sprechen?« Marian lächelte dabei voller Unschuld, während Grainger rot anlief und sie anfauchte:

»Wenn Sie nicht bald mit Ihrem pupertären Verhalten aufhören, sehe ich in naher Zukunft noch heftigere Debatten aufziehen, liebes Kind! Insbesondere in Ihrer Beziehung zu Alder sollten Sie sich wie eine Erwachsene verhalten.« Sie lachte, wobei sich Graingers Gesichtszüge langsam etwas entspannten. »Sie sind unmöglich, Marian! fuhr er kopfschüttelnd fort. »Einfach unmöglich ...«

»... und so unzugänglich«, neckte sie ihn und rief dann hastig: »Ich muss weiter, zu meiner Exekution. Sie wissen schon.« Lächelnd winkte Marian ihm zu und ließ ihn unter dem Churchill-Bogen zurück. Mit großen Schritten lief sie den Korridor hinunter und ließ die geschäftige Unruhe der Vorhalle schnell hinter sich.

Rose, ihre Assistentin, wollte gerade das Zimmer verlassen, als Marian das Büro betrat.

»Oh, ich wollte noch ein paar Sachen erledigen. Ich bin in einer halben Stunde wieder da. Geht das in Ordnung?«

Marian argwöhnte schon seit geraumer Zeit, dass die junge Frau eine Affäre mit einem verheirateten Staatssekretär der letzten Regierung hatte, der sich seinerzeit so entschieden für die Werte der Familie eingesetzt hatte. Sie lächelte entgegenkommend und erwiderte: »Verschwinden Sie schon!«

»Die Post habe ich auf den Schreibtisch gelegt. Das Fraktionsbüro hat schon zweimal angerufen und nach Ihnen gefragt«, antworte Rose mit kummervoller Miene.

Marian schaute auf die Uhr. Sie hatte noch Zeit, ihre Post durchzugehen, was wohl eher einem sich Sammeln gleichkam, wie sie zugeben musste.

»Sind Sie noch drinnen oder schon draußen?«, fragte Rose neugierig.

»Ich bin zum Mittagessen verabredet, komme danach noch mal zurück und fahre dann mit dem Zug um vier Uhr zehn in den Wahlkreis.«

»Ah, das habe ich fast vergessen! Dieses Mädchen – Syeeda? – hat wieder angerufen. Es geht mich zwar nichts an, Marian, aber Sie sollten sie bald zurückrufen.« Rose zuckte rechtfertigend mit den Achseln und verschwand durch die Tür. Marian schickte ihr ein »Bis bald!« hinterher.

Sie teilte sich mit einem jungen Abgeordneten das Büro, der entgegen aller Meinungsumfragen eine Nachwahl gewonnen hatte. Allerdings war ihm das gelungen, bevor die Popularität der Regierung vollständig in den Keller gesackt war. Ihr Kollege war einer der wenigen Hinterbänkler, der im Palast von Westminster bleiben konnte. Sein Ehrgeiz war so auffällig wie das blitzende Chrom amerikanischer Straßenkreuzer der fünfziger Jahre. Er nickte ihr zu und lächelte zuvorkommend. Der Machtverlust der Partei hatte ihn entmutigt, daher hatte er seit der letzten Parlamentswahl Beraterverträge abgeschlossen, als wolle er damit seine ruinierten und in weite Ferne gerückten beruflichen Ambitionen wieder heilen. Marian schaute auf seinen überfüllten Schreibtisch. Sein Lächeln kam einem Hilferuf gleich, denn er arbeitete sich gerade durch einen Stapel Papiere der gemeinsamen Fischereipolitik und stieß dabei in regelmäßigen Abständen verzweifelte Laute aus. Er vertrat einen Wahlkreis, in dem der Fischfang besondere Bedeutung hatte. Er tat sich gleichermaßen schwer mit den Zahlenkolonnen und seiner städtischen Herkunft, die ihm den Umgang mit den Männern der See und ihrer direkten Sprache nicht gerade erleichterte.

Unter normalen Umständen hätte sie ihm geholfen, was er wohl wusste, aber ihr Termin beim stellvertretenden Fraktionsvorsitzenden ließ ihr gerade noch das bisschen Energie, desinteressiert durch die Korrespondenz zu gehen. Zudem saß Syeeda ihr wie ein anklagender Schatten im Nacken. Marian erschrak plötzlich darüber, wie distanziert und unbeteiligt sie Westminster und seine Insassen schon betrachtete; war das ihre Abschiedsvorstellung, und befreundete sie sich schon mit dem Gedanken fortzugehen? Nach Amerika, falls Alder sie fragen sollte, aber wollte sie das auch wirklich?

Entschlossen griff sie zum Telefonhörer und wählte Syeedas Nummer, während an dem anderen Schreibtisch der junge Abgeordnete wie eine Dampfmaschine zu schnaufen begann, um ihre Aufmerksamkeit zu erregen. Als Ausdruck ihrer Anteilnahme schuldete sie Syeeda wenigstens einen Anruf.

»Syeeda, hier spricht Marian. Wie geht es Ihnen?«

Nach einem Moment bedrückender Stille antwortete Syeeda: »Ich war in seiner Wohnung …« Ihre Worte klangen wie das Geständnis eines Verbrechens. »Sie wissen schon, ich habe dort einige Dinge in Ordnung gebracht.«

Marian fühlte ihre eigene Unsicherheit, als sie Syeedas gefasste, ruhige Stimme wie aus einem dunklen Tunnel vernahm. Sie war überrascht über das Mitgefühl, das sie plötzlich für die junge Inderin empfand und antworte: »Ja, ich kann Ihnen wirklich nichts Neues sagen, Syeeda.« Die flehenden Hilferufe im Gesicht des Parlamentskollegen irritierten sie nun vollends. »Haben Sie mein Fax bekommen? Ich dachte, ich könnte Ihnen die ganze Angelegenheit besser schriftlich erklären.« In klaren, fast unbeteiligten Worten hatte Marian sie über die Ermittlungen der Polizei unterrichtet. Sie hasste es, insbesondere die eigene Feigheit, die dahinter steckte.

»Ja, ich habe es bekommen.« Ihrer Stimme konnte sie entnehmen, dass Syeeda in der Wohnung des Jungen keine neuen Hinweise gefunden hatte. »Ich wusste, dass ich dort außer einigen Erinnerungsstücken nichts Besonderes finden würde.« Plötzlich unterbrach sie sich, und ihre Stimme ging in einem unterdrückten Schluchzen unter. Marian fühlte, wie es an ihren Nerven zu zerren begann, und sie ärgerte sich über ihre eigene Hilflosigkeit ebenso wie darüber, dass sie diesen Anruf ausgerechnet jetzt so kurz vor ihrem Treffen mit Theobald getätigt hatte. Sie konnte diese Emotionen nicht gebrauchen, jedenfalls nicht in diesem Moment. Dann hörte sie wieder Syeedas Stimme:

»Ich hatte ganz vergessen, Ihnen von Medhevs Aufregung am Abend vor seinem Verschwinden zu erzählen. Ich sagte Ihnen ja schon, dass ich ihn vierundzwanzig Stunden vor seinem Tod nicht mehr gesehen habe. Medhev hatte ein Bild ausgeschnitten, und ich weiß nicht, was es zu bedeuten hat. Ich habe es in seinem Tagebuch gefunden.« Es schien Marian, als falle Syeeda mit jedem weiteren Satz in immer tiefere Depressionen. »Medhev hatte aus einem Lokalblatt ein Foto mit Bildunterschrift ausgeschnitten. Es stammte von Sir Clive, Ihrem Taufpaten, Sie wissen schon.« War das der verdeckte Seitenhieb, den Marian aus ihrem Tonfall herauszuhören glaubte? Syeeda kannte Clive, Marian hatte ihn einmal ins *Jaipur* mitgenommen, um ihn den Lals vorzustellen. »Als ich das Foto sah, erinnerte ich mich wieder, wie aufgeregt Medhev damals gewesen war, als er es in der Zeitung entdeckte. Er fragte mich, ob er es mit nach Hause nehmen könnte. Ich hatte keine Ahnung, warum ihm so viel daran lag. Sir Clive besuchte eine Wohltätigkeitsveranstaltung. Die Bildunterschrift erklärte, wer er war und wo er wohnte. Warum hatte Medhev das Bild nur ausgeschnitten und unbedingt behalten wollen? Er hatte ihn doch nie zuvor gesehen.«

»Ich weiß es auch nicht, Syeeda«, antwortete Marian nach einer Weile. »Ich glaube nicht, dass es eine Bedeutung hat. Oder was glauben Sie? Vielleicht haben Sie Medhev davon erzählt, dass Sie Sir Clive zuvor im *Jaipur* getroffen haben.«

»Ja, vielleicht war es das.« Marian hörte plötzlich ein lautes Schnauben am anderen Ende der Leitung. »Und danke für Ihren Rückruf, Marian. Ich verstehe, warum Sie lieber das Fax geschickt haben, ich verstehe. Sehe ich Sie bald wieder?«

»Ja. Ich werde mich melden.«

Marian war gerade dabei, sich trotz des schwierigen Telefongesprächs etwas zu entspannen und es sich im Stuhl bequem zu machen, als die Tür aufsprang und der stellvertretende Fraktionsvorsitzende mit seinem dicken Bauch voran ins Zimmer stürmte.

»Verzeihen Sie, Syeeda, ich muss jetzt Schluss machen. Auf Wiedersehen.«

George Theobald hatte eine auffällig rollende Gangart, die einschüchternd, ja beinahe drohend wirkte. Marian legte den Hörer auf. Es war ein alter Trick von ihm, in das Büro des unglückseligen Abgeordneten zu stürmen, der gerade dabei war, seine Nerven mit der Vorstellung zu beruhigen, noch zehn Minuten Zeit bis zum verhängnisvollen Treffen zu haben. Sie hätte ihn eigentlich schon erwarten müssen.

Ihr Kollege gegenüber wurde sofort blass und erstarrte wie ein Kaninchen im Scheinwerferlicht. Das heftige Nicken von Theobalds bulligem Schädel nagelte den rechenunkundigen jungen Abgeordneten förmlich an seinem Schreibtisch fest.

Über seine kleine Machtdemonstration und die Angst, die sie offensichtlich hervorrufen sollte, schien Theobald befriedigt zu sein. In drohender Haltung lehnte er sich über Marians Schreibtisch und stützte sich mit seinen massigen Fingerknöcheln auf ihrer Korrespondenz im Eingangsfach ab.

»Ah, George, wie ich sehe, wollen Sie mir mit meiner Korrespondenz helfen und sie mit unterschreiben«, begrüßte ihn Marian mit einem Blick auf seine zusammengeballten Fäuste. Man brauchte schon gute Nerven, aber dann war es ein Leichtes, den Fraktionsvize mit seinem eigenen Verhalten aufzuziehen. Er sah nicht nur aus wie ein Elefant, sondern sein Gedächtnis verfügte über dasselbe Erinnerungsvermögen, zumindest was die Schmähungen betraf.

Marians witzige Bemerkung erschien umso augenfälliger, als Theobald auf seine Hände herunterschaute. Seine schmalen, rosinenförmigen Augen funkelten jetzt missgestimmt.

»Ich störe doch wohl nicht, oder?«

»Ich bin bereit für Sie, George. Ist es so wichtig?«

»Nur ein warnendes Wort, Marian«, wobei er ihren Namen wie die schändlichen Greuel eines vergangenen Krieges aussprach. »Ihr Auftritt in den Spätnachrichten, vom letzten Artikel im *Telegraph* ganz zu schweigen. Welch eine Berühmtheit wir hier haben! Wie Sie auf Europa einschlagen, daran haben wir uns ja gewöhnt, aber jetzt scheinen Sie auch noch Burma unter Ihre Fittiche genommen zu haben. Der Fraktionsvorsitzende hat mich daher um eine Liste von Themen gebeten, die Sie in den nächsten Monaten noch angehen wollen. Oder eine Liste von Punkten, mit denen Sie sich *nicht* befassen wollen, falls letztere kürzer sein sollte.«

»George, welch ein langer Satz, und all die vielen Worte in der richtigen Reihenfolge!« Seine Gesichtszüge erstarrten jetzt, und er lief karmesinrot an. »Verzeihen Sie, aber ich hatte nichts zu Jeremy gesagt, was die Partei hätte übel nehmen können. Und wie Sie schon sagten, standen in dem Artikel meist alte Geschichten. Warum also die ganze Aufregung?«

»Ich nehme an, der Parteiführer und der Fraktionschef sind über die bloße *Anzahl* ihrer verlorenen Kreuzzüge beunruhigt.« Theobald lehnte sich jetzt noch weiter vor und fuhr dann fort: »Ich dachte eigentlich, der Ärger mit den Parteibonzen in Ihrem Wahlkreis hätte Ihnen etwas Zurückhaltung auferlegt, wenn nicht sogar eine Ruhephase bei Ihnen einkehren lassen. Oder ist etwa die Protektion von Sir Clive unantastbar?«

Die Drohung war so unverhohlen wie eine gezückte

Waffe. Die Parteizentrale begann den Widerstand im Wahlkreis zu organisieren, um ihre Kandidatur zur nächsten Wahl zu verhindern.

Marian fühlte die Erregung in ihrem Gesicht, und ihre Körpersprache wurde unterwürfig. Der fette, vulgäre Grobian mit dem Sauriergehirn war also doch *wirkungsvoll*. Seine beharrliche Art, sich wie ein herabstürzender Felsblock auf abweichlerische Abgeordnete fallen zu lassen, hinterließ bei den damit vertrauten Opfern nicht viel mehr als ein Gefühl der Atemlosigkeit. Auf jeden Fall jedoch war dieses Gefühl für Marian jetzt sehr real.

»Ich kann ja verstehen, dass Sie meine Einstellung gegenüber der Europäischen Union ablehnen, George, aber warum interessiert Sie ausgerechnet meine Meinung zu Burma?«

»Wir sind nicht hier, um Handel und Geschäfte zu erschweren. Habe ich mich klar ausgedrückt? Ihre abfälligen Bemerkungen über die geplante Handelsmission nach Burma waren keine guten Nachrichten. Ihren Herzschmerz hätten Sie lieber für sich behalten sollen. Wir stimmen mit der Regierung darin überein, dass Handelsbeziehungen zu Burma *wichtig* sind. Sehr wichtig. Vergessen Sie also die ganze Sache.«

»Oder was?«, forderte Marian den Fraktionsvize weiter heraus.

»Oder sind Sie vielleicht daran interessiert, in naher Zukunft Ihre akademische Laufbahn wieder einzuschlagen, Marian? Falls dem nicht so sein sollte, halten Sie Ihre Lippen so eng verschlossen, wie man das sonst nur über Ihre Beine sagt. Überlassen Sie uns den Rest! Sie sind eine verdammte Plage, Marian, und wir wünschen, dass Sie endlich Ruhe geben! Sonst könnte Sir Clive Winterborne davon überzeugt werden, Sie künftig in einem etwas anderen Licht zu sehen. Haben Sie mich verstanden, *Marian*?«

Am Ende war es die leichteste Sache der Welt gewesen; die Art und Weise, wie er die Flugtickets, den Pass und die neue Kleidung erhalten hatte, erweckten in Hyde eher nostalgische Erinnerungen als Unbehagen. Dabei hatte Evans nur die alten Fertigkeiten angewandt und ihn, komplett ausgestattet mit Handgepäck, Laptop, Handy und Spesenkonto, auf einen Flug nach Kuala Lumpur gesetzt und von dort in der Businessklasse mit Singapore Airlines weiter nach London Heathrow.

Der Flughafen von Penang war leicht zu überprüfen gewesen, und Evans' Leute hatten dort keine Beschatter ausmachen können. Jessop musste demnach davon ausgegangen sein, dass Hyde Verstärkung geholt hatte. Damit war die erste Runde zu Ende gegangen. Möglicherweise hatte Jessop auch Hydes Interesse in ihm erahnt und erwartete nun, dass er sich mit Aubrey selbst beraten wollte. Wie auch immer, sie hatten ihn ausfliegen lassen, um ihn vielleicht in London abzufangen.

Hyde rieb sich mit beiden Händen das Gesicht, als ihm die freundlich lächelnde Stewardess in ihrem hellen Seidensari ein neues Glas Champagner auf die Sitzlehne stellte. Er nippte daran und schaute aus dem Fenster der Boeing 747 auf das nächtliche Indien. Als würden die ersten Entdecker Lampen durch die Wildnis tragen, verloren sich hier und da einzelne Lichtkleckse von Ansiedlungen in der Weite des indischen Subkontinents. Es dauerte noch etwa sieben bis acht Stunden, bis er Aubrey in London treffen würde.

Scudamore war immer noch aschfahl gewesen, als sich die Tür des Krankenwagens hinter ihm und seinem Stöhnen geschlossen hatte. Für den Moment war er in Sicherheit, denn der Exagent Jessop, den man angeheuert hatte, um jeden zu eliminieren, der der Straits Royal Gruppe auf die Zehen stieg, konnte ihm jetzt nichts anhaben. Hydes Auftauchen in Penang ließ sie wohl vermuten, dass er es jetzt auch auf Pearson abgesehen hatte. Evans hatte nämlich herausgefunden, dass Pearson nur zwei Stunden nach den Schüssen auf Scudamore von Penang nach Singapur geflogen war.

Wie ein aus lauter Lichtern bestehender elektrischer Schaltkreis tauchte unter ihnen eine größere Stadt auf. Hyde hatte zuvor Ros angerufen, um das geplante Rendezvous in Singapur zu verschieben. Sie war über seine plötzliche Rückkehr nach London ziemlich verärgert gewesen, wusste sie doch um seine heimliche Sehnsucht nach London, von seiner Wohnung in Earls Court, von den Katzen, Max und seinem Zahnarzt.

Doch für Hyde gab es noch einen weitaus gewichtigeren Grund, dorthin zu fliegen, nämlich die Gewissheit, dass auch Jessop bald nach London kommen würde. Er war sich sicher, dass dieser Psychopath dort auftauchen würde, hatte er doch noch seinen Auftrag zu erfüllen. Jessop würde ihn in das Labyrinth führen, davon war Hyde überzeugt. Von ihm würde er erfahren, wer die Hintermänner waren. Er würde ihn schon zum Sprechen bringen.

Selten, wenn überhaupt, lud sie ihr Vater zum Mittagessen in den Klub ein. Anscheinend war Giles immer noch der Überzeugung, Marians feministisch begründeter Abscheu dieser maskulinen Exklusivität Rechnung tragen zu müssen. Sie dagegen mochte den Klub durchaus und nannte ihn zur Freude ihres Vaters *das Kabinett der Madame Tussaud mit bewegten Bildern.* Manchmal war es für sie schlicht ein *Herrenzimmer in Westminster.* Giles hatte dafür gesorgt, dass sie alle in einem der Restaurants speisten, das kein Gemüse zum Hauptgericht servierte. Doch hier inmitten all der Spesenritter kamen sich sowohl ihr Vater als auch Clive Winterborne schon wie Ruheständler vor. Alder dagegen fühlte sich hier rundum wohl und hatte in amerikanischer Manier Wasser dem Wein vorgezogen. Im Vergleich zu den riesigen Räumlichkeiten der Lokale, in denen in Washington oder New York die Geschäftsessen stattzufinden pflegten, musste ihm dieser Ort als altmodischer, intimer Winkel erscheinen.

Sie übersprangen das Dessert und ließen dem Hauptgericht gleich den Kaffee folgen.

»Danke schön, Daddy«, sagte Marian und prostete ihm mit dem Weinglas zu. Jemand am Nebentisch rauchte. Auch gut, dachte sie, denn man wusste ja nie, wann ein vollständiges *Nichtraucherdiktat* in Restaurants gelten würde.

Also zündete sie sich ebenfalls eine Zigarette an. Für einen Moment warf Alder ihr daher einen tadelnden Blick zu, bevor er sein Lächeln wiedergewann und das Gespräch mit ihrem Vater fortsetzte. »Wie nett von dir, uns einzuladen«, fügte sie schließlich hinzu.

»Mit Vergnügen, mein Mädchen«, antwortete Giles, während sich Clive Winterbornes adlerförmige Gesichtszüge etwas entspannten.

Ihr Vater hatte inzwischen Alders Wiederauftauchen in Marians Leben ruhig hingenommen, und die bloße Billigung war zwischen Vorspeise und erstem Gang sogar einer gewissen Wärme gewichen. Clive, der Alder unabhängig von Marian kennen gelernt hatte, schien sogar über die erneute Liaison der beiden hocherfreut zu sein.

»Gehen Sie heute Abend auch zu der Wohltätigkeitsveranstaltung, Robert?«, fragte er und wedelte dabei den Zigarettenrauch aus seinem Gesicht. Dabei musterte er Marian bedeutungsvoll.

»Ja. Ich habe ihn eingeladen, und er würde es kaum wagen, nicht zu kommen«, lachte sie keck. Obwohl sie von der Verabredung mit seinem Regiment wusste, fuhr sie zu Giles gewandt in neckendem Tonfall fort: »Warum verschiebst du nicht dein Rendezvous mit den alten Kameraden, Daddy?« Er verabscheute diese Galaveranstaltungen, bei denen Tausende von Pfund Sterling für Essen und Wein ausgegeben wurden. Mehr noch verabscheute er die Leute dort, seien es nun Politiker, Reiche oder Berühmtheiten. Außerdem wollte er seine neuerliche Liebenswürdigkeit gegenüber Alder nicht allzu sehr auf die Probe stellen.

»Clive, fast hätte ich es vergessen. Ich weiß, es klingt lächerlich, aber kennst du zufälligerweise einen jungen Mann namens Kumar?«

»Kumar?« Clive Winterborne sprach dabei den Namen des Jungen sehr langsam aus, als suche er in seinem Gedächtnis nach verwischten Spuren. »Ich ... ich glaube nicht«, schloss er nachdenklich.

»Sir, als ich vor einer Woche bei Ihnen in Uffingham gewesen war, hatten Sie gerade diesen Anruf erhalten. Sie erzählten mir davon, es ging um einen jungen Mann mit indischem Namen, hieß er nicht Kumar?« entgegnete Alder, während Clive mit den Fingern schnippte.

»Ja! Ein merkwürdiger Anruf war das«, wandte er sich lächelnd an Marian. »Verzeih, meine Liebe, jetzt fällt es mir wieder ein. Der junge Mann starb an einer Überdosis Heroin. Ja, Robert, Sie haben Recht, ich erhielt am Wochenende einen Anruf, aus dem ich nicht ganz klug wurde. Es war ein ziemlich erregtes und verwirrendes Gespräch. Er wollte mich unbedingt sprechen, was ich jedoch höflich, aber bestimmt abgelehnt habe.«

»War auch richtig so«, warf Giles ein, »nach allem, was ich von Marian gehört habe. Es würde Ihrem Ansehen auf dem Land sicher schaden, sich mit Drogenabhängigen abzugeben.« Ihr Vater und ihr Patenonkel blickten sich dabei zustimmend an, während Marian wieder ihren stärker werdenden Unmut über Syeeda und den toten Jungen spürte.

»Ach, das war alles?«, murmelte sie kleinlaut.

»Was hattest du denn erwartet?«, antwortete ihr Vater immer noch lächelnd. »Dass Clive um ihn wie um seinen verlorenen Sohn trauert?« Seine Verärgerung über seine Tochter war jetzt deutlich zu spüren. Doch sie glaubte, dass Alder der eigentliche Adressat dieses Unmuts war.

»Du warst also länger auf dem Lande, als du zugegeben hattest?«, fragte sie ihn schelmisch.

Leicht errötend, verhaspelte sich Alder: »Ja. Ich wollte mit Clive über Burma reden. Winterborne Holdings macht dort Geschäfte, wie im ganzen Fernen Osten. Und …«

»Ja, genau«, warf Clive verlegen ein. Es war also um David gegangen, dachte sie. Alder kannte David seit mehreren Jahren, aber zurzeit konnte er ihm aus nahe liegenden Gründen keinen *wertvollen* Rat erteilen. Stattdessen hatte sich also Alder an Clive gewandt.

»Ich hatte schon daran gedacht, dich auch einzuladen«, fuhr Clive zu ihr gelehnt fort und legte dabei seine mit Altersflecken übersäte Hand auf die ihre. »Ich habe es mir dann doch anders überlegt.« Dabei sah er Giles an. »Auf jeden Fall bin ich zufrieden, wie sich die Dinge entwickelt haben«, schloss er mit einem freundlichen, aufrichtigen Lächeln.

»Das bin ich auch«, flüsterte ihm Marian zu. In dem Moment, als Alder Giles erneut in ein Gespräch verwickeln wollte, bemerkte sie, wie ihr Vater jegliche Regung aus seinem Gesicht zu verbannen suchte. »Das bin ich auch, Clive.«

Wie in eine neue, aufregende Welt folgten ihm die Katzen vom Flur in die muffigen Zimmer. Dabei schienen sie ihm alles nachzumachen, indem sie hier und da innehielten und an allem schnupperten, ganz so, als würden sie sich langsam wieder an eine altbekannte Umgebung gewöhnen. Die graue Katze zögerte noch, um dann doch unvermittelt in den Sessel zu springen, der für Jahre ihr Ruheplatz gewesen war. Hyde schaute sich nachdenklich die Abhörwanze in seiner Handfläche an, die er kurz zuvor aus dem Telefon entfernt hatte. Er schloss die Finger um die Wanze und konnte förmlich die Anwesenheit von Fremden in seiner Wohnung wahrnehmen, so wie er die Katzen um sich herum spürte. In der Nähe des Telefons schnupperte die Siamkatze am Teppich; jemand musste zuvor hier gekniet haben.

Hydes Zahnarzt Max, der die Erdgeschosswohnung seines Hauses in Philbeach Gardens gemietet hatte, hatte ihm zuvor erzählt, dass Mitarbeiter der Gaswerke am Morgen in der Wohnung gewesen waren. Daraufhin nahm er sich vor, nach seiner Rückkehr nach Australien Ros' Wohnung ebenfalls nach Wanzen abzusuchen. Hyde öffnete seine Hand und schaute sich die Wanze erneut an. Sie erschien ihm wie ein Blumenstrauß zu seiner Begrüßung. Er ließ die Wanze auf den Teppich fallen, zertrat sie mit dem Absatz und sammelte die Überreste ein. Dann legte er die Einzelteile in eine Schale parfümierter Holzspäne, die schon längst ihren Duft verloren hatten.

Max hatte die Katzen in der Gewissheit allein gelassen, dass entweder seine neue Freundin, eine freundlich aussehende Frau mit Yorkshire-Akzent, oder Hyde selbst bald zurück sein würden.

Die Siamkatze schnupperte an Hydes Hosenbein und schien Schwierigkeiten zu haben, ihn in dem von Evans beschafften Anzug wieder zu erkennen. Er kraulte sie am Kopf und wurde nun offensichtlich akzeptiert.

Dann setzte er sich auf das Sofa und wählte Aubreys Nummer. Augenblicklich sprang die Siamkatze auf seinen Schoß. Nach einer gründlichen Suche hatte Hyde keine weiteren Wanzen in der Wohnung gefunden.

»Ja?« Der alte Mann klang atemlos, vielleicht war es sein Alter.

»Ich bin es. Jemand war schon vor mir hier gewesen.«

»Sind Sie denn jetzt sicher?«

»Ja.«

Die abendlichen Lichter von Earls Court hellten den dunklen Garten hinter seinem Haus etwas auf. Max' Kochgerüche stiegen Hyde in die Nase, und von unten hörte er, wie die junge Frau Max die Geschichten ihres arbeitsreichen Tages erzählte.

Als hätte er ihn gerade beim Abendessen unterbrochen, machte Aubrey einen gereizten Eindruck und brummte ungehalten ins Telefon: »Was ist nur passiert? In welche Situation haben Sie sich nur hineinmanövriert, Patrick?«

»Ich habe Ihnen die Geschichte schon einmal erzählt, und Sie haben mir nicht geglaubt. Ich würde den falschen Baum anbellen und Hirngespinsten nachjagen, erinnere ich mich dunkel. Es hatte nichts mit Scudamore zu tun gehabt. Das waren lediglich Preisverhandlungen mit ungewöhnlichen Methoden. Hier jedoch geht es um sehr viel wichtigere Dinge, Sir.«

Aubrey schwieg einen Moment und murmelte dann in den Hörer: »Es erscheint in der Tat etwas übertrieben, einen Mann mit den Fähigkeiten und dem psychologischen Profil eines Jessop anzuheuern, nur um einen alten Mann von seinem Besitz zu vertreiben. So weit stimme ich Ihnen noch zu.«

»Ich bin unbedeutend und stelle für niemanden eine Bedrohung dar. In den letzten Jahren stand ich mit *nichts* in Verbindung – außer mit meinem Auftrag in Australien.

Und der war auf jeden Fall interessanter als ein paar korrupte Polizisten, die sich an bezahltem Urlaub erfreuten!«

»Ich kann immer noch nicht glauben, dass eine Firma wie die Straits Royal Gruppe in so etwas verstrickt sein soll. Sie haben immer noch keinerlei Beweise, oder?«

»Überhaupt keine«, musste Hyde ärgerlich zugeben. »Aber es sind diese Sorte von Leuten wie von der Straits Royal, die *westliche* Profis anstellen. Sonst hätte man sich für die zweite Wahl entschieden und Malaien oder Chinesen für den Job angeheuert. Aber *nicht* Jessop!«

»Vielleicht haben Sie Recht.«

»Ich muss mit Ihnen noch heute Abend sprechen, Sir.«

»Heute Abend? Ich besuche eine Wohltätigkeitsveranstaltung zur Unterstützung des Covent Garden. Das wird schwierig sein.«

»Wo findet sie statt?«

»Im Grosvenor House.«

»Ich werde dort sein.«

Er legte auf und erhob sich aus dem Sessel, wobei die Katze erschrocken von seinem Schoß sprang und mit ihren messerscharfen Krallen fast seinen Anzug ruinierte. Hyde ging in die Küche, um den Katzen das von Max beschaffte Dosenfutter zuzubereiten. Augenblicklich erschienen die beiden, und er verteilte das Futter gleichmäßig auf zwei Untertassen, die er auf den Boden stellte.

Er sollte jetzt eigentlich Ros anrufen.

Ihm erschien sein Wohnzimmer warm und vertraut wie ein bevorzugtes Kleidungsstück, während er dem leisen Schmatzen der Katzen lauschte, dem Verkehr auf der Straße und dem Knacken der so lange unbenutzten Heizkörper. Diese Wohnung war wie nach Maß für ihn gemacht, ganz im Gegensatz zu dem Haus an Sydneys Nordufer, in dem er stets das Gefühl hatte, sich an irgendetwas klammern zu müssen wie nach einem Kentern auf See. Die Planken seines langsam versinkenden Lebens waren bisweilen an ihm vorbeigetrieben, und nichts schien in diesem Augenblick davon übrig geblieben zu sein.

Hyde ging in das dunkle Schlafzimmer und schaute vom

Fenster in den Vorgarten und auf die Straße. Gelbliches Licht fiel von den Straßenlaternen auf die schon herbstlich lichten Bäume. Eine wohlige, vertraute Erregung ging dabei durch seinen Körper und schob den Jetlag beiseite. Die Siamkatze trottete hinter ihm her ins Zimmer und sprang auf das Fenstersims. Draußen auf der Straße wartete eine Gestalt im Regenmantel neben einem geöffneten Autofenster und schaute zu ihm hinauf.

Willkommen, alter Freund. Erst die Wanze und nun die Überwachung. Die Steine des Puzzles begannen jetzt langsam an ihren Platz zu fallen und ein erkennbares Muster zu zeigen. Jessop hatte ihnen Anweisung gegeben, ihn hier in London zu beschatten. Das Spiel, das zunächst so harmlos in Penang begonnen hatte, ging also weiter. Als sich die Gestalt von dem geparkten Auto wieder entfernte und ihren Streifengang fortsetzte, begann es in seinen Fingern zu jucken. Er war jetzt wachsam wie die Katze neben ihm.

Egal wo oder wann, sie wollten ihn ausschalten. Alles, was er tat oder mit wem er sprach, war für sie von Interesse. Sie waren in Eile, und weder Geld noch Leute oder sonstige Mittel spielten dabei eine Rolle. Sie wollten ihn *sauber beiseite schaffen.*

Er überließ es der Katze, das Beschatterteam weiter zu beobachten, und kehrte ins Wohnzimmer zurück. Zeit für eine Dusche und eine frische Rasur, und dann würde er seine Verfolger mit in die Stadt bis zur Park Lane nehmen. Sie würden davon wohl nichts haben, er jedoch umso mehr, dachte er.

Er streckte seine Arme und begann zu grinsen. Das Leben hatte doch noch Aufgaben für ihn parat, und wenn es nur ein Stück der Finsternis war, die sich dort draußen auf der Straße ankündigte.

Im Fond des Rover rutschte jemand unruhig hin und her, und ein schwerer Uniformmantel begann zu rascheln. Das Rascheln veranlasste Cobb zu einem breiten Grinsen, und er drehte sich im Beifahrersitz um.

Das Licht der Straßenbeleuchtung erhellte nur schwach

das Innere des Wagens und ließ die Haut der Insassen faltig und fleckig erscheinen. Der Rover parkte an der Ecke zur Fußgängerzone. Der Abendverkehr mit gleißenden Bremslichtern glitt im Regen an ihnen vorbei. Zumindest einer der Insassen auf dem Rücksitz fühlte sich durch das Rauchen des Fahrers offensichtlich gestört. Licht fiel auf den silbrigen Kragen und die Knöpfe einer Uniform. Cobb gähnte, schaute dabei auf die Uhr und dachte sich, wie einfältig doch diese Provinzpolizisten waren. Ein paar fingierte Anrufe, einen Ausweis der Sicherheitspolizei, und schon rollten sich alle wie Hunde auf den Rücken, um ihren Bauch gestreichelt zu bekommen.

»Ihr Mann ist dort drinnen. Wir geben ihm noch zehn Minuten.«

Er starrte durch das Seitenfenster und reckte dabei seinen Hals, um weiter unten in der Fußgängerzone das Schild draußen am *Jaipur* erkennen zu können. Es war das beste von Lals Restaurants und war selbst im *Good Food Guide* von Egon Ronay erwähnt. Der Eigentümer hatte vor einer Stunde sein Restaurant betreten, es war wohl die Zeit für die Büroarbeit. Seine Tochter bediente derweil an den Tischen, da das Restaurant jetzt voll besetzt war. Alles schien nur auf das Drama zu warten, das sie im Begriff waren aufzuführen.

Cobb überlegte, ob Jessop inzwischen schon in Heathrow gelandet war. Es kam ihm sehr ungelegen, dass sein Kumpel in Singapur aufgehalten wurde, denn es hatte bedeutet, dass er selbst diesen Anruf von Ralph Lau hatte fingieren müssen. David Winterborne wollte, dass das Mädchen endlich Ruhe gab. Im Lokalfernsehen und in der Zeitung hatte sie laut und vernehmlich dagegen protestiert, dass ihr Freund Kumar als Drogenhändler abgestempelt worden war. Die Leute begannen langsam unangenehme Fragen zu stellen, vielleicht sogar die Provinzpolizisten hier im Auto. Ohne zu zögern hatten sie zwar die ganze Geschichte über Kumar geschluckt, denn das Märchen, das er sich zusammen mit Jessop ausgedacht hatte, war wasserdicht gewesen. Nur dieses verdammte Mädchen hielt weiterhin die ganze Sache am Kochen und behauptete, er sei unschuldig gewesen.

Sie würde sich bestimmt nicht so schnell wie die Polizisten auf den Rücken legen und den Mund halten. Möglicherweise würde sie sogar das Interesse dieser Abgeordnetenzicke wieder erwecken. Jedenfalls bedrängte sie weiterhin die örtliche Polizei, den Fall wieder aufzurollen.

»Ich möchte nicht Ihre Autorität in Frage stellen, Mr. Cobb«, begann der Polizeioffizier in schroffem Ton, »aber ich kann beim besten Willen keinen Sinn darin sehen, bei dieser Operation dabei zu sein.«

»Es sind doch Ihre Männer, Sir, und die örtliche Polizei braucht örtliche Führung. Das verstehen Sie doch, Sir.« Bei diesen Worten begann der Fahrer neben Cobb zu grinsen, kurbelte das Fenster herunter und schnippte seine Zigarettenkippe in die regnerische Nacht.

Erst kam ein Räuspern und dann die zögerlichen Worte: »Na schön. Sie versichern mir, dass das alles mit dem Tod dieses Drogenhändlers zusammenhängt. Das akzeptiere ich. Aber ich hoffe in Ihrem eigenen Interesse, dass es stimmt, was Sie über Lal vermuten und wofür er sein Restaurant missbraucht.« Das war der Wortschwall eines Ohnmächtigen.

Cobb drehte sich zu ihm um und starrte ihn an.

»*Sir!*«, schnaubte er warnend. »Wir sind hier, um Befehlen zu gehorchen und nicht, um sie zu *hinterfragen*!«

»Ist ja schon in Ordnung, Mr. Cobb.«

Freundlich fügte Cobb hinzu: »Ich weiß, dass diese Operation ein wenig unorthodox erscheint. Aber wir müssen diesen Lal für einige Zeit einbuchten, um auch tatsächlich Antworten auf unsere Fragen zu bekommen. Denn im Moment haben wir nicht genug, um ihn länger zu behalten, deshalb müssen wir ein wenig an dem Stachel drehen.«

Erst einmal wollte er dem Jammerlappen einen gehörigen Schreck einjagen. Cobb war sich sicher, dass Lal dann alles tun würde, um unter dem Scheißhaufen, mit dem sie ihn gleich überziehen würden, wieder hervorzukommen. Bevor die überregionalen Zeitungen davon Wind bekämen, würde er schon dafür sorgen, dass die dumme Nutte von seiner Tochter endlich aufhören würde, mit den lokalen Zeitungen und dem Fernsehen weiter in dieser Kumar-Geschichte zu rühren. Die ganze Familie würde stumm, taub und blind sein.

Der Polizeioffizier im Fond gab sich dem seichten Schlaf des Gehorsams hin, dort, wo Bewusstsein und Neugierde nur noch als Fragmente in Traum und Gedächtnis übrig blieben. Cobb wandte sich dem anderen Passagier auf der Rückbank zu, einem jungen, salopp gekleideten Mann mit modisch glatt zurückgekämmtem Haar.

»Von Ihrer Seite ist alles klar? Sie machen nur die Übergabe, und wir werden Sie zusammen mit Ihrem Kumpel, wie heißt er noch – Peel, nicht wahr – im Lokal verhaften.« Der junge Mann nickte. »Peel und Sie werden dann in den anderen Wagen gebracht. Dann geht's zurück zum Revier, während ich mit Mr. Lal und seiner Tochter reden werde. Sie, Tate«, fuhr er zum Fahrer gewandt fort, »werden mir nach einer halben Stunde die schlechten Nachrichten überbringen, woraufhin wir Lal ebenfalls zum Revier bringen werden.«

Der junge Polizist nickte aufgeregt und eilfertig. Vor sich sah er schon den Weg, der ihn von diesem belanglosen Einsatz direkt zu höheren Weihen und schließlich zu Scotland Yard führen würde. Der schwere Mantel des Polizeioffiziers raschelte und knisterte, doch der Mann selbst sagte keinen Ton.

»In Ordnung, noch ein paar Minuten«, grinste er. »Glauben Sie, Lal wird uns etwas zum Essen anbieten, während wir ihn verhören?«

»Ich habe die Sache unter Kontrolle, David.« Prompt ärgerte er sich über seine für einen Untergebenen typische einschmeichelnde Ausdrucksweise. »Es gibt keinerlei Hinweise, und es wird auch keine geben. Dein Mann – dieser Jessop – mag es zwar in Penang vermasselt haben, aber …« – und dabei begann Lau sarkastisch zu grinsen – »… ich kann mich ja wohl auf seine Qualifikation verlassen.« Dann fügte er hinzu: »Die Indianer werden keinen Ton mehr von sich geben.« Ein Anflug von Enttäuschung, der über Winterbornes Gesicht huschte, machte ihn jetzt doch stutzig.

Die Situation, in der sich Winterborne hier in diesem Zimmer befand, immerhin war es ja seine Gefängniszelle, wurde Lau jetzt deutlich. Das Bild seines inhaftierten Cousins erschien ihm wie ein Gemälde, von dem keinerlei Bedrohung mehr ausgehen konnte. Lau begann die Situation immer mehr zu kontrollieren und wurde dabei zunehmend lockerer.

»Marian mischt sich schon wieder in mein Leben ein«, sagte Winterborne mit einer Bösartigkeit, die selbst Lau überraschte. Wie ein Raubvogel mit gestutzten Flügeln und einer Haube auf dem Kopf saß er auf seinem Stuhl vor dem dunklen Rahmen des Fensters.

»Sie ist jetzt *überzeugt*, dass Kumar mit Drogen gehandelt hatte. Was willst du mehr, David?« Einer inneren Eingebung folgend, fügte er hinzu: »Du *willst* doch, dass sie sich einmischt, wie du es nennst, nicht wahr? Wenigstens ein Teil von dir will es so.«

»Blödsinn! Dieser Hyde, der jetzt in London ist, macht mir viel größere Sorgen. Als alter Weggefährte dieses verdammten Kenneth Aubrey wird er möglicherweise mit Marian sprechen und ihre Verdächtigungen wieder aufleben lassen. *Das* ist es, was mir Sorgen macht!«

»Dann muss Hyde verschwinden, bevor er die Gelegenheit hat, deine Kindheitsfreundin von neuem zu infizieren, oder?« Lau zog die Schultern hoch und drehte die Handflächen abweisend nach vorn, um gereizt fortzufahren: »Wenn deine Bestätigung, diesen Kerl verschwinden zu lassen, alles war, dann habe ich hier wohl meine Zeit verschwendet!« Winterbornes Nasenflügel verengten sich, und das gedämpfte Licht der Tischlampe fiel auf seine geröteten Wangen.

Lau trug einen lässigen Armani-Anzug mit hellem Seidenhemd. Nach seiner legeren Kleidung zu urteilen, war er anscheinend bei irgendeiner angenehmen Tätigkeit unterbrochen worden, als Winterborne ihn nach Cheveney Park beordert hatte. Aus welchem triftigen Grund war sein Erscheinen also erforderlich gewesen? David musterte ihn, als betrachtete er den Fortschritt einer Krankheit bei einem geliebten Kind. Es war offensichtlich, dass sich beide Männer ihrer Rivalität bewusst waren.

»Ich bat dich hierher, um mit dir über den Vertrag mit der tschechischen Telekom zu reden – *und* über deine Reise in die Staaten, die du immer wieder verschiebst.« Lau meinte zu erkennen, wie sein Cousin jetzt in sich zusammensank und immer niedergeschlagener zu werden schien. Wie luxuriös und lässig es hier auch zuging, es *war* eben doch ein Gefängnis, und David fühlte, wie ihm allmählich die Herrschaft über Winterborne Holdings aus den Händen glitt. Verärgert wedelte Lau mit der Hand, als wolle er die Argumente seines Cousins wegwischen.

»Tschechien? Die Zahlen sind gut, aber so gut nun auch wieder nicht. Ich arbeite noch daran. Wir *sollten* es machen. Trotzdem denke ich, dass kein wirkliches Geschäft daraus werden wird, denn Tschechien wird künftig eher eine Nebenrolle spielen. In den nächsten Wochen werde ich zudem über den Großen Teich fliegen, David, ich vernachlässige schon nicht die Firma.« Beißender Spott schwang bei den letzten Worten in seiner Stimme.

»Ralph, der Vertrag mit Tschechien deckt das gesamte Telefonsystem ab«, widersprach ihm Winterborne. »Er öffnet uns die Tür zu allen anderen Ländern Osteuropas. Kannst du das nicht verstehen? Warum bedeutet Asien immer noch *alles* für dich?«

»Weil Länder wie Myanmar, Laos oder Kambodscha bereit sind, ihre gesamte Wirtschaft Leuten zu überlassen, die was von Wachstum verstehen. Wir können die Wirtschaft ganzer Länder weiterentwickeln, David, und müssen uns nicht mit der Installation von albernen Telefonen begnügen!« Lau lehnte sich in seinem Stuhl vor und fuhr fort: »Den Tigerstaaten ist es in den letzten Jahren sehr schlecht gegangen, wodurch wir großen Einfluss ausüben können. Wir haben die Kraft und die Verbindungen, und wenn sich diese Staaten wirtschaftlich wieder erholen, stehen wir in Asien besser da als je zuvor. Mein Treffen in der Botschaft von Myanmar findet in ein paar Tagen statt, und dabei wird es nicht nur um meine Unterschrift unter den Vertrag über den Hotelkomplex gehen. Dann wird es auch um Chipfabriken, Schwerindustrie, einen Staudamm und Eisenbahnen gehen. *Wir* – die Winterborne Holding – haben all die Firmen und die Erfahrung, um einen Großteil davon allein durchziehen zu können.« Plötzlich wurde Lau nervös und schloss mit fast flehentlichem Ton: »Komm, David, denke wieder in großen Maßstäben, so wie du es früher getan hast.«

»Meine Pläne sind auf Amerika fokussiert!«

»*Unsere* neue Welt liegt nicht jenseits des Atlantiks, sie liegt in Asien. Die Gewinne, die Macht und der Einfluss, den wir dort erzielen können, sind dort viel größer.«

»Selbst wenn unsere finanzielle Decke jetzt äußerst dünn ist und wir uns in der Zwischenzeit dem Teufel verschreiben müssen?«

»*Du* brauchtest Geld, David. *Ich* habe Winterborne Holdings über Wasser gehalten, nachdem du das ganze Gebäude fast zum Einsturz gebracht hast! Warum, um Gottes willen, bist du denn überhaupt hier? Welche Bank wollte dir noch Geld leihen oder forderte nicht sofort ihre Kredite zurück, als du vor dem Schwurgericht erschienst? Wer hätte überhaupt noch einen Pfennig in Winterborne Holdings *investiert*?« Beide Männer atmeten schwer wie Ringer und saßen sich zusammengekauert in ihren Stühlen gegenüber. »Du brauchtest Millionen, nein, *Milliarden*. Und ich habe sie dir beschafft.«

Lau lehnte sich erleichtert zurück, schaute auf seine grauen Fingernägel und ergötzte sich an Davids Niederlage, ergötzte sich auch über die offene Atmosphäre, in der sie endlich ihre Masken hatten fallen lassen und sich ihre gegenseitige Abneigung zeigten. Für David musste es natürlich so aussehen, als wäre er das Opfer eines blitzartigen, räuberischen Überfalls im Morgengrauen gewesen. Ein undankbarer Cousin war er zweifellos, *spitzer als der Zahn einer* Schlange, und dabei lächelte er unschuldig und mitfühlend.

»Winterborne Holdings hat fast wieder den Boden gut gemacht, den es zuvor verloren hatte. Dabei hilft mir natürlich Clives Aufrichtigkeit. Wir sind auf dem Sprung, wieder zu wachsen.«

»Falls du den kleinen Dingen – so wie diesem Hyde – nicht genügend Aufmerksamkeit schenkst, wird nichts mehr übrig bleiben, das du dir noch in die Tasche stecken könntest, Ralph. Selbst die Straits Royal Gruppe bringst du damit in Gefahr. Sorge dafür, dass Hyde verschwindet und mit ihm jegliches Interesse an diesem Kumar. Das wird uns noch alle in den Abgrund ziehen. Es ist gefährlicher als das, was ich getan habe. Verstehst du mich? Was Kumar zugestoßen ist und unser Anteil daran darf niemals ans Licht kommen!«

Rot-goldene Tapeten, Fächerpalmen, ein Aquarium mit exotischen Fischen, vollbesetzte Tische und Ober, die mit chaplinesker Grazie umherschwirrten: Es war die Luxusversion eines jeden indischen Restaurants und Heimstatt guter Küche.

Cobb erkannte Syeeda Lal von der Fotografie. Sie servierte gerade zwei Tische weiter von dem jungen Polizeioffizier und seinem Kameraden Peel, der eine dunkle Brille und eine Lederjacke trug. Cobb gab zwei weiteren Polizisten an einem Tisch nahe des Ausgangs ein Zeichen. Dann begann ihre Vorstellung.

Er schob Syeeda zur Seite, zückte einen Dienstausweis und stellte Peel, der sich mit theatralisch-schuldbewusster Pose erhob. Im Gesicht des anderen Polizisten spiegelten sich Überraschung und Schuld in deutlichen Farben, als Cobb sein Handgelenk packte, es schüttelte und dann aus seiner Hand ein kleiner Plastikbeutel mit weißem Pulver fiel. Ein Beutel von der Größe eines Kondoms lag nun auf der gestärkten rosa Tischdecke. Cobb drückte Peel unsanft zurück in seinen Stuhl.

»Jetzt haben wir dich endlich, Bürschchen«, bellte er zur Erbauung der Gäste und lenkte sie mit diesem Stegreifkabarett erfolgreich von ihrem Essen ab.

»Verdammt noch mal, was soll heißen?«, protestierte Peel.

»Bringt diese beiden hier weg«, befahl Cobb Tate und den zwei anderen Polizisten, die jetzt alle ihre Dienstausweise gezückt hatten und mit Handschellen herumstanden. »Komm ja nicht auf dumme Gedanken, mein Lieber, und du genauso«, fügte er hinzu und klopfte dem jungen Polizeioffizier, der zuvor im Fond des Rover gesessen hatte, auf die Schulter. »Ihr könnt uns eure Geschichten gleich auf dem Revier erzählen.«

»Was geht hier vor?«, fragte Syeeda verwirrt, aber doch irgendwie trotzig. Cobb sah ihre dunklen Augenringe und den müden, hoffnungslosen Ausdruck in ihrem Blick.

»Drogen, mein Fräulein«, antwortete Cobb ernst. »Es tut mir Leid, Ihnen mitteilen zu müssen, dass Ihr Restaurant zum Verkauf illegaler Drogen missbraucht wurde.« Dabei hielt er das kleine Päckchen mit dem weißen Pulver hoch. »Wir haben ihn beobachtet«, fuhr er fort und deutete auf den matten und düster dreinschauenden Peel, »ebenso wie über Wochen dieses Restaurant, nur um ihn endlich auf frischer Tat zu schnappen.«

»Unsinn!«, fuhr Syeeda ihn in dem unverkennbaren Akzent englischer Privatschulen an, der Cobb sichtlich irritierte. Mit ihren großen dunklen Augen musterte sie ihn herausfordernd und wandte sich dann zu Peel. »Ich habe ihn nie zuvor im *Jaipur* gesehen. Wie lange, sagten Sie, haben Sie das Restaurant beobachtet?«

»Über Wochen. Ist Ihr Vater hier, Fräulein? Soweit ich weiß, ist er der Besitzer. Wir würden uns gern ungestört mit ihm unterhalten. Erst einmal *hier*, später vielleicht noch woanders.«

Das Getuschel von Tratsch, Spekulation und Aufregung schien Syeeda jetzt doch aus der Fassung zu bringen. Ihre aufgesetzte feine englische Fassade fiel von ihr ab, und Cobb begann in ihr nichts als eine gewöhnliche Immigrantin zu sehen. Sie erschien ihm nun kleiner, unsicherer und zunehmend verängstigt. Das war viel besser so.

Kapitel vier

Barmherzig und unbarmherzig

Von seinem Beobachtungspunkt auf der Galerie schaute Hyde auf die selbstgefällige Pracht unter den Kronleuchtern im Ballsaal des Grosvenor House. Auf seinen Spazierstock gestützt, machte Aubrey einen verwirrten, in sich versunkenen Eindruck. Offenbar fühlte er sich zwischen lauter Abendkleidern und Smokings noch unwohler als sonst. Gruppen von Menschen wogten wie sich hin und her wiegende Pinguine oder heller Seetang durch den Strom von Geld, Kunst, Klatsch und Macht. Politik, Wirtschaft und Kunst vermischten sich wie farbige Bäche in einem großen Fluss. Die hochgeschossene Figur von Marian Pyott stand neben dem alten Mann und stützte ihn. Mit ihrem schulterlangen blonden Haar und dem silberfarbenen Abendkleid wirkte sie gelöst und sehr intim mit dem groß gewachsenen Amerikaner an ihrer Seite. Hyde erkannte Alder sofort.

Um den Kultusminister, einen bekennenden Philister, scharte sich eine Clique von Angestellten und Gönnern des Königlichen Opernhauses, während der bärtige und schelmisch dreinblickende Außenminister um diese Gruppe herumtänzelte, als ginge er davon aus, dass sein Kollege die Dienste eines Dolmetschers benötigte. Als Marian an ihm vorbeiging, nickte er ihr frotzelnd zu, Aubrey dagegen schien er lediglich wie einen entfernten Verwandten wieder zu erkennen, den er gerade auf einer alten Sepiafotografie entdeckt hatte. Marian lächelte verblüfft zurück, während Alder wie stets einen einnehmenden Eindruck hinterließ.

Marian Pyott kannte Ros ganz gut, und Hyde hatte sie einige Male zuvor getroffen. Er begann jetzt, seine bisher in Zügel gehaltene Verehrung wieder zu entdecken, denn sie war eine der ganz wenigen Politiker und wohl die einzige in der Konservativen Partei, die er, wenn auch widerwillig, schätzte. Außerdem mochte er ihren Vater, Aubreys ältesten Freund. Ja, Aubrey war inzwischen alt geworden, und er konnte dies nicht mehr verbergen, so behutsam und einem Invaliden gleich wurde er zwischen seinen beiden großen und stattlichen Begleitern geführt. Hyde lehnte lässig an einer Säule und fühlte sich jetzt nicht mehr ganz so unwohl zwischen all den Geldgesprächen. Seine gesellschaftlichen Auftritte mit Ros in Sydney hatten ihn das gelehrt. Vielleicht war es das, weshalb ihn Aubreys schleichender Gang so irritierte. Vermutlich wurden gerade jetzt in seiner Wohnung erneut Wanzen installiert. Er wurde beschattet, und die Dinge begannen sich schneller zu entwickeln.

Auf dem Weg nach oben drängten sich auf der Treppe kräftige Männer und schlanke Frauen an ihm vorbei, als würden sie ihn instinktiv als Eindringling wahrnehmen. Die Gesprächsfetzen, die Hyde im Vorbeigehen aufschnappte, legten Zeugnis ihres Bewusstseins, ihrer Erziehung und ihrer Selbstzufriedenheit ab. Zuerst tauchte der Kopf und dann der Rest von Aubrey auf, während er mühsam die letzten Stufen emporstieg. Hyde musste grinsen und ging sogleich auf ihn zu.

»Patrick!«, rief er überrascht aus, als er Hyde in seinem weißen Dinnerjakett mit der roten Fliege erblickte. Dabei funkelten seine alten, blauen Augen immer noch so wie früher. »Sie sehen gut aus«, knurrte Aubrey und schüttelte ihm freundlich die Hand, »Marian kennen Sie ja schon.« Hyde nickte ihr vergnügt zu. Sie lächelte ihn an, während sie ihn aufmerksam musterte. »Und das ist der Kongressabgeordnete Robert Alder!«, schloss sein alter Chef.

Der groß gewachsene Amerikaner drehte sich etwas, um seine beste Seite zu zeigen, und schaute Hyde desinteressiert an, während Marian seine ausgestreckte Hand schüttelte.

»Wie geht es Ros?«, fragte sie. »Ich schulde ihr noch einen Brief.«

»Es geht ihr ausgezeichnet.« Er spürte die gewohnte Gefühllosigkeit, die Marian stets in seiner Gegenwart zeigte, als wolle sie das finstere Klischee verdrängen, das ihn als einer von Aubreys Agenten umgab. Wenigstens schätzte er ihre steten Bemühungen um Freundlichkeit. »Ros Geschäfte gehen sehr gut.« Und zu Aubrey gewandt sagte er: »Am Ende des Korridors habe ich einen Raum reserviert, in dem wir ungestört sind.« Schalkhaft fügte er hinzu: »Und wann wird das Buffet mit all den Leckereien eröffnet?«

»Wir haben noch genug Zeit«, antwortete Aubrey. »Marian und mich interessiert die Lage in Burma. Macht es Ihnen etwas aus, wenn sie an dem Gespräch teilnimmt?« Es war deutlich, dass Marian und nicht Aubrey es wünschte, die beiden Männer zu begleiten.

»Nein, keineswegs, das ist in Ordnung«, antwortete Hyde freundlich.

Nachdem er Marian und Aubrey in den schwach erleuchteten, kleinen Konferenzraum geleitet hatte, drehte er sich an der Tür um und schüttelte zu Alder gewandt den Kopf.

»Hallo, ich bin in Begleitung der Dame«, protestierte der Amerikaner aufgebracht.

»Nein, im Moment sind Sie es nicht, Sportsmann.«

»Was soll das, Marian?«

Sie war wohl davon ausgegangen, dass Alder dem Gespräch beiwohnen konnte, eine Einstellung, die der Bedeutung des Treffens jedoch nicht ganz gerecht wurde.

»Verzeihen Sie, es handelt sich hier um eine rein private Angelegenheit.« Alder tat, als wolle er Hyde zur Seite drängen, und beruhigte sich erst, als Hyde hinzufügte: »Es wird höchstens zehn Minuten dauern. Unterhalten Sie sich doch solange mit jemandem über die Oper.«

Damit drehte sich Hyde um, schloss die Tür hinter sich und konnte deutlich die Missbilligung in Marians Gesicht erkennen. Er zuckte nur mit den Achseln und meinte entschuldigend: »Ich kenne ihn eben nicht.«

»Er weiß eine Menge über Burma!«, fuhr sie ihn barsch an.

»Ich kenne ihn trotzdem nicht«, entgegnete er und lehnte sich dabei an die Tür, um jede weitere Störung zu vermeiden.

Marian zündete sich eine Zigarette an, während Aubrey sich in einen Stuhl fallen ließ. Ein langer Konferenztisch mit einer blauen gestickten Decke beherrschte den Raum. Auf dem Tisch standen einige Aschenbecher und Karaffen mit Wasser. In einer Ecke befand sich ein Gestell mit Flipcharts, und auf einem Beistelltisch eine Kaffeemaschine mit einem Tablett voller Kaffeekannen.

»So«, begann Hyde, »ich muss *genau* wissen, wer Jessop beauftragt hat.«

»Zunächst einmal, Patrick, was ist mit Scudamore? Sind Sie sicher, dass Sie und nicht er Jessops Ziel in Penang waren?« Hyde nickte nur. »Gut«, seufzte Aubrey, »dann zu dem Psychopathen. Inzwischen schließe ich mich Ihrer Lagebeurteilung an. Jemand Wichtiges, bei dem sehr viel auf dem Spiel steht, muss ihn beauftragt haben.« Seine knorrige Hand ruhte dabei auf dem Kopf seines Spazierstocks.

Marian hatte sich inzwischen neben Aubrey gesetzt. Ihre ganze Haltung signalisierte dabei ihre Prioritäten, nämlich dieses Gespräch möglichst schnell wieder zu beenden.

»Es geht um Drogen – und um die Straits Royal Gruppe. Sie wollen verhindern, dass ich im Dunklen weiter herumstochere und dabei auf irgendetwas stoßen könnte.« Hyde zuckte mit den Schultern. »Ich möchte das beenden, und deshalb bin ich hinter Jessop her. Dazu muss ich etwas in der Hand haben. Mein Stillschweigen möchte ich für *irgendetwas* anbieten.«

»Ja, das wäre eine Möglichkeit ...« Aubreys Gesichtszüge belebten sich jetzt wieder. Vielleicht war das eine Art Wiederbelebungstonikum für ihn, dachte Hyde und wurde sich dabei seiner eigenen Zufriedenheit selbst in dieser unpersönlichen, ja fast unschuldigen Umgebung bewusst. »Diese Verhaftungen in Sydney sollten eigentlich den Abschluss meiner Ermittlungen bilden. Damit sollte die Sache begraben werden? So lautete doch Ihre Theorie?« Hyde nickte zustimmend. »Aber Ihr Ruf eilt Ihnen voraus, Patrick! Ihre Gegenspieler mussten einfach davon ausgehen, dass Sie sich damit nicht zufrieden geben würden. Und deshalb erschien ihnen Penang entfernt genug für Ihr Ableben. Das alles braucht …«

Ein leises Klingeln aus Marians Handtasche, die vor ihr auf dem Tisch lag, unterbrach Aubrey. Gereizt schaute er zu ihr hinüber, während sie ihre Tasche vom Tisch nahm und öffnete.

»Verzeiht, ich vergaß, mein Handy auszuschalten«, stammelte sie mit errötenden Wangen. »Marian Pyott«, meldete sie sich gereizt. Deutlich war eine bestürzte, ja panische Stimme am anderen Ende der Leitung zu hören. Sie stand auf und ging hinüber zum Fenster am anderen Ende des Raums. Ihr Gesicht nahm einen immer ungläubigeren Ausdruck an, und Hyde spürte die Spannung in dem Gespräch. Dann, nachdem Marian einige Zeit schweigend zugehört hatte, platzte es aus ihr heraus:

»Natürlich ist die Verhaftung Ihres Vaters ein Irrtum, Syeeda! Natürlich werde ich … Nein, unternehmen Sie im Moment nichts. Versuchen Sie, diesen Leuten behilflich zu sein, das ist alles, was ich Ihnen heute Abend raten kann. Nein, ich *werde* mich morgen darum kümmern!«

Sie schaltete das Handy aus und wandte sich den anderen mit immer noch leicht geröteten Wangen zu. Aufgebracht und streitsüchtig setzte sich Marian wieder neben Aubrey. Offensichtlich war sie verärgert, eher jedoch über das, was sie gerade gehört hatte und weniger über den Anrufer selbst.

»Was ist los?«, fragte Aubrey besorgt.

»Ach, eine Freundin aus meinem Wahlkreis. Ihr geht es im Moment sehr schlecht. Ihr Vater soll angeklagt werden, weil er sein Restaurant missbraucht haben soll, um dort mit harten Drogen zu handeln! Die Sonderabteilung interessiert sich für ihn. Aber das ist völliger Unsinn. Zu allem Unglück trauert das Mädchen noch über den Tod ihres Verlobten, diesen Kumar, von dem ich dir schon erzählt habe, Kenneth.«

»Kumar?«, fragte Hyde mit kalter, durchdringender Stimme. Sein Ton schien Marian zu beleidigen, und sie starrte ihn finster an. »Verzeihen Sie«, entschuldigte er sich. »Vielleicht ist es nur ein Zufall.«

»Ist dein Restaurantbesitzer auch ein Drogenhändler?«, fragte Aubrey abfällig. »Ich nehme doch an, wir sprechen von Mr. Lal?«

Marian nickte wütend und zog gierig an ihrer Zigarette. »Das ist alles kompletter Blödsinn!«

»Aber dieser Junge, dieser Medhev Kumar, war doch ein Dealer, nicht wahr?«

»*Wer* bitte?«, mischte sich Hyde erneut in das Gespräch ein. »Sagten Sie *Medhev* Kumar? War er ein Inder?« fragte er Marian.

»Nein, er kam aus Burma. Warum?«

»Wie ist er gestorben?« Hydes Stimme klang jetzt unbeteiligt und verriet keinerlei Regung.

»An einer Überdosis Heroin. Er war süchtig, und die Polizei ist sich sicher, dass er mit Drogen …« Ihre Stimme ging in Hydes immer energischem Kopfschütteln unter.

»Medhev Kumar hat keine Drogen genommen.«

»Wie können *Sie* dessen so sicher sein?«

»Wie lange war er schon in England? Ein paar Monate? Weniger als sechs? Wissen Sie, wie lange?«

»Weniger als sechs! Die Lals sind …«

»… entfernte Verwandte«, fiel ihr Hyde ins Wort. »Sie kommen auch aus Burma. Ich *kannte* ihn.« Er drehte sich zu Aubrey um und fuhr fort: »Kumar war mein Mittelsmann und arbeitete in einem dieser Hotelkasinos in Singapur. Er arbeitete sogar einige Zeit in Macao, was ich wegen meiner falschen Hautfarbe nicht tun konnte.« Er strich mit seinem Zeigefinger über den kalten Schweiß auf seiner Stirn. »Ich lernte Medhev kennen, als er in Singapur an einem radikalen Oppositionsblatt mitarbeitete. Er war voll aufrechter Empörung und konnte sich gerade noch aus Myanmar absetzen, denn die burmesischen Generäle schätzten seine Meinung nicht besonders. Er hat gute Arbeit für mich geleistet, sehr gute …« Seine Erklärungen verebbten wie die Stimme eines elektronischen Spielzeugs, dem die Batterien ausgegangen waren. »Wann ist er gestorben?«

»Vor ein paar Tagen«, antwortete Marian abwesend. »Und er *war nicht* abhängig?«

»Er wuchs im Shan-Gebiet an der Grenze zum Goldenen Dreieck auf. Kumar verabscheute die Drogenwirtschaft so, wie er das Regime in Rangun hasste und die Dame bewunderte. Sie war seine Hindu-Gottheit. Er verschwand aus Burma, als die Armee Hunderte von Sympathisanten von Aung San Suu Kyi verhaftete, um die letzte große Demonstration für Demokratie zu unterbinden. Er wollte nicht gefoltert werden, denn sie hatten schon nach ihm gefahndet.« Als wären ihm derartige Zugeständnisse fremd, fügte Hyde hinzu: »Es tut mir Leid, dass er tot ist, aber es war bestimmt keine Überdosis.«

»Was war es dann?«, forderte ihn Marian erregt heraus.

»Mord.«

»Um Gottes willen«, stöhnte sie und hielt sich die Hände vors Gesicht, als wolle sie sich vor einem Angriff schützen. Hydes ihr so verhasste Welt war in ihr Leben eingedrungen.

»Die Generäle in Rangun?«, fragte Aubrey in die Stille hinein.

»Er störte die Junta nicht in *diesem* Maße, er war nur ein störendes Insekt und keine Krankheit. Kumar gehörte nicht einmal zum engeren Umkreis der Dame. Sie haben versucht, mich zu töten, und Medhev wurde ermordet. Was hat er überhaupt in England gemacht? War er hinter einer Drogensache her?«

Marian zuckte unentschlossen mit den Achseln. »Ich sehe zwar noch nicht wie, aber vielleicht könnte es dieselbe Geschichte gewesen sein.«

»Aber warum ausgerechnet *hier*? Hast du keine Ahnung gehabt, was er machte, Marian?«

»Nein, Kenneth. Ich weiß wirklich nicht viel über ihn.«

»Du sagtest, die Spezialabteilung hätte diesen Lal verhaftet?« Marian nickte. »Wo war die örtliche Drogenpolizei? Warum die Spezialabteilung? Wurde das Mädchen vielleicht verwechselt?«

»Sie sagte nur, sie hätten alle Dienstausweise der Spezialabteilung vorgezeigt.«

Aubrey räusperte sich und brummte dann: »Ich bezweifle sehr, dass sie echt waren, Marian. Ich kann es nachprüfen lassen, aber ich bezweifle es.«

»Die Spezialabteilung kümmert sich nicht um Drogenverkäufe in indischen oder chinesischen Restaurants. Sie würden der örtlichen Polizei vielleicht einen Hinweis geben, falls ihnen eine entsprechende Information zugespielt würde.«

»Was hat das zu bedeuten?«

»Wer waren sie, wenn sie nicht zur Spezialabteilung gehörten? Ich denke, wir sollten das so schnell wie möglich herausfinden, nicht wahr, Sir?«

Aubrey schaute mit konzentriertem, fast argwöhnischem Blick zu ihm auf. Hyde grinste nur, wusste er doch jetzt, dass es Jessop war und die Leute, die hinter ihm standen, die Straits Royal Gruppe.

»Sie behaupteten, die Straits Royal Gruppe sei in diese Sache involviert?«, fragte ihn Marian und überraschte ihn damit, als verfüge sie über telepathische Fähigkeiten.

»Und?«

»Straits Royal ist eine hundertprozentige Tochtergesellschaft der Winterborne Holding«, antwortete sie, und auf Hydes verständnislosen Ausdruck hin fügte sie hinzu: »David Winterborne.« Für sie schien das offensichtlich als Erklärung auszureichen.

»David ist im Gefängnis, Marian!«, fuhr Aubrey sie barsch an, aber in einem Tonfall, in dem Eltern ihr Kind warnen, das die Hand zum Feuer ausstreckt. Hyde erkannte die glühende Entschlossenheit in Marians Augen, als Aubrey mit Nachdruck hinzufügte: »Es *kann* einfach keine Verbindung zu David bestehen.«

Hyde stieß sich an in ihrem Verhalten, als hätte plötzlich etwas Bösartiges von ihr Besitz ergriffen. Eine gefährliche Besessenheit schien sie erfasst zu haben, die seiner eigenen nicht unähnlich schien.

»Wann kann ich mit diesem Mädchen – Syeeda – sprechen?«, unterbrach er abrupt das Gespräch.

»Ich … morgen? Morgen bin ich wieder in meinem Wahlkreis. Ich könnte …«

»Arrangieren Sie bitte ein Treffen. Ich will alles erfahren, was dieses Mädchen weiß. Bis morgen dann in Ihrem Wahlkreisbüro.«

Aubrey machte inzwischen einen alarmierten Eindruck, und zu ihm gewandt fuhr Hyde fort: »Ich muss wissen, wo sich Jessop normalerweise herumtreibt, über wie viele Leute er verfügt und so weiter. Ich werde mich morgen darum kümmern. Sich als einer von der Spezialabteilung auszugeben, ist wirklich nicht sehr originell.«

»Das ist doch nur ein alter Trick«, warf Aubrey gelangweilt ein und versuchte, Marian die Regeln dieses geheimnisvollen, doch so archaischen Spiels zu erklären: »Leute wie Patrick vom SIS[1] benutzten die Tarnung der Spezialabteilung, wann immer sie innerhalb Großbritanniens operierten.« Er lächelte frostig, als sähe er gerade etwas vor seinem geistigen Auge. »Solche Operationen sind natürlich immer illegal gewesen.«

Marian mochte solche Geschichten überhaupt nicht. Durch Hyde kam Aubreys Vergangenheit jetzt wieder zum Vorschein, die ihn in einer für sein Alter eigenartigen Weise wieder belebte.

»Ja, es könnte Jessop gewesen sein«, fuhr Aubrey fort. »Finden Sie ihn, Patrick. Seit dem Tod dieses verfluchten Frasers wird er wohl seine Adresse geändert haben. Trotzdem sollte es nicht allzu schwer sein, ihn ausfindig zu machen.«

»Und falls sie wirklich Kumar getötet haben?«

»Das könnte dann der Schlüssel sein.«

Marian rieb sich schaudernd ihre nackten Arme. Der Qualm ihrer Zigarette schien wie ein Zeichen ihres Kummers. »Ich werde morgen am späten Abend ein Treffen mit Syeeda in meiner Wohnung vereinbaren. Passt Ihnen das?«

»Fein!«

---

1 SIS – Secret Intelligence Service, eine Spezialeinheit zur Bekämpfung von Terror und organisierter Kriminalität, die normalerweise im Ausland zu verdeckten Operationen eingesetzt wird. (Anm. d. Ü.)

»Sind wir dann durch? Sollen wir jetzt zum Abendessen zurückkehren, Kenneth?«

Sie war nicht im Geringsten ängstlich. Hyde entdeckte eine Narbe hinter ihrem Ohr, als sie ihr Haar aus dem Gesicht strich und mit den Fingern darüber fuhr. Sie ist hinter Winterborne her, dachte er und erinnerte sich dabei vage an etwas, das ihm Ros vor einiger Zeit erzählt hatte. In einem Brief hatte Marian Pyott ihr damals etwas von einem Autounfall und einem Betrugsskandal von Winterborne geschrieben. Gab es zwischen den beiden Geschichten vielleicht eine Verbindung?

Marian drang offensichtlich darauf, dass David Winterborne härter bestraft wurde. *Er* hätte sich eher daran erinnern sollen, dass der Mann ein Gauner war.

Aber das war alles nur vordergründiges Geplänkel. In dieser Geschichte entledigte man sich der Menschen so leichtfertig, als vegetierten sie in Mülltonnen. Kumar wurde ohne mit der Wimper zu zucken kaltschnäuzig erledigt.

Dieser Mord war jedoch mit aller gebotenen *Vorsicht* geschehen. Die Tarnung, deren sich Kumars Henker bedient hatte, zeigte deutlich die Fähigkeit und Professionalität seines Mörders und die exponierte Stellung seines Auftraggebers.

Warum hatte Kumar Singapur verlassen und war nach England gekommen? Warum hatte er Hyde geschrieben, seine Mutter wäre erkrankt? Kumar war kein Mann, den man so leicht einschüchtern konnte und der dann wegrannte. Wäre das der Fall gewesen, so würde er jetzt noch leben. Stattdessen endete er in einer Currywurstbude irgendwo in den Midlands, und sein Tod sah nach einer Überdosis Heroin aus. Jedenfalls war Kumar *wichtig* genug gewesen, um den Mord an ihm zu verschleiern und alle weiteren Untersuchungen zu unterbinden.

Die Frage, warum er ermordet worden war, könnte demnach zur Auflösung der ganzen Geschichte und zu seiner eigenen Sicherheit beitragen. In den Midlands war Kumar offensichtlich auf eine Mine getreten, und Hyde könnte jetzt dasselbe passieren. Plötzlich erschien alles größer und verwickelter, als er zunächst geglaubt hatte.

Hyde schaute zu, wie Marian Aubrey beim Aufstehen half und ihn zur Tür geleitete. Es gab einen Moment, in dem er glaubte, von ihr mehr Besonnenheit verlangen zu können. Doch da er bei seinen Ermittlungen auf ihre Unterstützung angewiesen war, presste er die Lippen zusammen.

Er öffnete die Tür und entließ die beiden in die gut gelaunte und dicht gedrängte Abendgesellschaft. Wie Jessop war er hier fehl am Platz. Ein wieder freigelassener David Winterborne wäre dagegen ganz oben auf der Gästeliste zu finden gewesen.

»Marian, was *wollte* dieser Typ? Hyde – oder wer immer er war. Etwas ist dort oben vorgefallen. Seitdem du mit ihm und Kenneth die Köpfe zusammengesteckt hast, trägst du jetzt mehr Stachel als jedes Stachelschwein. Worüber habt Ihr um Himmels willen gesprochen, dass du dich so merkwürdig benimmst?«

Sie schaltete das Licht im Wohnzimmer an. Alder folgte ihr, ging dann schnurstracks zu den Getränken und goss sich ein großes Glas Bourbon ein, den Marian eigens für ihn gekauft hatte. Er leerte das Glas in einem Schluck, als wolle er sich vergiften. Seine Wangen begannen zu glühen, und ärgerlich forderte er sie weiter heraus:

»Nach dem Gespräch in diesem Zimmer war deine Stimmung wie verwandelt.« Dabei schüttelte er gleichermaßen enttäuscht und verblüfft den Kopf und fügte hinzu: »So als hättest du ein paar wirklich schlechte Nachrichten über mich oder dich selbst gehört. War es etwas Persönliches?«

»Ach, Robbie, verzeih mir bitte wegen des Abends heute. Aber ich möchte dich damit nicht weiter belästigen.« Während sie sprach, schien sie mit ihren Handbewegungen Wespen verscheuchen zu wollen und trat noch weiter von ihm zurück, als er ihr näher kommen wollte. Verärgert rief er:

»Verdammt, Marian, was ist los? Habe ich nicht das

Recht zu erfahren, was dich derart verstört hat? Ich will dir dabei nicht zu nahe treten!« Sie nahm das Revers seines Smokings zwischen die Finger und ließ sich von ihm umarmen. »Was ist los?«, flüsterte er ihr ins Ohr und strich ihr dabei durchs Haar.

»Diese Frau aus meinem Wahlkreis«, begann sie zögernd, »gestern auf dem Anrufbeantworter ... ihr toter Verlobter. Hyde glaubt, er sei ermordet worden. Er ist sich dessen sicher.« Sie hob den Kopf, und ihre Augen füllten sich mit Tränen. »Es ist furchtbar. Hyde *kannte* ihn und wusste, dass er weder ein Drogenabhängiger noch ein Drogenhändler war. Er wurde ermordet ... Wie kann ich das nur Syeeda beibringen?«

Er setzte sie auf das Sofa, goss ihr einen Cognac ein und besänftigte sie: »Trink erst einmal dies. Wie kann dieser Bursche sich so sicher sein?« Dabei schnippte er mit den Fingern. »Er war einer von Aubreys Leuten, stimmt's? Ein Agent?«

Marian nickte und schüttelte sich wegen der Schärfe des Cognacs. Nachdem sie sich geräuspert hatte, antwortete sie: »Ja! Er ist ein Schützling von Kenneth. Wahrscheinlich war er früher sein bester Mann gewesen.«

»Was wollte er von dem alten Herrn?«, fragte Alder in scharfem Ton und fügte dann entwaffnend hinzu: »Ich meine, Sir Kenneth ist doch schon lange pensioniert, oder? Arbeitet dieser Hyde immer noch für ihn?«

»Nein. Es hatte irgendetwas mit Australien zu tun gehabt. Es ging um Drogen, glaube ich. Hyde ist davon überzeugt, er sei in Gefahr. Er wollte darüber mit Kenneth reden. Die beiden haben fast ein Vater-Sohn-Verhältnis zueinander.«

»Drogen?«, fragte Alder nach einem Moment. »Die ganze industrialisierte Welt wird davon überflutet. Glaubt der Bursche, etwas Neues entdeckt zu haben? Arbeitete er nun im Auftrag der australischen Polizei, oder war er etwa ihre ganze Aufklärungseinheit?«

»Er arbeitete im Auftrag der Polizei, soweit ich weiß. Inzwischen ist der Fall aber abgeschlossen. Hydes Theorie hört sich ziemlich abenteuerlich an. Er glaubt sogar, die Straits Royal Gruppe habe etwas damit zu tun.«

»*David*? Marian, er sitzt im Gefängnis wegen *Betrugs* und nicht wegen Mord oder Drogenhandel!« Alder war erstaunt darüber, dass bei diesen Worten ein Schaudern durch Marians Körper ging. »Was ist los mit dir, Marian?«

»Nichts«, erwiderte sie lächelnd und wischte sich Tränen aus dem Gesicht.

»Du musst langsam mit deinem Rachefeldzug gegen David aufhören«, sagte er murrend und füllte ihr Glas auf. »Du warst vollkommen außer dir wegen dieser Betrugsgeschichte. Du hast es mir erzählt, und andere Leute haben es mir auch erzählt. Aber Drogen? Wie? *Warum*? Ist dir bekannt, dass Davids Firmen in letzter Zeit in finanziellen Schwierigkeiten sind?«, bemerkte er grinsend. »Nur weil ich ihn und seinen Vater kenne, verteidige ich diesen Kerl doch nicht, aber trotzdem solltest du ihn nicht für diese verrückte Gangstergeschichte verantwortlich machen! Einverstanden?«

Marian nickte zustimmend. »Einverstanden. Nein, um David geht es auch nicht. Es ist vielmehr meine Vorstellung, dass Medhev Kumar ermordet wurde und ich das irgendwie Syeeda beibringen muss. Darum geht es.«

»Warum willst du ihr überhaupt etwas davon sagen? Du kannst nicht beweisen, dass er ermordet wurde, noch kann es dieser Hyde, wer auch immer er ist. Behalte die Sache für dich. Was meinst du?« Alder starrte sie jetzt begierig an, und sein sexuelles Verlangen nach ihr stand ihm ins Gesicht geschrieben. Augenblicklich erwachte auch das ihre.

»Lass mich nur schnell die Nachrichten auf meinem Anrufbeantworter abhören«, flüsterte sie und löste sich aus seiner Umarmung. »Ich verspreche, ich bin sofort wieder da.« Sie ging in ihr Arbeitszimmer, in dem neuerdings der Anrufbeantworter war. Alder folgte ihr, blieb in der Tür stehen und betrachtete ihr wallendes Haar im sanften Schein ihrer Schreibtischlampe. Marian bemerkte es und fühlte sich durch seine Aufmerksamkeit geschmeichelt. Sein begehrlicher Blick erregte sie.

Es war nur ein einziger Anruf, Gerry Mountford aus Jakarta. Er war ein ehemaliger Student von ihr in Oxford, der an seiner Doktorarbeit über internationale Politik und Geschichte arbeitete. Im Alter von zweiunddreißig Jahren leistete er sich immer noch eine Schwäche für entfernte, vorzugsweise instabile Länder. Er finanzierte diese Leidenschaft mit einer Reihe von Jobs bei teuren Zeitschriften, deren Leserschaft vornehmlich aus Politikern, Diplomaten und Geschäftsleuten bestand. Zurzeit arbeitete er für den *South East Asia Newsbrief*, ein Blatt, das auch sie abonniert hatte und für das sie immerhin zweihundert Pfund pro Jahr für die gerade mal achtseitige monatliche Ausgabe bezahlte. Sie grinste bei dem Gedanken an seine freche, aufgeräumte Stimme.

»Es kommt etwas mit der Post für Sie, meine geliebte Lehrerin. Etwas über Ihren Jugendfreund, der zurzeit die Gastfreundschaft Ihrer Majestät genießt.« Dabei blickte sie Alder schuldbewusst an, als hätte er sie gerade bei einer innigen Umarmung mit Mountford überrascht. »Ich kann es im Moment noch nicht im *Newsbrief* veröffentlichen, mir fehlen noch Beweise. Es scheint aber, die Firmen Ihres alten Spielkameraden *räumen* in Burma, Laos, Kambodscha und noch weiter im Osten *so richtig ab*. Er muss einigen Leuten gegenüber wirklich *großzügig* gewesen sein. Auf jeden Fall werden Sie meine unsterbliche Prosa in einigen Tagen lesen können, während ich auf der Suche nach weiteren Informationen auf dem Sprung nach Phnom Penh bin. Alles Gute und auf Wiedersehen.«

Jetzt erst bemerkte sie, dass Alder neben ihr stand und auf den Anrufbeantworter starrte, dessen Tonband wieder zurückspulte. In verächtlichem, ja ätzendem Ton knurrte er: »Wie deine Bob-Dylan-Platten, Marian. Du mischst immer noch in der Studentenpolitik mit!«

»Was soll das?«, forderte sie ihn heraus.

»*Glaubst* du etwa dieses Zeug?«, gestikulierte er in Richtung des Anrufbeantworters. »Glaubst du das wirklich? Du und dieser Hyde, einer ist einfältiger wie der andere.«

Verärgert bellte sie zurück: »Und du richtest es dir immer schön gemütlich ein, nicht wahr, Robbie? Demokraten in Uniform, vielleicht sogar etwas liberal. Siehst du so etwa die Generäle in Rangun und das Regime in Indonesien? Wie so oft ist Washington zwischen Profit und Prinzip hin- und hergerissen, und du schlägst dich natürlich auf die Seite des Profits. Oder sehe ich das etwa wieder falsch?«

»Moment mal!«, protestierte er.

»Verzeih, verzeih, mein Schatz.«

Er streckte seine Arme aus und bot ihr ein »Vergeben?« mit einem nachsichtigen Gesichtsausdruck an.

Sie brach daraufhin in ein entrüstetes Lachen aus und sagte: »Fast! Komm, lass uns unsere Gläser holen.«

Marian versuchte, die Nachricht auf dem Anrufbeantworter zu verdrängen. Alder hatte sich schon früher über sie lustig gemacht, dass ihre Bob-Dylan-Platten sie auf ihrem Weg durch die Universität, das Parlament und sogar ihre Liebesaffären stets begleitet hatten. Sie hatten zu allen Stadien ihres Lebens gehört, selbst die frühesten Aufnahmen, die Marian erst im Nachhinein gekauft hatte. Mit sechs oder sieben Jahren hatte sie Dylan das erste Mal im Radio gehört. Wie sich die Zeiten doch verändert hatten! Später war sie fasziniert von diesem Mann gewesen, der bereits in mittlerem Alter Schutz vor dem Sturm gesucht hatte, den er mit entfacht hatte, und erst in den letzten Jahren hatte er einen zweiten Anlauf für seine Karriere genommen. Er war es gewesen, der zu einem Amerika gesprochen hatte, das Kennedy längst verloren hatte, aber noch immer dem Irrsinn von Vietnam ausgesetzt war. Dieses Amerika wollte die Welt nicht mehr verändern, sondern glaubte bis heute, es einfach kaufen zu können.

»Verzeih bitte«, flüsterte Alder und nahm Marian von hinten in die Arme. Sie schmiegte ihre Wange an seine Schulter. »Warum versuchst du nicht auch, an dieser Handelsdelegation nach Burma teilzunehmen? Sie haben mich dazu eingeladen und ich wollte es dir schon früher vorschlagen. Bitte, sieh dich selbst dort um, Marian, und höre nicht nur auf mich, sondern mache dir dein eigenes Bild von der dortigen Lage.«

»Du willst doch daraus nur eine *Vergnügungsreise* machen!«, begann sie und drehte sich in seinen Armen, um ihm ins Gesicht zu schauen. Doch plötzlich presste sie ihre Lippen zusammen und unterbrach ihre Anschuldigungen. Es war vollkommener Blödsinn, mit ihm weiter zu diskutieren!

Sie hatte es schon während der beiden vorherigen Affären mit ihm getan. Vielleicht zu oft. Denn damit hatte sie ihn wohl vertrieben. *Dieses Mal kannst du ihn halten, wenn du lernst, den Mund zu halten,* redete sie sich ein. Marian wollte nicht wieder allein sein. Der Autounfall und die Nähe des eigenen Todes hatten sie verändert. Sie wollte die Beziehung mit ihm wieder aufleben lassen, denn nach all den Jahren war sie des Alleinseins müde. Sie brauchte mehr als nur ihre Arbeit und die Karriere.

Hastig küsste sie ihn, öffnete die Lippen, um sehnsüchtig seine Zunge zu empfangen, und begann ihre eigene Erregung zu spüren. *Verliere ihn ja nicht noch einmal!*

Hyde ließ sich die Schlüssel von dem jungen Automechaniker geben, der aus dem Ford ausstieg und dann im leichten Nieselregen den Parkplatz in Richtung des Haupteingangs von Waterloo Station überquerte. Die Schultern seines Overalls waren übersät mit Regentropfen. Hyde betätigte den Scheibenwischer, und der schwarze Mercedes, den er die vergangenen zwei Stunden durch London verfolgt hatte, kam hinter dem weggewischten Wasser wieder zum Vorschein. Einer *seiner* Beschatter war bereits im Bahnhof, um dort nach ihm zu sehen, während ein anderer aus dem Mercedes stieg und hinüber zu dem Opel ging, den er vor ihren Augen angemietet hatte. Er bewegte sich langsam und schlug seinen Kragen gegen den durchdringenden Regen hoch. Sie mussten wohl langsam befürchten, ihn verloren zu haben.

Obwohl das Versteckspiel lange genug gedauert hatte, war es im Grunde genommen nicht schwer gewesen, ihnen zu entkommen. Die Garage, bei der er – in einem vorherigen Leben, so schien es ihm manchmal – gewöhnlich Autos anmietete, begrüßte ihn wie stets mit konspirativem Interesse. Während Hyde von der gegenüberliegenden Straßenseite observiert wurde, hatte er den Opel angemietet, aber gleichzeitig verabredet, dass ein Ford zu Waterloo Station gebracht wurde. Einfache Sache, solange sie ihn dorthin zurückführten, wo sie hergekommen waren.

Der Mann im Regenmantel inspizierte den Opel und gab dann mit aufgerichtetem Daumen den Männern im Mercedes ein Zeichen. Sie *liebten* diese schwarzen Limousinen. Darin fühlten sie sich wie richtige Manager. Er kannte keinen der Männer. Sie hatten eher slawische als asiatische Gesichtszüge.

Der Fahrer des Mercedes stieg aus und winkte unwirsch den Mann im Regenmantel in Richtung Bahnhofshalle. Er machte ein vergrämtes Gesicht, erfüllt von Frustration und Misstrauen. Die beiden anderen Männer würden sie wohl am Bahnhof zurücklassen, sobald sie zu einer Standpauke, zum Mittagessen oder zur Besprechung einer neuen Strategie zurückbeordert wurden ... *Geduld, Geduld*, dachte Hyde.

Es belastete ihn, dass Ros jetzt wohl schon in Singapur angekommen war. Er hätte sie noch anrufen und warnen sollen, obwohl er wusste, dass sie seine Bedenken nicht teilen würde. Um ganz sicherzugehen, sollte er sie trotzdem so schnell wie möglich wieder dort herausholen. Es brauchte in der Tat nicht viel, sie zu identifizieren und mit ihm in Verbindung zu bringen. *Ich bin nur geschäftlich hier, Hyde*, wäre dagegen ihr Argument gewesen. Sie hätte nur über ihn gelacht und behauptet, er sei nun vollends verrückt geworden.

Hyde konnte diesen Beschützerkomplex einfach nicht unter Kontrollen bringen. *Geduld ...*

... ist eine Tugend. Die Suche nach ihm in Waterloo Station hatten sie erst nach zwölf Uhr aufgegeben. Alle vier waren daran beteiligt gewesen, und alle vier waren jetzt sehr verärgert, nachdem sie sich eingestehen mussten, ihn aus den Augen verloren zu haben. Der Fahrer positionierte nun den Mann im Regenmantel zusammen mit dem ande-

ren am Haupteingang, um den Opel weiter zu beobachten, bevor er selbst zum Mercedes zurückkehrte. Der Scheibenwischer klärte für einen Moment das Rückfenster, während Hyde sich fragte, ob er sich über das Telefon weitere Instruktionen besorgte. Unvermittelt fuhr der Mercedes in Richtung Waterloo Bridge los. Hyde startete den Ford und verließ nun scheinbar unbeteiligt den Parkplatz. Den beiden anderen Männern blieb sein Verschwinden verborgen. Er reihte sich ein halbes Dutzend Wagen hinter der schwarzen Limousine in den Mittagsverkehr ein und bog dann in die Waterloo Road. Vor ihm auf der anderen Seite der Themse lag Somerset House und das Savoy Hotel. Er spürte, wie die leichte Nervosität, die ihn die ganze Zeit befallen hatte, erst jetzt von ihm wich.

Hyde bog ein in das Victoria Embankment. Auf der anderen Seite lag der mächtige Gebäudekomplex des Southbank, der mit seinem grauen und schmutzigen Beton gut zum tief verhangenen, regnerischen Himmel über London passte. Der Mercedes fuhr ohne Eile vorbei an der Blackfriars Bridge, Southwark Bridge und London Bridge. Hyde begann sich langsam wieder in der Stadt wohl zu fühlen, als würde er ein geliebtes, aber über lange Zeit vermisstes Gesicht wiedersehen. Er passierte St. Magnus Martyr, das alte Zollhaus, Lower Thames Street. Ros gegenüber empfand er plötzlich Gewissensbisse, denn London versprach ihm wie eine Mätresse heimliche Freude und Vergnügen.

Die schwarze Limousine erreichte Tower Hill und fuhr weiter über St. Katherine's Way in Richtung der umgebauten St. Katherine's Docks. Ein schickes Mittagessen oder ein elegantes Büro? Wo sonst könnte sich ein erfolgreicher Exagent wie Jessop niederlassen? Der Mercedes fuhr links an den Bürgersteig und parkte gegenüber eines Hotels vor einem umgebauten Lagerhaus.

Getönte Scheiben glänzten in den Sprossenfenstern, Boutiquen und Pubs lugten einladend unter den schweren Säulen der Kolonnaden hervor. Inmitten dieser neu erstandenen Stadtlandschaft bildeten die Tower Bridge und vor Anker liegende historische Schiffe den perfekten Hintergrund für eine typische Disney-Kulisse. An Stegen waren auf der Themse zahllose Yachten und Kähne vertäut. Zwei Männer entstiegen dem Mercedes, und Hyde sah das zweifache Blinken der Warnlichter, als mit der Fernsteuerung die Türen verschlossen wurden. Sie gingen in eine der Säulenvorhallen und betraten das umgebaute Lagerhaus. Hyde stieg aus dem Ford, verschloss ihn und überquerte zwanglos die Straße zur Thomas Telford Fassade.

Er schlenderte vorbei an einem Laden, dessen Front überladen war mit Terracotta-Töpfen und nachgemachten Gartenornamenten. Daneben leuchteten ihm aus einem anderen Geschäft getrocknete Blumengebinde entgegen. Tische und Stühle eines benachbarten Pubs waren dicht am Wasser plaziert. Wie es zu dieser Gegend Londons passte, waren die Bürgersteige vollgeparkt mit BMW und Porsche. Vor einem Messingschild neben einer schweren, dunkelgrünen Tür blieb Hyde stehen. Die Fenster des Erdgeschosses waren schwarz getönt und undurchsichtig. In dem Gebäude befanden sich nur Büros: Eine Musikagentur, ein Innenarchitekt, eine Kunstgalerie, eine Filmproduktion, eine Werbeagentur und die Internationale Sicherheitsdienste Ltd., ein Unternehmen der Winterborne Holding. Nicht schlecht! Marian Pyott könnte doch Recht gehabt haben. War das hier vielleicht Jessops Arbeitsplatz?

Die Hände in den Hosentaschen, schlenderte er zurück zum Ford, setzte sich auf den Fahrersitz und machte es sich bequem. Die Schultern seines Jacketts waren inzwischen feucht geworden vom Nieselregen. Die dunklen Regenwolken zogen langsam südwärts, und die Themse leuchtete in deren Widerschein metallisch grau. Von hier aus konnte Hyde die Eingangstür übersehen. Er erwartete, dass Jessop jeden Moment ins Freie trat oder von irgendwoher auftauchte und die Zahlenkombination betätigte, um hineinzugehen. Zwölf Uhr vierzig. Internationale Sicherheitsdienste Ltd., ein Unternehmen der Winterborne Holding. Das Ausmaß dieser ganzen Geschichte beunruhigte ihn jetzt nicht mehr. Das hier war pures Gold, denn er hatte einen Volltreffer gelandet.

»Nein, Marian, er ist schon wieder entlassen worden. Ich habe gerade beim zuständigen Revier angerufen. Es war ein falscher Alarm. Es gab eine offizielle Entschuldigung und so weiter.« Die Stimme des Kriminalkommissars klang bei diesem Bericht munter und vertrauensvoll. »Und was Ihre Frage nach der Echtheit des Beamten der Spezialabteilung angeht, der Mr. Lal verhört hatte, so bin ich sicher, dass Sie auf der falschen Fährte sind!«

Marian schaute an die Decke ihres Büros im Unterhaus. Offensichtlich war damit für Alistair die Angelegenheit erledigt. Nur für einen Moment schien er verunsichert gewesen zu sein, nämlich als sie ihm gegenüber ihren Verdacht geäußert hatte – in Wirklichkeit war es ja eine von *Hyde* und Kenneth aufgestellte Vermutung – bezüglich der beiden Männer, die Rabindur Lal verhaftet hatten, und der anschließenden Untätigkeit der Polizei, die Sache weiter zu verfolgen. Ein Foto des Kommissars hing zusammen mit anderen örtlichen Notabeln einschließlich einer Aufnahme von ihr selbst an den Wänden des *Jaipur*. Lal war augenscheinlich von der Polizei beschwichtigt worden, und der ganze Zwischenfall wurde jetzt heruntergespielt.

»Danke schön, Alistair, dass Sie sich um die Sache gekümmert haben. Ich melde mich wieder.«

Sie legte den Hörer auf und zündete sich eine Zigarette an. Im Moment war es vernünftig, die Angelegenheit auf sich beruhen zu lassen, bis neue Informationen auftauchten. Sie wählte Syeedas Nummer. Als das Mädchen sich meldete, sprach Marian in vorsichtigem Tonfall. »Ich bin froh, dass Ihr Vater ohne Anklage wieder auf freiem Fuß ist, Syeeda. Geht es Ihnen besser?«

In der anschließenden Stille lag etwas Reserviertes und Zögerndes, dann flüsterte Syeeda: »Er ist sehr aufgebracht. Schauen Sie, Marian!« Plötzlich platzte es aus ihr heraus, als hätte sie jemand angestachelt. »Mein Vater war sehr verängstigt. Er möchte nicht, dass dieses Thema noch einmal angesprochen wird. Er möchte, dass ich Medhevs Tod nie mehr erwähne.« Vielleicht war es nur Marians Einbildung, aber ihr indischer Akzent war ausgeprägter denn je, jetzt, da sie sich den Wünschen ihres Vaters beugte.

»Syeeda, wegen Kumars Tod ... Ich möchte, dass Sie mit jemandem sprechen. Er will wissen ...«

»Vater bat mich, mit niemandem mehr über Kumar zu reden!«

»Nur ein Gespräch, Syeeda. Dieser Mann kannte Medhev aus Singapur. Er möchte, dass Sie ihm von Medhev erzählen.« Ihr war klar, dass das die billige Art emotionaler Erpressung war, aber Syeeda wand sich immer noch in kindlichem Gehorsam. Lal war offensichtlich eingeschüchtert worden und hatte den falschen Männern der Spezialabteilung versprochen, dass es keinerlei Aufhebens mehr um Kumars Tod geben würde. »*Bitte,* Syeeda? Heute Abend, in meiner Wohnung? Er war ein Freund von Medhev.«

Marian hörte ein Schlucken am anderen Ende und ein paar Kummertränen. Sie fühlte sich elendiglich schuldig.

»Ja«, hauchte Syeeda, »ich werde kommen.«

»Gegen neun. Ich verspreche, es wird nicht lange dauern. Danke, Syeeda ...«

Als hätte sie gespürt, betrogen worden zu sein, hatte das Mädchen schon den Hörer aufgelegt. Erleichtert blies Marian den Rauch an die Decke. Sie hatte jetzt einen Moment für sich allein im Büro. Rose war beim Mittagessen oder vertrieb sich die Zeit mit ihrem aufrechten Kämpfer für die Werte der Familie, während ihr Abgeordnetenkollege in seinem Wahlkreis war und dort einen Spediteur unterstützte, der ein denkmalgeschütztes Haus kaufen wollte, um Platz für seinen Lkw-Fuhrpark zu schaffen. Viel Glück! Das Haus war zwar kaum mehr als eine Ruine, aber dennoch hatte die örtliche Umweltschutzmafia ihren erbitterten Widerstand gegen das Bauvorhaben angekündigt. Sie grinste und zupfte an ihrer Unterlippe. Es war fast Zeit zum Mittagessen mit Robbie, dachte sie.

Marian ging hinüber zu ihrem unaufgeräumten und völlig überfüllten Bücherschrank und holte sich das Register der Interessenvertreter. Zurück an ihrem Schreibtisch ging sie durch die alphabetische Liste der Abgeordneten. *Grain-*

ger, Peter John. Unter seinem Namen waren neben den Direktorenposten und Beraterverträgen, die er innehatte, auch seine außerparlamentarischen Einkünfte aufgeführt. *Straits Royal Gruppe (UK) Plc* las sie und atmete befriedigt auf. Grainger war Mitglied des Aufsichtsrats. Sie erinnerte sich jetzt vage an Graingers Lobbyarbeit für eine ausländische Hotelkette. Es ging damals um die Straits Royal Gruppe. Wie sie würde sich Hyde sicher auch dafür brennend interessieren.

Grainger war früher Rechtsanwalt gewesen, und Robbie Alder, so konnte sie sich noch gut erinnern, war während ihrer ersten Affäre in irgendeiner studentischen Funktion derselben Kammer wie er zugeordnet. Damals hatte Alder noch mit dem Gedanken gespielt, in England zu bleiben, doch die Versuchung wurde doch zu groß, zurück zum Außenministerium nach Washington zu gehen. Marian erinnerte sich, wie Grainger auch im Radio aufgetreten war und in einigen Verbrauchersendungen Rechtsberatung gegeben hatte. Sein Wahlkreis grenzte an den ihren, umfasste jedoch eine größere Anzahl reicher Vororte wie auch einen Teil des Stadtzentrums. Sie entsann sich, dass Straits Royal die erste einer ganzen Reihe von eleganten Wochenendferienanlagen in seinem Wahlkreis errichtet hatte.

Peter Grainger wusste offensichtlich viel über Straits Royal *und* Burma. Sie sollte sich *wirklich* mit ihm über beide Themenbereiche unterhalten.

Langsam fand Marian ihre Fassung wieder und wischte die Erinnerungen an ihre erste Affäre mit Alder weg. Schmunzelnd griff sie zum Telefonhörer.

»Kenneth, mein Lieber, wie nett von Ihnen, mich zum Mittagessen einzuladen!« Alex Davenhill ignorierte dessen ausgestreckte Hand und küsste ihn flüchtig auf jede seiner Wangen. In der Bibliothek des Klubs, in dem sie beide seit vielen Jahren Mitglieder waren, hatte man sich an Davenhills auffällig homosexuelles Benehmen gewöhnt. Alex wusste sehr wohl, dass seine hochgewachsene, elegante Erscheinung und sein lockiges, angegrautes Haar ihn davor bewahrte, mit diesem Verhalten ins Kitschige und Affektierte abzurutschen.

Zueinander gewandt ließen sie sich auf knisternden Ledersesseln nieder. Sofort erschien ein Ober an Aubreys Seite, der mit einem Blick auf den Whisky Soda in Davenhills Hand murmelte: »Einen trockenen Sherry, Albert.«

»Sehr wohl, Sir Kenneth, ich lasse Ihnen dies hier.« Der Ober legte Speise- und Weinkarte auf den Tisch.

Davenhills Lächeln war echt und von aufrichtiger Zuneigung zu Aubrey geprägt. Mit vierundfünfzig war er der dritthöchste Beamte des Außenministeriums, und trotz seiner Ausbildung in Eaton und Oxford, so war jedenfalls die verbreitete Meinung in Whitehall, hatte er so vorzügliche Arbeit geleistet, dass er zum stellvertretenden Unterstaatssekretär befördert worden war. Dies war umso mehr erstaunlich gewesen, da er über Jahre hinweg dem schlechten Einfluss, wie man es in Whitehall auszudrücken pflegte, des Secret Intelligence Service ausgesetzt war. Seine Freundschaft mit Aubrey, die fortdauernde Loyalität und die Bewunderung, die er dem alten Mann gegenüber hegte, wurde von seinen Kollegen und Vorgesetzten in keiner Weise geteilt. Mit seiner Homosexualität, an der niemand Anstoß genommen hatte, war er stets diskret umgegangen.

Aubreys Sherry wurde gebracht, und Davenhill hob sein Glas. »Zum Wohl, alter Freund. Auf Ihre weiterhin gute Gesundheit.« Aubrey nippte an seinem Glas wie eine Anstandsdame, als Davenhill ihn mit der Frage überraschte: »Darf ich annehmen, mein Lieber, dass dies heute *keine* Wiedersehensfeier zwischen dem ehemaligen Direktor des SIS und seinem außenpolitischen Berater ist?«

»In der Tat, Alex, so ist es. Aber sind Sie denn so in Eile, dass Sie nicht einmal fünf Minuten Zeit für den Austausch von ein paar Nettigkeiten haben?«

Davenhills schallendes Gelächter schreckte einen Abteilungsleiter mit seinen afrikanischen Gästen an einem der Nachbartische auf. Als er Davenhill erkannte, wandte er sich flugs wieder von der vermeintlichen Peinlichkeit von Alex' übertriebener Geste ab.

»Welch armer, junger Mann. Ich scheine ihn sehr erschreckt zu haben, denn er ist sich seiner Neigung wohl noch nicht recht sicher.«

»Alex, Sie sind unmöglich«, feixte Aubrey.

»Und im Begriff, verhört zu werden?«

Aubrey lehnte sich nach vorn.

»Ich weiß, Alex, dass Burma und Südostasien nicht zu Ihrem Bereich gehören.«

»In der Tat. Dieser entsetzliche Salter beschäftigt sich mit solchen fernen Ländern«, seufzte Davenhill. »Unglücklicherweise muss ich mich mit Kulturen beschäftigen, die ich zwar bewundere und beneide, deren Menschen ich jedoch verabscheue; mit Europa nämlich. Aber ich sollte nicht Ihre Zeit mit dem Aufpolieren meiner Witzchen vergeuden, mein Lieber. Was wollen Sie wissen?«

»Insbesondere die allgemeine Lage in Burma.«

»Sie meinen aber *nicht* unsere gegenwärtige Regierungspolitik, nicht wahr?«

»Gibt es denn eine?«

»Aber sicher, wenn Sie die Politik des Wie-viel-können-wir-uns-erlauben meinen. Es sei denn, Sie bevorzugen das andere Gesicht des Janus, nämlich die Politik des Wie-viel-können-wir-ignorieren? Das sind die beiden Seiten der Medaille, Kenneth.«

»Das Handelsministerium scheint aber einen weniger vagen Standpunkt zu vertreten. Stimmen Ihre Kollegen nicht damit überein?«

»Absolut! Aber bitte zitieren Sie mich nicht. Den Zeh immer ins Wasser halten und die Temperatur des Babybreis prüfen. Nach diesem Motto wird bei uns Außenpolitik betrieben. Seitdem der Wachstumsmotor der asiatischen Volkswirtschaften ins Stocken geraten ist, beeilt sich der Westen, dort verstärkt zu investieren und einzukaufen, solange die Dinge schlecht gehen – *und es noch billig ist.*« Dabei schüttelte Davenhill höhnisch den Kopf. »In Burma ist das Einkaufen zurzeit besonders billig – oder das Aufkaufen. Daher liebt jeder dieses Land, Kenneth. Es wandelt sich gerade vom hässlichen Entlein zum schwanengleichen

Jüngling.« Davenhill lächelte mit fast theatralischer Lüsternheit und fügte hinzu: »Seit dem Tode von Deng Xiaoping bemühen sich die Amerikaner, mit einer neuen Initiative des Präsidenten wieder engere Beziehungen zu China zu knüpfen. Und China ist in gewisser Weise Schutzmacht von Burma. Es ist *offizielle* Politik des Westens, in den Verhandlungen mit China die Menschenrechtsfragen auszusparen. Dieses Moratorium gilt ebenso für die mit China befreundeten Länder, wie etwa Burma. In den heutigen politischen Diskussionen werden all die Morde, Überfälle und Verhaftungen als Übertreibungen abgetan, oder sie haben auf wundersame Weise plötzlich aufgehört zu existieren.«

Davenhill lächelte fast etwas traurig, als Aubrey den Kopf schüttelte, und fuhr dann fort: »Wie ein Grippevirus verbreitet sich die Erklärung, dass Demokratie in Asien eine ganz andere Bedeutung hat und wir die Asiaten stattdessen für ihre wirtschaftliche Aufbauleistung und ihren Sinn für Ordnung bewundern sollten.« Er nippte an seinem Whisky und fügte ergänzend hinzu: »Wohlstand und Ordnung sind die Schlagworte, und jeder ist sich eines guten Ausgangs sicher!« Angetan von seinen eigenen Worten lachte er hellauf und prostete Aubrey zu. »Wie auch immer, so begründen jedenfalls das Außenministerium und das Handelsministerium den Wunsch, mit Burma wieder verstärkt ins Geschäft zu kommen, und ihre Politik gegenüber dem regierenden Staatlichen Friedens- und Entwicklungsrat. Es sind dieselben Generäle. In Anlehnung an Orwell bezeichnet sie Marian ja nicht zu Unrecht als den Rat zur Wiederherstellung von Recht und Gesetz. Wie mit allem hinkt sie jedoch den Zeiten hinterher!« Und eher belustigt als bösartig schloss er seinen Exkurs: »Wie geht es dieser Tage überhaupt der lieben Marian Myanmar? Für ihre Verhältnisse äußert sie sich ja ziemlich zurückhaltend gegenüber Burma, nicht wahr? Hat der arme alte Giles ihr etwa den Mund verboten?«

»Nein. Aber werden wir in absehbarer Zeit – trotz der Menschenrechtsverletzungen der Junta und Marians verzweifelten Querschüssen – den Handel mit Burma wieder aufnehmen?«

»Wenn die Yankees es tun, machen wir es natürlich auch. Wir können uns eine andere Politik gar nicht leisten.«

»Und werden unsere Freunde von jenseits des Atlantiks es tun, Alex?«

»Wenn der junge Alder – ist der Bursche nicht wunderhübsch? – den Kongress und den Präsidenten überreden kann. Man sagt, sie würden in Washington nur auf jemanden warten, der den Politikwechsel nach außen hin vertritt, falls etwas schief gehen sollte. Und dieser Jemand ist wohl Alder. Ich habe gehört, dass Marian und Alder – ich glaube, dies ist der zeitgemäße Ausdruck dafür – miteinander etwas zu schaffen haben. *Ihr* Bettgeflüster würde ich gern hören, wenn das Gespräch auf Burma kommt!« Mit seinem brüllenden Gelächter weckte er einen dösenden Romancier von adliger Erscheinung in bestem Alter, aber einem nicht ganz so guten *Œuvre*.

»Der Handel hat also oberste Priorität, Alex?«

»Genau! Und das trotz der zauberhaften Dame Aung Sang Suu Kyi. Wissen Sie, Kenneth, ich könnte wegen ihr in Ohnmacht fallen, so wie einige meiner Geschlechtsgenossen wegen Shirley Bassey oder einer Operndiva in Ohnmacht fallen könnten. Wie schön und tapfer sie auch sein mag, wie wir uns schließlich alle einreden, so schlecht ist sie für Handel und Tourismus.« Er zuckte mit den Achseln, und für einen Moment huschte ein ärgerliches Leuchten um seine braunen Augen. Mit einer raschen Handbewegung strich er sich durchs Haar und war sofort wieder er selbst. »Fahre fort, du süßer Quälgeist«, murmelte er vor sich hin.

»Gut. Und nun zu einer anderen Sache. Was haben David Winterborne und sein Cousin mit Burma zu schaffen?«, fragte Aubrey.

Davenhill tat, als sei er darüber schockiert. »Nun, David sitzt in Bridewell und kann sich mit etwas derart Vulgärem wie Handel wohl kaum befassen, oder?«

»Vielleicht doch.«

»Kenneth, kann ich zuerst die Speisekarte lesen?«

»Natürlich.«

»In diesem Fall«, damit nahm er die ledergebundene

Speisekarte vom Tisch, »ah, lassen Sie mich schauen.« Dann setzte er eine Lesebrille auf und fuhr fort: »Wie man sagt, ist Ralph Lau der gerissenere Geschäftsmann von den beiden.« Während seiner Ausführungen wandte Davenhill keinen Blick von der Speisekarte. »Wie bei vielen von uns liegen seine frühen Jahre im Dunkeln. Ich nehme an, dass er die besten Wirtschaftsschulen besucht hat, was vielleicht den plötzlichen Erfolg seiner Hotelgruppe erklärt. Das Wachstum, das er zurzeit vorlegt, ist atemberaubend. Ich denke, ich nehme als Vorspeise den Lachs und möchte Sie bitten, mein Lieber, dazu einen guten Elsässer zu bestellen. Es gibt eine ganze Reihe von Zynikern bei uns im Außenministerium, die darüber offen spekulieren, welche Gegenleistungen Mr. Lau wohl für seine Vorzugsbehandlung durch die Republik Myanmar, Laos und Kambodscha erbracht haben mag. Und als Hauptspeise das Lamm, für die frischen Schoten ist wohl die Saison vorüber. Den Rotwein überlasse ich Ihnen, Kenneth. Dieser entsetzliche Salter ist mit Sicherheit kein Zyniker, deshalb hört man ihn auch des Öfteren bewundernd über die Straits Royal Gruppe reden.«

»Und Sie teilen seine blauäugige Einstellung etwa nicht?«

Davenhill schaute auf und schloss die Karte.

»Dazu nehme ich frisches Saisongemüse, Kenneth«, antwortete er. »Und hinter wem sind Sie her, oder darf ich das nicht wissen?«

»Ich denke nicht. Anscheinend besteht die Möglichkeit, dass Mr. Lau in irgendeiner Art und Weise in Drogengeschäfte involviert ist. Was halten Sie von einer solchen These?«

»Ich hoffe doch nicht, mein lieber Kenneth, denn wenn das stimmen sollte, würde sich eine Reihe von Leuten ordentlich blamieren. Darüber möchte *ich* nicht spekulieren müssen, gebe Ihnen aber den Rat, es mir *nicht* gleichzutun.« Dabei lächelte Davenhill verschmitzt und nahm seine Brille wieder ab. »Es freut mich aufrichtig, Kenneth, Sie wiederzusehen!«, verkündete er fröhlich.

»Und Sie, mein Lieber, legen mir also nahe, meinem Spürsinn zu folgen?«

»Der hat Sie doch selten im Stich gelassen, Kenneth.«

»Auf welche Gerüche sollte er denn vorbereitet sein?«

»Einige dieser Verträge. Da gibt es ein Dammprojekt, für das AsiaConstruct den Zuschlag erhielt ... ein Kernkraftwerk, das zusammen mit den Russen gebaut wird ... eine Eisenbahnlinie, neue Straßen. Einige der Angebote sind wohl so kalkuliert, dass sie kaum Gewinne abwerfen werden. Gewinne werden aber sicherlich gemacht. Nur wo?«

»Und AsiaConstruct ist ein hundertprozentiges Tochterunternehmen von ...«

»Genau. Es sind dort eine Menge Trüffel in der Erde, die ein Mann mit dem richtigen Riecher ausgraben sollte. Haben Sie so einen?«

»Patrick Hyde ist im Moment in London.«

»Ferien? Der gute Patrick! Ich glaube, Kenneth, zusammen mit Ihrem unfehlbaren Organ haben Sie in ihm den richtigen Riecher, um die Trüffel aufzuspüren.«

»Und all diese Projekte sind in Burma?«

Davenhill nickte und spielte versonnen mit seinem leeren Glas. Aubrey winkte daraufhin den Ober herbei, um einen weiteren Whisky zu bestellen. »Mm, die Trüffel sind dann wohl die Gegenleistung. Was könnte schon Gewinn bringender sein?«

»Genau.«

Jessop parkte den schwarzen Mercedes, stieg aus und verschloss ihn mit der infrarot-gesteuerten Zentralverriegelung. Von seinem kaum fünfzig Meter entfernt geparkten Ford beobachtete Hyde, wie er den Eaton Square überquerte und auf David Winterbornes Haus zuging. Laut Aubrey bewohnte zurzeit Ralph Lau das Haus. Jessop klingelte und hastete die Treppen zwischen den hellen Säulen empor. Ein paar Sonnenstrahlen fielen auf die Grünanlagen des Platzes, dessen welker Rasen mit abgefallenen Blättern übersät war. Die Rosen ringsum waren bereits verblüht und wirkten wie kleine Skelette.

Jessop sprach in die videoüberwachte Gegensprechanlage, drückte dann die schwere schwarze Tür auf und verschwand im Haus. Jessop, seufzte Hyde, Jessop, Ralph Lau und die Straits Royal Gruppe. Welch nettes Präsent die drei doch abgaben, das zudem so viel sorgfältiger verpackt war als die Weihnachtsgeschenke, die er als Kind von seinen Tanten erhalten hatte. Er verspeiste die Reste seines Sandwichs, das er buchstäblich aus der Plastikverpackung herausquetschen musste.

Hyde schaute auf die Uhr. Es war jetzt vier Uhr zehn. Es machte keinen Sinn, noch länger hier am Eaton Square zu warten, um Jessop beim Verlassen des Hauses zu beobachten oder um sicherzugehen, dass sich Lau tatsächlich im Haus aufhielt. Er musste um neun Uhr in den Midlands sein, um dort Kumars Verlobte zu treffen, wie Marian Pyott ihm zuvor per Handy bestätigt hatte. Hyde überlegte, ob Jessop wohl persönlich Kumar exekutiert hatte, bevor er nach Penang geflogen war, um dort auch *ihn* zu erledigen ...

Noch zehn Minuten, dann würde er sich in den Londoner Berufsverkehr in Richtung Autobahn stürzen. Der Gedanke war kaum zu Ende gedacht, als sich die Tür zu Winterbornes Haus wieder öffnete. Verabschiedung von – nein, es war nicht Jessop. Zu seiner Verblüffung erkannte Hyde die hochgewachsene Gestalt, die für einen Moment auf dem Bürgersteig stehen blieb, als würde sie Fotografen erwarten. Hyde nahm die Kamera vom Beifahrersitz und fokussierte das Teleobjektiv. Lächeln Sie, Kongressabgeordneter Alder, Sie sind in *Vorsicht Kamera*.

Robert Alder, Jessop, Ralph Lau. Alder hatte Lau besucht.

Kapitel fünf

Die örtliche Kriminalstatistik

In dem großen Konferenzraum waren mehr Personen anwesend, als Ralph Lau ursprünglich erwartet hatte. Vor allem sah er mehr chinesische Gesichter, die sich wie Puppen plötzlich zu ihm umdrehten, als er in Begleitung des Hochkommissars[2] den Raum betrat. Die gelangweilt dreinschauenden Chinesen wirkten reichlich deplatziert in dem mit Stuck verzierten Raum aus dem achtzehnten Jahrhundert mit seinen vergoldeten Balustraden. Sie alle trugen die gleichen grauen glänzenden Anzüge mit weißen Hemden und gedeckten Krawatten. Zwei von ihnen, die er noch nicht kannte, hoben sich deutlich vom Rest der Gruppe ab.

Zu der Runde gehörten zudem drei Burmesen. Einer von ihnen war der Hochkommissar. Er hatte ihn zuvor auf der Treppe begrüßt, während die anderen beiden jetzt in eifriger Ehrerbietung auf ihn zueilten.

Sie waren Generäle aus Rangun. Einer war Minister für Hotelerie und Fremdenverkehr, der andere war für die Sicherung von Burmas Grenzen verantwortlich. Drei weitere Chinesen kannte er bereits. Zwei von ihnen gehörten der alten Kommunistischen Partei Burmas an und kontrollierten jetzt das burmesische Heroin mitsamt dem Anbau des Rohopiums, den Veredelungslabors und dem Transport über Burmas Grenzen hinweg. Es waren die Männer, mit denen er gewöhnlicherweise verhandelte. In der zweiten Reihe standen diverse Berater und Sekretäre hinter den Sesseln ihrer jeweiligen Vorgesetzten. Man hatte ihn zuvor extra darum gebeten, allein zu erscheinen.

---

2 Der Hochkommissar entspricht dem Botschafter eines Commonwealth-Landes in Großbritannien. (Anm. d. Ü.)

Lau bemerkte, dass der Minister für Hotelerie und Fremdenverkehr *zunächst* die zwei ihm unbekannten Chinesen anschaute, als suchte er um Erlaubnis, das Wort ergreifen zu dürfen. *Erst dann* erhob er sich und ging auf ihn zu.

»Mung Thant!«, brummte Lau und musste dabei das verräterische Zittern seiner Hand und seines Arms unter Kontrolle halten. Mit kritischem Unterton fügte er hinzu: »Die Anzahl der Beteiligten an dieser Sitzung überrascht mich doch ein wenig.«

»Ich werden Ihnen die Ihnen unbekannten Herrschaften vorstellen.«

»Ich nehme doch an, dass wir hier zusammengekommen sind, um das Dammprojekt und die Öl- und Gasverträge zu besprechen?«, antworte er mit gekünstelter Vertrautheit.

»Mr. Lau«, wisperte Generalmajor Mung Thant und tätschelte dabei mit seinen braunen, feingliedrigen Fingern den Ärmel von Laus Seidenjakett. Erstaunlicherweise erlaubte ihm Lau dieses vertrauensselige Verhalten. »Ich werde Sie den Gästen vorstellen, die Sie noch nicht kennen.«

Als der Minister des Staatlichen Friedens- und Entwicklungsrats sich an die übrigen Anwesenden im Raum wandte, bemerkte Lau die Unruhe der Berater und Sekretäre, die wie aufgescheuchte Fliegen auf einem von der Sonne beschienenen Fensterbrett umherschwirrten. Keinerlei Geste war nötig gewesen, um sie aus dem Konferenzraum zu schicken. Dabei blieben die Männer am Tisch in ihren Stühlen regungslos sitzen. Ihre Gesichter waren ausdruckslos wie die Spiegelbilder auf dem blank polierten Mahagoni. Lau spürte deutlich das Machtzentrum im Raum, das die beiden Chinesen bildeten. Seine Beobachtung machte ihn nervös. Als die Berater nach und nach an ihm vorbei aus dem Raum gingen, schienen sie den Hochkommissar wie einen schlechten Schwimmer in starker Strömung mitzureißen. Immer deutlicher konnte Lau jetzt die Achtung und Ehrerbietung spüren, die die beiden Drogenschmuggler und ihr malaiischer Mittelsmann den beiden Chinesen zollten.

Er sah, wie ihn die zwei die ganze Zeit über prüfend anschauten und dabei geschickt den Rauch ihrer Zigaretten benutzten, um das Interesse an ihm zu verschleiern. Der eine musste mindestens sechzig Jahre alt sein, während der andere höchstens fünfzig war. Sie strahlten Autorität aus und erwarteten Gehorsam selbst von Militärs wie Mung Thant und dem anderen burmesischen Minister. Die beiden waren hochrangige Offiziere der chinesischen Volksbefreiungsarmee, denen die Burmesen die übliche Ehrerbietung untergeordneter Ränge entgegenbrachten.

Lau versuchte seine Faszination über solches Verhalten zu verbergen. Sie schienen sie jedoch wahrzunehmen und verachteten augenscheinlich seine Begeisterung dafür.

»Meinen Ministerkollegen, Mr. Lim, kennen Sie bereits aus Mandalay. Sie beide haben schon in der Vergangenheit Geschäfte miteinander getätigt.« Lim nickte ihm zu, wobei er jedoch weiterhin die beiden Chinesen fixierte. »Und zwei andere Bekannte von Ihnen, Mr. Lau, aus Nordburma.« Dabei wies er auf die beiden Brüder, die ältesten Männer im Raum. Lau verbeugte sich formell vor ihnen. Mung stellte ihm weiter einen laotischen und einen kambodschanischen Minister vor, die er ebenfalls höflich begrüßte. Inzwischen wurde er näher zu den beiden Chinesen am Ende des langen Konferenztisches gelotst, so wie eine Kamera auf Schienen sich dem finsteren Objekt einer Nahaufnahme näherte. »Unsere wichtigsten Gäste kommen aus Kunming in der Provinz Jünan.« Erst jetzt wurde Lau gewahr, dass er einen der beiden *tatsächlich* kannte. Sein ausdrucksloses Gesicht und sein kurzer dickbäuchiger Körper waren wie ein Splitter im Auge, ein Fleck, der ihn mehr und mehr irritierte und ablenkte. Der Mann saß regungslos da und flüsterte von Zeit zu Zeit den anderen Chinesen etwas zu, die ihm stets mit Ehrerbietung gegenübertraten. Damals wie heute bildete er das Machtzentrum. Lau hatte die Erinnerung an ihn und das Treffen mit ihm im August in Kunming beiseite geschoben. Die endlosen Verhandlungen, seine ganzen Bemühungen waren damals vergeblich gewesen. Es hatte geglaubt, dort seine Zeit vertan zu haben. Aber nun saß dieser Chinese hier in der burmesischen Botschaft am Berkeley Square. Warum?

Das Treffen in Kunming, in Chinas ärmster Provinz, die im Süden an Burma grenzt, war vom Mekong Regionalrat einberufen worden. Diese Organisation war bereits vor Jahren von Peking als Gegengewicht zur Asiatischen Entwicklungsbank und der Vereinigung südostasiatischer Nationen ins Leben gerufen worden, um die wirtschaftliche Entwicklung der sechs asiatischen Anrainerstaaten entlang des viertausend Kilometer langen Mekong voranzutreiben. Auf diesem Treffen waren hundert grandiose Entwicklungsprojekte definiert und der Kostenrahmen dafür festgelegt worden. Auf vierzig Milliarden Dollar beliefen sich die konservativen Schätzungen, den Mekong in die Donau Asiens zu verwandeln. Mit Straßen, Dämmen, Brücken, Eisenbahnen und einem Glasfaser-Telekommunikationsnetz für die gesamte Region sollte ein neues Machtzentrum geschaffen werden, um der Industriemacht Japan Paroli zu bieten.

Wollte etwa *dieser* chinesische General das Thema Mekong hier erneut zur Sprache bringen? Das würde die Präsenz des Laoten und Kambodschaners erklären.

Mung Thant wies mit der Hand auf die beiden Männer am Kopfende des Tisches, während er noch nach der passenden Form der Anrede zu suchen schien. Der Mann, den Lau aus Kunming kannte, nickte kaum wahrnehmbar, worauf der burmesische Minister sofort begann.

»Die Generäle Wang Wei und Feng aus der Provinz Jünan. Da sind Sie sicher überrascht, Mr. Lau?«

Lau fiel die große Landkarte ins Auge, mit der Wei spielte, als handelte es sich um Gold oder die Kleider einer schönen Frau. Hinter den großen Fenstern versank Berkeley Square langsam in der Dämmerung. Lau kam es so vor, als würde Weis Gegenwart die Menschen draußen und den Verkehr auf Abstand halten.

»Lau Yen-Chih ... so sehen wir uns also wieder! Bei unserem letzten Treffen wurden wir uns noch nicht vorgestellt.« Wei sprach ihn mit seinem chinesischen Namen an, was auf das Vorhandensein eines Dossiers über ihn schließen ließ. Er sprach die Worte mit einer tiefen Raucherstimme.

»General Wang Wei, General Feng«, antwortete Lau in korrektem Mandarin, das Wei so zu amüsieren schien, dass sein Lachen in ein trockenes, krächzendes Husten überging. »Ich bin überrascht und geehrt.«

In der Gegenwart der beiden chinesischen Generäle kamen ihm die Drogenbarone der untergegangenen burmesischen kommunistischen Partei wie auch die übrigen Burmesen, der Laote und der Kambodschaner wie untergeordnete Zuhörer vor. Wer *waren* nur diese zwei Männer, und *was* wollten sie? Die Leichtigkeit und Zwanglosigkeit, ja sogar die zeitweilige Vertrautheit, die er im Umgang mit den Drogenbaronen gewohnt war, wich jetzt einer Unsicherheit und Steifheit. Immerhin kontrollierten die beiden Brüder mehr als sechzig Prozent der burmesischen Heroinproduktion und waren für vierzig Prozent des in die Vereinigten Staaten geschmuggelten Heroins verantwortlich. Dabei war ihnen eine Armee von mehr als fünftausend Kämpfern unterstellt …

Trotzdem bildeten sie *nicht* das Energiezentrum hier im Raum, obwohl sich Lau absolut sicher war, dass Mung Thant und ein weiteres halbes Dutzend der burmesischen Generäle auf ihrer Gehaltsliste standen. Bis zu diesem Augenblick hatte er nie daran gezweifelt, dass sie den ganzen *Norden* von Burma kontrollierten. Doch nun saßen sie hier wie ein paar untergeordnete Mitglieder des Politbüros mit gefalteten Händen am Tisch.

Krächzend begann Wei: »Lau Yen-Chih, Sie verließen damals Kunming mit leeren Händen.« Dichter Zigarettenrauch hüllte sein wächsernes Gesicht ein, und seine Augen verengten sich zu grimmigen Schlitzen ähnlich einem mittelalterlichen Ritterhelm. »Sie mit Ihren vielen Beratern und Geschäftspartnern!« Dabei schaute er hinüber zu den Drogenbaronen, die während der Kunming-Konferenz selbst zu zwielichtigeren Gestalten zählten. Für sie war der Mekong, der dort die natürliche Grenze zwischen Nordburma und China bildet, schon immer der goldene Fluss. »Damals schieden Sie im Ärger. Das war ein Fehler.« Die Worte klangen fast wie eine Anschuldigung, als spräche Wei zu einem westlichen Barbaren, einem Amerikaner oder Europäer ohne Sitte und Anstand, der nur Gier und Eile kannte.

»Bin ich das?« Es kam weniger einer Frage als einer Entschuldigung gleich.

»Sie können sich dort setzen.« Wei zeigte auf einen leeren Stuhl neben dem jüngeren Drogenbaron.

»Danke, General Wei! Meine Herren!«

Sein Cousin David, wie er halb englischer und halb chinesischer Herkunft, wäre bestimmt nicht in der Lage gewesen, sich in dieser steifen orientalischen Höflichkeit und der ständig wechselnden Situation von Drohung, Unterordnung und Ehrerbietung zurechtzufinden. So wie sich auf der anderen Seite ein stolzer Rassist, für den er Wei hielt, nicht mit einem Halbbarbaren wie David an einen Tisch gesetzt hätte.

»Sie zeigen die typische westliche Ungeduld, Lau Yen-Chih.« Er wirkte machtvoll wie ein gütiger Großvater und gleichzeitig wie ein Herr über Krieg und Frieden.

»Ich glaubte damals nicht, dass die Konferenz erfolgreich verlaufen würde«, antwortete Lau. »Es gab so viel zu tun, und dennoch wurde die Zeit mit Misstrauen und klein kariertem Gerede vertan.« Wei nickte zustimmend und drückte seine Zigarette aus, um sich sogleich eine neue anzuzünden. »Die Umsetzung der Vorschläge des Mekong Regionalrats ist eine gewaltige Aufgabe, die mehr Fantasie und Durchsetzungswillen erfordert, als damals die Konferenzteilnehmer aufbringen konnten.«

»So wie Sie es konnten?«

»Mit allem Respekt, ja.« Welche Funktion hatten bloß die beiden? fragte er sich.

Feng unterbrach die einsetzende angespannte Stille.

»Kennen Sie die Bedeutung der Nummern neun-neun-neun?«

Vorsichtig und ohne überrascht zu sein, nickte Lau: »Die 999-Unternehmensgruppe. Die Neonreklamen habe ich überall in der Provinz Guandong und selbst noch in Hongkong gesehen.«

»Gut«, antwortete Feng kurz angebunden.

Wei und Feng waren Generäle der Volksbefreiungsarmee und sicher noch viel mehr. Lau zwang sich zu einem ruhigen, tiefen Atmen und zeigte keinerlei Regung im Gesicht. Das Energiezentrum während dieses Gesprächs und die Unterordnung der anderen wurde ihm nun schlagartig klar. Die 999-Unternehmensgruppe war das größte von der Armee beherrschte Firmenkonglomerat in China. In einer einzigen Provinz kontrollierte die Gruppe seines Wissens mehr als dreitausend Fabriken, zweitausend landwirtschaftliche Betriebe, Immobilien, Autofabriken, Hochtechnologieunternehmen, Krankenhäuser, wissenschaftliche Einrichtungen und Universitäten. Selbst Investmenttrusts wurden von ihr verwaltet. Nach Schätzungen westlicher Experten gehörten insgesamt vierzig Unternehmen, die wiederum etwa zwanzigtausend Firmen vom Restaurantbetrieb bis zur Waffenfabrik kontrollierten, zu der Gruppe. 999 war wie die Tentakel einer Krake. Sie war aus dem wirtschaftlichen Leben Chinas nicht wegzudenken.

Jetzt begriff er endlich die Situation. Wei und Feng waren die Repräsentanten der 999-Gruppe in Jünan und kontrollierten damit den gesamten Wirtschaftskreislauf um das Heroin.

In gewissem Sinne kontrollierten sie *ihn* damit ebenfalls. Im Vergleich zur 999-Unternehmensgruppe *war* Winterborne Holding mit all seinen Firmen, ob nun in Asien, Amerika oder Europa, zwergenhaft. David und er waren Pygmäen, wohingegen diese zwei klein gewachsenen Chinesen in ihren billigen Anzügen Riesen waren. Lau spürte jetzt eine eigenartige Kälte in sich aufsteigen, die die anfängliche Faszination über die sich ihm eröffnenden Chancen im Keim wieder erstickte. Die beiden Generäle waren die heimlichen Herrscher der Provinz Jünan und kontrollierten damit nicht nur die Heroinküchen und den Schmuggel über die Grenzen hinweg, sondern zweifelsohne auch die Verteilung im übrigen China. Lau hatte die Straits Royal Gruppe und den riesigen Baukonzern AsiaConstruct, der in ganz Südostasien Hotels, Fabriken, Dämme und selbst kleine Städte hochzog, dazu missbraucht, *ihre* gewaltigen Drogenprofite zu legalisieren.

»Dann führen wir hier die Gespräche von Kunming im August fort? Und auf der Tagesordnung stehen die Projekte, die damals der Mekong Regionalrat definiert hat?«, unterbrach Lau die Stille.

»Vielleicht!«, warf Feng ein und entnahm einer neben seinem Stuhl stehenden abgewetzten Aktentasche einen Ordner. Mit der alten Tasche, dem billigen Anzug und der Drahtbrille sah er aus wie die Karikatur von Ärmlichkeit, Demut und Bescheidenheit. Umständlich öffnete er den Ordner und überraschte Lau mit den Worten: »Sie haben immer noch nicht das Sicherheitsproblem gelöst. Wie wir erfahren haben, ist dieser Hyde noch nicht eliminiert worden.« Feng nahm den Blick von dem Ordner. Neben ihm saß Wei wie ein kleiner Buddha eingehüllt in dichten Zigarettenrauch. »Solche Details sind nicht unwichtig. Die Kumar-Geschichte wurde zwar effizient erledigt, doch leider nicht diese. Warum nicht, Lau Yen-Chih?« Die Höflichkeit seiner letzten Worte hatte er beleidigend übertrieben.

»Wir *haben* die Sache in der Hand«, antwortete Lau wütend. Nur mit Mühe brachte er seine Empörung unter Kontrolle.

Gönnerhaft fuhr Wei dazwischen: »Wir haben Wichtigeres zu besprechen. Legen wir diese Dinge für den Moment beiseite!« Mit einer Hand hielt er die Landkarte und breitete sie mit der anderen auf dem polierten Konferenztisch vor Lau aus. »Lesen Sie das!«

Laus Magen revoltierte gegen die herablassende Art, mit der ihn die beiden Chinesen behandelten. Er kam sich vor, als hätte er einen vergifteten Trank zu sich genommen. Mit aufgesetzter Gelassenheit lenkte er seine Aufmerksamkeit auf die vor ihm ausgebreitete Karte des Mekong-Gebiets und eine daran geheftete Seite klein geschriebenen Texts. Es dauerte nur einen Moment, bis er den Inhalt verarbeitet hatte. Dort standen die kaum veränderten Vorschläge, die er und die chinesische Delegation bereits auf der Kunming-Konferenz im August vorgelegt hatten.

»Ich bin geehrt, General Wei, dass meine Vorschläge so gut aufgenommen worden sind.«

»Ja, obwohl Sie damals das Gegenteil angenommen haben«, erwiderte Wei lachend. »Es ist das Vorrecht der Weisheit, schließlich gehört zu werden.«

»Manchmal gewiss.«

Lau ließ das Blatt wieder auf die Landkarte fallen. Die Zusammenfassung seiner eigenen Vorschläge, nämlich den Mekong in Asiens Donau zu verwandeln, lagen hier wie die allerhöchste Versuchung vor ihm auf dem Tisch. Und wie alle Versuchungen von kosmischen Proportionen spiegelten sie die eigenen Bilder und Vorstellungen eingebettet in seine Worte wider. Die vor ihm ausgebreiteten Projekte machten ihn atemlos, doch gleichzeitig erfasste ihn ein kalter Schauder bei dem Gedanken, was er dafür geben müsste. Die alternden Generäle aus Jünan hatten ihn zum Altar geführt und zeigten ihm jetzt alle Königreiche dieser Erde. Winterborne Holdings, Straits Royal, AsiaConstruct – monopolartig könnte *jede* Tochtergesellschaft der Holding die Mekong-Region wie eine einfallende Armee überrennen.

Im Gegenzug würde die Straits Royal Gruppe und AsiaConstruct zu einer riesiger Geldwaschanlage für die chinesischen Heroinprofite werden. Alles liefe auf ein Tauschgeschäft hinaus. Winterborne Holdings würde in Heroin bezahlt werden und das Rauschgift dann seinerseits in Europa und Amerika verkaufen. Im Endeffekt ging das ganze *Geschäft* um Heroin.

In Wirklichkeit war dies hier weder eine Aufsichtsratssitzung noch eine Geschäftsverhandlung. Es handelte sich schlicht um die erste formelle Verhandlung einer Firmenübernahme. Ließe er sich auf ihre Vorschläge ein, würde er bald völlig von ihnen abhängig werden. Er *war* es bereits, denn sie konnten Straits Royal und ihn morgen auffliegen lassen, selbst wenn es ihre Verteil- und Geldwaschoperation für eineinhalb oder vielleicht zwei Jahre unterbrechen würde. Sie würden mit der Zeit andere Wege finden, während er wie sein Cousin ins Gefängnis wandern würde, nur für sehr viel länger.

In ihrer typisch chinesischen Differenziertheit waren

Feng und Wei ihm gegenüber durchaus generös, und als Chinesen erwarteten sie von ihm dafür Entgegenkommen.

Lau unterdrückte einen erneuten Wutanfall, der seine Kehle zuzuschnüren drohte. *Später*, wenn er es sich leisten konnte, würde er seinem Ärger freien Lauf lassen.

Er schaute hinüber zu Wei und sagte: »Ich bin sehr überrascht.« Wei nickte. Laus indirekter Ausdruck von Dankbarkeit schien für ihn akzeptabel zu sein. »Das hier läuft auf sehr umfangreiche und riskante Investitionen hinaus und wird Winterborne Holdings für die nächste Dekade beschäftigen.«

»Mindestens.«

»Ja, mindestens«, stimmte Lau zu und spürte die Gier der anderen Männer am Tisch. »Dazu benötigen wir eine Investitionshilfe für die wichtigsten Projekte, die von der Asiatischen Entwicklungsbank bereits definiert wurden, von mindestens ...«

»... zehn Prozent«, warf Feng ein.

»Zwanzig Prozent, General Wei«, entgegnete Lau. Acht, vielleicht zehn *Milliarden* Dollar wäre die Investititionssumme, die überwiegend durch die gewaschenen Heroinprofite aufgebracht werden müsste. Bezogen auf diesen Anteil wären die anfallenden Gewinne bei der Realisierung der Projekte wie den Wasserkraftwerken, den Straßen und Eisenbahnen, den Fabriken und der Ausbeutung von Bodenschätzen vielleicht drei- bis viermal so hoch. Insgesamt ging es also um ungefähr vierzig Milliarden Dollar.

Glaubte man den CIA-Berichten, so entspräche das den Gewinnen der 999-Unternehmensgruppe vom letzten Fiskaljahr. Er überlegte, ob Wei ebenfalls diese Rechnung für sich aufgestellt hatte ...

Wei begann zu lachen, und Lau wusste, dass er es getan hatte. Wenn man es richtig anpacken würde, könnte die Übernahme zu einer Partnerschaft werden. Lau erwiderte das Lachen mit einen höflichen und unterwürfigen Lächeln.

»Danke für Ihren Rückruf, Peter.«

Marian lehnte ihre Aktenmappe und die Sporttasche gegen ihr Schienbein. Während sie in einer Hand das Telefon hielt, steckte sie mit der anderen den Schlüssel ins Sicherheitsschloss der Haustür. Dabei baumelte ihre Handtasche von der Schulter und erschwerte ihr zusätzlich das Öffnen, während ihr am Handy Peter Grainger einen Gesprächstermin für den folgenden Nachmittag anbot.

»Gegen drei, passt Ihnen das?«

»In Ihrer Wohnung oder in meiner?«, lachte sie frech.

»Ich denke, in Ihrem Büro, Marian, oder wenn das Wetter mitspielt, auf der Terrasse?«

»Und wenn es regnet, in der Kirche! Bis morgen, Peter, und auf Wiedersehen!«

Marian schaute die kleine Straße hinunter, die zum Münster hinaufführte, und ließ das Handy wieder in die Handtasche fallen. Der Schatten der nahen Kathedrale wurde etwas durch den Widerschein der vielen Laternen um den Weiher aufgehellt. Die Gemeinde musste wohl in letzter Zeit eine kleine Erbschaft erhalten haben. Die drei Turmspitzen reckten sich tapfer gegen die blassen orangefarbenen Wolken, die von dem an der Grenze zu ihrem Wahlkreis gelegenen Neubaugebiet erleuchtet wurden. Von einem Hügel blickte die Kathedrale auf die Stadt hinunter, die sich in den letzten Jahren wie ein brünstiger Frosch aufgeblasen hatte.

Marian zog den Schlüssel aus dem Schloss und bereitete sich darauf vor, die Alarmanlage auszuschalten. Seit nun einem Jahr überkam sie jedes Mal für einen Augenblick ein Anflug von Angst und Panik, wenn sie ihre Wohnung im Wahlkreis betrat. Die Erinnerung an das Feuer und den damit verbundenen Versuch, sie hier zu töten, schoss ihr dann stets durch den Kopf. Inzwischen hatte sie das Apartment renovieren lassen und neu eingerichtet. Endlich hatte sie die Haustür geöffnet und schleppte ihre Taschen hinein.

Drinnen herrschte Stille. Kein pfeifender Ton der Alarmanlage begrüßte sie. Verwirrt, fast verängstigt stand sie an der Treppe des kleinen Reihenhauses. *Idiot, wieder vergessen, die Anlage einzuschalten*. Und das nicht zum ersten Mal, obwohl zurzeit niemand außer ihr hier wohnte. Das Paar im Erdgeschoss war gerade auf einer Safari in Afrika, die mehr an Meryl Streep und Robert Redford erinnerte als an Richard Attenborough oder den *National Geographic*. Es waren angenehme Leute mit einem neuen BMW und Ansprüchen, die stets auf dem neuesten Stand waren. Marian fühlte sich durch sie nicht gestört. Doch auch sie vergaßen von Zeit zu Zeit, die Alarmanlage einzuschalten.

Es gab keine separaten Eingänge zu den beiden Wohnungen und keine wirkliche Abgeschlossenheit zwischen den beiden Stockwerken. Langsam ging sie die steile Treppe hinauf zu ihrer Wohnung, wobei ihre Schritte die Topfpflanze auf einem wackligen Tisch zum Klirren brachten. Die Stille in dem alten Haus war jetzt bedrückend, und sie versuchte, dieses unangenehme Gefühl auf den letzten Stufen zu ihrem Territorium abzuschütteln. Das Licht der Straßenlaternen schien durch das Flurfenster und ließ die breiten Blätter der Schildblume wie angstvoll winkende Arme erscheinen. Sie hörte ihren eigenen, schweren Atem und sah an der Decke die Lichter eines vorbeifahrenden Autos entlang huschen.

Einem Messingstab gleich bemerkte sie das Licht unter dem Türspalt zu ihrem Wohnzimmer. Marian hörte den tiefen Klang, als sie ihre Handtasche und die Aktenmappe auf den Boden fallen ließ; sie sah, wie sich die Tür öffnete und in dem Lichtschein der Umriss einer großen, kräftigen Gestalt mit maskiertem Gesicht auftauchte; fühlte das Material seines Anoraks in ihren Fingern und die Muskeln seines Unterarms und seiner Schultern; spürte den Schlag auf ihrer Stirn und Schläfe und den Schmerz ... sie hatte nur noch eine verschwommene Wahrnehmung. Mit den Fingernägeln kratzte sie an etwas, das Haut hätte sein können. Das Fenster hing halb in den Angeln, als wäre das gesamte Gebäude von einer Bombe getroffen worden. Wieder spürte sie den Schmerz eines Fausthiebs von einem schwarzbetuchten Arm. Sie taumelte durch die offene Tür und sah die zertrümmerten Möbel, das Chaos in ihren Unterlagen und einen umgestürzten Blumentopf, dessen schwarzer Humus wie Blutflecken auf dem blassgrünen Teppich aussahen.

Marian sah alles in pulsierendem Licht. Dann verschwand der Raum in einer Wolke von Dunkelheit, die immer größer wurde und schließlich alles umfasste.

»Geht es dir gut?«, fragte Hyde, der an einer Autobahnraststätte parkte. Er stand neben dem Ford und telefonierte mit Ros in Singapur. Durch die pappigen Reste eines gerade verschlungenen Sandwichs klang seine Stimme gedämpft: »Ist es nett bei dir? Was macht der Jetlag?«

»Mir geht es gut«, antwortete sie mit der Ungeduld eines Kindes, das sich der Sorge seiner Eltern schämt. »Obwohl ich hier in einem fremden Land bin, hat bisher niemand versucht, mich auszurauben, zu entführen oder zu verhaften!«, machte sie sich über ihn lustig. »Manchmal bist du wirklich wie ein altes Weib, Hyde. In einer halben Stunde habe ich ein Treffen. Verzeih, aber ich muss jetzt los. Mir geht es wirklich *gut*.«

Hyde konnte ihr nichts sagen. Er starrte in den windigen Abend und sah dem Fluss der Scheinwerfer auf der Autobahn nach. Er fühlte sich hilflos und war darüber selbst erregt. Vielleicht war es doch unwahrscheinlich, dass irgendjemand ihn mit der Frau, die in Sydney die Designfirma leitete, in Verbindung bringen würde.

»Hör zu, Liebster, am Nachmittag werden wir alle zu der Ferienanlage fliegen.«

Er wollte sie nochmals warnen, unterließ es aber dann doch, um ihren Spott nicht noch mehr herauszufordern.

»Hyde, ich habe das Gefühl, wir sind zu *dritt*. Für mich ist das hier eine reine Geschäftsreise.«

»Schon in Ordnung, Ros.«

»Lass uns in Kontakt bleiben, Schatz, und erzähl mir lieber, was du so treibst.«

In ihrer Stimme meinte er Anzeichen von Misstrauen wahrgenommen zu haben, das er mit seinem andauernden Gefühl in Verbindung brachte, eines schönen Tages einfach davonzugehen und sie zurückzulassen. Irgendwie spürte sie das wohl, denn seine Rückkehr nach London empfand sie wie die Rückkehr in eine Stadt, in der die Geliebte wohnte.

»Ich habe hier nicht viel zu tun. Aubrey kann mir kaum weiterhelfen.«

»Also wirst du bald wieder nach Australien zurückkommen?«

»Ja, ich denke schon. Ich glaube nicht, dass die Sache noch länger dauern wird. Außerdem beginnt sie, mich zu langweilen«, gestand er ihr und vermied dabei jede Andeutung, dass er selbst Ziel von Mordanschlägen war.

Ihre Stimme hellte sich sofort wieder auf, und sie antwortete erleichtert: »Gut. Ich muss mich jetzt wirklich sputen, ich hab dich lieb.« Um einem möglichen Schweigen am anderen Ende der Leitung zuvorzukommen, versicherte Ros ihm stets ihre Zuneigung.

»Ich dich auch, und alles Gute«, beendete er das Gespräch und schaltete das Handy aus.

Wie konnte er Ros nur vor möglichen Gefahren warnen, ohne ihr seine eigene Situation zu erläutern und sie damit in Panik zu versetzen? Seit sie zurück nach Australien gezogen waren, erschien ihm die Beziehung wie das Hüpfen auf Zehenspitzen über aneinander gereihte Felsblöcke in einem Fluss voller Krokodile. Solange er bei ihr blieb und sich mit nicht zu gefährlichen Aufgaben beschäftigte, tummelten sich in diesem Fluss lediglich harmlose Fische. Doch die Verlassenheitsängste, das Auf und Ab seiner Stimmungen, Frustration und Langeweile empfand er wie die aufgerissenen, mit scharfen Zähnen besetzten Mäuler dieser Krokodile. Hyde hatte bisher nie seinen beruflichen Hintergrund vor Ros verborgen, noch die jeweiligen Operationen und die damit verbundenen Gefahren verhehlt. Jetzt aber war es das erste Mal, dass er unsicher über ihre Reaktion war. Die Gefahr, in der er selbst schwebte, spielte er vor ihr herunter, konnte er ihr doch nicht die Situation klar machen, in der sie selbst jetzt steckte.

Er stand immer noch in der staubigen, grell erleuchteten Betonwüste der Autobahnraststätte und wählte verärgert Aubreys Nummer. Diese plötzlich wieder auftauchenden Sorgen um Ros erinnerten ihn an Marian Pyott und daran, wie Alder das Haus von Ralph Lau am Eaton Square verlassen hatte. Auch Marian war in Gefahr, doch wenn er ihr davon erzählte, würde sie wie Ros seine Warnungen beiseite wischen, nur die sonnige Seite und nicht den Schatten sehen, in den sie einzutauchen drohte. Sie würde Alder direkt darauf ansprechen, und er würde ihr nur erzählen, dass alles Zufall gewesen sei und nichts zu bedeuten hätte. Damit würde er der Gegenseite wichtige Informationen zuspielen.

»Aubrey.«

»Ich bin es«, bemühte er sich um einen ruhigen Ton. »Wie war Ihr Mittagessen?«

Aubreys vergnügtes Lachen verärgerte Hyde.

»Alex lässt Ihnen seine unsterblichen Liebesgrüße ausrichten.«

»Und was hatte der alte Schwerenöter sonst noch mitzuteilen?«, witzelte Hyde jetzt, da er Davenhill mochte und respektierte. Er hielt ihn für fast so clever wie Aubrey, aber eben auch nur *fast*!

»Wir sprachen meist nur über die generelle politische Situation. Die Winterborne-Firmen genießen einen bevorzugten Status in Asien. Sie machen große Profite dort, was doch zurzeit eigentlich unmöglich sein sollte. Im Gegensatz zur allgemeinen wirtschaftlichen Lage der ganzen Region gewinnen sie insbesondere in Burma viele Aufträge zum Ausbau der Infrastruktur des Landes. Das geht wohl nur, meint Davenhill, über sehr große illegale Geldtransaktionen. Vielleicht bedeutet es sogar Schmuggel. Ihm lagen jedoch keine verwertbaren Anhaltspunkte für ein Fehlverhalten vor.«

»All das sind nur Hintergrundinformationen! Aber was soll ich jetzt *tun*?« Hyde spürte den nervösen und anklagenden Unterton in seiner Stimme und wusste, dass Aubrey es bemerken würde. Mit ruhigerer Stimme fuhr er fort: »Was nutzt mir das alles in einer unübersichtlichen Angelegenheit wie dieser?«

Eine fieberhafte Unruhe hatte ihn jetzt erfasst. Nur ein kleiner Schritt trennte ihn von dem Gefühl, dass er aus dieser Sache nicht mehr heil herauskommen, sie nicht überleben würde. Wie ein wütender und verletzter Hund schüttelte er den Kopf. Mit der nervösen Unruhe, die ihn am Eaton Square erfasst hatte, konnte er gut umgehen. Dort war er der Beobachter und hatte alles unter Kontrolle. Aber nachdem er mit Ros gesprochen hatte, setzte jetzt die Reaktion auf diese bedrohliche Situation ein.

»Jessop gehört zu Ralph Lau«, begann er. »Ich habe Jessop vom St. Katherine's Dock bis zum Eaton Square verfolgt. Dort gibt es eine Sicherheitsagentur, die zu ...«

»... Winterborne Holdings gehört. Ja, dieser entsetzliche Fraser arbeitete bereits für diese Firma. Jessop also auch? Ich befürchte, dass das alles auf die Straits Royal Gruppe hinweist.«

»Zumindest ist es ein Motiv, warum sie mich aus dem Weg haben wollen, oder?«

»Ja«, seufzte Aubrey.

»Ich mag diese große und unübersichtliche Sache überhaupt nicht. Zumindest nicht ohne jegliche Unterstützung. Wie kann ich die bekommen?«

»Sie müssen sich *zuerst mit* Jessop befassen, Patrick. Hatte er etwas mit dem Tod dieses Kumar zu tun? Dies ist zumindest wahrscheinlich. Jessop muss unser Schlüssel sein.«

»Das hoffe ich, denn zurzeit sehe ich keinen anderen, den ich am Kragen packen könnte.«

»Sammeln Sie genügend Material über Jessop. Dieses Lal-Mädchen spricht doch bald mit Ihnen, oder?« Mit dem Handy am Ohr stieg Hyde wieder in den Wagen, startete den Motor und fummelte an seinem Sicherheitsgurt. »Sie sind doch gerade auf dem Weg zu ihr?«

»Noch ungefähr vierzig Minuten.«

»Konzentrieren Sie sich auf Kumars Aktivitäten direkt vor seinem Tod, seine Kontakte, wen er kannte, wohin er ging. Die letzten vierundzwanzig Stunden, in denen er laut Marian untergetaucht war.«

»Denken Sie, da werde ich noch etwas herausfinden?«

»*Mit Sicherheit,* wenn Jessop dort aufgetaucht war. Versuchen Sie, die letzten Stunden des Jungen zu rekonstruieren.«

»In Ordnung. Und was werden Sie unternehmen?«

»Ich versuche, mehr Hintergrundinformationen über Jessop, seine Partner und seine *Verbindungen* herauszubekommen. Wenn Sie irgendeine Verbindung zwischen Jessop und Lau finden, eine schriftliche Anweisung oder einen Bericht, dann sind Sie in Sicherheit, Patrick.«

»Und bis dahin bin ich es nicht. Richtig?«

»Leider ja, Patrick.«

Hyde war jetzt auf der Einfahrt zur Autobahn. Er gab Gas und zog den Wagen nach rechts auf die mittlere Spur.

»Ich werde noch mal Marian anrufen, um sicherzugehen, dass das Mädchen nachher kommt. Sie müsste jetzt schon dort sein, oder?«

Die versteckt liegenden Städte zu beiden Seiten der Autobahn tauchten mit ihren Lichtern den dunklen Himmel in ein blasses Orange. Wie ein endloses Seil aus Lampen blendeten ihn die Scheinwerfer der südwärts fahrenden Autos.

»Bestimmt. Sie wollte den Nachmittagszug nehmen, wenigstens sagte mir das ihre Mitarbeiterin.«

»Ich werde sie anrufen. Bis später.«

Er wählte die Nummer von Marian Pyotts Apartment. Es wäre Zeitverschwendung und am Ende sogar gefährlich, wenn das indische Mädchen nicht kommen würde. Er musste mit ihr sprechen. Hyde schaute auf die Uhr im Armaturenbrett, während er das Telefon weiter klingeln ließ. Es war bereits acht Uhr, und Marian müsste seit mindestens einer Stunde bereits dort sein. *Nimm ab, Marian.* In einer ihrer wenigen Briefe hatte Marian vor einiger Zeit Ros einen Ausschnitt aus der *Sun* geschickt. Auf der Titelseite dieses Revolverblatts von Rupert Murdoch stand die Geschichte, wie Marian innerhalb von sechs Monaten dreimal beim Schnellfahren erwischt worden war. Sie hatte damals ihren Führerschein verloren und musste seitdem den Zug zu ihrem Wahlkreis nehmen. Er ließ das Handy weiter klingeln.

Entweder hatte sie sich verspätet, oder sie ging nicht dran. Der Anrufbeantworter sprang an, und er hörte ihren Ansagetext. Allerdings war diese Eisenbahnstrecke bekannt für die vielen Verspätungen, und so versuchte er, sich zu beruhigen. Er schaltete das Telefon aus und warf es auf den Beifahrersitz. Hyde misstraute allen Unfällen und den so genannten Zufällen.

Er beschleunigte den Ford auf hundertfünfzig Stundenkilometer. Noch dreißig Minuten, dachte er, dann würde er dort sein.

Als Davids Rolls Royce das Tor zu Cheveney Park passierte und in die kleine Nebenstraße in Richtung London einbog, drehte sich Ralph Lau um und schaute zurück auf das große Landhaus, das sich drohend gegen die Wolken abhob, die sich langsam vor den silbrigen Mond und ferne Sterne schoben. Dabei überkam ihn ein Jauchzen, eine überschwengliche Freude. Den vor ohnmächtiger Wut fast wahnsinnig gewordenen David Winterborne hatte er in der Zelle im ersten Stock des Gefängnisses zurückgelassen. Als spielte er den Verrückten in einem viktorianischen Melodram, war David mit verzerrtem Gesicht und geballten Fäusten in seiner Zelle umhergerannt. Sie hatten dort oben wahrlich kein gesittetes Gespräch miteinander geführt, sondern sich Vorwürfe, Verdächtigungen und zum Schluss saftige Beschimpfungen an den Kopf geworfen. David war geschlagen, und er wusste es. Als spielte er ebenso eine Rolle in diesem Melodram, hatte Lau hoch erhobenen Hauptes vorbei an seinem geschlagenen Cousin und Widersacher das Zimmer verlassen, ohne sich nur einmal nach ihm umzudrehen.

Du kannst es nicht verhindern, David. Du musst meinem Plan folgen, hatte er ihm gesagt. Zuvor hatte er David seine Vorstellungen, die er in einem Ordner mit der Aufschrift *Mekong – Der Goldene Fluss* zusammengefasst hatte, erläutert. Sich seiner absolut sicher, hatte er den Ordner, der während der ganzen Unterredung auf seinen Knien lag, die ganze Zeit zärtlich getätschelt. David hatte seine Pläne von vornherein abgelehnt.

Es war eigentlich nur darum gegangen, David davon zu überzeugen, dass die Chinesen ihn bloßstellen und Winterborne Holdings ruinieren würden, falls er nicht auf seine Vorschläge eingehen würde. Die Ruhe im Raum schien ewig zu währen, und die Energie, mit der er seine Gesichtszüge kontrollieren musste, war dem Stemmen eines Gewichts, das ihn zu erdrücken drohte, vergleichbar gewesen. Dann kollabierte David plötzlich wie ein einstürzendes Gebäude, und alles endete in einem monströsen Anfall von Wut, Drohungen und Hass, den Lau noch genüsslich geschürt hatte.

Abrupt hatte Lau seinen Cousin verlassen, damit dieser sich weiter in seiner Wut suhlen konnte, denn er wollte sofort mit der Arbeit beginnen. Der Aufsichtsratsvorsitzende Clive Winterborne würde ihn unterstützen, wusste er doch nichts von dem Heroin.

Er schaute prüfend auf die Trennscheibe im Wagen, um sich zu vergewissern, dass der Chauffeur ihn nicht hören konnte. Dann griff er nach dem Telefon und legte den Ordner auf den Sitz neben sich. Schon vor Monaten, noch vor seiner misslungenen Reise nach Kunming, hatte er all das Material und die Projektpläne zusammengefasst. Er hatte sich damals wie ein angehender Schriftsteller gefühlt, der sein Manuskript, das zwar keine Chance hatte, jemals veröffentlicht zu werden, trotzdem mit Argusaugen bewacht hatte. Jetzt war es nur noch David, der sein Werk ablehnte.

Lau wartete, bis jemand den Anruf entgegennahm. Seine beiden engsten Mitarbeiter, die ihm damals geholfen hatten, diesen Ordner zusammenzustellen, hatte er zu einer dringenden Besprechung zum Eaton Square bestellt. Er erwartete, dass das heutige Treffen die Nacht durch und bis in den frühen Morgen hinein dauern würde. Bei dem Gedanken an einen außer sich vor Wut geratenen David, der noch dazu von einem Fliegenschwarm geplagt wurde, musste Lau grinsen.

»Lau.«

»Sir, fast alle sind bereits hier. Mit wem wollen Sie sprechen?«

»Geben Sie mir Ludwig Fischer.« Lau zögerte einen Moment, als wäre ausgerechnet eine dieser Fliegen, die es auf David abgesehen hatten, irgendwie in den Rolls gelangt und schwirrte jetzt um sein Gesicht. »Nein, warten Sie. Ich muss zuerst noch andere Telefonate erledigen.« Er legte den Hörer des Autotelefons wieder auf. Seine Hand war zittrig und kalt, nachdem er den Hörer losgelassen hatte.

Als der Rolls in die Hauptstraße einbog, sah er ein Straßenschild, das die Entfernung zur Autobahn anzeigte, während die Scheinwerfer des entgegenkommenden Verkehrs ihn regelrecht zu inspizieren schienen. Die Bilder des Treffens in der burmesischen Botschaft, von dem er direkt zu David aufgebrochen war, holten ihn wieder ein. Eingehüllt in Zigarettenqualm erinnerten ihn jetzt die Gesichtszüge von General Wei mit seinen schweren Augenlidern und seiner krächzenden Rabenstimme an die fortwährende Existenz von Hyde. Als hätte man ihn wie einen Diener beauftragt, Hundekot von den Treppen der Botschaft zu entfernen! Er war einfach *gezwungen*, sich um diese Nebensächlichkeit zu kümmern. Sie war im Moment von größerer Bedeutung als das ganze Mekong-Projekt! Neben diesem chinesischen General in seinem billigen Anzug kam er sich wie der letzte Rekrut der Volksbefreiungsarmee vor. Dieser kleine, versteinert dreinblickende und in Rauch eingehüllte Buddha, der ihn über den Tisch entgeistert anstarrte, als er es wagte, Bedenken zu äußern.

Laus Hand glitt immer wieder über das in der Armlehne eingelassene Telefon. Solange er Hyde nicht losgeworden war, würde er Weis Diener bleiben. Er überraschte sich selbst dabei, wie er seine knochige Hand gegen den Kiefer presste. Dieser verdammte Jessop sollte Hyde schon längst beseitigt haben. Entschlossen schnappte er sich den Hörer und wählte Jessops Nummer.

Sofort fuhr er ihn an: »Sparen Sie sich die Mühe, mir zu erzählen, was Sie machen oder wo Sie sich aufhalten. Schaffen Sie mir diesen Hyde noch heute vom Hals, haben Sie mich verstanden? Heute Nacht! Und *keine* weiteren Fehler!«

Er knallte den Hörer auf die Armlehne und streckte sich in seinem Sitz zurück. Langsam beruhigten ihn die ständig vorbeihuschenden Lichter der Autobahnbeleuchtung, und er konnte sich wieder auf die Banken, die Kredite und Investitionen, auf die Gemeinschaftsunternehmen, die beteiligten Individuen und Regierungen, auf all die künftigen Treffen und Gespräche konzentrieren. Er benötigte die britischen und amerikanischen Tochterfirmen von Winterborne Holdings, um genügend Kredite aufnehmen zu können und das Risiko zu streuen. Die Ferienanlagen, die Kasinos und die Bauprojekte würden das schmutzige Geld schlucken und es auf der anderen Seite der Erdkugel erfolgreich waschen.

Lau fühlte sich jetzt ruhig und war befriedigt wie nach einem Sexualakt. Entspannt ließ er in seiner Fantasie alle Projekte des Goldenen Flusses vorüberziehen. Hyde war bereits aus seinem Bewusstsein verschwunden. Um diese Sache kümmerten sich nun andere.

»Nein, es geht ihr gut.« Hyde saß im Lotussitz auf dem Teppich und beobachtete Marian, die beflissen alle Hinweise auf den Einbruch in ihrer Wohnung beseitigte. »Ja, es fehlen ein paar Sachen. Nein, es war kein Gelegenheitseinbruch.« Bei diesen Worten schüttelte Marian heftig mit dem Kopf, während sie noch auf dem Boden kniete und die Erde aus dem umgestürzten Blumentopf vom Teppich entfernte. »Ja, da bin ich mir sicher«, fügte er hinzu. »Nein, das werde ich. Nein, das Mädchen ist noch nicht hier. Sie soll jeden Augenblick kommen. Gut, auf Wiedersehen.« Er schaltete sein Handy aus. Mit den Händen auf den Knien sah er wie ein Abbild Siddharthas aus. Die Haare hingen Marian vor ihr geneigtes Gesicht und verdeckten die gerötete Haut und die aufgeplatzte Lippe. Da Blutflecken auf ihrem Pullover gewesen waren, hatte sie sich inzwischen umgezogen und trug eine cremefarbene Bluse und eine schwarze Trainingshose. Marian war wütend und atmete erregt.

»Er ist erleichtert«, begann er. »Er hat aber keine Ahnung, warum ausgerechnet jetzt jemand an Ihnen interessiert sein sollte.«

Der Arzt war ein behäbiger Schotte gewesen. Er hatte Marians Beteuerungen akzeptiert, dass sie die Polizei rufen würde. Nachdem er sie untersucht hatte, waren sie ein wenig über Europa und den nationalen Gesundheitsdienst ins

Gespräch gekommen. Die örtliche Polizei hatte sie natürlich *nicht* informiert.

»Ich *verstehe* nicht, warum Sie so sicher sind, dass es kein gewöhnlicher Einbruch war. Solche Dinge passieren eben in der realen Welt.« Ohne aufzuschauen, drückte sie ein Handtuch auf den Teppich, um das Putzwasser aufzusaugen.

»Es war kein Zufall. Sehen Sie sich doch an, was gestohlen wurde«, antwortete er ungeduldig.

»Laptops werden laufend geklaut«, keuchte sie. »Mit der Kleinkriminalität scheinen Sie nicht sehr vertraut zu sein, oder?«

»Und der Fernseher mit dem Videogerät ist auch verschwunden«, seufzte er amüsiert. »Ich kann genau *erkennen*, wonach sie gesucht haben. Die Disketten und all Ihre anderen Unterlagen sind ebenfalls weg.«

»Die sind wieder verwendbar.« Langsam schien sie doch ihre Zuversicht zu verlieren. Vielleicht wurde sie einfach auch nur müde, und ihrem Motor ging das Benzin aus. Er bemerkte ein Zittern in ihrem Arm, während sie das Handtuch auf den Teppich drückte. Verspätet setzte jetzt die Schockreaktion ein.

»Befreunden Sie sich langsam mit dem Gedanken, dass man Sie entführt und über die Grenze in ein anderes Land gebracht hat. Dorthin, wo *ich* lebe.«

Marian strich sich das Haar aus dem Gesicht und schaute ihn mit tränenfeuchten Augen an. Was hier passiert war, sah in der Tat nicht nach einem professionellen Job aus. Wäre es einer gewesen, würde anstelle einer verängstigten und zornigen Frau vor ihm ein starrer Körper auf dem Boden liegen.

»Ich weigere mich einfach, das zu glauben!« Behutsam drehte sie sich um und setzte sich mit dem Rücken an das Sofa gelehnt auf den Boden. »Ich habe mit Ihrem merkwürdigen Leben nichts zu schaffen«, entgegnete sie beharrlich.

»Sie sind immer noch auf der anderen Seite der Grenze«, murmelte er vor sich hin. »Sie haben Interesse an Kumars Schicksal gezeigt. Das reicht bereits, die Burschen in Alarm zu versetzen. Ich *mag* es überhaupt nicht, dass Sie die Aufmerksamkeit auf sich gelenkt haben. Doch nun ist es schon passiert.«

»Hier in der Wohnung habe ich nichts über Kumar, und auch sonst *weiß* ich nichts über diesen Jungen«, erwiderte Marian.

»Warum strecken Sie mir nicht einfach die Zunge heraus und vervollständigen damit das Bild eines trotzigen Kindes?«, fragte er grinsend und strich sich dabei amüsiert durchs Haar. »Der alte Mann glaubt mir, und *ich* hege keinerlei Zweifel. Warum, verdammt noch mal, glauben Sie mir nicht?« Das war die falsche Frage, und beschwichtigend fügte er hinzu: »Neben Ros sind Sie die eigensinnigste Frau, die ich kenne.«

»Was hat der Kerl gesucht? Was soll das alles?«, stammelte Marian. Der Ausdruck in ihren Augen zeigte, dass sie jetzt seine Worte ernster nahm. Ihre Hände umfassten ihre Oberarme, die sie fest vor ihrer Brust verschränkte. Wie ein unter Entzugserscheinungen leidender Drogensüchtiger zitterte sie am ganzen Körper. Fassungslos schaute sie über seinen Kopf hinweg ins Leere.

Der Zustand dauerte nur wenige Sekunden, dann räusperte sie sich und erklärte ihm: »Verzeihen Sie, das ist ein alter Albtraum von mir.«

»Sie haben Angst davor, wer daran beteiligt sein könnte?«

Sie nickte und gab dann zu:« Ja. Vielleicht ist es auch der verspätet einsetzende Schock. Der Arzt hatte mich davor gewarnt.«

»Gut – der Schock.« Doch es war nicht gut. Was damals in Brüssel wie ein Unfall aussehen sollte, war laut Aubrey der Versuch von David Winterborne, sie zu ermorden. Die alten Geister erhoben sich wieder. Hyde schaute auf die Uhr. »Es ist neun Uhr. Sie haben ihr doch Bescheid gesagt, oder?«

»Ja. Verzeihen Sie.« Marian schien sich ihm anvertrauen zu wollen, doch in ihren Zügen bemerkte er wieder diese unterschwellige Geringschätzung, mit der sie ihn immer dann betrachtete, wenn er ihr mit seiner Welt zu nahe kam. Als bräuchte sie eine Anstandsdame, hatte Marian es immer vorgezogen, sich mit ihm in Gegenwart von Ros zu treffen. »Sie wissen, wer dahinter steckt, nicht wahr?«, zwang sie sich beinahe zu fragen. »Aber was sollte dieses ganze Theater, nur um Rabindur Lal einzuschüchtern? Er kann doch kaum wichtig für irgendjemand gewesen sein?«

»Er nicht, aber seine Tochter.«

»Ist sie denn auch in Gefahr?«

»Wenn sie mir alles sagt, was sie weiß und ich diese Informationen verwerten kann, dann nicht. Und solange sie sich von Ihnen fern hält – und Sie sich von ihr.« Sie nickte und schüttelte dann plötzlich den Kopf, als wolle sie die beunruhigenden Gedanken wieder loswerden. »Gut«, fuhr er fort und ignorierte ihre offensichtliche Verwirrung. »Bringt sie wenigstens eine Currywurst mit? Ich verhungere allmählich.«

Marian lächelte flüchtig.

»Was wollen Sie von ihr wissen?«

»Ich brauche irgendeinen Anhaltspunkt, mit dem ich etwas anfangen kann.« Er streckte die Hände von sich, als wolle er prüfen, ob sie zitterten. »Es muss zu einem Tauschgeschäft kommen, so etwas wie Erpressung.«

»Wenn Sie etwas in der Hand gegen sie hätten, würden Sie *uns* dann in Frieden lassen?«

»Ja«, antwortete er und lächelte. »Wir werden uns gegenseitig doch nicht wehtun. Es läuft so ab wie in der Politik.«

Das unvermittelte Klingeln an der Tür erschreckte Marian wie ein plötzliches Quietschen von Reifen draußen auf der Straße.

»Syeeda!«, platzte sie heraus und sprang auf die Füße. »Erzählen Sie ihr nichts«, sagte sie und deutete auf die Unordnung im Zimmer. Hyde schüttelte mit dem Kopf und stand ebenfalls auf. »Ach, und stellen Sie bitte den Herd an und versuchen Sie bitte, nicht so einschüchternd auszuschauen!« Damit verließ sie das Zimmer und ging hinunter zur Haustür. »Syeeda! Kommen Sie herein ... ah, das riecht sehr gut!« Hyde lauschte dem Rollenspiel eines vollendeten Politikers. »O nein, wir hatten einen Einbrecher hier. Ich hatte ihn überrascht. Nichts Ernstes, ich brauche nur etwas Make-up!«

Hyde kam gerade wieder ins Wohnzimmer, während Marian das indische Mädchen hereinführte. Syeeda schien nach Anzeichen des Einbruchs und der Zerstörung zu suchen, als suchte sie Kumars toten Körper. Trauer und Schmerz hatten deutliche Spuren um ihre Augen und in ihrer Körperhaltung hinterlassen.

Er ging auf sie zu, nahm ihr die Plastiktüten ab und begrüßte sie freundlich. »Ich bin Patrick Hyde. Ich stell das eben in die Bratröhre.«

Er ging zurück in die kleine, neu eingerichtete Küche. Das Geschirr sowie die Pfannen und Töpfe standen in offenen Glasregalen. Während er die in Alufolie verpackten Kartons in die Bratröhre schob, hörte er Marians flötende Stimme im Nebenzimmer. Mit Syeeda Lal könnte er vielleicht in einem weniger offiziellen Ton reden. Nebenan versuchte Marian das Mädchen aufzulockern und eine vertrauensvolle Atmosphäre zu schaffen.

Von der Küche rief er: »Will jemand etwas zu trinken haben?« Seine Anwesenheit oder ihr eigenes schlechtes Gewissen schien das indische Mädchen so nervös zu machen, dass sie wie ein gespannter Bogen zurückschnellte. Auf seine Frage hin schüttelt sie nur den Kopf.

»Im Eisschrank steht eine Flasche Chardonnay«, antwortete Marian. »Der Korkenzieher ist im linken Schubfach.«

Er kam mit zwei gefüllten Gläsern zurück ins Wohnzimmer, zögerte für einen Moment und sagte dann: »Was mit Medhev passiert ist, tut mir sehr Leid, Miss Lal. Marian erzählte mir, dass Sie ihn sehr gut kannten.«

Ihre großen dunklen Augen füllten sich mit Tränen, bevor sie unvermittelt aufsprang. »Ich hole die Teller und das Besteck, Marian. Lassen Sie nur, ich finde mich schon zurecht!«, rief sie und rannte in die Küche. Hyde gab Marian ein Glas, zuckte ratlos mit den Achseln und hörte kurz darauf das Klappern von Geschirr.

»Wie geht es Ihrem Vater, Syeeda?«

»Er ist sehr verärgert«, kam die Antwort. »Verärgert über Medhev«, folgte in heiserem, schuldbewusstem Tonfall. Dann fügte sie mit krächzender Stimme hinzu: »Er war wirklich sehr verängstigt, denn er fühlte sich wie ein von der Polizei aufgegriffener illegaler Einwanderer! Ich sollte wirklich nicht hier sein.« Marian stand auf und deckte den Mahagonitisch, der den kleinen Erker fast vollständig ausfüllte. »Ich musste ihm versprechen, Medhev nie mehr in seiner Gegenwart zu erwähnen. Er war meinetwegen noch nie so verärgert, niemals zuvor.«

Hyde war es peinlich, als die Essensgerüche in seine Nase stiegen und seinen Magen deutlich vernehmbar zum Knurren brachten. Syeedas Gesichtszüge waren freundlich und unbeteiligt wie die einer Kellnerin, als sie die Teller und Schüsseln ins Zimmer brachte und auf den Tisch stellte. Schweigend setzten sie sich an den Tisch, während sie die Speisen auf die Teller legte. Hyde füllte das Glas mit Wein, das Marian für Syeeda hingestellt hatte.

Für etwa fünf Minuten aßen sie, ohne ein Wort miteinander zu wechseln, dann fragte Syeeda plötzlich: »Sind Sie auch ein Polizist, Mr. Hyde?«

»Medhev Kumar hat mich nie erwähnt?« Sie schüttelte den Kopf. »Nicht ganz. Es war nicht die Polizei, mit der Ihr Vater Ärger hatte. Können Sie mir die Männer beschreiben, die ihn verhört haben?«

Sie war überrascht, begann aber sofort zu sprechen. Es waren zwei gewesen, doch keiner von ihnen passte zu Jessops Beschreibung. Ihre *Manieren*, die Arroganz, die heimliche Belustigung und ihr Vergnügen an der Unterwürfigkeit der anderen ließ allerdings auf Jessops Leute schließen.

»Ich danke ihnen, Syeeda.« Sie hatte nichts dagegen, dass er sie mit dem Vornamen ansprach. »Gut, können Sie mir etwas über Medhev erzählen? Er war seit einigen Monaten in England. Sie haben sich sicher sehr geliebt …« Marian schien seine Direktheit nicht zu mögen, aber er wusste, wie er Syeedas Erinnerungsvermögen anzapfen konnte.

»Er war nicht drogenabhängig!«

»Nein, das weiß ich, Syeeda.« Hyde fühlte, wie ihre Sehnsucht und ihr Zorn jetzt auf ihm lastete. Erst später konnte er mit ihr über sein Verhältnis zu Kumar sprechen. »Welche Gründe hatte die Polizei, das anzunehmen? Und haben Sie eine Vorstellung, warum sie sich dermaßen irren konnten?«

Syeeda schüttelte heftig den Kopf und platzte heraus: »Sie haben halt einen Fehler gemacht!«

»Ich weiß ... es war Mord.« Marians Atem klang laut in der plötzlichen Stille des Raums. Als spräche er über das Wetter, aß Hyde ungerührt weiter an seinem Biriani und ließ die Worte wirken. Marian legte ihre blasse Hand auf die des Mädchens, das wieder zu schluchzen anfing. Marian atmete dabei schwer.

»Danke«, hörte er nach einer Weile und schaute auf.

»Verzeihen Sie, aber es gibt keine andere Erklärung dafür.«

»Wer... *Warum*?«

Bedächtig und etwas überschwänglich beschrieb Hyde Kumars Rolle bei den Ermittlungen in Singapur. Als er seine Verdächtigungen gegenüber Straits Royal erwähnte, schien der Name der Hotelgruppe Syeeda wie ein Schlag zu treffen.

»Das New Midland!«, platzte es aus ihr heraus.

»Ja, das hatte ich ganz vergessen«, warf Marian ein. In der Stadt gibt es ein neues Straits Royal Hotel, das gerade eröffnet wurde. Was ist damit, Syeeda?«

»Medhev hatte Freunde dort – auch aus Burma.« Sie schien von Hydes eindringlichem Interesse überrascht zu sein und zögerte. Er richtete die Augen wieder auf seinen Teller und fragte betont unbeteiligt: »Fahren Sie fort. Freunde, sagten Sie?«

»Ja. Würden Sie vielleicht einige Namen aus Singapur kennen?«

»Das wäre wohl mehr als ein Zufall«, brummte er. »Können Sie sich denn an Namen erinnern?«

»Ich glaube, einer hieß Win. Ich habe ihn jedoch nie getroffen. Win arbeitete in der Küche im New Midland. Abwaschen und sauber machen.«

»Das ist immerhin ein Anfang. Warum war Kumar an dem Tag zu Hause, als er starb, und am Tag zuvor? War er krank?«

»Er sagte es mir zumindest am Telefon, aber ich weiß es nicht.« Tränen traten wieder in ihre Augen, als würde sie sich plötzlich der unendlichen Distanz zu ihm gewahr. Hatte es einen Streit zwischen den beiden gegeben?

»Diesen Zeitraum müssen Sie mir noch genauer beschreiben«, fuhr er fort. »Sie waren in seiner Wohnung. Haben Sie etwas mitgenommen?«

»Nur ein paar persönliche Dinge«, antwortete sie und gestikulierte dabei mit der Gabel in der Hand. »Von dem Zeitungsausschnitt habe ich Marian bereits erzählt.«

»Da ist nichts dran«, warf Marian abweisend ein. »Ich habe Clive gefragt, und er konnte es sich nicht erklären. Er erhielt einen Anruf, aber Medhev hatte nicht gesagt, warum er ihn sehen wollte.«

»Clive Winterborne?«

»In der Lokalzeitung war ein Foto von ihm«, erklärte Syeeda, nahm ihre Handtasche vom Boden und langte mit ihren Fingern hinein. »Ich habe es zusammen mit dem Wohnungsschlüssel mitgebracht.«

»Danke.« Hyde nahm die Schlüssel und den Zeitungsausschnitt, der mehrmals gefaltet war. Gespannt faltete er ihn auseinander.

Das Foto zeigte Clive Winterborne bei einem Wohltätigkeitsdinner, wie er wohl situierten Damen und Herren Geld für gute Zwecke aus der Tasche zu ziehen versuchte. Einige andere Gesichter am Kopfende des Tisches, ein großer Mann mit strahlendem Gesicht und Bürgermeisterkette, eine Frau mit byzantinischer Frisur und der Kongressabgeordnete Robert Alder.

»Wie ich sehe, nahm Ihr amerikanischer Freund auch daran teil«, bemerkte er trocken.

»Ja, gut sieht er aus, nicht wahr?« Sofort fühlte sich Marian von dem eigenen Witz in Syeedas Gegenwart peinlich berührt. »Er war Clives Gast und hatte ihm dabei geholfen, großzügige Spenden an Land zu ziehen.«

»Dann kennen sich die beiden gut«, bemerkte er, faltete den Zeitungsausschnitt wieder zusammen und gab ihn Syeeda zurück. »Die Schlüssel sind es, die ich brauche. Wo ist übrigens die Wohnung?«

»Ungefähr acht Kilometer von hier entfernt. Wenn Sie einen Stadtplan haben, zeige ich es Ihnen.«

»Ich hole meinen«, bot Marian an, »und mache Kaffee. Ihr beiden könnt euch solange unterhalten.«

»Ja, gern.« Syeeda hatte sich schon mit fragenden, fast gierigen Augen zu ihm vorgebeugt. »Über Medhev ...« Es erschien ihm, als suche sie sexuelle Befriedigung. Hyde schielte verstohlen auf die Uhr. Es war Viertel nach zehn. Er versuchte, die Erregung, die sich in seiner Magengegend bemerkbar machte, zu unterdrücken. Das Mädchen brauchte ein paar schöne Erinnerungen, denn sie hatte nichts anderes mehr. Es erschien ihm wie das letzte Zusammentreffen zweier Liebender, bevor das Mädchen den Forderungen seines Vaters endgültig nachgab. »Während meiner Zeit in Singapur arbeitete er für ein radikales politisches Blatt«, begann er und hörte, wie Marian den Kaffee zubereitete. »Ich erinnere mich noch gut daran, mit welcher *Wut* er über Burma sprach ...«

Die indische Snackbartube war geschlossen und mit einer Stahljalousie vergittert. Er befand sich inmitten einer Reihe anderer geschlossener und vergitterter Geschäfte. Unkraut spross aus den unebenen und teilweise zersprungenen Betonplatten. Ein mit Graffiti besprühtes Reklameschild, das für das Lokalblatt warb, klapperte im Wind. Diese für die sechziger Jahre so typischen in Beton gegossenen Gehwege und Unterführungen stimmten mit dem Wind in das Klagelied der verfallenen Innenstädte ein, die von Banken und Supermarktketten längst verlassen worden waren. Die Logos von Tesco, Sainsburys, Lloyds Bank oder Midland Bank waren nur noch als Schatten auf den Mauern übrig geblieben.

In der Ferne kläffte ein Hund, irgendwo plärrte ein Radio, und die Stimmen Betrunkener auf dem Heimweg waren zu hören. Zersplitterndes Glas zerriss die Stille.

Zu einer Zeit, als Snackbars dem Ansehen eines Viertels eher schadeten, hatte Rabindur Lal nach seinem Weggang aus Burma hier sein erstes Restaurant eröffnet. Er hatte schnell Erfolg gehabt, war dann den Banken und Supermarktketten in bessere Gegenden gefolgt und hatte sein erstes Geschäft einem fähigen Mitarbeiter überlassen. Es war so etwas wie eine Reifeprüfung gewesen, hatte ihm Syeeda erklärt. Wenn er fleißig und erfolgreich gewesen wäre, hätte er eines der besseren Restaurants von Lal in der Stadt übernehmen können. Medhev Kumar hatte mietfrei in der Wohnung über der Snackbartube gewohnt.

Die Hände in die Hüften gestemmt, stand Hyde vor dem Eingang und schaute sich die beschmierten Wände sowie die verschmutzten Fenster an. Amüsiert bemerkte er, wie groß der Schriftzug *Rabindur Lal Restaurant* unter dem Zeichen *Bengal Takeaway* war. Am Ende der Gasse mit den verlassenen Geschäften erstreckte sich im Mondschein eine Fläche, die mit Müll und Schutt übersät war. Ein paar schäbige Autos säumten die spärlich beleuchtete Straße. Dieser trostlose Anblick erinnerte ihn an seine Kindheit im Londoner East End. Mit zehn Jahren war er als einsames, introvertiertes Waisenkind zu zwei unverheirateten Tanten gekommen und von ihnen aufgezogen worden. Sie hatten ihn nie zuvor gesehen, bis er eines Tages vom anderen Ende der Welt kommend an der Hand eines Stewards die Gangway eines Schiffes hinuntergelaufen war. Hyde sah hier dieselbe Armut und Hoffnungslosigkeit. Wo er ihr auch begegnete, stieß ihm diese bedrückende Atmosphäre von Scheitern und Verbrechen immer wieder übel auf.

Doch hier handelte es sich nicht um *Kleinkriminalität*, erinnerte er sich. *Dies hier* war nun doch etwas ganz anderes. Hier wurde ein viel größeres Rad gedreht.

Er hatte Syeeda bei Marian zurückgelassen, nachdem er seine Erinnerungen an Kumar mit ihr geteilt hatte. Sie war fast neidisch gewesen, ihn allein in Kumars Wohnung gehen zu lassen. Er hatte sich langsam aus dem Gespräch zurückgezogen und es Marian überlassen, sie mehr und mehr zu beruhigen. Dabei hatte er beobachten können, wie Syeeda ihren Blick langsam wieder auf die Zukunft richtete und sich damit abzufinden begann, dass Kumar nun unweigerlich Teil ihrer Vergangenheit geworden war.

Hyde hatte keine großen Hoffnungen gehegt, noch irgendetwas in der Wohnung zu finden. Auf der Suche nach Heroin hatte die Polizei sicherlich schon gründliche Arbeit geleistet, und Jessops Leute hatten es ihr anschließend nachgemacht. Er war nun der letzte auf dem Flohmarkt. Die Schnäppchen waren mit Sicherheit schon alle weg. Er fror in dem kalten Wind. Das Leben ist voller Hoffnung, machte er sich selbst Mut.

An den schäbigen Läden entlang ging Hyde bis zum Hinteraufgang, der zu den Wohnungen im ersten Stock führte. Zusammen mit dem Geruch nach Feuchtigkeit, Ruß und billigem Fett blies ihm der Wind trockenen Staub ins Gesicht. Beim Blick über das Geländer des Korridors konnte er ein paar Lichter erkennen. Die Innenstadt zog sich von diesem ehemaligen Einkaufszentrum zurück und konzentrierte sich von neuem dort, wo Helligkeit wie eine Abwehrmauer gegen diese verlassene Betonburg erstrahlte. Das Ganze wirkte wie ein Strom, der jedes Leben, jeden Reichtum von hier aufnahm und den schöneren, neueren Vororten, den überalterten Dörfern und den privaten Landgütern am Rande der Stadt zuführte. Die Welle des Geldes und der Aufmerksamkeit hatte sich von hier wieder zurückgezogen und das ganze Viertel sich selbst überlassen.

Hyde folgte dem Korridor, bis er die Wohnungstür über dem Imbiss erreichte. Ober- und unterhalb des Briefschlitzes waren Milchglasscheiben in der Tür eingesetzt. Neben der Tür war *Scheiß Pakis* und *Nazi-Herrschaft ist o.k.* an die Wand gesprüht. Pakis? Ein Inder aus Burma? Abfällig schüttelte er den Kopf. Nach fünfzig Jahren des Zustroms von Ausländern müssten doch eigentlich die rassistischen Vorurteile besser fundiert sein. Hyde drehte sich um, schaute zu beiden Seiten des Korridors und steckte den

Schlüssel in das Türschloss. Dann sammelte er sich, ließ die Außenwelt von sich abgleiten und betrat die Wohnung.

Es roch nach schalem Curry und Gewürzen, schimmeligem Teppich und alter Farbe. Hinter sich schloss er die Tür und suchte an der speckigen Wand nach dem Lichtschalter. Die Lampe erleuchtete einen schmalen, heruntergekommenen Flur mit drei Türen. Die Tür direkt vor ihm war etwas geöffnet. Vermutlich führte sie ins Wohnzimmer und in die Küche. Hyde ignorierte das trappelnde Geräusch einer Maus oder Ratte. Er wollte sich hier auf seine Arbeit konzentrierten. Von der Nachbarwohnung drangen schwache Geräusche durch die Wände. Über ihm waren neben dem Geplärre aus einem Fernsehapparat Gekeife in einer fremder Sprache zu hören. Die alte Wohnung seiner beiden Tanten war sehr viel sauberer und gepflegter gewesen. Dort hatte es ständig nach Seife gerochen. Nach Australien, über das er mehr Tränen der Sehnsucht vergossen hatte als über den Tod seiner Mutter in Woollongong, war ihm in England alles trist und dunkel erschienen. Sydneys Nordufer war ihm damals so entfernt wie seine Kindheitserinnerungen vorgekommen.

Es war ein Uhr am Morgen. Hyde öffnete die Tür zum Wohnzimmer.

Ein paar alte, abgenutzte Möbelstücke, Freizeitkleidung, Jeans und T-Shirts waren über einen Stuhl gelegt, eine Sporttasche lag in der Ecke. Die Deckenlampe hatte zwar einen Schirm, doch ließ die geringe Lichtstärke das beengte Zimmer noch schäbiger und bedrückender erscheinen. Ein Fernsehapparat und ein Videogerät standen unberührt in einer Ecke des Zimmers. Methodisch begann er mit der Durchsuchung und verdrängte die Tatsache, dass einige Spezialisten bereits vor ihm hier gewesen waren …

… ein Uhr siebenunddreißig … ein Uhr fünfzig …

Dann kam das Schlafzimmer und der Kleiderschrank dran. Unter dem Schrank entdeckte er ein Klebeband, mit dem ein brauner Umschlag mit der Aufschrift *Kumar* befestigt war. Er war leicht zu übersehen, wenn man sich nicht bückte und mit Händen die Unterseite abtastete. Sie hatten die Dielen aufgebrochen, sämtliche Schubladen entleert und sogar die Unterseite des Sofas aufgeschnitten, doch den Umschlag nicht gefunden. Aber er hatte ihn gefunden, weil er dem Jungen gezeigt hatte, wie man Dinge richtig versteckt. Warum also hatte er fast eine Stunde dafür gebraucht? fragte er sich in seiner selbstgefälligen Art, als er am Küchentisch saß und den Umschlag öffnete. Er fand zwei Mappen mit Fotos, ein kleines Notizbuch mit Briefen sowie ein einzelnes Foto einer älteren Inderin, die in der grellen Sonne blinzelte und dabei lächelte.

Der Geruch nach Curry, der vom darunter gelegenen Laden in die Wohnung drang, ließ ihm den Nachgeschmack des Abendessens bitter aufstoßen. Oder war es die Verbindung zu dem toten Jungen, die er jetzt in der Hand hielt? Der Stuhl ächzte, als er sich von dem unpolierten und zerkratzten Küchentisch zurücklehnte. Das Notizbuch schob er beiseite, öffnete die erste Mappe und breitete die Fotos wie Spielkarten vor sich auf dem Tisch aus.

Der Dschungel, eine Waldlichtung, Geräte, rötlicher Erdboden, ein burmesisches Dorf, vielleicht das Heimatdorf des Jungen? Damals hatte Kumar wegen seiner Mutter Singapur überstürzt verlassen und dabei die Verhaftung riskiert. Warum diese Dringlichkeit? War es nur die Krankheit der Mutter gewesen? Er schaute sich das Gesicht der Frau auf dem größeren Foto genauer an. Es könnte Kumars Mutter gewesen sein. Auf einem anderen Bild sah er Demonstranten mit Transparenten vor riesigen Planierraupen und Baggern. Hyde gähnte, und er wurde sich seiner Müdigkeit gewahr. Dann wieder die frisch ausgebaggerte rote Erde und auf vielen Aufnahmen eine zerstörte Landschaft, die den Eindruck erweckte, als würden burmesische Dörfer mit dem ausgehenden zwanzigsten Jahrhundert in Berührung kommen. Es war wohl Kumars Heimatdorf, dessen Namen er noch nicht einmal wusste. Auf einem Foto hob sich ein Papagei vor dunklen Bäumen ab, während im Hintergrund die Umrisse von Kränen, Baggern, Lastwagen und die Silhouette eines Staudamms zu erkennen waren. Dann wieder riesige Erdhaufen an Stellen, an denen auf anderen

Aufnahmen noch der Dschungel zu sehen war. Wenn die Schatten nicht trogen, waren die Berge im Norden oder Nordosten und die Ebene im Süden. Als schaute er einen Dokumentarfilm an, blätterte Hyde schnell durch den Rest der Fotos, auf denen das Dorf mit seinen Bewohnern zu sehen war.

Er öffnete die zweite Mappe und verteilte die glänzenden Fotos auf dem Tisch. Wieder das Dorf, der inzwischen fast fertig gestellte Damm im Hintergrund und der jetzt spärlichere Dschungel. Auf anderen Aufnahmen waren eine asphaltierte Landebahn, die Rohbauten von Flughafengebäuden und möglicherweise einer Hotelanlage zu erkennen. Es handelte sich offensichtlich um den Aufbau einer riesigen Ferienanlage, wie sie in Südostasien überall aus dem Boden zu sprießen begannen.

Uniformen? Die Aufnahme war etwas unscharf. Eine Gruppe von Menschen, auf die Männer in Uniform zugingen. Auf weiteren Aufnahmen lagen ausgestreckte Körper auf dem Erdboden, dann brennende Hütten. Entsetzt betrachtete Hyde jedes der folgenden Fotos und legte sie anschließend auf einen kleinen, grauenvollen Haufen vor sich auf den Tisch. Eine Reihe von Körpern im grellen Sonnenlicht, Männer, Frauen und Kinder. Die Fotos waren alle von derselben Warte aus aufgenommen, irgendwo auf einem entfernten Berg. Eine Seite einer Aufnahme zeigte das niedergebrannte Dorf, die andere die elegante Kurvatur des Damms. Auf den nachfolgenden Bildern verschwanden immer mehr der leblosen Körper. Bewaffnete Soldaten schauten zu, während andere uniformierte Gestalten die Leichen in eine Grube warfen. Die orangefarbenen Feuer waren nur vor dem Hintergrund des dunkelgrünen Dschungels im grellen Sonnenlicht auszumachen; Flammen, Feuer, Soldaten, Körper.

Hyde schüttelte entsetzt den Kopf. Es kam ihm alles so bekannt vor. Diese *Routine* im ausgehenden zwanzigsten Jahrhundert an Dutzenden von Orten auf dem Planeten war schrecklich. Für jemanden mit seinem Hintergrund war es wie das Abspielen eines alten Films zu Weihnachten. Man *erwartete* einfach diese verkohlten Balken von Häusern, Soldaten mit automatischen Gewehren und tote Körper.

Das war also der Grund, warum Kumar nach Hause gegangen war. Das war es, was er befürchtet hatte und vor dem seine Mutter ihn gewarnt hatte. Es war die burmesische Variante einer Enteignung.

Hyde ließ weitere Aufnahmen nacheinander auf den kleinen Stapel vor sich fallen. Als schließlich alle Leichen in der Grube waren, stand auf einer der letzten Fotos eine Planierraupe bereit, um sie mit rötlicher Erde zu bedecken. Das Dorf musste dem Damm und der Ferienanlage, oder was immer es werden sollte, weichen. Die Einwohner hätten es besser wissen müssen, als sie sich dem Projekt widersetzten. Alles, was von diesen Menschen übrig geblieben war, waren diese Bilder, aufgenommen von einem Jungen, der nun seinerseits ermordet worden war, eben *weil* er sie aufgenommen hatte. Kumar musste nicht wegen Hyde oder wegen des Heroins oder der Straits Royal Gruppe sterben, sondern weil er ein ganz gewöhnliches Greuel gesehen und fotografiert hatte.

Sie hatten hundert oder vielleicht noch mehr Menschen getötet, um das Areal zu räumen. Dann wurde auch Kumar ermordet, weil er die Beweise dafür hatte. Mein Gott, so etwas entsetzte ihn *immer* wieder. Es war Wahnsinn.

Wen hatte Kumar auffliegen lassen wollen? Wer war es?

In diesem Moment zersplitterte Glas. Sein Stuhl fiel zu Boden, als er auf die Füße sprang. Die Schnappschüsse flogen durch die Küche, als er den Tisch umwarf, um sich dahinter in Deckung zu bringen. Ein glimmender Gegenstand rollte zur Tür. Dann eine Explosion.

Überall war Feuer, das ihn blendete und zu ersticken drohte.

Teil Zwei

KOMPASSSTRICHE

Gut so; das ist des Mannes deutlich-klare Spur;
folgt nur der Wegezeigrin wortlos-stummem Ruf.
Aischylos, *Eumeniden* 244-5

Der Begriff ›Recht und Ordnung‹ ist so oft als Freibrief
für Unterdrückung gebraucht worden, dass diese Worte
besonders in autoritär geführten Ländern verdächtig
klingen.
Aung San Suu Kyi (1989)

Kapitel sechs

Ein Ort auf der Landkarte

Eine zweite Benzinbombe explodierte und blendete ihn dermaßen, dass er nur noch die Umrisse des Zimmers erkennen konnte. Hyde kroch hinter den Küchentisch und steckte sich dabei so viele der umherliegenden Fotografien wie möglich in die Taschen. Geblendet tastete er nach dem Notizbuch und fand es schließlich in einer Ecke. Selbst im Schock dieses Anschlags gingen ihm die Bilder der Greueltaten nicht aus dem Kopf, die er soeben noch auf den Fotos gesehen hatte.

Nach einer Weile konnte er wieder klarer sehen und spürte die Hitze des Feuers auf seinen Wangen. Der ätzende Benzingestank stieg ihm in die Nase. Buchstäblich mit dem Rücken zur Wand hockte er auf dem Boden. Das Feuer hielt ihn hier in der Küche gefangen. Hyde schaute aus dem Fenster und entdeckte einen, dann einen zweiten vorbeihuschenden Schatten. Sie warteten dort draußen, dass das Feuer ihn wie eine Ratte hinaustreiben würde. In wenigen Minuten würde die Wohnung nur noch ein Aschenhaufen sein. Unten auf dem Gehsteig konnte er noch zwei Gestalten erkennen. Ein weiterer wartete sicherlich vor der Tür im Korridor. Insgesamt waren es wohl fünf oder sechs Männer. Hyde entdeckte in der Küche noch eine weitere Tür, die er vorsichtig öffnete. Für einen Moment stieg ihm der Geruch von Feuchtigkeit und Schmutz in die Nase. Plötzlich quiekte etwas in Panik und huschte in Richtung des sich ausbreitenden Feuers an ihm vorbei. Die Tür führte in eine kleine fensterlose Speisekammer mit fast leeren Regalen. Inzwischen hatte das Feuer den in der Wohnung allgegenwärtigen Geruch nach Gewürzen verdrängt.

Hyde schaute sich um. Der Flur zur Wohnungstür und

die anderen Räume standen bereits in Flammen. Er war in der Küche gefangen. Der Luftzug durch die zerborstenen Scheiben fachte das Feuer weiter an.

Mit einem nassen Handtuch vor dem Gesicht würde er es vielleicht durch die Flammen schaffen, nur um dann an der Eingangstür wie ein ausgeräuchertes Kaninchen abgeknallt zu werden. Vielleicht könnte er vom Küchenfenster aus eine Regenrinne erreichen und würde dann im Mondschein ein leichtes Ziel abgeben. Hyde blickte nach oben. *Es musste einen Ausweg geben!* Vom untersten Regalbrett aus konnte er auf Zehenspitzen und mit ausgestreckten Armen eine quadratische Holzluke in der Decke erreichen. Die Luke führte zum Dachboden. Er schob sie beiseite und hangelte sich einem Affen gleich von Regal zu Regal in die Höhe, während die Flammen und der Qualm von der Küche in die Speisekammer vordrangen. Oben auf dem Dachboden schob er die Luke zurück.

Das Feuer hatte bereits den Fußboden aufgeheizt, und der Qualm drang durch etliche Ritzen durch die Decke. Für einen Moment überkam ihn panische Angst, als er vergeblich versuchte, sich aufzurichten, da er sich hier oben nur in gebückter Haltung fortbewegen konnte. Es war, wie er sich erhofft hatte, ein flaches Dach. Hyde spannte seine Schultermuskulatur an, stützte sich mit den Füßen auf dem Querbalken ab und drückte dann kräftig gegen das Dach über ihm. Die Flammen schlugen in einer Ecke bereits durch den Fußboden, als er ein erlösendes, krachendes Geräusch hörte. Kies rieselte von seinen Schultern auf den Boden. Im Widerschein der immer größer werdenden Flammen konnte er die dünnen Dachbalken erkennen. Zweimal stemmte er sich mit aller Wucht gegen einen Balken, dann zersplitterte er. Gerade noch rechtzeitig konnte sich Hyde mit dem Oberkörper durch den dadurch entstandenen Spalt auf das Dach zwängen, da unter seinen Füßen jetzt die Deckenverkleidung wegbrach und die Flammen aus dem darunter liegenden Zimmer bis zu seinen Beinen emporschlugen. Seine Wangen schienen versengt zu sein. Überall war Rauch und Feuer.

Hektisch zerriss er die Dachpappe, um endlich ins Freie zu kommen.

Seine Augen tränten stark, sodass der Mond hin und her zu schwanken schien wie ein Korken in aufgewühlter See. Er zwängte seinen ganzen Körper durch den Spalt auf die mit Kies bedeckte Dachpappe, unsicher, ob die dünnen Dachbalken überhaupt sein Gewicht tragen würden. Hyde legte sich flach auf das Dach und versuchte zunächst seinen Husten und die Angst vor den Flammen unter Kontrolle zu bringen. Der Geruch verkohlter Kleidung drang ihm in die Nase.

Er hockte sich auf dem Dach hin. Erst jetzt nahm er die in Panik geratenen, vor dem Feuer fliehenden Bewohner der anderen Wohnungen wahr. Menschen riefen durch die offenen Haustüren nach ihren Angehörigen oder versuchten eilig, ihr Eigentum vor den Flammen zu retten. Vorsichtig richtete er sich ganz auf und testete zunächst auf Zehenspitzen einen der Dachbalken. Hyde schaute auf die Uhr. Seit der Explosion der ersten Benzinbombe waren nur wenige Minuten vergangen. Mit dem anderen Fuß suchte er jetzt den nächsten Dachbalken und begann erst langsam und dann schneller sich fortzubewegen. Die immer heißer werdende Dachpappe zerriss, während morsche Dachbalken zusammenkrachten.

Am Ende des Daches saß jemand lässig, als würde er nur darauf warten, um sich mit ihm zu unterhalten. Nein, dieser bullige Schatten im Mondlicht saß nicht, sondern kniete und hatte die Arme nach vorn ausgestreckt. Im Schein des Feuers, das an mehreren Stellen jetzt durch das Dach loderte, griff Hyde instinktiv nach dem Knauf der Heckler&Koch und zog sie aus dem Halfter. Mit steifem Arm feuerte er zweimal. Der kniende Schatten fiel langsam, fast anmutig zur Seite, bis die Wange sich in den Kies drückte. Geduckt, als wäre er selbst getroffen worden, bewegte sich Hyde über die alte, verrottete Dachpappe. Nach zwei Schritten hatte er den leblosen Körper erreicht.

Er lugte über die Dachkante. Inmitten des Feuers und des allgemeinen Durcheinanders hatte er selbst kaum die

Schüsse gehört. Drunten auf dem Gehsteig konnte er in der umherirrenden Menge keine verdächtige oder bedrohende Bewegung ausmachen. Eine Inderin hielt eine verängstigte Katze gegen ihre große, von einer Wolljacke bedeckte Brust. In der Ferne hörte er die näher kommenden Sirenen der Feuerwehr, und auf der Hauptstraße kaum einen halben Kilometer entfernt waren die Scheinwerfer vorbeifahrender Wagen zu erkennen.

Neugierig kniete er neben dem ihm unbekannten Mann und durchsuchte seine Taschen. Alles, was er fand, war eine Brieftasche, die er in seine Tasche gleiten ließ.

Vorsichtig prüfte er an der Wand die Festigkeit eines Regenrohrs. Es war die einzige Möglichkeit, hier herunterzukommen. In der geschützten Hausecke unter ihm war niemand zu sehen. Hyde kletterte über die Dachkante und ließ sich am Rohr hinuntergleiten. Durch die Belastung wurden die alten, verrosteten Schrauben aus der Wand gezogen, doch rechtzeitig berührten seine Füße den Boden, und er lehnte sich flach an die Wand. Niemand war zu sehen.

Wie ein immer wieder auf dem Wasser aufklatschender flacher Stein hüpfte er über Grasflächen und Beton in Richtung seines Wagens, den er etwa hundert Meter von der Ladenzeile unter der einzigen intakten Straßenlaterne abgestellt hatte. Am Ford angekommen, öffnete er die Tür und stieg ein. Sein heftiger Atem ließ die Windschutzscheibe beschlagen. Er hatte keine Verfolger ausmachen können. Vielleicht hatte er jetzt einen kleinen Vorsprung, um sie abzuschütteln.

Hyde steckte den Schlüssel ins Zündschloss, als plötzlich etwas auf der Motorhaube aufschlug und fast gleichzeitig eine zweite Kugel das hintere rechte Seitenfenster zertrümmerte. Sie hatten ihn also doch gefunden. Es musste ein Scharfschütze sein, den er nicht sehen konnte. Es war also höchste Zeit zu verschwinden.

Er drehte den Schlüssel, und seine Gedanken begannen zu rasen. Keine Verfolgung, aber der Schütze hatte ihn sofort entdeckt. Sie hatten auf ihn gewartet.

Er zog den Schlüssel wieder aus dem Schloss, als ob er sich daran verbrannt hätte. Der Scharfschütze hatte versucht, ihn in Panik zu versetzen, damit er schnell den Wagen startete. Sie wollten, dass er den Schlüssel umdrehte.

In der Hoffnung, dass der Schütze auf der anderen Wagenseite auf ihn lauerte, öffnete Hyde langsam wieder die Tür und duckte sich im Sitz. Als würde er vom Wagen hilflos fortwanken, lehnte er sich nach vorn und beugte sich, die Hand am inneren Türgriff und den Kopf seitwärts, fast auf die Straße. Schweiß rann seinen Nacken hinunter. Wie von lauter werdender Discomusik heizte sich sein Körper immer mehr auf. Es war fast wie eine sexuelle Erregung, die ihn durchflutete. Im Feuerschein konnte er den Apparat unter dem Motorblock erkennen. Den Schlüssel umgedreht und auf Wiedersehen.

Die Untersuchung des ausgebrannten Wracks könnte anschließend sogar Hinweise auf Hooligans ergeben haben. Der orangefarbene Schein der Straßenlaterne – welch dämlicher Platz, seinen Wagen abzustellen – ließ seine Haut krank und leidend aussehen. Er musste herausfinden, wo sich der Schütze befand, sonst würde er die perfekte Zielscheibe abgeben. Ein oder zwei Schüsse auf sich musste er dafür noch riskieren.

Voller Anspannung umfasste er mit den Händen seine Oberschenkel, als die Scheinwerfer der Feuerwehr über die Straße huschten.

Jetzt …

Sein Apartment bot Aussicht auf den Yachthafen, dessen Lichter sich im Fluss widerspiegelten. Jessop wandte sich vom Fenster ab und deutete fragend mit der Flasche in der Hand auf Cobb, der in einem Ledersofa saß.

»Warum eigentlich nicht?«, brummte er und hielt ihm sein Glas entgegen, das Jessop bis zum Rand füllte. »Na dann Prost!«

»Und auf was, bitte?«, meinte Jessop schmunzelnd. »Wir haben Patrick Hyde immer noch nicht ins Grab geschickt. Ist dir denn nicht aufgefallen, wie ernst unser Ralphie die

Sache nimmt? Ich war gerade unter der Dusche gewesen, als der Lump anrief und sich die Kehle aus seinem verdammten Hals schrie.« Jessop kehrte zu seinem Ledersessel zurück, füllte sein eigenes Glas und stellte die Flasche neben sich auf einen Glastisch.

Cobb schnaufte vor Lachen und zündete sich eine Zigarette an.

»Ich sage dir, der Kerl ist unberechenbar.«

»Manchmal wünsche ich mir, dass Fraser, dieser alte Halunke, noch am Leben wäre. Dann müsste er jetzt all den Dreck ertragen.«

»Dabei ist Hyde nicht wirklich gefährlich.«

»Aber Ralphie bildet sich das ein, und ich habe keine Ahnung, warum. Vielleicht steht er selbst unter großem Druck?«

»Ist doch aber keine schlechte Idee, diesen australischen Schwanzlutscher über die Klippe zu stoßen, oder?«

Dabei prosteten sich beide zu, und Jessop fuhr fort: »Es war angenehmer, für Winterborne zu arbeiten, obwohl er immer etwas Besonderes wollte. Und dann sein Spleen mit dieser verdammten Frau!«

»Deswegen der Einbruch? Der hat sie doch überhaupt nicht interessiert?«

»Scheint so. Aber inzwischen hat sie sicher mit Hyde gesprochen, und das wird ihre Meinung ändern. Der und diese verdammte indische Frau!« Dabei winkte er mit der Hand, als würde er das Wohnzimmer als mönchischen, heiligen Platz segnen. »Wir hätten Kumar in einen Teich oder in eine Grube werfen sollen. Es gab ja genug solcher Plätze in seiner Umgebung. Aber nein, Ralphie wollte wieder besonders *klug* sein. Bloß dumm, dass wir nicht wussten, dass er Hydes Kumpel war.«

»Aber du hast ihm doch erzählt, wie wichtig Hyde sei«, warf Cobb ein und strich mit seiner Hand bedächtig über sein graues Haar.

»Natürlich. Bist du absolut sicher, dass Hyde nichts finden kann?«

Cobb nickte.

»Wir haben die Wohnung *genauestens* durchsucht. Da gab es nichts.«

Jessop schaute auf die Uhr auf dem Kaminsims, ein einziges Sammelsurium aus Kupfer und Silber.

»Was machen die überhaupt so lange? Sie hätten schon längst anrufen müssen.«

»Wäre besser, du wärst mit dabei.«

»Vielleicht. Ich hätte seinen Körper gerne mit der Spitze meiner teuren Schuhe umgedreht.«

»Da ist bestimmt nicht mehr viel von ihm übrig geblieben!«

Jessop lachte. Beim ersten Klingelzeichen schnappte er sich den Telefonhörer.

»Jessop!«

»Er rennt zum Auto! Wir haben ihn im Visier«, hörte er. Cobb stand auf und kniete sich mit dem Ohr am Hörer neben Jessops Sessel. Bromheads Stimme klang gierig und erregt. »Da ist er! Schaut sich um! Öffnet die Tür, steigt ein!« Selbst Cobb konnte den schweren Atem hören. Jessops Gesicht lief wie bei einem Orgasmus rot an. Immer wieder umkrallte er mit seiner Hand die Armlehne. Draußen rauschte der Feierabendverkehr vorbei, und hinter der Lichterkette aus Scheinwerfern war die Battersea Bridge in strahlendes Licht getaucht. »Jetzt ist er im Auto. Mach schon, dreh den Schlüssel um! Das sind die beiden Schüsse! Jetzt muss er hochgehen. Los doch, los!«

Immer wieder schaute Jessop auf die Uhr, als könnte er dadurch den Lauf der Zeit beschleunigen.

»Verdammt noch mal, was geht da vor?«, brüllte er und schreckte Cobb aus dessen Trancezustand auf.

»Er bewegt sich nicht«, meldete Bromhead.

»Er hat *Verdacht* geschöpft, der Idiot! Er *weiß* Bescheid. Knallt ihn ab, sag's dem Scharfschützen. Knallt ihn *ab*!«

Jetzt …

Die Scheinwerfer eines zweiten Feuerwehrwagens erfassten Hyde und warfen seinen rennenden Schatten ins Riesenhafte vergrößert auf eine Betonmauer. Der Ford zerbarst wie eine Sperrholzkiste im Kugelhagel des automatischen Gewehrs. Dann schlug über seinem Kopf eine Kugel in die Wand.

Er drückte sich in eine Ecke der Mauer und wurde fast eins mit seinem Schatten, als er das Pfeifen eines Querschlägers hörte. Die Sirenen der Feuerwehr waren inzwischen verstummt. Er schaute zurück zu seinem Wagen. Alle Fenster waren zerschossen, Glas lag überall auf dem Gehsteig verstreut. Das Keuchen seines Atems mischte sich mit dem Krächzen eines Radios und dem Stimmengewirr der Menschen, die dem Feuer entflohen waren. Er schauderte in Gedanken an die Bombe unter dem Wagen und seinen Sprint über fünfzig Meter, um in Deckung zu kommen. Hyde hatte Glück gehabt. Der Scharfschütze war auf der ihm abgewandten Seite des Wagens postiert gewesen und konnte ihn deshalb nicht richtig ins Visier nehmen.

Vorsichtig schaute er sich um. Eine dunkle Gasse gesäumt von einer Reihe von Garagen führte um die Mauerecke. Dahinter erhob sich ein Hochhaus, dessen Front im Widerschein der brennenden Ladenzeile leuchtete. Unbebauter Grund erstreckte sich in entgegengesetzter Richtung. Mit den schäbigen alten Reihenhäusern hinter der Garagenzeile wirkte das Viertel, als wäre es von den Stadtentwicklern sich selbst überlassen und dem Verfall preisgegeben worden.

Hyde steckte die Pistole wieder in sein Schulterhalfter. Dann rannte er die Gasse in Richtung der engen gewundenen Straße am Fuße des Hochhauses entlang. Am Ende der Gasse hielt er für einen Moment inne und hörte ganz in seiner Nähe, wie ein Wagen gestartet wurde. Sehr viel näher vernahm er die Schritte zweier rennender Männer. Ein Schatten huschte drohend an einer Mauer entlang, der plötzlich wieder zum Stillstand kam. Das Getrappel der Schritte verstummte, während sich Hyde vorsichtig von der Mauer löste und dabei auf seinen eigenen Schatten achtete. Dann bewegten sich die beiden Männer gleichzeitig mit langsamen und vorsichtigen Schritten vorwärts. Adrenalin schoss in seinen Körper.

Zwei Streifenwagen und eine Ambulanz schlängelten sich durch die enge Straße auf die Brände zu. Direkt hinter ihnen überquerte er die Straße, erreichte die Dunkelheit der schäbigen, alten Häuserzeile und fand Deckung hinter einem geparkten Lieferwagen, bevor jemand aus der Garagenzeile hervortrat. Vor ihm führte ein enger Torweg wahrscheinlich zu den Gärten hinter der Häuserzeile. Irgendwo begann ein Hund nervtötend laut zu bellen. Plötzlich wurde der Lieferwagen von Scheinwerfern erfasst, als ein Auto in die Straße bog. In dem Moment tauchten auch die beiden Männer aus der Deckung der Garagenzeile auf und rannten dem Auto wild gestikulierend entgegen. Ein zweiter Wagen erschien auf der anderen Seite. Während Hyde Schutz im Dunkel des Torwegs suchte, warnte der Hund direkt neben ihm mit seinem Gebell seine Verfolger. Im Mondschein blitzten die weißen, großen Zähne des Bullterriers, der ihn mit weit aufgerissenen Augen anstarrte und wütend mit den Krallen am Maschendraht kratzte. In dem Versuch ihn anzugreifen warf sich der Hund mit seinem ganzen Gewicht gegen den Draht des Zwingers. Dabei hörte er wieder Schritte näher kommen und einen Wagen, der beschleunigte und dann um die Ecke verschwand.

Hyde war gerade im Begriff, ein Bein über eine Mauer zu schwingen, als er im hellen Mondlicht etwas glitzern sah. Das musste Wasser sein. Aus einem geöffneten Fenster brüllte jemand wütend. Zwei Gestalten tauchten am Eingang zum Torweg auf. Von der Mauer landete Hyde auf der anderen Seite im Gras und stolperte über Müll und alte Reifen. Während der Hund immer mehr in Rage geriet und Tauben aufgeregt in ihrem Käfig mit den Flügeln schlugen, fluchte die Stimme vom Fenster in nordenglischem Akzent hinter ihm und seinen Verfolgern her. Auf einem Sandweg neben dem dunklen, trüben Wasser zwang sich Hyde für einen Moment zur Ruhe. Auf der anderen Seite des schmalen Wasserstreifens waren im Mondlicht Baumstümpfe zu erkennen. Dahinter leuchteten die Laternen der sich dahinschlängelnden Hauptstraße. Er war auf einem Treidelweg und roch die herbstliche Vegetation und das trübe, stehende Wasser. Hyde hockte sich hin. Die Klettergeräusche der Männer mischten sich mit dem wilden Gekläffe des Hundes. Zu seiner Linken verschwand der Kanal hinter einer leichten Biegung, während er zu seiner Rechten in etwa hundert Metern Entfernung vom Dunkel einer Brücke verschluckt wurde. Auf der Hauptstraße am anderen Ufer raste ein Wagen entlang und kam mit kreischenden Bremsen zum Stehen.

Hyde rannte den Treidelweg hinunter zur Brücke, als hinter ihm Gebrüll ertönte, das von einer Stimme auf dem anderen Ufer beantwortet wurde. *Nur zur Brücke*, dachte er. In dem Moment quietschten Reifen. Ein Auto setzte zurück und tauchte den Treidelweg mit seinen Scheinwerfern in helles Licht. Zwei Männer waren hinter ihm her, ein weiterer war am anderen Ufer und zwängte sich fluchend durch einen zerschlissenen Drahtzaun hindurch.

Der Wagen fuhr auf die gewölbte Brücke und stoppte. Das Licht der Scheinwerfer stach in den Himmel. Türen knallten. Kurz darauf lehnte sich eine Gestalt über das Brückengeländer und schaute hinunter. Hyde war noch etwa zwanzig Meter von der Brücke entfernt, und sein stolpernder Schatten neben ihm war deutlich sichtbar.

»Hier!«, hörte er die aufgeregte Stimme des Mannes auf der Brücke.

»Ich sehe ihn auch!«, antwortete hinter ihm einer der beiden Männer. Der Mann auf der anderen Seite des Kanals fluchte noch immer, während er sich durch das Gebüsch kämpfte. Über ihm auf der Brücke hörte Hyde den laufenden Motor des Autos, das ihm wie ein entzogenes, nicht realisierbares Versprechen erschien.

Er hielt an, drehte sich um, schoss zweimal in die Richtung seiner Verfolger und rannte weiter. Die Schüsse provozierten Feuer hinter ihm. Dann endlich hatte er die schützende Dunkelheit der alten Steinbrücke erreicht, wo feuchte Kühle und der Geruch des Wassers ihn empfing. Die Brücke war nur ein paar Meter breit. Dahinter verschwand der Kanal schnell aus dem Blick. Nur eine hohe Mauer mit zerbrochenen Fensterscheiben war auszumachen. Oben auf der Brücke war noch der laufende Motor zu hören, während sich Hyde langsam Schritt für Schritt mit dem Rücken an der Steinmauer entlang schlich. Wenn er nur zu dem Auto gelangen könnte!

Plötzlich tauchte *der zweite Wagen* auf, der langsam vorfuhr und erst hinter der Brücke zum Stehen kam. Es mussten fünf oder sechs Männer sein, die ihn verfolgten. Hyde schüttelte sich, als wäre der Rest des Adrenalins aus seinem Körper entwichen. Irgendwie musste er sie von sich ablenken.

Er richtete sich auf und rannte so schnell er konnte auf dem mondbeschienenen Treidelweg weiter. Nach acht oder zehn Sätzen hatte er gerade rechtzeitig die scharfe Biegung des Kanals erreicht, bevor die ersten Schüsse auf ihn abgefeuert wurden. Eine immense Erleichterung durchströmte seinen Körper. Neben ihm tauchte jetzt das verlassene Lagerhaus auf, dessen Fenster alle zerbrochen waren. Der Geruch nach feuchtem und verschimmeltem Mauerwerk stieg in seine Nase. Das Unkraut am Eingang zum Lagerhaus war mannshoch. Entlang der finsteren Backsteinmauern schlängelte sich der Kanal entlang. Sie würden versuchen, ihm an der nächsten Brücke den Weg abzuschneiden.

Unruhig flackernde Scheinwerfer fuhren auf ihn zu, als einer der Wagen zwischen den Lagerhäusern auf verrotteten Wegen hin und her raste. Wie ein Kaninchen erfassten ihn die Scheinwerfer, und sofort duckte er sich hin. Er spürte einen kalten, muffigen Luftzug aus einem Fenster. Zwei laute Stimmen waren zu hören, die sich gegenseitig in Richtung des Verfolgten auf dem Treidelweg dirigierten. Nur einen Moment brauchte er noch.

Hyde lugte um die Ecke eines Gebäudes, hörte eine andere Stimme und das Krächzen eines Funkgeräts. Die Scheinwerfer leuchteten rechts an ihm vorbei. Nur fünfzehn Meter Betonweg trennten ihn von dem Wagen. Während der Fahrer an der offenen Tür des Wagens lehnte, presste er das Mikrofon wie einen Kühlumschlag an seine Wange.

»Er müsste gleich bei dir auftauchen«, hörte er aus dem Funkgerät.

»Ich habe ihn nur kurz gesehen, er ist gleich wieder verschwunden«, antwortete der Fahrer. »Er muss jetzt zwischen uns beiden sein.«

Er ist es. Nur fünfzehn Meter. Der Wagen erschien ihm wie ein Segen. Im Zeitlupentempo löste sich die schattenhafte Gestalt des Fahrers vom Wagen, richtete sich auf und griff in sein Jackett. Das Mikrofon knallte gegen die Tür, nachdem er es vor Schreck fallen gelassen hatte. Er war zu weit weg. Zu viele Schritte trennten ihn noch.

Dann prallte er mit ihm zusammen. Hyde packte den Arm des Fahrers und zerrte ihn über seinen Kopf. Ein Schuss löste sich. Er rammte seine Stirn gegen die des Mannes, der kräftiger als er selbst war, und drehte ihm dann den Arm um. Die Pistole prallte gegen den Wagen und fiel zu Boden. Er hätte den Bastard gleich umlegen sollen, dachte er, denn es war *dessen* Schuss gewesen, der die anderen schon alarmiert hatte. Er schlug dem Mann mit der Faust in den Magen und knallte ihm sein Knie ins Gesicht, woraufhin er in sich zusammensackte. Gleichzeitig wurde durch das Mikrofon Hilfe angekündigt. Zu spät. Der Wagen auf der Brücke raste jetzt los. Hinter sich hörte Hyde die Schritte seiner Verfolger. Er ließ den bewusstlosen Mann zu Boden fallen, rannte um den Wagen herum und war mit einem Satz auf dem Fahrersitz.

Im Rückwärtsgang gab er Vollgas, sodass die Reifen durchdrehten, bis sie endlich Halt fanden. Dann wendete er den Opel, legte den ersten Gang ein und brauste davon. Die Scheinwerfer entfernten sich von den steilen Mauern der Lagerhäuser, als er über den holprigen Gehsteig raste und in eine schlecht beleuchtete Straße einbog. Eine Katze huschte aus dem Lichtkegel seiner Scheinwerfer. Hyde bog in eine andere schmale Straße gesäumt mit parkenden Wagen vor den Reihenhäusern ein. Dort stoppte er den Opel in einer Parklücke, schaltete den Motor aus und löschte das Licht. Nur Sekunden später sah er im Rückspiegel, wie ein Wagen mit quietschenden Reifen in Richtung des Kanals verschwand.

Grinsend startete Hyde den Wagen wieder, schaltete das

Licht an und fuhr davon. Die Uhr im Armaturenbrett zeigte zwei Uhr dreißig an. Sofort ärgerte er sich darüber, dass er vielleicht die Hälfte der Aufnahmen von den Greueln in Kumars Heimatdorf verloren haben könnte.

Aber er hatte ja noch das Notizbuch. Dann gab es noch diesen Burmesen, Win, aus der Hotelküche, den Syeeda Lal erwähnt hatte. War er ein Freund Kumars gewesen? Sollte er jetzt lieber anhalten und nach der Adresse suchen, oder bis zum Morgen warten, wenn das Hotel wieder geöffnet war?

Es war nach halb vier, als Hyde die Adresse endlich gefunden hatte. Die Freude und Erleichterung über die überstandene Gefahr und seine gelungene Flucht waren inzwischen wieder verflogen. Seine Nerven kamen ihm wie ein zusammenbrechendes elektrisches Netz vor, das nur noch etwas blitzte und dabei minimale Spannung abgab. Nachdem er den Wagen geparkt und den Motor ausgeschaltet hatte, rieb er sich immer wieder das Gesicht, als wolle er damit seine Erschöpfung wegwischen.

Die Straße war ruhig und dunkel. Die Vorgärten der verrußten Häuserfronten bestanden meist aus Rasenflächen und betonierten Wegen. Hyde kurbelte das Seitenfenster herunter und hörte in der Ferne den immer noch wütend bellenden Bullterrier. Ganz in der Nähe quietschte ein Tor im Wind. Die Häuser hinter den niedrigen Gartenmauern verbargen jeden Hinweis auf ihre Bewohner. Er kurbelte das Fenster wieder hoch, stieg aus und verschloss den Wagen. An die Tür gelehnt lauschte er in die Nacht und vernahm nur noch das Summen der entfernten Autobahn und das Quietschen des Tors. Der Hund war inzwischen verstummt. Hyde schaute die Straße hinauf, die sich einen der Hügel der Stadt emporschlängelte. Dahinter tauchte die ununterbrochene Lichterkette von Scheinwerfern auf der Autobahn auf.

Er überquerte die Straße und kletterte über eine der niedrigen Gartenmauern. Dabei stolperte er fast über einen Gartenzwerg, der dort ungerührt mit der Angel in der Hand auf der Seite lag. Auf der Betonfläche vor dem Erker des Hauses mit seiner Steinfassade im Schachbrettmuster stand ein ausgeschlachteter Ford Taunus. In einem Fenster auf der gegenüberliegenden Straßenseite ging plötzlich Licht an, doch niemand bewegte den Vorhang, um hinauszusehen. Nur die Silhouette einer sich räkelnden weiblichen Figur war zu erkennen. Hyde wandte sich ab, als würde man ihn des Voyeurismus bezichtigen.

Er schaute auf die Reihe der Schilder neben den Klingelknöpfen. Mindestens drei Familien mussten hier wohnen. *My Win,* Erdgeschoss. Es war der einzige Name auf den Schildern. Außer der Adresse und der Telefonnummer des New Midland Hotel – Ein *Straits Royal Hotel,* wie er sich erinnerte – hatte er aus dem Notizbuch nichts über diesen Win erfahren können.

Als Hyde eines der Erkerfenster prüfte, blätterte die Farbe unter seinen Fingernägeln ab. Beim Öffnen schien das Holz eher zu kreischen als zu summen. Irgendetwas, vielleicht war es ein Sperrhebel, fiel auf der Innenseite zu Boden. Er hielt inne, bückte sich neben den offenen Fensterspalt und lauschte in den Raum. Es war still. Nur der Geruch von schalem Essen und muffigen Betten drang in seine Nase.

Er richtete sich wieder auf und schob dabei das Fenster gegen dessen müden Protest weiter nach oben, bis er über die Brüstung ins Zimmer steigen konnte. Durch die schmuddeligen, schief hängenden Vorhänge fiel das fahle orangefarbene Licht der Straßenlaterne und zeigte ihm die Umrisse und die Einrichtung des Zimmers. Hyde erblickte einen zusammengewürfelten Haufen von Möbeln, einen entsetzlich gemusterten Teppich, reflektierende Rechtecke von Bildern an den Wänden und einen Fernseher. Vorsichtig schlich er durch den Raum. Die Müdigkeit ließ ihn jetzt gereizt und ungeduldig werden. Dieser Win hatte Kumar gekannt. Kumar war an ihm interessiert gewesen, doch Kumar war jetzt tot.

Hyde öffnete die Tür und trat in einen schmalen Flur, von dem eine Treppe nach oben führte. Neben weiteren

Türen war direkt ihm gegenüber eine halb verglaste Tür. Wo würde Win wohl schlafen? Und würde er allein schlafen? Hyde zog seine Pistole und öffnete vorsichtig die erste Tür. Der Geruch von kaltem Zigarettenrauch mischte sich mit dem von altem und feuchtem Putz. Im Zimmer herrschte eine übel riechende Atmosphäre. Nur ein leises, beständiges Schnarchen durchschnitt die Stille. Er lauschte nach mehr Atmen und versuchte sich in dem kleinen Raum zu orientieren. Ein schmales Bett stand an der Wand. Hinfällige, viel zu große Möbelstücke füllten den Raum aus. Durch das hohe Fenster fiel Mondlicht herein. Ein Mann lag allein in dem Bett.

Win musste ein illegaler Einwanderer sein oder mit etwas Illegalem – wie Drogen – zu tun haben, sonst würde er sich nicht hinter niederen Arbeiten wie Abwaschen und Saubermachen in einem Hotel verstecken müssen.

Hyde kniete sich neben das Bett, und der Mondschein fiel auf die Pistole, die er gegen die Schläfe des Mannes presste. Die andere Hand umfasste den Mund, die sofort vom Angstspeichel feucht wurde, als Win seine Lippen öffnete.

»Hör zu, Win«, zischte Hyde heiser. »Fühlst du die Kanone?« Er presste sie dabei noch fester an seine Schläfe. »Ich werde nicht abdrücken, wenn du mit mir redest. Verstanden?«

Hyde schaute in weit aufgerissene, angsterfüllte Augen, die sich wild hin und her bewegten. Das Mondlicht fiel auf ein verschlagenes, rohes und berechnendes Gesicht. *Du bist kein harmloser Abwäscher, Sportsmann*, dachte er und sah einen sich vor Angst windenden Körper, was Hyde nur noch mehr aufstachelte. Nachdem Win seine Niederlage eingestehen musste, nickte er wie eine Marionettenpuppe. Ganz langsam nahm Hyde die Hand von dem Mund, und Win versuchte, sich sofort aufrecht hinzusetzen. Doch Hyde drückte ihn zurück auf das Bett.

»Ich bin ein Freund von Medhev, von Kumar, der jetzt tot ist. Er wurde ermordet. Wusstest du das?« Wieder nickte die Marionette. »Ich suche die Leute, die ihn getötet haben, ich will sie. Bist du einer von ihnen?« Win schüttelte den Kopf wie ein Verwundeter, der weder Tod noch Heilung akzeptieren will. Bei der Erwähnung des Namens Kumar schien sich sein Entsetzen noch zu steigern, denn nun war er jedes Gefühls von Sicherheit beraubt worden. Kumars Schicksal warf Schatten auf sein eigenes. »Du bist ein illegaler Einwanderer, bemüh dich nicht, es abzustreiten! Du machst Drogengeschäfte. Kumar wusste das, und ich weiß, was er wusste. Verstanden?« Win schüttelte den Kopf wieder heftig hin und her in dem Versuch, die Pistole von seiner Schläfe zu entfernen. Hyde lauschte auf die Geräusche im Haus. Alles war ruhig. Fast konnte er Wins inneren Zusammenbruch in dieser Stille wahrnehmen. »Er kam zu dir, um Beweise dafür zu suchen, dass das Hotel als Umschlagplatz für Drogen diente und hier die Gewinne gewaschen werden. *Richtig*? Wie in allen anderen Hotels auf dem Erdball – wie in Singapur. Ist es in Singapur gewesen, wo ihr euch getroffen habt?«

Er verringerte den Druck mit der Pistole auf Wins Schläfe, um sie dann unvermittelt in seinen halb geöffneten Rachen zu stecken. An das Gefühl der Pistole an seiner Schläfe hatte sich Win langsam gewöhnt und fühlte sich daher weniger bedroht. Doch dieser plötzliche Wechsel ließ seinen Körper wie bei einem Elektroschock zusammenzucken. Win nickte nur, worauf Hyde einen Seufzer der Erleichterung unterdrücken musste. Er spürte die Kühle seines Schweißes auf der Stirn und unter den Achseln. Ein Zucken nur mit der Pistole reichte, um Win ruhig zu stellen, während im Nebenzimmer Geräusche hinter der dünnen Wand zu hören waren.

Endlich verstummte der Hustenanfall von nebenan und ging in ein leichtes Schnarchen über.

»Wer hat dich aus Singapur hierhergeschickt?«, flüsterte Hyde. »Und mit wem bist du hierher gekommen?«

Die Kasinos in Macao und Singapur waren Wäschereien für Drogengelder und wurden von Chinesen kontrolliert. So viel hatten er und Kumar schon herausgefunden. Wenn überhaupt konnten dort Burmesen wie auch Malaien nur niedere Funktionen übernehmen. Win musste also mit mindestens einem hochrangigen Chinesen nach England gekommen sein.

»Ein Cousin«, begann er.

»Aber *nicht* dein Cousin.«

»Nein, ein Cousin von Mr. Lim aus Mandalay«, krächzte er. »Sun-Chan ist ein Cousin von Mr. Lim.« Er schluckte schwer vor Angst. »Er arbeitet im Hotel, er gehört zum Management. Das *ermöglicht* es ihm. Verstehen Sie?« Win begann die Gedanken an die Gegenwart und Zukunft zu verdrängen und fasste langsam Vertrauen zu Hyde.

»Lim und Sun-Chan, sagst du?«

»Ja, ja«, kam es in einer Stimme, die Hyde am liebsten zum Teufel schicken wollte.

»Und dieser Lim – ist er wichtig?«

»Ja, ja!«

»Heroin?« Diesmal nickte Win nur. »Und Kumar wusste davon?«

»Ja. Ich habe es ihm erzählt! Er hat mich wie sie bedroht, weil ich illegal hier bin!« Und so übten auch Lim und sein Cousin Macht über ihn aus. »Kumar war ein Dummkopf!«

Hyde drückte den Lauf der Pistole tiefer in Wins Rachen, woraufhin er wieder zu würgen begann.

»Und deswegen ist er jetzt auch tot«, zischte Hyde.

»Ich werde nichts mehr sagen!« erwiderte Win und starrte Hyde mit aufgerissenen Augen an.

»Hat Kumar mit Sun-Chan gesprochen?«

»Nein.« Win hatte sich fast mit der Pistole und Hydes Gegenwart abgefunden. In seiner Fantasie hatte er diesen vollgestellten und mondbeschienenen Raum bereits verlassen, die Angst vor Sun-Chan und Lim war jetzt stärker. Beide Namen waren Hyde vorher unbekannt gewesen, er konnte hier also kaum noch etwas Neues erfahren.

»Hat dieser Sun-Chan Kumar getötet?«

»Nein!« Er wusste es offensichtlich nicht. Sein Körper begann wieder vor Angst zu zittern.

»Wer war es dann?«

Win schaute ihn flehentlich an. Hyde war sich dessen sicher, dass er nichts wusste.

»Aber das Hotel wird dazu benutzt, das Heroin einzuführen und zu verteilen. Und im Kasino wird das Drogengeld gewaschen?«, insistierte Hyde. Wieder nickte Win heftig. »Aber du kennst die *Details* nicht, oder?« Win schüttelte jetzt in panischer Angst den Kopf. Er wusste wohl nicht viel mehr, und Hyde war sich sicher, dass er nur mit erheblichem Einsatz von Gewalt dieses bisschen noch aus ihm herausholen konnte.

Langsam stand er auf, die Pistole noch immer in Wins Rachen.

»Bitte!«, brachte Win gerade noch heraus.

»Sie werden dir nicht glauben, dass du mir nichts erzählt hast, oder?«

Langsam zog er die Pistole aus Wins Rachen, der sein Kinn und seinen Hals zu massieren begann. Dann setzte er sich aufrecht aufs Bett und fragte ängstlich: »Haben *sie* Kumar getötet?«

Es wäre alles so viel einfacher, wenn sie es tatsächlich getan hätten. Aber sie waren es nicht, denn Kumar wurde wegen seiner verdammten Fotos umgebracht.

»Vielleicht, vielleicht auch nicht. An deiner Stelle würde ich kein Risiko eingehen, Win. Vielleicht werden sie dich auch töten.«

Hyde war schon in der Tür, wo der Geruch von ranzigem Fett ihm entgegenkam. Dann schloss er die Tür hinter sich.

Das Taxi hielt in respektvollem Abstand vor der riesigen Säulenfront der Vanbrugh-Fassade in Uffingham. Marian stieg aus dem alten, ungepflegten Ford Sierra und bezahlte den Fahrer. Als der Wagen die Auffahrt zum Haus wieder hinunterfuhr, drehte sie sich um und schaute über den nördlichen Teil der Grafschaft Warwickshire mit den Wiesen, Koppeln und Feldern. Irgendetwas verstörte sie jedoch bei dem Anblick. Der herbstliche Sonnenschein tauchte das Haus mit den davor liegenden Rasenflächen in ein bilderbuchmäßiges Licht. Der Rhododendron dagegen wirkte blass wie die umliegenden Bäume und Eibenhecken. Die ganze Szenerie um sie herum erschien ihr so, als wäre das Haus mit dem Garten der Gebrechlichkeit des Alters erlegen und hätte sich weit vom umliegenden Land zurückgezogen. Selbst als Kind war ihr Uffingham nie so zurückhaltend, fast abweisend vorgekommen.

Dann sah Marian ihren Vater in der Eingangshalle stehen, dessen große und schlanke Gestalt neben den Säulen fast verschwand. Giles hatte sie am Morgen angerufen und sie zusammen mit Clive Winterborne hierher über Mittag eingeladen. *Ich habe in London zu tun und kann vielleicht nur auf eine Tasse Tee vorbeikommen*, versuchte sie sich zu entschuldigen. Woher kam jetzt dieser unangenehme Eindruck von dem Haus, in dem sie während ihrer Kindheit doch nichts als glückliche Zeiten verbracht hatte? Und warum hielt dieser Eindruck so lange an, so dass sie zögerte, den Kies der Auffahrt zu überqueren und ihren Vater zu begrüßen?

Der Morgen war noch herbstlich kühl, als sie endlich auf ihren Vater zuging und dabei darauf achtete, ihr leichtes Humpeln vor ihm zu verbergen. Sie war eben *Papas Liebling*. Giles küsste sie herzlich auf beide Wangen. In dem Moment klingelte das Handy in ihrer Handtasche.

»Verzeih, Vater.« Es war Patrick Hyde. »Wo sind Sie?«, bellte sie ihn wütend an.

»Wieder in London.«

»Warum?« Marian ärgerte sich, von ihm ausgeschlossen worden zu sein. Nach dem Gespräch zu dritt hatte sie Syeeda getröstet, ihr die Tränen getrocknet und sie schließlich nach Hause geschickt. Dann hatte sie selbst eine schlaflose Nacht in ihrem Bett verbracht, während sie dem wandernden Mondschein in ihrem Zimmer zugeschaut und dabei eine Zigarette nach der anderen geraucht hatte. Sie kam sich jetzt vor, als hätte ein Verkäufer sie zum Kauf einer Ware überredet, um ihr dann mitzuteilen, dass er sie nicht mehr auf Lager hatte. »Was ist passiert? Haben Sie etwas herausgefunden?«, wollte sie wissen und wandte sich flüsternd zu ihrem Vater: »Es ist Hyde.«

»Ja, aber erzählen Sie nichts davon dem Mädchen. Ich

habe mich mit Aubrey und Tony Godwin, einem Freund aus früheren Tagen, verabredet, damit die sich mal anschauen, was ich gefunden habe.«

»Was ist es denn?«

»Jedenfalls sind es keine Drogen. Kumar hatte etwas anderes in seiner Wohnung versteckt, weswegen er getötet wurde. Es sind Fotografien von seinem Heimatdorf in Burma, glaube ich. Die Armee hat es ausgelöscht, die Einwohner getötet und in einem Massengrab verscharrt. Dann zeigen sie noch Bauarbeiten, ein Damm wird gerade errichtet.«

»Um Gottes willen!« Sie atmete schwer. »Ein *Massaker*?«

»Auf einem Bild habe ich mindestens siebzig Leichen gezählt.«

»Wo?«

»Ich *weiß* nicht wo!«, wies er sie verärgert zurecht. Er hatte das Gefühl, dass Marian das ganze Entsetzen über diese Gräuel für sich in Anspruch nehmen wollte. »Aber ich hoffe, es über Aubrey oder Tony herauszufinden. Ich muss es einfach wissen, deshalb erzähle ich es Ihnen auch.« Nach einer Pause fügte er leise hinzu: »Gestern Nacht war es sehr eng für mich geworden.«

»Sind Sie denn jetzt wieder in Ordnung?«

»Gerade mal so. Ich bin noch zu Win gegangen. Er wusste nichts, was für uns von Interesse sein könnte. Können Sie mir denn in der Burma-Sache helfen? Sie haben doch Verbindungen. Es kann nicht Hunderte von Dämmen geben, die dort gerade gebaut werden. Wenn wir den genauen Ort herausfinden könnten ...«

»Ja, ja, natürlich! Sind Sie denn wirklich *sicher*?« Während des Telefongesprächs wartete Giles geduldig, aber immer neugieriger werdend neben ihr. »So *viele Leichen*?«

»Ja. Es war die Armee. Eine Leiche nach der anderen haben sie in eine frisch ausgehobene Grube geworfen. Sie wissen ja, wie das geht?«

»Ja.« Marian atmete schwer und lehnte sich müde an ihren Vater. »Heute Nachmittag werde ich in London sein und mich darum kümmern.«

»Verzeihen Sie, dass ich Sie damit überfallen habe. Aber

jemand wusste Bescheid, dass Kumar davon wusste. Sie werden vielleicht jetzt davon ausgehen, dass auch *ich* es weiß. Wir haben nicht mehr viel Zeit.«

»Ich werde mich darum kümmern, Patrick!«, hörte sie sich selbst in den Hörer mit heiserer Stimme schreien, die dem Krächzen einer aufgeschreckten Krähe nicht unähnlich klang.

Clive Winterborne, der fast so groß und alt war wie ihr Vater, trat nun ebenfalls alarmiert aus der Eingangstür hervor. Er spürte Marians Müdigkeit und nahm ihr die schwere Aktenmappe ab.

»Was ist los, meine Liebe?«

Sie wollte sprechen, doch ihre Kehle war wie zugeschnürt, ihre Wangen feucht vor Erregung. Wie im Spiegel sah sie vor sich Syeedas kummervolle Gesichtszüge und bemerkte ihr eigenes Entsetzen, ihren eigenen Kummer. Sie war in Tränen. Laut schluchzend rieb sie sich ihre kalten Wangen.

»Entschuldigt mich!« Dann überkam sie die kalte Wut. »Das war Patrick Hyde. Er hat Hinweise auf ein Massaker in Burma entdeckt. Ein *ganzes Dorf* wurde offenbar ausgelöscht.« Sie zuckte hilflos mit den Achseln. »Es ist einfach *entsetzlich*!«

Ihr Vater legte ihr einem Arm um die Schultern und führte sie ins Haus. Er drückte sie dabei fest an sich, als wolle er sie gegen all das Schlechte dieser Welt beschützen. Dankbar nahm sie seine Hand.

»Du kannst mich nicht beschützen, Vater. Früher hast du das auch nicht getan.« Dabei zwang sie sich zu einem Lächeln, das mit dem Erscheinen von Alder plötzlich einen echten Ausdruck annahm. Er stand dort zwischen den beiden Pendeluhren von Daniel Quare und schien etwas verwundert über ihr Verhalten.

»Hallo, geht es dir gut?« Rasch kam er auf sie zu, worauf Giles den Arm von ihrer Schulter nahm. In einem Ton, der in einer weniger aufgeladenen Atmosphäre übertrieben klingen würde, fragte er sie: »Was ist denn passiert, mein Schatz?«

»Nichts. Nur ein paar schlechte Nachrichten aus Burma.«

»Sie haben doch die Dame nicht schon wieder unter Hausarrest gestellt? Was diese Zeitungen immer alles schreiben …!« Alder unterbrach sich selbst, als hätte er gerade eine dreiste Indiskretion begangen.

»Das ist es nicht!«, schnappte sie verärgert zurück. »Verzeih, aber es geht um das Motiv, weshalb dieser Junge ermordet wurde. Du weißt schon – dieser Kumar. Er hatte nichts mit Drogen zu tun gehabt.«

»Wir sind im Frühstückszimmer«, murmelte Giles betroffen. »Komm und erzähl uns alles der Reihe nach.« Er führte Marian und Alder zur Tür des nach Süden gerichteten Raums. Das Sonnenlicht tauchte den feinen Stuck und die wertvollen Möbel in goldenes Licht.

Wie ein abklingender Sturm strömte jetzt der Schock durch sie hindurch. Als wäre sie das Opfer eines unvermittelt grausamen Fernsehberichts geworden, ärgerte sich Marian jetzt über ihre eigenen Tränen. Ihre Anteilnahme am Schicksal Burmas hatte sich in ihrer unmittelbaren Reaktion auf Hydes Enthüllungen gezeigt.

»Jetzt geht es schon besser«, begann sie, und Alder drückte wohlwollend ihre Hand, während sie ihn anlächelte.

Plötzlich sah sie Ralph Lau in einer entfernten Ecke des Zimmers neben einem der hohen Erkerfenster stehen. Er drehte sich zu ihr um, wobei sein Lächeln nur für einen Moment seine Abneigung gegenüber Marian überspielen konnte. Zwischen ihnen hatte es schon immer eine Gegnerschaft bestanden, die sie sich schwer erklären konnte. Als Marian ihn vor Jahren das erste Mal getroffen hatte, war sie ihm gegenüber sofort ablehnend gewesen. Wie ein Hausmütterchen hatte sie damals auf ihn reagiert und aus ihren Gefühlen keinen Hehl gemacht: *Ich mag Sie nicht, Ralph Lau,* hatte sie damals gedacht. Er war schon immer kälter und abweisender als David gewesen, der wenigstens noch einige Verbindungen zum Buddhismus, zum Empire, zu Uffingham und zu seiner alten Schule hatte. Im Gegensatz zu ihm schleppte Lau keinerlei Ballast mit sich herum. Nicht einmal ein paar fremde Eigenarten aus China waren mit seiner Person in Verbindung zu bringen. Wie er jetzt dort im Gegenlicht stand, erschien er Marian oberflächlich.

Sie streckte ihm kühl die Hand entgegen, die er flüchtig schüttelte und dabei ihren Namen vor sich hin murmelte. An der langen Anrichte goss Clive den Kaffee ein. Lau schaute ihr Gesicht prüfend an und wandte sich dann mit kalkulierter Gleichgültigkeit von ihr ab, um weiter mit diesem Ausdruck von Zurückhaltung und Distanz aus dem Fenster zu starren. Wie seine Kleidung wirkten seine Manieren und seine Ausdrucksweise *aufgesetzt*. Zwar war er in westlichem Stil gekleidet, aber dennoch blieb er fremdartig und rätselhaft.

Clive reichte ihr einen Kaffee.

»So, meine Liebe! Was, um Himmels willen, ist denn nun passiert?«, fragte er freundlich lächelnd.

Alder hatte sich inzwischen neben sie gesetzt. Marian genoss den Luxus seiner beschützenden Nähe.

»Es ist der Schock«, begann sie. »Der Tod dieses Jungen … Kumar. Offensichtlich hatte er nichts mit Drogen zu tun. Patrick Hyde hat Hinweise auf ein Massaker der burmesischen Armee gefunden.«

Nachdem sie mit ihrem Bericht begonnen hatte, bemerkte sie im Augenwinkel Laus ruckartige Bewegungen. Plötzlich war der Stuhl am Fenster leer, auf dem er zuvor noch gesessen hatte. Alder tätschelte beruhigend ihre Hand, während Giles' Gesichtszüge Gelassenheit und väterlichen Stolz ausstrahlten. Clive hörte ihr aufmerksam zu, während sie langsam ruhiger wurde und diesen ihr so fremdartigen Lau vergaß. David gegenüber hatte sie ihn einmal als einen Mann beschrieben, der das Leben nur als Abwechslung und Zeitvertreib zu betrachten schien.

Als wollte er dem schwarz-weiß-gescheckten Muster der Fliesen eine neue Bedeutung geben, hielt Lau für einen Moment im Treppenhaus inne. Die beiden Standuhren schlugen gerade zeitlich leicht versetzt zur vollen Stunde, während er hinüber zur Bibliothek ging. Dort schloss er die Tür hinter sich und verriegelte sie. Erst jetzt konnte er wieder ruhig atmen, nachdem er den Frühstücksraum, in dem Marian ihren Bericht vortrug, verlassen hatte. Ungewollt ballten sich seine Finger zu einer Faust zusammen, sodass er sich regelrecht zwingen musste, sie wieder zu entspannen, um die gewünschte Nummer auf seinem Handy eintippen zu können.

»Jessop!«, zischte er. »Hören Sie mir jetzt ganz genau zu. Sie haben es *nicht* mehr mit meinem Cousin zu tun. Nicht nur, dass Hyde noch am Leben ist, er hat auch noch Beweise gefunden, die angeblich nicht existieren können! *Unterbrechen* Sie mich nicht! Er hat die Informationen an Marian weitergegeben, die darüber sehr effektvoll ihre Tränen vergossen hat und nun das Frühstückszimmer mit weiteren Details ergötzt. Jessop, Ihre Probleme werden größer! Es geht jetzt nicht mehr nur um Hyde, sondern auch um diese Frau. Haben Sie mich verstanden? Die Frau *und* Hyde.« Laus andere Hand zitterte von dem Druck, mit dem er die lederne Oberfläche des Schreibtischs umkrallte. Seine Finger begannen zu schmerzen, doch sein Druck ließ nicht nach. »Ich erwarte von Ihnen Schnelligkeit und Fingerspitzengefühl, Jessop. Unternehmen Sie endlich etwas!«

Hyde saß auf der anderen Seite von Godwins Schreibtisch und hatte das Telefon nahe zu sich herangezogen.

»Hör zu, Evans, du walisische Schwatztante!« Colin Evans in Kuala Lumpur kicherte vor Vergnügen. Es machte ihm Spaß, wieder einmal in gemeinsamen Erinnerungen zu schwelgen. Ebenso wie Godwin, der sich freute, Hyde nach vielen Jahren in seinem Büro wiederzusehen. »Ich weiß, es ist nicht dein gewohntes Revier, aber dieser Typ muss sehr wichtig sein. Ein L-I-M, Lim. Nein, kein anderer Name, aber er ist offenbar ein Verbindungsmann in Mandalay. Kannst du ihn so schnell wie möglich für mich ausfindig machen? In Ordnung, Colin. Wir hören wieder voneinander.«

In dem Moment, wo er den Hörer aufgelegt hatte, lehnte sich Godwin über den Schreibtisch, zog das Telefon zu sich heran und begann zu wählen.

»Den *Economist* – den Apparat von Ray Cooper bitte.« Dabei winkte er mit einer absichtlich konspirativ wirkenden Handbewegung zu Hyde hinüber. »Ray, wie steht's? Ja, Tony Godwin hier. Kannst du mir weiterhelfen?«, erkundigte er sich. »Burma gehört doch zu deinem Ressort. Dammprojekte, nur solche, die zurzeit im Bau sind. Und mit einem Flughafen in der Nähe. Ich brauche so schnell wie möglich die genauen Standorte. Danke, Ray, du hast was gut bei mir.« Godwin legte den Hörer auf und rieb sich wie in Erwartung eines Geschenks oder eines guten Essens die Hände. »Das wird nicht lange dauern. Ray Cooper ist absolute Spitzenklasse, was Asien betrifft. Er wird das Archiv durchgehen und uns die möglichen Standorte nennen können.«

Der Anblick der Fotografien auf seinem Schreibtisch ließ ihn wieder verstummen. Kenneth Aubrey saß aufrecht auf der Stuhlkante und sah sie sich nachdenklich an. Nach einer Weile räusperte er sich und meinte: »Ich kann keine Verbindung zwischen dem hier und dem Heroinhandel entdecken.« Er zeigte dabei auf die Fotos. Ein Herbstregen prasselte währenddessen gegen das raumhohe Fenster von Godwins Büro und trübte den Blick auf den schmutzigen Fluss. Seufzend fuhr der alte Mann fort: »Es war offensichtlich die burmesische Armee, die wohl auf ausdrücklichen Befehl oder zumindest mit dem stillschweigenden Einverständnis der Junta aus Rangun gehandelt hat. Die Baustelle sieht wie ein Infrastrukturprojekt aus, das vielleicht nur deswegen für Kumar so wichtig war, weil es sich um sein Heimatdorf handelte.« Aubrey griff nach seinem Stock und klopfte mit den Fingern ungeduldig auf den Knauf. »Wahrscheinlich wurde er nach Hause gerufen, wurde dabei Zeuge dieser Geschichte und beschloss, weiter am Ball zu bleiben.«

Hyde schüttelte den Kopf, als wolle er seine darin gefangen gehaltenen Gedanken befreien.

»Nein. *Win* war die Verbindung zwischen Burma und Mandalay. Win ist ein Niemand, und außer Lims Namen weiß er überhaupt nichts. Aber er hat Drogenverbindungen. Dies und die Drogen könnten zusammen ein Paket ergeben. Vielleicht wird diese Dammkonstruktion mit Profiten aus dem Heroinverkauf finanziert. Möglicherweise ist sogar eine der Winterborne-Firmen – wie AsiaConstruct etwa – am Bau beteiligt. So weit würden Sie mir doch folgen, oder?«

»Im Moment – vielleicht. Und was denken Sie, Tony?«

»Ich sehe nicht, was dagegen spräche, Sir. Patrick kannte diesen Kumar. Nachdem er *das* gesehen hatte, würde jeder der Sache weiter nachgehen. Vielleicht hat er die Greuel mit dem Heroin nur im Kopf zusammengebracht.« In seinem Drehstuhl wippend, schaute Godwin an den beiden vorbei auf die graue schmutzige Themse. Dicke Regenwolken zogen schnell am Fenster vorbei. Die nahe Vauxhall Bridge wirkte wie ein eilig über den Fluss geworfenes Seil. »Wir müssen auf Ray Cooper warten, der uns hoffentlich bald Informationen über die weiteren Hintergründe und die möglichen Standorte liefern wird. Kaffee, Sir? Verzeihen Sie, dass ich nicht eher gefragt habe.«

»Ja bitte, Tony.« Aubrey erhob sich schwerfällig aus seinem Stuhl und ging hinüber zum Fenster. Ein kräftiger Windstoß trieb Regen gegen das kalte Glas, das in dem Moment in Form einer Zielscheibe beschlug, als Aubrey sich nahe ans Fenster lehnte, um hinunter auf die Straße zu blicken. »Unsere frühere Dienststelle«, murmelte er vor sich hin und blickte auf das grün-weiße Prachtgebäude, das moderne Hauptquartier des SIS auf dem anderen Ufer der Themse. Dahinter lag Lambeth Bridge. Das Parlament daneben wirkte klein und dunkel im trüben Oktoberlicht. »Und es stört Ihre Vorgesetzten *wirklich* nicht, dass Sie sich mit Privatangelegenheiten befassen, Tony?« Dabei drehte er sich um und schaute fragend zu Godwin hinüber.

Der rückte die Weste seines Nadelstreifenanzugs zurecht, strich sich grinsend mit der Hand durchs Haar und antwortete: »Privatisierung heißt das neue Schlagwort, Sir. Effizienz, Einhalten des Budgets, Marktanteile, Gewinne und noch ein paar andere Begriffe. Es ist anders als bei der alten Sektion zwei. Wir dienen jetzt hier mehreren Auftraggebern. Neben Regierungsdienststellen und privaten Unternehmen arbeiten wir manchmal sogar für ehemalige Agenten.« Dabei schaute er grinsend in Hydes Richtung. »Und da ich schon seit Jahren im Geschäft bin, verlassen sich meine Vorgesetzten darauf, dass ich weder einem Immobilienmakler erzähle, welche Regierungsgebäude demnächst verkauft werden sollen, noch einem Waffenhersteller, welcher Konkurrent das niedrigste Angebot abgegeben hat. Sie müssen mich nicht lange darum bitten, Sir, den Computer nach Dienstschluss zu benutzen, wenn es Ihnen darum geht.« Er wurde durch ein Klopfen an der Tür unterbrochen, das er mit einem »Herein!« beantwortete.

Ein bärtiger junger Mann trat ein und wurde Aubrey und Hyde als Kevin vorgestellt.

»Entschuldigen Sie, Tony, aber mit der Codekarte hatte ich kein Glück. Der Zugangscode zum Computer war schon geändert worden. Sie hatten wohl damit gerechnet, dass wir es versuchen würden.« Dann legte er die Karte auf den Schreibtisch, murmelte nach einem Blick auf die Schnappschüsse: »Das sieht ja schlimm aus«, und verließ wieder den Raum. Godwin nahm die Codekarte an sich, die Hyde in der Brieftasche des Mannes gefunden hatte, den er in der Nach zuvor auf dem brennenden Dach erschossen hatte.

»Dann war es das wohl! John Raymond Dilkes. Einer von uns und ausgeschaltet von einem von uns. Was für eine Grabinschrift.«

»Diese Codekarte wird uns also nicht mehr Zugang zum Computer der Internationalen Sicherheitsdienste geben.«

»Dilkes ist seit zehn Stunden tot. Wenigstens haben Jessop und seine Jungs diese Sache richtig gemacht!« Der Zugangscode für den Computer der Internationalen Sicherheitsdienste war auf der Codekarte gespeichert und von Kevin entschlüsselt worden. Leider zu spät. »Aber trotzdem war es ein Spaß!«, fügte Godwin heiter hinzu. Das Telefon klingelte, und immer noch grinsend nahm er den Hörer ab: »Hallo, Ray. Das war ja selbst für deine Verhältnisse schnell. Hast du etwas herausgefunden?« Er schnappte sich einen Block und einen Bleistift. Godwin hörte zu, machte sich Notizen und ließ sich hin und wieder einen burmesischen Namen buchstabieren. In der Zwischenzeit holte Hyde eine Landkarte von Burma aus seiner Tasche, die er wie ein buntes Leichentuch über die Bilder der Verbrechen ausbreitete. Auf seinen Stock gelehnt, beugte sich Aubrey über die Karte. »Das ist er? Gut. Und vielen Dank. Ich schulde dir ein Essen, Ray. Bis bald!«

Dann ging Godwin noch einmal die Liste der Orte durch, die er aufgeschrieben hatte, und drehte anschließend den Block um, damit die beiden anderen seine Notizen lesen konnten.

»Hier sind sie, meine Herren. Zurzeit gibt es vier im Bau befindliche Dammprojekte. Hinzu kommen ein paar mehr, die gerade diskutiert oder schon ausgeschrieben werden.«

»Wie geht es übrigens Dubcek?«, fragte Hyde und suchte die von Godwin notierten Orte auf der Landkarte.

»Er ist dick und fett geworden, aber ich habe ihm einen Begleiter besorgt. Präsident Havel, eine alte Jungfer. Und wie geht es deinen beiden Katzen?«

»Die sind in der Wohnung.«

»Wirst du sie nach Australien mitnehmen?« Hyde ließ die Frage unbeantwortet und konzentrierte sich stattdessen auf die Landkarte. Mit dem Stift fuhr er vom Irawaddi zum Golf von Martaban und dann wieder nach Norden, wo er einen weiteren Standort fand. »Ach, der Kaffee!« Godwin sprach in seine Gegensprechanlage und orderte Kaffee und Kekse. Dann fügte er plötzlich hinzu: »Bitte bestellen Sie für uns ein französisches Dreigängemenü mit Wein und Mineralwasser, Janice. In einer halben Stunde, ja?« Er schaute auf und sah Hydes aschfahles Gesicht: »Was ist los, Patrick?«

Der Stift markierte wie ein Pfeil einen Ort auf der Karte. Im Nordosten des Landes, soweit Godwin ausmachen konnte.

»Patrick?«, fragte Aubrey und lehnte sich weiter nach vorn.

»Dort«, atmete Hyde schwer, um sich dann wieder zu entspannen.

Godwin erhob sich aus seinem Stuhl und lehnte sich

ebenfalls nach vorn. Alle drei sahen jetzt wie Männer aus, die gerade Diamanten inspizierten.

»Auf den Aufnahmen ist auch ein Flughafen. Für Staudämme braucht man keine *Flughäfen*, dafür aber für Ferienanlagen. Dort ist es. Im Shan-Gebiet, an der Grenze zum Goldenen Dreieck, nordöstlich von Mandalay. *Hier*.« Die Spitze des Stifts brach ab. »Kumars Heimatdorf war der Standort für die neue Ferienanlage. Der Damm soll einen künstlichen See aufstauen, für Wassersport und so weiter. Und der Flughafen soll die Touristen dorthin bringen.« Hyde hielt inne und fügte dann in heiserem Ton hinzu: »Ros ist im Moment dort.« Hydes Stimme klang dabei ähnlich verängstigt wie in der Nacht zuvor die von Win in dem mondbeschienenen Schlafzimmer.

Kapitel sieben

Iphigenie auf Tauris

»Stellen Sie sich mal das ganze Gebiet, in dem unser Flugzeug gelandet ist, als *große Wasserfläche* vor. Dann werden Sie verstehen, warum wir von der Straits Royal Gruppe so überzeugt von diesem Standort für die neue Ferien- und Hotelanlage sind.«

Der Direktor der Straits Royal Gruppe deutete dabei begeistert auf das sorgfältig gebaute Modell in der Mitte des riesigen Konferenzraums, in dem der Empfang stattfand. Hinter den großen Panoramafenstern verschwand gerade wie zur Untermauerung seiner Ausführungen die rot glühende Sonne hinter der Krone des Staudamms. Die letzten Strahlen spiegelten sich in den Fenstern des Flughafens. Ros war von der Weite der gesamten Anlage fast so erschlagen wie von der Müdigkeit des Fluges von Singapur hierher. Bruce Pearson, ein Australier wie sie und Vollblutverkäufer, fuhr mit seinen lyrischen Verkaufsgesängen fort. Ros konnte vor Müdigkeit seinen Elogen kaum noch folgen und versteckte sich hinter einem enthusiastischen Gesichtsausdruck.

»Wenn sie im Landeanflug auf den See hinunterschauen, werden unsere Gäste als Erstes diesen herrlichen Anblick von Tripitaka genießen können. Meine Damen und Herren, Sie werden mit mir darin übereinstimmen, dass Sie von hier auf den Garten Eden blicken.«

Tripitaka. Das buddhistische Wort bezeichnete die Drei Körbe der Höchsten Dinge. Es war ein geschickt gewählter Name für diese Anlage, und er würde Hyde mit Sicherheit unangenehm aufstoßen, dachte sie. Ros schaute vom Sonnenuntergang hin zu dem Modell und zurück auf das beeindruckende Panorama der Landschaft. Beim Landeanflug schien sich das Gebiet über zig Kilometer zu erstrecken. Die grünen Inseln in der noch erdbraunen Landschaft waren bereits fertig angelegte Golfanlagen. Umgeleitete Bäche sahen vom Flugzeug aus wie die glitzernden Spuren von Schnecken. Hier und da war der ursprüngliche Regenwald als Naturreservat erhalten worden, hinter dem die Berge sich gen Norden und Osten hin vor der künstlich angelegten Landschaft abhoben. Wie Spielzeuge wirkten von oben die überall verstreuten Bagger und Planierraupen. *Tripitaka* war die Bezeichnung für den ultimativen Luxus. Ein meilenweit sich erstreckendes Safari-Gebiet, komplett ausgestattet mit kleinen Herbergen und importierten Tigern. Wenigstens wurden dadurch einige der wilden Tiere vor der Ausrottung gerettet.

Die Hotels und Kasinos, mit denen das große Geld verdient werden sollte, befanden sich noch im Rohbau. Gerüste und Kräne waren überall zu sehen. Von einer Seite betrachtet war Tripitaka eine gewaltige Baustelle, von der anderen ein Dschungel. Um Platz zu schaffen, mussten ein paar Dörfer planiert und die Bevölkerung umgesiedelt werden. In seinem Vortrag legte Pearson besonderen Wert darauf, mit wie viel Mühe und Sorgfalt diese Umsiedlung vonstatten gegangen war. Selbst in der Hochglanzbroschüre waren einige beruhigende Fotos von der Aktion abgedruckt.

Pearsons Stimme wurde von einer sich hinter den Panoramafenstern vorbeiwälzenden Planierraupe übertönt, an deren Flanke *AsiaConstruct* als riesiges Logo zu lesen war. Das größte Tochterunternehmen von Winterborne Holdings war Generalunternehmer für dieses Projekt, an dem als Subunternehmer noch amerikanische und australische sowie Firmen aus Singapur beteiligt waren.

Ros gähnte verschämt und schaute sich, nur noch halb Pearson Ausführungen folgend, verstohlen die Deckendekoration an. Bisher war lediglich das Hotel, in dem sie untergebracht waren, fertig gestellt worden. Die Innengestaltung war im westlichen Stil mit einigen burmesischen Elementen gehalten. Er würde sicherlich keinen Touristen verschrecken. Doch die Einrichtungsfirma hatte die Abschlussrechnungen manipuliert und war deshalb von Straits Royal gefeuert worden. Zudem war Pearson bekannt dafür, dass er australische Unternehmen bei der Auftragsvergabe zu bevorzugen pflegte. Ros schaute sich um. Tessa und Noreen taten dasselbe wie sie: Beide studierten die Inneneinrichtung und das Dekor, während John etwas in ein kleines Diktiergerät flüsterte. Ros war aufgeregt. Sie hatten fast die ganze Nacht hindurch in ihrer Suite das Angebot überarbeitet, von dem Bruce Pearson in Singapur so beeindruckt war.

Es waren noch weitere Ausstattungsfirmen aus Australien, Amerika und Europa hier vertreten. Experten für Tierparks, Landschaftsarchitekten sowie die Chefs großer Reiseunternehmen und Journalisten vervollständigten die Runde.

Noreen flüsterte Ros im Vorbeigehen zu: »Noch ein bisschen Arbeit, dann haben wie die Sache in der Tasche!«

Ros musste sich ein Grinsen unterdrücken. Ihr Entwurf war gut. Sie hatten einige burmesische Elemente in ihre Pläne einfließen lassen, um ausreichend exotisch zu wirken und dennoch westlichen Ansprüchen zu genügen.

»Wir wollen, dass *Sie* uns bei diesem Abenteuer begleiten«, fuhr Pearson fort. »Deshalb haben wir Sie zu so einem frühen Zeitpunkt hierher eingeladen. Wir wollen, dass Ihre Beiträge und Ihre Mitarbeit Tripitaka zu dem machen, was ich eingangs schon als Blick auf den Garten Eden bezeichnet habe.«

Ein leiser Piepton drang aus ihrer Handtasche und zog die Neugierde zweier elegant gekleideter Herren neben ihr auf sie. Beim Suchen nach dem Handy in ihrer Handtasche verschüttete Ros etwas Champagner. Das konnte nur Hyde sein, dachte sie. Ausgerechnet *jetzt*! Verdammt, wie unpassend! Die beiden schon etwas beschwipsten Herren hatten sie zuvor wohl als *Frau* wahrgenommen, denn sie wandten sich jetzt enttäuscht von ihr ab.

»Ja?«, flüsterte sie heiser. »Es passt jetzt nicht, Hyde!« fügte sie hinzu, als sie seine Stimme erkannte. Dabei entfernte sie sich von der Menge, die inzwischen Pearson auf seinem Podest umringte, in Richtung Tür. »Du bist wie eine alte Glucke, Hyde! Ich sehe hier aus wie eine Schwatztante. Was? Natürlich bin ich *hier*. Mitten in einem Treffen, auf das ich mich eigentlich voll und ganz konzentrieren sollte.«

»Ros, sei still und hör mir jetzt zu«, vernahm sie seine energische Stimme.

»Ist ja schon gut. Was gibt es denn?«

Sie fühlte sich sehr unwohl, aber glücklicherweise zog sie die Aufmerksamkeit der anderen nicht weiter auf sich. Die letzten Strahlen der Sonne, die sie mit einem Triumphgefühl empfing, waren gerade noch über den Gipfeln zu sehen. Ihr Entwurf, der die Atmosphäre einer Bergstation nachbilden sollte, würde ein Volltreffer werden. Am anderen Ende erschien ihr Hyde jetzt langweiliger denn je.

»Hör zu, frag mich nicht, warum, aber ich möchte, dass du so schnell wie möglich von dort verschwindest.«

»Du machst Scherze, Hyde. Das hier ist ein *Geschäft*. Ich werde mich hier nicht von der Stelle bewegen. Was, verdammt noch mal, ist denn los mit dir?«

»Bitte, Ros!«

»Nein, die Leute schauen zu mir herüber, Hyde. Sie nehmen mich nicht *ernst*.«

Die Sonne war jetzt untergegangen und tauchte die Berge noch für einen Moment in ein goldenes Licht, bevor sie sich purpurn färbten. Das ganze Gebiet erstreckte sich bis zu den Bergen. Ros wurde gerade bewusst, welch eine alberne Figur sie hier mit ihrem Geflüster machte.

»Also gut«, sagte Hyde, und sie hörte deutlich sein zögerndes Seufzen. »Kumar, der Junge aus Singapur, ist tot. Er wurde in England ermordet, musste jedoch wegen des Ortes sterben, an dem du jetzt bist. Hier befand sich sein Heimatdorf, und er war Zeuge, wie die Bevölkerung ermordet und das Dorf zerstört wurde. Die Leute, die das taten, wissen, dass *ich* das weiß, und sie wollen mich umbringen. Sie wissen von *uns*, von dir und von mir. So, verdammt noch mal, steig ins Flugzeug, in den Zug oder nimm einen Ochsenkarren, aber verschwinde!«

Sie war verdutzt und vollkommen erstarrt über das, was

sie soeben gehört hatte. Die ganze Anlage verschwand gerade in der kurzen tropischen Dämmerung. Ros fühlte sich plötzlich eiskalt in der Wärme des Raums. Dann tauchte John mit besorgter Miene neben ihr auf und fragte: »Ros, geht es Ihnen gut?«

Sie hörte Hyde im Hörer fragen: »Ist das John? Gib ihn mir bitte.«

»Nein, Hyde. Wir sprechen uns *später*.« Wütend schaltete sie ihr Handy aus und warf es, am ganzen Körper zitternd, in die Handtasche.

»Sie sollten das nicht …«, begann Aubrey, doch Hydes verwirrter Blick ließ ihn augenblicklich wieder verstummen.

»Hören Sie auf!«, knurrte er kopfschüttelnd und ging mit geballten Fäusten auf das regennasse Fenster zu. »Ich musste es ihr sagen! Leute wie Jessop sind in die Sache verwickelt, die wissen genau, wer sie ist!« Dann drehte er sich wieder zu Aubrey und Godwin um und fuhr fort: »Was, zum Teufel, blieb mir denn anderes übrig? Sie wissen doch, wie stur sie ist! Es war meine einzige Möglichkeit. Jetzt hat sie auch noch das verdammte Handy ausgeschaltet!«

In einer anderen Situation wäre es Tony Godwin vielleicht peinlich gewesen, denn nie zuvor hatte er Patrick Hyde dermaßen aufgebracht erlebt.

»Jeder kann sie sich vornehmen. Jeder, der für die Sicherheit dort verantwortlich ist und über *mich* Bescheid weiß.« Hyde blickte Aubrey finster an und schloss: »Was bleibt mir denn anderes übrig, als hinzufliegen und sie an den Haaren herauszuziehen?«

»Patrick, beruhige dich erst einmal«, begann Godwin vorsichtig. »Du denkst nicht wie …«

»Was? Nicht wie was?« japste Hyde. »Nicht wie ein *Agent*? Ich bin kein blöder Agent mehr!«, tobte er. »Das hier ist kein Auftrag, hier geht es um *Ros*!«

»Patrick!«, blaffte ihn Aubrey mit der beherrschten Stimme eines Schauspielers an. »Jetzt übertreiben Sie aber!«

Die Stille im Raum war angespannt. Es herrschte eher Hass auf Hydes Seite und Gleichgültigkeit bei Aubrey.

Godwin schaute auf die aufgebrachte Gestalt am Fenster, die vor der mit Regen verhangenen Themse und der weit sich ausdehnenden Stadt im Hintergrund stand.

»Ich habe Ros ein einziges Mal bei einer Operation in Indien benutzt. Damals schwor ich mir, es nie wieder zu tun.«

»Sie benutzen sie nicht!«

»Aber sie könnte erkannt werden, verstehen Sie das denn nicht?« Unsicherheit und Respekt schwangen jetzt in Hydes Stimme. Kopfschüttelnd fuhr er fort: »Es ist mir völlig egal, wer hinter mir her ist. Ich kann das nicht zulassen.«

»Jessop und seine Leute sind entweder hier in London oder noch in Birmingham. Sie haben keinen Grund anzunehmen, dass ...«

»Es muss doch nur einer eins und eins zusammenzählen, das ist alles, was es braucht!«

»Sie hätten Ros nichts davon erzählen sollen!«

»Ist ja schon gut, ich habe eben einen Fehler gemacht. Ich habe nicht nachgedacht. Aber was soll ich denn *tun*?«

»Wie lange will sie denn in Burma bleiben?«, fragte Godwin vorsichtig. Doch Hyde zuckte nur unwissend mit den Achseln. »Dann schlage ich Folgendes vor: Ich werde Vergrößerungen von den Fotos machen lassen. Du wirst dann überprüfen, ob wir von demselben Ort reden. Wenn wir genügend Informationen haben, kann der Computer uns eine Reliefkarte erstellen.« Godwin sammelte die Abzüge ein, die Hyde jetzt wie die Karten eines verlorenen Spiels vorkamen, und fuhr fort: »Ros ist ja nicht ohne Begleitung dort. Rufe sie später noch mal an und warne sie davor, allein zu sein. Versuche die ganze Geschichte etwas herunterzuspielen, aber sie soll dennoch auf der Hut sein.« Mit einem väterlich aufmunternden Ausdruck nickte Aubrey Hyde zu. »Wenn du wirklich dorthin willst, um sie herauszuholen, brauchst du mehr Hintergrundinformationen und Hilfe vor Ort ...« Godwin verstummte und rutschte unruhig in seinem Ledersessel hin und her.

»Ich werde doch Hilfe bekommen? Oder nicht?«, fragte Hyde herausfordernd.

»So *nicht*«, fuhr Aubrey mit scharfer Stimme dazwischen, deren Lebendigkeit in deutlichem Gegensatz zu seinen hageren und mit Altersflecken übersäten Händen stand. »Nicht in dieser unsicheren und gefährlichen Art und Weise, Patrick.« Aubrey machte sich offensichtlich Sorgen um ihn. Er musste ihn beruhigen und sogar für ihn denken, so schien es ihm beinahe. »Es gibt nur einen Weg für Ros und Sie. Wir müssen noch mehr über die ganze Angelegenheit herausfinden.« Dann schaute er auf die Fotografien in Godwins Hand und seufzte erschöpft.

»Dafür habe ich jetzt keine Zeit!«, fuhr Hyde dazwischen.

»Dann *nehmen* Sie sich die Zeit, Patrick!«, schnappte Aubrey zu ihm gewandt. »Ihr Verhalten ist unverzeihlich. Sie benehmen sich Ros gegenüber wie ein *Amateur,* als hätten Sie alle Verhaltensregeln unserer Zunft vergessen. *Nein*. Keinen Protest jetzt. Sie können nicht schnell genug nach Burma gelangen und wieder verschwinden. Wie lange wird Ros dort bleiben? Vielleicht ein oder zwei Tage? *Setzen Sie sich*, jetzt!«

Zögernd und mit dem schmollenden Ausdruck eines Kindes setzte Hyde sich wieder hin. Hinter ihm prasselte plötzlich der Regen heftig gegen die Scheibe und ließ ihn zusammenzucken.

»Ich werde rasch die Vergrößerungen anfordern«, versuchte Godwin die gespannte Stimmung zwischen den beiden aufzulockern. »Dann können wir die Fotos im Computer analysieren. Wir brauchen Gesichter und genaue Positionen.«

»Nur so können wir Ihre und Ros' Sicherheit garantieren«, bestärkte ihn Aubrey.

»Sie interessieren sich doch nur für die großen Zusammenhänge, doch die sind mir jetzt völlig egal«, protestierte Hyde immer noch.

»Und was ist mit Kumar und all den Leichen auf den Fotos?«, bedrängte ihn Aubrey ungeduldig. »Siebzig Prozent des Heroins in den Vereinigten Staaten stammt aus dem Goldenen Dreieck, und wiederum neunzig Prozent davon kommt aus Burma. Laut Alex Davenhill werden Vietnam, Indien, China, Taiwan und Westeuropa mit burmesischem Heroin geradezu überschwemmt. Laos und Thailand teilen sich zehn Prozent der Weltproduktion, und auf Burma entfallen fünfundsiebzig Prozent. Schätzungen zufolge werden jedes Jahr siebenhundertfünfzig *Milliarden* Dollar Drogengeld gewaschen.« Erschöpft lehnte sich Aubrey in seinem Stuhl zurück und fuhr fort. »Die Leute, die das Heroin destillieren, transportieren und verkaufen, brauchen solche gewaltigen Vorhaben wie das Mekong-Projekt, um diese Geldmengen waschen zu können. Ich habe den dunklen Verdacht, dass Ralph Lau mit Hilfe des Heroins Winterborne Holdings durch die schweren Zeiten steuert, die durch Davids Prozess und seine Verurteilung hervorgerufen wurden.« Hinter ihm verdunkelte der Regen immer mehr die Sicht auf die Themse und Vauxhall Bridge. Das Parlamentsgebäude konnte Godwin kaum mehr erkennen, und von Millbank waren nur noch die Umrisse auszumachen. Aubreys Litanei schien das Wetter wie einen schweren Vorhang vor die hohen Panoramafenster gezogen zu haben. »Falls Sie zu diesem traurigen Platz aufbrechen sollten, Patrick, müssen Sie gut vorbereitet sein«, schloss Aubrey.

»Ich kann ja Beweise mitbringen und damit der ganzen Sache dienen«, mokierte sich Hyde.

»Ein paar weitere Aufnahmen zur Untermauerung unserer Thesen könnten nicht schaden«, warf Godwin in dem Versuch ein, die aufgeladene Atmosphäre im Raum weiter zu entspannen.

»Genau. Es wird Ihrer und Ros' Sicherheit helfen. Wenn wir Lau als Verantwortlichen für das Bauvorhaben in Verbindung bringen können, muss er einem Kompromiss zustimmen. Jessop mit seinen Hunden wird dann für immer zurückgepfiffen werden.«

Schweigend knallte Hyde mit der Faust auf den Tisch und schaute beide finster an.

Godwin sah, wie rachsüchtig Hyde war, aufgebracht und wütend wie er selbst und Aubrey wegen des Massakers. Aber die mögliche Gefahr, in der sich Ros gerade befand, hatte ihn völlig aus der Bahn geworfen. Godwin schaltete seine Gegensprechanlage an: »Janice, würden Sie bitte mal hereinkommen? Und was macht unser Mittagessen?« Es war immer das alte Spiel, *ihr* Spiel. Bisweilen hatten Aubrey, er und Patrick es hervorragend beherrscht, wie eine olympische Disziplin. »Meine Herren, das Essen wird Ihnen gefallen«, versprach Godwin. »Wir werden es im Sitzungszimmer zu uns nehmen.« Dabei grinste er in der Hoffnung auf eine versöhnliche Reaktion von Hyde.

Godwins Sekretärin betrat den Raum, und er gab der schlanken, dunkelhaarigen Frau den Stapel Fotos.

»Diese Aufnahmen sind grauenvoll, Janice, verzeihen Sie. Lassen Sie die Fotos bitte vergrößern. Dennis soll sie weiter auswerten ...« Er hielt inne und schaute nachdenklich auf das oberste Foto des Stapels. Es zeigte ein Massengrab. An ihrem Mundwinkel war eine kleine Falte als Vorbote des Alters zu erkennen. Beiläufig strich sie ihr wallendes Haar hinter das linke Ohr, nickte nur kurz und verließ dann den Raum. »So etwas passt nicht zu unseren üblichen Aufgaben«, brummte er abschließend.

»Auch nicht zu *unseren*«, bemerkte Hyde.

»Wie auch immer«, antwortete Aubrey, »Beweise gehören nun mal zum Leben. Wir brauchen *Beweise*, Bestätigungen für diese Fotografien.«

»Was ist mit Sir Clive Winterborne?«, fragte Godwin. »Was wird mit ihm passieren, wenn das hier alles rauskommt?«

»Clive tut mir Leid«, seufzte Aubrey. »Nach Davids Fall wird man ihm kaum helfen können. Ich meine, was ich für Clive tun kann, werde ich tun.« Dann wandte er sich zu Hyde und fuhr fort: »Ihr Auftritt in Burma muss diplomatisch über die Bühne gehen. Wir sollten das zusammen mit Evans machen, der kann uns eine diplomatische Identität besorgen. Halt!« Sein Gesicht hellte sich plötzlich auf. »In den nächsten Tagen fährt eine Delegation des Handelsministeriums nach Burma in der irrigen Annahme, dass die Generäle in Rangun im Grunde ihres Herzens doch gute Demokraten sind.« Hyde nickte. »Vielleicht können wir Sie in offizieller Mission mitschicken. Ich werde mit jemandem sprechen, der mit den Einzelheiten der Reise vertraut ist. Marian müsste das eigentlich wissen, oder? Auf jeden Fall wird ihr Ausgangspunkt Mandalay sein.«

»Dieser Mittelsmann Lim kommt aus Mandalay«, antwortete Hyde.

»Er und seine ganze Privatarmee. Vergessen Sie Lim im Augenblick. Wenn wir Sie erst unter diplomatischem Deckmantel nach Mandalay gebracht haben, können Sie von dort zu der Ferienanlage aufbrechen.«

Hyde machte zunächst den Eindruck, als würde er unter fürchterlichen Bauchschmerzen leiden. Doch dann nickte er zustimmend. »In Ordnung, das ist wohl die einzige Möglichkeit. Ich werde Ros noch mal anrufen, um die ganze Geschichte herunterzuspielen. Sie haben Recht. Ros wird dort nicht lange bleiben. Die Chance, dass man sie mit mir in Verbindung bringt, ist gering, nicht wahr? Vielleicht hundert zu eins.«

Der langsame Satz von Mozarts Klarinettenkonzert erklang in der Lobby des Hotels und drang nach draußen auf die Terrasse. Riesige Nachtfalter schienen eher im Takt der Musik zu schweben als in der leichten warmen Brise. Die Musik und die Falter beruhigten sie mehr als Hydes zweiter Anruf, bei dem er seine vorherigen Bemerkungen und Warnungen abgeschwächt hatte. Die Schönheit von Tripitaka bei Nacht, das leuchtende Sternenmeer und der Mond, der den grau-weißen Damm im Hintergrund beschien, mussten einfach seine anfängliche Panik während des ersten Telefongesprächs Lügen strafen. Hier war einfach nicht der Ort, wo etwas derartig Fürchterliches wie ein Massaker an Dorfbewohnern hatte geschehen können.

Ros lauschte den Insekten und den Nachtvögeln, die das verhaltene Gemurmel der Gespräche auf der großen Terrasse übertönten. Das Wasser in dem Pool kräuselte sich ein wenig, so dass die reflektierenden Lichter des Hotels umhertanzten. Sie hatte bereits mit Bruce Pearson gesprochen, der sie ermuntert und Interesse an ihren Vorschlägen gezeigt hatte. Sie war zuversichtlich, dass das formelle Treffen am nächsten Morgen ein Erfolg werden würde. Bei den meisten, die hierhergeflogen waren, herrschte inzwischen Zuversicht und Champagnerlaune.

»Ah, hier sind Sie ja, Ros!« Es war Pearson, dem ein Tross von Begleitern folgte. Ein Fotograf drückte in dem Moment auf den Auslöser, in dem Pearson seinen Arm um sie legte. Beide lächelten gekünstelt in die Kamera. »Hervorragend – wunderbar!«, rief er begeistert und ging sogleich zur nächsten Umarmung für die nächste Aufnahme.

Bei einer von ihr in Australien organisierten Wohltätigkeitsveranstaltung hatte sie Pearson kennen gelernt und war zwei- oder dreimal mit ihm zusammengetroffen, bevor sie sich um den Auftrag für die Innendekoration der in Tripitaka geplanten Hotels und Kasinos beworben hatte. Er kam ihr stets wie der typische Manager vor, der sich von seinen früheren Positionen im Vertrieb und Marketing zu seinem jetzigen Direktorenposten hochgearbeitet hatte. Neben dieser Normalität kamen ihr Hydes paranoide Verdächtigungen der Straits Royal Gruppe immer absurder vor. Sie beobachtete, wie Pearson am Pool entlang promenierte, hier mit einem freundlichen Händedruck und dort mit einer angedeuteten Umarmung. Diese Normalität, die ihn umgab, beruhigte sie noch mehr als der klare Sternenhimmel und half ihr, Hydes Warnungen mehr und mehr zu verdrängen. Was hatte er zuletzt gesagt? *Ich bin über das Ziel hinausgeschossen. Wir können den Standort nicht genau lokalisieren. Verzeih mir, mein Mädchen.*

So oder so ähnlich. Vielleicht hatte er es wirklich ernst gemeint. Sie schaute auf ihren Champagnerkelch und den sich ihr nahenden Ober. Noch ein halbes Glas, dann wollte sie zu den anderen auf die Suite gehen. Sie ließ sich das Glas voll schenken, und als der Ober sich wieder entfernt hatte, schüttelte sie den Kopf.

Dort konnten einfach nicht hundert Leichen unter dem Schwimmbecken oder am Damm verscharrt worden sein. Es war unsinnig, etwas Derartiges anzunehmen. Dies hier war eine Ferienanlage, die größte in Asien. Die Leute waren umgesiedelt und nicht umgebracht worden. Es war unendlich lange her, dass solche Dinge hier in Tripitaka hatten passieren können.

Ein kalter Wind blies über den Bahnsteig des Bahnhofs von Coventry. Marian stand vor einem Schild, auf den in großen Buchstaben *Shakespeares Land* zu lesen war. Alder hatte sich dicht neben sie gestellt, weil er den Eindruck hatte, dass sie jeden Moment seine Hilfe oder Unterstützung bräuchte. Er hatte Marian angeboten, mit ihr zusammen von Uffingham nach London zurückzufahren. Seine Aufmerksamkeit berührte sie jetzt dermaßen, dass sie in seiner Anwesenheit wieder eine gemeinsame Zukunft in Betracht ziehen konnte.

»Bevor der Zug kommt, werde ich kurz Hyde anrufen!«, verkündete sie und suchte dabei nach dem Telefon in der Tasche ihres vom Wind aufgeblähten roten Mantels. Alder schaute sie daraufhin misstrauisch an, als wäre er eifersüchtig auf einen anderen Liebhaber.

»Mein Gott, Marian, muss das sein? Dieser Typ ist doch paranoid. Das hast du wirklich nicht nötig!«

Sie zuckte nur mit den Achseln, ging ein paar Schritte von ihm weg und wählte Hydes Nummer. Sie konnte sehen, wie betroffen Alder war, weil hier offensichtlich der Geschichte eines Fremden mehr Glauben geschenkt wurde als seiner eigenen. Noch in Uffingham hatte er Marian immer wieder versichert, *dass es ihm darum nicht ginge*. Umso mehr schien er jetzt enttäuscht zu sein.

Eine verzerrte Stimme aus dem Bahnhofslautsprecher kündigte ihren Zug für die nächsten Minuten an. Clive Winterborne hatte sich während des Gesprächs auf Uffingham ihr gegenüber neutral verhalten. Sie glaubte sogar, seine Sympathie, sein Mitgefühl gespürt zu haben, während ihr Vater ganz offensichtlich sich um ihre weitere Verstrickung in diese Sache Sorgen machte. Er würde bestimmt mit Kenneth sprechen und ihn überreden, sie aus dieser Angelegenheit herauszuhalten.

Wie Alder stand Ralph Lau der Geschichte ablehnend gegenüber. Er schien jedoch noch weniger Interesse daran zu zeigen wie alle anderen. Sie selbst konnte deutlich spüren, woher ihr Schock und ihre Empörung über dieses Massaker kam. Es war ihre Erziehung wie auch ihr Instinkt, der dagegen revoltierte. Beides mochte sie nicht. Die Ruhe von Uffingham hatte sie inzwischen wieder etwas besänftigt. Marian fühlte wieder mehr Distanz zu der ganzen Sache.

»Ich bin es«, sagte sie. »Können Sie sprechen? Haben Sie etwas Neues herausgefunden?«

»Ja«, hörte sie Hydes düstere Stimme. »Wir wissen jetzt genau, wo es passiert ist.« Marian glaubte, im Hintergrund das Brummen von Aubreys Stimme und die eines anderen Mannes zu hören. Dann entfernte sich offenbar Hyde von den anderen und fuhr fort: »Es ist eine neu gebaute Ferienanlage.« Er wirkte jetzt sehr angespannt. »Es ist ein Bauvorhaben der Straits Royal Gruppe. Wir müssen die Einzelheiten noch zusammentragen, aber allem Anschein nach ziehen sie dort die größte Geldwaschanlage in ganz Asien hoch. Genial, nicht wahr?«

Beunruhigt schaute sie zu Alder hinüber, während der Zug gerade in den Bahnhof einfuhr.

»Sie meinen tatsächlich, dass Winterborne Holdings darin verwickelt ist?«

»*Ich* bin davon überzeugt, aber Ihr Patenonkel will noch mehr Beweise.«

»Marian?«, flüsterte Alder in scharfem Ton. Der Zug war jetzt auf ihrer Höhe und fast zum Stillstand gekommen. Aufgewirbelter Staub ließ ihre Augen tränen. Alder zog sie am Arm, »Komm jetzt«, rief er ungeduldig und ging mit ihr in Richtung der Ersten-Klasse-Waggons.

»Patrick, vielleicht kann ich Ihnen helfen. Ich kenne da einige Leute. Sagen Sie es Kenneth. Ja? Ich treffe Sie später, ich muss jetzt los.«

Wütend warf Alder die Taschen in die Gepäckablage und ging mit ihr zum nächsten freien Nichtraucherplatz. Ungehalten über sein beleidigtes Verhalten ließ sie sich in den gegenüberliegenden Sitz fallen und legte ihren zusammengefalteten Mantel auf den Platz neben sich. Die Aktentasche stellte sie vor sich auf den Tisch. Draußen verschwand die Sonne hinter den tiefhängenden grauen

Wolken. Die ersten Regenschauer hinterließen Wassertropfen auf dem staubigen Fenster.

Mit seinen blauen, ärgerlichen Augen und einem Ausdruck zwischen Verbitterung und Ablehnung brummte Alder sie an: »Marian, du bist ja besessen!« Er lehnte sich vor und trommelte nervös mit den Fingern auf das schwarze Leder der Aktentasche. »Diese Burschen sind ehemalige Geheimagenten. Die wittern überall eine Verschwörung!« Sie sah, wie er – nun ganz Politiker – um jede Stimme kämpfte. Marian war über sein Verhalten beleidigt. Der Zug hatte bereits die Vororte von Coventry erreicht. »Seit Jahren ist das ihre Hauptbeschäftigung. Die können gar nicht mehr anders denken. Warum lässt du dich da hineinziehen?«

Der Zug passierte eine Garage, die direkt neben dem Eingang eines städtischen Friedhofs stand. Unter dem regenverhangenen Himmel breiteten sich die endlosen Siedlungen von eintönigen Reihenhäusern aus. Marian zündete sich eine Zigarette an und antwortete: »Robbie, es gibt *Fotografien.*« Schmerzlich berührt verzog er das Gesicht. »Der Junge, der sie aufgenommen hat, ist *tot*. Ist das Paranoia?«

»Das passt doch alles viel zu gut zusammen!«, protestierte er und schaute in Gedanken versunken einer Herde Kühe auf sattgrünen Weiden nach. Marian konnte dort undeutlich ein Kaninchen hocken sehen. »Du machst aus der Geschichte mehr, als sie hergibt. Dieser tote Junge, der war doch gegen die Junta, nicht wahr? Ein Journalist, ein Radikaler. Warum glaubst du alles, was du hörst?« Sie wartete jetzt nur noch, dass er triumphierend die Arme faltete, so überzeugt schien er in dem Moment von sich zu sein.

Verbittert blies sie den Zigarettenrauch aus und war dann selbst überrascht, als sie in lautes Lachen ausbrach.

»Robbie!«, schalt sie ihn. »Weder klage ich an, noch versuche ich, jemanden in Verlegenheit zu bringen!« Mit ernstem Ton fuhr sie fort: »Aber ich kann helfen – wenn wirklich etwas an der Sache dran sein sollte.«

Der Regenschauer hatte sich inzwischen verzogen. Von fern spiegelte sich die Sonne in der Windschutzscheibe eines Autos.

»Marian«, bedrängte er sie. »Du sagst, es gibt Fotografien. Aber *du* hast sie bisher nicht gesehen. Wer garantiert dir, dass sie nicht gefälscht sind? Gibt es denn noch weitere Beweise?«

Für einen Moment herrschte eine angespannte Stille zwischen den beiden, dann antwortete sie kleinlaut: »Nein. Nicht, dass ich wüsste.«

»Dann frage nach weiteren Beweisen. Wenn das alles tatsächlich stimmen sollte, ist das Dynamit. Aber vielleicht stimmt es auch überhaupt nicht.«

Sie schwieg, und mit einem gewinnenden Lächeln versuchte er jetzt, ihre aufkommenden Zweifel noch zu verstärken. Draußen schien die Sonne auf das Weideland. Es *war* tatsächlich schwer zu glauben, dass etwas so Entsetzliches hätte passiert sein können.

»Was will dieser Kerl denn mit den Bildern machen?«, fragte Alder.

»Das weiß ich nicht, Robbie. Ich sollte ihn aber wirklich danach fragen, nicht wahr?«

Alders Gesichtsausdruck wirkte wie eine Warnung und flößte ihr Unbehagen ein. Es schien, als betrachtete er sie wie eine gefährliche Verrückte.

Hyde schaute auf die Uhr. Es war vier Uhr dreißig. Der Regen hatte zwar aufgehört, doch der Himmel erschien immer noch bleiern. Das Licht in Godwins Büro war warm und freundlich, während draußen die Lichter angingen und London sich auf den frühen Abend vorbereitete. Obwohl sie bereits seit geraumer Zeit über den Vergrößerungen von Kumars Aufnahmen gebrütet hatten, strahlte die Szenerie etwas Heiteres aus.

Aubrey ließ das Notizbuch des Jungen auf Godwins Schreibtisch fallen. Mit den Händen rieb er seine angestrengten Augen und unterdrückte dabei verschämt ein Gähnen. »Dieses Büchlein dokumentiert viel Schuld, die der Junge auf sich geladen hat«, begann er. »Ich vermute, dass Kumar den Widerstand der Bewohner gegen die Umsiedlung geschürt hat. Eine Art von überheblicher Verachtung für die Dorfbewohner spricht aus seinen Aufzeichnungen.« Er wurde unterbrochen, als Janice mit dem Kaffee den Raum betrat. Die Bilder lagen überall auf dem Schreibtisch, dem Teppich und dem Ledersofa vor dem Fenster herum. Sie bemühte sich angestrengt, ihre Blicke von den Gräueln fern zu halten. Nachdem sie wieder gegangen war, schloss Aubrey: »Es steht nicht viel in dem Heft, was dort wirklich vorgefallen ist. Oder darüber, was er in England erreichen wollte. Mir scheint, dass ihn dieses Massaker, dessen Zeuge er war, traumatisiert hat. Vielleicht vertraute er auf irgendwelche Verbindungen. Zumindest hat er niemanden erwähnt.«

»Aber er wollte doch unbedingt mit Sir Clive sprechen«, entgegnete Hyde abwesend. »Da muss er doch auf Verbindungen gehofft haben.«

»Giles Pyott glaubt an einen Gott, auf den ich nicht setzen würde. Ich kann ihm da nicht ganz folgen.«

»So – weitere Beweise. Wir wissen, dass …« Hyde schaute wieder auf seine Uhr. »Warum, zum Teufel, meldet sich Evans nicht?« Er schaute dabei finster in Godwins Richtung, als hätte er aufgrund eines annullierten Fluges eine Verabredung platzen lassen. »Und wie lange dauert es, bis wir die Reliefkarte haben? Ich werde sie *brauchen*.«

»Heute noch. Versprochen!«, erwiderte Godwin mit einem Gähnen. »Immerhin wissen wir schon, wo es ist und wie wir dich dort hinbekommen. Evans wird sich um die Papiere und die technische Ausrüstung kümmern. Ich kann das Zeug als Diplomatengepäck im selbem Moment nach Kuala Lumpur schaffen wie dich.«

Hyde hielt ein Foto aufrecht auf den Knien. Er studierte es intensiv, während Godwin aus dem Fenster schaute und Aubrey seinen Gedanken nachhing. Auf der Aufnahme war zu erkennen, wie eine Reihe von Menschen, vor denen bereits ein Dutzend Leichen in einer Grube lagen, am Boden kniete. Die Mauer des Damms war deutlich am linken Rand zu sehen. Das Bild war so stark vergrößert, dass Hyde die völlig verängstigten Gesichter von einigen weniger nach vorn gebeugten Gestalten erkennen konnte. Die Mimik eines Unteroffiziers, der gerade das Magazin seiner Pistole lud, wirkte grimmig und konzentriert. Die Aufnahme zeigte einen blauen Himmel. Im Hintergrund waren die fernen Berge und dichter Dschungel zu erkennen. Selbst den Umriss eines großen, buntgefleckten Vogels konnte er deutlich ausmachen.

Ein hoher Offizier der Tadmadaw[1] beaufsichtigte das Massaker. Die Präsenz eines in Zivil gekleideten Chinesen, von dem ein Burmese gerade Befehle entgegenzunehmen schien, zeigte jedoch, wo die wahre Verantwortung lag. Der Chinese war klein gewachsen und strahlte selbst auf dem Foto eine ruhige, soldatische Autorität aus. Hyde überlegte, ob es sich bei ihm um einen Heroinproduzenten – fast alle Drogenbarone waren Chinesen – oder um jemand anderen handelte.

Dann entdeckte Hyde noch einen Weißen – den einzigen auf dem Foto, obwohl selbst das nur mit Mühe zu erkennen war – im Halbprofil mit hellem, vielleicht auch schon grauem Haar. Er war von groß gewachsener, jugendlicher Statur. Gequält wandte er sich von dem Geschehen ab. Offensichtlich besaß die Person weder die Freiheit noch die Autorität, um den Ort eigenmächtig zu verlassen, geschweige denn zu protestieren.

Aubreys Augen waren mit dem Alter schlechter geworden, und auch Godwin kannte den Mann nicht. Zudem interessierten sich beide eher für den Ort des Geschehens als für die daran beteiligten Personen. Sie gingen davon aus, dass es von Fremden begangen worden war. Deshalb konnten sie die abgebildete Person nicht identifizieren.

Das Telefon klingelte. Godwin schnappte sich sofort den Hörer, und Aubrey wurde sogleich wieder munter.

»Hallo Taff, wie geht es dir? Moment, ich schalte den Lautsprecher ein, damit wir dich alle hören können.«

Evans fröhliches Geträller ergoss sich in den Raum und spülte die angespannte Atmosphäre, die seit Stunden auf ihnen lastete, fort.

---

1 Bezeichnung für die burmesische Armee (Anm. d. Ü.)

»Gut geht es mir, Tony! Das wird allerdings noch ein paar Tage dauern. Tut mir Leid, du australisches Schlitzohr, aber solche Dinge brauchen nun mal ihre Zeit.« Als erinnerte er sich plötzlich an Aubreys Gegenwart, fügte er kleinlaut hinzu: »Verzeihen Sie, Sir.«

»Macht nichts, Colin. Können Sie dafür sorgen, dass sich Patrick frei bewegen kann, jedenfalls so wie alle anderen Mitglieder der Handelsdelegation auch?«

»Ja, Sir. Ich dachte, er sollte sich als Mitarbeiter unserer Botschaft in Bangkok ausgeben. Da besteht erstens eher die Chance, dass ihn keiner kennt. Zweitens können wir ihn jederzeit von Bangkok nach Rangun fliegen. Ich werde dann dort sein, um ihn zu treffen. Aber das, was er in Burma benötigt, braucht noch etwas Zeit. Ein Kleinflugzeug habe ich schon organisiert. Bislang habe ich jedoch noch keinen Piloten, dem ich vertrauen kann. Ich hoffe, es bis morgen erledigt zu haben. Bis dahin müssen *Sie* entscheiden, *wo* wir hinmüssen. Oh, da ist noch etwas, Sir«, es schien ihm fast peinlich zu sein, »die Kosten – soll ich die Gelder umleiten?«

»Keine Sorge, Colin. Ich glaube, ich kann mich noch an ein paar längst vergessene Nummernkonten erinnern«, meinte Aubrey schmunzelnd.

»Wunderbar! Mehr liegt mir zurzeit nicht auf dem Herzen, Sir. Ich melde mich bei Ihnen wieder über Tony.« Dann kicherte er und beendete das Gespräch: »Sie werden wohl die Nacht durchmachen, was? Wie in alten Tagen. Alles Gute!«

Hyde blickte von dem Foto des Massakers auf, das den Zeitpunkt des Nachladens dokumentierte und damit die Exekutionen unterbrach. Er versuchte, den immer wiederkehrenden Gedanken zu verdrängen, dass Ros sich nämlich an genau demselben Ort aufhielt. Vielleicht war sie gerade nur ein paar hundert Meter von den Massengräbern entfernt und traute seinen lahmen Versicherungen nicht.

»In Ordnung«, murmelte Hyde. »Taff kümmert sich um alles. Der Betriebsausflug des Handelsministeriums geht bis nach Tripitaka, wo ich den Vergnügungsdampfer verlassen werde. Gut!«

Aubrey schaute ihn argwöhnisch an und wandte sich dann Godwins Notizen zu. Wie ein folgsamer Schüler machte es ihm Godwin nach und ging die Liste von Ausrüstungsgegenständen durch, die Hyde angefordert hatte. Er drückte die Taste der Gegensprechanlage. »Janice, können Sie bitte mal nachfragen, wie es mit der Reliefkarte vorangeht?« Er schaute zu Hyde hinüber, der mit beiden Händen eine Vergrößerung hochhielt und sie mit finsterem Blick studierte. Ihn dorthin mit falschen Papieren und einer gültigen Akkreditierung zu bekommen war der leichte Teil der Aktion. Auch noch die Ausrüstungsgegenstände, die Hyde für notwendig erachtete, hinzuschaffen, erschien ihm noch einfach.

Hyde aber wieder herauszubringen, mit welchen Beweisen auch immer, die er dann beschafft haben mochte, würde eindeutig die schwierigere Aufgabe sein. Beweisstücke, weitere Fotografien, Zeugen? Als würde er ihm zustimmen, sah er Hyde hinter der Vergrößerung mit dem Kopf nicken. Nein, das *würde* bestimmt nicht leicht werden, überlegte sich Godwin.

Als er sich wieder über seine Liste hermachte, entspannte sich Hyde etwas. Er war sich absolut sicher, aber seine Gewissheit nutzte ihm nichts. Denn würde man die Aufnahme noch mehr vergrößern, würde die Auflösung so stark abnehmen, dass Einzelheiten nicht mehr zu erkennen wären. Niemand würde mit ihm darin übereinstimmen, dass es sich bei dem Weißen auf dem Foto, das er gerade in Händen hielt, um den Kongressabgeordneten Robert Alder handelte. Keiner, weder Aubrey noch Godwin, geschweige denn Marian Pyott würden sich seiner Meinung anschließen, dass Alder Zeuge dieser Gräueltaten gewesen war.

Aber er *wusste*, dass es Alder war.

Peter Grainger – die Ratte – hatte Marian im Zug angerufen, um ihr vereinbartes Treffen am Nachmittag abzusagen.

Sie schwelgte jetzt in dem glücklichen Gefühl, Robbie hier in ihrer Wohnung zu wissen, während draußen die Wolken an einem stahlblauen Himmel von einem starken

Wind über den Fluss getrieben wurden. Die tief stehende Sonne spiegelte sich in den Glasfassaden eines benachbarten Hochhauses wider.

In seiner Gegenwart empfand sie die Wohnung anonym wie eine Abflughalle, ein Eindruck, der in so vielen ihrer Wünsche und Gefühle bestätigt wurde. Hier mit ihm wurden die Bücher, die CDs oder die alten Möbelstücke zu Metaphern eines einsamen Lebens. Es kam ihr vor, als hätten sie die herbstliche Jahreszeit draußen vor der Tür in sich aufgenommen.

Marian fürchtete nichts mehr, als an diesem Ort für den Rest ihres Lebens zu wohnen; vor allem aber fürchtete sie die Einsamkeit darin.

»Kaffee?«, erkundigte sie sich mit heller Stimme. Flugs ging sie in die Küche, um ihren eigenen Bildern von Isolation und Vereinsamung zu entfliehen.

»Ja, gern«, antwortete er.

Sie zündete sich eine Zigarette an, stellte den Wasserkessel auf den Herd und tat Kaffeepulver in die Filtertüte. Das Sonnenlicht fiel strahlend in die Küche. Dadurch konnte sie deutlich den Staub und die Haare auf dem Fußboden erkennen.

Noch bevor das Wasser kochte, fühlte sie seine Gegenwart in der Tür. Voller Aufregung und Leidenschaft begann sie ungewollt zu zittern. Leise, wie ein verführerisches Kompliment sagte er: »Ich glaube, ich will doch keinen Kaffee. Willst du …?«

»Nein.«

Sie drehte sich zu ihm um und gab sich der Wildheit seiner Lippen hin, während seine Hände unter ihren Pullover glitten. Im Nu lagen sie nackt auf dem Bett. Die warmen Sonnenstrahlen auf ihrem Körper und ihrem Gesicht erregten ihn offenbar noch mehr. Dabei schien er sich fast verzweifelt beim Liebesakt zu bemühen, wohl um die Differenzen mit ihr zu überspielen.

»Komm mit mir zurück«, hörte sie ihn, als er sich seinem Höhepunkt näherte. »Bitte, komm mit mir! Du *willst* es, wir können zusammenbleiben.« Seine Augen öffneten sich weit in seinen Bitten. Sie war selbst kurz vor dem Höhepunkt. Ja, ja. Sie war in Übereinstimmung mit allem, seinem Rhythmus, seinem Drängen, seiner Zukunft. Ihrer Zukunft. Ja, ich will, schoss es ihr durch den Kopf.

Mit dem Gesicht auf dem Kissen lag er regungslos auf ihr, während sie aus dem Fenster starrte. Sie dachte über das nun nicht mehr Undenkbare nach – die Rückkehr mit ihm nach Washington.

»Hast du das eben ernst gemeint?«, fragte sie mit heiserer Stimme. Dann fand sie ihren Humor wieder. »Ich meine das mit Washington, mit *uns*? Du hast das nicht gerade aus einer tollen Zeitschrift vorgelesen, nur um deinen Orgasmus zu verschönern, oder?«

Er löste sich aus seiner Erstarrung und rollte auf den Rücken. Sein jungenhaftes Grinsen passte nicht zu den feinen Gesichtszügen.

»Du und ich, meinst du? Hört sich doch gut an.«

»Aber *meinst* du es wirklich so?«

Zur Seite gedreht lehnte er sich auf den Ellbogen und schaute sie an.

»Aber meinst *du* es auch?«

»Ich denke immer wieder darüber nach,Robbie. *Willst* du es? Ich muss es wissen.«

»Das wäre doch toll!«, rief er, wobei sich seine Gesichtszüge aufhellten. Das Schlafzimmer erschien ihr jetzt noch kleiner und unordentlicher. »Hör zu, ich will keinen Druck ausüben. Denk darüber gründlich nach.«

Aufrecht im Bett sitzend, zündete sich Marian eine Zigarette an.

»Diese Dinger werde ich nicht so leicht aufgeben können.«

Zärtlich küsste er ihre Brüste und erwiderte: »Und ich kann diese hier nicht so leicht aufgeben.« Dann strich er über ihr Haar und ihre Wangen, um plötzlich unvermittelt mit den Fingern zu schnippen. »Verdammt, wie spät ist es?«

»Warum? Es ist erst halb sechs.«

»Ich habe eine Verabredung um sechs Uhr! Lass mich telefonieren, um das Treffen abzusagen.«

»Kommt nicht in Frage! Nicht als mein Partner. Erst die Arbeit, dann das Vergnügen, wie Vater zu sagen pflegt.« Und mit einem unsicheren Lächeln fügte sie hinzu: »Wirst du heute Abend wiederkommen?«

»Aber sicher! Zum Abendessen. Kann ich das Telefon benutzen, um ein paar Anrufe zu erledigen?«

Marian nickte nur.

»Ich werde mich in der Zwischenzeit duschen.« Unzüchtig und sich verführerisch räkelnd, stieg sie aus dem Bett und beeilte sich lächelnd, ins Bad zu kommen.

Alder wartete, bis er das Rauschen in der Dusche hörte, ging dann ins Wohnzimmer und nahm den Telefonhörer ab. Er fühlte sich wie ein Schauspieler, dessen Gesichtszüge ihm nach einer zu langen Vorstellung vor Erschöpfung zu entgleiten drohten. Zögernd wählte er die Nummer.

Ralph Lau meldete sich sofort in seinem Haus am Eaton Square.

»Ralph, ich bin es. Nein, sie ist unter der Dusche, wie in *Psycho*. Aber hören Sie! Es muss doch nicht so über die Bühne gehen, wie Sie es wollen! Ich kann das auf meine Art tun. Marian und ich, wir sind ein Paar, oder fast zumindest. Sie spricht schon von Washington. Ich kann sie beschäftigen und alles unter Kontrolle halten.« In der folgenden, lang andauernden Stille spürte Alder, wie seine Erregung wuchs, bis er sich genötigt sah, Lau zu unterbrechen. »Und was genau meinen Sie damit, Ralph?«

Die letzten Sonnenstrahlen fielen in das Wohnzimmer und machten den Staub auf dem Fernsehapparat deutlich sichtbar. Lau antwortete in eisigem Ton, und erst jetzt bemerkte Alder seine Nacktheit, spürte seine Abhängigkeit von Lau. Die Stimme, die er hörte, schien dagegen völlig bekleidet zu sein und deutete auf keinerlei Unsicherheit oder Verletzbarkeit hin. Sein Blick wanderte hinüber zum Bücherregal, zu den CDs und Platten. Ihre Handtasche und die Aktentasche standen ordentlich neben dem Sofa, auf dem er gerade saß. In gequältem Tonfall sagte er leise: »Hören Sie, Ralph, das kann doch noch *diskutiert* werden, es ist doch noch nichts in Stein gemeißelt, oder?«

Er starrte auf seine Hüfte, auf seinen Penis, die Handtasche und einen einzelnen Ohrring auf dem Tisch. Marian stand immer noch unter der Dusche.

»Um Gottes willen, Ralph«, platzte es aus ihm heraus. »Das kann doch nicht Ihr Ernst sein! Das ist doch jetzt überhaupt nicht nötig.« Trotzig stemmte er die Faust in die Hüfte, doch seine Stimme klang jetzt bettelnd: »Um Himmels willen, Ralph!«

»Ach, Sie lieben sie also?«

»Das habe ich im Griff.«

»Nein, *ich* habe das im Griff, wie Sie es nennen.«

Der Ohrring, wahrscheinlich war er ein Erbstück von der Urgroßmutter aus viktorianischer Zeit, glitzerte in den letzten Sonnenstrahlen. Seine Stirn war jetzt nass, kalter Schweiß lief ihm von den Achseln die Arme hinunter. Der ganze Raum war von ihrem Duft erfüllt. Sie war überall, als er dort wie bei einem Verhör zusammengekauert auf dem Sofa saß. Ihr Parfüm, das vorhergegangene Liebesspiel stieß ihn jetzt ab. Er war entsetzt darüber, wie die Sehnsucht nach ihr und seine Begierde alle Gedanken an Laus Befehle, die er ihm kurz vor der Abfahrt aus Uffingham zugeflüstert hatte, ausblenden konnte. Wegen Sex, Liebe oder auch nur wegen des Rhythmus des Zuges, *ihres* Rhythmus, hatte er die grausame, unmittelbare Zukunft verdrängen können.

Lau, Lau, um Gottes willen …

Der sprach wieder mit eintöniger und eisiger Stimme: »Bewerten Sie unsere Aktionen genauso wie die Ihren, Robert. Als man Sie bedrohte, haben Sie sofort reagiert. Ich verhalte mich im Grunde genommen gleich. Sie waren früher für meinen Cousin tätig. Jetzt sind Sie es für mich! Diese Frau wird einfach zu gefährlich für mich, und Sie sind mit ihr zu eng involviert, als dass Sie für ihr Schweigen garantieren könnten.« Ausdruckslos und von sich selbst angeekelt starrte Alder auf den Ohrring. Er beneidete Marian um ihre Sauberkeit unter der Dusche, denn ihr Geruch auf seiner Haut erfüllte ihn mit Ekel. Er fühlte sich wie ein Gefangener. »Und jetzt«, fuhr Lau fort, »werde ich Ihnen Jessop geben, der Ihnen seinen Plan und Ihre Rolle darin erklären wird. Auf Wiedersehen, Robert.«

Unfähig zu sprechen, öffnete er entsetzt den Mund. Er musste einfach nur auf Jessops Anweisungen warten. David, seine vorherige Gottheit, hatte immer etwas versprochen. Doch Ralph, seine neue Gottheit, forderte oder drohte nur noch. Alder wurde an ihn weitergereicht wie ein schon geöffnetes, gebrauchtes Geschenk.

»So«, begann Jessop. Der Ohrring auf dem Tisch verblasste. »Sie haben noch etwas über eine Stunde Zeit ...«

Hyde bezahlte das Taxi, das ein paar hundert Meter von Marians Hausblock entfernt gehalten hatte, und schlenderte salopp die Flood Street hinunter in Richtung Chelsea Embankment. In den parkenden Autos am Straßenrand fielen ihm keine Menschen auf. An der Uferstraße und in Richtung der Albert Bridge herrschte dichter Berufsverkehr. Ein junges Paar, das gerade lärmend aus einem BMW stieg, schreckte ihn für einen Moment auf.

Der elegante Hausblock war hell erleuchtet. Ein paar Wagen parkten in der Auffahrt. Der Himmel war tintenblau und fast wolkenlos. Hyde hielt sich im Schatten der Häuser. Marian würde wahrscheinlich nicht unter Beobachtung stehen, doch musste er auf Alder Rücksicht nehmen. Alder, den er vor ein paar Tagen aus Laus Bürogebäude am Eaton Square kommen sah, war hier gewesen. Das wusste er. Alder, den er verschwommen auf dieser verdammten Aufnahme erkannt hatte! Massengräber ... Ros ... Hyde versuchte die in ihm aufsteigenden Ängste wieder zu kontrollieren. Noch ein Tag, und Ros würde wieder fort sein. Dann wäre er dort, um nach Beweisen zu graben.

Und wenn er nun Alder unter Druck setzen würde? Die Aufnahmen waren nicht eindeutig, schon gar nicht, wenn ein amerikanischer Kongressabgeordneter sie bestreiten und eine britische Abgeordnete sie zumindest anzweifeln würde.

Plötzlich tauchte Alder auf. Gleich einem Albtraum riss ihn sein Erscheinen aus seinen Grübeleien. Die groß gewachsene Gestalt trat zögernd aus dem Hauptportal. Offenbar erregt hastete er auf einen schwarz gekleideten Mann zu. Wieder zögerte er und redete dann auf den Mann ein, als wolle er ihn vor etwas zurückhalten. Der andere Mann machte einen verwirrten, unsicheren Eindruck. Alder schien kurz davor, ihn tätlich anzugreifen. Plötzlich schaute er über den Mann hinweg auf die andere Straßenseite, und für einen Moment war sich Hyde sicher, von ihm erkannt worden zu sein. Es war zu spät, um tiefer im Schatten unterzutauchen.

Eigenartigerweise nickte Alder jetzt dem Mann zu und verschwand dann schnell in Richtung eines auf der anderen Straßenseite vorgefahrenen Autos. Der andere Mann betrat inzwischen Marians Hausblock durch den Haupteingang.

Alder saß jetzt im Wagen. Hyde konnte durch das Heckfenster erkennen, wie er aufgeregt mit den Armen gestikulierte. Das Gesicht der anderen Person auf dem Rücksitz war nicht auszumachen.

Kein Türsummer, kein Schlüssel …

Der schwarz gekleidete Mann betrat das Foyer durch die noch offene Tür. Hatte Alder gezögert, als er hinausging, und darauf geachtet, sie nicht zufallen zu lassen? Er hatte offensichtlich versucht, den Mann zurückzuhalten. *Alder, der Zeuge bei der Exekution eines ganzen Dorfes gewesen war.*

Hyde rannte zur Haustür. War sie noch offen?

Sie war noch offen.

Im Foyer hielt er inne, um sich zu orientieren. Die Lichter über der Lifttür gingen an und wieder aus. In welchem Stock wohnte Marian, im sechsten oder im achten? Er griff nach seiner Pistole im Halfter. Mein Gott, sie werden sie töten!

Sie töten. Der Mann schnappte sich die Silbergegenstände in dem warm erleuchteten Wohnzimmer und durchwühlte ihre Handtasche. In der Küche hörte Marian Geräusche und ging ins Zimmer.

»Was tun Sie da?«, schrie sie.

Sie töten. Sie wusste es in dem Moment, als er die schwere Art-Deco-Bronze vom Erkertisch nahm und sich schnell auf sie zubewegte. Er war schwarz gekleidet, eine Skimütze verhüllte das Gesicht. Weiße Zähne grinsten unter der Maske. Vor Schreck konnte sie sich nicht bewegen, ihr Verstand gehorchte ihr nicht.

Der Mann holte mit der Bronzefigur nach ihrem Kopf aus. Gestern der Einbruch in ihrer Wohnung in den Midlands, und nun das. Sie konnte noch rechtzeitig mit dem Kopf ausweichen, doch die Bronze streifte noch ihren Arm. Todesangst und aufgerissene Haut ließen sie aufschreien. Der Geruch nach Essen und sein Speichel in ihrem Gesicht. Mit der unverletzten Hand griff sie nach der hässlich grinsenden Skimütze. Sie spürte seinen heißen, widerwärtigen Atem, ihre Hand war übersät von seinem Blut. Er kreischte wie eine verwundete Katze, dann erst warf er sie mit dem Arm zurück. Er folgte ihr durchs Zimmer, wobei sie sich mit erhobenen Armen seiner Angriffe zu erwehren suchte. Der Wohnzimmertisch fiel um und ließ ihn für einen Moment ins Straucheln geraten. Sie knallte mit der Wade gegen die Sofaecke.

»Nein!«, schrie sie wieder.

Er warf sich auf sie und drückte sie zu Boden. Mit seinen weißen Händen zerriss er ihre Bluse, dann ihren Rock. Mit den Knien versuchte sie, seine Leiste zu erreichen, mit den Fingernägeln, ihm die Maske vom Gesicht zu reißen. Speicheltropfen gemischt mit Blut aus seiner Nase tropften auf ihr Gesicht. Dann umfasste er mit den Händen ihren Hals. Keine Erregung war bei ihm zu spüren, kein Vorspiel zu einer Vergewaltigung, als ob der Angriff nur gespielt würde.

Breitbeinig saß er auf ihr und presste sie auf den Teppich. Wie eine Puppe knallte er mit den Händen ihren Kopf auf den Boden, wobei er sie drückte und würgte.

Schwarze Flecken erschienen vor ihren Augen, als würde sich die Maske wie eine Amöbe teilen. Mehr und größere Flecken tauchten jetzt auf. Die Dunkelheit vor ihren Augen nahm zu und verdrängte langsam die Maske über ihrem Gesicht, den Abendhimmel am Fenster, das Zimmer und seinen Unterleib, den er hin und her rieb, um sich zu einer Erektion zu zwingen. Sie verdrängte den eisernen Griff seiner Hände, das Gefühl für ihre eigenen Hände, die hinuntersanken wie die einer Ertrinkenden, sein Gewicht, seine Wildheit.

Die Flecken verschwammen immer mehr und wurden schließlich von einer schwarzen Nacht verschluckt.

Kapitel acht

Andromeda

Endlich der achte Stock! Er japste nach Luft. Der stechende Schmerz in seinen Lungen zwang ihn für einen Moment in die Knie. Er hörte einen Fernsehapparat und Musik aus einer anderen Tür. Die Luft, die er hier einatmete, roch nach wohlschmeckendem Essen. Unversehens war Hyde in eine ganz gewöhnliche, bürgerliche Welt gestolpert, die ihn für einen Moment verwirrte.

Am Ende des Korridors stand eine Tür offen, auf die er zurannte. Ros hätte gewusst, wo die Wohnung war. Das Bild von *ihr* vor seinen Augen versuchte er abzuschütteln.

Ein Isolierband hielt den Türschnapper zurück, sodass die Tür hinter Alder nie ins Schloss gefallen war. Hyde sprang mit vorgehaltener Heckler & Koch durch die Tür, drehte sich in der Wohnung nach beiden Seiten um und stürmte dann durch den Flur ins Wohnzimmer.

Marian war schon tot, schoss es ihm durch den Kopf. Alles deutete auf einen professionellen Job hin: Erst der vorgetäuschte Einbruch, dann der Versuch einer Vergewaltigung und schließlich der Mord. Mit dem Schuh zertrat Hyde eine kleine auf dem Boden liegende Porzellanfigur. Das Geräusch schreckte den schwarz gekleideten Mann auf, der rittlings auf dem leblosen Körper saß. Der Mann könnte reden, irgendjemand musste ihn ja *beauftragt* haben, dachte Hyde. Seine Unentschlossenheit verriet sein Zögern, weshalb der Mann davon ausgehen konnte, dass Hyde die Pistole nicht benutzen würde. Er sprang auf die Füße, um sich auf ihn zu stürzen.

Hyde warf sich mit seinem ganzen Körpergewicht der wuchtigen Attacke entgegen, griff nach der schwarzen Kostümierung des Angreifers und schlug mit dem Unterarm auf die schon blutgetränkte Stelle der Skimaske. Nahe dem

Fenster fielen beide zu Boden, wobei Hyde mit dem Kopf gegen den Heizkörper knallte. Für einen Moment blieb ihm die Luft weg. Er versuchte sich wegzurollen, um dem Angriff des Mannes auszuweichen, doch der schwarz Gekleidete sprang schnell wieder auf die Beine und trat mit den Füßen nach seinem Kopf. Mit einer ruckartigen Bewegung konnte Hyde dem Tritt ausweichen, doch ein zweiter traf ihn mit voller Wucht in die Seite, sodass er wieder nach Luft ringen musste. Einen weiteren Tritt konnte er gerade noch mit seiner Pistole parieren, indem er den Knauf gegen dessen Schienbein knallte. Den unterdrückten Schrei vernahm Hyde nur aus der Ferne, denn er musste sich jetzt auf seine Atmung konzentrieren.

Langsam bekam Hyde wieder Luft und zielte mit der Heckler auf seinen Widersacher. Die Augen hinter der Skimaske waren sich plötzlich nicht mehr sicher, am Leben gelassen zu werden. Hyde wusste jetzt, dass er ihn töten musste.

Der Mann rannte zur Tür und verschwand im Flur. Hydes Lungen schrien nach Luft, und er war noch so benommen, dass ihm der Wille fehlte, sich aus seiner halb liegenden Position am Heizkörper zu erheben. Er hörte, wie der Mann durch den Flur zum Treppenhaus rannte.

Langsam kam er wieder zu Sinnen und rutschte auf Knien zu dem am Boden liegenden Körper. Vor ihr kniend, als wolle er sie wiederbeleben, atmete er laut röchelnd vor ihrem Gesicht. Marian begann, mit den Augen zu blinzeln.

Sanft nahm er ihre Hände, als sie ihn mit schwacher Armbewegung abwehren wollte.

»Ich bin es, keine Angst!«, beruhigte er sie.

Ihre Augen blieben weit geöffnet. Mit entsetztem Blick starrte sie auf den anhaltenden Albtraum. Nur langsam schien sie wieder die reale Welt zu betreten und sich in ihrer Umgebung zurechtzufinden. Ihr Blick wurde weniger starr, ihre Lippen begannen zu zittern. Mit seiner Hilfe richtete sie sich unvermittelt auf, um sich das Kleid zurechtzurücken. Ein Schüttelanfall unterbrach ihre Rückkehr zur Normalität. Hyde rannte daraufhin ins Schlafzimmer, zog die Daunendecke vom Bett und wickelte den zusammengesunkenen, von einem Fieberanfall durchzuckten Körper der Frau ein.

»Etwas zu trinken?«, fragte er sie leise.

Marian schüttelte den Kopf. Vorsichtig massierte sie ihren von Quetschungen gezeichneten Hals und antwortete mit heiserer Stimme: »Nachdem sie vom edlen Ritter gerettet worden ist, nimmt ein Fräulein keinen Schluck Brandy.«

Dann brach sie hilflos zusammen. Weinkrämpfe überfielen ihren Körper. Hyde schaute sich nach dem Telefon um und fand es auf dem Boden hinter der Sofa. Er wählte Aubreys Nummer, ohne dabei Marian aus den Augen zu lassen. Ungeduldig wartete er auf den alten Mann am anderen Ende der Leitung.

»Ich bin es«, sagte er, als sich Aubrey endlich meldete. »Können Sie einen unserer diskreten Ärzte vorbeischicken? Nein, sie ist soweit in Ordnung.« Er sah auf Marians Hand und den in die Decke eingewickelten zuckenden Körper. »Sie wird wieder. Nein, es sind nur Quetschungen. Der konnte leider abhauen. Ja, ich werde warten.« Nachdem er den Hörer wieder aufgelegt hatte, setzte er sich mit einem aufmunternden Grinsen im Schneidersitz ihr gegenüber. »In Ordnung?«

Marian schaute ihn mit einem wässrigen Lächeln an und antwortete: »So einigermaßen.«

Nach einer Weile krächzte sie wütend: »Der Mistkerl, er wollte mich …«

»Töten? Vergewaltigen?«

Sie nickte heftig. Zorn und Ärger waren ihr ins Gesicht geschrieben.

»*Hat* er Sie vergewaltigt?« Wieder schüttelte sie heftig den Kopf. »Das war professionell«, bemerkte er beiläufig, um ihre Reaktion zu testen. Falls er den Überfall als Teil *seiner* Welt darstellen konnte, würde sie es vielleicht weniger persönlich nehmen. Das würde ihr sicher bei der Bewältigung des Traumas helfen. »Ich hätte es wissen müssen und darauf vorbereitet sein sollen.« Doch schon schüttelte sie den Kopf, als wollte sie ihn von sämtlichen Selbstvorwürfen freisprechen.

»Ich könnte jetzt doch etwas zu trinken gebrauchen.«

»Wo?«

»Dort drüben.« Sie deutete auf einen antiken Schrank neben den Bücherregalen. Er öffnete die Tür und füllte zwei Schwenker mit Cognac.

Marian hustete heftig beim Schlucken, doch gierig nahm sie einen weiteren Schluck. Die Schärfe des Alkohols trieb ihr ein paar Tränen in die Augen, die sie sich mit dem Handrücken abwischte.

»Ich wollte eigentlich in Ohnmacht fallen«, begann sie und versuchte das Trauma zu bewältigen, um nicht ...« Ihre Worte verebbten.

Hyde saß ihr gegenüber auf dem Teppich und versuchte, sie zu zerstreuen: »Das ist ein gutes Zeug, nicht wahr? Es wurde mir mal bei Ihrem Vater angeboten.« Der Gedanke an ihren Vater ließ sie unvermittelt erröten, und sie kuschelte sich in die Daunendecke.

»Aber warum die Vergewaltigung?«

»Sie wollten Sie tot haben, Marian. Ein Mörder, von dem es kein DNA-Profil in der Kartei gibt. Es ist ein alter Trick. Einbruch und Vergewaltigung, wer würde da noch nach anderen Motiven suchen?«

Sie schüttelte wütend den Kopf und entgegnete ärgerlich: »Spielen Sie nicht den verdammten Allwissenden! Sie haben doch keine Ahnung, *wie* das war.«

Aber insgeheim wusste Marian, dass Hyde Recht hatte. Er sollte jetzt lieber das Isolierband vom Schloss entfernen. Es sah so aus, als hätte es der Einbrecher getan, um seine Flucht zu erleichtern. Nach einer Weile sagte Hyde: »Wen haben Sie denn bloß so verärgert?«

Er dachte dabei sofort an Alder. Doch weder sie noch Aubrey würden ihm das jemals abnehmen.

»Ralph Lau«, antwortete sie. »Ich habe ihn kurz nach unserem Telefongespräch in Uffingham gesehen.« Plötzlich machte sie einen ängstlichen, ja angewiderten Eindruck und fuhr fort: »Ich habe Vater und Clive von unserem Telefongespräch erzählt. Ralph war *dabei gewesen*!«

Hyde zuckte fassungslos mit den Achseln. »Sehen Sie, da

ist die Antwort. Wahrscheinlich hat er gleich Jessop angerufen, der dann nur noch auf Sie warten musste.«

»Warum sollte ich denn überhaupt getötet werden?«, erwiderte sie mit der unschuldigen Stimme eines Kindes. Dabei bemerkte Hyde die Spuren frischer Tränen auf ihren beschmutzten Wangen.

»Nun, ich glaube, um den Bann des thrakischen Windes zu brechen«, erwiderte Hyde mit unbewegter Miene und starrte geistesabwesend in sein Cognacglas. Als er wieder aufschaute, sah er in ihrem Gesicht ein Leuchten. Offenbar hatte er sie mit diesem Nachweis klassischer Bildung doch angenehm überrascht.

»Iphigenie meinen Sie? Das ist hier doch keine griechische Tragödie, und Ralph Lau hat auch keine Flotte, mit der er nach Troja gelangen will.« Ihre Stimme verlor sich in einem Gefühl von Ratlosigkeit. Leise fügte sie hinzu: »Ich denke, es steht jetzt viel für ihn auf dem Spiel, falls Sie mit Ihrer Vermutung Recht behalten.«

Lächelnd entgegnete er ihr: »Da sehen Sie, in was für Dinge Ros mich hineinzieht! Woher sonst sollte ein Ignorant wie ich einen so geheimnisvollen Spruch kennen?«

Die Intensität dessen, was gerade geschehen war, kam Marian plötzlich wieder zu Bewusstsein, und zitternd fragte sie: »Wie ist der Kerl bloß hereingekommen? Robbie war doch kurz zuvor erst gegangen!«

»Wahrscheinlich mit einem Dietrich. Das ist kein Problem für einen Profi. Geht es Ihnen langsam besser?« Sie nickte, doch offenbar bekämpfte sie die einsetzende Erschöpfung. »Kommt er denn wieder? Ich meine Alder.«

»Später, sicherlich.«

»Gut.«

»Und was passiert jetzt?«, fragte Marian hilflos.

»Wie bitte? Was meinen Sie damit?«

»Diese verdammten Fotografien«, japste sie hysterisch. »Deshalb sind sie doch ...« Sie musste laut schlucken. »Die glauben doch auch, dass sie echt sind, stimmt's?« Hyde nickte. »Was haben Sie jetzt vor?«

»Ich muss vor Ort nach Beweisen suchen.«

»In Burma? Warum wenden Sie sich nicht an die Zeitungen? Das würde ich jedenfalls tun.«

Ihr fiel jetzt ein, wie sich Alder schon des Öfteren über Hyde und Kenneth lustig gemacht hatte. Einer war ein Exagent und der andere sein verrückter Chef. Sie würden die Aufnahmen lediglich dazu benutzen, um Hyde – und sie selbst – zu schützen.

Sie merkte, dass diese Erklärungen zu einfach und zu selbstsüchtig waren. Es machte jetzt überhaupt keinen Sinn mehr, die Fotos als Tauschobjekt zu benutzen, um jemanden daran zu hindern, sie … Die Fotos waren zu wichtig. Sicherlich ließen sich größere Dinge mit ihnen anstellen.

Als würde Hyde ihre wilden Spekulationen erraten, erklärte er: »Wenn ich jetzt die *Times* oder den *Daily Telegraph* oder selbst die furchtlosen Jungs vom *Guardian* anriefe, wären die zwar für die nächsten fünf Minuten furchtbar aufgeregt. Doch dann würden sie sich daran erinnern, dass das Handelsministerium gerade eine Delegation nach Rangun losschickt oder dass mit den Krediten einer Bank ein Entwicklungsprojekt in Asien finanziert werden soll. Es gibt hundert Gründe, sich bei solchen Geschichten zurückzuhalten, nach Bestätigungen zu forschen oder im schlimmsten Fall jemanden in Whitehall um Erlaubnis zu fragen. Letztendlich würden sie einen diskreten, aber deutlichen Hinweis erhalten, diese Geschichte still zu begraben.« Er musste über ihren verachtenden Blick grinsen und fuhr unbeirrt fort: »So laufen die Dinge, und so würde es in diesem Fall genau ablaufen. Selbst wenn es jemanden gäbe, der die Sache veröffentlichte, wären wir schon lange tot, bis es endlich in den Zeitungen erschiene.«

Wieder begann Marian, am ganzen Körper heftig zu zittern. Sie empfand jetzt die Bedrohung deutlicher denn je. Vor sich sah sie wieder den Kerl mit der schwarzen Skimaske und spürte dessen Hände an ihrer Kehle. Ihr Gesicht wurde aschfahl bei diesen Gedanken, und ihre Augen weiteten sich vor Entsetzen.

»Gott, ist mir *schlecht*!«, platzte es aus ihr heraus. Langsam kroch sie unter der Daunendecke hervor. »Schlecht!«

Sie beeilte sich, ins Badezimmer zu kommen, und Sekunden später hörte Hyde, wie sie sich übergab.

Er stand auf und ging hinüber zum Fenster. Dort unten wartete jetzt niemand mehr, allenfalls vielleicht noch Alder. Würde er in der Annahme, sie sei inzwischen tot, zurückkommen? Oder war er von Jessop dafür auserkoren worden, den toten Körper zu entdecken? Eine interessante Variante, aber nicht ungefährlich. Denn Alder hatte Marians Tod zugestimmt und ihn ermöglicht. Er musste also noch dort unten sein!

Marian konnte er jedenfalls *nichts* erzählen. Zumindest so lange nicht, bis er sich um Alder gekümmert hatte.

Natürlich musste Alder zurückkommen. Sie würden ihm erzählt haben, dass der Anschlag misslungen war, und Jessop würde ihn wieder zurück nach Chelsea schicken. *Heulen Sie los, machen Sie sich Vorwürfe, die Tür nicht ordentlich verschlossen zu haben, und gurren Sie viel herum …* wären wohl seine Anweisungen gewesen. Alder beherrschte jetzt das Spiel meisterhaft, dachte Hyde, als er in der Schlafzimmertür stand und zuschaute, wie er zusammen mit Aubrey und Giles Pyott auf Marians Bettkante saß. Die beiden älteren Männer verhätschelten sie mit ihrer offen zur Schau getragenen Zuneigung und Fürsorge. Auch Alder war erleichtert, wie an den feinen Linien um seine Augen zu erkennen war. Dennoch war er Laus Marionette und damit weiterhin gefährlich.

Danke, ich bedanke mich im Namen von uns allen bei Ihnen, waren Alders Worte gewesen. Mit einem kurzen und festen Handschlag hatte er ihn dabei durchdringend und prüfend angeschaut. Als Hyde ihn zuvor in die Wohnung gelassen hatte, war Alder nicht umhingekommen, einen verstohlenen Blick auf das Türschloss zu werfen. Für den Bruchteil einer Sekunde hatten sie sich gegenseitig durchschaut, um sofort wieder in ihre angestammten Rollen des Unschuldigen und Unverdächtigen zu schlüpfen. Und es hatte diesen einen Moment gegeben, als Alder ihn unten auf der Straße erkannt haben musste.

»Vater, mir geht es *gut*!«, protestierte Marian zum wiederholten Male und griff dabei nach Giles' Hand auf der Daunendecke. »Nein, gehe bitte noch nicht, es ist noch früh.«

Hyde wandte sich von dieser rührenden Familienszene ab, von der er ausgeschlossen war. In dem freundlich erleuchteten Schlafzimmer erschien sie ihm fast wie ein religiöses Bild. Mit irgendetwas wollte er Alder noch verletzen, ihm eins auswischen. Er goss sich einen weiteren Cognac ein und inspizierte den Schwenker, als würde er nach Fingerabdrücken suchen. Marian hatte noch nicht einmal die Beruhigungstabletten genommen, die der Arzt zurückgelassen hatte. Ihr ging es wieder ganz gut. Die schwere Messinguhr auf dem Kaminsims schlug acht Uhr dreißig.

Obwohl Hyde jetzt nicht in Alders unmittelbarer Nähe war, konnte er seine Gedanken nicht von ihm lassen. Immer wieder gingen ihm die beiden Bilder durch den Kopf, wie Alder in Burma an dem Massengrab gestanden und wie er unten auf der Straße mit dem Gewalttäter ein paar Worte gewechselt hatte. In beiden Fällen war er am Ort eines Verbrechens gewesen und hatte dabei eher die Rolle des Unbeteiligten denn die des Verantwortlichen gespielt.

Hyde hörte, wie Marian im anderen Zimmer die Herren mit ihrer Ankündigung schockierte: »Robbie, wenn ich es irgendwie bewerkstelligen kann, werde ich mit der Delegation des Handelsministeriums nach Burma fahren. Was meinst du?«

Er fühlte einen kalten Schauer über seinen Rücken fahren und ging zurück zum Schlafzimmer. Was, um Himmels willen, hatte sie nun wieder vor? Hyde schaute sie nicht an, doch in Alders Gesicht war deutlich Erleichterung, ein Hoffnungsschimmer zu sehen, selbst als er im Chor mit Giles antwortete: »Du bist überhaupt nicht in der Verfassung dafür, das kannst du auch nicht so ohne weiteres entschieden.«

»Sei *vernünftig*, Marian!«

Was für ein Spiel spielte sie? Hyde versuchte, ihr verärgertes Gesicht, aus dem inzwischen alle Spuren von Lethargie und Erschöpfung gewichen waren, zu ergründen. Sie ließ sich nicht so leicht abwimmeln. Marian war jetzt besessen davon, Opfer eines Mordanschlags geworden zu sein und dass dabei ihre Wohnung verwüstet und sie verletzt worden war. Sie griff nach Alders Hand und schüttelte sie beschwichtigend.

»Außerdem könnte ich – *könnten wir* – Ferien gebrauchen«, hauchte sie. Marian hegte nicht den leisesten Verdacht ihm gegenüber. »Peter Grainger könnte das für mich arrangieren. Die Junta in Rangun wäre sicher begeistert über diesen Propagandaerfolg, und das Handelsministerium würde ins selbe Horn stoßen!« Ihre Begeisterung war jetzt kaum noch zu zügeln. »Auch die Fraktionsführung meiner Partei wird begeistert sein! Denn wenn ich mich daneben benehmen sollte, würden sie mich daraufhin in der dunkelsten Ecke verbuddeln!« Marian schaute von Alder zu Hyde und schloss mit einem betörenden Lächeln: »Ich will keine Einwände mehr hören, ich fahre mit nach Burma!«

Hyde sah ihren entschlossenen Blick. Er konnte darin ihre Gedanken sehen … die Bilder der Gräueltaten, der Versuch, sie selbst umzubringen, Ralph Lau, die Drogen und der Mord an Kumar.

Für ihn blieb nur Alder. Marian verlangte auch nach seiner Einwilligung. Doch als er nur mit den Achseln zuckte, schaute sie ihn enttäuscht und ein wenig verärgert an. Hyde wandte sich von ihrem anklagenden Blick ab, denn er durfte ihr nichts verraten. Unwissend würde Rotkäppchen mit dem Wolf in die Ferien fahren. In Burma könnte er sich nicht mehr um sie kümmern. Würde dieser eine Augenblick des gegenseitigen Erkennens zwischen ihm und Alder ausreichen, Marian weiterhin zu beschützen? Jessop würde sich die Hände reiben, sie schutzlos am anderen Ende der Welt zu wissen. Irgendwie musste er Aubrey überreden, diesen Unsinn zu verhindern.

Verdammt, er lief Gefahr, ein *Bürohengst* zu werden!

Jessop gähnte provozierend und erhob sich von seinem Stuhl, um mit seiner Tasse hinüber zu der Kaffeemaschine zu gehen. Durch die geöffneten Schlitze der Fensterrollos waren undeutlich die Umrisse der Tower Bridge zu erkennen. Vergnügungsdampfer und Boote fuhren auf der Themse. Mit aggressiv hochgezogenen Schultern wandte er den anderen im Sitzungsraum den Rücken zu und goss sich Kaffee ein.

Auf der Tagesordnung stand die Übernahme einer amerikanischen Sicherheitsfirma, die von Exagenten des CIA betrieben wurde. David Winterborne wollte damit seinen Auftritt in den USA absichern. Sie mussten sich mit Sicherheitsfragen des tschechischen Telekommunikationsvertrags befassen sowie Schmiergelder, Erpressungen und Bestechungen besprechen. Darüber hinaus gab es ein Problem mit der Londoner Firma, hinter der die Internationalen Sicherheitsdienste steckten. Sie wurde in letzter Zeit immer häufiger bei Ausschreibungen unterboten, wodurch sie einen Auftrag nach dem anderen verlor. ISD brauchte jedoch den Deckmantel dieser Firma für die illegalen Operationen.

Mehr noch als über die Tagesordnung der Vorstandssitzung regte sich Jessop über Ralph Lau auf. Um genau zu sein, war es die Tatsache, dass Hyde die Frau im letzten Moment gerettet hatte. Damit hatte er Lau einen weiteren Knüppel in die Hand gegeben, mit dem er ihn nun prügeln konnte. Dieser verdammte Hyde erscheint als Ritter in seiner strahlenden Rüstung auf der Bildfläche und verursacht erneut ein grandioses Durcheinander. Und diese Frau lebte noch und war *jetzt* natürlich unantastbar, da die Leute nun wussten, dass sie ein Ziel war. *Auch dieser verdammte Hyde lebte noch!* Lau trat ihm in den Hintern und schob dabei das raue Ende einer Ananas hinterher. Und zu allem Überfluss war er jetzt von Marian Pyott genauso gefangen wie sein Cousin.

Diese beiden *Idioten* ignorierten einfach ihre Besessenheit, was diese Frau betraf. Immer noch den anderen den Rücken zugewandt, schlürfte Jessop seinen Kaffee. Er konnte und wollte sich nicht um alles kümmern. Einerseits war er für das Tagesgeschäft von ISD verantwortlich, und andererseits sollte er diesen schlüpfrigen, australischen

Bastard aus dem Weg räumen. Wirklich nicht! Der Witz dabei war, dass sie das normale Geschäft bereits voll auslastete und ihnen sehr viel Geld einbrachte. Es war ein *gutes* Geschäft! Es reichte vom Personenschutz für Araber und Juden bis zur Industriespionage. *Zeig uns deine Konkurrenten, und wir werden sie für dich anschwärzen.* Vieles davon war legal oder zumindest akzeptiert.

War das schon das Alter? Bisweilen hatte er noch Freude an den Attraktionen der Vergangenheit, der damit verbundenen Gefahr und der Macht. Doch neuerdings begann er, auch den leichten und sicheren Glanz des Geldes zu schätzen. Er war auf dem besten Wege, das war ihm klar, ein Bürohengst zu werden. Das Verrückte daran war, dass er es sogar wollte. Er lachte verächtlich in sich hinein, als er sich in dem getönten Glas an der Wand des Sitzungsraums sah.

Gerade in dem Moment, als Lau im Begriff gewesen war, mit Winterborne Holdings neue, weniger ungemütliche Länder zu erschließen, hatte Jessop begonnen, das ruhige Leben zu schätzen. Früher hatte er sich geschworen, dass das nie seine Sache sein würde, jetzt aber war es seine Perspektive geworden.

Als er sich wieder dem Raum zuwandte, sah er in einem Regal einen Stapel Vergrößerungen, der mit der Aufschrift *Tripitaka* versehen war. Wie paranoid Ralph Lau doch war! Neben seinen anderen Forderungen hatte er der ISD auch noch die Verantwortung für die Sicherheit auf dieser verdammten Baustelle in Burma übertragen. Seine Manie ging so weit, dass zweimal in der Woche haufenweise Fotografien von Besuchern, Bauarbeitern, Firmenmitarbeitern und so fort nach London geschickt werden mussten. Hier sollten sie in einer Datenbank mit sämtlichen bekannten Agenten oder Exagenten aus der ganzen Welt, über die sie mal gestolpert waren, verglichen werden. Einfache Polizisten, Zollbeamte, CIA oder SIS, was auch immer! Dann gab es noch Kriminelle, Konkurrenten oder Drogenbarone, jeder, der Laus Kreise stören könnte. Einmal hatte er sich ihm gegenüber sogar gebrüstet: *Paranoia ist gleich bedeutend mit Unsterblichkeit, Jessop. Ich bin davon ausgegangen, dass Sie das jetzt gelernt haben. Oder gehen Sie immer noch davon aus, dass Ihr Überleben reine Glückssache ist?*

»Scheiß, Ralphie«, murmelte Jessop vor sich hin und musste über seine eigene Unbedachtsamkeit lachen. Dann trat er den Stapel mit dem Fuß zur Seite und sagte: »Welcher Penner hat die denn hergebracht? Wir brauchen solchen Unsinn nicht!«

Die Aufnahmen lagen jetzt verstreut auf dem Teppich, und Jessop war im Begriff, absichtlich auf die vom Blitzlicht aufgehellten, schmunzelnden Gesichter zu treten. Am Tisch beschäftigten sich Cobb und die anderen mit einem noch ungelösten Punkt der Tagesordnung: Lau hatte den russischen Mafiosi, den *Biznizmen*, billiges Heroin über eine neue, sichere Route versprochen. Über eine Stichstrecke der Eisenbahnlinie Singapur-Peking könnte das Heroin von Mandalay nach Dacca in Bangladesch gebracht und dort von einem neuen Flughafen außerhalb von Dacca überall in die Russische Föderation geflogen werden.

Die Russen zögerten noch, denn sie scheuten davor zurück, sich sowohl an den Kosten für den neuen Flughafen zu beteiligen, als auch die eigenen Leute für Kurierdienste einzusetzen. Die russischen Mafiosi waren so verdammte Pfennigfuchser!

Jessop schritt über die Vergrößerungen wie über einen königlichen Teppich, den er von ganzem Herzen verachtete. Dieser Ralphie träumte davon, ein zweiter Cecil Rhodes zu werden, indem er ein Reich auf Drogen und nicht auf Diamanten gründen wollte. Welche galoppierende Großmannssucht! Unter Jessops Füßen lagen Berühmtheiten, einflussreiche Geschäftsleute, Touristikexperten und so weiter auf dem Boden. Er spürte, dass es eher Neid als Bösartigkeit war, die ihn fast dazu zwang, auf die Fotos zu treten. Dann, mitten zwischen zwei Schritten, hielt er inne. Cobb begann gerade, sich über ihn lustig zu machen. War *sie* es wirklich?

Sein Guccischuh war gerade im Begriff, auf das angestrahlte Mondgesicht von *Hydes fetter, weißer Nutte* zu treten. Er hörte sein eigenes Schnaufen. Als er sich bückte, um das Foto aufzuheben, war die Aufmerksamkeit des Raums bereits auf ihn gerichtet. Wieder aufrecht stehend mit dem Bild in der Hand begann er bereits Pläne zu schmieden. *Sie* war dort in Tripitaka. Die *einzige* Person, an der Hyde hing. Warum sie dort war, spielte keine Rolle. Nichts war von Bedeutung außer der Tatsache, dass Hyde wusste, dass sie dort war.

»Erkennt ihr sie? Cobb? Gill?« Er warf das Foto wie eine Trumpfkarte auf den Tisch.

»Das ist sie doch, oder?«

»*Sie* ist es!« Jessops Kehle kratzte bei den Worten vor Aufregung.

Erst zögerlich und dann immer heftiger nickte Cobb. Jessop fühlte sich wie kurz vor einem Orgasmus. Das war ganz nach dem Geschmack von Lau: Macht aus der Ferne, aber erfolgreich ausgeübt. Es war der letzte Schritt auf dem Wege zum Gipfel des Erfolgs.

Marian Pyott war im Moment in Sicherheit. An Hyde, den Profi, war nicht heranzukommen. Aber, Ros war ungeschützt. Ihre Verletzbarkeit würde Hyde Beine machen, ohne dass er sich um örtliche Hilfe oder sorgfältige Planung kümmern konnte.

»Sie ist unser Köder, Hyde an Land zu ziehen«, schnaufte Jessop aufgeregt. »Der liebe Junge, der Bursche, der stets seine Nase hinter Aubreys Rücken hat. Jetzt können wir ihn uns *holen*.« Grinsend schaute er in die Runde. »Muss ich darüber etwa abstimmen lassen? Nein? Gut!« In diesem verdammten Burma war es bereits spät in der Nacht. Sein Anruf würde Pearson aus dem Schlaf schrecken. Umso besser. Die Gesichter am Tisch hellten sich auf. Ihre Bedenken hatten sie von sich geworfen wie die Schlange ihre alte Haut.

Hyde zu töten beflügelte Jessops Fantasie. Da war es plötzlich wieder, das alte Spiel und die Erregung. Es war derselbe Grund, weshalb Leute in Schießklubs gingen, sich Waffenarsenale anlegten oder eben Menschen töteten. Nur aus dieser Erregung heraus, wie er in diesem Moment wusste. Abwesend strich er sich mit dem Handrücken über den Mund.

»Ich werde Pearson anrufen, ihm einen ordentlichen Schrecken einjagen und sagen, was er zu tun hat.«

»Und was schwebt dir vor?«, fragte Cobb.

»Er soll Ros auf Eis legen, sodass sie für eine Weile nicht erreichbar ist, bis Aubreys guter Junge kommt, um nach ihr zu sehen.«

»Und wir werden auf ihn warten! Stimmt doch?«

»Mit Sicherheit! Wir werden sozusagen auf Safari gehen.«

»Weniger als einen Monat noch? Vorzeitige Entlassung wegen guter Führung? David, da kann ja man nur gratulieren!«

Laus spöttische Bemerkung erreichte ihn genauso wenig wie das kaum hörbare Krächzen der Krähen hoch in den Bäumen, die im Morgennebel zu schweben schienen. Sein Gefängniswärter Reg war eine merkwürdige Erscheinung, der so hager und durchlässig wie sein Atem oder Zigarettenrauch aussah. Er kümmerte sich kaum darum, wie er zusammen mit Ralph auf dem Schotterweg vorbei an Hecken und Blumenbeeten durch Cheveney Park spazierte.

Laus spöttischer Sarkasmus war fehl am Platz, denn er war zu David gekommen, um ihm zu schmeicheln, ihn zu begeistern und ihn für seine Pläne zu gewinnen. *David, wir müssen in der Sache mit einer Stimme sprechen,* hatte er das Gespräch eröffnet. Doch warum plötzlich jetzt? War er verunsichert? Dieser Hyde lebte immer noch, genau wie Marian. Beides musste Lau unter Gesichtsverlust zugeben.

»Es läuft jetzt alles zusammen«, beteuerte er.

»Oder es fällt auseinander«, antwortete Winterborne.

Sie blieben für einen Moment hinter einer Eibenhecke stehen, um Regs planloser Überwachung zu entgehen. Die Krähen verrieten jedoch ihren Standort.

»Was meinst du damit?«

»Irgendetwas beunruhigt dich.«

»Und was sollte das sein?«

»Ralph, du bist nicht mehr Herr der Lage. Warum würdest du sonst hier sein? Du machst dir Sorgen.«

Lau gab sich größte Mühe, seinen Gesichtsausdruck unter Kontrolle zu bringen und einen zuversichtlichen und respektvollen Eindruck zu machen. *Soll doch David annehmen, dass er sich im Vorteil befindet.* Natürlich brauchte er David. Vordergründig war es noch sein Firmenverbund, obwohl nur er die goldene Zukunft sah. Das Mekong-Projekt war voll und ganz *sein* Baby. Es war zum aus der Haut fahren, weiterhin auf Davids Unterstützung angewiesen zu sein.

Deshalb war er noch einmal nach Cheveney Park gekommen, bevor er nach Burma aufbrechen wollte. Zumindest musste er sichergehen, dass David sich nicht einmischen würde, wenn er mit den Generälen der 999-Unternehmensgruppe eine neue Verhandlungsrunde einläutete.

Winterborne bemerkte die Gereiztheit in den Augen seines Cousins, während dieser sich gerade eine Zigarette anzündete, um seine Anspannung zu überspielen. Laus Haar glänzte in der morgendlichen Feuchtigkeit. Hinter der Fassade unbeteiligter Geschäftsmäßigkeit rangen Gier, Unsicherheit und Ressentiments miteinander darum, zum Ausdruck zu kommen.

»Es sind auch *meine* Feinde und *mein* Dreck, um den ich mich kümmern muss. Ist es das?«, fauchte Winterborne. »Muss ich dir behilflich sein, den Dreck wegzuräumen?«

Vor der dunklen, mit Beeren behangenen Eibenhecke standen sich die beiden Männer gegenüber. Der Hauch ihres Atems vermischte sich in der kühlen Morgenluft.

»Schau!«, begann Lau, der die ihm so ähnlichen eurasischen Gesichtszüge seines Cousins hasste. Die Schwester seiner Mutter hatte ihren reichen, englischen Geliebten geheiratet, während seine eigene Mutter einen chinesischen Ladenbesitzer geehelicht hatte. Lau musste sich eingestehen, dass es diese uralte Rivalität zwischen ihnen seit jeher gab. »Herrgott, David, wir *müssen* zusammenarbeiten!« Seine für einen Augenblick erregt zu Fäusten geballten Hände steckte er sofort wieder in die Taschen seines eleganten Regenmantels. »Du *kennst* doch diese Leute! Einige von denen haben dich sogar hierher gebracht«, fügte er mit amüsiertem Unterton hinzu, woraufhin Winterborne seine Arme in den Taschen seines Kaschmirmantels streckte. »Ich – ich meine *wir* – wir müssen uns um diese Leute kümmern.«

Diesen Moment genoss Winterborne. Sein Cousin, dessen Vater mit Singapurs Aufstieg zu Geld gekommen war und sich dann eine Hand voll Politiker und Beamter hatte leisten können, war überfordert und nicht mehr Herr der Lage.

»Du hast doch Jessop und seine Leute.«

»Jessop ist nicht clever genug, um Hyde zu erledigen.«

»Und in der Zwischenzeit bemüht sich unsere liebe Marian, auf die Gästeliste für Rangun zu kommen.«

»Woher weißt du ...?« Lau verbarg seine Überraschung hinter einem kalten Lächeln. »Natürlich, du musst es ja wissen.«

»Selbstverständlich. Im Moment ist sie in Sicherheit, und Alder kann sie *ablenken*. Falls auf ihn Verlass ist?«

»Er ist zuverlässig.«

»Er ist schon einmal in Panik geraten. Pass auf ihn auf und benutze ihn. Burma ist ein gefährliches Pflaster.« Winterborne schaute hinauf zum Haus. Auf der Terrasse scherzten herzlich miteinander ein Anlagebetrüger mit einem Abtreibungsarzt, dessen Patientin – eine saudische Prinzessin – auf dem Operationstisch gestorben war. Mit von der lustigen Partie auf der Terrasse war ein Anwalt, der eine alte Frau um fast eine Million Pfund erleichtert hatte. »*So*, mein lieber Cousin«, begann David mit ernster Stimme, »jetzt will ich alles wissen. Über Burma, die chinesischen Generäle, deine bisherigen Verhandlungen, *unsere* voraussichtlichen Gewinne, über die Routen, die Tarnung und die Pläne für die Geldwäsche. Frühstücke doch mit mir.«

Er nahm Laus Ellbogen und ging mit ihm zurück zum Haus. »Wenn du mir das Mekong-Projekt in allen Einzelheiten zusammen mit den Expansionsplänen für Amerika erläutert hast, kann *ich* entscheiden, wie wir weiter vorgehen.« Er lachte, und die Krähen auf den Bäumen antworteten krächzend. »Aber erst werde ich dir erzählen, wie wir

Marian und Hyde loswerden. Jessop hat einen interessanten Plan, der funktionieren wird.«

Lau starrte ihn eiskalt und bleich vor Schreck an.

»Ich verstehe«, brummte er vor sich hin.

»Natürlich verstehst du das, Ralph. Komm jetzt, ich bin hungrig!« Mit dem plötzlich gefügigen Lau ging er die Treppen der Terrasse hinauf.

»Auf dich, Ros, du hast es geschafft! Bewundernswert!« Noreen erhob den mit Champagner gefüllten Pappbecher. Etwas von der Flüssigkeit schwappte dabei auf ihre Finger. John und Tessa prosteten ihr mit ihren Bechern ebenfalls zu.

»Das war ein Gemeinschaftswerk!« gab Ros die Komplimente zurück. Ihr Mund war ausgetrocknet, und in der Nachmittagshitze schien der Champagner in ihrem Magen zu gären, so stark spürte sie die Wirkung des Alkohols. Noch immer schwelgte sie im Gefühl des Triumphs.

Fünf Minuten zuvor hatte John das letzte Telefongespräch vom Handy aus geführt. Sie waren bereits bei der zweiten Flasche Bollinger und lümmelten sich in den Sitzen des Geländewagens, als würden sie sich auf Liegen an einem Swimmingpool entspannen. Am nächsten Morgen würden sie den Vertrag mit Pearson in Singapur unterschreiben. Ros hatte den größten Auftrag ihres Lebens hier in Tripitaka mit einem Handschlag besiegelt. Sie kicherte jetzt ausgelassen, wobei ihr die Kohlensäure des Champagners in die Nase stieg.

»Ich kann es einfach noch nicht glauben!«, begann sie.

»Wisst ihr noch, wie wir begonnen hatten?«

»Das erschien mir damals eine Nummer zu groß für uns.«

»Ros, Sie hatten Recht gehabt, uns so unter Druck zu setzen«, warf Tessa ein. Ihre langen, braungebrannten Beine baumelten dabei über die Seite des Wagens, während sie einen kräftigen Schluck Champagner nahm. Übermütig fuhr sie fort: »Wenn wir das nächste Mal hier sind, wird das alles ein See sein. Dann können wir darin baden und wieder Champagner trinken!« Sie brach in lautes Gelächter aus. Ros' eigener Lachanfall blieb ihr jedoch im Halse stecken.

Hier? In ein paar Wochen wird alles von unschuldigem Wasser bedeckt sein. Es fiel ihr immer schwerer, Hydes Gräuelgeschichten zu glauben. Nicht *hier*.

»Ist irgendetwas?«, fragte John.

Erst jetzt fiel Ros auf, wie sie ungläubig mit dem Kopf schüttelte. Die hoch stehende Sonne drückte wie eine schwere Hand auf ihren ungeschützten Hals, als sollte sie dazu gezwungen werden, hinüber zu der weiten natürlichen Senke mit dem dahinterliegenden hellen Streifen des Staudamms zu schauen. Ros kam alles grotesk vor. Er erschien ihr wie ein Band, das die rote Erde vom tiefblauen Himmel trennte.

»Nein«, murmelte sie vor sich hin.

»Ist Ihnen gerade jemand zu nahe getreten?«, fragte Noreen besorgt.

Ros schüttelte sich nur und antwortete: »Nur ein paar dumme Gedanken. Prosit euch allen!« Sie füllten ihre Becher nach, und John ließ den Korken der dritten Flasche knallen. Champagner floss über seine Knöchel. Würde etwa so auch das Wasser über Menschenknochen fließen? Überlegte Ros.

Sie versuchte, ihre dunklen Gedanken zu vertreiben. Welche Beweise könnte Hyde schon haben? Und außerdem hatte er ihr zu verstehen gegeben, die ganze Geschichte wieder zu vergessen. Die pralle Sonne trocknete die Pfützen des letzten Regenschauers wie alte Blutspuren.

Wieder lachten sie und prosteten sich zu.

»Ros, waren Sie eigentlich mit diesem Pearson im Bett?« fragte Tessa. »Er wollte uns unbedingt den Auftrag zuschanzen!«

»Ich habe ihm versprochen, nicht mit ihm zu schlafen, falls er uns den Auftrag gibt!« Sie konnte jetzt wieder leichter in das aufbrausende Gelächter der anderen einfallen. »Hätte er sich geziert, hätte ich Sie zu ihm geschickt, Tess.« Sie schaute auf ihre Uhr, während Tessa amüsiert aufjuchzte. »Es ist Zeit zu gehen, Jungs und Mädels«, rief sie in den Proteststurm. »Lasst uns einpacken und gehen.«

»Es ist so wunderschön hier!«, seufzte Noreen und strich sich räkelnd durch ihr krauses, kastanienbraunes Haar.

»Ja, das stimmt«, bemerkte Ros nachdenklich. »Dann los, John, Sie sind unser Auserwählter und müssen uns Mädchen jetzt heil zurückbringen.« Mit diesen Worten warf sie ihm die Schlüssel zu.

Mehr Champagner wurde getrunken, während der Jeep sich langsam den Feldweg oberhalb des künftigen Sees hinunter quälte. Riesige Planierraupen, die von Ferne an tropische Insekten erinnerten, bewegten sich schwerfällig durch die Landschaft. Langsam beugten sich hoch aufragende Kräne hinunter gleich den nach Nahrung suchenden Flamingos. Schmetterlinge stoben wie Papierschnitzel auseinander, als der Jeep dicht an einem Busch vorbeifuhr. Sie waren von Staub und Krach umgeben, doch wurde alles überlagert von der Vision, dass hier demnächst etwas Großartiges der Vollendung entgegenstrebte. Noreen hatte Recht, es *war* schön, atemberaubend schön.

Auf dem Parkplatz des Hotels brachte John den Wagen zu einem abrupten Halt und zog die Handbremse.

»Verzeiht, das sind leichte Koordinationsprobleme«, meinte er und brach in schallendes Gelächter aus.

Ros ging den anderen zum Foyer voraus und betrat die Kühle des klimatisierten Raums. Der Schock des plötzlichen Temperaturunterschieds hielt sie länger als üblich gefangen. Sie wusste nicht, warum sie für Augenblicke wie gebannt auf die Vergrößerung eines Fotos von ihr starren musste, das soeben zufällig vor ihre Füße geflattert war. Sie selbst war darauf abgebildet, hier in diesem Foyer mit demselben Kleid. Die Aufnahme konnte höchstens ein paar Stunden alt sein, wie sie von den Details her schließen konnte. Beim Betreten des Foyers hatte sie automatisch auf die riesigen, an der Wand hängenden Fotografien vom Damm, dem Dschungel und den entfernten Bergen im purpurnen Licht der Nachmittagssonne geschaut.

Nur ein paar Schritte von der Schiebetür entfernt war der Mann wie zufällig, so schien es ihr, mit ihr zusammengestoßen. Aus der Mitte seiner zusammengefalteten Zeitung fiel dabei das Foto zu Boden, das sie im Profil an der Rezeption zeigte.

Im dem Moment, da sie sich selbst erkannte, bückte sich der Mann und hob Zeitung und Bild wieder auf. Grinsend blickte er sie an und bewegte sich dann eiligen Schrittes von ihr fort. Sein frecher Gesichtsausdruck machte auf sie den Eindruck, als wäre sie im Schlaf von einer nasskalten Hand berührt worden, so dass sie augenblicklich aus dem Schlaf gerissen wurde. Dann war er schon hinter einer Gruppe, die gerade an der Rezeption auscheckte, in Richtung der Aufzüge verschwunden.

Ros schaute sich verwirrt in der Lobby des Hotels um und entdeckte dabei einen anderen elegant gekleideten Mann, der zu ihr hinüberschaute, während er ins Handy sprach. Er starrte sie regelrecht an und schloss dann nach einem Moment energisch die Klappe des Handys. Unverhohlen blickte er weiter zu ihr hinüber.

Entnervt floh sie zu den Aufzügen.

An den Aufzugstüren drehte sie sich noch einmal um, doch der Mann war nun ebenfalls von der Bildfläche verschwunden. Auf wackligen Beinen stolperte Ros in den Lift. Ihr Herzklopfen dröhnte bis zum Hals. Das Foto von ihr, das sie offensichtlich bemerken sollte, das unverhohlene Auskundschaften ihrer Person sowie das offenkundige Interesse der beiden Männer an ihr ließ sie trotz der Hitze im Lift vor Kälte erschauern. Unkontrolliert zitternd stolperte sie aus dem Lift in den Flur, an dessen Ende ihr Zimmer lag.

Im gleichen Moment trat ein schwarz gekleideter Mann aus ihrem Zimmer. Sie hob die Hand wie zu einem Ober, doch schon war er im Notausgang verschwunden. Die Hand immer noch erhoben, rannte sie ihm hinterher, unfähig, einen Ton herauszubringen.

Erschöpft lehnte sich Ros gegen die Zimmertür und hantierte mit der Karte am Schloss. Die Tür sprang auf. Ihr war schwindelig vor Angst. Zitternd ließ sie sich auf das Sofa fallen. Das Hämmern ihres Herzens und der keuchende Atem verstärkten ihre Angst noch wie eine bedrückende Begleitmusik. Ihr Blick schweifte umher über den halb gepackten Koffer, die Überreste des Mittagessens auf dem Tisch, die zusammengelegten Kleidungsstücke, die geschlossenen Schubladen, den Staudamm im Hintergrund mit dem Dschungel und den Himmel.

Irgendjemand wie Hyde hatte den Raum durchsucht. Hyde!

Der Inhalt ihrer Handtasche entlud sich auf dem Sofa, als sie aufgeregt nach dem Handy suchte. Ein Lippenstift rollte über den Teppich, während sie mit zitternden Fingern seine Nummer eintippte. Ros spürte einen Krampf in ihrem linken Bein. Eine leichte Brise bauschte die Vorhänge, die sie am Morgen zurückgezogen hatte, ins Innere des Zimmers. Ihr ganzer Körper war jetzt in kalten Schweiß gebadet.

»Hyde!«, platzte es mit heiserer Stimme aus ihr heraus. Sie hörte nicht auf seine Antwort, sondern jammerte: »Hyde, sie wissen, wer ich bin!«

Sie *wollten*, dass sie ihn anrief, und sie *wollten*, dass er wusste, in welcher Panik sie sich befand. Männer in ihrem Zimmer, Männer im Foyer, Fotos von ihr. Hyde ließ sie atemlos erzählen und unterbrach sie nicht, selbst als ihr langsam die Puste ausging. Er wollte ihre unmittelbaren Eindrücke hören, um eine authentische Vorstellung von den Vorfällen zu gewinnen. Er spürte eine emotionale Kälte in sich aufsteigen und vermied den Augenkontakt mit den anderen in Aubreys Raucherzimmer.

Nach einer Weile unterbrach er sie endlich. »Ros, höre mir jetzt zu!« Seine Stimme klang dabei kalt und brutal, sodass Marian Pyott zusammenzuckte. Aubrey machte einen fast ängstlichen Eindruck, während Giles Pyott besorgt dreinblickte. Peinlich berührt sah Godwin zu Hyde hinüber. »Hör mir zu«, wiederholte Hyde in beruhigendem Ton, als ihr Atem stetiger und ihre Stimme ruhiger wurde.

Die amerikanischen Satellitenkarten und die von Godwins Computer erstellte Reliefkarte der gesamten Anlage von Tripitaka lagen wie Trümmer eines folgenschweren Unfalls auf dem Teppich. Der Plan, den sie in einer Konferenzschaltung zusammen mit Evans in Kuala Lumpur ausgearbeitet hatten, war nun gegenstandslos geworden. Jetzt fehlte die *Zeit* dafür! Noch einen Moment zuvor hatte er sich Sorgen gemacht, dass Marian Godwin um einen Satz Abzüge von Kumars Fotos gebeten hatte. Das schien eben noch wichtig gewesen zu sein. Doch jetzt waren ihm die Aufnahmen und Marian völlig egal.

Das, was er befürchtet hatte, war nun eingetreten. Sie hatten die Verbindung zwischen ihm und Ros hergestellt. Jetzt stolperte sie durch seine Welt und war dabei auf eine Mine getreten.

»Ja«, antwortete sie. »Was soll ich jetzt machen, Hyde?« Sie atmete schwer.

»Im Moment versuchen sie lediglich, dir einen Schrecken einzujagen.«

»Was ihnen auch verdammt gut gelungen ist!«

»Ros«, fuhr er in warnendem Ton fort, worauf ihm Marian einen verachtenden Blick zuwarf. Hyde bemerkte, wie Evans über die noch offene Verbindung nach Kuala Lumpur gespannt zuhörte. »So, hör mir jetzt zu und tue genau das, was ich dir sage. Prüfe alle Lampenschirme. Hast du mich verstanden? Und wiederhole nicht, was ich gesagt habe.« Ein Zittern durchfuhr seinen Arm, das er mit Willenskraft wieder unter Kontrolle bringen konnte. An seinem Haaransatz und unter seinen Achseln bildete sich kalter Schweiß, als ihm der Schrecken, in dem sich Ros gerade befand, klar vor Augen trat. »Untersuche jede Lampe genau auf Wanzen hin. Dann prüfe die Steckdosen.« Er hörte ihren Atem, der nicht so stoßartig ging wie sein eigener. »Wenn da nichts ist, schaue hinter die Bilder oder am Kopfende des Bettes. Huste, wenn du auf etwas stößt. Huste, ja?« Im Raum herrschte jetzt absolute Stille.

Ros hustete.

»In Ordnung, mach sie ab und leg sie unter ein Kissen. Nein, sage nichts und suche weiter!« Bei jedem ihrer Atemzüge fuhr er zusammen. Sein eigener stockte, als er hörte, dass sie die nächste Wanze gefunden hatte. »Hast du einen Balkon? Gut, dann gehe hinaus!«

»Ja«, antwortete sie erschöpft.

Mit einer Hand deckte er das Mikrofon des Handys ab und sagte: »Taff, suche mir die Kontaktperson in Mandalay heraus. Ich muss Ros *jetzt* da rausholen.«

»Ich verstehe. Gib mir ein paar Minuten, dann weiß ich mehr. Ist sie soweit in Ordnung?«

»Es geht so … Ros?«

»Jetzt bin ich auf dem Balkon, was nun?«, hörte er ihre ängstliche, ungeduldige Stimme. Als suchte er in dem Raum nach Privatheit, zog sich Hyde immer mehr in sich selbst zurück. Aubrey hüstelte verlegen, um die Stille im Raum zu unterbrechen. »Hyde?«

»Habt ihr einen Wagen dort?«

»Einen gemieteten Jeep.«

»Wo ist John?«

»Ich denke, er ist auf seinem Zimmer.«

»Bring ihn her ans Telefon. Nein, stelle jetzt keine Fragen. Er kann euch nach Mandalay fahren. Ich habe dort eine Kontaktperson.«

»Das sind hundert Kilometer!«

»Aber auf einer guten Straße«, beruhigte er sie. »In ein paar Stunden seid ihr dort. Pack eine Tasche und verschwindet. Hol jetzt John!«

»Aber das wird eine Minute dauern.«

Er schaute auf die Satellitenkarten und Godwins Computerkarten zu seinen Füßen. Auf beiden Karten war mit rotem Stift Tripitaka eingetragen. Aus der Entfernung erschien es ihm, als hätte ein Kind damit begonnen, die Blätter anzumalen. Grüner Dschungel, Flüsse und die alte, kurvige Straße, die sich von den Hügeln über die Bergstation von Maymyo südwestwärts nach Mandalay schlängelte.

Durch das Telefon erklang der Türsummer, der ihren Atem und die entfernten Geräusche der Baustelle übertönte. Auf der anderen Leitung hörte er Evans Stimme.

»Patrick! Wir haben einen Namen und ein Kennwort!«

»Ros, gehe nicht an die Tür!«

»Es ist nur der Zimmerservice.«

»Ros, öffne nicht die *verdammte Tür*!«

Sie reagierte auf das vertraute Geräusch des Türsummers, der sie zu beruhigen und ihr wieder etwas Orientierung zu geben schien.

»*Ros!*«

Er hörte, wie sie die Tür öffnete. Es war so primitiv, so verdammt *einfach*.

Ihr schockiertes Ringen nach Luft, das gedämpfte Geräusch eines kurzen Kampfes, der Aufprall des zu Boden fallenden Handys, wie es wieder aufgehoben wurde, und der schwere Atem, der nicht von Ros kam. Dann wurde das Telefon ausgeschaltet.

Kapitel neun

In einem anderen Land

Hinter den abziehenden Monsunwolken tauchte die tiefgrüne Hügelkette um Mae Hong Son auf. Die kleine Boeing der Thai Airlines ergoss ihre Fracht von Passagieren über die Gangway auf den glänzend nassen Beton der Landebahn. Colin Evans beobachtete, wie Hyde energisch die Stufen mit einer kleinen Reisetasche hinunterlief. Sein plötzliches Interesse machte Evans Sorgen, sodass sein Winken zögernd, ja fast enttäuscht wirkte. *Wir kümmern uns nicht um persönliche Dinge,* hatte jemand, den er von früher gekannt, aber nicht gemocht hatte, über die Spionagearbeit gesagt. Mit einem unguten Gefühl erinnerte er sich jetzt an diesen Ausspruch.

Wohl bewusst, dass Hyde ihn misstrauisch musterte, reichte Evans ihm freundlich die Hand.

»Wie geht's«, blaffte Hyde nur kurz zurück und schnitt die freundliche Geste, die Evans ihm anbot, barsch ab. »Wo steht das Flugzeug?«

Hyde schaute sich um. Der Dschungel kroch förmlich die umliegenden Berge empor, hinter denen Burma lag. Die Stadt mit ihren in der Sonne glitzernden regennassen Tempeln und Pagoden drängte sich in das enge Tal. Evans spürte deutlich Hydes Orientierungslosigkeit und sein Unvorbereitetsein auf das vor ihm liegende Grauen. Am Rande der nassen Rollbahn, die in der Mittagshitze zu dampfen begann, standen aufgereiht wie Rekruten beim Appell die Kleinflugzeuge der Drogen- und Edelsteinschmuggler. Mae Hong Son lag an der Hauptschmuggelroute von Burma nach Thailand. Eine Reihe neuer Hotelbauten, von denen manche noch im Rohbau waren, umgaben dieses kleine, unbedeutende Städtchen und drängten den Dschungel weiter die Berge hinauf.

Evans war an diesem Ort bereits ein halbes Dutzend Mal gewesen. Der SIS verfügte nicht über die Mittel, um den Drogenhandel so nahe am Goldenen Dreieck direkt beobachten zu können. Nordthailand und Laos gehörten zum Einflussgebiet des CIA, der wiederum vom Informationsaustausch mit dem SIS nicht viel hielt. Evans kümmerte sich üblicherweise um die malaiischen Postämter und Schifffahrtslinien und überprüfte die weiterführenden Routen. Ros oder andere persönliche Angelegenheiten erschienen ihm dagegen wie Gespenster. Die hektischen Vorbereitungen, die Evans noch bis vor ein paar Stunden in Atem gehalten hatten, kamen ihm jetzt unwichtig und überflüssig vor. Sie waren nicht viel mehr als eine hastig hingekritzelte Skizze für eine schlecht geplante Rückholaktion. Selbst Hyde erschien ihm hier fehl am Platze.

»Unser Flugzeug steht dort drüben.« Evans machte eine vage Handbewegung. »Verdammt wenig Zeit, die du mir gegeben hast, alter Junge!« Achselzuckend fügte er hinzu: »So, dann lass uns aufbrechen.«

»Wie kommen wir nach Burma?«

»Kein Problem! Der Pilot hat alle wesentlichen Papiere. Er fliegt manchmal für die Generäle der Junta, thailändische Beamte oder malaiische Minister. Oder eben mich«, antwortete er mit einem breiten Grinsen. »Wir haben verdammt viel Glück gehabt, dass er uns gerade jetzt zur Verfügung steht, als ihr der Zeitplan so weit nach vorn geschoben habt.«

»Vertraust du ihm?«

»Ja. Er liebt das Risiko und das Doppelspiel, das irgendetwas in seiner Psyche anspricht. Und dann ist da ja immer noch das Geld. In Dollar, versteht sich. Wie auch immer, wir sind da.«

Draußen vor dem Hangar parkte ein Wasserflugzeug mit zwei Motoren an den Flügeln und einem hinter der Passagierkabine. Es war die legendäre *Dornier* mit der langen Motorengondel. Ein kleiner, untersetzter Chinese lehnte an dem geöffneten Notausgang, nickte zu Evans hinüber und musterte scheinbar unbeteiligt Hyde.

»Zwei von diesen Dingern stehen in einem Hangar in Penang«, erklärte Evans grinsend. »Der SIS hat leider nicht genügend Geld, um noch mehr davon anzuschaffen. Mike Sung – das ist Patrick – leiht es sich immer aus.« Hyde und Sung nickten sich zu. »Der Vogel hier wird uns in ein paar Stunden sehr nützlich sein.« Dann stiegen sie die Treppe hinauf und kletterten in die Passagierkabine. »Wir sind soweit, Mike!«

Als sie es sich in den engen Sitzen so bequem wie möglich gemacht hatten, erkundigte sich Evans vorsichtig: »Du fragst nichts. Hast du noch etwas herausfinden können?«

Hyde rieb sich verwundert die Augen. Vielleicht war er nur erschöpft und müde. Evans wurde von Zweifeln geplagt, als Hyde ihn musterte. »Ich habe ihren Mitarbeiter John erreichen können. Ros hatte eine Nachricht an der Rezeption hinterlassen. Der Rest ihrer Truppe sollte zurück nach Singapur fahren, um dort auf sie zu warten. Von einem interessierten Kunden hatte sie eine Einladung nach Mandalay erhalten. Der wusste wohl, dass sie gerade in Tripitaka war. Ich habe das nach meiner Ankunft in Bangkok erfahren. John war da schon in Singapur.«

»Und wer ist dieser Kunde?«

Als die beiden Pratt & Whitney Turboprop-Motoren starteten, musste Hyde seine Stimme erheben: »Ein Mr. Lim mit einem großen Haus in Mandalay. Vollständige Renovierung. Ein großer Auftrag.«

»Derselbe Mr. Lim, nach dem du mich schon gefragt hattest?«

»Es könnte natürlich jemand anderes sein. Ist es aber wohl nicht.« Hyde nickte widerwillig.

»Es kann *kein* Zufall sein. Lim ist der Kontaktmann in Mandalay, der Mittelsmann zwischen Lau und den Chinesen, oder wer auch immer darin involviert ist!«

»Warum hat er seinen richtigen Namen genannt?«

»Um mir den Weg zu zeigen.«

»Dann ist Ros jetzt also in Mandalay?«, fragte Evans erleichtert.

»Hoffentlich.«

»Du machst dann also genau das, was von dir erwartet wird, und tappst in die Falle?«

»So ungefähr, aber nicht ganz. Ich möchte zuerst Johns Geschichte im Hotel überprüfen.«

»Du annoncierst also deine Ankunft.«

»Die werden sie wahrscheinlich schon mitbekommen haben.«

Die Dornier Seastar rollte langsam am Hangar und an den geparkten Leichtflugzeugen vorbei in Richtung der Startbahn. Der Lärm der Motoren legte sich wie ein tropischer Wirbelsturm über sie.

»Willst du noch mal alles durchgehen, was wir dabeihaben?«, brüllte Evans.

»Was ist mit dem lokalen Transport?«

»Das geht in Ordnung.«

»Haben wir irgendwelche Unterstützung vor Ort?«

»Einer unserer Männer ist da und gegebenenfalls ein paar Einheimische.«

»Gut, dann lass uns noch mal das Inventar überprüfen.«

Hyde schaute auf die Uhr. Es waren jetzt achtzehn Stunden vergangen, seitdem er aus London abgeflogen war. Ein Linienflug nach Bangkok, dann mit den von Evans gebuchten Flügen nach Chang Mai und schließlich zu diesem fremden, ihm unbekannten Ort, der gerade hinter den schmalen Kabinenfenstern vorbeizog. Der Schock über Ros' Verschwinden, die Hilfe, die ihm zuteil wurde und die Prophezeiungen in Aubreys Raucherzimmer hatten ihn während des ganzen Fluges wie unauslöschliche Bilder verfolgt. Aubreys Versuche, ihn zu beruhigen, oder die ausgearbeiteten Alternativpläne hatten in keiner Weise seine Schuldgefühle gegenüber Ros dämpfen können. Jetzt war es *passiert*, und sie war von ihm dort mit hineingezogen worden.

Während des Fluges von London nach Bangkok hatte er sich ständig eingeredet, dass noch ein Funken Hoffnung auf ihr Überleben bestand. Wenn er nicht mehr daran glauben würde, dass sie noch am Leben war, könnte er niemals ihren Tod rächen. Der Schmerz über ihren Verlust hielt sich noch in der Schwebe. Zeitweise konnte er ihn verdrängen.

Doch oft hörte er das gellende Geschrei, hörte, wie es an die Pforten seines Bewusstseins hämmerte, um hinauszugelangen. Diese Kerle wussten, was für einen wirksamen Köder sie in ihr hatten. Ob nun lebendig oder … Um ihn anzulocken, mussten sie Ros präsentieren. Entweder an einem Fenster, im Auto oder auf einer Terrasse. Sie musste leben, um mit ihm sprechen zu können. Es gab ein Dutzend dieser schwachen Hoffnungsschimmer, um sich einzureden, dass Ros noch am Leben war.

Hyde fühlte, wie er aus der Tiefe seiner Grübeleien wieder auftauchte und mit der Welt in Verbindung trat. Noch unfähig, sich zu konzentrieren, versuchte er sich mit Evans' gekritzelten Notizen zu befassen. Erst als die Dornier von der Startbahn abhob und über die zierlichen weißen Tempel unter ihnen im Dschungel hinwegflog, um dann in einem Bogen in Richtung Burma abzudrehen, fiel die Angst und das Entsetzen endgültig von ihm ab. Der Anblick des tiefgrünen Dschungels, die Sonnenstrahlen, die durch die dicken Regenwolken stießen, die Nähe zu Evans, die Erinnerungen an Marian, ihren Vater und an Tony Godwin ließen die fürchterliche Vorstellung von Ros' Tod langsam verblassen.

Natürlich war es eine Falle, doch irgendwie musste er sie umgehen. Als hätte Evans seine Gedanken gelesen, entfaltete er eine Landkarte, die er aus seiner Aktentasche hervorgeholt hatte.

»Lim«, brummte er. »In ein paar Minuten werde ich unseren Kontaktmann in Mandalay erreichen können. Er soll schon mal dessen Aufenthaltsort herausfinden.«

»Ich hoffe, ich habe Sie nicht gestört, meine Liebe?«, meldete sich Peter Grainger mit seinem für ihn so typischen onkelhaften, spöttischen Ton am Telefon. Marian musste für einen Moment grinsen, als sie sich ihrer Nacktheit und der Nähe zu Alder bewusst wurde. »Es gibt gute Nachrichten, Marian. Das Handelsministerium und seine politische Gouvernante sind über ihre tatkräftige Unterstützung entzückt. Mögliche Schwierigkeiten werden damit allerdings auf die bisher so loyale Opposition Ihrer Majestät zurückfallen. Doch *unsere* politischen Meister sind noch ein wenig misstrauisch und weisen nachdrücklich darauf hin, dass der geringste Zwischenfall das Ende Ihrer politischen Karriere bedeutet.«

Aufrecht im Bett sitzend schaute Marian an ihrem nackten Körper hinunter und antwortete nach einem Moment: »Ich akzeptiere diese generösen Bedingungen, Peter.«

»Ah, das ist gut!«, freute sich Peter Grainger über ihr offensichtliches Unbehagen und fügte hinzu: »Dann wird Ihnen George Theobald, wie man im Büro der Fraktionsführung zu sagen pflegt, eine kurze Einweisung geben. In seinem Büro, sagen wir um zehn Uhr dreißig? Er wird Sie vor schwerem Wetter warnen.«

»Das ist gut, Peter«, hänselte sie ihn. Neben ihr drehte sich Alder um und öffnete die Augen. Mit den Fingern berührte sie ihre Lippen und legte sie dann auf seine. »Geläutert werde ich dann zur Beichte bei George antreten.«

»Das ist ausgezeichnet. Leider hat die eine oder andere Indiskretion die Morgenausgaben der Zeitungen schon erreicht. Auf Wiedersehen, Marian!«

Zweifellos von der Parteiführung lanciert, war sich Marian sicher und legte den Hörer auf. Wieder spürte sie die Quetschungen an ihrem Hals. Den Überfall hatte sie mit einem passionierten Liebesakt zu verdrängen versucht, wobei Alders Zurückhaltung sie noch zusätzlich erregt hatte. Sie stand auf, küsste ihn kurz und genoss seine Blicke, die ihr gierig durchs Zimmer folgten.

Vor der Haustür lagen die Zeitungen. *Oh, Marian!* war der Aufmacher der *Sun* mit der Unterzeile *Abgeordnete verrät ihre Burma-Politik*. Der *Daily Telegraph* hielt sich etwas mehr zurück, hinterfragte aber die Motive ihrer unverständlichen Kapitulation. Sie nahm die Zeitungen mit in die Küche. Was für eine Posse, dachte sie kopfschüttelnd, zündete sich eine Zigarette an und tat Kaffeepulver in den Filter. Sie war regelrecht aufgemischt worden, wie es die kriminelle Bruderschaft der Politiker auszudrücken pflegte.

Das *musste* alles hinuntergeschluckt werden, wie wütend Marian darüber auch war.

Hyde war in Panik nach Burma geflohen, um Ros zu retten. Aubrey, ihr Vater und Tony Godwin waren machtlos gewesen. In der Hektik hatte man den Umschlag mit den Fotografien auf Aubreys Regal ganz vergessen. Es waren jetzt nur noch irgendwelche Bilder entfernter Verwandter oder Ereignisse, die keinerlei Bedeutung mehr zu haben schienen. Sie würden Ros nicht retten können.

Marian teilte inzwischen Hydes pessimistische Einschätzung, wie die Redaktionen auf die Fotos reagieren würden. Die Zeitungen würden so lange schweigen, bis sie ihre eigenen Recherchen abgeschlossen hätten, und selbst dann könnte sich die Regierung immer noch einmischen und Stillschweigen einfordern. Die Fotos waren nur für Ralph Lau von Bedeutung und könnten daher ihre und die Sicherheit von Hyde garantieren.

Es sei denn …

Als sie im Begriff gewesen war, Aubreys Wohnung zu verlassen, hatte sie sich unbemerkt von den anderen den Umschlag mit den Aufnahmen geschnappt und in ihre Handtasche gesteckt. Sie hatte sich entschieden, die Fotos für ihre Zwecke zu benutzen. Für irgendetwas mussten sie ja gut sein. War sie einmal für die Handelsdelegation akzeptiert worden, hatte sie bereits die erste Hürde genommen.

Marian musste es einfach tun. Sie würde die Fotos mit nach Rangun nehmen, wo sie die demokratische Opposition gegen die Junta ausspielen könnte. Vielleicht würde Marian die Bilder auch Suu Kyi persönlich übergeben, falls sich ein Treffen mit der Dame arrangieren ließe. Laut *Times* freuten sich die Generäle schon, der größten politischen Gegnerin der Junta im Parlament über den Fortschritt der Demokratisierung in Burma zu berichten. Ihr wurde jetzt von allen Seiten die Zwangsjacke angelegt.

»Du hast es also geschafft, schlaues Mädchen«, sagte Alder bewundernd und beobachtete sie dabei von der Küchentür. Der Wasser kochte, und sie goss es in den Kaffeefilter.

»Ich habe das nur getan, um bei dir bleiben zu können, Liebling.«

»Ach wirklich?« Dabei nahm er ihre Oberarme und verzog den Mund zu einem Grinsen, während er sie fragend anschaute. »Das hier ist aber kein Spiel! Ich möchte nicht, dass du …«

»… Mist machst?«

»Ich wollte sagen, deine Karriere ruinierst. Aber das auch. Keiner von uns beiden muss …«

»… seine Karriere aufs Spiel setzen? Einverstanden!« Sie küsste ihn flüchtig. Wieder spürte sie die Quetschungen, während Alder ihr zärtlich über den Nacken strich. »Ich werde ruhig bleiben, Sir«, fügte sie hinzu und deutete dabei auf die Zeitungen. »Mir bleibt gar nichts anderes mehr übrig.«

»Sehr gut.«

»Ich möchte wirklich bei dir sein«, flüsterte sie verlegen. »Das ist mir sehr wichtig.« Marian wusste, dass er sich bei diesen Worten sofort geschmeichelt fühlte. Wie erwartet nahm Alder sie in die Arme, drückte sie fest an sich und küsste sie wieder.

»Ich möchte auch mit *dir* zusammen sein«, antwortete er. »So wie jetzt.« Sein Verlangen wirkte aufrichtig. Sie ließ sich vorsichtig von ihm gegen die kühle Wand drücken, sodass sie für einen Moment vor Kälte erschauerte. Dann spreizte sie leicht die Beine. Ihr Herz begann immer heftiger zu pochen, während beide heftige Erregung packte. »Marian …«, hörte sie und spürte, wie er in sie eindrang.

Kurz vor dem gemeinsamen Orgasmus erschienen ihr Hydes Gesichtszüge. Obwohl Alder sie schwer atmend umklammerte, sah sie Hyde und die Fotografien deutlich vor sich. Er war verzweifelt gewesen, schockiert und in kalter Panik. Sie hatten Ros in ihrer Gewalt, und er befürchtete, sie würde in einem der Gräber verschwinden, in dem schon die burmesischen Dorfbewohner lagen.

Hyde war auf der Suche nach Ros und hatte dabei sämtliche Planungen, die plötzlich wie Müll auf Aubreys Teppich herumlagen, über den Haufen geworfen.

»Ist dir kalt?«, flüsterte Alder.

»Nein, nein.« Sie *hatte* gezittert. Sie musste die Aufnahmen persönlich überbringen. Wie Hyde war sie nun kein Unbeteiligter mehr. Es war zu spät, um Distanz zu wahren.

»Dort unten!« Evans versuchte den Motorenlärm zu übertönen, als die Dornier in Schräglage über die Schlucht und den sich darin tief eingegrabenen Fluss kreiste.

Nachdenklich betrachtete Hyde die Baumwipfel und Berge unter ihm, die dem Flugzeug jetzt bedrohlich nahe kamen. Die Shan-Hochebene wirkte wie eine riesige knöcherne Hand, die im Westen in die trockene Ebene um Mandalay abfiel, aber ansonsten die Landschaft wie eine Zwinge im Griff hielt. Das strahlende Blau des schmalen Flusses am Fuße der Schlucht hob sich deutlich von den grauen Felsen und dem Dunkelgrün des Dschungels ab, aus dem immer wieder die Narben illegaler Rodungen hervortraten.

Der Expilot der malaiischen Luftwaffe kreiste über dem Tal, um das Flugzeug auf eine Linie mit der Schlucht zu bringen, die jetzt weniger eng und gewunden aussah und in der sich der blaue Fluss wie eine halb geöffnete Ader schlängelte. Hyde versuchte, sich in der immer näher kommenden Landschaft zu orientieren. Im Westen glaubte er einen aus dem Dschungel auftauchenden, von Menschen angelegten Flecken entdeckt zu haben. Vielleicht war es Tripitaka. Der Pilot richtete die Dornier waagerecht aus und ging nun immer tiefer. Neben ihnen stiegen die Felswände wie aufgeplatzte Lippen senkrecht in die Höhe.

Sobald sie das Flugzeug verlassen und die Ausrüstung ausgeladen hätten, sollte Mike Sung weiter nach Mandalay fliegen, wo er drei Tage auf sie warten würde. Immer wieder musste Hyde an Ros decken. Sie ging ihm einfach nicht aus dem Kopf.

Er verdrängte jetzt die Gedanken an sie, denn er musste sie aus seinem Kopf bekommen, um sich voll und ganz auf die vor ihm liegende Operation zu konzentrieren. Die Objekte einer Rettungs- oder Rückholaktion waren bisher stets namenlos gewesen, und er hatte kein persönliches Interesse an ihnen gehabt. Doch trotz aller Verdrängungsversuche drehte sich ihm bei dem Gedanken an Ros der Magen um. Das Wasser des Flusses spritzte unter dem Kiel der Dornier auf, als sie in den tückischen Scheerwinden der Schlucht auf und nieder hüpfte.

Die Schatten der Flügel rasten jetzt mit Angst einflößender Geschwindigkeit über das Wasser. Kiel und Stützschwimmer setzten auf und fegten über die Strömung hinweg. Links und rechts spritzte Wasser an die Kabinenfenster, und die Männer wurden in ihre Sitze gepresst. Neben ihnen erhoben sich die grauen Felsen der Schlucht, die mit dunkler Vegetation besprenkelt waren. Kaum wahrnehmbar wurde das Wasserflugzeug langsamer und glich sich der Strömung des Flusses immer mehr an. Dann drehte Sung die Dornier und glitt in Richtung des mit Steinen übersäten Ufers. Wie ein altes Boot tuckerte das Flugzeug jetzt über den Fluss.

Am Ufer, das von einigen dürren Bäumen gesäumt wurde, tauchte eine Gestalt auf. Oberhalb des Mannes am Rande der Klippe war ein Geländewagen zu erkennen. Der Motorenlärm wurde wieder stärker, als Sung die Dornier gegen die Strömung stellte, um sie ruhig zu halten.

»Lass uns gehen!«, schrie Evans und gab Hyde einen aufmunternden Klaps auf die Schulter. Er kroch in der Kabine nach hinten und öffnete die Tür. Das Wasser des Flusses schwappte in die Kabine und über den Schwimmer, auf dem sich Evans jetzt mit den Füßen abstützte. »Komm«, rief er, »keine Müdigkeit vorschützen, dort draußen wartet dein Schätzchen!«

Hyde rang sich ein zustimmendes Grinsen ab. Offensichtlich hatte Evans seine skeptische Beurteilung der Lage hintan geschoben und versuchte nun ihre gemeinsame Vergangenheit wieder aufleben zu lassen. Hyde folgte dem kräftig gebauten Waliser auf dem schaukelnden Schwimmer und half ihm, das Schlauchboot vom Rumpf zu lösen. Dann hielt er das Boot fest, während Evans die Ausrüstungssäcke von der Kabine ins Boot brachte.

Das Motorengeräusch veränderte sich immer wieder,

während Sung das Flugzeug etwa fünfzig Meter von dem mit Kieselsteinen übersäten Ufer ruhig hielt. Das Flugzeug schaukelte dabei in der Strömung träge hin und her. Mit ausdrucksloser Miene beobachtete der Pilot ihre Aktion. Als sie endlich fertig waren, rief ihm Evans einige Instruktionen zu, verschloss die Hecktür und winkte Sung zum Abschied. Dann folgte er Hyde in das Schlauchboot, und beide ruderten ans Ufer. Langsam wurde die Dornier abgetrieben, und Sung beschleunigte sie. Die Bugwelle wurde immer stärker, und nach etwa dreihundert Metern gewann das Flugzeug an Höhe. Silbern glitzerndes Wasser löste sich vom Kiel und den Schwimmern und umgab für Momente fast vollständig das kleine Flugzeug. Schließlich erreichte es die Höhe der Schlucht und verschwand hinter den Klippen, noch bevor das Schlauchboot über die Kieselsteine am Ufer scharrte.

Nur noch das Rauschen des Flusses und das laute Geschimpfe der in den Baumwipfeln verborgenen Papageien war noch zu hören. Evans Stiefel platschten durch das flache Wasser am Ufer, während Hyde für einen Moment innehielt. Er schien einen letzten tiefen Atemzug für Geist und Körper zu nehmen, bevor er an Land ging. Er half Evans und dem anderen Mann, in dessen Richtung er kaum schaute, das Schlauchboot an Land zu ziehen. Hyde schien an nichts anderem mehr interessiert zu sein, als diese Operation zu einem erfolgreichen Abschluss zu bringen. Sie waren kaum fünfzig Kilometer von Tripitaka entfernt und nur einige Stunden von Lims Anwesen in Mandalay.

Der Kontaktmann in Mandalay hatte inzwischen die genaue Lage von Lims hermetisch abgeriegeltem Anwesen in den Bergen ausfindig gemacht. Evans hatte die Position auf den Karten eingetragen. Zuerst würde er im Hotel nachforschen, überlegte sich Hyde, ob er tatsächlich der ausgelegten Spur zu Lim folgen sollte. Es war zwei Uhr nachmittags, heute Abend könnte er bereits in Mandalay sein. Evans begann jetzt, auf das Tempo zu drücken. Nicht umsonst war in den guten alten Tagen sein Ruf als Operationschef stets erstklassig gewesen.

Hyde streckte seine Muskeln, nachdem er einen schweren Sack aus dem Boot gehievt hatte. Wen hatte Evans hier wohl zu ihrer Unterstützung anheuern können? grübelte er. Vielleicht ein SIS-Mann getarnt als Mitglied der Weltgesundheitsbehörde? Er schaute zu dem wartenden Mann hinüber.

Und sah, wie Phil Cass über sein überraschtes Gesicht herzlich grinsen musste.

»Hallo, Patrick.« Ein ernster Ausdruck huschte über Phils Gesicht, und dann schüttelten sie sich die Hand. Seit ihrem letzten Zusammentreffen vor ein paar Jahren waren seine Haare grauer und dünner geworden. Damals hatte Hyde den verwundeten Cass aus dem pakistanischen Teil von Kaschmir herausgeholt und ihm so das Leben gerettet.

»Beherrschst du denn schon den lokalen Dialekt?«

»Burmesisch? Karin, Shan, Kochin? Oder Englisch?« Es schien, als zögerte er einen Moment, über ihre Operation zu sprechen, doch dann fügte er hinzu: »Einer meiner Leute in Mandalay versucht, diesen Lim zu beobachten. Bisher hat er jedoch nichts herausfinden können.«

»Glaubst du, Ros könnte sich in seinem Anwesen aufhalten?«, fragte Evans.

Vorsichtig und den Blick auf Hyde gerichtet, zuckte Cass mit den Achseln und antwortete zögernd: »Könnte sein.«

»Sie muss dort sein«, erklärte Hyde mit Bestimmtheit. »Sonst ist das alles hier nur verdammte Zeitverschwendung.«

Cass grinste erleichtert, und Evans entspannte sich zunehmend, als sie Hydes für ihn so typischen Zynismus wieder erkannten. Beide wussten, dass nur er eine solche Operation erfolgreich durchführen konnte.

»Ich freue mich, dich wiederzusehen«, sagte Cass.

»Lasst uns endlich die Ausrüstung zum Jeep bringen«, war Hydes Antwort, der dabei ein Grinsen nicht unterdrücken konnte.

»Ich freue mich auch, dich wiederzusehen, Phil. Wie lange brauchen wir nach Tripitaka?«

»Eine gute Stunde. Und dann noch mal zwei bis nach Mandalay. In Ordnung?«

»Das muss reichen. Ich möchte den Plan von Lims Anwesen so schnell wie möglich sehen. Geht das?«

»Das lässt sich machen.«

Es *ging* ihm jetzt besser, musste Hyde sich eingestehen, als würde er eine Straftat oder einen Verrat zugeben.

Es war heiß, und die Sonne brannte ihnen auf den Nacken, während sie mit der schweren Ausrüstung zur Klippe hinaufkletterten. Wenn sie ihn jetzt töteten, würde ihm kein Mensch zu Hilfe kommen. Es gab einfach *niemanden*. Weder Aubrey noch Giles Pyott verfügten noch über so viel Einfluss, um Unterstützung organisieren zu können. Hyde warf die Säcke durch die offene hintere Tür des Geländewagens und kletterte hinterher. Im Inneren war es stickig, und seine Ungeduld stieg wie die Temperatur.

Ich komme, Mr. Lim, so wie Sie es erwartet haben.

»Kontaktiere deinen Mann vor Ort, Phil. Ich möchte alles über die tägliche Routine dieses Mr. Lim wissen. Jedes Detail.«

Die Frau saß im Garten eines Restaurants in Soho. Sie war höchstens fünfundzwanzig Jahre alt, sah jedoch sehr viel älter aus, als wäre sie vorzeitig gealtert. Das Insein- Gefängnis, etwa vierzig Autominuten außerhalb von Rangun, war für diesen beschleunigten Alterungsprozess der meisten politischen Gefangenen verantwortlich. Diejenigen, die es überlebt hatten und entlassen worden waren, nannten es den *Gummistempel der Junta*. Schlagstöcke, Fäuste, Stiefel, Dunkelheit, schlechtes Essen und fauliges Wasser zeichneten ihr weiteres Leben. Myint San war eine solcherart gezeichnete Person. Sie humpelte, und viele ihrer Zähne fehlten bereits. Ihr klägliches zahnloses Lächeln, wenn sie denn überhaupt einmal lächelte, trug sie jedoch wie eine Auszeichnung.

Bereits vor vier Jahren hatte Marian dafür gesorgt, dass ihrem Antrag auf politisches Asyl in Großbritannien stattgegeben wurde, und seit dieser Zeit war die junge Frau ihre Verbindung zur demokratischen Opposition in Burma gewesen. Sie versorgte Marian mit den Fakten und abstoßenden Details über die Schreckensherrschaft der Junta und ermöglichte ihr so, im Sinne der Nationalen Liga von Suu Kyi zu sprechen. Doch jetzt war Myint San verständlicherweise aufgebracht und fühlte sich von Marian verraten. Ihr Kiefer, den sie ihr im Insein-Gefängnis gebrochen hatten, knirschte hin und her, als würde sie damit Steine mahlen.

»Ich muss es tun«, versuchte Marian sie nochmals zu überzeugen. »Ich muss es auf diese Weise versuchen.«

»Sie haben sich selbst bloßgestellt«, antwortete die Frau und starrte auf ihre fahlen Hände mit den dünnen Fingern. Mit ihnen konnte sie kaum noch schreiben, daher verdiente sie sich jetzt ihren Lebensunterhalt mit Küchenarbeit in dem thailändischen Restaurant, in dessen Garten sie gerade saßen. »*Warum?* Ich verstehe es nicht!« sagte sie kopfschüttelnd.

Marian fühlte sich in diesem Moment verantwortlich für einen Albtraum, unter dem Myint San jetzt zu leiden schien. Sie konnte sie nicht von ihrem Schritt überzeugen, und es blieb ihr nur übrig, entschuldigend mit den Achseln zu zucken. Der alte Stuhl, auf dem sie saß und der zu zerbrechlich war, um im Restaurant noch verwendet werden zu können, ächzte unter ihrem Gewicht. Mit leiser Stimme versuchte es Marian noch einmal: »Können Sie das für mich tun? Ich möchte mit Suu Kyi oder jemandem, der ihr sehr nahe steht, zusammentreffen.«

»Können wir Ihnen denn überhaupt noch vertrauen?«, entgegnete Myint San. Ihre Gestik wirkte dabei so abstoßend wie ihr geschundener Körper. Die Folterknechte hatten nicht nur ihren Körper, sondern auch ihre ganze äußere Erscheinung deformiert. Selbst ihre gebrochene Stimme hatte immer wieder den Erfolg ihres Asylantrags gefährdet.

Verbittert erwiderte Marian: »Ich habe etwas von großem Nutzen! Ich könnte damit die ganze Handelsmission sabotieren.«

»Und warum tun Sie es nicht?«

»Weil meiner Ansicht nach nur die Nationale Liga das Recht hat, darüber zu entscheiden, wann und wo diese Informationen zu gebrauchen sind.«

»Und Suu Kyi wäre eine zuverlässigere Quelle als jeder britische Politiker?«

»Vielleicht.«

Die Präsidentin der Industrie- und Handelsvereinigung hatte Marian in scharfem und verurteilendem Ton verwarnt. Sie hatte bei ihr dieselbe Litanei von der reuigen Sünderin wie bei der Parteiführung angeschlagen. Sogar die örtliche Parteileitung war benachrichtigt worden. Inzwischen war sie vollkommen bloßgestellt und wurde nun selbst hier von dieser jungen burmesischen Frau mit unverhohlener Geringschätzung behandelt. Die Mittagssonne fiel in den kleinen Garten. In der Küchentür rauchten und scherzten zwei thailändische Ober.

»Werden Sie es ihnen ausrichten?«, bat Marian inständig. Auf das Papier in ihrer Hand hatte sie den Namen des Hotels, ihre Ankunftszeit und die Nummer ihres Handys notiert. Sie schaute Myint San an und sagte fast flehentlich: »*Bitte …*«

»Selbst die Boulevardpresse beurteilt Sie kritisch«, antwortete die junge Frau. Wie jemand, der bereits fürchterlich hintergangen worden war, schaute sie Marian mit ihren runzligen Augen verärgert an. Es war der Ausdruck hochmütiger Verachtung, die der Gefolterte für jemanden empfand, der seinen Führerschein wegen einer Geschwindigkeitsübertretung verloren hatte. »Warum sollten wir Ihnen denn weiterhin vertrauen, Marian?«

Eine Brise strich über Marians rehbraune Jacke und ihren Seidenschal. Staub wirbelte in dem Gärtchen auf. Für einen Moment glaubte sie, eine Ratte zwischen den Mülltüten umherhuschen zu sehen.

Myint San verweigerte die ihr angebotene Zigarette. Marian zündete sich eine an und blies den Rauch aus.

»Sie vergeben eine große Chance, *Tekkabho* Myint San«, versuchte es Marian nach einer Weile noch einmal. Mit dem Ehrentitel sprach sie die junge Frau als Absolventin einer Universität an. Diese Form der Anrede war höflicher burmesischer Sprachgebrauch und drückte Respekt aus.

Nach langem Schweigen kam endlich die erlösende Antwort: »Gut, *Ma ma* Marian Pyott.« Myint San bezeichnete sie damit als eine ältere Schwester.

»Danke. Geben Sie diese Informationen weiter.« Mit ihren gebrochenen Fingern nahm sie das Papier und steckte es in die Tasche ihres dünnen Mantels, den sie über ihre schmalen Schultern gezogen hatte. »Verzeihen Sie, Myint San, aber ich muss das selbst tun. Es gibt für mich keinen anderen Weg. Ich habe damit sogar meine Karriere aufs Spiel gesetzt.«

Die runzligen schwarzen Augen wurden plötzlich gierig.

»Sind die Informationen denn wirklich so wichtig, die Sie haben?«

Marian nickte und antwortete: »Nach meiner Auffassung ja. Sie werden möglicherweise sämtliche Auslandsinvestitionen in Burma auf Jahre hinaus unterbinden und die öffentliche Meinung gegen das Regime mobilisieren. Es gibt viele Möglichkeiten.« Sie wusste, dass sie damit wie ein Verführer klang.

»Gut, ich muss jetzt los!« Myint San stand auf und schaute mit geneigtem Kopf wie ein Vogel auf der Stange Marian misstrauisch an. Sie gab sich offensichtlich Mühe anzuerkennen, dass es noch größere Opfer gab als das ihre. »Ich werde die Nachricht heute Nacht weitergeben«, sagte sie mit einem bedächtigen Nicken und schloss mit einem respektvollen: »*Daw* Marian Pyott.« Sie lächelte und verschwand hinter den herumlungernden Obern in der Küche.

Marian blies den Rauch aus und schaute auf ihre zitternden Hände. Jetzt hatte sie sich ebenso wie Hyde auf diese Sache eingelassen. Nun gab es kein Zurück mehr.

Vom Fenster in Godwins Büro aus schaute Aubrey auf die Themse. Die Herbstsonne spiegelte sich in den grünen Fenstern des gegenüberliegenden SIS-Gebäudes. Colin Evans gab ihnen per Konferenzschaltung einen kurzen Lagebericht von der Situation in Tripitaka.

»Wir wissen, dass Pearson schon verschwunden ist. Phil ist sich ziemlich sicher, dass Ros in Lims Haus außerhalb von Mandalay festgehalten wird. Patrick ist gerade im Hotel, um die für ihn bestimmte Geschichte zu überprüfen.«

»War das denn notwendig?«, brummte Aubrey missmutig.

»Mit allem Respekt, Sir, aber er hört nicht auf uns. Er kann nicht mehr vernünftig denken.«

»Ist schon gut, Colin. Weder Sie noch Cass dürfen Ihren offiziellen Status gefährden. Verstehen Sie mich? *Helfen* Sie ihm, aber mischen Sie sich nicht selbst ein.«

»Jawohl, Sir.«

Während er sprach, hatte sich Aubrey vom Fenster abgewandt und hilflos gestikuliert. Zögernd pflichtete ihm Godwin bei. Aubrey rieb sich unsicher die Schläfen.

Godwin räusperte sich verlegen. »Colin, hier ist Tony. Das Zeug, das er angefordert hatte, haben wir nach Rangun geschickt, ebenso das Geld. Können Sie dafür sorgen, dass es weiter nach Mandalay gelangt?«

»Ja, das schaffe ich.«

»Was hat er Ihrer Ansicht nach vor, wenn Ros noch dort sein sollte?«

»Weiß der Himmel? Irgendetwas Dämliches, nehme ich an!« Verständnisvoll fügte er hinzu: »Würde ich wohl genauso machen.«

»Dann fragen wir lieber nicht weiter. Ruf mich an, Colin, wenn er zurückkommt.« Godwin schaltete das Telefon aus, betrachtete es jedoch weiter, wohl um Aubreys fragendem Blick auszuweichen. Endlich schaute er auf und sagte: »Es ist besser, nicht nachzufragen, Sir. Wir können ihnen schließlich *nicht* befehlen, sich herauszuhalten.«

»Nein, nein«, japste Aubrey und lief vor dem Fenster auf und ab. »Immer dieses verdammte Loyalitätsgetue.«

»Es werden keine Spuren zu uns führen.«

»Ich sorge mich nicht um meinen Kopf, Tony!«

»Dann hören Sie auf, Sir, sich anderer Leute Kopf zu zerbrechen.« Godwins aufgedunsenes Gesicht war plötzlich rot vor Zorn. »Sie sind alt und erfahren genug, für sich selbst zu sorgen«, fügte er entschuldigend hinzu. »Ich werde uns ein Mittagessen bestellen, Sir. Mögen Sie etwas Spezielles?«

»Ihrem Tonfall zufolge würde wohl ein Lutscher und ein Eis ausreichen, Tony!« Godwin senkte verschämt den Blick, und Aubrey fügte sogleich hinzu: »Verzeihen Sie, aber das ist dieser höllische Mangel an Unterstützung und Mitteln. Die Sache ist außerordentlich wichtig, doch die ganze Operation steht einfach auf zu schwachen Füßen.« Er reckte für einen Moment die Hand in die Luft und ballte eine Faust, um sogleich wieder seine Schläfe zu massieren.

Es ging ihm nicht wirklich um Hyde, sondern um Marian. Weder ihm noch ihrem Vater war es gelungen, ihr diese verantwortungslose Reise auszureden. Die Fotografien mit nach Rangun zu nehmen und sie dort heimlich der demokratischen Bewegung zu übergeben, war nicht nur purer Wahnsinn, sondern romantisch und noch dazu äußerst gefährlich.

Das Risiko, das Patrick einging, war nur ein Vorspiel auf die Gefahr, in der sich Marian bald befand.

Er fuhr den Geländewagen auf den Parkplatz vor dem Hotel und schaltete den Motor aus. Er fühlte sich wohl in dem Anzug, den Cass ihm aus Mandalay mitgebracht hatte, um seinem von Evans erdachten Schattenleben Ausdruck zu verleihen. Er, der australische Geschäftsmann, der mit Ros zusammenarbeitete und sie in Mandalay treffen sollte, war jetzt wütend darüber, sie hier nicht vorzufinden. Zeit ist schließlich Geld.

Hyde packte die schwarze Aktentasche und das Handy, knallte die Wagentür hinter sich zu und stürmte mit großen Schritten über den staubigen Asphalt des Parkplatzes. Die Sonne hing bereits tief über der sich im Westen erstreckenden Hügelkette. Gründlich wie ein Großanleger hatte er zuvor stundenlang mit dem Fernglas Tripitaka beobachtet, das sich jetzt für ihn auf die getönten Scheiben des Hoteleingangs reduzierte.

Laut Aussage von Ros' Mitarbeiter John hieß der Informant an der Rezeption Chris, der jetzt dort Dienst haben müsste. Er hatte die Geschichte über Ros, Lim und Mandalay verbreitet, und er war das Hinweisschild, dem Hyde folgen sollte. *Ihn* hieß es also davon zu überzeugen, dass Hyde allein und verzweifelt auf der Suche nach Ros war und die Konfrontation mit Lim suchte.

Schlanker, blonder, gut aussehender und sommersprossiger Australier war Johns Beschreibung des Mannes an der Rezeption gewesen. *Chris.* Sein Name war an das Revers geheftet. Gerade hatte er mit einem professionellen Lächeln ein älteres Ehepaar abgefertigt, bevor er sich Hyde zuwandte.

»Was kann ich für Sie tun, Sir? Wollen Sie einchecken, Mr. ...?« Seine Gesichtszüge spannten sich an. Er musste wohl Fotos von Hyde gesehen haben.

»Ich möchte nicht hier bleiben. Mich interessiert nur, wo *Miss* Woode steckt. Einer Ihrer Gäste.«

»Miss Woode?« Für einen Moment war Erregung in seinem Gesicht zu sehen. Ein Schweißtropfen bildete sich an der linken Schläfe, und ein leichtes Zucken des Augenlids war nicht zu übersehen. Hyde genoss diesen Augenblick. Chris tippte etwas in die Tasten des Computers und tat so, als würde er konzentriert auf den Bildschirm schauen. Dann antwortete er: »Ah, ja. Ms. Woode hat leider schon ausgecheckt. Zusammen mit ihren Kollegen ... Nein, ich erinnere mich jetzt. *Sie* sind in Mr. Pearsons Flugzeug zurück nach Singapur geflogen, und Miss Woode ist weiter nach Mandalay gefahren. Ich glaube, sie wollte dort einen Mr. Lim treffen. Ja, Lim war der Name.«

Seine aufgesetzte Affektiertheit flackerte wie eine altersschwache Glühbirne, als Hyde mit der flachen Hand auf die Platte der Rezeption schlug. Klein, mit offenem Schlips, rot angelaufen und schwitzend. Er konnte sehen, wie Chris das Bild von ihm jetzt in sich aufnahm und sich dabei in keiner Weise bedroht fühlte. Wahrscheinlich würde er ihnen erzählen, wie leicht es sein würde. Es bestand sogar die geringe Chance, dass sie ihm seine Einschätzung auch abnehmen würden. Hyde musste *alles* tun, um zu zeigen, dass er weder einen Plan hatte noch auf Unterstützung vor Ort bauen konnte. Er wollte sich hier im Hotel voller Ungeduld und Panik präsentieren. Evans hatte sich die Geschichte gut ausgedacht und diesen Deckmantel schnell, doch etwas oberflächlich für Hyde kreiert. War der Bursche jetzt schlau genug, seine offensichtlichen Signale auch zu erkennen?

»Hören Sie zu!«, platzte Hyde heraus. »Ich muss sie treffen. Sie schuldet mir Geld! Und sie schuldet mir Aufträge! Verstehen Sie das, *Süßer*?«

Chris' Wangen liefen rot an, als er die plumpe Andeutung hörte. Seine Lippen wurden schmal wie seine Augen. *Ich bin sicher, dass er schwul ist,* war Johns Einschätzung gewesen. Er war einer der dünnhäutigeren Typen, verächtlich und flink. Umso besser, dachte sich Hyde.

»Miss Woode hat *ausgecheckt*«, wiederholte er gereizt und überließ sich für einen Augenblick seinem Ärger. Er wollte mit seinem Wissen prahlen und Hyde nur einen flüchtigen Blick hinter die Kulissen gönnen.

»Warum soll ich das glauben? Ich bin gerade aus Mandalay gekommen, und Sie, verdammt noch mal, erwarten von mir, dass ich jetzt wieder zurückfahre, nur weil Sie es sagen?«

»Schauen Sie hier, *Sir*«, erwiderte Chris und drehte den Bildschirm zu Hyde. »Dort steht es«, schnurrte er.

Beim Anblick von Ros' Namen, ihrer Ankunfts- und Abfahrtszeit zuckte er zusammen. Wie eine Krabbe mit ihren Scheren wackelte er nervös mit der Hand über den Bildschirm. *Spiel deine Rolle weiter,* sagte er zu sich selbst, *zeig ihm deine Verzweiflung und dass du kaum etwas auf die Reihe bekommst.* Es fiel ihm nicht schwer, weiter auf Ros' Namen zu starren und dabei entnervt zu keuchen.

»Ich muss sie dringend sehen. Eigentlich sollte ich sie hier treffen, konnte aber nicht rechtzeitig aus Mandalay weg. Ich bin so schnell wie möglich hierher gekommen. Sie schuldet mir Geld, und ich brauche es dringend. Ich muss sie finden.« Fast flehentlich schaute er jetzt das erste Mal vom Bildschirm auf. »Können Sie mir eine Adresse, eine Telefonnummer oder irgendetwas geben?« Hydes Blick wirkte schwach und unsicher, während er fortfuhr: »Sie muss mich bezahlen. Zu Hause ist der Teufel los.« Ein verschämter Blick, weil er diese Schwäche zugeben musste. Nun begann er, Spaß an seiner Rolle zu gewinnen, und wurde sich seines Auftritts immer sicherer. »Um Himmels willen, können Sie mir nicht die Adresse dieses verdammten Chinesen besorgen? *Bitte!*«

Und glaube nichts von alledem, was du über mich gehört hast, traue deinem Urteil über den üblen Kerl, der hier vor dir steht, versuchte Hyde, ihn telepathisch zu beeinflussen.

Und er tat es! Chris begann mit wachsender Arroganz, Hyde von oben herab zu behandeln. Die prekäre Situation, in der er zu sein vorgab, schien ihm Chris tatsächlich abzunehmen. Mit einem herablassenden Lächeln antwortete er: »Ich werde mich erkundigen, Sir.«

Er ließ Hyde allein, der sich über die Balustrade der Rezeption lehnte und sich mit einer Hand über das schweißnasse Gesicht strich, während er mit der anderen Hand nervös die Melodie irgendeines Liedes trommelte. Chris schien im Telefonbuch nachzuschauen. Er kehrte mit einer auf einem Stück Papier notierten Nummer zurück.

»Ich bin sicher, dass es die richtige Nummer ist.«

»Danke!« Hyde schnappte sich verzweifelt den Zettel. »Hören Sie, ich bin völlig fertig, die ganze Nacht habe ich nicht geschlafen. Ich muss sie finden, nur sie kann mir helfen. Verzeihen Sie nochmals.« Chris schwieg und blieb reserviert. »Kann ich mal Ihr Telefon benutzen? Ich muss sie heute Abend noch sprechen, und es wird Stunden dauern, bis ich wieder zurück nach Mandalay komme.«

»Es ist mir ein Vergnügen, die Nummer für Sie zu wählen, Sir.« Mit den Fingerspitzen nahm er den Zettel aus Hydes Hand, drehte sich um und wählte die Nummer in einem Nebenraum der Rezeption. Nach einer Weile begann er sehr schnell zu sprechen. Hyde konnte nichts verstehen, denn im Foyer unterhielten sich angeregt viele Gäste. Es herrschte die laute und zuvorkommende Atmosphäre, in der Geschäfte gemacht wurden. Durch das Fenster fiel nur noch ein goldener Streifen der hinter der Bergkette untergehenden Sonne. »Ich glaube, es ist einer von Mr. Lims Angestellten«, schreckte ihn Chris aus seiner Versunkenheit auf und reichte ihm den Telefonhörer.

Hyde drückte den Hörer an sein Ohr und sagte: »Mein Name ist Stewart.« Falls Ros den Namen hören sollte, würde sie wissen, dass er einen alten Decknamen gebrauchte. »Verzeihen Sie die Störung, aber eine gewisse Miss Woode ist als Gast von Mr. Lim bei Ihnen. Ich muss sie dringend sprechen.«

Er wusste, dass Lim am anderen Ende der Leitung war, um einen eigenen Eindruck zu gewinnen.

»Ist bei Ihnen eine Miss Woode?«, fragte er in verzweifeltem Ton. »Ich heiße Stewart, ich war mit ihr in Tripitaka geschäftlich verabredet. Mir wurde gesagt, dass sie ein Treffen mit Mr. Lim hat. Stimmt das?«

»Mr. Lim ist nicht da. Er ist mit Miss Woode ausgegangen, die sein Gast ist. Sie werden vermutlich erst in einigen Stunden zurückkehren.« Hyde seufzte laut mit einstudierter Erleichterung. »Und Sie sagten, dass Sie mit Miss Woode dringend sprechen müssen?«

»Sehr dringend, es geht sozusagen um Leben und Tod.«

»Aber es ist geschäftlich?«

»Ja. Lässt es sich arrangieren, dass ich Miss Woode treffe, ohne dabei Mr. Lim zu stören?«

Im Augenwinkel sah er, wie Chris seinen kleinen Triumph genoss. Jemand hatte in der Zwischenzeit bestimmt schon den Geländewagen durchsucht, aber nichts gefunden außer einer kleinen Pistole, gefälschten Papieren und der von Cass besorgten Tasche mit dem Flugticket von Australien über Thailand nach Mandalay.

»Sie übernachten in Mandalay, Mr. Stewart?«

»Ja, im Innwa Hotel.«

»Das kenne ich. Ein Hotel für Geschäftsleute. Sie werden dort heute und morgen Nacht sein?«

»Ja, aber …«

»Ich werde Ihren Wunsch nach einem Treffen mit Miss Woode und Mr. Lim weitergeben. Wenn es Ihnen recht ist, werde ich eine Nachricht für Sie im Hotel hinterlegen.«

»Hören Sie …«

Die Verbindung war schon unterbrochen worden. Lim musste wohl zufrieden gewesen sein. Aber worüber? Dass er allein nach Mandalay kommen würde? Hyde legte den Hörer auf und zuckte verbittert mit den Achseln.

»Das war's. Danke vielmals. Wieder zurück ins verdammte Mandalay. Ich hoffe nur, dass es morgen nicht schon zu spät sein wird!« Nach einem Moment des Zögerns nahm er seine Tasche und verabschiedet sich: »Nochmals Danke und einen guten Tag noch.«

Mühsam schleppte sich Hyde zur Tür, als würden die vor ihm liegenden Ereignisse auf seinen Schultern lasten, was sie ja auch taten.

Alder ist davon überzeugt, dass sein unwiderstehlicher Penis die Frau von uns ablenken wird. Was halten Sie davon, Jessop?

Das interessiert mich nicht im Geringsten, Sir, also verschwinden Sie. Natürlich hatte er nicht in diesem Ton auf Ralph Laus Frage geantwortet. Aber es könnte etwas dran sein. Marian Pyott war achtunddreißig und lebte allein. Vielleicht war es das, was sie brauchte und Alder ihr regelmäßig besorgte. Die eine oder andere wilde Nacht stand ihr immerhin zu, schließlich war sie nie eine Nonne gewesen.

Um aus Laus Schusslinie zu kommen, hatte Jessop dieser Theorie zugestimmt. Das Schlitzauge hatte nur Minuten nach dem Telefongespräch mit dem jungen Australier in dem Hotel in Tripitaka angerufen. Chris war ein guter Beobachter, und das Band, mit dem er das Gespräch zwischen ihm und Hyde aufgenommen und Jessop vorgespielt hatte, bestätigte seine Einschätzung. Er stimmte mit dem jungen Schönling darin überein, dass Hyde den Köder geschluckt hatte und nun ohne Hilfe durch Burma stolperte. Es blieb ihm ja auch nichts anderes übrig, als der Spur zu Lim zu folgen. Seinem Leichentuch.

Jessop ärgerte sich jedoch schwarz, so lange darauf warten zu müssen, selbst nach Burma fliegen zu können. Lau musste irgendein Bankett in der City besuchen und würde erst am Tag darauf mit der Dassault Falcon von Winterborne nach Rangun fliegen. Hyde könnte schon tot sein, bevor sie überhaupt von Heathrow abheben würden. Das passte ihm ganz und gar nicht.

Hyde hatte einen seiner eigenen Deckmäntel mit alten

und schlecht gefälschten Papieren benutzt. Er musste wirklich mit den Nerven fertig sein. Vielleicht hatte Aubrey ihn noch mit dem Nötigsten versorgen können. Aber der alte Hund konnte wohl nichts mehr für ihn tun, außer Hyde am Flughafen freundlich hinterherzuwinken.

Jessop lehnte sich in seinem Stuhl zurück und beobachtete die Wolken, die ihre Schatten auf die Tower Bridge warfen und die Themse in zinngraue Farbe tauchten. Er hatte Hydes Trick, als Tarnung sich der eigenen Panik zu bedienen, durchschaut. Aber die Nähte schienen jetzt zu reißen, das war klar. Er war sich immer sicher gewesen, dass Hyde und die fette Geliebte zu dem jeweils anderen führten. Mit den Händen umfasste Jessop die Kanten seines Schreibtisches, als wolle er ihn anheben und durch das Zimmer werfen. Hyde war in Burma auf sich allein gestellt, konnte nicht mehr geradeaus denken und würde keine vierundzwanzig Stunden überleben.

Er wollte dort sein, wenn es passierte. Nicht hinterher, nur um den Leichensack zu öffnen und einen kurzen Blick auf ihn zu werfen, bevor sie ihn in den Fluss warfen. Dieser verdammte Lau! Seinetwegen würden sie Mandalay nicht mehr rechtzeitig erreichen, bevor Hydes Körper in Totenstarre fiel und ins Kühlhaus gebracht werden musste, damit die Maden ihn nicht auffraßen.

Kapitel zehn

Tränen

Die kurze tropische Dämmerung überraschte Hyde, als er gerade einen kleinen Hügel hochkletterte. Lims weißes, im Kolonialstil erbautes Haus tauchte plötzlich aus der Dunkelheit vor ihm auf. Die Mauern strahlten weiß, und der riesige Swimmingpool war hellblau. Hinter dem Haus mit seinem Gästebungalow und diversen anderen Außengebäuden war deutlich der breite Irawaddi zu erkennen, der mit seinem schmutzig-braunen Wasser träge durch Mandalay floss. Die Sonne ging gerade über dem Shan-Plateau und dem sich im Norden wie ein Teppich ausbreitenden Reisanbaugebiet auf. Die Dächer goldener Pagoden blitzen in den Sonnenstrahlen des frühen Morgens.

»Sie ist nicht dort, oder?«, murmelte Colin Evans. Cass schüttelte mit dem Kopf. »Na ja«, fuhr Evans flüsternd fort und beobachtete Hyde, wie er vorsichtig weiter den Hügel hochkletterte. »Es sei denn, sie ist im Keller, wo weder die Wanzen noch die Wärmebildkamera sie erfassen können.« Evans schüttelte sich vor Kälte. Cass' Wangen leuchteten golden in der tief stehenden Sonne. »Wie wird er bloß darauf reagieren, wenn sie nicht hier ist? Du glaubst doch nicht ...?«

»Nein, Taff. Sie ist keine gefährliche Gefangene. Es ist leicht, sie hier lebendig festzuhalten, falls man sie Patrick zeigen muss.«

»Na gut«, meinte Evans gähnend. »Ich bin jetzt völlig erschöpft, denn ich bin es nicht mehr gewohnt, eine ganze Nacht jemanden zu überwachen. Der Job als Sicherheitskoordinator in Kuala Lumpur für die Commonwealth-Spiele ist doch um einiges einfacher«, schloss er. In dem Moment ließ sich Hyde wieder in die Kuhle rollen, in der sich alle drei hinter dornigen Büschen vor den Blicken der Sicherheitspatrouillen um Lims Anwesen versteckt hielten.

Hyde rieb sich kräftig sein Gesicht. »Und, kannst du etwas hören?« Evans gab ihm den Flachmann mit Brandy und die Thermoskanne mit Tee. Den Brandy schluckte er gierig hinunter und fing sofort zu husten an, brachte sich aber sogleich wieder unter Kontrolle, um ja nicht ihre Position zu verraten. Vorsichtig nippte er dann an dem Tee.

Cass deutete auf den Empfänger mit der Antenne und antwortete grinsend: »Bisher sind es nur die üblichen Morgengeräusche: Toilettenspülungen, Frühstücksgeklapper und so weiter.« Den Kopfhörer trug er schief und lauschte nur mit einem Ohr den Geräuschen und Stimmen, die von den Wanzen übertragen wurden, die Hyde zuvor in Lims Haus versteckt hatte. »Dort ist nichts Außergewöhnliches.«

»Du kannst auch nichts hören«, entgegnete Hyde scharf, »weil sie nicht dort ist.« Er hob dabei die Hände, als wolle er jede Widerrede der beiden im Keim ersticken.

»Lim gibt gerade Befehle«, unterbrach ihn Cass. »Er will seinen Wagen in einer halben Stunde haben.« Er ließ den Knopf los, mit dem er jede einzelne der installierten Wanzen anpeilen konnte.

Hyde nahm die Nachtsichtbrille vom Kopf und schnallte sich den Wärmeskanner vom Rücken. Denn stöpselte er die Kopfhörer und das Mikrofon aus dem Empfänger. Sorgfältig verstaute Evans jedes Gerät wieder in einem der Säcke.

»Erzähl mir alles, was du über Lim weißt, Phil«, forderte ihn Hyde auf.

Seine Haut sah immer noch fahl und kalt in der aufgehenden Sonne aus, selbst als die Farbtöne der Stadt und der sie umgebenden Ebene jetzt kräftiger wurden. Goldene Buddhastatuen, Pagodendächer, mit Bambus beladene Boote, die sich träge im Strom des Irawaddi bewegten, bestimmten die Szenerie. Der Turm der Kathadaw-Pagode überragte alle übrigen Gebäude am Fuße des Mandalay-Bergs, der von siebenhundert weißen Pitakas umgeben war, in denen auf Marmortafeln der gesamte buddhistische Kanon, die *Tripitaka*, eingemeißelt war.

»Na ja«, antwortete Cass, »der Mann ist wohl all das,

wofür du ihn hältst: Der entscheidende Mittelsmann zwischen der Straits Royal Gruppe und dem Goldenen Dreieck. Er führt jedoch ein *legales* Geschäft in Mandalay. Sein Büro ist dort drüben in dem neuen Hochhaus nahe des Zegyo-Markts. Das dort drüben, passenderweise mit den goldenen Fensterscheiben. Siehst du es?« Hyde nickte. »Er importiert hauptsächlich Waren aus China: Edelsteine, Tropenhölzer, Textilien, Zucker und Trockenfrüchte. Was du willst! Das macht er nun schon seit Jahren, weswegen ich ihm bisher so wenig Beachtung geschenkt habe. Er ist ein Mann alter Gewohnheiten und liebt die Routine. Noch heute scheint er seine Zeit mit Dingen zu verbringen, mit der er sie stets verbracht hat.«

»Perfekte Tarnung«, bemerkte Hyde trocken. »Was sind seine Gewohnheiten?«

»Soweit die Jungs in der kurzen Zeit herausfinden konnten, verhält er sich fast wie ein Roboter. Jeden Tag fährt er ins Büro, außer donnerstags, wenn er seine Mätresse in dem Haus, das er ihr in Maymyo gekauft hat, besucht. Abends bleibt er stets zu Hause, es sei denn, er hat von Zeit zu Zeit ein Geschäftsessen oder Ähnliches. Wie ein Uhrwerk. Halt ...« Noch immer trug er einen der Kopfhörer. »Wenn ich mich nicht täusche, ist das ein russischer Akzent.«

Hyde schnappte sich den Kopfhörer und lauschte. Als er ihn Cass wieder zurückgab, sagte er: »Trockenfrüchte oder Textilien kauft der aber bestimmt nicht, Phil. Da ist noch ein Deutscher oder Holländer, er wollte keinen Toast, sondern nur schwarzen Kaffee. Hat Lims Büro eine Tiefgarage?«

»Lass mich das überprüfen.«

»Hoffentlich behält er seine Routine heute wie jeden anderen Tag bei.«

»Willst du etwas essen, Würstchen oder Pfannkuchen?« fragte Evans und öffnete die Kühlbox.

Hyde nickte. »Mit was ist der Pfannkuchen?«

»Krabben. Nicht schlecht, was?«

Hyde nahm einen großen Bissen und fuhr fort: »Lim macht sich um mich keine Sorgen. Er wird heute nicht mal einen Anruf von mir erwarten. Irgendwann vielleicht mal einen halbherzigen Rettungsversuch, das ist alles. Wir müssen ihn uns schnappen, bevor er sich weitere Gedanken über mich macht. Einverstanden?«

»Würde das nicht Ros gefährden?«, fragte Cass.

»Es könnte zu einem Handel führen«, entgegnete Hyde, »wenn Lim tatsächlich so wichtig ist, wie wir annehmen.«

»Er kommt jetzt raus«, brummte Evans und fokussierte sein Fernglas. »Schüttelt zwei Männern die Hände, gute Anzüge. Einer könnte der Russe sein. Ein großer, schwarzer Mercedes, ist das zu glauben? Seine beiden Gäste verschwinden jetzt.«

Sie beobachteten, wie der Wagen langsam auf das hohe Eisentor zufuhr, das sich beim Näherkommen des Mercedes automatisch öffnete, während Lim zurück ins Haus ging. Hinter dem Tor bog der Wagen ab und fuhr den Berg hinunter in Richtung der Stadt. Eine rote Staubwolke wirbelte hinter ihm auf.

»Geht er in sein Büro?«, fragte Hyde.

»Welcher Tag ist heute? Donnerstag. Büro am Morgen und Geliebte am Nachmittag.«

»Dort steht noch ein anderer Mercedes vor der Tür, mit Chauffeur und zwei weiteren Männern. Sie sind mit zusammenklappbaren Maschinenpistolen bewaffnet. Einer sitzt vorne, der andere hinten. Der Preis für Trockenfrüchte muss wohl ständig steigen. Jetzt kommt Lim.«

Lims kleine, rundliche Gestalt verschwand im Fond des Mercedes. Dann entfernte sich der Wagen langsam vom Haus und fuhr durch das Tor den Berg hinab. In der noch tief stehenden Sonne glitzerte die schwarze Farbe des Wagens wie der Flügelpanzer eines Käfers.

Cass schaltete den Empfänger aus.

»Es könnte ziemlich unangenehm werden, wenn wir ihn uns schnappen wollen«, warnte Evans. »Er ist verdammt gut bewacht. Die Hölle würde losbrechen, wenn wir ihm zu nahe kämen.«

»Dann müssen wir uns eben alle drei schnappen. Verbringt er die Nacht heute in Maymyo?«

»Lass mich das überprüfen. Vielleicht kriegen wir es aber nicht raus.«

»Hoffentlich verausgabt er sich, bis er nicht mehr kann. In diesem Fall hätten wir die ganze Nacht Zeit. Beobachtet jemand sein Büro?« Cass nickte. »Sag ihnen, dass er unterwegs ist, so wie wir.« Ein müdes Lächeln huschte über Hydes Gesicht, dessen Lippen ein wenig zu zittern begannen. »Sie lebt, irgendwo. Er weiß es. Er muss es mir nur sagen. Stimmt's?«

Evans war entsetzt, wie Hyde unheilvoll und mit wilder Entschlossenheit auf Mandalay hinunterstarrte.

Marian las in der Morgenausgabe des *Daily Telegraph* ihre eigenen Worte und trank dabei eine Tasse Kaffee. Welch rührendes Schauspiel, dachte sie. Die politischen Widersacher freuten sich riesig über ihre Kehrtwendung. Einer aus der eigenen Partei bot sogar Wetten an, dass sie sich bis Weihnachten zum Euroföderalisten mausern würde. Über diese Aussage konnte sie sich ein Grinsen nicht verkneifen.

Warum, um Himmels willen, hatte sie es bloß getan? War es das, was Dickens als *teleskopische Philanthropie* bezeichnet hatte? Die Leichtigkeit, mit der man weit entferntes Unrecht zu verurteilen pflegte. Oder war es die Langeweile der Politiker, die in das Klagelied älterer Damen über den Vandalismus im Wahlkreis einstimmten? Oder doch die Vorstellung, dass gewöhnliche Menschen etwas in dieser Welt verändern könnten?

Vielleicht aber wünschte sich Marian auch nur, dass auf einem romantischen Balkon irgendwo in Rangun, vorzugsweise noch bei Mondschein, Alder ihr ein Angebot unterbreiten würde, das sie nicht ablehnen konnte. Gehörte all das Getöse letztendlich zu ihrer Abschiedsvorstellung von der politischen Bühne, damit sie sich endlich in der privaten Welt ihrer Leidenschaft hingeben konnte? War es die letzte Ehrerbietung an ein Leben, das sie bald hinter sich lassen wollte?

Marian hatte sich jetzt auf Alder festgelegt. Die Umgestaltung ihres Lebens schien kein Problem mehr für sie zu sein. Die Aufgabe ihres Abgeordnetenmandats, Umzug nach Washington, ein Leben mit Alder anstelle der ihr so vertrauten, aber doch so verhassten Einsamkeit.

Sie kannte ihn länger als jeden anderen Mann und mochte ihn sehr. Kein anderer konnte solch eine sexuelle Leidenschaft in ihr wecken. Und er war es, der ihr das Alleinsein ausgeredet und die Vorzüge der Zweisamkeit näher gebracht hatte. Ihre Angst vor Einsamkeit hatte in den letzten Tagen wieder reale Züge angenommen. Im Gegensatz zu anderen Männern, mit denen sie vorher eine Beziehung eingegangen war, hatte Robbie keinerlei Probleme mit den verschiedenen Geschmäckern oder ihren unterschiedlichen politischen Standpunkten, die sie vertraten. An seiner Seite, glaubte Marian, konnte sie ihre eigene innere Entwicklung fortführen.

Er bringt mich zum Lachen, und ich sehne mich nach seiner Gesellschaft, hatte sie einmal in einem Anfall von Selbstreflexion zugegeben. Im Großen und Ganzen war er eine gute Partie. Gut genug jedenfalls, um sich auf ihn festlegen zu können. Sie strebte aber nur eine langfristige Verbindung an, denn für weniger als eine Heirat wollte sie sich nicht hergeben.

Rangun war also so etwas wie das große Finale. Es schien für Marian die beste Art, von der politischen Bühne in England abzutreten. Es hatte auch nichts mit dem Mordversuch zu tun. Vielmehr trieb sie ihre Eitelkeit dahin, ihr Wunsch nach einer letzten großen Geste.

Für jeden eine Verbeugung und vor allem der Sache gegenüber, dachte sie und trank ihren Kaffee aus. Irritiert über ihr Alleinsein, schaute sie sich in der Küche um und legte die Zeitung beiseite. Robbie war im Handelsministerium und besuchte anschließend die burmesische Botschaft, um noch letzte Probleme auszuräumen. Ihr Blick fiel auf ein Foto von ihr in einem der Boulevardblätter, das mit *Die Lady ohne Standpunkt* überschrieben war. Im Wesentlichen unterstützte der Artikel die Regierungspolitik und vermerkte positiv die ersten Schritte in Richtung einer Demokratisierung in Burma. Regierung wie Opposition wünschten sich nichts sehnlicher als den Erfolg der bevorstehenden Handelsdelegation. Im Gegenzug versprachen die Generäle, künftig härter gegen den Heroinhandel vorzugehen. Um das zu unterstreichen, waren bereits einige Mohnfelder in der Shan-Provinz zerstört worden. Wie schade, dachte sie, der schwarze Mercedes wird wohl beim Händler bleiben müssen. Doch die Erinnerung an die Fotografien von den ermordeten und in Gruben verscharrten Menschen brachte sie augenblicklich wieder zur Besinnung.

Niemals dürfte sie die Quelle preisgeben, wenn die Bombe hochginge, versicherte sie sich. Robbie würde es ihr wie auch alle anderen *niemals* verzeihen, die Milliarden an Investitionen und Handel sabotiert zu haben.

Im Wohnzimmer klingelte das Telefon. Sie ging hin, um es abzunehmen. Es war Myint San. Augenblicklich war ihre Selbstzufriedenheit dahin.

»Ich bin allein«, antwortete sie der zurückhaltenden Frau. »Hatten Sie Kontakt mit ihnen?«

»Ja.«

Sie spürte, wie die junge Frau sie weiterhin verdächtigte, spürte förmlich Myint Sans Feindseligkeit. Vielleicht waren es die Zeitungen vom Morgen, die ihr Misstrauen wieder geweckt hatten. Marian war ganz offensichtlich in der Rangordnung der burmesischen Intelligenz degradiert worden.

Verbittert lächelte sie und wollte gerade diese unversöhnliche burmesische Frau zur Rede stellen, als es an der Tür klingelte. Sollte sie es ignorieren? Wieder klingelte es, nun bestimmter.

»Einen Moment bitte, jemand klingelt an der Tür«, sagte sie und ging dann durch den Flur zur Haustür. Auf dem Bildschirm der Videoanlage sah sie ein rundliches Gesicht mit großer Nase, das ihr jedoch bekannt vorkam: »Ja?«

»Hier ist Tony Godwin, Miss Pyott …«

»Ich bin gerade am Telefon …«

»Könnten Sie mich bitte hereinlassen und den Anrufer solange warten lassen, bis ich dort bin?«

Sie betätigte den Türsummer, schaute mit fragendem Blick auf den Telefonhörer in ihrer Hand und öffnete dann die Tür.

»Verzeihen Sie, Myint San, können Sie sich noch einen Augenblick gedulden?«

»Ja.« Der dumpfe Ton am anderen Ende der Leitung überzeugte Marian, dass ihr Verdacht gerechtfertigt war.

Ein jüngerer Mann kam zusammen mit Godwin aus dem Lift, der sich wie eine Krabbe auf Stöcken fortbewegte. Einen Moment glaubte sie, dass die beiden an ihr vorbei in die Wohnung torkeln würden. Godwin schaute auf und sah deutlich den Kummer in ihrem Gesicht. Sein Blick verdunkelte sich, woraufhin sie entschuldigend ihren Arm auf seine Schultern legte und beide in die Wohnung bat.

»Können wir einen Moment hier bleiben, Miss Pyott?«

»Marian.«

»Marian«, sagte er grinsend. »Kevin weiß, was zu tun ist.« Er schaute auf den Hörer in ihrer Hand, während sein bärtiger Kollege mit einer schweren, schwarzen Aktentasche sich im Zimmer zu schaffen machte. »Wie wichtig ist der Anruf?«

»Es ist mein Kontakt. Warum?«

»Haben Sie schon irgendetwas von Bedeutung, wie Namen, Daten, Plätze oder Ähnliches erwähnt?« Marian schüttelte den Kopf. »Gut. Haben Sie vorher schon mit ihr gesprochen?«

»Ja, aber keine Namen genannt. Darauf legt sie immer besonderen Wert.«

»Ausgezeichnet. Übrigens können Sie hier draußen das Gespräch fortführen. Ich schaue mal, wie weit Kevin schon ist.« Damit stiefelte Godwin durch den Flur ins Wohnzimmer.

»Hallo«, begann Marian wieder. »Verzeihen Sie die Störung. Sie haben Kontakt gehabt, sagten Sie? Wie sind die Vorkehrungen?«

Myint San war gereizt und schlechter Laune. Marian ärgerte sich über ihr eigenes Urteil von ihr. Der geschundene Körper der jungen Frau dämpfte jedoch ihren Ärger. Myint

San und Tony Godwin waren beide Opfer eines unerklärten Krieges geworden.

»Es wird Sie jemand im Inya Lake Hotel, im dem Sie untergebracht sind, kontaktieren«, antwortete Myint San in bewusst gönnerhaftem und herablassendem Ton. »Ich habe die Zeiten weitergegeben. Sie erhalten dort alle weiteren Instruktionen. Haben Sie verstanden?«

»Ja.«

»Das ist alles, was ich Ihnen zu sagen habe.« Marians Ärger und Verdächtigungen waren wie weggeblasen. »Ich muss jetzt los. Viel Glück.« Sie hatte sofort aufgelegt, als wolle sie vor ihrer eigenen Herzlichkeit davonlaufen.

Langsam ging Marian zurück ins Wohnzimmer. Godwin und Kevin machte beide einen zufriedenen Eindruck. Zwei Metallknöpfe, nicht größer als Ohrringe, lagen auf dem Wohnzimmertisch. »Ihre Kontaktperson war wohl eine von der vorsichtigen Sorte? Hatte wahrscheinlich auch allen Grund dazu.« Marian nickte. »Diese beiden kleinen Freunde hätten alles aufgenommen. Einer war in der Tischlampe und der andere in der Steckdose. Heutzutage tut man sie nicht mehr ins Telefon. Es gibt zu viele Handys.«

»Jemand hat meine Wohnung abgehört? Seit wann? Wie ist das möglich?«

»Wahrscheinlich während Ihrer Abwesenheit. Wir hätten sie schon vorher untersuchen sollen. Das war unser Fehler.«

»Hier geht es ja zu wie im Bahnhof! Wie viele Leute waren wohl in den letzten Tagen in meiner Wohnung?« Ihr Ärger war nicht auf Godwin gerichtet. Zitternd ließ sie sich gegenüber den beiden Männer aufs Sofa fallen. Draußen herrschte schönes Herbstwetter.

»Es ist so normal geworden wie ein gewöhnlicher Einbruch«, beruhigte Godwin sie. »Verletzung der Privatsphäre.« Marian nickte nur. »Sei ein guter Junge und mache uns etwas Kaffee, Kevin.« Die Küche ist dort, nicht wahr?« Wieder nickte sie.

Dann platzte es aus ihr heraus: »Um Gottes willen! Wenn ich noch nicht einmal mit ein paar verdammten Wanzen fertig werde, wie soll ich es dann dort *drüben* schaffen?« Ärgerlich wischte sie mit der Hand die Wanzen vom Tisch.

»In Ordnung«, flüsterte Cass, »er hat das Büro gerade verlassen und kommt jetzt herunter.« Einer von Cass' burmesischen Helfern trug einen Blaumann und gab sich im Gebäude als Aufzugswärter aus. Cass schüttelte sich vor Erregung und gab die Beobachtungen weiter. »Es sind drei – Lim und die beiden Leibwächter.«

Zur Bestätigung winkte er mit seinem Funkgerät. Am anderen Ende der Tiefgarage wartete ein weiterer burmesischer Helfer, der Cass' Signal bestätigte und in den Lieferwagen, mit dem sie alle hierher gekommen waren, stieg.

»Es geht los«, murmelte Cass und schaute erst zu den Aufzugstüren und dann hinüber zu dem schwarzen Mercedes, dessen Chauffeur von außen unsichtbar hinter den getönten Scheiben wartete. Dann drehte er sich um zu Evans, der sich neben ihn duckte und weiter zu Hyde, der hinter einer amerikanischen Limousine in Deckung gegangen war.

Die Garage war ein riesiger Safe, in dem der neue Reichtum der ansonsten so schäbigen Stadt versteckt wurde. Reihenweise parkten hier die glitzernden Limousinen, die Sport- und Geländewagen. Einiges von dem hier gebunkerten Reichtum hatte sich im Laufe des Tages bereits wieder auf die Straße ergossen.

»Seid Ihr fertig?«, fragte Cass zu Evans gewandt.

»Ich hoffe doch, dass wir mit den paar Schlitzaugen fertig werden. Wenn wir das nicht mal schaffen, sollten wir ... *die Türen!*«, unterbrach er sich selbst mit scharfer Stimme. Als die Türen des Lifts aufgingen, konnte er Hydes Anspannung sehen.

Hyde konzentrierte sich auf den ersten Leibwächter und versuchte gleichzeitig den Rest der Garage im Auge zu behalten. Durch die Einfahrtsrampe von der 26. Straße fiel gleißendes Mittagslicht herein, das ihn blendete. Der Leibwächter beachtete den Lieferwagen überhaupt nicht und schlenderte jetzt hinüber zum Mercedes, der in die Nähe des Lifts vorgefahren war. Hyde erhob sich aus der Hocke und verharrte geduckt hinter dem Lincoln. Neben dem zweiten Leibwächter lief Lim, der hier unten für nichts einen Blick zu haben schien. Schließlich bezahlte er Leute dafür, die ihm das abnehmen sollten.

Als wäre er gerade in die Garage gefahren, rollte der Lieferwagen langsam über den staubigen Beton auf den Mercedes zu. Die Leuchtstoffröhren der Deckenbeleuchtung, die sich in der Windschutzscheibe spiegelten, wirkten auf den Fahrer fast hypnotisierend. Lim senkte jetzt den Kopf, um in den Fond des Wagens einzusteigen. Ein Leibwächter stand dabei direkt neben ihm, während auf der gegenüberliegenden Seite der andere wartete. Es sah nach einem routinemäßigen Job aus. Unbeachtet von den Leibwächtern näherte sich der Lieferwagen und fuhr langsam um die Ecke, als wollte er in die Ladebucht einbiegen. Jetzt erst wandten sich beide Leibwächter dem immer näher kommenden Transporter zu. Plötzlich hallten Geräusche von zerspringendem Glas und zerkratztem Metall durch die Tiefgarage. Der Lieferwagen hatte die Scheinwerfer und den Kotflügel des Mercedes gestreift. Lim trat wieder zurück von seinem Wagen, während die Leibwächter lauthals zu fluchen begannen.

Jetzt.

Hyde rannte um den Lincoln herum und stürzte sich auf den ihm am nächsten stehenden Leibwächter. Im Augenwinkel sah er Cass und Evans, wie sie hinter dem Transporter Deckung suchten. Cass' Faust sauste gerade in dem Moment auf den anderen Leibwächter nieder, als dieser den Fahrer mit seiner Pistole bedrohte.

Durch die Wucht von Cass' Fausthieb knallte der Leibwächter mit Lim zusammen. Seine Maschinenpistole knallte laut scheppernd auf das Dach des Mercedes, sein Gesicht war sofort blutüberströmt. Der Chauffeur startete den Mercedes und wartete einen Moment, um sicherzugehen, dass Lim hinten im Wagen saß. Lim wurde durch den Zusammenprall auf die Rücksitzbank geworfen und lag jetzt fast ausgestreckt auf den hellen Lederbezügen.

Hyde drückte den Lauf seiner Heckler & Koch von hinten gegen die Speckfalte des Chauffeurs oberhalb seines Kragens.

»Aus!«, schrie er und kniete dabei auf Lims Brust, der krampfhaft versuchte, sich zu befreien. »Aus, mach den Motor aus!« Zögernd schaltete er den Motor wieder aus. Dann knallte er die Pistole gegen Lims fuchtelnde Hand und hörte, wie ein Knochen krachte. Der Mann stöhnte vor Schmerz. »Alles in Ordnung bei euch?«, schnaufte Hyde. »Phil, Taff?«

In dem Moment umklammerte der Chauffeur Hydes Hand, in der er die Pistole hielt. Er musste sich halb im Sitz drehen und hing jetzt zwischen den beiden vorderen Kopfstützen. Hyde schrie auf vor Schmerzen. Mit starkem Griff versuchte der Chauffeur, ihm die Pistole zu entwinden. Auch Lim zerrte jetzt an ihm mit seiner unverletzten Hand und trat ihn mit den Knien.

»Mein Gott«, stöhnte Hyde. Dann blendete ihn rotes Mündungsfeuer, und ein ohrenbetäubender Knall ließ ihn fast ertauben. Heftig rieb er sich den beißenden Pulverdampf aus den Augen und sah erst dann, wie der Chauffeur aus einer Bauchwunde stark zu bluten begann.

Die hintere Tür öffnete sich.

»Alles in Ordnung bei dir?«, fragte Cass besorgt.

»Der hier nicht. Bringt alle in den Lieferwagen! Den hier auch! Verdammt noch mal, geben Sie endlich Ruhe, Mr. Lim, oder ich knalle Ihnen die Eier ab!« bellte Hyde und drückte ihm die Pistole in den Schritt seines Seidenanzugs. Der Chauffeur stöhnte entsetzlich, begann vor Schmerz zu schreien und fiel schließlich in Ohnmacht, als Evans ihn wieder zurück auf den Fahrersitz zog. »Kommt jetzt! Lasst uns endlich von hier verschwinden!«, keuchte Hyde.

Evans und der Fahrer des Lieferwagens zogen den bewusstlosen Chauffeur wie einen Müllsack über den Beton und hievten ihn auf die Ladefläche. Dann kamen die beiden bewusstlosen Leibwächter an die Reihe und schließlich Lim selbst.

Lim wusste offenbar genau, wer Hyde war. Die schlanken, fahlen Gesichtszüge des Chinesen verrieten dennoch sein Erstaunen über den Überfall, die Anzahl der Männer und die Organisation. Dennoch schien er nicht wirklich besorgt zu sein. Zumindest noch nicht. Kurz, dickleibig und mit Autorität schaute Lim eher abschätzig als ängstlich aus.

»In den Wagen, Mr. Lim«, wies ihm Hyde mit seiner Pistole den Weg. Er musste Lim von vornherein davon überzeugen, dass er sich in ernsthafter Gefahr befand. »Ich fahre den Mercedes. Los, los!« schrie er Lim an und ignorierte den zweifelnden Ausdruck in Cass' Gesicht.

Marians Koffer lag auf dem Bett, daneben ihre schwarze Aktenmappe und eine Reisetasche. Sie schaute auf die Uhr. Draußen wurde es schon dunkel, und am Embankment ging die Straßenbeleuchtung an. Milch und Zeitungen hatte sie abbestellt, die Heizkörper waren ausgedreht.

»Ja, Vater, das werde ich«, beschwichtigte sie ihn am Telefon. »Ich bin jetzt dein *erwachsenes* Mädchen«, meinte sie lachend und war gerührt, wie er sich Sorgen um sie machte. »Hör doch mal!« Sie hielt den Hörer in Richtung der Lautsprecher. »Hörst du es? *Der Messias*. Das zeigt doch, wie sehr ich mir deine Sorgen schon zu Herzen genommen habe.« Langsam wurde sie unruhig und musste ihre Ungeduld im Zaum halten. »Ich werde mich melden. Nein, kein unnötiges Risiko. Ja, das verspreche ich. Und sobald ich im Hotel bin, werde ich dich anrufen. Versprochen! Auf bald, ich lieb dich auch.« Abgespannt legte sie den Hörer wieder auf und versuchte die eigenen sorgenvollen Gedanken unter Kontrolle zu bekommen. Immer aufgeregter ging sie im Wohnzimmer auf und ab und nippte dabei an ihrem Gin-Tonic. Das Taxi zum Flughafen würde frühestens in zehn Minuten da sein.

Marian wusste, dass Giles noch einmal vor ihrer Abreise anrufen würde, und sie hatte vielleicht deswegen den *Messias* aufgelegt. Oder machte sie sich nur über sich selbst lustig? Es war eines der wenigen Musikstücke, die Giles mochte und auch wieder erkannte. Früher hatte er in unzähligen Amateurchören gesungen, und ihre Mutter hatte sie zu den

Aufführungen mitgeschleppt, um ihr den Zugang zur klassischen Musik zu eröffnen. Jetzt kam ihr diese Leidenschaft etwas vertrocknet vor. Sie war zu akademisch geworden. Hatte sie vielleicht die Platte nur aufgelegt, um sich von all dem endgültig zu verabschieden?

Wenn wir nicht zusammen nach Burma fahren, könnten wir es mit Washington versuchen. Was hältst du davon, Marian? hatte ihr Alder vor einer Stunde am Telefon gesagt. Nachdenklich betrachtete Marian jetzt das Glas mit Gin-Tonic in ihrer Hand. Immerhin nahm sie bereits amerikanische Mengen von Eis zu ihren Getränken. Das war ja schon ein Anfang, lächelte sie über sich selbst. *Freude,* sang der Sopran im Wohnzimmer. Im abendlichen Zwielicht bemerkte sie, das es dringend renoviert werden musste. Händels Messias war das einzige Musikstück, das Giles wirklich mochte und bei dem er in Erinnerungen schwelgen wollte. Früher hatte ihr Vater die zerkratzten Schellackplatten aufgelegt und dazu ihre Mutter zu Foxtrott-Rhythmen im Arm gehalten. Robbie stillte bestimmt seinen musikalischen Hunger in Aufzügen oder Kaufhäusern. Aufgekratzt lachte Marian bei diesem Gedanken.

Die Musik machte den mit Möbeln voll gepackten Raum noch kleiner, als er ursprünglich war.

Obwohl die Erinnerung an seine liebevolle Stimme sie sehr gefreut hatte, durfte sie ihre Zukunft nicht nur aus einem warmen Gefühl zu ihm planen. Marian war nicht wie ihre Mutter, die mit achtzehn Jahren von einem schneidigen, jungen Hauptmann vom Tanzparkett geholt wurde. Sie war achtunddreißig und hatte bereits eine ganze Reihe kleinerer Scharmützel erfolgreich durchstanden. Dazu zählten einige Gefechte im Geschlechterkrieg, von denen sie zwei bereits mit Robbie geführt hatte. Sie wusste, dass ein wesentlicher Teil von ihr an Büchern, Musik und ihrer Karriere hing. *Er führet seine Herde,* hörte sie aus dem Wohnzimmer, als sie in ihr Arbeitszimmer ging.

Die Fotografien lagen noch auf ihrem Schreibtisch, als hätte sie vergessen, sie einzupacken, oder gezögert, sie überhaupt mitzunehmen. Verzagt betrachtete Marian den

Stapel und erinnerte sich dabei an eine abendliche Debatte im Fernsehen. Dort hatte sie mit einem prominenten Bioatheisten, einer der neuen Gottlosen, diskutiert und sich am Ende in völlig nutzlosen Argumenten gegen ihn wiedergefunden. Warum nur war sie nicht auf ihn zugegangen? Es war nur wegen einer Musik wie dieser gewesen und nicht wegen irgendeiner Überzeugung. Einfach lächerlich, welche Macht Musik doch haben konnte.

Marian setzte ihre Brille auf und schaute nochmals auf die Fotos. Vielleicht hundert Abbilder Gottes waren exekutiert und in eine Grube geworfen worden. Sie konnte nicht einfach so weitermachen und das alles vergessen. Marian begann ängstlich in die Zukunft zu schauen. Sie fühlte sich in Gefahr. Sie wollte diesen Gedanken verdrängen, doch dann starrte sie weiter wie gebannt auf die Aufnahmen. Soweit sie wusste, hatte Kenneth nicht einmal bemerkt, dass die Fotos entwendet worden waren. In diesem Moment verabscheute sie ihren Diebstahl und die sich daraus ergebenden Konsequenzen.

Wie viel Angst du auch immer haben magst, du musst jetzt auf dem Weg weitergehen, machte sie sich selbst Mut.

Kommt zu mir, die ihr schwer beladen seid … Die Musik erreichte bald ihren Höhepunkt. Für einen Moment überlegte sich Marian, ob diese Gräueltaten dem Glauben höhnten oder dem Unglauben huldigten.

Sie nahm ein Vergrößerungsglas und betrachtete die Aufnahmen, ohne ihre Brille abzunehmen, denn bei dieser Musik hatte sie stets Schwierigkeiten mit den Augen. Aber jetzt begann sie zu weinen. Die Tränen fielen auf die Fotografien und auf die Lupe, die sie zitternd vor ihren Augen in der Hand hielt. Ihre Tränen kamen immer stärker, und aus tiefstem Herzen fing sie an zu schluchzen.

Verrückterweise machte sie sich selbst Vorwürfe, das Vergrößerungsglas benutzt zu haben. Sonst hätte sie ihn nicht erkannt oder überhaupt der Anwesenheit des weißen, hoch gewachsenen Mannes Beachtung geschenkt. Sie hätte für ewig die Tatsache ignorieren können, dass er dort gewesen war. *Robbie hatte zugeschaut*. Hilflos schlug sie mit den Händen in die Luft, als wolle sie den Beweis auf dem Foto abwehren. Alder *war dort gewesen.*

Von dem heruntergekommenen Lagerhaus aus konnte man den Irawaddi und die Kaianlagen am Ostufer sehen. Wie andere Lagerhäuser, Slums und Geschäfte in unmittelbarer Nachbarschaft sollte auch dieses Gebäude abgerissen werden. In der Nachmittagssonne hatte die Gegend wie ein von Bulldozern aufgetürmter und dann vergessener Wall am Ufer des Flusses ausgesehen. Nur die Huren mit ihren Zuhältern, die Dealer mit ihren Abhängigen und die Schiffe, die mit kleinen Booten gelöscht wurden, waren Hinweise auf einen Hafen gewesen. Am späten Nachmittag hatte Hyde den Büffeln zugeschaut, wie sie die Holzstämme aus dem Wasser zogen. Das hoffnungslos überfüllte und heruntergekommene Fährschiff nach Bagan war langsam an den Waschfrauen am Ufer vorbeigeglitten. Immer wieder hatte er unschlüssig hinüber zu den zerbrochenen und schmutzigen Fenstern des Lagerhauses geschaut. Doch der träge dahingleitende Fluss beherrschte die Szenerie. Seinem Bann hatte sich Hyde nicht entziehen können. Er unterstrich vielmehr noch die Nutzlosigkeit seiner eigenen nervösen Energie.

Wie seit Jahrhunderten erhoben sich auf der anderen Seite des Flusses weiße und goldene Pagoden und Stupas aus der roten Erde und der tiefgrünen Vegetation. Die untergehende Sonne hatte am Himmel ein Feuerwerk entzündet, das die Luft zu schmelzen schien. In dem Licht hatten die Tempel wie schwarze Haufen aus Asche ausgesehen, während der Fluss geschmolzenem Erz glich. Dann waren langsam hier und da die ersten flackernden Lichter in der Dämmerung aufgetaucht.

Es war jetzt fast ein Uhr morgens. Der Chauffeur starb langsam unter großen Schmerzen. *Und noch immer hatten sie ihn nicht brechen können.* Er fürchtete Lim an seiner Seite offenbar mehr als den sicheren Tod. Lim selbst blieb ungerührt und war sich weiterhin seiner Macht und seines Einflusses bewusst. Sie schafften es einfach nicht, ihn aus der

Fassung zu bringen. Das ganze Theater, das sie aufführten, um ihn zu beeindrucken, musste ihm wie ein Kasperletheater vorkommen. An einen Stuhl gefesselt schwitzte er in der Nachthitze, und sein gebrochener Finger bereitete ihm offenbar große Schmerzen, doch Lim blieb weiterhin unbeeindruckt. So funktionierte es also nicht!

Cass blies den Zigarettenrauch aus, der sich wie eine graue Hand vor dem Fenster und der Nacht dort draußen ausbreitete. Seine Gegenwart erinnerte Hyde wieder an den Chauffeur, der in einer Ecke auf einem Schlafsack vor Schmerzen immer wieder aufstöhnte. Sie hatten den Sterbenden so weit wie möglich von Lim entfernt in eine andere Ecke gelegt.

»Ich habe ihm seine Hände losgebunden«, murmelte Cass. Als Hyde missmutig brummte, fügte er zögernd hinzu: »Er braucht seine Hände, um sich den Bauch zu halten. Er macht es vielleicht nicht mehr lange, Patrick. Möglicherweise hat er überhaupt keine Ahnung, wo Ros sich jetzt aufhält.«

»Ich glaube doch!«, widersprach ihm Hyde.

»Dann muss er mehr Angst vor Lim haben als vor dem Tod.«

»Das weiß ich«, zischte Hyde zurück.

Sie hatten zwei Stunden lang den guten und den schlechten Polizisten mit ihm gespielt. Cass hatte ihm das Krankenhaus versprochen, Hyde den Tod. Nichts hatte bisher geholfen. Die beiden Leibwächter, die unverletzt geblieben waren und deshalb umso mehr unter Lims Autorität standen, hatten sie in einen winzigen Raum eingesperrt. Evans verstand Mandarin gut genug, um sie mittels einer Wanze belauschen zu können. Auch die Leibwächter hatten sie bedroht, geschlagen und ihnen weder Essen noch Trinken gegeben, doch nichts hatten sie preisgegeben. Vielleicht wussten auch sie nichts.

Es könnte noch Tage dauern, vielleicht noch eine ganze Woche. Doch so viel Zeit hatten sie nicht, denn spätestens morgen früh würde man Lim vermissen, und Jessop, der die ganze Falle vorbereitet hatte, war höchstens einen Schritt zurück.

»Ich weiß das«, wiederholte Hyde abwesend. Cass blies wieder Rauch aus. Hinter dem verschmutzten Fenster spiegelten sich im Fluss die wenigen Lichter am Ufer. Hyde ballte seine Faust und flüsterte: »Sag ihm, dass ich ihn nicht gehen lasse, aber du glaubst, mich langsam überreden zu können. Ich gehe aus dem Raum und nehme Lim mit. Ja?«

Cass nickte.

»Ich werde es versuchen.« Er trat seine Zigarette aus und ging hinüber zu dem stöhnenden Chauffeur. Hyde ging zu Lim.

Die fahle Hautfarbe des Chinesen wurde durch die schwache Deckenbeleuchtung noch verstärkt. Fahl, aber trotzig und verächtlich. Hyde hob seine Faust, doch Lim lächelte nur abfällig über diese hilflose Geste, beobachtete dabei aber Cass, der in der gegenüberliegenden Ecke des Raums sich gerade freundlich über den Chauffeur beugte. Lims Blick war unruhig und wachsam.

»Wir werden ein bisschen nach draußen gehen«, sagte Hyde bissig und riss Lim hoch, sodass er nur vornübergeneigt gehen konnte. Den an seinen Armen festgebundenen Stuhl zog er wie ein Esel seine Last hinter sich her. »Los, komm schon, du kannst deinen Stuhl mitnehmen«, machte sich Hyde über ihn lustig. Gedemütigt wackelte Lim hinter ihm her.

Hyde öffnete die Tür, und um den Chauffeur zu beeindrucken, bedrohte er ihn in Mandarin. Dann schloss er die Tür hinter sich und schob Lim rückwärts vor sich her, so dass er fast mit dem Stuhl umkippte. Als Lim sich umdrehte, sah er, dass hinter ihm eine steile Treppe hinunterführte. Noch ein knapper Meter, und er würde auf seinem Stuhl die Treppe hinunter bis zum Erdgeschoss stürzen.

»Soll ich dir einen Stoß geben?«, spottete Hyde. Lim spuckte daraufhin nur verächtlich aus. »Welch schlechte Manieren!«, bemerkte er und zündete sich dabei eine Zigarette an. »Ich denke, wir sind die Barbaren und nicht die Chinesen.«

»Ihr seid alle tote Männer«, knurrte Lim. »Ihr seid alle *tot*!«, schrie er mit verletzender Überheblichkeit.

»Halt's Maul, du elendes Schlitzauge«, brummte Hyde mit dem Rücken zu Lim gewandt. »Wir haben dein Mädchen aus Maymyo. Nettes Plätzchen, in das du sie gesteckt hast.«

Ruhig und nach längerem Schweigen antwortete er: »Sie lügen.«

»Ach, du denkst wohl, wir sind nur *drei*? Sei nicht blöd. Oder meinst du etwa, wir würden es zu dritt mit Ralphs ganzen Drogengeschäften aufnehmen? Nein, wir haben deine Frau, so wie du meine hast. In deinem Fall jedoch könnten dich die Polizisten mit dem Messer in der Hand neben deiner toten Freundin finden.«

»Ich glaube Ihnen nicht.«

»Das solltest du aber. Willst du ein Ohr von ihr zum Beweis? Wenn du nicht mehr im Spiel bist, könnte uns Ralph vielleicht etwas von dem Kuchen *abgeben*. Wir könnten deine Nachfolger werden. Denk mal darüber nach, Sportsmann.«

Diese Geschichte war an den Haaren herbeigezogen. Sie war einfach zu banal, weshalb sie Hyde weder mit Evans noch mit Cass besprochen hatte. Vielleicht würde es Lim ihnen abnehmen, dass sie die Vorhut einer Gruppe von Exagenten waren, die hinter einem Teil der Heroinprofite her waren. Das hatte zuvor schon in anderen Teilen der Welt funktioniert. Es war das Einzige, worauf sie jetzt setzen konnten. Sie mussten daher als die Jungs auftreten, die alles über ihn wussten und nicht nur an Ros interessiert waren. Entweder im Guten oder im Bösen, sie wollten einen Teil des Kuchens. Das könnte sogar Hydes stetes Interesse an Ralph Lau und der Straits Royal Gruppe erklären.

»Sie sind alle tote Männer«, wiederholte Lim jetzt mit etwas weniger Selbstsicherheit. Das Erwähnen von Namen und Fakten ließ ihm die Gefahr jetzt doch großer erscheinen, als er ursprünglich gedacht hatte. Es machte Lim sichtlich nervös, dass sein Geschäft bedroht schien.

»Wechsle mal die Platte, Sportsmann. Wir haben dich und tun mit dir, was wir wollen. Vielleicht werden wir mit Ralph selbst verhandeln.« Zum ersten Mal hier draußen schaute Hyde Lim direkt an, um plötzlich mit einem Satz auf ihn zuzuspringen. Lim zuckte im Stuhl zusammen, beherrschte sich jedoch sogleich wieder, als er der Treppe und des dunklen Abgrunds hinter sich gewahr wurde. Hyde griff nach dem Stuhl und kippte ihn rückwärts. »Wenn du nicht die Frau wieder rausrückst und mir noch nicht einmal sagst, wo sie steckt, welchen Nutzen für Mensch oder Tier hättest du dann noch?«, brüllte er Lim ins Gesicht. Hydes Arme zitterten bereits, da er den schweren Stuhl auf zwei Beinen halten musste. Lim stützte sich mit den Beinen ab, worauf Hyde den Stuhl noch weiter zurück kippte. Sofort wurde Lim wieder ruhig. Zum ersten Mal machte er jetzt einen verängstigten Eindruck. »Was ich meine ist«, schnaubte Hyde und übertönte Lims Keuchen auf der schmalen Stufe, »welchen Sinn macht es überhaupt, dich am Leben zu halten? Welchen *Sinn*, verdammt noch mal?«, schrie er in Lims schmutziges und erschöpftes Gesicht. In ruhigem Ton fuhr Hyde fort: »Herrgott, das langweilt mich mit der Zeit. Warum sollte ich mich weiter mit dir abgeben? Du wirst mir doch nichts sagen! Ich muss versuchen, es aus einem der anderen herauszuprügeln!« Der Stuhl begann zu ächzen, und die hinteren Beine rutschten auf dem glatten Boden.

Er *wollte* Lim einfach fallen lassen.

In dem Moment wurde die Tür hinter ihm aufgerissen, und Cass rief ihm zu: »Sie lebt, Patrick! Sie ist in *China*!«

Umso mehr wollte er ihn jetzt loslassen, ihn mit gebrochenem Genick die Treppe hinunter fallen lassen.

Selbst aus dieser großen Höhe, in der die Dassault Falcon über Athen hinweg flog, leuchteten die Lichter der Stadt noch hell in der Nacht. Die Akropolis erhob sich aus dem Dunst, und der Parthenon, der Tempel Athenas, war in das harte, grellweiße Licht der Scheinwerfer getaucht. Athen war kaum mehr als ein flüchtig vorbeiziehendes Bild, bevor es hinter dem Backbordflügel wieder verschwand.

Ralph Lau wandte seinen Blick ab von den Lichtern Athens, die jetzt aussahen wie ein elektrischer Schaltkreis, und bemerkte, wie Jessop auf ihn zukam. Der Mann hatte zusammen mit seinem noch ungehobelteren Kollegen Cobb und dem Rest des Teams weiter vorn im Flugzeug an der Bar gesessen. Lau empfand es als Verletzung seiner Privatsphäre, wie Jessop sich ihm näherte, obwohl der besorgte Gesichtsausdruck ihn alarmierte.

Zögernd bot er ihm den gegenüberliegenden Sitz an. Nach den Lichtern der großen Stadt war die Ägäis unter ihnen plötzlich schwarz. Die Lichterpunkte auf den kleinen Inseln sahen aus wie Sterne, sodass ihm das Meer wie ein Spiegel des Nachthimmels erschien.

»Stimmt etwas nicht?«, fragte er leise und nahm sein Champagnerglas, ohne Jessop etwas anzubieten.

»Eine Nachricht, Sir. Irgendetwas ist schief gelaufen.«

»Ja?«

»Aus Mandalay von Lims Nummer zwei. Er war am Telefon.«

»Und?«

»Lim wurde gesehen. Donnerstags ist sein Ausgehtag, dann besucht er immer seine Geliebte in Maymyo.«

»Ja, und?«

»Er wurde am Flughafen gesehen.« Jessop schaute auf die Uhr. »Vor einer Stunde. Aber nicht mit seinem eigenen Piloten, sondern mit jemandem, auf den die Beschreibung von Hyde passen könnte, Sir!«

Nach langer Pause, in der die Inselgruppe der Kykladen wie Wasserlilien in einem erleuchteten Teich unter ihnen dahinglitt, fragte Lau: »Wo genau fliegen sie hin?«

»Laut Flugplan nach Ruili.«

Jessop wich seinem Blick aus, dann hob er streitsüchtig das Kinn und fuhr fort: »Er muss dort Hilfe organisiert haben, um seiner habhaft zu werden. Lim hat Hyde unterschätzt! Ich hatte ihn gewarnt.«

»Seien Sie still, Jessop, oder haben Sie einen Vorschlag? Vor einer Stunde, sagten Sie … Wie weit sind sie jetzt von Ruili entfernt?« Dann beantwortete er seine eigene Frage: »Es sind höchstens zehn Minuten. Dieser Hyde geht in mein Haus und wird Lim dazu bringen, diese Frau auszuliefern!« Lau schnippte mit seinen langen Fingern.

Wie ein Schauspieler reagierte er auf die angespannte Stille, die plötzlich in der Kabine herrschte. Schnell wie eine zuschnappende Schlange schlug er mit der flachen Hand Jessop ins Gesicht. Jessops Miene verhärtete sich augenblicklich, und seine Augen begannen zu brennen.

Nach einer Weile unterbrach er die Stille erneut: »Lim ist derjenige, der den Fehler gemacht hat. Er hat sich einfach überrumpeln lassen ... Ich habe ihn gewarnt.«

Lau bewegte wieder die Hand, worauf Jessop automatisch zurückwich. Er machte jedoch nur eine abfällige Geste.

»Was *jetzt*?«, fragte er.

»Lim ist entbehrlich geworden. Seine Zeit ist abgelaufen. Vielleicht hat er Hyde sogar weitere Informationen gegeben. Erteilen Sie den Befehl, ihn zu eliminieren, Sir!«

»Das ist jetzt nicht der richtige Zeitpunkt.«

»Wir können Lim durch ein Dutzend andere ersetzen. Sie machen einen entschlossenen Eindruck, wenn Sie jetzt den Befehl geben. Es ist die beste Warnung, dass Sie keine Unachtsamkeit tolerieren.« Seine Stimme ging in der eigenen Selbstgerechtigkeit unter. Lau lächelte nur verächtlich über Jessops Einfältigkeit.

»Nur in Lims Fall? Und nicht in Ihrem? Ich werde es mir überlegen.«

»Wir haben aber nicht viel Zeit.«

»Halten Sie den Mund, Jessop!«, zischte Lau. »Ich werde Sie es wissen lassen, wofür ich mich entschieden habe.«

»Lassen Sie Lim eliminieren, Sir. Und die Frau auch.«

»Ich werde es mir *überlegen*. Gehen Sie jetzt zurück an Ihren Platz.«

Jessop erhob sich. Tief unter dem Flugzeug tauchten wieder Lichter von Inseln aus dem Dunkel auf. Es war David Winterbornes Flugzeug. Dieser verdammte Lau, er *musste* seinem Vorschlag einfach zustimmen. Hyde war höchstens zehn Minuten von Ruili entfernt und hatte Lim als Geisel genommen. Damit hatte er ein Faustpfand, um seine fette Freundin freizubekommen. Los jetzt, Lau, du alter Hurensohn, *entscheide* endlich.

Jessop wagte es nicht, sich zu Lau umzudrehen, um sich der Wirkung seines Arguments zu vergewissern.

Selbst im schwachen Morgengrauen konnte Hyde vom Fenster der Bell 407 aus die Grenzstadt Ruili erkennen. Beim Anblick der Stadt, die sich wie ein Geschwür an den Hängen ausbreitete, zuckte neben ihm Lim angespannt zusammen, während Mike Sung, Evans Pilot, die Nase des Hubschraubers hinunter drückte. Hilflos schienen alle drei auf die Stadt zuzufallen. In der Ferne war der Grenzzaun zu Burma deutlich zu erkennen, der sich über die Hügelkette wie eine riesenhafte Lunte erstreckte, als sollte Ruili jederzeit in die Luft gejagt werden können.

Hyde schaute sich genau den Hügelkamm oberhalb der gespenstisch erleuchteten Stadt an. Die Lichter von Bulldozern tanzten wie Glühwürmchen und walzten die Slums nieder, um Platz für Produktionsstätten und neue Hotels zu schaffen. Große, weiß getünchte Häuser waren zwischen neu angelegten Plantagen versteckt. Schaudernd überlegte Hyde, in welchem der Fabrikgebäude nahe des Reservoirs wohl die über dreihundert Bären in winzigen Einzelkäfigen gefangen gehalten wurden, um ihnen die Gallenflüssigkeit aus den Gallenblasen zu melken.

Die Stadt zerfloss förmlich in Wellblechhütten und Bambushainen. Reisfelder, Teeplantagen und Wälder bedeckten die angrenzenden Hügel.

Der Hubschrauber flog wie ein Suchhund über die Häuser und Bungalows. Neben ihm begann sich Lim unruhig hin und her zu bewegen. Cass und Evans – letzterer wartete bereits wieder in Mandalay auf den Rückflug nach Rangun – hatten versucht, ihm diese Exkursion auszureden. Letztendlich hatten sie dann doch eingewilligt und mit ihm zusammen in ein paar Stunden die ganze Aktion geplant. *Fünf, höchstens sieben Minuten für den Überfall. Danach würde sich Lim genau überlegen, ob er das Risiko eingehen will, dich immer noch aufzuhalten.* Ihre Stimmen erinnerten Hyde an die Gesprächsfetzen, die zwischen Pilot und Kontrollturm ausgetauscht wurden.

Cass hatte mit ihm gerungen, Lim nicht die Treppe des Lagerhauses hinunterzuschubsen. Die kurze Auseinandersetzung hatte ihn wieder besänftigt, aber mehr noch, dass der Chauffeur in der Zwischenzeit seinen Widerstand aufgegeben hatte. Lim war daraufhin wie eine unterspülte Uferböschung erodiert und endlich auskunftswillig geworden. Er hatte den genauen Standort von Laus Anwesen preisgegeben und bestätigt, dass Ros dort festgehalten wurde und noch lebte. Hydes Erleichterung war immens gewesen. Er hatte sich von Lim abwenden müssen, um es nicht zu zeigen.

Zwei- bis dreimal pro Woche flog Lim nach Ruili, um dort angeblich seinen Geschäften als Edelsteinhändler nachzugehen. In Wirklichkeit jedoch war er der Mittelsmann im Heroinhandel. Cass hatte das bereits gewusst, hatte jedoch keine Ahnung von Laus Anwesen.

»Dort«, rief Hyde zu Sung und wies ihm mit dem Arm die Richtung. »Das große weiße Haus mit dem Schwimmbecken an der Seite! Sehen Sie es?« Sung nickte. »Ist das ein Landeplatz für Hubschrauber?«

»Ja, ich werde dort landen!«

Halte durch, Püppchen, ich werde gleich bei dir sein.

Mit einer Pistole in seinem Rücken würde Lim den Befehl geben, Ros freizulassen. Sie würden dabei den Eindruck erwecken, auf Befehl von Ralph Lau zu handeln. Sung würde sie dann zurück nach Mandalay, neunzig Minuten südwestlich von hier, fliegen. *Halte durch, Ros.* Hyde wurde immer aufgeregter.

Höchstens noch dreißig Meter. Der weiße Kreis mit einem Kreuz markierte die auf sie zukommende Landestelle. Das erste Tageslicht erfasste jetzt das Schwimmbecken. Vielleicht hatte sie der Motorenlärm schon geweckt. Noch fünfzehn Meter. Die Bell schaukelte leicht in der Morgenbrise. Die Baumwipfel schwankten hin und her, und das Gras wurde wie von einem Platzregen niedergedrückt. Lim saß gespannt und verärgert neben ihm. Hyde zog die Pistole und presste sie dem Chinesen zwischen die Rippen. Im Haus schien niemand von ihrer Ankunft Notiz zu nehmen.

Durch das Nachtglas beobachtete Hyde die Hausfassade, den Garten und die Bäume. Wie ein schwarzer Nebel lag die Nacht noch über dem ganzen Anwesen. Noch zehn Meter, fünf Meter, nichts war zu sehen, noch drei Meter.

Es könnte eine russische RPG-7 gewesen sein. Es war ein ähnlicher Lauf. Der Mann stand an der Ecke des Hauses, die am weitesten entfernt vom Schwimmbecken war. Sein Kopf war etwas zur Seite geneigt wie bei einem Witterung aufnehmenden Tier. Er schaute durch das Zielfernrohr des Raketenwerfers.

Hyde spürte, wie der Helikopter sanft aufsetzte und dabei einen Sprung machte. Er schrie Sung an: »Zieh wieder hoch! Hau ab von hier!«

Mit seiner rechten Hand umklammerte er den Türhebel und mit der linken die Riemen seines Rucksacks. Er sah Lims entsetztes Gesicht und war sich sicher, dass er den Feuerschweif der Rakete entdeckt hatte. Dann drückte er die Tür auf, gerade als der Hubschrauber wieder nach oben zog. Hyde ließ sich aus der Tür zur Seite auf den Rasen fallen und zog den Rucksack hinter sich her.

Der Helikopter begann jetzt zu schlingern. In diesem Moment spürte er einen heißen Hauch im Gesicht. Flammen blendeten ihn, und eine ohrenbetäubende Explosion zerriss die morgendliche Stille.

Kapitel elf

Unerwartete Gäste

Lim war von einem orangefarbenen Feuerball umgeben. In Panik ruderte er mit den Armen. Hyde blieb für einen Moment der Atem weg, als er auf den Boden prallte und der schwere Rucksack auf ihn fiel. Der Rasen war etwas abschüssig, so dass er erst nach ein paar Metern zum Stillstand kam.

Als hätte er in die grelle Sonne geschaut, konnte Hyde nur mehr die gleißend hellen Umrisse einer schwarzen Struktur erkennen. Die Masse torkelte hin und her, und der ihn umgebende Feuerball wurde immer heller. Der Lärm der Rotoren war ohrenbetäubend. Wie ein Kometenschweif schoss etwas aus dem Feuerball hervor. Vielleicht war es Lims Körper gewesen. Der brennende Hubschrauber krachte zu Boden und hüpfte wie eine Spinne auf ihre Beute in Hydes Richtung. Eine zweite Rakete traf das Wrack und überschüttete ihn mit den glühend heißen Metallteilen. Die Bell oder was davon übrig geblieben war drehte sich träge zur Seite, wobei die aus ihrer Verankerung gerissenen Rotorblätter den Rasen berührten. Der Krach schmerzte regelrecht in seinem Kopf, und er spürte den Windzug der sich immer noch bewegenden Rotoren. Für Momente war die Hitze des Feuerballs unerträglich. Entsetzt starrte er auf das brennende Wrack, das ihn wie ein gewaltiger Felsblock verfolgte. Immer noch rannte er davon, doch seine müden Beine schienen sich dem Unvermeidlichen fügen zu wollen.

Plötzlich stolperte er über ein Hindernis auf dem Rasen und fiel flach hin. Eine brennende Masse huschte höchstens einen Meter über ihn hinweg, dann bohrten sich die Rotorblätter wie Pflugscharen tief in den Boden und schleuderten das Wrack in dichte Büsche, die augenblicklich Feuer fingen.

Das Kerosin explodierte in einem grell-weißen Feuerball, und Hyde konnte nichts mehr erkennen.

Die Explosion muss sie ebenfalls geblendet haben, schoss es ihm durch den Kopf. In ihren das Licht verstärkenden Nachtsichtgeräten war wohl nur ein weißgrauer Feuerball zu sehen. Sie würden nicht beobachtet haben, wie er aus dem Hubschrauber gefallen war. Hyde war über Lims Körper gestolpert und hörte dessen röchelnden Atem, bevor er tot zur Seite fiel. In nur wenigen Metern Entfernung brannten die Bäume und der Rhododendron lichterloh.

Hyde zog den Rucksack hinter sich her und suchte Dekkung in Büschen, die noch nicht Feuer gefangen hatten. Hinter sich hörte er aufgeregte und verwirrte Schreie. Immer noch war er von den Flammen geblendet, und benommen schüttelte er den Kopf, um Sicht und Orientierung zurückzuerlangen.

Es würde mehrere Minuten dauern, bis das Feuer unter Kontrolle gebracht war und sie zwei anstelle von drei Körpern gefunden hatten. Er spürte die Hitze, roch das Kerosin und die brennende Vegetation. Langsam konnte er wieder die Umrisse eines Busches und dunkler Baumstämme ausmachen.

Das Nachtsichtglas hielt er immer noch fest umklammert. Jetzt beobachtete er damit den Ort des Geschehens, die Hausfassade, durcheinander rennende Männer, die einen Schlauch hinter sich herzogen, andere mit Waffen in der Hand. Einer hatte immer noch den RPG-7 Raketenwerfer geschultert.

Hinter einem Fenster entdeckte er ein blasses, ihm wohlvertrautes mondähnliches Gesicht, das sogleich wieder verschwand. Wahrscheinlich war sie von jemandem, den er nicht hatte sehen können, vom Fenster gezerrt worden. Das dritte von rechts im ersten Stock, prägte sich Hyde ein.

Halte aus, mein Püppchen.

Langsam ließ der Schock nach, doch jetzt erfasste ihn ein kalter Angstschauer. Kniend öffnete er den Rucksack. *Nur für den Notfall*, hatte Evans ihn gewarnt. *Nur für den Notfall*, wiederholte er jetzt. Er entdeckte darin Essensrationen, eine komplette Funkausrüstung, Waffen und Karten. Das erste Magazin schob er in die Sig Sauer Pistole. Es war ein Dreizehn-Schuss-Magazin. Die Pistole klemmte er sich zwischen Gürtel und Hose, das Ersatzmagazin steckte er in die Hosentasche. Mit einem Dreißig-Schuss-Rundmagazin lud er die schallgedämpfte Heckler & Koch Maschinenpistole und schnallte sie sich um die Schultern.

Deutlich hörte Hyde jetzt Stimmen, die aber noch mit dem Wrack und den brennenden Rhododendron und Pinien beschäftigt waren. Er sammelte sich und atmete dabei tief und ruhig durch.

Dann brach er auf, bahnte sich einen Weg durch die staubigen Büsche fort von der Rasenfläche und den aufgeregt umherlaufenden Männern. Von der Bell, deren Trümmer gegen einen Baum lehnten, war kaum mehr übrig geblieben als ein angezündeter Haufen Gartenabfälle. Am anderen Ende des Dickichts war eine weitere Rasenfläche, und ein Schotterweg führte vorbei am Schwimmbecken zum Haus. Nur eine Minute.

Aus der Deckung der Büsche rannte Hyde auf eine Mauerecke neben dem Pool zu. Den Grundriss des Hauses hatte er sich bereits auf dem Flug hierher eingeprägt, sodass er genau wusste, wo er sich befand. Auf dem Weg zum Krankenhaus hatte die walisische Schwatztasche den Plan nach den Beschreibungen von Lims Chauffeur rekonstruieren können. Diese Zeichnung dokumentierte im wahrsten Sinne die Worte der Dankbarkeit über die eigene Rettung. Hyde hörte die Tritte seiner schweren Stiefel auf dem Rasen, als er neben dem Schotterweg an einer Gartenlaube und der Terrasse vorbeirannte. Im Wasser des Schwimmbeckens spiegelte sich die Morgenröte und das Feuer wider. Erster Stock, drittes Fenster, schoss ihm durch den Kopf. Mit dem Rücken zur Wand schlich er sich an der Fassade des Hauses entlang und nutzte die Schatten, die das Feuer warf, als Deckung. Der kurze, dicke Schalldämpfer der Maschinenpistole drückte dabei schmerzhaft gegen seinen Kiefer.

In der Morgenbrise kräuselte sich die Wasseroberfläche

des Pools. Wie eine endlose graue Herde riesiger Tiere erstreckten sich hinter der Stadt die Berge. Schnell wurde es jetzt heller. Hydes Anspannung wuchs, sein Atem wurde hörbar lauter.

Gerade lief jemand durch die offen stehende Küchentür nach draußen. Mit dem Kolben der Maschinenpistole schlug er in das fahlgelbe Gesicht und noch einmal auf den Hinterkopf. Der Mann in seinem kurzärmeligen Hemd stolperte und fiel im Zeitlupentempo in den Pool.

In der Küche neben der Eingangstür konnte Hyde im fahlen Licht eines anderen Zimmers ein Schlüsselbrett erkennen. Er schnappte sich einen Bund, nachdem er das Schild gelesen hatte. Flink bewegte er sich durch die Eingangshalle, über den Korridor und bis zur Treppe, wobei er genau auf den Tonfall der Stimmen draußen im Garten achtete. Sie konnten jeden Moment Alarm auslösen.

Am Fuße der Treppe hielt er für einen Moment inne. Durch das Glas der Eingangstür sah er das langsam ausgehende Feuer. Das Haus roch nach frisch gebeiztem Holz und Farbe. Überall standen chinesische Vasen und geschnitzte Figuren herum. Langsam spürte Hyde das Gewicht des schweren Rucksacks.

Jetzt! feuerte er sich an, stürmte die Treppe hinauf und drehte sich im ersten Stock sofort um. Wieder waren fünfundvierzig Sekunden vergangen. Das dritte Fenster am Ende des Korridors.

Jetzt! Hyde holte tief Luft und trat mit einem kräftigen Tritt die Tür ein, um sofort wieder in Deckung zu gehen. Dann hechtete er mit vorgehaltener Maschinenpistole ins Zimmer und gab drei Schüsse ab. Nur ein Puffen war zu hören, als ränge jemand nach Luft. Bestürzung und Angst standen in Ros' Gesicht. Der Körper der Wache flog mit hochgerissenen Armen rückwärts auf das Bett neben dem Fenster. Mit der Pistole in einer Hand zerschmetterte er dabei das Glas. Ros schaute Hyde mit aufgerissenen Augen an, während neben ihr der Körper zu Boden rutschte und mit seinen ausgestreckten Beinen die Tür offen hielt. Draußen waren jetzt aufgeregte Stimmen zu hören.

»Ros! Alles in Ordnung?«, keuchte er, während sie entsetzt in den Sessel sank. *»Ros!«*, wiederholte Hyde in scharfem Ton. In ihr Gesicht kehrte Angst, Verwirrung und Unverständnis zurück.

»Hyde?«, fragte sie ungläubig.

»Komm, Mädchen, lass uns von hier verschwinden. *Komm schon, Ros!*« Eine weitere verbale Ohrfeige. Seine Lippen wie seine Hände zitterten vor Erleichterung, als sie sich aus dem Sessel wieder erhob. Sie trug eine weite schwarze Seidenhose mit einem hellen Jackett, das mit goldfarbenen Drachen besetzt war. Hyde stand an der Schlafzimmertür, als jemand von unten hochrief. Er drehte sich von Ros weg und blickte den Korridor entlang, um sich dann wieder ihr zuzuwenden. Heiser flüsterte er: »Halte dich ganz nah bei mir und tue alles, was ich dir sage.«

»Hyde, wie hast du …?«

»Nicht *jetzt*.« Dann in etwas freundlicherem Ton: »Sind die Beine in Ordnung?«

»Ja, lass uns gehen«, murmelte sie leise.

Oben vom Korridor aus sah er einen bewaffneten Mann am unteren Ende der Treppe stehen. Hyde blieb abrupt stehen, doch Ros rannte in ihn hinein. Vielleicht vor Schreck krümmte er den Finger um den Abzug. Die Schüsse streckten den Mann nieder, der zusammengekrümmt an der Wand lehnte und den Seidenteppich unter sich zur Seite schob.

»Jetzt!«, zischte er Ros zu, rannte die Treppen hinunter und hörte, wie sie ihm folgte. Aus der Küche erklang aufgeregtes Stimmengewirr. Hyde schnappte sich etwas aus der Jackentasche, zog daran wie an einer Bierdose und ließ es in Richtung der Küche kullern.

»Dreh dich um!«, befahl er. Er war schweißüberströmt.

Ein roter Feuerschein loderte über ihnen hinweg. Er roch augenblicklich den Qualm und öffnete mit einem kräftigen Tritt die Haupteingangstür. Hinter ihm torkelte Ros in neuerlichem Schock, als sie am Ende der Treppe den zusammengesunkenen Mann sah. Schreie und Husten ertönten hinter dem dicken Vorhang von Qualm, der nur Momente nach der Explosion der Handgranate die Küche und die Eingangshalle einhüllte. Draußen im Garten umgab sie beide die frische Morgenkühle, und unter ihren Füßen knirschten die Steine des Schotterwegs.

»Dort sind die Garagen!« Hyde deutete mit der Maschinenpistole in die Richtung. Ros' Konzentration wich einer erneuten Angstattacke, sodass Hyde sie halb hinter sich herziehend zum Rennen antreiben musste. »Los, beeile dich, Mädchen!« trieb er sie weiter an. Draußen war es inzwischen taghell, als wäre in der Zwischenzeit der dunkle Vorhang der Dämmerung beiseite geschoben worden.

Hyde fischte den Bund aus der Hosentasche, den er sich von dem Schlüsselbrett in der Küche geschnappt hatte. Er gehörte zu einem japanischen Geländewagen. Als Nächstes drückte er auf den Knopf neben dem Garagentor, duckte sich und zog Ros hinter sich in die Garage. Das Morgenlicht spiegelte sich im blank geputzten Chrom und den Scheiben der Autos.

»Der ist es!«, drängte er und zog sie mit sich.

Er schloss die Fahrertür des Toyota auf und rannte dann unvermittelt um den Wagen. Mit einer Hand auf dem Außenspiegel abgestützt feuerte er eine Garbe, dann eine weitere. Der Mann fiel verwundet zur Seite, und die Pistole entglitt seinen Händen. Hyde kletterte auf den Fahrersitz und warf den Rucksack auf die hintere Ladefläche.

»Ros!«, bellte er wütend über ihre langsame Reaktion. Zitternd stieg sie auf der anderen Seite auf den Beifahrersitz, während er den Motor startete. Er löste die Handbremse und gab Gas.

Dann entsicherte er eine zweite Handgranate und warf sie aus dem Fenster zurück in die Garage. Die Brandgranate – zweitausend Grad Hitze für dreißig Sekunden – würde aus dem Mercedes, dem Porsche und den zwei anderen Geländewagen einen Schrotthaufen machen. Ruckartig ließ er die Kupplung kommen, sodass der Toyota mit einem Satz aus der Garage schoss. An der Ecke des Hauses sah er wieder den Mann mit dem RPG-7 Raketenwerfer. Hyde bremste scharf, fuhr ein paar Meter rückwärts und wartete, bis die Rakete abgefeuert und die Brandgranate hinter ihm explodiert war. Zwei Sekunden, drei Sekunden, zählte er leise, dann sah er den Feuerschweif des startenden Raketenmotors. Das Projektil schoss durch das Tor in die Garage. Mit quietschenden Reifen raste der Toyota ins Tageslicht, als die Granate an der Rückmauer der Garage explodierte. Aus beiden Rückspiegeln schien förmlich das Feuer zu schießen. Die Hitze der Explosion war selbst im Wagen zu spüren.

Im Augenwinkel sah Hyde, wie der Mann wie verrückt nach einer weiteren Rakete schrie. Halb geblendet von dem Feuerschein zog er schließlich wutentbrannt seine Pistole. Hydes Körper war inzwischen schweißnass. An seiner Seite war Ros halb ohnmächtig vor Schock. Im dem Moment, als sie auf dem Schotterweg abbogen und auf das Haupttor zurasten, durchschlug eine Pistolenkugel das hintere Fenster.

Vor ihnen öffnete sich das Tor automatisch, und Hyde lenkte den Toyota auf die steil abfallende Asphaltstraße in Richtung der Stadt Ruili. Im Wasserreservoir spiegelte sich die aufgehende Sonne, und finster aussehende Slums auf den Hügeln drängten sich bis an den Grenzzaun.

Hyde schaute zu Ros hinüber, die tränenüberströmt neben ihm saß. Völlig erschöpft zitterte sie wie bei einem Malariaanfall. Um sie zu befreien, hatte er gerade in ein Wespennest gestochen und dabei eine kaum vorstellbare Brutalität und Energie an den Tag gelegt. Ros war am Ende, ihre Stille stand in krassem Gegensatz zu der inneren Erregung, die er verspürte.

»Das war schlimm, nicht wahr?«

»Was? Ach ja«, antwortete sie, als hätte er sich erkundigt, wie sie geschlafen hatte.

Sie waren jetzt in China und zwei oder drei Tagesreisen von Mandalay entfernt. Aber in Burma waren sie nirgendwo sicher, und der Pilot, der sie hier wieder herausbringen könnte, war tot. Das Feuer in der Garage verschwand aus den Rückspiegeln, als die Straße eine scharfe Kurve beschrieb. Gott sei Dank hatte er sie lebendig dort herausgeholt. Doch nun begann der schwierigere Teil, nämlich sie auch am Leben zu erhalten.

Der Schock fraß an seiner Aufmerksamkeit. Das soeben Erlebte, die Zerstörung des Hubschraubers und die vielen Toten schossen ihm durch den Kopf. Verstohlen schaute er zu Ros hinüber. Sie schien physisch nicht misshandelt worden zu sein, doch war sie für Tage in ihren Händen gewesen, von der Außenwelt völlig isoliert. Scheinbar unbeeindruckt von ihrer Rettung starrte sie durch die Windschutzscheibe auf die Straße und die an ihnen vorbeihuschenden Bäume. Noch immer hielt sie die Hände auf seinen Oberschenkel, wohl um sich zu vergewissern, dass er wirklich an ihrer Seite war.

Entschlossen umklammerte Hyde das Lenkrad, um das Zittern seiner Hände, die Nachwirkungen der letzten Minuten und die Anstrengungen der vor ihm liegenden Tage unter Kontrolle zu bringen.

Die Dassault Falcon setzte zum Landeanflug an. Der erst halb fertige Flughafen südlich von Bao und nördlich von Rangun tauchte vor ihnen in der Nachmittagshitze auf. Die sich noch im Rohbau befindlichen Terminals und Hangars lagen wie alte Krabbenpanzer an einem Strand. Vorbei an Reisfeldern schlängelte sich der neue Flughafenzubringer durch den Dschungel. Während das Fahrgestell auf dem noch nassen Beton aufsetzte, verzogen sich die letzten Regenwolken vom Morgen in Richtung der See von Andaman.

Der neue Flughafen wurde von AsiaConstruct gebaut und war das Ergebnis von Laus Eintritt in den burmesischen Markt. Außerdem war er das Ergebnis der Gier und der Macht der Generäle von der 999-Gruppe. *Doch jetzt hatte General Feng von Hydes Flucht zusammen mit der Frau aus Ruili erfahren …* Vor ihnen erstreckte sich das riesige Flussdelta des Irawaddi bis zum Horizont. Die Falcon rollte jetzt langsam auf der Landebahn aus.

»Ja, General«, brummte Lau in den Hörer und spürte dabei den kalten Schweiß an seinem Haaransatz. »Wir werden uns darum kümmern.«

»Lau Yen-Chih«, zischte Feng drohend, »wissen Sie, wer diese Leute sind? Welche Möglichkeiten zu deren Verfolgung stehen Ihnen jetzt noch zur Verfügung?«

Das Flugzeug kam zum Stillstand. Der Wagen zusammen mit einem anderen rehbraunen Mercedes war schon vom Terminal unterwegs, um ihn abzuholen.

Lau wandte sich vom Fenster ab und schaute hinüber zu Jessop und Cobb, die beide sein Unbehagen zu genießen schienen.

»Meine Leute kennen diesen Mann. Sie haben die beste ...«

»Das reicht mir nicht. Ich weiß, wer sie sind. Ein Militärflugzeug wartet bereits auf sie. Ein Shaanxi-Transportflugzeug der Luftwaffe von Myanmar steht auf der Rollbahn bereit. Befehlen Sie ihnen, sich dorthin zu begeben. Es werden Soldaten an Bord sein, weitere werden in Ruili warten. Es wird *Offenheit* und Kooperation bei dieser Aktion erwartet, Lau Yen-Chih. Verstehen Sie mich?«

»Ja«, antwortete er knapp. Lau hatte seine eigenen Leute in Ruili zum Schweigen verdonnert, wenigstens so lange, bis Jessop dort ankommen würde. Doch einer arbeitete offensichtlich für die chinesischen Generäle.

»Gut. Diese Geschichte wird langsam ermüdend«, fuhr der General fort. Die beiden Wagen kamen am Flugzeug zum Stehen. Laus Fahrzeug war neuer und gepflegter und gaukelte ihm vor, eine Wahl zu haben. »Mein Wagen wird Sie nach Yangon bringen«, fuhr er fort und bediente sich dabei der skrupellosen neuen Sprachregelung der Generäle für die ›Wiederauferstehung‹ Burmas. Yangon stand für Rangun, Myanmar für Burma. Es waren nichts als Codewörter der Unterdrückung. »Wir werden miteinander sprechen, während sich andere um diesen Hyde kümmern.« Dann unterbrach Feng die Verbindung. Verdutzt starrte Lau für einen Augenblick auf seinen Hörer, um ihn dann schnell in die Armlehne seines Sitzes zu legen.

»Stimmt etwas nicht?«, fragte Jessop beunruhigt.

»Nein!«, schnappte Lau zurück, während Jessop sich zu einem befriedigten Lächeln zwang. »Nein! General Feng ist sich der Situation voll bewusst. Vielleicht sogar zu unseren Gunsten. Er hat einen Truppentransporter bereitgestellt, der sie beide zusammen mit weiterem Militärpersonal aufnehmen wird.«

»Und wer wird das Kommando haben?«

»Ich denke, das ist wohl klar. Oder etwa nicht? *Wir* sind *verantwortlich.* Sorgen Sie dafür, dass Sie Erfolg haben. Sie kennen doch diesen Hyde am besten, um seine Schritte vorhersehen zu können.«

»Ich kenne ihn, weiß aber nicht, wer ihm hilft. Nicht dass es noch etwas bedeuten würde, denn er ist mit seiner fetten Puppe hier in feindlichem Gebiet, nicht wahr?« Jessop konnte sich ein breites Grinsen nicht verkneifen.

Lau empfand diese Reaktion als übertrieben und zischte verärgert zurück: »Erledigen Sie ihn diesmal!« Wütend schaute er zu den beiden wartenden Limousinen auf dem Rollfeld, die ihm nun keine Wahl mehr ließen.

»Gut, lass uns unsere Sachen holen«, sagte Jessop zu Cobb gewandt.

»Erledigen Sie ihn diesmal«, wiederholte Lau fast zu sich selbst und trommelte mit seinen langen Fingern auf die Armlehne. *Sein* Schicksal hing jetzt von Hyde ab. Falls er zusammen mit dieser Frau nicht bald sterben würde und damit auch ihr Wissen, müsste er sich weiterhin erniedrigen lassen. Sein Gesicht, seinen Einfluss bei Feng und den anderen 999-Generälen würde er damit für immer verlieren. Es war zum Verrücktwerden. David hatte sich auf Jessops ausgefeilten Vorschlag, wie Hyde zu erledigen wäre, eingelassen. Doch jetzt musste er für die Fehler seines Cousins geradestehen. »Erledigen Sie ihn diesmal!«, rief er Jessop fast beschwörend hinterher.

Jessop zuckte nur mit der Schulter, nicht etwa, weil er sich von Lau bedroht fühlte, sondern wohl eher, weil er daran dachte, Lau eine Ohrfeige zu verpassen.

Es war schon später Nachmittag. Die Sonne brannte inzwischen wie in einem Backofen auf den Dschungel nieder. Sie waren auf einem Militärflughafen etwa fünfzehn Kilometer westlich von Ruili gelandet. Baracken, ein Kontrollturm und einige in Tarnfarbe lackierte Transportflugzeuge säumten das Rollfeld auf der einen Seite. Auf der anderen parkten ein paar Qiangjiji-Kampfflugzeuge. Cobb stand auf dem oberen Ende der Laderampe des Shaanxi-Transporters und blinzelte in die tief stehende Sonne.

»Man weiß einfach, man ist an den besseren Plätzen dieser Welt, wenn die Schlitzaugen alle Ray-Bans tragen«, spöttelte er. »Was für ein elendes Loch«, fügte er hinzu und nickte in Richtung einiger burmesischer Offiziere, die neben einem Lastwagen standen. Zwei von ihnen rauchten, alle trugen eine Menge Tressen und die allgegenwärtigen Sonnenbrillen. »Sie werden genau das tun, was wir ihnen sagen, oder?«

»Wenn Ralphies Generäle es so bestimmt haben, dann denke ich schon«, antwortete Jessop. »Sie müssen ja ganz gut sein. Sie haben doch fast jeden erledigt, der sich ihnen nicht angeschlossen hat.« Er schaute zu, wie die Soldaten jetzt an ihnen vorbei die Laderampe hinuntergingen und zu den bereitstehenden Lastwagen marschierten. Weitere Lastwagen standen neben dem Flughafenterminal.

»Besonders viel können sie von Hyde noch nicht gesehen haben.«

»Er kann aber noch nicht weit sein«, entgegnete Jessop.

»Es sind jetzt mindestens zehn Stunden vergangen, seit er …«

»Halt die Klappe, Cobbie«, zischte ihn Jessop an. Er spürte plötzlich eine starke Entfremdung, die jener von Hyde nicht unähnlich sein konnte. Diese Gegend hier und die ganze Shan-Provinz auf der anderen Seite des Grenzzauns kamen ihm wie ein riesiges unmarkiertes Minenfeld vor. Genau wie Hyde hatte man ihn hier mit verbundenen Augen abgeworfen. *Wegen Hyde.* »Los, lass uns mit diesen kleinen braunen Burschen reden, was sie vorhaben und was zu tun ist.«

»Aber sicher«, antwortete Cobb und musste ein Zittern unterdrücken. Eine kühle Brise von den Bergen schob jetzt die Nachmittagshitze vor sich her.

»Wir haben diese Leute hier«, versicherte sich Jessop und winkte mit der Hand. »Wenn nötig, stehen uns noch Hunderte weiterer Männer zu Verfügung. Wenn es sein muss, die *ganze* verdammte Provinz. Und dank der Schlitzaugen auch jede Menge Helikopter.« Er zeigte dabei auf den Flughafenzaun auf der anderen Seite der Rollbahn. »Siehst du dort die Z-9? Das sind Kampfhubschrauber, die sie mit Hilfe der Franzosen in Lizenz nachbauen. Ist der internationale Handel nicht eine wunderbare Sache?« Er lachte erleichtert und schien sein Selbstvertrauen wiedergewonnen zu haben. »Lass uns herausfinden, wo sie schon gesucht haben und wo noch nicht. Wir müssen überprüfen, ob alle Straßen und Flughäfen überwacht werden.« Dabei schaute er Cobb prüfend an und fuhr fort: »Komm jetzt, du miserables Luder. Schließlich ist es dein *Job.* Als besonderer Anreiz winkt uns Patrick Hyde als Trophäe.«

Als wären es Banknoten, winkte Jessop mit einem Bündel Landkarten in Richtung eines der wartenden Offiziere. Ein chinesischer Oberst kletterte aus dem Führerhaus eines Lastwagens. Der daneben stehende Burmese nahm sofort Haltung an und wandte sich von Jessop ab.

Gut, mich noch mal daran zu erinnern, wer hier das Sagen hat. Neben diesen schlitzäugigen Generälen war Ralph Lau ein verdammter Menschenfreund, ein blutiger Amateur, der es jedem recht machen will.

»Ich bin Jessop, Oberst«, wandte er sich an den chinesischen Offizier und reichte ihm die Hand. »Wir müssen miteinander sprechen!«

Am Revers trug der Oberst das Emblem des Kunming Militärbezirks sowie an den Schulterklappen die Abzeichen des militärischen Geheimdiensts. Abwechselnd schaute er prüfend zu Jessop und dann zu Cobb und reichte ihm dann anscheinend befriedigt die Hand.

»Yao Fan. Auf gute Zusammenarbeit«, bemühte er sich in gestelztem Englisch. »In der Tat, Mr. Jessop, wir haben viel miteinander zu besprechen. Kommen Sie!«

Jessop zwinkerte Cobb zu und flüsterte: »Hyde ist so gut wie erledigt.«

Eine Schar burmesischer Offiziere, weitere chinesische Oberste und drei Hauptleute reihten sich hinter ihnen ein. Mit seinen schmalen Fingern berührte Yao Fan das Bündel Karten in Jessops Hand und verkündete: »Aus den Karten werden Sie entnommen haben, dass es nur eine einzige gute Straße gibt, die nach Westen führt. Diese hat er auch genommen, denn ein Bauer hat ihn um acht Uhr in der Früh in einem roten Toyota gesehen. Es war dasselbe Fahrzeug, das als gestohlen gemeldet wurde.« Inzwischen hatten sie den ersten Block von Baracken erreicht. »Er wird entweder die Bhamo-Straße nach Norden genommen haben oder in südlicher Richtung die Straße nach Burma. In den Bergen gibt es kaum Ausweichmöglichkeiten.« Der Oberst drehte sich um und beobachtete einen Z-9 Kampfhubschrauber, der wie eine Regenwolke von Westen im Tiefflug auf sie zuflog. »Ah, ich hoffe, wir bekommen jetzt neue Informationen.« Lärmend landete der Helikopter auf dem Beton. Alle mussten gegen den kühlen Zugwind und den aufgewirbelten Staub ankämpfen. »Seit wir von dem Überfall informiert wurden, patrouillieren tagsüber zwei Helikopter diese Straße. Zwei weitere durchkämmen die Berge im Norden, Westen und im Süden vom Berg Lol Song. Bitte treten Sie doch ein. Wir können uns im Warmen weiterunterhalten.« Mit einem spitzen Lächeln ging er durch die Tür voraus und zündete sich im Zimmer sogleich eine Zigarette an.

»Hyde ist erledigt«, flüsterte Jessop erneut Cobb großmäulig zu, als sie den Chinesen nach drinnen folgten.

Es waren die Fledermäuse, die plötzlich um die Limousine umherschwirrten, die sie so beunruhigten. Zumindest wollte Marian das glauben. Wie ein Omen hatten sie blitzartig die Krähen und andere Vögel verdrängt. War es ihre Angst oder ihre ermüdeten und überanstrengten Nerven? Marian wollte sich nicht für eine der beiden Erklärungen entscheiden. Alder, der neben ihr saß, riss sie plötzlich aus ihren bedrückenden Grübeleien und deutete auf den Inyasee, der von den letzten Sonnenstrahlen in einen düsteren Spiegel verwandelt wurde. Vorbei an weiß getünchten Häusern im englischen Kolonialstil fuhren sie eine Allee entlang, die von weit ausladenden Bäumen gesäumt wurde. Marian glaubte, Alder wolle sie bloß auf die schönen Fassaden aufmerksam machen.

Sie wollte schreien, weil er ihr das heile Bild eines Landes vorgaukeln wollte, das vor vielen Jahren unschuldig auf einer kolonialen Sandbank ausgesetzt worden war und nun um den Übergang zur Demokratie rang. Wenn sie doch nur die krankhaften rot-weißen Propagandaplakate der Junta ignorierte, so argumentierte er, würde sie sehr schnell Rangun durch seine Augen wahrnehmen können. Sie wollte schreien, weil Alder ihrer Niedergeschlagenheit keinerlei Beachtung schenkte. Aber vor allem wollte sie schreien, weil *er dort gewesen war*, dieser fremde Mann neben ihr im Fond der Limousine, die so penetrant nach Leder und der Tageshitze von Rangun roch. Weil er es schon lange vor ihr gewusst hatte. Robert Alder, der neben dem in Zivil gekleideten Chinesen gestanden und zugeschaut hatte, wie unschuldige Menschen exekutiert worden waren.

Sie wollte schreien, weil sie ihn deswegen nicht einmal anklagen konnte und sie jetzt dieses ermüdende Versteckspiel weiterführen musste. Dabei wollte sie ihn doch nur fragen *warum, in Gottes Namen, warum*? Im Flugzeug, im Hotel, bei ihrem gemeinsamen Gin-Tonic oder jetzt hier in der Limousine – *warum, warum*?

»Das Haus der Dame«, flüsterte er ihr ins Ohr und deutete auf die andere Straßenseite. Alders Nähe wirkte auf sie abstoßend. Sie sehnte sich nach einer Dusche, so wie die Opfer einer Vergewaltigung, dachte sie. »Weiß Gott, ich zolle ihr Respekt, aber sie liegt mit ihrer Politik völlig falsch.«

»Tatsächlich?«, fragte Marian spitz. »*Warum*, Robbie?«

Er war überrascht über die Heftigkeit ihrer Frage. Während die Limousine an dem Haus an der Universitätsstraße vorbeifuhr, drehte sich Marian um und sah die zahlreichen Hinweisschilder, die Autos davor warnten, langsam zu fahren oder zu wenden. Uniformierte patrouillierten in Abständen vor der Gartenmauer und bewachten das verschlossene Eingangstor. Unter den dunklen, weit ausladenden Alleebäumen schien sogar eine Fahrrad-Rikscha mit erhöhter Geschwindigkeit am Tor vorbeizufahren. Würde *sie* dort hinein geschmuggelt werden müssen, um sich mit Suu Kyi zu treffen?

»Ist dir kalt?«, fragte er und berührte ihren Arm.

»Nein«, antwortete sie verräterisch schnell. »Es ist nur der Jetlag.«

»Bestimmt.«

Die Limousine fuhr an einer Buddhastatue vorbei, die neben einem steinernen Waschtrog errichtet worden war. Ihre Haltung sollte den Moment von Buddhas Erleuchtung darstellen. Dann passierten sie die mächtige Schwedagon-Pagode mit ihren unzähligen, sie kreisförmig umgebenden Stupas. Gruppen unverheirateter Mädchen saßen auf dem Rasen vor der Pagode und webten neue Kutten für die Mönche. Wie aufgeblasen hing der Vollmond in der Dämmerung über den goldglänzenden Stupas. Plötzlich schienen die Straßen mit Leben erfüllt zu sein.

Marian konzentrierte sich auf das, was sie direkt sehen konnte, als wolle sie eine komplexe mathematische Gleichung lösen. Die Busse, Fahrräder, Rikschas, die Fußgänger und die Straßenmärkte, selbst die Soldaten erschienen ihr nicht mehr real. Nur wenn sie diese Eindrücke auf sich wirken ließ, kam ihr die Nähe von Alders Körper weniger bedrohlich vor, und ihre gemeinsame intime Vergangenheit wurde ihr weniger bewusst.

Auch die Angst vor der Gefahr, in der sie selbst schwebte, die Sorge, dass die Fotografien entdeckt werden könnten, die in ihrer Suite im Inya Lake Hotel versteckt waren, wich dann von ihr. Und das, obwohl die Stadt mit den allgegenwärtigen Propagandaplakaten und den zahllosen Uniformen der Unterdrückung ihr fremd und unzugänglich vorkam. Marian hatte das Gefühl, dass die Menschen in Angst gehalten, unterdrückt oder korrumpiert wurden, selbst wenn sie lachend und lärmend in den Straßen zu sehen waren. Sie wertete alles und jedes als Zeichen der Unterdrückung, die Männer und Frauen mit ihren dicken Zigarettenstumpen, die weiße Kleidung der Menschen in der Abenddämmerung oder die *Longyis*, die traditionellen Wickelröcke der Burmesen, die von beiden Geschlechtern getragen wurden. Selbst der tote Hund auf der Straße war ein Beweis dafür. Auf der Fahrt in das koloniale und jetzt heruntergekommene Zentrum von Rangun passierten sie viele verfallene Häuser. Ihr schien es, als würde die Klimaanlage diesen Hauch von Verfall und Niedergang im Wagen verbreiten.

Menschentrauben umlagerten die Kinos, Theater, die Obst- und Gemüsestände. Mittendrin tauchte immer wieder ein Ruhe und Ausgeglichenheit versprechender Buddha auf. Das Gerichtsgebäude aus grauen und roten Ziegeln, die neuen Bankgebäude oder Bauplätze für neue Hotels, die wie Zahnlücken in einem verfaulenden Mund aussahen.

Plötzlich überquerten sie den Yangon-Fluss und fuhren an der Uferstraße in Richtung des Hafens, dessen Silhouette aus dem ockerfarbenen Dunst der untergegangenen Sonne auftauchte. Vollbeladene Dampfer, die wie Insekten von kleinen Booten umschwirrt wurden, glitten träge durch das Wasser. Straßencafés, Handys, westliche Sportwagen, die Modernität drückte fast gegen die koloniale Vergangenheit, als solle sie beiseite geschoben werden. Geld war überall sichtbar. Vor der Auffahrt zur britischen Botschaft stauten sich jetzt die gestreckten schwarzen und weißen Limousinen.

Beim Anblick der viktorianischen Architektur fühlte sich Marian augenblicklich erleichtert. Rasch wurde es jetzt dunkler. Die Navigationslampen der Schiffe leuchteten auf dem Meer. Alder nahm ihre Hand, doch dabei zitterte sie wie bei einem elektrischen Schlag. Wilde, unzusammenhängende Gedanken, segmentiert wie die Scheiben einer Orange, schossen ihr durch den Kopf: Alders Gegenwart, was sie von ihm wusste, was ihre Aufgabe hier war, die nervende Stadt oder der bevorstehende Empfang in der Botschaft.

Der Wagen fuhr an einer Frau in gelbem Abendkleid und einem Mann in schwarzem Anzug vorbei.

»Mir geht es gut«, versicherte sie. »Ich bin nur müde.«

»Halte dich mit dem Champagner zurück«, meinte er lachend.

Sie wollte nur schreien. Die Limousine erreichte jetzt den roten Teppich, der wie die Zunge eines Hundes auf dem Bürgersteig lag und hinauf bis zu den Türen der Botschaft reichte. Der Chauffeur öffnete ihre Tür. Sie wollte nur schreien. Die milde Abendluft strich wie warmes Flanell über ihre Wangen, und den Geruch des Flusses und der Gewürze, die Hitze und den Staub empfand sie als einen Angriff auf ihre Sinne. Vorsichtig stieg sie in ihrem langen Rock, einem Sarong, aus dem Wagen.

Sofort entdeckte Marian einen Hinterbänkler der Regierungspartei und war dankbar für die willkommene Ablenkung, die sie wie frischer Sauerstoff umgab. Endlich konnte sie wieder frei atmen.

»Hallo, Greg!«, rief sie erleichtert. »Ah, Sie wollen wohl nicht zu spät zum Champagner kommen!« Gott sei Dank war sein Lächeln ehrlich gemeint.

»Hallo, Marian, guten Abend, Herr Kongressabgeordneter.«

Die beiden Männer schüttelten sich die Hände, dann gingen alle drei die Treppen zur Botschaft hinauf. Marian fühlte, wie sie sich beeilte, in die vertraute und vor allem sichere Umgebung zu gelangen. Nach der dritten Stufe wurde sie langsam ruhiger, auch weil sie sich in dem langen, glänzenden Sarong und den zierlichen Schuhen jetzt sicherer bewegte. Greg war ein junger, ambitionierter Abgeordneter der neuen Garde, der jedoch von Zeit zu Zeit aus der Parteidisziplin ausgeschert war. Mit aufrechter Überzeugung kümmerte er sich um seinen innerstädtischen Wahlkreis, doch hatte er bald herausfinden müssen, dass sein Einsatz seiner Karriere oder eventuellen öffentlichen Ämtern eher hinderlich war. Marian mochte ihn, nicht alle ehemaligen Werbeleute waren also zu verdammen.

Sie erinnerte sich einiger Witze, die über Greg kursierten, und erkannte noch weitere Gesichter in der Empfangshalle. Sie fühlte sich wie eine Schauspielerin, die zwar nicht im bekanntesten Westend-Theater auftrat, doch immerhin eine ihrer Lieblingsrollen in der Provinz spielen durfte. Die Botschaftsräume zierten einige durch die hohe Luftfeuchtigkeit verblasste antike Möbel. Die Teppiche auf der Treppe waren schon reichlich abgetreten, und ein muffiger Staubgeruch ging von den langen, schweren Vorhängen aus. Die Wände zierten Porträts der Königin, von früheren Botschaftern und Premierministern einschließlich eines Porträts des unreifen Kindes, das zurzeit Downing Street Nr. 10 bewohnte, und eines weiteren des derzeitigen rundlich aussehenden Botschafters mit seiner eher kantig wirkenden Frau.

Sie schüttelte Seiner Exzellenz und der Ehegattin die Hand. Beide schienen vor ihr auf der Hut zu sein, als sei Marian ein ungebetener Gast. Sie *war* es ja auch. Trotzdem setzte sie ihr bezauberndes und entwaffnendes Lächeln auf und ging dann an ihnen vorbei zur Treppe. Hier in dieser vertrauten Umgebung ließ sie sich nicht mehr von den burmesischen Uniformen stören. Alder, der mit Greg einen Schritt hinter ihr ging, zog schon nach kurzer Zeit burmesische Offizielle sowie Beamte des Handelsministeriums wie Satelliten an. Marian war erstaunt, welche Aufmerksamkeit seinem Erscheinen hier beigemessen wurde. Durch seine Gegenwart verlieh Alder diesem Empfang die offizielle amerikanische Anerkennung.

Mit dem Champagnerglas in der Hand ging sie in den Gesellschaftsraum im ersten Stock. Das Stimmengewirr und die vielen Menschen hier oben machten sie immer selbstsicherer. Ein kleingewachsener Burmese kam auf sie zu und verscheuchte augenblicklich ihr gerade wiedergewonnenes Selbstvertrauen. Lächelnd verbeugte er sich vor ihr: »Miss Pyott, ich bin Mung Thant, Minister für Hotelerie und Fremdenverkehr. Darf ich Sie im Namen meiner Regierung hier in Yangon willkommen heißen.« Nur mit den Fingerspitzen berührte Marian seine kühle Hand.

»U Mung Thant, ich danke Ihnen«, antwortete sie. Der Minister war erfreut über die ehrerbietige burmesische Anrede. Er betrachtete sie nachdenklich in ihrem Sarong und schwarzem Seidenjackett und wusste, dass ihr Respekt aufrichtig und keineswegs gespielt oder aufgetragen war.

»Soweit ich weiß, ist das Ihre erste Reise nach Yangon und Myanmar?« Marian nippte an dem schon warmen Champagner, während Alder offensichtlich zufrieden über die Aufmerksamkeit des Ministers war. »Ich hoffe sehr, dass vieles, was Sie hier sehen werden, Sie erfreuen wird.« Das Licht des Kandelabers an der Decke über ihnen spiegelte sich in der Brille des Ministers. Es verstärkte noch seine Höflichkeit und unterstrich geradezu seine Harmlosigkeit, was die Gräuelbilder, die Marian plötzlich durch den Kopf schossen, verwischte.

»Das hoffe ich auch«, stammelte sie unsicher.

Der Vorsitzende der Handelsvereinigung ging an ihnen vorbei, worauf Mung Thant sich von ihr höflich verabschiedete und sich ihm anschloss. Ein aufgekratzter Peter Grainger winkte ihr freundlich aus der Gruppe zu. Marian spürte das Misstrauen und die Verdächtigungen, die ihr ein Staatssekretär und ein paar Wirtschaftsbosse entgegenbrachten. Der Vorsitzende verschwand mit seiner Entourage in einem Teil des Raums, in dem Geld, Einfluss und Macht herrschten, während sie mit den militärischen Uniformen allein gelassen wurde. Das zur Schau gestellte Selbstvertrauen der Juntaoffiziere war offensichtlich, selbstbewusst legten sie sich keinerlei Zurückhaltung auf.

Inzwischen hatten sich einzelne Gruppierungen gebildet, die sich in kleinen Scharen wie Fische, die laufend elektrische Ladungen aussendeten, durch den Raum bewegten. Bei ihrem Anblick wurde sich Marian der eigenen Bedeutungslosigkeit in dieser Runde bewusst. Sie betrachtete Alder wie einen Fremden, der unentwegt Hände schüttelte und den Leuten Versprechungen machte. Männer in Uniform oder Dinnerjacketts kamen auf ihn zu, wechselten ein paar Worte mit ihm und verschwanden wieder mit zufriedener Miene. Ihr schien es, als läge die wirtschaftliche und finanzielle Genesung Burmas in seinen Händen, die alle dankbar schüttelten. Die Blitzlichter der Fotografen waren einzig und allein auf ihn gerichtet. Nur für einen Moment war er für sie wieder der wohlmeinende und unschuldige Kongressabgeordnete.

Aber er war eben nicht unschuldig, und das machte sie verrückt. Nervös zündete sich Marian eine Zigarette an, hüstelte unsicher und stellte sich ans Fenster. Die Botschaft lag an der Uferstraße; sie blickte wie seit Jahrzehnten auf den Handelshafen von Rangun und würde es in Zukunft wohl auch weiterhin tun. Denn *jeder hier* wollte es so. Mit Teakholz, Öl und Gas, Mineralien, Gummi, Edelsteinen, Reis und Fisch sollte wieder vermehrt gehandelt werden. Sie drehte sich um. Sofort fiel ihr Alders hochgeschossene Figur ins Auge, der mit Kopf und Schultern eine Gruppe Burmesen und Chinesen überragte. *Und der verstärkte Export von Heroin,* dachte sie und hörte dabei ihr Herz schneller schlagen. Marian fühlte sich plötzlich bleischwer. Es schmerzte, ihn verloren zu haben, und es schmerzte zu wissen, dass er beteiligt gewesen war.

Um sich abzulenken, mischte sie sich unter die Vorstandschefs eines Dutzends britischer und japanischer Firmen, die die ganze Spannweite der westlichen Industrie vom Öl und Gas bis zur Elektronik und Rüstung repräsentierten. Beamte aus Rangun und London schwirrten wie Kontakt schaffende Funken zwischen den Gruppen hin und her. Es herrschte eine Atmosphäre des stillen Zuprostens, in der man gemeinsam die Zukunft plante.

Und wieder Alder!

Ein Chinese, auffällig in seiner strengen, altmodischen Maojacke, trat auf ihn zu. Gab es etwa den Geist des Sozialismus als Nachspeise? Die Zigarette und ihr Spott beruhigten sie. Der Mann kam sicher von der chinesischen Botschaft, schließlich war die Volksrepublik Burmas größter Handelspartner und verlässlichster Verbündeter.

Er machte eine kleine, unscheinbare Figur und doch fühlte sich Alder sichtlich unwohl in seiner Anwesenheit. Marian hatte plötzlich Schwierigkeiten zu atmen, es tat ihr weh, ihn wieder zu erkennen. Beim letzten Mal hatte er einen westlich geschnittenen Anzug getragen und hatte neben Alder auf rötlicher Erde vor einer Grube voller Leichen gestanden. Ihr stockte der Atem.

»Geht es Ihnen nicht gut?« Jemand hatte Marians Ellbogen genommen, um sie zu stützen, doch unwillkürlich versuchte sie, den Griff des Mannes abzuschütteln. Seine Augen schauten sie besorgt an, doch sein Mund lächelte. Es war Colin Evans. »Geht es?«, fragte er ernst und lächelte immer noch. Mit seinen Augen folgte er ihrem Blick und schien etwas verwirrt zu sein, obwohl er Alder erkannte. Doch dann drehte er sie herum und zeigte mit ausgestrecktem Arm auf den vom Fenster eingerahmten Fluss.

»Was ist los?«

Sie legte ihre Hand auf seine und antwortete völlig verstört: »Es ist schon gut, Colin. Alles in Ordnung.« Sie versuchte zu lächeln, um sogleich wieder erschreckt und entnervt auszuschauen, als Alder neben ihr auftauchte.

»Was ist denn, Marian?« fragte er besorgt. »Stimmt etwas nicht?« Sie schüttelte nur mit dem Kopf.

»Es ist mir hier nur etwas zu heiß.« Der kleine Chinese an Alders Seite machte eher den Eindruck eines Gefängniswärters als eines Komplizen. Der Mann schaute sie mit einem durchdringenden Blick an.

»Colin Evans, Botschaftssekretär. Natürlich erkenne ich Sie, Kongressabgeordneter«, wandte er sich an Alder und begrüßte den Chinesen mit einem knappen: »Wie geht es Ihnen?«

»Feng«, antwortete dieser. »Eine Bekannte des Kongressabgeordneten? Dann müssen Sie Miss Pyott sein. Ja, ich erkenne Sie. Die Fotos werden Ihnen aber nicht gerecht, Miss Pyott.« Lächelnd wandte er den Blick wieder von ihr.

»Willst du dich nicht hinsetzen?«

»Nein, nein. Mach bitte keine Umstände, Robbie. Mir geht es gut. Ehrlich.«

»Ich werde mich um Miss Pyott kümmern«, versicherte Evans. »Das ist ja schließlich mein Job.«

»Vielleicht könnten Sie mich der britischen Ministerin vorstellen, Abgeordneter Alder. Ich wollte sie fragen, ob ...« Feng führte Alder langsam fort.

»Was *sollte* denn das?«, erkundigte sich Evans. »Kennen Sie Feng? Ich kenne ihn nicht. Aber vielleicht gehört er dem Militär an. Solche Manieren kommen mir bekannt vor.«

»Er ist es«, flüsterte sie und nickte aufgeregt. »Er … er war *dort*.«

»Er ist auf diesen Fotografien? Verdammt – verzeihen Sie bitte. In diesem Falle gefällt es mir nicht, wie er sich für Sie interessiert hat.« Evans schaute sie nachdenklich an und fuhr fort: »Ich würde sagen, er ist sich sicher, dass Sie ihn von irgendwoher kennen. Falls er von der Existenz dieser Aufnahmen weiß, kann er sich genau ausrechnen, woher.«

»Selbst Robbie weiß nicht, dass ich sie habe. Er hat sie jedenfalls nicht gesehen.«

»Auf jeden Fall haben Sie sich in Fengs Augen verdächtig gemacht. Ich werde ihn besser von meinen Leuten überprüfen lassen. Irgendjemand muss ihn ja kennen.« Dann fügte er in schärferem Ton hinzu: »Sie schauen ihn immer noch an. Versuchen Sie bitte, kein Interesse an ihm zu zeigen! Ich bin in einer Minute wieder da. Bleiben Sie hier im Raum und laufen Sie etwas umher.«

Evans ging hinüber zu einem der Ober hinter den langen Tischen, die mit schweren weißen Tischdecken überzogen waren. Auf den Tischen war das Büfett wie eine Armee zur Inspektion aufgebaut. Er nahm den Ober beiseite und sprach eindringlich mit ihm.

Über Feng, natürlich. Feng, der neben Alder gestanden hatte und der jetzt an ihr solches Interesse zeigte. Marian zitterte, obwohl ihr ganzer Körper heiß vor Anspannung war. Sie spürte, wie ihre Augen unwillkürlich immer wieder in Alders Richtung schauten.

Und zu Feng, der erneut zu ihr hinüberschaute, dann zu Evans und wieder zu ihr. Sie empfand seinen Blick als Aggression, der sie hilflos ausgeliefert war. Es kam ihr vor, als wüsste er von den Fotografien und was sie mit ihnen vorhatte.

Und er wirkte so verdammt zuversichtlich, genau das verhindern zu können.

Die Morgendämmerung brachte das Gold einer Stupa zum Leuchten, die wie ein großer Helm andere Pagoden und die vom Dschungel überwucherte Stadtmauer überragte. Staub stand bereits über dem Marktplatz, den die vom Land hereinströmenden Händler mit ihren Tieren aufwirbelten. Der lehmige Irawaddi, der hier in Bhamo fast so breit wie ein See war, zog sich wie eine riesige abgelegte Haut einer Schlange durch die Stadt. Hinter einem Felsvorsprung war ein Teil des kleinen Flughafens mit Landebahn, einigen verstreuten Hangars und dem einstöckigen Terminal zu sehen. Armeelastwagen standen unter Tarnnetzen. Hier und da patrouillierten ein paar gelangweilte Soldaten. Zwei Offiziere, die Zigaretten rauchten, schlenderten umher. Die Fenster des Terminals glitzerten in der aufgehenden Sonne.

Hinter ihm räkelte sich Ros, um die Steifheit von ihren Gliedern abzuschütteln. Auf der Landebahn stand ein Hubschrauber, der Truppen gebracht hatte und gerade aufgetankt wurde, wohl um anschließend die Suche nach ihnen fortzusetzen. Den Toyota hatte Hyde tief im Dickicht fernab der Piste von der Grenze nach Bhamo etwa einen Kilometer von hier entfernt versteckt.

Den Flughafen konnten sie natürlich nicht benutzen. Es war einfach dumm gewesen, das geglaubt zu haben. Sie waren nicht einmal achtzig Kilometer von Ruili entfernt, und selbst ein voll beladener Hubschrauber brauchte dafür nicht mehr als fünfzehn Minuten. Hyde rieb sich die Bartstoppeln auf seiner Wange, als wolle er Ros' warmen Atem, die jetzt neben ihm hockte, wegwischen.

»Keine Chance?«, fragte sie leise.

»Keine Chance.«

Eine Fokker der Myanmar Airways stand vor dem Terminal auf dem Rollfeld und wurde von einem Tanklastwagen aus betankt. Es war die einzige wöchentliche Flugverbindung von Bhamo nach Mandalay. Aus Phil Cass' großartiger Idee wurde nun nichts mehr. Ihr Weg war blockiert. Cass hatte zwei seiner Leute mit Rückflugtickets nach Bhamo geschickt, die jetzt im Terminal auf sie warteten, um Hyde und Ros die Tickets zu überreichen. Leider würden sie vergeblich warten.

»Du sprichst lieber noch mal mit ihm«, sagte Ros, die sich noch immer nicht mit der Situation vertraut gemacht hatte.

Sie verhielt sich wie ein Zugpassagier, der inmitten von Chaos nur an einem freien Schlafabteil interessiert war. Hyde verstand. Er musste sie herausbringen, und *er* war es, der hier entschied.

»Ich muss mir die Sache noch mal durch den Kopf gehen lassen«, murmelte er und beobachtete weiter mit dem Fernglas den Flugplatz, die Stadt und das Flussufer. Der Marktplatz mit Ständen und leuchtenden Markisen inmitten der Stadt war jetzt überfüllt von Menschen und Tieren. Darüber hing eine von der Sonne gerötete Staubwolke. »Lass mich noch mal nachdenken«, wiederholte er und versuchte Angst und Zweifel aus seiner Stimme zu verbannen.

Der Fluss lag wie ausgegossenes Silber in der fruchtbaren Ebene und schlängelte sich erst nach Süden und dann Richtung Westen durch eine purpurne Hügellandschaft. Selbst der Dschungel sah von hier kultiviert und künstlich angelegt aus. Eine Doppeldeckerfähre, die wie ein schwimmender Bus aussah, lag am Kai. Ölfässer wurden gerade entladen.

Hyde entspannte sich langsam. Rückblickend war ihre Flucht und die anschließende Grenzüberquerung fast zu glatt gegangen. Cass hatte die Idee gehabt, über Bhamo zu fliehen. Nur ein verschlafener Grenzsoldat, der die Schranke schon in Erwartung der morgendlichen Pendler nach Ruili geöffnet hatte, war zu überwinden gewesen. Danach hatten sie sich in den Hügeln versteckt, bis sie die schmale, sich windende Piste nach Bhamo gefunden hatten, auf der sie im Schein des Vollmonds sogar in der Nacht gefahren waren, ohne den Toyota zu ruinieren. Dennoch war die Fahrt langsam und einschläfernd gewesen. Ros zu retten war sein Ziel, und jetzt hatte er sie gerettet. Aber wie ging es nun weiter?

Hyde beobachtete, wie die Rotorblätter des Hubschraubers auf der Betonpiste sich langsam zu drehen begannen. Ros griff nach seinem Arm und schmiegte ihren müden Körper an ihn. Mit seiner Schläfe berührte er zärtlich ihre Stirn.

»Alles in Ordnung?«, fragte er liebevoll.

»Ein bisschen schlapp und müde im Kopf. Und du?«

»Das beschreibt auch meinen Zustand ganz gut.«

Niemand hatte sie bedroht, geschweige denn verletzt gehabt. Es waren die unvermeidlichen Strapazen und die Müdigkeit gewesen, die jetzt an ihren Kräften zehrten. »Gut, lass uns zurück zum Toyota gehen. Ich muss die Karten noch mal genau studieren.« Er schnappte sich den Rucksack und kletterte auf den Felsvorsprung.

Ein schmaler, steiler Pfad führte vom Hügel hinunter in die bewaldete Schlucht. Hyde drehte sich zu Ros um, nickte ihr aufmunternd zu und ging weiter. Langsam wie Blumenkelche begannen sich seine Sinne wieder zu öffnen. Cass musste sich etwas anderes einfallen lassen. Ein Hubschrauber vielleicht? Dann musste der Pilot aber verdammt gut sein, denn sie würden sicher damit rechnen. Über die Straße ging es auf keinen Fall weiter, denn sie war zu gut zu überwachen und überdies war Mandalay dreihundertfünfzig Kilometer oder zwei Tagesreisen entfernt.

Hyde fuhr zusammen, als plötzlich der Hubschrauber chinesischer Bauart über ihnen hinwegflog. Er hatte ihn nicht rechtzeitig gehört, da das Rotorgeräusch durch die Felskette verschluckt worden war. Instinktiv drückten sie sich beide an den Felsen, als der Z-8 an Höhe gewann, um entlang der Straße von Bhamo zur chinesischen Grenze zu fliegen. Langsam wurde er zu einem glitzernden Punkt in der noch tief stehenden Sonne und gewann dann unvermittelt wieder an Größe. Er hatte umgedreht und kam zurück.

»Ros, geh in Deckung! Hinter die Felsen!«

Der Hubschrauber flog direkt auf sie zu. *Sie können uns nicht entdeckt haben*, versuchte er sich einzureden. Nur einige hundert Meter von ihnen entfernt blieb er in der Luft stehen. Ein Feuerschweif bohrte sich träge in die diesige Morgenluft, dann gab es am Boden eine Explosion. Einige Sekunden später stieg eine Rauchsäule aus der Schlucht empor.

Das war der Toyota. Der Hubschrauber kreiste direkt über der Stelle, wo Hyde ihn zuvor versteckt hatte. Nur einige hundert Meter weiter mussten also bereits Truppen nach ihnen suchen, denn diese hatten jetzt ihre einzige Möglichkeit zur Flucht entdeckt.

Wie eine riesige Spinne an einem unsichtbaren Faden hing der Z-8 über dem brennenden Fahrzeug. Neben den Rotorgeräuschen waren jetzt deutlich Schüsse zu hören. Um sicherzugehen, würden sie den Toyota oder das, was von ihm übrig geblieben war, mit Salven durchsieben, bevor sie sich näherten.

Es gab keinen Ausweg mehr, zumindest jetzt nicht mehr.

Teil Drei

AUF DEN STRASSEN BURMAS

Vor Augen liegt: ihr Vorspiel ist es so nur, der
Tyrannis Banner aufzupflanzen in der Stadt!
Wir säumen, ja. Und sie, vorsichtgen Zögerns Ruhm
mit Füßen tretend, lassen ruhn nicht ihre Hand.
Aischylos, *Agamemnon* 1354-8

Nicht Macht, sondern Angst korrumpiert.
Die Angst, Macht zu verlieren, korrumpiert diejenigen,
die sie ausüben,
und die Angst vor dem Übel der Macht korrumpiert
diejenigen, die ihr ausgesetzt sind.
Aung San Suu Kyi (1989)

Kapitel zwölf

Der Fluss und die Stadt

Marian war froh, dass die Spuren sowjetischer Zivilisation während der Renovierung des Inya Lake Hotels mit westlichem Standard übertüncht worden waren. Reichlich warmes Wasser und regulierbare Duschköpfe machten es ihr leichter, die nervöse Anspannung, die sie den ganzen Abend über während des Botschaftsempfangs gelähmt hatte, wie die Wassertropfen auf ihrer Haut langsam abzuschütteln. Unter der Dusche säuberte sie sich von Alder.

Ihr war es gelungen, einen mittelmäßigen Orgasmus vorzutäuschen. Sie hatte sich sogar dazu durchringen können, das Foto, auf dem er zu erkennen war, nicht an Suu Kyi weiterzugeben. An der Rezeption war eine Nachricht für sie hinterlegt worden – *Mittags auf der Terrasse der Schwedagon-Pagode in der Nähe des Bodhibaums* –, die ihre Angst vor Feng wieder verstärkt in ihr erneut zu Bewusstsein gebracht hatte. Er bildete die eigentliche Gefahr für sie. Neben ihm erschien ihr Alder weniger kriminell, weniger schuldig. Mit dieser ihr nun fremden Person hatte sie gerade flüchtigen Sex gehabt und konnte dadurch die Angst vor Feng *gerade noch* in Schach halten. Marian zitterte unter der heißen Dusche und seifte sich kräftig ein, um alle Spuren von Alder abzuwaschen.

Der Ober, mit dem Evans auf dem Empfang über Feng gesprochen hatte, war von der Spezialabteilung. Er hatte den Militärattaché und andere Quellen konsultiert und tatsächlich bestätigt bekommen, dass Feng ein chinesischer General war. Gerüchten zufolge war er zudem in den Heroinhandel verstrickt und verfügte über gute Kontakte zu den ehemaligen Kommunisten, die inzwischen die burmesische Heroinproduktion unter ihre Kontrolle gebracht hatten. Auf der Rückfahrt in der Limousine hatte Alder ihn dagegen als Geschäftsmann bezeichnet, den er *beim letzten Mal, als er hier war*, kennen gelernt hatte. Als sie wieder im Hotel waren, hatte Alder ausdrücklich auf Sex mit ihr bestanden. Ihr war es wie ein Dessert zu dem opulenten Menü von Macht, Einfluss und Geld vorgekommen, das er zuvor in der Botschaft genossen hatte.

Immer und immer wieder wusch sie sich Brüste und Schenkel. Nach seinem Orgasmus hatte er fast wie ein Kind ihre Nähe und Zärtlichkeit gesucht. War das Fengs Einfluss gewesen? Gründlich seifte sie ihre Schultern und Arme ein und ließ das Wasser auf ihren Kopf und ihr Gesicht prasseln. Um ihre Kontaktperson zu treffen, musste sie sich ein Seminar und einen Besuch in einer Elektronikfabrik verkneifen. Evans hatte ihr ausdrücklich befohlen, *nichts* zu unternehmen, bis er mit Kenneth gesprochen und mehr Material über Feng zusammengetragen hatte. Sie wollte eigentlich gehorchen.

Marian drehte das Wasser ab, stieg aus der Duschkabine und trocknete sich gründlich im dampfenden Badezimmer ab. Sie föhnte ihr Haar, und nachdem sie sich parfümiert hatte, ging sie wieder zurück ins Schlafzimmer. Alder hatte inzwischen nach dem Etagenkellner geklingelt. Rasch zog sie sich ein langes Kleid mit einem hellen Blumenmuster über und schlüpfte in ein Paar leichte Lederschuhe. Mit frischen Kleidern an ihrem Körper und gebürsteten Haaren hoffte sie, die vergangene Nacht von sich abstreifen zu können. Sie brauchte dringend eine neue Umgebung.

Es war acht Uhr morgens. Marian ging ins Wohnzimmer, wo der Blick auf den See mit den Booten und kleinen Inseln ihre Aufmerksamkeit für einen Moment fesselte. Im glatten Wasser spiegelten sich die Pagoden, die dunklen Bäume der Uferstraße und die weißen Kolonialhäuser am anderen Ufer. Selbst der Verkehr nahe der Universität vermochte nicht die Illusion von Stille und Harmonie zu zerstören. Das Wasser hatte dieselbe Farbe wie der wolkenlose Himmel angenommen. Marian drehte sich um, den Mund wie zum Protest geöffnet. Im Morgenmantel kniete Alder auf dem Boden. Vor ihm lagen die Fotos wie Teile eines gigantischen

Puzzles auf dem Teppich ausgebreitet. Er schaute auf. Beide starrten sich schweigend an. Sein Staunen und sein Ärger darüber, von ihr hintergangen worden zu sein, ließ Marian für einen Moment verzagen, obwohl ihre augenscheinliche Pein Alder einzuschüchtern schien.

»Du weißt es also? Niemals ist es mir in den Sinn gekommen, dass du es erfahren könntest.« Dabei fuchtelte er mit den Händen vor den ausgebreiteten Fotografien. Er zögerte nicht einmal bei der Aufnahme vor seinem linken Knie, die ihn mit Feng und den Leichen zeigte. »Wie lange weißt du es schon?« Ohne auf ihre Antwort zu warten, brummte er mit abwesendem Blick: »Die haben Kumar gehört, nicht wahr?« Seine Hände zu Fäusten geballt, stierte er auf die Fotos.

»Kumar?« fragte sie, als hätte sie den Namen nie zuvor gehört. Teilnahmslos stand sie ein paar Schritte von der Schlafzimmertür entfernt und beobachtete die wie lüsterne Zuschauer vor dem Fenster flatternden Vögel. »Kumar? Ja«, erinnerte sie sich.

»Hyde, nicht wahr? Er hat sie gefunden«, fragte er ohne aufzuschauen.

Plötzlich musste sie ihn anschreien. »Du warst dort!«, jammerte sie. »Kumar hat dich *dort gesehen*!«

»Natürlich war ich dort!«, schrie er zurück. Er stand auf und lief mit den Armen fuchtelnd zum Fenster. »Ich *sollte* dort sein! *Das hat mich abhängig gemacht!*« Er drehte sich um und sah sie mit funkelnden Augen an. »Feng hatte sich das so ausgedacht. Es passierte auf meiner letzten Reise nach Tripitaka. Ich war Davids Mann und nicht Ralphs. Beide wollten mich auf diese Weise mit hineinziehen.« Er wartete, bis sie sich eine Zigarette aus der Handtasche geholt hatte. Es war ihre Art, sich zu beruhigen und ihre Gedanken unter Kontrolle zu bringen. Marian zündete sich die Zigarette mit zitternden Händen an und stellte die Handtasche wieder ab. »Damit hatten sie mich in der Hand, denn ich wusste alles über Ralph und die Straits Royal Gruppe. Ich kannte ihre Geldwaschoperationen und das ganze Heroingeschäft mit der Verteilung über die Winterborne Holding.«

Irgendetwas an ihm störte sie. Es war weder Scham noch Selbstbehauptungswille, was er vor ihr verbarg, als wären die anklagenden Fotografien völlig nebensächlich.

»Was ließ dich denn vermuten, dass ich die Fotos habe?«

»Was?«, fragte er überrascht. »Ach, Feng. Er wusste, dass du ihn erkannt hattest. Daher glaubte er, dass du die Fotos gesehen haben musstest.« Aufgebracht fügte er hinzu: »Warum sonst solltest du und Hyde hinter uns her sein? Was sonst hat dich dazu getrieben? Doch nicht deine verdammte Neugierde. Du musstest einfach etwas *wissen*. Ich habe versucht, mir nichts anmerken zu lassen, aber Feng ließ sich nicht täuschen. Marian, du hast die Sache platzen lassen, so wie du ihn gestern Abend angestarrt hast!«

Die offensichtliche Angst in seiner Stimme ließ sie erschauern. Er war entsetzt darüber, was sie über ihn wusste, und besorgt um seine und um ihre Zukunft. Mit Verachtung in der Stimme fuhr er fort: »Was hattest du überhaupt vor? Wolltest du mich etwa zur Rede stellen?« Wie kleine Papierschiffchen glitten draußen die Boote über das glatte Wasser. »Was hättest du schon ausrichten können, Marian! Wolltest du wirklich den Zug stoppen, indem du dich auf die Schienen legst? Hier geht es nicht um *mich*, Marian. Es sind erwachsene Männer wie Feng, die mit hohem Einsatz spielen, verdammt noch mal!« Sein unvermittelter Wutanfall erschien ihr völlig überzogen. »Was hast du dir denn ausgedacht? Was wolltest du *damit* tun?« Abfällig deutete er auf die Fotos.

»Etwas ... nichts ... ich weiß es nicht!« Sie fühlte sich leer, doch dann platzte es aus ihr heraus. »Irgend etwas, ich wusste doch nichts von *dir*!« Sie war es jetzt, die Hilflosigkeit mit ihren fuchtelnden Armen signalisierte.

»Und jetzt weißt du etwas?«, fragte er höhnisch. »Nichts weißt du! Überhaupt nichts!«

Marian drückte die Zigarette in dem großen Glasaschenbecher aus, während Alder sich nachdenklich das Kinn rieb und sie feindselig anstarrte. Ohne etwas zu sagen, bewegte er die Lippen, als überprüfte er im Kopf eine komplizierte Rechnung. Anscheinend rang er sich zu einer weit reichenden Entscheidung durch. Schließlich begann er verbittert: »Also du willst alles *wissen*? Die Stunde der Wahrheit? Es geht so!« Für einen Moment hielt er inne. »Beantworte mir zuerst eine Frage. Inwieweit sind die Briten in die ganze Geschichte involviert? Warum hängt sich Aubrey so hinein, und welche Interessen verfolgt Hyde dabei? Versuchen sie, einen Fuß in die Tür zu bekommen?«

»Um Gottes willen, wovon redest du?«

»Von dem ganzen Spiel. Wir, China, Burma, das ganze pazifische Becken ... Entwicklungspolitik, Einflusssphären und so fort. Was ist los mit euch? Euer Empire ist längst untergegangen, und jetzt gebt ihr euch mit diesen lächerlichen Handelsmissionen zufrieden? Was für ein Spiel spielt ihr?« Er ging auf sie zu. Unsicher und verängstigt wich Marian ihm aus. »Ja, ja«, höhnte er, »ihr steht eben nur im Weg.«

»Was, um Gottes willen, redest du?«, brauste sie auf. »*Du* bist auf dem Foto und nicht ich oder Patrick Hyde! Du klingst, als wäre es kaum mehr als eine *Peinlichkeit*!«

»Es war schlicht notwendig, oder glaubst du etwa, ich *wollte* dort sein?«

»Warum warst du denn dort?«

»Um an Feng heranzukommen, natürlich!«, antwortete er verächtlich. »Mit der Zeit bin ich immer näher an ihn herangekommen. Damit hatte er mich in der Hand. Das war genau das, was er wollte.«

»Du hast es *geplant*? Warum? Warum warst du dort?«, schrie sie ihn vor Zorn bebend an. Er beschuldigte sie, als ob *sie* für etwas viel Schlimmeres verantwortlich sei, als auf den Aufnahmen zu sehen war. Fast hilflos fragte sie: »Ich hatte ja keine Ahnung, bis ich dich auf dem Foto entdeckt habe.«

»Und jetzt fühlst du dich wohl schmutzig, was?«, spottete er.

»Zuallererst fühle ich mich betrogen, Robbie.«

»Na gut«, begann er nach einer scheinbar endlosen Stille. Dabei fielen seine Worte so langsam wie Steine im Harz. »Eigentlich solltest du nichts davon wissen, aber ich bin es dir wohl schuldig und vielleicht noch viel mehr.« Er seufzte, als würden ihn noch alte Bindungen und Loyalitäten zurückhalten. »China kontrolliert Burma, eine einfache Tatsache. Leute wie Feng kontrollieren den Heroinhandel, was bedeutet, dass die chinesische Armee den Handel kontrolliert. Und diese wiederum kontrolliert die burmesische Junta.«

»Was soll das *jetzt*? Eine Lehrstunde in Weltpolitik?«

»Hör mir jetzt zu, Marian«, knurrte er. »Hör ein einziges Mal in deinem Leben zu. Du bist hier wie Alice im Wunderland über eine große Sache gestolpert, nur dass Burma nicht das Wunderland ist. Du hast ja keine Vorstellung, wie groß die ganze Angelegenheit ist. Höre also jetzt zu!«

Nach einem weiteren scheinbar ewig währenden Moment der Stille, in dem sie nur schreien wollte, zündete sie sich eine neue Zigarette an und nickte dann zustimmend.

»Ich höre dir zu, Robbie. Aber ich kann es trotzdem nicht verstehen. Wie kann es dafür überhaupt eine *Begründung* geben?«

»Es wäre viel einfacher gewesen, wenn du diesen Aufnahmen misstraut hättest oder wenigstens mir etwas mehr vertraut hättest. Aber jetzt ist es geschehen.« Alder atmete schwer. »Meine Regierung – das Weiße Haus, das Außenministerium, der Kongress und die Firma – wir verfolgen zwei politische Strategien in China: Einflussnahme und politischer Druck. Das eine geschieht öffentlich und das andere verdeckt.«

»Und du? Welche Rolle spielst du?«

»Hör mir zu!« Die Hände in den Taschen seines Morgenmantels stand er fast entspannt am Fenster, während Marian eine innere Starre empfand wie das Kaninchen vor der Schlange. Denn sie wusste, dass das, was sie jetzt zu hören bekam, die Wahrheit war.

»Einflussnahme und politischer Druck. Ich gehöre zu beiden. Ich helfe zum einen, Kambodscha, Laos und Burma unserem Einfluss und unseren Investitionen wieder zu öffnen. Zum anderen versuche ich, näher an Feng und die anderen Generäle zu kommen. Sie glauben, ich sei der letzte

Gauner, der schon vor langer Zeit gekauft worden war. Zuerst stand ich in David Winterbornes Diensten. Er hatte meine Kandidatur für den Kongress finanziell unterstützt, in Amerika ist das illegal. Dann kam David in den Knast und Ralphie kaufte mich nochmals ein. Ich ließ ihn gewähren.« Jetzt drehte sich Alder zu ihr um. Sein Gesicht war dunkelrot angelaufen vor Ärger. »Damit war ich in seinen Händen, und auch Feng wollte ein Stück von mir. Er traute mir nicht, und er hatte auch Recht. Daher hatte er mich in Tripitaka mit dem Massaker überrumpelt. Er hat ein ganzes Album von Fotos von mir und glaubt deshalb, mich in der Hand zu haben.«

»Und? Hat er das?« Sie hatte offensichtlich Schwierigkeiten, die Haltung zu bewahren.

Alder schüttelte den Kopf.

»Musstest du denn dort *sein*?«

»Ich wusste nicht, was er vorhatte. Es ist nun mal passiert. Doch jetzt bin ich nahe an ihm dran.«

»Zu welchem Zweck?«

»Es geht um große Politik. Ich habe fast genug Material, um damit an die Öffentlichkeit gehen zu können, genauer gesagt, das Weiße Haus. Wir wollen diese chinesischen Generäle und damit auch die chinesische Politik bloßstellen, um Indochina wieder in unsere Einflusssphäre zu ziehen. China muss die 999-Gruppe fallen lassen. Das wird Burma helfen, sich vom chinesischen Einfluss zu befreien. Die Junta muss uns die Türen öffnen. Darum geht es bei der ganzen Sache, Marian.«

»Das ist also Außenpolitik«, machte sie sich lustig.

»Du bist so verdammt kurzsichtig, Marian!«, brauste er auf. »Und so verdammt selbstgefällig. Du versteht es wirklich nicht, oder? Deng Xiaoping ist hier der Buhmann, obwohl er schon lange tot ist. Er hatte das wirtschaftlich am Boden liegende China wieder auf die Beine gestellt, ohne jedoch den Chinesen Demokratie, Menschenrechte und Freiheit zu geben. Nicht so wie die Sowjets, die hatten das nie kapiert. Aber er verstand es, eine kapitalistische Diktatur aufzubauen, und der Bursche, der *ihm* das beigebracht hatte, war Adolf Hitler. Lach nicht, Marian. Mir ist es todernst. Keine Intellektuellen, keine Mittelschicht. Und anstelle der Krupps ließ er die Armee die Industrie übernehmen. Es funktioniert sogar, denn den Leuten geht es immer besser, nur werden sie nicht freier. Das Chinesische Modell. Jedes verdammte Land in Asien wird es nachmachen wollen, wenn es zum Erfolg führt. Und falls einige es dennoch nicht wollen, werden die Chinesen es ihnen auf ihre Art andrehen. Die meisten allerdings versuchen bereits, es ihnen nachzumachen. Und besonders hier in Burma, verdammt noch mal! Die halbe *Welt* wird in Chinas Arme fallen, wenn wir nichts dagegen unternehmen.«

Er hatte sich wieder umgedreht und schaute aus dem Fenster. Wie ein Lehrer schien er auf ein Zeichen des Schülers zu warten, dass er verstanden worden war. Als hegte er selbst Zweifel, fügte er noch hinzu: »Werde reich und tritt die anderen mit Füßen. Der Westen hat es nicht kapiert, aber dieser chinesische Weg ist der Einzige, der funktioniert. *Töten*, Unterdrückung, den Stiefel im Gesicht, das ist der wahre Weg nach vorn!«

»Ich verstehe«, murmelte Marian nach einer Weile. »Du arbeitest in Wirklichkeit für den CIA.«

»Für das Weiße Haus und das Außenministerium. Die Firma stellt nur die Logistik zur Verfügung, ist aber nicht für *diese* Politik verantwortlich.«

Sie fühlte sich schwach und ratlos. Alders Ausführungen hörten sich plausibel und überzeugend an, aber sie waren auch furchtbar. Furchtbar, weil er die Gräuel als Druckmittel akzeptiert hatte. Er blieb weiterhin der Fremde für sie, über den sie bei der Betrachtung der Fotos gestolpert war. Vielleicht war er nicht der große Kriminelle, aber er kam ihr geheimnisvoller und entfernter denn je vor.

»Und was *jetzt*?«, war alles, was sie herausbringen konnte.

»Jetzt?« Alder schaute sie an, als sehe er sie zum ersten Mal. Marian war erstarrt, als hätte sie eine seiner wertvollen Vasen zerbrochen, die er ihr zu Beginn ihrer Beziehung geschenkt hatte. Wertvoll in Bezug auf den Preis als auch die daran hängenden Erinnerungen und Emotionen. In diesem Moment wünschte sie, das Foto von ihm nie gesehen zu haben oder es wenigstens in Zweifel ziehen zu können. Sie wollte das zerbrochene Porzellan wieder kitten. »Ich muss jetzt überlegen, wie ich Feng davon überzeugen kann, dass alles in Ordnung ist.« Er schaute sie an und zuckte ratlos mit den Schultern. »Vielleicht glaubt er mir. Nicht wie dieser Junge.« Den Dialog führte er jetzt mit sich selbst und seiner Vergangenheit, nicht mehr mit Marian. »Das sollte eigentlich gereicht haben, hat es aber nicht.«

Sie kniete auf dem Teppich, sammelte die Fotos ein und legte sie wieder auf den Tisch. Es geschah mechanisch, wohl um weitere Gedanken zu unterdrücken. Sie ließ zu, dass er näher kam, und hörte wie ein Haustier auf den beruhigenden Ton seiner Stimme.

»Warum nur war Kumar nach Uffingham gekommen? Nur Gott weiß es. Er wollte nichts hören. Ich wollte nie, dass es geschah. Aber er war verrückt wegen dieser Sache, war verrückt auf *mich.*«

Marian schaute ihn ungläubig an. »Nein«, hauchte sie. »Nicht *er*, nicht Kumar.«

»Ich musste es tun, er wollte nicht zuhören!«

»Nein!«, jammerte sie. Er war für Kumars Tod verantwortlich. Der Junge, der die Fotos gemacht hatte, Syeedas Verlobter. Alder glaubte an das, was er tat, und in gewissem Sinne war er sogar tapfer. Aber er hatte Medhev Kumar getötet. Dieses Geständnis war zu viel für sie.

Sie sprang auf die Füße und stieß ihn von sich. Alder griff nach den Aufnahmen, und sie begannen darum zu rangeln.

Das Läuten an der Tür ließ sie innehalten. Es war der Etagenkellner. Alder starrte sie an und öffnete, als sie ruhiger geworden war, die Tür.

Ein uniformierter Ober stand lächelnd im Flur und schob den Frühstückswagen in das Zimmer. Regungslos verharrte Marian und umklammerte den Stapel mit den Fotografien. Langsam griff sie nach ihrer Handtasche.

Der Kellner hatte inzwischen den Frühstückswagen ans

Fenster geschoben und die Räder blockiert. Er bückte sich, öffnete den Wärmehaube unter dem weißen Tuch und entnahm den ersten Teller. Marian schaute ihm dabei zu, als führte er eine heilige Zeremonie durch.

Marian bewegte sich so unsicher wie jemand, der gerade mit einer neuen Prothese wieder laufen lernt.

»Ich sehe dich dann später«, rief sie ihm laut zu.

Er beeilte sich, ihr den Weg zu versperren, und hob drohend seine Hand. Vielleicht wollte er sie schlagen, vielleicht nur nach den Fotografien greifen.

»Das geht nicht«, flüsterte er eindringlich und schaute dabei zum Kellner hinüber, der auf eine Unterschrift und sein Trinkgeld wartete. Marian lächelte den Mann an und sagte mit heiserer Stimme: »Auf Wiedersehen, Robbie. Wenn du mich aufhalten solltest, fange ich an zu schreien.«

»Um Himmels willen, Marian! Du darfst jetzt nicht gehen. *Bitte!*«

»Ich muss. Sag ihnen, ich sei verschwunden, erzähl ihnen irgendetwas!«

Er packte ihren Arm und hielt ihn schmerzhaft fest. »Du und dein verdammter Gerechtigkeitssinn. Ich kann das nicht zulassen!«

»Lass mich gehen, Robbie, *lass mich gehen*!«

»Verschwinden Sie!«, schrie er den Kellner an und zerrte sie wieder in das Zimmer zurück. »Hauen Sie endlich ab!«

Sie durfte sich nicht wieder einwickeln lassen. Sie musste ihn verlassen. Er war Kumars Mörder. Wütend schlug Marian mit dem Stapel Fotos nach ihm. Die scharfe Kante eines Abzugs verletzte ihn am Auge.

»Herrgott«, schrie er auf.

Sein Griff wurde schwächer, und Marian konnte sich ihm entwinden. Durch die Tür rannte sie auf den Korridor. Dort waren zwei Zimmermädchen mit ihrem Trolley, und ein Hotelgast wartete am Aufzug. Sie stolperte voran, als hätte sie vergessen zu rennen.

»*Marian!*«, schrie er hinter ihr her. »*Marian!*«

Sie rannte den Korridor hinunter und sah, wie die Aufzugstür sich leise öffnete. Wie ein verletztes Tier schrie Alder hinter ihr her. Vorbei an einem verdutzten Hotelgast stürmte sie in den Aufzug und beachtete weder die Hotelgäste noch deren erstaunte Mienen. Kurz vor ihm schloss sich die Tür. Ohnmächtig schrie Alder hinter ihr her. Marian wollte sich nur noch übergeben.

Ros verfolgte, wie sich Hyde einem Bettler gleich in die Ecke einer verfallenen Mauer verzog, um mit Aubrey in London zu telefonieren. Das schwere Funkgerät hatte er aus dem Rucksack gezogen und sprach jetzt vornübergebeugt in den Hörer. Die geduckte Haltung, seine knappen Fragen und Antworten beruhigten sie ein wenig. Nach einer Weile drehte sie sich von ihm weg und betrachtete versonnen die Bauern, die auf ihren Ochsenkarren saßen oder mit riesigen Bündeln auf dem Kopf zum Markt von Bhamo strömten. Schmetterlinge flatterten durch das dichte Grün, von irgendwoher und für sie unsichtbar schrien die Papageien.

Hyde sah sie kurz an, um sogleich halb flüsternd mit dem Gespräch fortzufahren. Aus Sicherheitsgründen änderte das Funkgerät laufend die Frequenz. *Man weiß ja nie, wozu es dient, obwohl es so schwer ist,* waren Evans Worte gewesen.

»Nein, es gibt keinen anderen Weg. Ja, den Toyota haben sie entdeckt. Sie wissen also, dass wir in der Gegend sind. Noch konzentrieren sie sich auf den Flughafen. Cass muss etwas Neues organisieren. Heute Abend werden wir in Katha sein.« Hyde verfolgte den Lauf des Irawaddi nach Westen, der dann weiter südlich in Richtung Mandalay floss. Zwei, vielleicht vier Tage brauchte ein Schiff. Die Zeit hing von der Anzahl der Anlegemanöver ab. »Wenn wir bis Katha kommen, können wir dort den Zug nehmen«, betonte er. »Haben Sie das verstanden? Cass soll ein paar Burmesen in den Zug setzen. Nein, ich nähere mich nicht dem Flughafen! *Neue* Leute sollen mit Zugkarten und neuen Papieren nach Katha kommen. Oder wir nehmen das Boot und mimen die Touristennummer. Was? Ja, Evans hat für eine Tarnung gesorgt. Lache nicht, Godwin, wir gelten als amerikanische Missionare. Es gibt anscheinend eine Menge

Christen im Kachin-Gebiet. Ja, ich weiß.« Er schaute abermals zu Ros auf. »Nein, das schaffe ich schon. Das ist der einzige Weg. Ja, das werde ich. Ich melde mich wieder aus Katha. Danke.«

Ros drehte sich um, als sie hörte, wie er das Funkgerät wieder im Rucksack verstaute. Hyde stand auf und hielt zwei Bücher in der Hand. Sie hatten sich in den Ruinen eines kürzlich niedergebrannten Hauses am Rande der Stadt versteckt, das entweder von der Armee oder den Kachin-Rebellen zerstört worden war. Der Platz roch immer noch nach frisch verkohltem Holz.

Ros bemerkte an Hydes Blick, wie er sich offensichtlich über ihr wiedergewonnenes Selbstvertrauen freute. Sie begann ihm zu vertrauen, denn schließlich hatte er genügend Erfahrung mit vergleichbaren Situationen, und sein Können trug er wie eine zweite Haut. In seiner Gegenwart konnte sie zum ersten Mal die Tage ihrer Isolation und des Zusammenbruchs hinter sich lassen. Vielleicht wegen der Abhängigkeit von ihm war er jetzt aufmerksamer und liebevoller als zuvor.

Zärtlich strich er ihr über das Gesicht. »Also, bis Katha bleibt uns nur das Schiff. Für die Zeit danach wird der alte Herr die notwendigen Vorkehrungen treffen. Alles in Ordnung?« Mit seinen schmutzigen Fingern strich er ihr das Haar aus der Stirn. Ros nickte nur zustimmend. »So, nimm eins von denen hier.« Hyde hielt zwei in Leder gebundene Bibeln in der Hand und reichte ihr ein Exemplar. »Das ist eine ausgefallene Tarnung. Ich musste schon mit weniger auskommen«, meinte er grinsend.

»Was?«

»Eine Idee der walisischen Schwatztasche! Wir sind jetzt amerikanische Missionare. Evans versucht immer, alle Eventualitäten zu berücksichtigen. Hier soll es eine Menge Christen geben. Und gewöhnlich, so sagte er jedenfalls, werden die Missionare von der Armee und den Rebellen in Frieden gelassen. Den australischen Akzent werden sie wohl kaum heraushören.«

Schon blickte er wieder über ihre Schulter auf die nach

Süden abfallenden Hügel, wo er nach ihren Verfolgern Ausschau hielt. Auf der Suche nach der nach Bhamo führenden Straße hatten sie in der letzten Stunde weder den Hubschrauber noch irgendwelche Soldaten entdecken können. Die Bauern und Händler, denen sie unterwegs begegnet waren, hatten sie eher neugierig denn misstrauisch betrachtet.

Als sie die Straße erreichten, legte Hyde den Arm um sie. Zu beiden Seiten reihten sich mit Schilf oder Bambusgras gedeckte Hütten aneinander. Es sah so aus, als suchten die Hütten zusätzlichen Schutz unter den weit ausladenden Bäumen, welche die Straße säumten. Sie kamen an zwei Holzhäusern mit Blechdächern vorbei, die anscheinend den Wohlhabenderen gehörten. Die Außenbezirke machten einen gepflegten Eindruck und sollten wohl den dörflichen Charakter von Bhamo unterstreichen. In der Stadt selbst überwogen die auf Betonpfeilern errichteten hölzernen Pfahlbauten mit kleinen Gemüsegärten und frei umherlaufenden Hühnern. Auf dem Weg zum Zentrum kamen sie an zahlreichen kleinen Geschäften vorbei, passierten die Stupas eines Klosters und sahen, wie Frauen auf den Veranden ihrer Häuser Decken webten.

Leuchtende Schmetterlinge flatterten wie farbige Papiertücher im strahlenden Morgenlicht. Die vorherrschende Farbe war Grün. Sogar die Bäume und Büsche machten einen frisch gepflanzten Eindruck. Überall lagen Baumaterialien herum. Bombenkrater und niedergebrannte Häuser waren stumme Zeugen vergangener Kämpfe. Hyde redete eindringlich auf Ros ein, um ihre Aufmerksamkeit von den noch frischen Narben des Krieges abzulenken. Obwohl sein Ton ruhig, ja fast gleichgültig war, spürte sie deutlich die Anspannung in seiner Stimme.

Er war mit ihr zufrieden, denn sie hätte auch in viel schlechterer Verfassung sein können. Ros hatte nur kurz mit ihm über ihre Erlebnisse im Haus von Ralph Lau in Ruili gesprochen. Sie hatten ihr nichts gesagt und sie völlig über die Motive der Entführung im Dunklen gelassen. Hyde war durchaus dankbar dafür, denn sie hatte keine

Ahnung gehabt, dass sie als Köder gedient und er sich in tödlicher Gefahr befunden hatte. Ros hatte sich in einen leichten Schlaf geflüchtet, nachdem sie mit ihrer Erzählung geendet hatte.

Überall in der Stadt waren Anzeichen des unerklärten Krieges zwischen der burmesischen Armee – der Tadmadaw – und den Rebellen der Kachin-Befreiungsarmee zu erkennen. Die tropische Vegetation tat ihr Bestes, die Spuren des Krieges zu überwuchern, und obwohl noch im Aufbau, zerfiel Bhamo bereits wieder. Zudem beschleunigte das feuchtheiße Klima den Verfall. Die Straße war nun dichter bevölkert und verwinkelter, die Geschäfte und Stände häuften sich. Sie hatten endlich den Marktplatz erreicht. Inmitten der Ausdünstungen von Tieren, Schweiß, Schmutz und Staub war deutlich der Geruch des Flusses wahrzunehmen.

Für einen Moment schauten sie unsicher zum Himmel, wo gerade das Flugzeug nach Mandalay mit dröhnenden Motoren den Lärm des Marktgeschehens übertönte. Aufmunternd drückte Hyde ihren Arm. Ros atmete daraufhin tief durch und konnte sogar für einen Moment lächeln.

»Wir brauchen etwas zum Essen«, bemerkte sie beiläufig.

»Ja, auch neue Kleidung. Kauf dir einen Schal oder etwas Ähnliches, damit du dein Gesicht und die Schultern bedecken kannst.« Er schaute sich ihre chinesische Kleidung an. »Deine Hosen sind besser als ein Sarong.«

»Werden sie nicht nach westlich gekleideten Leuten Ausschau halten?« Der Geruch nach Gewürzen und Gemüse und den Ochsen, die vor die Karren gespannt waren, erfüllte die Luft.

»Gut! Dann versuche Bauernkleider zu bekommen.« Hyde schaute sich die Kleidung der Bauern und Händler aus Kachin und Shan an, wobei sein Blick mit freundlicher Neugierde erwidert wurde. Im hektischen Hin und Her des Markts erregten sie keine besondere Aufmerksamkeit. »Ich werde in der Zwischenzeit zum Landungssteg gehen, um Schiffskarten zu besorgen.« Dabei drückte er ihr ein Bündel Kyatnoten zusammen mit ein paar Dollarnoten in die

Hand. »Wenn es geht, versuch mit dem burmesischen Geld zu bezahlen.«

Einen Moment zögerte er, um sich dann entschlossen durch die von Verkaufsständen gesäumten Gassen zu arbeiten, vorbei an Katzen, Kindern und Händlern, die seiner hellen Haut wie schimmerndes Geld neugierig nachschauten.

Die doppelstöckige Fähre war bereits mit Passagieren, darunter einige rot gekleidete Mönche, Tieren und Waren überfüllt. Vom Oberdeck schaute gebieterisch eine Ziege auf das hektische Treiben am Landungssteg herab. Am Fahrkartenschalter gab es nur eine kurze Schlange. Hyde beobachtete nochmals den Marktplatz und hielt auf den Hügeln am Rande der Stadt nach Hinweisen auf seine Verfolger Ausschau. In der Ferne sah er einen Vogel – oder war es wieder der Hubschrauber? – in der Thermik aufsteigen. Obwohl es noch früh am Morgen war, schwitzte er schon gehörig. Die Schlange am Schalter bewegte sich nur sehr langsam vorwärts, es war wohl keine gute Idee gewesen, sich hier anzustellen.

Plötzlich tauchte ein Armeelastwagen am Marktplatz auf, der eine Staubwolke hinter sich herziehend unterwegs zum Landungssteg war. Er fuhr an einer groß gewachsenen, mit einem schwarzen Schal bekleideten Frau vorbei. Erst als die Frau in den schwarzen Baumwollhosen wieder aus der Staubwolke auftauchte, erkannte Hyde, dass es Ros war. Dann hörte er, wie der Laster mit blockierenden Reifen abrupt zum Stillstand kam. Soldaten sprangen von der Pritsche, und knappe Befehle wurden erteilt. Der Mann am Schalter zeigte ihm grinsend seine Zahnlücken und hielt ihm die Hand entgegen.

Hyde kaufte zwei Karten nach Katha. Unauffällig drehte er sich um und spürte dabei deutlich die Pistole in seinem Gürtel. Hier nutzte sie ihm nichts. Ros schlenderte an ihm vorbei und nahm unauffällig eine Fahrkarte. Ohne zu zögern, ging sie weiter den Landungssteg hinunter, zeigte die Karte und bestieg die Fähre. Schon war sie inmitten der Passagiere verschwunden.

Die Soldaten standen teilnahmslos herum. Kein Offizier schien das Kommando zu haben. Hyde fühlte sich gefangen zwischen dem Getümmel des Markts und dem Lärm auf der Fähre, während der Fahrer eines alten Lastwagens, voll beladen mit chinesischen Gütern, gerade versuchte, ihn zu starten. Dann der unvermittelt hereinbrechende Lärm des Hubschraubers! Hyde blinzelte in die Sonne und sah, wie der Punkt am Himmel immer größer wurde. Gemächlich schlenderte er jetzt am Lastwagen vorbei, dessen Motor immer noch nicht starten wollte. Schweißnass erreichte er endlich den Steg. Hinter ihm begann der Lastwagenfahrer zu fluchen, während die Soldaten sich über ihn amüsierten. Der Hubschrauber wurde immer lauter, und der Wind der Rotorblätter fegte durch Hydes Haare und sein nasses Hemd. Noch zehn Meter bis zur Gangway, die jeden Moment hochgezogen werden musste. Endlich sprang der Motor an. Das unruhige Gerassel des Diesels hörte sich an wie ein Zahnbohrer und mischte sich mit dem drohenden, inzwischen ohrenbetäubenden Lärm der Rotorblätter. Die Leute am Markt schauten dem landenden Hubschrauber zu, als würden sie einen bösen Traum erleben.

Hyde lief über die Gangway, die gleich hinter ihm hochgezogen wurde. Seine Hautfarbe verriet eine leichte Erregung, während er die Bibel mit seiner schwitzenden Hand umklammerte. Die Beine wurden ihm schwach, und fast wäre er gestolpert, als die Fähre ablegte und von der Strömung des Irawaddi erfasst wurde.

»Ich melde mich wieder aus Katha.«

»Viel Glück, und passen Sie auf sich auf!«

»Danke.«

Hyde hatte aufgelegt. Zur Entspannung streckte Godwin seinen Oberkörper. Die Arme hinter dem Kopf verschränkt, saß er am Schreibtisch und schaute aus dem Fenster auf die endlosen Lichterketten entlang der Themse. Aubrey wirkte in diesem Moment schwach und kraftlos. Die Digitaluhr zeigte ihm an, dass es bereits zwei Uhr morgens war.

»Reicht das denn, Tony«, fragte der alte Mann besorgt,

»Cass darum zu bitten, ein paar Zugkarten zu beschaffen?« Sein Zeigefinger fand den Platz auf der Karte, die vor ihnen ausgebreitet war. »Katha?«, fuhr er nachdenklich fort. »Und keine Alternative tut sich auf. Das ist es, was ich nicht mag.«

»Ich auch nicht, Sir. Noch Kaffee?«

»Bitte.« Aubrey unterdrückte ein Gähnen und fuhr wie ein Blinder mit zitternder Hand über den Schreibtisch. »Nein, das mag ich überhaupt nicht. Die Suche nach den beiden ist gut organisiert. Jeder Fluchtweg mit *öffentlichen* Verkehrsmitteln ist unsicher.«

Godwin drehte sich zum Fensterbrett, auf dem die Kaffeemaschine stand, und füllte Aubreys Tasse. »Phil Cass ist verantwortlich, Sir – und nicht wir. Mehr können wir von hier aus nicht unternehmen.«

»Was mich umso mehr besorgt. Evans ist etwas unabhängiger, doch er muss sich um Marian kümmern, gerade jetzt, da Feng Verdacht geschöpft hat.«

»Können Sie Marian nicht davon abbringen, die Fotografien Suu Kyi zu übergeben?«

Aubrey schüttelte nur müde mit dem Kopf.

»Selbst Giles konnte das nicht. Ich habe da keine Hoffnung. Evans wird sie schon schützen, *vorausgesetzt,* sie unternimmt nichts Törichtes. Aber Patrick und Ros ... Irgendwelche Ideen, Tony?« Er strich mit der Hand wie ein mit seinem Repertoire unzufriedener Zauberer über die Landkarte. »Im Süden ist die einzige Straße. Von Mandalay könnten sie gegebenenfalls als Diplomaten herausgebracht werden. Dort kann uns Peter Shelley helfen.«

»Haben Sie *jetzt* daran gedacht, unsere Nachbarn hier im Haus zu fragen? Shelley könnte vielleicht eine Befreiungsoperation für die beiden arrangieren.«

»Von Myanmar aus? Während gerade eine Delegation des Handelsministeriums dort ist, überall die Fahnen wehen und alle vergnügt sind? Selbst für Patrick würde das nicht gehen. Peter dürfen wir nur im äußersten Notfall fragen. Was soll ich ihm auch sagen, dass Patrick gerade Ferien in Burma macht?« Aubrey schlürfte seinen Kaffee, zündete sich eine Zigarette an und rückte sich die Brille wieder zurecht. »Patrick hat keinerlei Beweise; wir haben nur die Aufnahmen, und deren Ursprung kann jederzeit angezweifelt werden. Aber irgendetwas spukt in meinem Kopf herum, mit Burma und dem Irawaddi. Mir will es einfach nicht einfallen! Es betrifft weder Giles noch mich selbst, geschweige denn Clive. Keiner von uns hat in Burma gedient.« In Gedanken versunken zog er an der Unterlippe. »Katha, das war der Name. Ich habe immer wieder auf den Namen gestarrt, als würde er Erinnerungen hervorrufen. Vor langer, langer Zeit. Verdammt noch mal, mir will es einfach nicht einfallen.«

Auf seine Krücken gestützt erhob sich Godwin aus dem Stuhl und humpelte durchs Büro: »Ich werde jetzt Phil Cass benachrichtigen und überlasse Sie für einen Moment Ihren Gedanken.«

Aubrey trank seinen Kaffee aus, als Godwin die Tür hinter sich schloss. Er starrte aus dem Fenster auf die Neonlichter der Stadt, die sich nach Norden bis zum Horizont hin ausbreiteten. Die tiefhängenden Wolken reflektierten den Schein wie eine Feuersbrunst. Sein Unvermögen, sich zu erinnern, irritierte Aubrey und machte ihn ungeduldig. Hyde und Ros waren jetzt in größerer Gefahr als damals in Penang. Wie ein Komet seinen Schweif von Gas und Staub zog Hyde seine Feinde hinter sich her. In seinem Fall vergrößerte sich sogar der Schweif von Stunde zu Stunde. Aubrey setzte die Brille ab und rieb sich seine müden Augen. Abermals starrte er auf die Landkarte, die so schweigend vor ihm lag wie die ausgehende Nacht hinter den Fenstern.

Wie konnte Hyde nur in Burma überleben, wo Lau, Winterborne Holdings, die Junta, die Drogenbarone und scheinbar ganz China hinter ihm her waren? Die Zahl seiner Feinde vergrößerte sich ständig und fegte wie ein Sturm über ruhiges Wasser. Aubrey sah im Moment keine Chance, einen Deal mit einer der beteiligten Parteien zu schließen. Frustriert knirschte er mit den Zähnen. Was, verdammt noch mal, war da nur in den Tiefen seines Gedächtnisses vergraben? Es war wie ein Echo. Auf Katha? Die Drogen?

Oder die Chinesen? Was war es bloß? Es gab einen, der die Gegend wie seine Westentasche kannte und ihm vor Jahren betrunken an der Bar alles darüber erzählt hatte.

Oder hatten sie damals in Liegestühlen gelegen? »Ha!«, rief er triumphierend. Er konnte jetzt die Stimme des Mannes *hören* und seine eigene Langeweile empfinden, als er ihm damals zugehört hatte.

Es war *Scudamore*, erinnerte er sich. Scudamore kannte Katha. Es gab damals ein Heroinproblem, in das Chinesen verwickelt waren. Ja, Scudamore!

Die chinesische Beteiligung an der burmesischen Heroinproduktion und dem Schmuggel reichte bis in die späten vierziger Jahre zurück. Damals waren Reste der Kuomintang-Armee von Tschiang Kai-schek nach Burma geflohen. Mit dem Heroingeld hatten sie von dort aus Überfälle in die Provinz Jünan finanziert, um das Regime der jungen Volksrepublik China zu destabilisieren. Guter Gott, Scudamores Erzählungen schienen damals Stunden gedauert zu haben. Das Heroin wurde im Süden nach Mandalay und nach *Westen* in das gerade unabhängige Indien und Ostpakistan geschmuggelt. Nach Imphal und Chittagong, nach Assam und Manipur. Er war selbst überrascht, als er die Namen auf Godwins Notizblock kritzelte.

Aubrey zündete sich eine weitere Zigarette an und fuhr mit der Hand über die Landkarte, als spielte er ein Instrument. Damals hatte die burmesische Regierung die ehemalige Kolonialmacht um Beistand gegen die Infiltration der Nationalchinesen ersucht. MI5 und die Spezialabteilung hatten mit ihrem Wissen und eigenen Leuten die Regierung in Rangun im Kampf gegen den Heroinhandel unterstützt. Scudamore war von Sumatra nach Burma abkommandiert worden, da er als junger Nachrichtenoffizier in Nordburma gedient hatte.

Scudamore war der Errol Flynn des Nachkriegsburma, wie ihn jemand in einer Erzählung beschrieben hatte. Aubrey musste darüber lächeln.

Es gibt nichts Neues unter der Sonne, wenigstens, was den burmesischen Heroinhandel betrifft. Und der fette, angeberische Scudamore wusste mehr als die meisten darüber. Aber *vor allem* kannte er die alten, geheimen Wege, die von den Schmugglern benutzt worden waren, um das Heroin *aus* Burma herauszubringen.

Jetzt war Aubrey ungeduldig und hellwach. Wo war Tony? Er musste sofort mit Colin Evans reden. Er wusste, in welches Krankenhaus in Kuala Lumpur Scudamore verlegt worden war. Er stand auf und ging zur Tür. Vielleicht war es die einzige reelle Chance. Zumindest war es eine Alternative, Patrick und Ros herauszubekommen, falls alles andere fehlschlagen sollte. Aber wo war jetzt Godwin?

»Ich glaube, Sie sollten hierher kommen. Sagen wir, um zwölf Uhr?« Ohne eine Antwort abzuwarten, hatte Feng die Verbindung unterbrochen.

Für einen Augenblick starrte Alder fassungslos auf den Hörer, um ihn dann kopfschüttelnd aufzulegen. Er erhob sich und ging mit den Händen in den Taschen hinüber zum Fenster. Der Geruch des schon lange kalt gewordenen Frühstücks stieß ihm dabei übel auf. Er hatte nur Kaffee trinken können, nachdem sie im Aufzug verschwunden war. Mit den Fotografien …

Nein, es ist nichts da. Ja. Ich habe das Gepäck und die ganze Suite auf den Kopf gestellt. Nichts. Nein, sie hat nichts an der Rezeption oder im Safe hinterlegt. Ja, selbst ihre Handtasche. Ich glaube, Sie bellen den falschen Baum an.

Hatte er Feng überzeugen können? Vor dem Telefongespräch hatte er seine Argumente wie ein Schüler für das Schultheater immer und immer wieder eingeübt. Sogar die wesentlichen Sätze hatte er sich aufgeschrieben. Über eine Stunde hatte es gedauert, bis er sich wieder beruhigt hatte und sich auf das Gespräch vorbereiten konnte. Außerdem musste er Abstand von Marian gewinnen, denn immer wenn er an sie dachte, brauste er innerlich sofort wieder auf. Feng hätte seine Lügen augenblicklich durchschaut.

Falls er den Chinesen hatte überzeugen können, war Marian im Moment sicher. Was hatte sie vor? Wollte sie die Aufnahmen Suu Kyi oder ihren Leuten aushändigen? Alder goss sich einen Bourbon ein und nippte nachdenklich an dem Glas. Sollte er sie laufen lassen?

Es blieb ihm nichts anderes übrig, dachte er und schaute gedankenverloren aus dem Fenster über den See. Er musste es tun, sonst würden diejenigen sie stoppen, die sich auch um ihn kümmerten.

Wer würde sie töten, um sie zum Schweigen zu bringen? Feng auf jeden Fall. Für ihn stand zu viel auf dem Spiel.

Du kannst Feng anlügen, machte er sich erneut Mut. Zunehmend quälte Alder die Frage, warum er Marian überhaupt alles erzählt hatte. War es Liebe? Oder das Verlangen, sich einem Menschen mitzuteilen, der auch persönlich an ihm interessiert war und zu dem er nicht nur geschäftliche oder politische Verbindungen pflegte? Marian war hoffnungslos romantisch, doch dafür konnte er sie nicht verurteilen. Vielleicht hatte er einen Menschen wie sie gebraucht, um seine eigene Rolle, den Verrat, den er begangen hatte, in seiner ganzen Tragweite zu begreifen. Jedenfalls hatte ihn ihre Reaktion auf das Foto wachgerüttelt. Er konnte nicht mehr unbeteiligt bleiben angesichts ihrer Anschuldigungen und ihrer Verachtung.

Alder hatte gehofft, mit seinen Erklärungen ihren Respekt zurückzugewinnen und sie von ihren aberwitzigen Plänen abzubringen. Daher konnte er ihr jetzt nichts Böses wollen. Obwohl er Marian nie richtig geliebt hatte, war ihm ein Blick auf die Zukunft vergönnt gewesen. Durch den Türspalt war etwas Warmes und Schönes auf ihn gefallen. Ihr Wutausbruch zeigte ihm ihre Gefühle, so wie sein Ausbruch die Gefühle für sie offenbarten. Marian hatte jetzt den Ball, würde sie sich auch geschickt genug anstellen? Würde es reichen, wenn die Leute um Suu Kyi die Aufnahmen richtig einsetzten? Würde der Westen genug moralischen und wirtschaftlichen Druck ausüben? Würde das dem Weißen Haus am Ende reichen? Die chinesischen Generäle mussten enteignet und ihr Einfluss auf Burma und die anderen asiatischen Länder gebrochen werden. Würde das gelingen?

Im Moment musste er es dabei belassen, musste weiter

hoffen. Das Weiße Hause und das Außenministerium wollten *alles*. Er sollte weiter und weiter auf ein immer unklarer werdendes Ziel zugehen, das in der Ferne zu verschwimmen begann. Marian hatte es jetzt in der Hand, diesen Teufelskreis zu durchbrechen, selbst wenn sie ihn dabei auffliegen ließ. Er konnte jetzt nicht länger eingesetzt werden. Der CIA hatte schon eine passende Erklärung dafür parat, wie er von den Generälen hintergangen worden war. Jetzt konnte er sich absetzen. Langsam *war* er der ganzen Angelegenheit überdrüssig. Die für die Arbeit notwendige Konzentration und vor allem der Sinn für die Bedeutung seiner Mission waren ihm längst abhanden gekommen. Fast aus Gewohnheit hatte er mit immer geringerem Erfolg gelogen und betrogen. Vielleicht war das die eigentliche Ursache, warum er sich mit so viel Elan in eine neue Affäre mit Marian gestürzt hatte.

Kumars Tod war unvermeidbar gewesen. Sie konnte das nicht verstehen und würde es ihm wohl nie verzeihen. Aber mit den Dorfbewohnern auf den Aufnahmen hatte Marian Recht. Seine Lebenserfahrung zeigte ihm, dass er mit diesen Dingen nicht einfach weitermachen konnte. Er war schließlich keine Maschine.

Vielleicht war ihre Beziehung nicht mehr zu kitten. Er konnte es nicht einmal versuchen, solange er noch in die Geschichte verstrickt war. Andererseits würde Marian vielleicht diesen Tag nicht überleben. Alder versuchte, seine Gedanken auf etwas anderes zu richten. Er ging ins Schlafzimmer und öffnete den Koffer auf seinem Bett. Er nahm seine Pistole und schob das Magazin hinein. *Man kann Feng belügen!*

»Der Amerikaner hat gelogen«, erklärte Feng knapp und legte den Hörer auf. General Wang Wei, eingerahmt vom Fenster seines Arbeitszimmers, rauchte eine weitere seiner zahllosen Zigaretten am Tag. Auf der anderen Straßenseite des luxuriösen Bungalows glitzerte das Inya Lake Hotel, von dem aus Alder gerade angerufen hatte, wie eine weiße Kröte in der Sonne. Oder eher wie das runzlige Gesicht des

Generals. »Die Frau wurde von einem unserer Leute gesehen, wie sie aus dem Hotel rannte. Sie schien in panischer Angst gewesen zu sein.«

Wang Wei gab sich desinteressiert. Vorbei an Feng, der neben dem Schreibtisch stand, blickte er in Richtung des Konferenzraums.

»Sie beschäftigen sich zu sehr mit diesen unwichtigen Geschichten, Feng Zedong«, dozierte er, während Feng unbeeindruckt blieb. »Ich bin nur noch heute hier, und wir haben noch so viel zu besprechen.« Wie ein Zeichen seiner Ungeduld bekam er einen bellenden Hustenanfall.

Ein Kriegsherr, dachte Feng, ein politischer Kommissar und ein autoritärer Provinzgouverneur. Aber auch ein gerissener, rücksichtsloser Bauer und ein brutaler kapitalistischer Unternehmer. Wang Wei war die Seele der 999-Gruppe, erinnerte er sich verbittert.

»Wang Wei-chin«, erwiderte Feng und wählte mit Bedacht die formelle Anrede, »ich möchte nur sichergehen …«

»Die Gewissheiten warten nebenan«, unterbrach ihn der ältere Mann und deutete auf die Gruppe Männer, die um einen großen Teakholztisch versammelt waren. Ihre Stimmen waren durch die halb offene Tür zu hören.

»Diese Gewissheiten hängen aber zusammen.«

Wang Wei seufzte ärgerlich.

»Sie meinen, der Amerikaner, eine Frau und ein ausgedienter britischer Agent im Dschungel sind den Dingen gleichwertig, die wir hier zu besprechen haben?«

»Zumindest werden sie von ihnen gefährdet.«

»Bitte, wie?« Wang Wei beobachtete die Leute im Nebenraum so aufmerksam, wie ein verhungernder Bauer reichen Männern beim Essen zuschauen würde. Feng blieb weiterhin bei seiner unbeteiligten Miene. »Das kann ich nicht erkennen. Sie waren dem Amerikaner gegenüber immer misstrauisch. Es wurde Ihnen sogar die extreme Dummheit zugestanden, ihm in Tripitaka eine Falle zu stellen. Und jetzt, da Sie ihn zu Ihrem Ochsen gemacht haben, sind Sie immer noch nicht zufrieden? Verschwenden Sie nicht noch mehr Zeit auf diese Fantasien.«

Wie der tote Führer Deng, dem er in physischer Statur ähnelte, gehörte Wang Wei noch zu der Generation, die den Langen Marsch erlebt hatten. Er repräsentierte die alte Garde der Kommunistischen Partei Chinas, und als Deng Xiaoping den Kapitalismus zu Chinas neuem Weg auserkoren hatte, war Wang dieser Ideologie mit Fanatismus gefolgt. Aber es war stets ein Fanatismus mit Scheuklappen gewesen, denn er war immer noch der alte Roboter geblieben, der den Befehlen und den Dogmen der Partei blindlings folgte.

Wie der Lieblingsenkel setzte sich Feng dem alten Mann gegenüber ans Fenster. Nach vorn gelehnt sagte er in ruhigem, etwas arrogant klingendem Ton: »Warum hat dieser Hyde, ein bekannter britischer Agent, so lange Lau Yen-Chih verfolgt? Und das noch ohne offiziellen Auftrag. Nur aus sportlichem Ehrgeiz? Das kann nicht sein! Warum befasst sich diese Frau, eine britische Politikerin, mit diesem unbedeutenden Zwischenfall im Norden von Myanmar? Sind das nur moralische Gründe?«, schloss er spöttisch.

Wang blies den Rauch seiner Zigarette aus und fragte Feng geradeheraus: »*Warum* sind Sie dann daran interessiert? *Welche* Beweise gibt es überhaupt?«

»Ich bin überzeugt, dass die Frau etwas in der Hand hat, vielleicht von diesem Kumar. Hyde muss das Tagebuch, Fotos oder irgendetwas gefunden haben.«

»Das sind doch *Kleinigkeiten*, Feng Zedong. Dort drüben wird über Investitionen in Milliardenhöhe gesprochen! Die Zukunft dreier Länder wird geplant! Und trotzdem bestehen Sie auf dieser Geschichte von angeblichen Beweisen und Bedrohungen. Erklären Sie das, oder schweigen Sie!«

Feng war sich darüber im Klaren, dass Wang Wei mit der Autorität eines Mannes sprach, der über Jahrzehnte unzählige Menschen in den Tod getrieben hatte.

»Sehr wohl!« Der Blick des alten Mannes wurde schärfer, während Feng in besänftigendem Ton fortfuhr. »Dieser Hyde war in Tripitaka, um dort nach Beweisen zu suchen oder einer Spur, der er folgen konnte. Die Frau wird versuchen, was auch immer sie hat, den Leuten der Nationalen Liga für Demokratie oder dieser Suu Kyi selbst zu übergeben.« Er schaute aus dem Fenster. Das Sonnenlicht spiegelte sich im ruhigen Wasser des Sees. Mung Thant, der Minister für Fremdenverkehr, besaß hier wirklich ein sehr schönes Haus.

»Warum?«

»Weil es eine *Falle* ist!« platzte Feng heraus. »Es ist eine Falle der Briten, vielleicht im Auftrag der Amerikaner. Interessierte Kreise dort wollen China den Einfluss in dieser Region streitig machen. Sie wollen Myanmar unter ihre Kontrolle bringen und wieder die westliche Form des Kapitalismus einführen. Suu Kyi ist westlich orientiert. Falls sie jemals an die Macht kommen sollte, wird sie versuchen, uns zurückzudrängen.«

Feng war sich nicht im Klaren darüber, ob Wang Wei seinen Ausführungen folgen konnte, doch er wusste, dass er den Nerv der alten kommunistischen Paranoia getroffen hatte. Nach einer Weile, in der sich Wang eine weitere Zigarette anzündete, entgegnete er mit heiserer Stimme: »Sehen wir nicht schon überall einen Hinterhalt?« Aber er war jetzt unsicher geworden. Seine Selbstgefälligkeit war dahin. »Die Amerikaner? Oder die Briten, sagen Sie?«

»Beide suchen Zugang zum Markt, zu *diesem* Markt. Darum sind die Briten auch gerade hier. Die Amerikaner scheinen den Widerstand gegen das Regime in Yangon aufgegeben zu haben. Warum? Geht es ihnen nur um Handel? Sie wollen in unser Einflussgebiet eindringen.«

»Weiß *Ihr* Amerikaner von all dem etwas, falls überhaupt etwas davon stimmt?«

»Ich glaube nicht. Er ist lediglich korrupt.«

»Und Sie glauben, wir müssen sichergehen?«

»Vielleicht übertreiben wir die Gefahr. Andererseits können wir uns Nachlässigkeiten nicht leisten.«

Wang Wei lauschte den Gesprächsfetzen, die wie Weihrauch vom Raum nebenan hinüber wehten. Dollars, Dammprojekte, das Mekong-Projekt, Reinvestition der Heroinprofite über Banken in Hongkong, Myanmar, Laos und Kambodscha. Der Dollar war keine Währungseinheit mehr, sondern die Maßeinheit für Einfluss und Macht.

Schließlich antwortete er: »Finden Sie heraus, was Ihr Amerikaner weiß, und töten Sie ihn dann.«

»Aber er kann uns weiterhin wertvolle Dienste leisten.«

»Töten Sie ihn!«

»Wie Sie wünschen. Wir müssen auch herausbekommen, was dieser Hyde weiß und für wen er arbeitet.«

»Dann sorgen Sie dafür, dass Ihre und Laus Leute ihn gefangen nehmen.«

»Das werde ich. Und die Frau ebenso. Ihr muss Einhalt geboten werden.«

»Natürlich.«

Mühsam erhob sich Wang Wei aus seinem Stuhl. Nach einem erneuten Hustenanfall sagte er mit rasselnder Stimme: »In der Zwischenzeit werde ich dem Treffen nebenan beiwohnen. Außerdem werde ich Lau Yen-Chih darüber informieren, dass der künftige Erfolg seiner Firmen ganz allein davon abhängen wird, wie viel Heroin er in Umlauf bringen kann. Vielleicht sollte ich ihm auch die vielen Schnitzer der vergangenen Wochen unter die Nase reiben. Die grenzen ja ans Kriminelle«, schloss er mit einem bösartigen Lächeln.

»Ein weiterer Grund, kein Risiko mehr einzugehen. Falls Lau auffliegen sollte, werden auch wir in Mitleidenschaft gezogen werden.«

»Das weiß ich. An Ihre großartige Verschwörungstheorie glaube ich nicht einen Moment. Trotzdem verstehe ich, dass unsere Geschäfte zeitweise zum Erliegen kommen könnten, falls Lau Yen-Chih mit seinen Firmen in Skandale über tote Bauern und Heroin hineingezogen werden sollte.« Er hörte auf zu husten, richtete sich auf und schaute Feng direkt in die Augen. »Ich verstehe, wie viel Schaden das anrichten könnte. Ihr Erfolg hat Sie bequem gemacht, Feng Zedong, aber dennoch ist Ihr Gespür für Gefahren so gut wie das eines ausgezeichneten Wachhundes. Ihre Beleidigung war Absicht, und ich bin nicht darauf eingegangen, aber wie ein guter Wachhund werden Sie diese Leute schnappen und zerfleischen.« Er tätschelte Fengs Arm. Er war immer noch sein Lieblingsenkel. »Nun möchte ich den Klängen lauschen, die Geld versprechen.« Er lachte wie eine Krähe, und Feng spürte in diesem Moment die Macht dieses Zwergs, den er mit der geringsten Armbewegung zu Boden schlagen könnte. »Sie können hier Ihre Vorkehrungen treffen.«

Wang Wei nahm seine Papiere und öffnete die Tür zum großen Zimmer ganz. Feng hörte zufriedene Seufzer, und sofort wurde es im anderen Raum lebhafter. Der Kaiser hatte beschlossen, eine Audienz zu halten.

Feng griff zum Telefonhörer und wählte.

»Geben Sie mir Tin Hla, den Minister für Innere Sicherheit. General Feng hier.« Er genoss den Respekt, der seinem Namen und Rang entgegengebracht wurde. Er genoss auch die Demütigung, die der gerissene alte Mann bald Lau zufügen würde. Nach dem Fiasko in Ruili und der Flucht dieses Hyde würden Aufträge, mit denen Lau fest gerechnet hatte, entweder zurückgehalten oder an andere Firmen vergeben werden. »Schnell«, bellte er in den Hörer, »die Angelegenheit ist dringend!«

Lim war unnötigerweise im Hubschrauber gestorben, nur um ein Spektakel aufzuführen, während Hyde wie in ein Hotel einfach rein und wieder raus marschierte. Alder hatte ihn hinsichtlich der Frau belogen. Lau war ein verschwenderischer, ehrgeiziger Dummkopf. Solange diese Sache nicht erledigt war, würden nur Krümel für ihn abfallen. Keine Gaspipeline, keine Dammprojekte, noch nicht einmal den Auftrag für den Bau eines Kuhstalls würde er erhalten, solange Hyde und die Politikerin noch am Leben waren.

Marian schaute den Frauen in ihren kurzen Blusen und *Longyi*-Röcken zu, wie sie in einer langen, geschwungenen Linie die Marmorterrassen fegten. Zwischen dem Großen Pavillon und dem Schrein am Platz der Erfüllten Wünsche kamen sie in der Mittagshitze mit ihren bedächtigen und rhythmischen Bewegungen nur langsam vor. Auf Marian wirkten sie wie Automaten, die die Vergänglichkeit der Zeit symbolisierten. Jegliche Eile schien ihnen fremd. Stupas, Pagoden, Tempel, Schreine, Statuen und Pavillons umgaben sie. Obwohl der Platz voller Menschen war und eine hektische Atmosphäre herrschte, erschien er ihr trotzdem erhaben und zeitlos. Marian war von der Wirkung, die er auf sie ausübte, beinahe hypnotisiert.

Dem Brauch folgend hielt sie ihre Schuhe in den Händen. Obwohl sie sich im Schatten eines Pavillons aufhielt, brannten ihre nackten Füße auf dem heißen Marmor. Es war zehn Minuten nach zwölf. Die Schwedagon-Pagode hatte Marian wie Treibsand verschlungen. Der Platz war ein *Nibbana,* der einen schwächte und die eigenen Ziele und Vorstellungen zerstörte. In fast frevlerischer Weise verabscheute sie ihn dafür, denn er ließ ihren Kummer, die schreckliche Enttäuschung und selbst die Gefahr, in der sie schwebte, so nebensächlich erscheinen.

Der Duft der Räucherkerzen hing schwer in der sengenden Mittagshitze. Die beiden Bodhibäume standen in der nordwestlichen Ecke der Terrasse und waren mit kitschigen Blumen und Flaggen geschmückt. Einer dieser Bäume stammte von dem Bodhibaum ab, unter dem Buddha erleuchtet wurde. Das grelle Sonnenlicht spiegelte sich in den goldenen Dächern der Stupas und schmerzte in den Augen. Ihre Kontaktperson schien nicht aufzutauchen. Marian versank immer mehr in dem Platz mit dem Wunder wirkenden Buddha, der von Gläubigen und rot gewandeten, kahl geschorenen Mönchen im Uhrzeigersinn umrundet wurde, und den Hunderten von Stupas, manche von ihnen so schmal wie Speerspitzen. *Alder hatte Kumar töten lassen!*

Feng wusste jetzt über die Fotografien Bescheid, denn er schien alles zu wissen. Marian drückte die heißen Fingerspitzen an ihre pochende Schläfe. Sie musste sich jetzt immer mehr zusammennehmen, um nicht von diesem Platz in Panik zu fliehen. Jetzt würden sie sicher schon nach ihr suchen, die Polizei, die Armee und Feng.

Der Singuttara überragte die Stadt, den sie wie schmutziges Wasser umspülte. Der Lärm einer Sirene drang aus dem Gewühl der Stadt nach oben.

Marian hatte Alder jedes Wort geglaubt. Sie konnte sogar seinen Idealismus nachvollziehen. Aber er hatte Kumar kaltblütig umbringen lassen, um eine Spionageoperation zu decken. Das konnte sie ihm nie verzeihen. Er war für sie ein Ausgestoßener. Sie hatte einen Mörder geliebt! Der Gedanke hatte sie verfolgt, abgestoßen und zur Verzweiflung getrieben. Es drängte sie jetzt, die Fotos so schnell wie möglich loszuwerden und sich dann von Evans in Sicherheit bringen zu lassen.

Sie hatte Evans von einem Geschäft aus angerufen, in dem sie eine Sonnenbrille und einen Strohhut, unter dem sie ihre blonden Haare verstecken konnte, gekauft hatte. Er hatte ihr befohlen, dann angefleht, zur Botschaft zu kommen. Doch sie hatte sich geweigert, denn sonst wäre *alles* nur Verrat, Betrug und Illusion gewesen. Von Alder hatte sie ihm nichts erzählt, nur dass sie den Zimmerkellner dabei überrascht hatte, wie er die Fotos in der Suite entdeckt hatte. Sie wäre mit leeren Händen geflohen. Evans war außer sich über ihr Verhalten gewesen.

Eine zweite, dann eine dritte Sirene drang von den Straßen unterhalb der Schwedagon-Pagode herauf. Tränen liefen ihr über die Wangen, ohne dass sie davon Notiz nahm.

Dem kleinen Burmesen im weißen Hemd und Longyi war es sichtlich unangenehm, sie in ihrer augenblicklichen Verfassung anzusprechen. Mit seinen Gummisandalen in der Hand verbeugte er sich höflich vor ihr. Es war zwölf Uhr dreißig.

»Verzeihen Sie bitte, Miss Pyott, aber wir mussten sichergehen, dass Sie nicht verfolgt werden.« Erneut verbeugte er sich vor ihr.

»Was?« Marian drehte sich um, zog laut ihre Nase hoch und rieb sich die Tränen aus den Augen.

»Wir hatten Sie warten lassen. Ich möchte mich dafür entschuldigen. Außerdem tut es mir Leid, Ihnen mitteilen zu müssen, dass das Treffen auf heute Abend verschoben werden muss. Können Sie bei Sonnenuntergang hierher zurückkehren?« Marians verstörter Gesichtsausdruck schien ihn sichtlich aus der Fassung zu bringen.

Drei barfüßige und bewaffnete Polizisten tauchten plötzlich an der westlichen Treppe auf, die von steinernen Krokodilen bewacht wurde. Aufmerksam kontrollierten sie die

Gläubigen, die Straßenfeger, die Touristen und selbst die Mönche. Marian tauchte wieder im Schatten des Pavillons unter. Wieder ertönten Sirenen.

»Sie suchen nach mir«, war alles, was sie hervorbringen konnte. »Es tut mir Leid, aber später kann ich nicht wiederkommen.«

»Dann geben Sie mir bitte, was Sie mitgebracht haben.« Plötzlich klang die Stimme des jungen Mannes gebieterisch. Mechanisch griff Marian in ihre Handtasche, erwiderte dann jedoch: »Nein! Sie müssen mir helfen – *bitte*!«

»Warum sucht Sie die Polizei?« Ein weiterer junger Burmese trat näher an sie heran. Auch er beobachtete die Polizisten, wie sie gerade zwei blonde Touristen in Shorts anhielten. Die Frau schien überrascht zu sein, ihren Pass zeigen zu müssen. Der *Pass*. Ihr Pass war im Hotel, und augenblicklich wurde sie sich der Situation, in der sie sich befand, bewusst.

»Jemand weiß bereits, dass ich die Fotografien habe.«

»Dann geben Sie uns die Bilder.« Für einen Moment schien es, als würde er ihr einfach die Handtasche wegreißen wollen, doch seine Höflichkeit hielt ihn davon ab.

»Bitte, ich brauche dringend Hilfe. Sie suchen nach *mir*!« In dem Moment, als sie die beiden um Hilfe bat, erschien ihr die Gefahr, in der sie selbst schwebte, weitaus geringer als die der anderen. Deren Ärger begann sie zu verstehen.

In der Zwischenzeit hatte die Polizei eine weitere weiße Frau angehalten. Zu alt. Die beiden Burmesen sprachen jetzt schnell miteinander. Die Frau, die von der Polizei kontrolliert wurde, war eine Amerikanerin. Mit lautstarkem Protest lenkte sie die Aufmerksamkeit ihres Führers und die der anderen Mitglieder ihrer Reisegruppe auf die Beamten. Die Polizei war jetzt abgelenkt.

»Bitte!«

Einer von ihnen nickte kurz.

»Gut, Miss Pyott.« Die westliche Anrede verwirrte sie, doch die beiden bemühten sich lediglich, höflich zu sein. »Gehen Sie bitte zur Treppe.« Wieder gab es einen kurzen Austausch in Burmesisch. »Versuchen Sie, gelassen zu sein.

Die *östliche* Treppe, dort drüben«, wurde ihr zugeflüstert. Schnell entfernten sich die beiden Männer von ihr. Falls Marian jetzt angehalten werden sollte, konnte man sie mit ihnen nicht mehr in Verbindung bringen.

Würde sie dem Brauch entsprechend im Uhrzeigersinn um die Bodhibäume gehen, müsste sie an den drei Polizisten vorbei. Bestimmt würden weitere an allen Treppenaufgängen postiert sein. Marian zwang sich, aus dem Schatten des Pavillons zu treten und an dem Wunder wirkenden Buddha vorbeizugehen. Dann kam der chinesische Pavillon mit den lebensgroßen indischen Wächtern, die mit ihren Drachen Buddhas Fußabdruck bewachten. Inzwischen hatte die amerikanische Reisegruppe laut schimpfend die Polizisten umringt. Marians Beine waren schwer. Die Hitze drückte sie wie eine monströse Hand nieder, als wollte sie ihre unsicheren Schritte in Richtung auf die Polizei lenken.

Die beiden Burmesen waren verschwunden! Sie konnte sie nicht mehr entdecken. Wieder wurde sie von Panik erfasst, und kalter Schweiß stand ihr auf der Stirn. Marian erreichte endlich die Pagode der Zwei Alten, eine Miniatur der großen Schwedagon-Pagode. Sie schaute sich um und sah, wie die Polizisten sich aus dem Knäuel der aufgebrachten Amerikaner befreiten.

Einer rief mit dem Arm winkend hinter ihr her. Marian blieb vor Angst wie gelähmt stehen, während ein Polizist mit einem zufriedenen Grinsen über die Marmorterrasse auf sie zukam. Das automatische Gewehr, das er trug, passte nicht zu seinen respektvoll nackten Füßen.

Sie war sich im Unklaren darüber, ob der Burmese nach ihrem Arm oder der Handtasche griff. Vielleicht wusste er es selbst nicht. Aber sie wurde um die Ecke der Terrasse gezogen. In Panik begann sie zu rennen, in der einen Hand hielt sie ihre Schuhe, in der anderen ihre Handtasche. Irgendjemand zündete Kerzen an, ein Mönch wurde zu Seite geschubst, und hinter sich hörte sie die Rufe des Polizisten. Touristen wie Burmesen schauten entsetzt hinter ihr her, dann erfüllte der Lärm der schrillen Pfeifen den ganzen Platz.

Der Buddha mit seiner nach oben gedrehten Handfläche schaute dem plötzlich hektischen Treiben in stoischer Gelassenheit zu. Marian stolperte und fiel fast über das Gewehr und den ausgestreckten Arm eines anderen Polizisten, der den östlichen Treppenaufgang bewachen sollte. Er musste kurz zuvor von einem ihrer Beschützer niedergeschlagen worden sein. Mit den beiden jungen Männern rannte sie jetzt die Stufen hinunter durch die sich anschließende Gasse von Verkaufsständen und Geschäften. Der Lärm von mindestens drei oder vier Pfeifen tyrannisierte sie jetzt. Ein alter Mann wurde umgerannt, und im Fallen kamen unter seinem Longyi zwei dünne braune Beine zum Vorschein.

Marian wurde in einen winzigen dunklen Laden gezerrt, in dem es stark nach Weihrauch und Blumen roch. Kerzenlicht flackerte aus Glasbehältern. Eine alte Frau war entsetzt über den Anblick ihrer beiden Beschützer und anscheinend noch mehr über Marians große, bleiche Erscheinung. Durch eine schmale Tür gelangten sie in das Hintere des Ladens. Vor ihnen erhob sich eine hohe Steinmauer. Kein Ausweg schien sich ihr aufzutun, und wieder geriet sie in Panik. Doch einer der Männer zog sie nach rechts. Unter ihren Füßen spürte sie blanke Erde. Der Weg führte hinunter zur Stadt, vorbei an *Kyaungs*, den Klöstern, bis sie im Meer der Farben und dem Lärm des Bahan Basar und der Arzami-Straße untertauchten.

Marian versuchte wieder zu Atem zu kommen. Überall sah sie Polizeiwagen. Ein Kordon von Polizisten riegelte eine ängstliche Menschenmenge ab. Hausierer und jugendliche Prostituierte drängten sich in den Schatten der schmalen Seitengassen.

»Hier entlang«, befahl ihr einer der beiden jungen Männer. In seinem Gesicht stand Ärger und Erschöpfung gleichermaßen. »Schnell!« Mit einem Blick auf ihre Handtasche bereute er schon, dass er seinem ursprünglichen Impuls nicht nachgegeben hatte. Hatte er sich doch entschieden, ihr zu helfen, anstatt das zu nehmen, was für ihn von Bedeutung war.

Die Polizei überprüfte jedes weiße Gesicht, jeden hellen

Arm in der Menge. Marian fühlte sich allein in Gesellschaft der beiden Männer.

Katha tauchte als ungleichmäßiges Leuchten etwa zwei Kilometer flussabwärts auf, bevor es im Sonnenuntergang wieder verschwand. Der Himmel und der breite Streifen des Irawaddi waren erst in ein heiliges Rot und dann in ein unwirkliches Orange getaucht, als hätte die Sonne ihre Farbe gewechselt. Ros' Gesicht und Arme hatten denselben unwirklichen Farbton. Das Flussufer dagegen erschien wie ein schwarzer Streifen aus Holzkohle im Glühen des Himmels und des Wassers.

In nur wenigen Augenblicken verschwand die Farbe aus der Landschaft, und die ersten vereinzelten Lichter von Katha flackerten in der rasch einsetzenden Dämmerung auf. Das fast schwarze Wasser reflektierte die Öllampen auf dem Oberdeck der Fähre. Neben ihnen war ein Teil des Decks für Mönche reserviert. Ihre Roben sahen aus wie Schmutzflecken im Abendlicht, ihre Zigarrenstumpen wie Glühwürmchen. Am Himmel funkelten die ersten Sterne wie schwache Kerzen. In der Ferne waren die vom Dschungel bedeckten Berge sowie die Reisfelder bereits in der Dunkelheit verschwunden.

»Höchstens noch zehn oder fünfzehn Minuten«, murmelte Hyde. »Dann haben wir es geschafft.«

Während sie an der Reling des Oberdecks standen, wurde es hinter ihnen unruhiger und lauter. Die Leute bereiteten sich auf das Ende ihrer Reise vor. Benzinkanister wurden zum Entladen in Katha bereitgestellt, Fahrräder aus dem Gewühl von Menschen und Gütern hervorgeholt. Hyde hörte das aufgeregte Gackern von Hühnern und anderem Federvieh, roch Bier, Nüsse und den Qualm der Zigarren. Fisch wurde über offenem Feuer gebraten und Säcke voller Erdnüsse über das Deck gezogen.

Während des Tages hatte die Fähre dreimal angelegt. An einer Station waren schwere Säcke und Kisten ausgeladen worden, während ein einzelner Soldat gelangweilt das überfüllte Oberdeck und die aussteigenden Passagiere gemustert hatte. Ein Hubschrauber, vielleicht war es derselbe wie in Bhamo, hatte von Zeit zu Zeit die Fähre überflogen. Aus den Bewegungen der Truppen, Lastwagen und Flugzeuge war weder Zeitdruck noch sonderliches Interesse zu entnehmen gewesen. Die Trägheit und die Hitze schien auch die Aktivitäten ihrer Verfolger zu lähmen.

In Katha an der Bahnlinie nach Mandalay könnte es jedoch anders aussehen. Die wenigen Lichter der Stadt leuchteten nun heller in der Dunkelheit, blieben jedoch weiterhin schwach und isoliert wie die Sterne in der Nacht. Menschen drückten sich an die Reling, um einen Blick auf die Stadt zu erhaschen. Wie um ihre Neugierde zu befriedigen, tauchten nun immer mehr Lichter in der Dunkelheit auf. Der Kai mit den verschiedenen Landungsstegen wurde jetzt wie eine Bühne von Scheinwerfern angestrahlt. In der Stadt war die abendliche Stromsperre aufgehoben worden. Hyde sah niedrige Lagerhäuser und hölzerne Stege auf Fässern ins Wasser reichen.

Am Ufer entdeckte er einen Armeelastwagen. Ein Zug von Tadmadaw-Soldaten verteilte sich entlang der Kaianlagen. Die Stadt verschanzte sich plötzlich hinter dem sandigen Ufer. War es Zufall oder Absicht?

Absicht …

Selbst aus dieser Entfernung waren ihre Absichten unverkennbar. Sie waren konzentriert und in Alarmbereitschaft, die Gewehre entsichert im Anschlag.

Hydes Eindruck wurde bestätigt, als aus dem Schatten eines Lagerhauses plötzlich ein weißer Mann auftauchte. Er trug einen Safarianzug und leichte Stiefel. Für einen Moment glühte die Zigarre auf, und er konnte deutlich das Gesicht des Mannes erkennen. Gelassen und zuversichtlich ging er zum Landungssteg. Die Art und Weise seines Ganges und die Körperhaltung waren Hyde nur zu vertraut. Es gab keinen Zweifel, es war Jessop, der dort am Ufer auf sie wartete.

Absicht, in der Tat …

Kapitel dreizehn

Die Dame

Hinter Jessop trat zusammen mit seinem Handlanger Cobb ein uniformierter Chinese aus der Dunkelheit. Hyde griff alarmiert nach Ros' Arm.

»Das werden wir schon schaffen ...«, begann er.

»Das sieht mir aber nicht danach aus«, unterbrach sie ihn zitternd. Unauffällig zog er sie zurück in den Schatten des hölzernen Dachs auf dem Oberdeck, wo ein frei laufendes Huhn gackernd vor ihnen her rannte. »Was jetzt?«, drang sie weiter. Der Besitzer des Huhns krabbelte hinter ihnen her, während das Federvieh über die Holzplanken trippelte.

Aufgeregte Rufe, dann ging ein leichtes Schütteln durch das Schiff, als es gegen die Reifen am Landungssteg stieß. Taue wurden an Land geworfen. Im festen Griff seines Eigentümers schien das Huhn wie erstarrt.

Vom Oberdeck blickte Hyde hinunter auf den Fluss, der im Schatten der Fähre träge dahinglitt. Passagiere drängten sich auf den Treppen zum Zwischendeck. Sie ließen sie auf dem Schiff zurück, als spürten sie, dass sie verdammt waren. Überall wurde geschubst und gestoßen, Kinder schrien und die eingesperrten Tieren gerieten in Panik.

»Wir müssen wohl schwimmen«, bemerkte er trocken.

»Was?«

»Wir sind doch Australier und haben unsere Kindheit am Strand vertrödelt, oder? Das ist doch ein Kinderspiel für uns. Komm, Täubchen, lass uns aufs Zwischendeck gehen.«

Sie zwängten sich durch die aufgeregte Menge der Passagiere. Die glasigen Augen eines Vogels glänzten apathisch aus einem geflochtenen Käfig. Hyde legte seinen Arm um Ros' Taille, in dem Gedränge rempelten viele Menschen gegen den großen Rucksack. Jessop musste nur nach zwei weißen Gesichtern fragen – ein Mann und eine Frau –, um zu wissen, sie gefunden zu haben. Wie eine Glocke hing der Geruch von Benzin, dem Fluss, gerösteten Nüssen, gebratenen Fischen und Zigarrenrauch über der Menge. Am Landungssteg konnte Hyde deutlich Jessop, Cobb und mehrere Soldaten erkennen. Die Mönche vom Oberdeck versperrten ihnen den Weg zur engen Treppe. Mitten in diesem Getümmel fuhr eine Gruppe am Boden hockender Männer unbeirrt mit ihrem Karambolage-Spiel fort. Das Klicken der kleinen schwarzen Scheiben hörte sich an, als würden Pistolen mit Munition geladen. Auf dem Niedergang umarmte er Ros' Schultern und drückte seine Lippen auf ihr Haar.

Auf dem Zwischendeck drängelten sie sich durch den dichten Pulk der Passagiere. Fast alle stiegen hier aus, selbst jene, die weiter nach Mandalay fahren wollten, gingen für eine Stunde an Land. Auf dem Kai wurden Papiere und Fahrkarten inspiziert, was ihnen ein wenig mehr Zeit verschaffte. Unschlüssig hielt sich Hyde an der Reling fest. Der Dieselmotor war jetzt ausgeschaltet, aber das Geplapper auf dem Schiff und an Land drang lärmend zu ihnen.

»Alles klar?«

Ros nickte. Ihr Gesicht leuchtete gelb im Schein der Öllampen.

»Wohin?«

»Schwimm flussabwärts am Schiff entlang. Das Ufer wird dort flacher. Außerdem liegt in dieser Richtung die Stadt und der Bahnhof.«

»Hyde, macht das alles überhaupt Sinn?«, fragte sie.

»Herrgott, Ros!«, brauste er auf, doch dann fuhr er etwas ruhiger fort. »Die beiden weißen Männer am Kai kennen mich, und dich würden sie auch wieder erkennen. Wir haben keine andere Wahl.«

»Na gut, du musst mir über die Reling helfen.«

Rittlings kletterte sie über das Geländer und ließ sich auf der anderen Seite langsam hinunter. Ihre Füße scharrten gegen den Schiffsrumpf, während Hyde sie noch an den Unterarmen fest hielt. Plötzlich hörten sie, wie in scharfem Ton Kommandos gegeben wurden. Auf dem Zwischendeck waren jetzt kaum noch Passagiere. Vertrauensvoll nickte er ihr zu und ließ sie dann behutsam ins Wasser gleiten.

Sie verschwand in der Dunkelheit und war nicht mehr zu sehen. Plötzlich tauchte ihr Kopf wieder aus dem Wasser auf. Ihr nasses Haar hing wie dunkler Seetang über dem Gesicht. Langsam entfernte sie sich von der Fähre. Nun kletterte auch er über die Reling, hielt sich einen Moment fest, ließ dann den Rucksack ins Wasser fallen und sprang hinterher. Als er wieder auftauchte, sah er ihren Kopf vor sich im Fluss. Der wasserdichte Rucksack schwamm neben ihm wie eine Leiche.

Ein paar kräftige Züge, und Hyde hatte sie eingeholt. Nach der Hitze kam ihnen das Wasser eiskalt vor. Von der Fähre waren wieder Befehle zu hören, und am Kai hörten sie das Getrappel schwerer Armeestiefel.

»Alles in Ordnung, Ros?«, japste er.

»Verdammt kalt, nicht wahr?«

»Nur noch ein kurzes Stück.«

Er schaute sich um und glaubte für einen Moment Jessop am Kai gesehen zu haben. Jedenfalls war es ein hellhäutiger Mann, der mit den Armen fuchtelte. Durch den die Fähre und die Anlegestelle umgebenden Lichtschein waren deutlich die funkelnden Sterne am Himmel zu sehen.

Der Lichtkegel eines auf einem Lastwagen montierten Suchscheinwerfers glitt über die gekräuselte Wasseroberfläche. Erst tastete er sich flussaufwärts, um dann wie ein unheilvolles Leuchten nach ihnen weiter flussabwärts zu suchen.

»Hyde, ich bekomme einen Krampf!«, keuchte sie halb ängstlich, halb irritiert.

Er griff nach ihrem Arm und zog sie nahe an sich. Sie war bleischwer. Der Rucksack zerrte an ihm, und er spürte ihre Panik, als wäre es seine eigene. Die Gewichte an beiden Seiten zwangen Hyde mit kräftigen und auffälligen Bewegungen zu schwimmen, während der Suchscheinwerfer wie ein weißer Finger über den dunklen Fluss strich. Sie waren etwa noch dreißig Meter vom Ufer entfernt. Die bisher träge Strömung des Irawaddi mischte sich jetzt mit einem kräftigen, kaum zu widerstehenden Strudel. Der Lichtkegel kam immer näher.

Ros versuchte mit einem Arm zu schwimmen, während er sie an dem anderen hinter sich herzog. Wie ein Kind planschte sie dabei im Wasser. Der von der Gegenströmung erfasste Rucksack hemmte seine Bewegungen nun immer stärker. Auch in seinen Beinen spürte er den nahenden Krampf. Der Unheil bringende Lichtkegel, die Kälte des Wassers und das mühsame Schwimmen gegen den Sog mit Ros und dem Rucksack im Schlepptau ließen ihn schnell erschöpfen. Das Ufer schien sich wieder zu entfernen, die Kaianlagen und die Fähre waren nur noch Lichtpunkte in der Nacht. Plötzlich erfasste sie der Scheinwerfer, und Hyde war augenblicklich von dem gleißenden Licht geblendet. Doch sie schienen sie nicht entdeckt zu haben, denn er strich weiter über das Wasser. Mit letzter Kraftanstrengung versuchte Hyde zum Ufer zu gelangen, als der Lichtkegel wie ein weißes Pendel zu ihnen zurückschwang. Unter seinen bleischweren Füßen spürte er den Sand. Der Sog am Ufer wurde stärker, doch konnte er jetzt wenigstens aufrecht stehen. Ein letztes Mal deutete der weiße Finger des Suchscheinwerfers in ihre Richtung, dann schwang er zurück zu den Kaianlagen.

Mit festem Griff zog er Ros hinter sich ins flache Wasser, als sie vergebens versuchte, trotz des Krampfes und der starken Strömung ans Ufer zu gelangen. Den Rucksack zog er wie den dritten Flüchtigen hinter sich her. Am Ufer angelangt, stolperte Ros und fiel entkräftet hin. Ihre durchnässte Kleidung war über und über mit Sand bedeckt. Keuchend kroch Hyde ans flache Ufer. Kaum im Trockenen angelangt, begann die nasse Kleidung in der Abendhitze zu dampfen. Vorsichtig hob er den Kopf über die Uferböschung.

Das Entladen der Fähre war unterbrochen worden. Wie Ameisen hasteten Soldaten durch die fast leere Fähre. Leise fluchend rieb sich Ros ihre verkrampften Muskeln. In der Ferne waren Jessop, Cobb und die anderen kaum größer als Miniaturen. Als würden die Männer am Scheinwerfer von Mücken verfolgt, strich der Lichtkegel scheinbar planlos über das Wasser. Jemand musste also gesehen haben, wie sie über Bord geklettert waren. Hyde schaute in Richtung der Stadt. Eine breite, von stämmigen Bäumen gesäumte Allee führte zum Bahnhof. Gleich hinter den Gleisanlagen begann schon der Dschungel. Nur einzelne Lichter tauchten wie Lagerfeuer zwischen den jahrhundertealten Bäumen auf. In ihrer unmittelbaren Umgebung wiesen ein paar Häuser darauf hin, dass sich in der Nähe eine Stadt befand.

Er kroch zurück zu Ros.

»Was macht dein Krampf? Kannst du laufen?« Er half ihr auf die Beine. Sie stampfte mit den Füßen auf den Boden und nickte erleichtert. »Gut, Mädchen. Zeit zu gehen. Folge mir und hab keine Angst. Ich bringe uns hier raus.«

Hyde schulterte den Rucksack, dann nahm er Ros an der Hand und führte sie das Ufer hinauf auf einen parallel zum Fluss verlaufenden Sandweg. Es gab keinen Verkehr und fast keine Straßenbeleuchtung, sodass sie als Geistergestalten in ihren weißen Hemden den Schauplatz beherrschten. Nur das flackernde Licht einer Fahrrad-Rikscha tanzte für einen Moment an ihnen vorbei. Als sie die von Bäumen gesäumte Allee erreichten, tauchten mehr Menschen aus dem Halbdunkel auf. Leises Gemurmel drang unter den Bäumen, halb verdeckten Veranden und Vorgärten hervor. Hin und wieder fiel der Schein einer Öllampe auf Gesichter, leuchtende Augen oder farbige Kleider.

Hyde fühlte sich wie ein Eindringling bei einer mysteriösen Zeremonie. Reich verzierte, halb dunkle Straßenlaternen säumten die Allee, und der Mond fiel schwach durch den Baldachin dicker Blätter. Ein paar Ochsenkarren und Fahrräder begegneten ihnen, und nur ein einziges, auf Hochglanz poliertes altes Auto parkte am Straßenrand. Aus einem Haus drang Gelächter und der Geruch von frisch gekochtem Essen. Ros suchte schnell seine Nähe, als der hell erleuchtete Bahnhof am Ende der Allee auftauchte. Aus dem Rucksack holte Hyde einen Schal und hüllte sie in ihren noch feuchten Kleidern darin ein.

Er hörte das Geräusch eines näher kommenden Fahrzeugs, dann sah er die Scheinwerfer, als es um die Ecke bog.

Noch rechtzeitig zog er Ros in die Deckung eines der riesigen Bäume. Ein Lastwagen fuhr an ihnen vorbei zum Bahnhof. Hinter der flatternden Pritschenplane erkannte er Umrisse von Soldaten.

»Mist!«, zischte er.

Jessop hatte richtig geraten. Hyde sah, wie der Lastwagen anhielt und die Soldaten von der Pritsche heruntersprangen. Ein weißer Mann, etwas kleiner als Jessop, war unter ihnen. Es war Cobb. Die Soldaten stürmten in das flache Bahnhofsgebäude.

»Was machen wir jetzt?«, hörte er Ros in erregtem, fast energischem Ton fragen. Ohne Angst in der Stimme wiederholte sie: »Hyde, was machen wir jetzt?« Ihre Pupillen weiteten sich im Licht eines weiteren Scheinwerfers, der gerade in die Straße einbog.

»Lass uns einen Platz finden, wo wir in Ruhe nachdenken können. Ich möchte erst einmal mit Cass und dem alten Herrn reden«, antwortete er mit aufgesetztem Optimismus.

»Wie sollen wir hier raus kommen, Hyde?«, verlangte sie abermals zu wissen.

Mit hoher Geschwindigkeit fuhr ein Jeep an ihnen vorbei. Hyde konnte Jessop mit einem chinesischen Offizier an seiner Seite erkennen. Sie würden ganz Katha durchkämmen, falls sie sie nicht am Bahnhof fänden. Wahrscheinlich verfügten sie über genügend Soldaten, um die ganze Stadt abzuriegeln. Außerhalb von Katha erstreckten sich nur endlose Reisfelder, der Fluss und die Mangin-Taung-Bergkette. Sie reichte vom Norden bis hierher. Keine andere Straße führte durch den undurchdringlichen Dschungel, und auf dem Fluss, in den Feldern oder auf der einzigen gut ausgebauten Straße fielen sie wie die Fliegen an einer weißen Wand auf.

In Gedanken versunken griff er beruhigend nach ihrer Hand, denn seine bösen Vorahnungen wuchsen. In der Ferne hörte er das Geräusch eines näher kommenden Hubschraubers. Jessop war sich sicher, dass sie in der Stadt waren.

Ros' vom Mond beschienenes Gesicht war ein Spiegel seiner eigenen Angst.

Als die Frau sich in dem niedrigen Stuhl nach vorn beugte, bemerkte Marian ihre winzige, fast kindhafte Statur. Sie lehnte sich über die Fotografien, die vor ihr auf einem kleinen runden Tisch ausgebreitet waren. In diesem Viertel von Rangun war gerade eine Stromsperre. Das warme Licht der Kerzen und Öllampen in dem vollgestellten Zimmer verstärkten noch den Eindruck einer Verschwörung. Das wenige Licht fiel auf die großen Augen und ausgeprägten Bakkenknochen von Aung San Suu Kyi.

Die Friedensnobelpreisträgerin war von sehr zierlicher Gestalt, fast schon magersüchtig, als ernährte sie sich schon zu lange nur von ihren Überzeugungen. Marian bemerkte den Schmerz und die Trauer in ihrem Gesicht, während sie die Fotos des Massakers studierte. Mit diesem Schmerz schien sie in den letzten Jahren oft konfrontiert worden zu sein. Sie wich ihm jedoch nicht aus, sondern stellte sich ihm wie einer schon lange währenden Krankheit.

Suu Kyi trug eine helle Seidenbluse mit orangefarbenen Blumen und einen dunkelbraunen Longyi. Ihr Haar hatte sie zurückgekämmt und zu einem großen Knoten gebunden. Marian fühlte sich in ihrer Gegenwart unwohl.

Der Raum, in dem sie mit Suu Kyi und drei weiteren Mitgliedern der Nationalen Liga für Demokratie zusammensaß, war im ersten Stock eines schmalen Holzhauses, das sich zwischen Läden in einer Straße nördlich der Sule-Pagode zwängte. Das kaum möblierte Erdgeschoss diente als Werkstatt eines Holzschnitzers. Die Gerüche von Dufthölzern stiegen durch die Dielen nach oben. Der Krach an den Marktständen draußen auf der Straße drang selbst durch die geschlossenen Jalousien zu ihnen.

Suu Kyi war nur zehn Minuten vor ihr erschienen. Es war Marian schleierhaft, wie sie sich unbemerkt in der Stadt bewegen konnte, obwohl sie doch unter Arrest in ihrem Haus in der Universitätsstraße stand, das fast fünf Kilometer von hier entfernt war. Vielleicht wollte die Polizei, dass sie sich frei in Rangun bewegte. Vielleicht hoffte die Junta, dadurch in das Netzwerk der Liga eindringen zu können. In ihrem Haus empfing sie manchmal heimlich Besucher.

Meistens handelte es sich um westliche Kamerateams oder Journalisten. Vielleicht war es dort für Marian mit den Fotografien zu gefährlich, sodass sie sich deshalb hier treffen mussten.

Die beiden Männer, die sie an der Schwedagon-Pagode vor der Polizei gerettet hatten, warteten mit anderen Leibwächtern im Erdgeschoss. Sie hatten sie zur Werkstatt des Holzschnitzers gebracht, ihr etwas zu essen und zu trinken gegeben und sie dann oben allein gelassen. Während sie wartete, wich draußen in den Straßen die kurze Dämmerung der Dunkelheit. Hin und wieder hatte Marian eine Polizeisirene gehört. Beständig drang das Gehämmer und Gedrechsel vom Erdgeschoss zu ihr empor. Nur wenig hatte sie über die Gefahr, in der sie sich befand, nachgedacht. Eher war sie ungeduldig und wollte so schnell wie möglich die Fotografien loswerden, um sich anschließend in die Obhut von Evans begeben. Während sie hier gewartet hatte, war ihr Alder nicht aus dem Kopf gegangen: Dieser fremde Mann mit dem geheimen, ihr bis dahin unbekannten Leben, den versteckten Absichten und Idealen, wie er ruchlos seine Ziele verfolgte, und der Mörder von Medhev Kumar! Sie war einerseits verzweifelt, ihn verloren zu haben, und andererseits spürte sie die wachsende Empörung, wie leichtfertig und unbeteiligt er Kumars Tod in Kauf genommen hatte. Marian hatte von ihm nichts erzählt. Die Geschichte des Etagenkellners, der ihr Zimmer durchsucht hatte, musste als Ausrede für ihre überstürzte Flucht herhalten.

Von Suu Kyis konzentriertem Gesicht schaute sie auf den glatzköpfigen, rundlichen Burmesen, der hinter ihr stand und über ihre Schulter schaute. Der *sie* beobachtete, wie Marian erst jetzt bemerkte, mit einem Blick, als wolle er auf telepathische Weise ihre wahren Gedanken erkunden. Sie spürte sein Misstrauen und seinen Argwohn. Mit wilder Entschlossenheit schien er die kleine Frau beschützen zu wollen. Er hob gerade an zu sprechen, als Suu Kyi sich umdrehte und mit ihren fast übernatürlich strahlenden Augen zu ihm aufschaute.

Ein Zittern ging durch ihren ganzen Körper, dann seufzte sie.«Daw Marian, warum haben Sie die Aufnahmen nicht englischen Zeitungen übergeben? Der *Times*, zum Beispiel? Was erwarten Sie, was wir mit ihnen anfangen sollen?« Hinter ihrer Höflichkeit spürte Marian ein gewisses Misstrauen, fast schon eine Brüskierung ihrer Person. Natürlich hatten sie sich nie zuvor gesehen, aber Suu Kyi wusste von ihr und hatte ihr von Zeit zu Zeit Zeilen des Dankes für ihre Unterstützung zukommen lassen.

Warum hatte sie das nicht getan? fragte sich Marian. Die Ausstrahlung, die Suu Kyi auf sie ausübte, war bestechend. Sie konnte sich der Wirkung nicht entziehen.

Alle vier musterten Marian auf einmal mit demselben fragenden, intensiven Blick. Dieser Eindruck wurde noch durch das misstrauische Gesicht des hinter Suu Kyi stehenden Burmesen verstärkt. Khin Myo war sein Name, die anderen waren beide jüngere Männer, ein Inder und ein Chinese. Wollte Suu Kyi damit absichtlich die ethnische Vielschichtigkeit der Nationalen Liga für Demokratie zeigen? Der schlanke, hochgewachsene Inder war ein Spiegel ihrer Intensität. Die Daumen standen unnatürlich weit von seiner Hand ab. Ein Folterknecht musste sie irgendwann einmal gebrochen haben. Der kleine Chinese trug eine Brille und hatte bisher kaum ein Wort gesagt. Er machte sich Notizen über alles, was Suu Kyi sagte. Schon zuvor hatte er Marian seinen Respekt über ihre bisherige Unterstützung gezollt.

Khin Myo betrachtete sie weiterhin aufmerksam, als wollte er sie demaskieren. Dann ergriff der junge Inder mit den verkrüppelten Händen das Wort. »Daw Marian Pyott, Sie sagten, Medhev starb in England. Hat er Ihnen die Fotografien gegeben, um sie uns zu bringen?«

»Nein, man hat sie gefunden.«

Sofort unterbrach sie Suu Kyi in sanftem Ton: »Nach seiner Ermordung?« Marian nickte. »Wurden sie denn von jemandem gefunden, der ihre Bedeutung ermessen konnte?«

»Ja.«

Triumphierend rief Khin Myo aus: »Dann ist das Ganze

eine Operation des britischen Geheimdiensts!« Suu Kyi hob ihre dünne, schmale Hand und bedeutete ihm zu schweigen. »Das stimmt doch? Man bat Sie, die Fotos uns zu geben.«

»Nein.« Nach einer Weile fügte Marian hinzu. »Es war meine Entscheidung, sie Ihnen zu geben. Andere wollten mich davon abhalten.«

»Verzeihen Sie uns, Daw Marian.« Suu Kyi lächelte verschlossen. »Manchmal gelingt es uns einfach nicht, Verdächtigungen hintanzustellen. Eine Veröffentlichung dieser Gräuel könnte uns sehr helfen, allerdings nur, wenn sie von anderen und im Ausland erfolgt.«

»Ich verstehe, was Sie meinen. Daran hatte ich zuvor nicht gedacht.«

»Ihre Zeitungen glauben, dass Sie jetzt dem Regime wohlwollend gegenüberstehen«, fuhr Khin Myo unbeirrt fort. »Sie haben die Seiten gewechselt. Falls wir durchsickern lassen, wer uns die Aufnahmen gebracht hat, würden Sie in beträchtliche Schwierigkeiten geraten, nicht wahr?«

»Dann«, begann Marian und hielt für einen Moment inne, um sich zu räuspern und die plötzlich auftauchenden Gedanken an Feng zu zerstreuen, »dann müssen Sie eben enthüllen, wer sie Ihnen gebracht hat.«

»Wer hat Medhev ermordet?«, fragte der junge Inder. »Waren das dieselben Leute?«

»Ja.«

»Danke, Daw Marian.« Offensichtlich hatte er Kumar gekannt und in ihm einen Kameraden verloren. »Und das nur, weil er die Aufnahmen hatte? Wer hat seine Ermordung veranlasst?«

»Ralph Lau und die Straits Royal Gruppe. Wie ich schon erklärte, dient die Hotelkette als riesige Geldwaschanlage. Die armen Menschen in Tripitaka wurden nur umgebracht, um den Bau der Ferienanlage zu beschleunigen und damit noch mehr Geld waschen zu können. Die ganze Sache stinkt zum Himmel.«

»Natürlich«, murmelte der Chinese.

Sie spürte das Zögern und die Zurückhaltung der anderen. Als ahnte Marian die Enttäuschung der anderen, sagte

Suu Kyi mit bitterer Miene: »Es tut mir Leid, Daw Marian, dass wir uns dieser Sache nicht annehmen können. Ich kann verstehen, dass Sie uns als jemanden betrachten müssen, der Sie im Stich lässt.« Mit einer Handbewegung schnitt sie jeglichen Widerspruch ab. »Sie genießen die Annehmlichkeiten des Liberalismus in einer freien Gesellschaft. Das sehe ich bei allen westlichen Menschen, die mich interviewen oder mir schreiben. Nachdem sie ihrer Bewunderung Ausdruck verliehen und ihre Fotos gemacht haben – natürlich immer von meiner besten Seite –, fragen sie mich stets verwundert, warum ich scheinbar so wenig *tue*. Bisweilen setzen sie dabei ihre Sympathie, so wie die Ihre, als Ansporn ein. Wenn ich doch nur mehr tun würde, um weiteren Einsatz und Unterstützung zu rechtfertigen.«

Marian errötete über diese indirekte Anschuldigung. In diesem Moment kam sie sich dumm und gedemütigt vor. Wie einer alten Bekannten, der sie sich verpflichtet fühlte, sie zum Essen auszuführen, hatte sie sich Burma angenommen. Jetzt war sie über ihren Mangel an Ernsthaftigkeit und Entschlossenheit schockiert.

Ihr bekannte Journalisten, die Suu Kyi getroffen hatten, hatten im Nachhinein eine fast einheitliche Meinung über sie vertreten. Oder wie einer von ihnen es ausgedrückt hatte: *Ein unbezwingbarer Geist ist einem Igel nicht unähnlich – nämlich sehr stachelig*. Diese Worte sollten weder beleidigen noch erniedrigen. Kein Jota der Wertschätzung für die Dame sollte damit zurückgenommen werden. Vielmehr umschrieb es, wie Marian jetzt erkannte, die Isoliertheit eines Soldaten, der sich einer komfortablen Zivilwelt gegenübersieht. Einer Welt mit schwingenden Fähnchen und Schnullern, die den Krieg um jeden Preis gewinnen will. Die anhaltende Gefahr und die Erfahrung, wie man selbst unter diesem dauernden Druck reagiert, dieses Wissen teilte Suu Kyi mit dem Soldaten. Die Leute in sicherer Entfernung vom Kriegsgeschehen wurden häufig mit Belustigung und mildem Spott betrachtet. Es war leicht, für Ideale und Werte einzustehen, doch Außenstehende konnten die Welt nicht so *sehen*, wie es Suu Kyi tat.

Mit ihren feingliedrigen Händen machte sie langsame, immer wiederkehrende Kreisbewegungen, als erinnerte sie sich an Kumars Tod und wollte mit dieser Geste die Tragödie unterstreichen. Marian musste daran denken, wie oft Suu Kyi schon Todesnachrichten enger Gefährten überbracht worden waren.

»Die burmesischen Soldaten könnten vielleicht identifiziert werden«, schlug Marian leise vor, nachdem wieder eine Polizeisirene in der Ferne verklungen war. »Bei dem Chinesen handelt es sich um General Feng. Ich habe ihn gestern in der Botschaft erkannt.« Die Aufnahme von Alder hatte sie ihnen nicht gezeigt, das hatte sie nicht übers Herz gebracht.

»Wir wissen über Feng Bescheid«, antwortete der Chinese mit unbewegter Miene. »Dieses Beweismaterial überrascht uns nicht, wenn man den chinesischen Einfluss in Burma berücksichtigt. Die Unterstützung der Junta durch China ist uns bestens bekannt, Daw Marian.«

Sie erinnerte sich an Alders Geständnis, und als übernähme sie seine Argumente, erwiderte sie: »Aber diese Unterstützung wird *Ihre* Position innerhalb der Liga schwächen.« Es fiel Marian leichter, wenn sie nicht direkt zu Suu Kyi sprach. »Sie könnten die Aufnahmen dazu benutzen, um die Beteiligung Chinas bei der Unterdrückung der burmesischen Bevölkerung bloßzustellen. Das würde den chinesischen Einfluss in Burma wenigstens für eine gewisse Zeit zurückdrängen helfen.«

Khin Myo schnaubte. »Diese Beweise würden als plumpe Fälschungen abgetan werden, und wir können nicht in Tripitaka nach weiteren Beweisen graben. Unsere einzige Chance bliebe, dass politische und wirtschaftliche Sanktionen genügend Druck auf das Regime ausübten. Doch bis dahin würden Hunderte, ja vielleicht Tausende von uns verhaftet oder sogar verschwinden! Im günstigsten Fall wären wir eine Woche in den Schlagzeilen. Doch dann würden uns die anderen Horrornachrichten auf dieser Welt wieder aus den englischen und amerikanischen Zeitungen und Fernsehnachrichten verdrängen.« Er unterbrach sich selbst, um einer weiteren Sirene in den Straßen zu lauschen. Er stand jetzt ruhig hinter Suu Kyi und hielt fast ehrfürchtig seine Hände über ihren Schultern.

Marian verstand jetzt, dass diese Dame ein unersetzliches religiöses Relikt war. Es war viel zu gefährlich, sie der Nähe ihrer Bewunderer auszusetzen. Sie war die einzige Hoffnung für die Oppositionsbewegung im Land geblieben. Für sie war die Dame wie der Fußabdruck des Gautama Buddha. Das ging so weit, dass ihre Mitstreiter sie auf keinen Fall welchen Gefahren auch immer aussetzen wollten. Jede dramatische Geste wurde vermieden, jeder Versuchung eines billigen Triumphs wurde widerstanden. Sie hatten sich eher vom Regime abgeschottet als es anzugreifen. Nur so konnten sie etwas erreichen, wie Marian erkennen musste.

»Ich glaube dennoch, Daw Suu Kyi«, insistierte sie mit ruhiger Stimme, »dass mit einem Schlag gegen die Firmen, die am Bau von Tripitaka beteiligt sind, viel zu erreichen wäre.« Mit Abscheu in der Stimme benutzte Marian den Begriff für den buddhistischen Kanon als Bezeichnung einer Ferienanlage. In der Ferne hörte sie die Trillerpfeifen der Polizisten. Sich räuspernd fuhr sie fort: »Die Hotelgruppe und der Baukonzern, die zur gleichen Muttergesellschaft gehören, könnten dadurch aus Burma vertrieben werden. Dadurch würden auch die Möglichkeiten zunichte gemacht, die Profite des Heroinhandels zu waschen. Das ist schließlich einer der Gründe, warum die Chinesen in Burma so viel Einfluss suchen. Setzte man die Fotografien richtig ein, könnte das ordentlich Verwirrung stiften.«

Als wollte sie ihren Worten Nachdruck verleihen, lehnte sich Marian nach vorn. An der Wand wurde ihr Schatten im flackernden Kerzenlicht immer größer. Marians Worte ließen Suu Kyi nachdenklich werden. Sie wussten zwar von dem Heroin und der Rolle, die die Chinesen dabei spielten, doch Lau und Winterborne Holdings waren ihnen unbekannt. Erneut ertönte eine Sirene, wieder die Trillerpfeifen draußen in den Straßen.

»Investoren und Touristen würden dadurch vielleicht

abgeschreckt werden«, fuhr Marian fort, als stände sie unter Druck. Suu Kyi lächelte sie mit strahlenden Augen an. »Und Winterborne Holdings müsste sich aus Burma zurückziehen.«

Khin Myo krümmte sich für einen Moment. Entschuldigend blickte er Suu Kyi an, um Marian dann erregt anzufahren: »Was glauben Sie denn, wie wir das alles ohne Ihre Hilfe schaffen sollen? Ohne Sie und Ihre Leute?« Suu Kyi hob ihre Hand, um ihn zu beruhigen. »Der Westen hat eine historische Verantwortung, Daw Marian. Wir können das nicht allein! Die Medien, die diese Geschichte richtig ausschlachten können, gibt es nur in Europa und Amerika und nicht hier. Aber Sie bringen uns die ganzen Beweise. Warum?« Langsam regte er sich wie ein propagandistisches Uhrwerk wieder ab. »Sie kennen die wichtigen Leute, nur *Sie* können die Medien überzeugen.« Dann, als sei ihm das Betteln in seiner Stimme selbst peinlich geworden, schloss er: »Wir sind immer hier. Selbst wenn das Licht ausgeknipst und die Tür geschlossen wird, bleibt der Raum weiter bestehen.«

In Suu Kyis Augen war Zustimmung und Verständnis zu erkennen. Marian öffnete ihre Lippen, blieb jedoch still. Alle vier blickten sie fragend an. Ihr fiel es wie Schuppen von den Augen, was sie bislang immer vor sich selbst versteckt hatte. Von dem Moment an, da ihr die Fotografien unter die Augen gekommen waren, hatte sie sie wie gestohlenes Gut behandelt und wollte sie so schnell wie möglich wieder loswerden. Marian hatte sich wie eine Wohltäterin aufgeführt, die dafür Dank erwartete, anstatt sich selbst darum zu kümmern.

Sie zündete sich eine Zigarette an, die erste seit ihrer Ankunft. Seufzend blies sie den Zigarettenrauch aus: »Ja, Sie haben Recht. Von Anfang an hing alles an mir. Das ist es doch, was Sie meinen?«

Die britische Regierung wie ihre eigene Partei würden ihr das niemals vergeben. Sie würden sie jagen. Sie versuchte, den Schmerz über ihre bittere Erkenntnis vor den anderen zu verbergen.

»Ich danke Ihnen, Daw Marian.« Suu Kyi berührte dabei kurz mit den Fingerspitzen ihren Arm.

Ihre Höflichkeit und Dankbarkeit war verletzend, nach einer Weile aber doch beruhigend. Marian fühlte sich in dem Zimmer wie in einem Traum. Die Gesichter vor ihr glänztem im Kerzenschein. Sie fühlte sich wie der berühmte Schmetterling, dessen Flügelschlag auf der anderen Seite des Erdballs einen Wirbelsturm auslöst.

Lebte sie überhaupt noch? Wieder erklang eine Trillerpfeife – diesmal schon sehr viel näher – und riss sie aus ihrer Träumerei. Auch die anderen waren jetzt alarmiert.

»Ich werde lieber Colin Evans anrufen«, murmelte sie, »und ihn bitten, mich abzuholen.«

Die Zimmertür wurde geöffnet, und einer der beiden Männer, die Marian gerettet hatten, erschien mit besorgter Miene. Dennoch verhielt er sich Suu Kyi gegenüber ausgesprochen höflich und respektvoll. Er sprach erregt in Burmesisch, und seine Worte wirbelten sie auf wie der Wind den Staub.

»Die Häuser in den umliegenden Straßen werden der Reihe nach durchsucht«, übersetzte Suu Kyi flink. »Wir müssen sofort verschwinden.«

»Ich brauche aber Hilfe.«

»Natürlich.«

Die Fotografien auf dem Tisch wurden hastig zusammengepackt. Marian drückte ihre Zigarette aus. Die Geräusche von der Straße bekamen einen immer bedrohlicheren Klang. Laut wurden Befehle geschrien. Suu Kyi gab Marian den Stapel Fotos, als wäre sie es jetzt, die sie so schnell wie möglich loswerden wollte. In der kleinen Gruppe in der Tür wirkte sie in ihrer Ratlosigkeit schwach, ja fast hilflos.

»Schnell!«, drängte der Burmese, der sie zuvor gewarnt hatte. Dann stürmte er noch einmal zurück ins Zimmer und griff nach dem billigen Aschenbecher auf dem Tisch. Den Stummel nach oben haltend, rief er: »Englisch! Das hätte den Holzschnitzer umbringen können!«

»Es tut mir Leid«, erwiderte Marian kleinlaut.

Sie waren keineswegs hilflos, auch wenn sie gejagt und

mit Füßen getreten wurden. Suu Kyi war aufrichtig zu ihr gewesen. Marian konnte das jetzt verstehen, und ihr Respekt für die Dame wuchs, selbst als sie nun alle aus dem Raum hasteten. Sie begriff, wie viel Mut es brauchte, sich dem Regime zu widersetzen.

Der andere der beiden jungen Männer wartete unten an der Treppe. Ein energisches, nicht zu überhörendes Klopfen drang von der Tür in den Laden. Eine alte Frau schlürfte durch die Dunkelheit, um sie zu öffnen. Marian wurde in den kleinen Garten hinter dem Haus gedrängt, in dem die Luft feucht und übel riechend stand. Sie war jetzt wie die anderen: Ein gejagtes Tier, einfach nur ein *Ärgernis*, etwas, das wie Kreide von der Tafel abgewaschen werden muss.

Die Verwandlung der Stadt in einen Kriegsschauplatz war in nur wenigen Minuten vollzogen worden. Der Suchscheinwerfer des Hubschraubers strich bedrohlich über die zum Bahnhof führende Allee. Hyde zog Ros zurück unter die ausladende und Schutz bietende Krone eines Alleebaums. Am Ende der Allee in der Nähe des Flusses stiegen weitere Soldaten aus zwei Lastwagen, während ein zweiter Hubschrauber etwas weiter entfernt über der Stadt hing. Der Bahnhof war von Truppen umzingelt. Ros atmete so schnell und fieberhaft, als würde sie sich an den Baumstamm gelehnt mit Hyde lieben. Mit nassen Lippen flüsterte sie: »Lass uns von der Straße verschwinden!«

Der Lichtkegel des Scheinwerfers glitt über ihre Köpfe hinweg. Obwohl sie durch die dichten Blätter von oben nicht zu erkennen waren, mussten sie spätestens jetzt den Menschen in den Häusern auffallen, die durch den Lärm und die plötzliche Hektik aufgeschreckt worden waren. Jessop verfügte scheinbar über so viele Männer, wie er wollte. Die Tadmadaw wurde von ihm und dem chinesischen Offizier befehligt. Alle nahmen an dieser Party teil.

Ein tiefer Schatten? Ein leeres Haus? Warum sich noch anstrengen? Sie hatten die Tore geschlossen. Die Stadt war abgeriegelt. Überall wimmelte es von Soldaten.

»Hyde!«, hörte er Ros sagen. »Lass mich jetzt nicht hängen! Reiss dich zusammen und lass uns schnell von der Straße verschwinden!«

Beide wurden unvermittelt von einer krächzenden Stimme aus einem Lautsprecher aufgerüttelt. Der Ton machte jede Übersetzung überflüssig. Es war der übliche Unsinn: *Kriminelle und Dissidenten sind auf der Flucht. Melden Sie alle Fremden. Ihnen wird nichts zustoßen.* Und so weiter.

Jemand zeigte auf sie und sprach dabei mit hoher Fistelstimme. Ihre weißen Gesichter waren immer noch deutlich im Schatten der Bäume zu erkennen. Ein Lastwagen donnerte an ihnen vorbei und kam nach etwa fünfzig Metern kreischend zum Stehen. Ein Soldat sprang heraus und warf sich mitten auf die Straße. Herrgott, das konnte ja noch heiter werden, Jessop und dieser Chinese!

Sie hörten eine Stimme in der Nähe des Soldaten. Der Arm eines Bewohners deutete in ihre Richtung. Die Menschen wollten keinen Ärger, wollten nicht, dass ihre Häuser durchsucht und zerstört werden. Wer konnte es ihnen schon verdenken? Langsam tauchten immer mehr Menschen auf der Straße oder den kleinen Veranden der Häuser auf. Der noch immer auf der Allee liegende Soldat wurde jetzt von ausgestreckten Armen und Rufen ermutigt, während seine Kameraden nach und nach von der Pritsche kletterten. Wieder krächzten die Lautsprecher auf der Straße. Dann erfasste der Suchscheinwerfer den langsam näher kommenden Soldaten und blieb auf ihn gerichtet, als würde er eine Bühne betreten. Der Hubschrauber ging tiefer, der Lichtstrahl wurde immer greller.

Hyde schoss auf den Soldaten und zerrte anschließend Ros weg aus der Deckung des Baums. Instinktiv versuchte sie jetzt, sich von ihm frei zu machen, während der Soldat wie ein Balletttänzer im Scheinwerferlicht zusammenbrach. Aber Hyde zog sie weiter hinter sich her, bis sie plötzlich durch dichte Vegetation stolperten. Hinter ihnen schrie jemand voller Angst.

Er teilte die Zweige vor ihr, als führte er sie in ein elegantes Schlafgemach. Nur noch Dunkelheit und Sternenlicht umgab sie und das Gefühl, wie andere Menschen vor ihnen flohen. Voller Angst hatten sich die Menschen in ihren Häusern eingeschlossen. Sie kamen zu einer anderen Straße, die im Gegensatz zu der Allee dunkel, eng und kurvig war. Unter ihren Füßen war die Erde hart wie Beton, dann erreichten sie wieder das schützende Unterholz.

Hyde drehte sich um und sah den tief über den Bäumen schwebenden Hubschrauber, der vor dem Hintergrund des klaren Sternenhimmels wie ein schwarzer Käfer schwebte. Der Suchscheinwerfer schwang planlos wie die verletzte Tentakel eines Tintenfischs hin und her. Dann brach ein Inferno aus. Es waren ungezielte Salven aus dem schweren Maschinengewehr im Rumpf des Hubschraubers. Hyde sah die Leuchtspurmunition durch die Nacht speien, wie sie die Wände eines Holzhauses durchsiebte und mit ohrenbetäubendem Krach in das Blechdach einschlug. Das Maschinengewehr versprühte seine Garben weiter über die Erde und zerlegte förmlich die dünnen Bambuswände eines weiteren Hauses. Alles um sie herum war finster, bis eines der unter Beschuss geratenen Häuser Feuer fing.

Beide stolperten hastig durch einen Gemüsegarten. Hyde sah die Blüten an den Büschen und die Wäsche auf der Leine. Mit den Füßen zertraten sie dicke, saftige Früchte. Das Peitschen der Rotorblätter schmerzte in den Ohren. So fest wie irgend möglich drückte er Ros an sich heran.

Hinter einem kleinen Haus, dessen Lichter fast von den Bäumen verschluckt wurden, erreichten sie eine schmale Straße. Gerade noch rechtzeitig konnten sie in Deckung springen, als ein Lastwagen an ihnen vorbei röhrte und über die Schlaglöcher holperte. Hyde schob die Büsche auseinander, und nur Bruchteile einer Sekunde später wurden sie von ihnen verschlungen. Sie knallten gegen eine Hauswand, drinnen schrie jemand vor Angst auf.

Auf der nächsten schmalen Gasse wurden sie vom Suchscheinwerfer erfasst. Der Lastwagen, auf dem er montiert war, raste auf sie zu. Selbst als er die Heckler & Koch Maschinenpistole nachlud und feuerte, blieb Ros starr wie ein Kaninchen mitten auf der Straße stehen. Dreißig Schuss aus der Automatik, das Magazin war im Nu leer. Dann herrschte wieder Dunkelheit. Der Lastwagen schleuderte mit zerborstener Windschutzscheibe in ein Haus und brachte es zum Einsturz. Hyde drängte Ros in eine von Bäumen gesäumte schmale Gasse, während in der Entfernung wieder die Straßenlautsprecher bellten. Seine Netzhaut war durch das grelle Licht des Scheinwerfers immer noch geblendet. Erst als sie die Außenbezirke der Stadt erreichten, konnte er langsam wieder deutlich sehen.

Nach weiteren zehn Minuten stießen sie auf ein leeres, halb verfallenes Haus, das eher den Eindruck eines Hühnerstalls erweckte. Völlig erschöpft stolperte Ros wie eine Betrunkene hinter ihm her. Vor Angst klapperte sie mit den Zähnen. Der Mondschein unterstrich noch ihre aschfahle Gesichtsfarbe. Auch Hyde lehnte sich ausgepumpt mit dem schweren Rucksack gegen das morsche Holz und schaute zum Himmel hinauf. Über ihm waren nur die leuchtenden Sterne, nicht aber die Navigationslichter der beiden Hubschrauber zu sehen, die jetzt offenbar den Norden und Osten von Katha durchsuchten. Nur durch Zufall waren sie Jessops Netz entronnen. In der Nähe hörte Hyde das Gurgeln und Plätschern des Irawaddi, den er sogar in der ruhigen Nachtluft riechen konnte. Hinter der Stadt tauchte die vom Mond beschienene Gangaw-Taung-Bergkette auf.

Vorsichtig drückte er die schief hängende Tür der Hütte auf und ging hinein. Der Kegel seiner Taschenlampe strich über Fußboden und Wände. Hyde konnte keine Schlangen entdecken, lediglich eine Ratte huschte an ihnen vorbei. Ein zerbrochener Tisch und eine Sitzbank tauchten im Schein der Lampe auf. Die Hütte musste schon vor Jahren verlassen worden sein. Von dem Schilfdach waren nur noch spärliche Reste vorhanden, und in den dünnen Holzwänden klafften Lücken. In einer Nische stand ein Buddha, und ein paar Fotos von runzligen Burmesen und ein Kalender hingen schief an den Wänden.

Ros hockte sich mit dem Rücken zur Wand auf den Boden. Das Maschinengewehrfeuer und der verunglückte Lastwagen hatten ihr die Nähe des Todes wieder ins Bewusstsein gebracht. Hyde reichte ihr die Feldflasche.

»Hunger?« Sie schüttelte erschöpft den Kopf. Argwöhnisch, fast ängstlich betrachtete sie die Maschinenpistole, die um seine Brust baumelte. »Ich muss mit Aubrey sprechen.« Er legte den Rucksack auf den Boden und suchte nach dem Funkgerät. Die Batterien waren zwar die besten, hielten aber auch nicht ewig. Während er die Antenne aus dem Empfänger zog, erinnerte er sich an das Training vor zwanzig Jahren. Gehe *immer* davon aus, dass die Batterien schnell leer sein können. So, Aubrey, alte Knabe, jetzt musst du aber einen sehr guten Plan parat haben!

Am anderen Ende war Godwin. Obwohl er die Flüsterfunktion eingeschaltet hatte, erschien er ihm höchstens einen Kilometer weit entfernt. Ros hockte immer noch an der Wand. Ihr Atem wurde langsam ruhiger. Im schwachen Mondlicht, das durch die Löcher im Schilfdach fiel, sah sie seine vor Erschöpfung zitternde Hand.

»Ich bin es!«

»Soweit alles in Ordnung?«, fragte Godwin fast atemlos. »Wir haben gerade mit Phil gesprochen. Er glaubt, dass die beiden Männer, die er mit euren Fahrkarten losgeschickt hat, schon umgelegt worden sind.«

»Jessop ist hier mit der halben Tatmadaw. Aber im Moment sind wir sicher.«

»Hervorragend. Es gibt eine Ausweichroute. Ich gebe dir Sir Kenneth.«

Hydes freie Hand wurde immer noch nicht ruhiger.

»Patrick? Wie viel Zeit haben Sie?«

»Nicht viel.«

»Wie geht es Ros?«

»Sie ist in Ordnung.« Er schaute sie an. Ros *war* in Ordnung. Aus Verzweiflung über die toten Soldaten hatte sie ihn unter einem der Alleebäume an den Schultern gepackt und geschüttelt.

»Gut. Sie brauchen eine Karte. Scudamore hört in einer Konferenzschaltung zu. Es gibt eine alte Schmuggelroute über die Berge. Sie sollte sicher und mit einem Fahrzeug auch passierbar sein, falls Sie ein Fahrzeug beschaffen können.«

»Vielleicht. Scudamore *kennt* diesen Teil von Burma?«

»Bis vor einiger Zeit noch sehr gut. Soll Tony ihn zuschalten? Er liegt immer noch im Krankenhaus in Kuala Lumpur. Evans Leute haben dort für eine abhörsichere Verbindung gesorgt. Sind Sie soweit?«

»So weit, wie es geht.« Vor sich breitete er die Landkarten aus, deren laute Knittergeräusche Ros sichtlich nervös machten.

Katha war ein dunkler, schwarzer Fleck an einer Windung des Irawaddi. Der Fluss selbst schlängelte sich südwärts durch Burma. *Über die Berge?* dachte Hyde verwundert. Der dünne Lichtkegel seiner Taschenlampe flackerte über die Karte. In der Ferne hörte er das Dröhnen der beiden Hubschrauber. »Und wohin soll es gehen?«, fragte er ungläubig.

»Zur Grenze nach Indien, so nahe wie möglich nach Taungdut. Es liegt am nördlichen Ende des Kabaw-Tals, am Ufer des Chindwin. Hinter den Bergen erstreckt sich eine riesige Tiefebene bis zur indischen Grenze. Haben Sie das?« Seine Beschreibung endete wie eine Entschuldigung.

»Und was dann?«

»Dort werden wir Sie rausholen. Vielleicht mit einem Hubschrauber, sehr wahrscheinlich sogar. Aber Sie brauchen ein Fahrzeug. Tony bittet Sie, dass Sie mit ihm in ständigem Kontakt bleiben und Ihre Position melden.« Als starrte Aubrey nun selbst in die Leere, fügte er hinzu: »Patrick! Wir werden Sie da rausholen!«

»Ja, ja!«, antwortete Hyde, während er mit der Taschenlampe weiter die Karte studierte. Wenn überhaupt, würde sich ein ziviler Hubschrauber höchstens einige Kilometer nach Burma hineinwagen. Er begann schon die Entfernungen und die dafür notwendige Zeit abzuschätzen.

»Können Sie ein Auto beschaffen?«

Seine freie Hand zitterte noch immer. »Das muss ich wohl, oder? Schalten Sie jetzt Scudamore zu.« Die Eile, mit der Scudamore ihm ins Ohr bellte, unterstrich Aubreys Verlangen, die Verbindung mit Hyde so schnell wie möglich zu beenden.

»So, Sie sitzen also in der Klemme?«, brüllte der fette alte Trunkenbold.

»Sieht wohl so aus.«

»Aubrey will, das ich Sie da raushole.«

»Schaffen Sie das?«

Über ihnen näherte sich ein Hubschrauber, um sogleich wieder zu verschwinden. Er erinnerte sie an die Gefahr, in der sie schwebten.

»Das muss ich wohl, Sie haben mir ja auch das Leben gerettet. Haben Sie die Karte vor sich liegen?« Hyde hörte Scudamores röchelnden Atem. Draußen vor der Hütte war es wieder still geworden. Scudamore erschien ihm weiter entfernt zu sein als zuvor Aubrey.

»Gut, bringen Sie uns hier raus.«

»Früher haben den Weg Mulis und selbst Ochsen benutzt. Später dann auch Lastwagen.«

»Auf dieser Route? Das war vor langer Zeit. Ist sie denn noch passierbar?«

»Bei der Menge an Heroin, die in diesen Tagen transportiert wird? Seien Sie nicht dumm, Junge!«

»Ist die Route passierbar?«

»Am Anfang könnte der Weg etwas zugewachsen sein, Sie brauchen also eine Machete. Der Boden wurde mit Herbiziden besprüht, um den Weg frei zu halten. Es sollte also nicht allzu schlimm sein. Später dann gibt es Schluchten, Hohlwege und Felsabbrüche. Ich bin den verdammten Weg oft genug gegangen, um ihn wie meine Westentasche zu kennen.«

»In Ordnung!«

»Die Route beginnt im Nordwesten von Katha und zweigt von der Straße nach Gangaw Taung ab. An der Biegung steht ein Buddha in einer Felsnische, etwa drei Kilometer von Katha entfernt. Der Weg biegt dort nach Westen von der Straße ab. Damals war da noch eine Ruine. Er windet sich durch das Vorgebirge und überquert die Eisenbahnlinie etwa einen Kilometer vor Naba. Haben Sie das?«

»Ja«, antwortete Hyde, machte sich dabei Notizen auf

einem Block und kennzeichnete die Orte, die ihm Scudamore genannt hatte, auf seiner Karte.

»Der Weg ist mit den *Nats* markiert.« Scudamore konnte ein Lachen nicht unterdrücken, das aber sogleich in einen Hustenanfall überging. »Sie wissen, was das ist? Ungefähr jeden Kilometer sieht man an Felsen oder hohlen Bäumen die Zeichen. Sie sind gemalt oder geschnitzt. Einige von ihnen sind nur hingeschmiert oder in den Felsen geritzt. Alle Markierungen bezeichnen ein *Nat*, eine aufrecht stehende Figur mit einem Schwert über der *linken* Schulter. Haben Sie das? Ich kann mich nicht mehr an den Namen dieses Kerls erinnern.«

»Das macht nichts. Stehend, Schwert über der linken Schulter. Habe ich. Und ich weiß auch, was sie bedeuten.«

Nats waren die Dämonen und Geister der alten Naturreligion, die Buddha nie so recht hatte ausrotten können. Die Burmesen verehrten immer noch die *Nats* und beteten sie sogar an. Herrgott, was war das für ein verrückter Plan!

»Machen Sie weiter!«

Ros hatte sich aufrecht in der zerfallenen Hütte hingestellt und starrte ihn für einen Moment unschlüssig an, um dann schnell nach draußen in die Nacht zu gehen.

Ärgerlich fuhr er Scudamore an: »Na gut, der Pfad ist mit den *Nats* markiert. Wie geht es hinter Naba weiter?«

Das Mondlicht fiel wie etwas Klärendes auf Ros' Gesicht. Einige Schritte von der Hütte entfernt blieb sie stehen und inspizierte ihre verknautschten, jetzt wieder trockenen Kleider. Dann schaute sie auf zum Mond, der in einem Sternenmeer zu schwimmen schien. Das Dröhnen eines Hubschraubers war weit genug entfernt, um sie nicht weiter zu beunruhigen.

Hyde hatte bestimmt nicht den Brandgeruch wahrgenommen, dazu war er viel zu sehr damit beschäftigt, sie am Leben zu erhalten. Für sie war der Horror mitten in der stillen Abendluft ausgebrochen: Der Hubschrauber, der ziellos die Häuser und Bäume beschossen hatte, die Panik, die Vögel und Menschen gleichermaßen erfasst hatte.

Sie starrte geistesabwesend auf den zunehmenden

Mond. Die Zeit verstrich, und nur gelegentlich hörte sie Hydes Gemurmel in der Hütte. Er würde alles in seiner Macht Stehende tun, um sie in Sicherheit zu bringen, davon war sie überzeugt. Aber er würde wieder töten müssen, um sein Ziel zu erreichen. Genau wie dieser Hubschrauber.

Ros zitterte, als sie ihn an ihrer Seite spürte. Er schnaubte vor Ärger und zündete sich eine Zigarette an. Sie spürte seine Anspannung. Hyde stellte sich herausfordernd vor sie hin.

»Gut, Mädchen!«, sagte er schnell. »Ich kann uns hier raus bringen. Der alte Scudamore kennt einen alten Schmugglerweg durch den Busch. Ich schaffe es, aber es wird schlimmer, Ros, als du es dir vorstellen kannst. Verstehst du mich?«

Nach einem Moment der Stille nickte sie. Liebevoll nahm er ihren Arm, als sie ihn fragte: »Werden wir es denn schaffen?«

Er grinste nur. »Herrgott, mein Ruf steht auf dem Spiel! Füher habe ich gute wie schlechte Leute gerettet, da werde ich es wohl auch schaffen, *uns* beide zu retten, oder etwa nicht?«

»Sie haben von einem Fahrzeug gesprochen. Wo bekommen wir jetzt eins her?«

»Am Kai werden sie uns nicht erwarten, jedenfalls noch nicht. Bist du bereit? Willst du etwas Schokolade?«

»Nein, danke.«

Er ging zurück in die Hütte und kam mit dem Rucksack wieder heraus, den er sich so bequem wie möglich über die Schultern hängte. Die Maschinenpistole baumelte über seinem Brustkorb. »Lass uns gehen!«, rief er ihr zu, und dankbar ergriff sie die ihr entgegengestreckte Hand.

Hinter dem Garten des Hauses führte eine enge, gewundene Gasse entlang. Es roch vermodert und der Boden war glitschig. Während der ersten hundert Meter in der Dunkelheit stolperte Marian immer wieder. Einer der beiden Männer hielt sich hinter ihr, um sie mit den Händen zu stützen. Nach einer weiteren Biegung tauchten plötzlich Lichter auf, und Trillerpfeifen waren zu hören. Marian blieb wie angewurzelt stehen und bemerkte dabei nicht, dass sie in einem offenen Rinnstein stand, in dem die stinkenden Abwässer der umliegenden Häuser flossen.

Die Lichtkegel der Taschenlampen tanzten über die Holzwände der Läden und Hütten und fielen von Zeit zu Zeit auf die eingeschüchterten Gesichter der Menschen auf ihren kleinen Veranden und Balkonen. Das Licht schreckte auch Tauben auf, die verängstigt davonflogen. Marian fiel beinahe hin, als einer der beiden Burmesen sie wieder zurück in die Gasse zog, aus der sie gekommen waren. Die friedlichen Geräusche des nahen Marktes hatten sie genarrt.

Alle drei rannten wieder zurück in die Werkstatt des Holzschnitzers. Die Lichtkegel tanzten entlang der Gasse, während die immer näher kommenden Trillerpfeifen und die schweren Schritte der Polizisten bedrohlich real wurden. Im Haus stolperte Marian über eine am Boden liegende Gestalt – sie erkannte den alten Holzschnitzer. Aus einer Wunde an seinem Hals lief noch Blut. Sie beging die letzte Würdelosigkeit, indem sie über ihn hinwegtrampelte. Hitze und grelles Licht schlugen ihnen von der Frontseite des Hauses entgegen. Augenblicklich umgab sie dicker schwarzer Qualm. Die Männer drängten Marian die Treppe hinauf und dann durch das Zimmer, in dem noch vor kurzem das Treffen mit Suu Kyi stattgefunden hatte. Jemand schubste sie über einen winzigen Flur.

Dicker rußiger Qualm drang durch die Ritzen in den Bodendielen nach oben, so dass ihre Fußabdrücke zu erkennen waren. Einer der beiden Burmesen öffnete eine Bodenklappe. Auf ihren erhitzten Wangen spürte sie die kühle, frische Luft, als sie nacheinander durch die Klappe auf das Dach kletterten. Marian spürte ihr pochendes Herz, hörte ihren schweren Atem. Aus einem Loch im Dach leckte bereits wie ein neugieriger Beobachter eine Flamme nach oben. Doch dies war nichts im Vergleich zu den Trillerpfeifen und dem Schicksal des Holzschnitzers. In nicht mehr als einer Minute musste er von der Polizei verhört worden sein, die ihn daraufhin kurzerhand getötet hatte.

Ihr wurde schlecht, würgend musste sie sich erbrechen. Ihr Gesicht war mit Tränen und Schleim verschmiert, während sie gleichzeitig mit Armbewegungen versuchte, die beiden Männer fortzuschicken.

Endlich war ihr Magen leer, und sie zitterte am ganzen Körper. Jetzt erst bemerkte sie, dass sie auf den Knien kauerte und weitere Flammen sich wie Zuschauer hinzugesellt hatten. Die beiden Burmesen standen schon auf einem benachbarten Dach und beobachteten Marian scheinbar ungerührt. Sie wischte sich über die Augen, den Mund und die Nase, als sie wohl darüber diskutierten, ob sie ihre beschwerliche Last zurücklassen und über die Dächer des Marktbezirks verschwinden sollten. Sie strich sich die verklebten Haarsträhnen aus dem Gesicht und stellte sich den beiden gegenüber, als wollte sie sie zur Rede stellen, dabei wollte sie von ihnen nur in Sicherheit gebracht werden.

Nach einer Weile winkte einer der beiden ihr aufmunternd zu. Marian schnappte sich die Handtasche mit den Fotografien und sprang mit einem beherzten Satz auf das benachbarte Dach. Sie wusste, dass sie die jungen Männer in Gefahr brachte. Um ihr plötzlich aufkommendes Schuldgefühl abzuschütteln, war sie es jetzt, die zur Eile drängte. Der eine nickte schließlich, dann gingen alle drei bis zum Geländer am Ende des Dachs. Sie schaute ängstlich hinunter in eine Seitengasse. Hinter ihnen warfen die Flammen ihre Schatten voraus.

Ein Polizeiwagen zwängte sich durch den schmalen Spalt zwischen den Häuserreihen, wobei die Polizisten mit Handscheinwerfern in die Hauseingänge und durch offen stehende Türen leuchteten. Die beiden jungen Männer wiesen Marian auf eine Planke hin, mit der sie die enge Straßenschlucht überbrücken konnten. Der größere tänzelte förmlich auf das gegenüberliegende Dach und winkte sie dann hinüber.

Sie wartete am Rand. *Schau nicht hinunter,* sprach sie sich in Giles' strengstem Tonfall selbst Mut zu. Mit wiedergewonnenem Selbstvertrauen trat sie auf die Planke, als würde sie einen Albtraum hinter sich lassen. Im Klang einer aufheulenden Sirene begann sie zu wanken, um dann beherzt nach der ausgestreckten Hand des Burmesen zu greifen. Erst jetzt bemerkte sie, dass der andere Burmese nur einen Schritt hinter ihr war. »Schnell!«, zischte er als Antwort auf weitere Trillerpfeifen. Erste Schüsse fielen, und Marian begann hinter den beiden herzurennen.

Am Rande eines Daches versagten ihre Knie. Mit ausgestreckten Beinen saß sie auf einem flachen Teilstück, auf dem in Käfigen aufgescheuchte Tauben sanft gurrten. Dort blieb sie für einen Moment außer Atem und völlig erschöpft sitzen. Eine halbe Stunde war jetzt mindestens vergangen, seitdem sie auf das Dach des Holzschnitzers geklettert waren. Eine halbe Stunde waren sie auf der Flucht gewesen ohne jegliche Pause. Wie die Vögel hatten sie nur ein paarmal den Boden berührt, wenn die zu überquerenden Straßen zu breit waren. Sie waren jetzt in der Nähe des Bahnhofs angelangt. Die beiden Burmesen – inzwischen wusste sie ihre Namen, Thu und Zeya –, kannten sich auf den Dächern von Rangun genauso gut aus wie in den Straßen.

Langsam kam Marian wieder zu Atem. Erschöpft starrte sie auf den Mond, vor den sich wie eine schmale Zigarre eine Wolke schob. Sie blickte hinüber zum Bahnhof und zum Hotel Dagon. Erleichtert flüsterten Thu und Zeya miteinander und schienen sie in das Gespräch mit einbeziehen zu wollen.

»Ich werde mit den Leuten sprechen, die mir weiterhelfen können«, sagte sie, um fragend hinzuzufügen: »Soll ich?«

Sie schauten sich an, bis Zeya, der größere der beiden, sagte: »Ja, wir können hier für einen Moment bleiben. Nehmen Sie sich Zeit.«

Marian wischte sich den Schweiß von der Stirn und den Augen und suchte in der Handtasche nach ihrem Handy. Dabei berührte sie den Stapel mit den Aufnahmen und dachte an den toten Mann in seinem Laden. Ein Schauder lief ihr über den Rücken, während sie mit zittrigen Fingern Evans' Nummer wählte. Der Lärm eines abfahrenden Zuges übertönte für einen Augenblick die Sirenen und die Rufe der Polizisten. Sie waren etwa einen Kilometer von den brennenden Häusern entfernt, auf die die Flammen vom Haus des Holzschnitzers übergesprungen waren. Unschuldig flackerte das Feuer wie eine Opferkerze in der Ferne. Unter ihnen dröhnte und lärmte die Stadt. Eine Dampflokomotive begann langsam, ihre Waggons aus dem Bahnhof zu ziehen. Marian konnte sogar das offene Feuer im Kessel erkennen.

»Colin?«

»Sind Sie es? Gott sei Dank!«

Colin Evans bemerkte, dass er nicht einmal ihre Antwort abgewartet hatte. Er reagierte nur auf ihre Stimme und die Erleichterung, die sie ihm brachte. Mit seiner Hand, die zuvor den Schreibtisch umklammert hatte, boxte er erfreut in die Luft. *Gott sei Dank!* rief er still an die Decke des von ihm vorübergehend besetzten Büros.

»Colin, ich muss hier rausgeholt werden«, hörte sie sich in fast gelangweiltem Tonfall sagen, als wäre sie auf einer Cocktailparty gestrandet. Er bewunderte Marian, wie sie sich beherrschte.

»Geht es Ihnen gut?« Aubrey und ihr Vater würden sich nicht weniger erleichtert anhören. »Wo sind Sie?«

Fast hysterisch begann sie zu lachen und bekam sogleich einen Hustenanfall.

»Auf einem Dach in der Nähe des Bahnhofs, auf einem *Dach*! Hören Sie?«

»Was ist passiert?«, unterbrach er abrupt ihr Lachen.

»Was? Ich bin die Fotos leider nicht losgeworden. Ich habe sie immer noch bei mir. Es scheint *meine* Aufgabe zu sein, sie unter die Leute zu bringen.« Bei diesen Worten wurde sie wieder nachdenklich.

Zum ersten Mal, seit er ihre Stimme gehört hatte, blickte Evans wieder auf das, was ihn in den letzten Stunden beschäftigt hatte. Es war eine Schwarzweißfotografie, die auf dem zerkratzten Schreibtisch lag. Das Gesicht des Mannes war in Richtung des Blitzlichts gedreht worden, die Kleidung war durchnässt. Das Wasser des Great Royal Lake und die starren Augen des Ertrunkenen mit dem hellen Gesicht reflektierten den Blitz.

Alder, erst ermordet und dann beseitigt. Sein Hinterkopf war zertrümmert worden. Ein Raubüberfall, nicht mehr, der erst bedauert würde, um dann ignoriert zu werden. Eine Angelegenheit der amerikanischen Botschaft, etwas Aufhebens in der heimischen Presse und im Kongress, eine Verurteilung durch das Weiße Haus. Die Junta wird sich in der lokalen Presse die Hände in Unschuld waschen. Und ein Paar Tränen von Marian Pyott.

Rein zufällig hatte Evans die Aufnahme des Toten erhalten. Der Bursche von der US-Botschaft in Rangun, den er aus Kuala Lumpur kannte, dementierte alle anders lautenden Gerüchte und wollte umgekehrt wissen, warum Evans überhaupt etwas wissen wollte. Es gab eine Nachrichtensperre, keinen Aufschrei, keinerlei diplomatische Geschäftigkeit. Alle Beteiligten hielten sich bedeckt.

Alder war also entweder ein Ganove gewesen oder von der Firma, das war offensichtlich. Das Schweigen der offiziellen Stellen bestätigte das.

Und nun war Madame am Telefon. *Passen Sie auf sie auf, Colin – ja, Sir Kenneth*. Er und ihr Vater hatten ihn schon den ganzen Tag über bekniet, sie wieder wohlbehalten zurückzubringen. Sie war Alders Geliebte. Arbeitete sie vielleicht mit ihm zusammen, oder wollte sie nur die Welt mit ihrem moralischen Feldzug vor dem Untergang retten? Kein Wunder also, dass sie mit Alder ins Bett gegangen war. Bei dieser politischen Naivität der beiden!

»Sind Sie noch da?«, hörte er sie fragen. Er spürte ihre Angst wie einen elektrischen Schlag. »Colin!?«

»Ja, ich bin noch hier«, beruhigte er sie und versuchte, das Foto von Alders Leiche zu ignorieren. Er unterbrach seine weiteren Spekulationen. Spätestens am nächsten Morgen wussten die von der amerikanischen Botschaft Bescheid. Die Nachrichtensperre würde aufgehoben und die Version eines Raubüberfalls aller Wahrscheinlichkeit nach offiziell bestätigt werden. Irgendjemand musste natürlich verhaftet werden. »Ich bringe Sie in die Botschaft, aber ich brauche etwas Zeit. Zwei bis drei Stunden vielleicht.« Er hörte sie durchs Telefon zittern. »Nicht länger. Können Sie sich bis dahin irgendwo verstecken?«

Die Kerle mit den Ray-Bans und den zahllosen Medaillen an der Brust waren hinter ihr her, erinnerte er sich. Bring sie her, bevor sie auch noch getötet wird.

»Ja.«

»Achten Sie darauf, dass ich sie telefonisch jederzeit erreichen kann. Ich suche einen Treffpunkt und muss für eine Tarnung sorgen. Alles, was Sie jetzt tun müssen, ist, für ein paar Stunden auszuhalten. Schaffen Sie das?«

»Ja.«

»Wenn andere Leute in der Nähe sind, schalten Sie das Handy aus. Ansonsten lassen Sie es bitte an.«

»Ja.«

Marian schaute zu den beiden Burmesen. Der Abendverkehr, die Polizeisirenen und der lärmende Bahnhof kamen ihr wieder ins Bewusstsein. Hinter den Lichtern der Stadt breitete sich eine Finsternis aus, die der Mondschein nicht zu durchdringen vermochte. Sie war schon lange kein Besucher mehr hier in Rangun, jetzt befand sie sich in dieser ihr erneut so fremden Stadt auf der Flucht. Sie floh vor Menschen mit Macht und Waffen. Selbst Colin Evans war jetzt fern, ihre lebenswichtige Nabelschnur wurde zu einem dünnen Faden.

»Bitte beeilen Sie sich, Colin«, hörte sie sich sagen. Der Ton einer Sirene ganz in ihrer Nähe entnervte sie. »Bitte ...«

»Ich mach so schnell, wie ich kann«, antwortete er. »Versuchen Sie, für die nächsten Stunden irgendwo unterzutauchen.«

Ein burmesischer Soldat betankte den Armeejeep aus einem Benzinkanister, während ein herumlungernder Offizier ihm dabei gelangweilt zuschaute. Der Jeep parkte nahe der Lagerhäuser, welche die Kaianlagen säumten. In der Zwischenzeit hatte die Fähre längst wieder abgelegt. Die Gegend war nahezu menschenleer, denn die Schiffsladung war schon in die Lagerhäuser gebracht worden. Die meisten Laternen waren ausgeschaltet, sodass der Platz wie ein schlecht beleuchteter Hinterhof aussah. Hyde roch den Fluss und das Diesel, das in den Tank schwappte.

Zwischen ihm und dem Jeep gab es kaum Deckung, zumal die Planken des Stegs verräterisch unter den Stiefeln des Soldaten knarrten. Der Offizier war zu weit vom Jeep entfernt, um ihn hinterrücks mit dem Messer töten zu können. Selbst wenn er sie mit der schallgedämpften Pistole erschoss, würde das genügend Krach machen, um andere Soldaten zu alarmieren. Etwa ein halbes Dutzend hielt sich noch in der Nähe auf. Sie spielten Karten oder dösten einfach vor sich hin, Zigarrenqualm hing in der Luft.

Plötzliche Dunkelheit überraschte den Soldaten. Hyde hörte das Diesel auf den Boden platschen, während der Offizier laut lachte und den Zigarrenstummel in hohem Bogen ins Wasser schnippte. Ros griff nach Hydes Arm und atmete schwer.

»Was ist passiert?« Ihr Griff schien ihn zurückhalten zu wollen, als hätte sie Angst, dass er verletzt werden könnte.

»Das habe ich fast vergessen. In den abgelegenen Landstrichen gibt es nur für ein paar Stunden am Tag elektrischen Strom. Ich hatte das erwartet, die Show wird für heute Nacht vorüber sein. Jessop wird über die Stromsperre reichlich ungehalten sein.«

In einer offenen Tür zum Lagerhaus wurde eine Öllampe angezündet, deren warmes Licht auf die Kaianlagen fiel. Der Soldat hatte inzwischen den Jeep voll getankt und den Benzinkanister neben die anderen gestellt. Das Kartenspiel wurde jetzt im Schein der Öllampe fortgeführt, während sich der Offizier die nächste Zigarre anzündete. Jessop würde sicher bald mit diesem Pack hier Kontakt aufnehmen, um sie zu erhöhter Wachsamkeit anzuhalten. In der Ferne wanderte der Suchscheinwerfer eines Hubschraubers über die schwarzen Wipfel der Bäume.

Ros hielt seinen Arm immer noch fest, während sich beide hinter gestapelten Kiste versteckten, die stark nach gesalzenem Fisch, Erdnüssen und Sirup rochen. Hyde drehte sich zu ihr um, strich liebevoll über ihr Gesicht und nahm sanft ihre Hand von seinem Arm. Vorsichtig hockte er sich hin. Das Licht der Öllampen der Mondschein würden ausreichen, um ihn deutlich sehen zu können. Und die Entfernung?

Zwanzig Meter bis zum Jeep. Außerdem brauchte er noch zusätzlichen Treibstoff, mindestens drei Benzinkanister. Reichte die Deckung?

Die Kartenspieler und der Offizier würden ihn von der offenen Tür zum Lagerhaus aus sehen können. Außerdem musste der Zündschlüssel im Schloss stecken. Er betete, dass der Offizier ihn nicht abgezogen hatte, als er vor ungefähr zwanzig Minuten hierher gekommen war. Hyde rückte die Maschinenpistole vor seiner Brust zurecht und prüfte die Pistole, bevor er sie in den Hosenbund steckte. Unter dem rechten Arm band er ein Messer fest, dann holte er eine Blendgranate aus der Hosentasche.

Vorsichtig zog er den Sicherungsstift heraus und legte ihn geräuschlos auf eine der neben ihm stehenden Kisten. Hyde wusste, dass man ihn sehen würde, sobald er aus der Deckung kam, um die Blendgranate in Richtung des Lagerhauses zu rollen. Sie würde erst nach zwei Sekunden hochgehen. Die Soldaten wären von seinem plötzlichen Auftauchen zu überrascht, um in dieser kurzen Zeit auf ihn zu schießen. Nur das helle Mondlicht machte ihm Sorgen.

Konnte er es schaffen?

Es könnte knapp werden.

»Halte dich bereit. Wenn ich an die Kisten heranfahre, spring rein. Behalte den Kopf unten, ja?«

»Ja.«

Hyde legte ihr für einen Augenblick die Hand auf die Schulter und stand dann auf. Einen Moment lang zögerte er. Es machte keinen Sinn, ihr irgendeinen Rat zu geben, falls es ihn hier erwischen sollte. Es gab keinen. Falls er getötet oder verwundet wurde, war auch Ros verloren. Allein würde sie es niemals schaffen.

Die Entfernung!

Mit der Zeit erschien ihm die Szene leblos wie ein Stillleben. Der Schatten des Jeeps im Mondschein; der sich dahinter wie ein glitzernder See erstreckende Irawaddi; die Kartenspieler in einer Ecke des Bildes, der milde Schein der Öllampe. Jemand lachte, ein anderer spuckte aus.

Er hatte sich jetzt zwei Schritte bis zum Ende des Schattens der Kisten geschlichen. Dann klärte er seinen Kopf von Scudamores kriegslüsternen Instruktionen, den Zeiten und Routenbis zur indische Grenze. Die Entfernung betrug jetzt etwa fünfzehn Meter. Sein Schatten war hinter ihm, als er quer über die Kaianlage auf den Jeep zurannte. Wie eine Maschine drehte er sich auf den Absätzen und ließ die Granate rollen.

Ein Schrei zerriss die Abendstille, und ein Soldat reckte den Hals, um hinter der Öllampe hervor besser sehen zu können. Hyde rannte jetzt wie auf einem Präsentierteller mitten durch die vom Mond hell erleuchtete Nacht. Mit der rechten Hand, die noch eine Spielkarte hielt, wurde auf ihn gezeigt. Wie in Zeitlupe griff der Offizier zur Pistolentasche an seiner Hüfte. Eine suchende Hand stieß ein an die Wand gelehntes Gewehr versehentlich zu Boden. Die harmlos aussehende Büchse rollte weiter auf die vier Kartenspieler und den daneben stehenden Offizier zu.

Zwei Sekunden waren vergangen, und der erste Schuss aus der Pistole zischte an Hydes Kopf vorbei. Er duckte sich und hielt sich die Ohren zu. Er hatte Ros angewiesen, dasselbe zu tun und vor allem *nicht zu schauen*.

Vier ohrenbetäubende Explosionen zerrissen die nächtliche Stille. Der Jeep war jetzt hell erleuchtet. Grell-weiße Blitze zuckten, Schüsse peitschten, Panik brach unter den Soldaten aus. Hyde sprang in den Fahrersitz des Jeeps, als weitere Explosionen die Stille zerrissen, weitere Blitze, die die Soldaten blendeten und sie in ein desorientierendes Licht hüllten. Im Zündschloss steckte der *Schlüssel*! Er startete den Motor. Selbst am Bahnhof würde Jessop den grellen Lichtschein bemerken und die Explosionen hören. Er würde genau wissen, um was für eine Granate es sich handelte.

Im Schein der Blendgranate, die langsam wieder an Kraft verlor, sahen die Soldaten wie angesengte Figuren aus. Sie waren völlig orientierungslos. Der Offizier ballerte blind in die Nacht, in der er nichts erkennen konnte.

»Rein!«, schrie er zu Ros, gab Gas und hielt den Jeep gleichzeitig mit der Handbremse. *»Rein mit dir!«* Auch sie war verwirrt, sodass Hyde sie am Arm packen und in den Wagen zerren musste. Geistesgegenwärtig zog sie den Rucksack hinter sich her und warf ihn hinten in den Jeep. Er ließ die Kupplung kommen, und der Jeep sprang mit einem Satz nach vorn. Inzwischen war fast wieder Dunkelheit eingekehrt. Hyde lehnte sich hinaus und schnappte sich nacheinander drei Benzinkanister.

Wieder peitschten Schüsse, doch schon raste er davon. Die restlichen Kanister explodierten am Kai. Stichflammen schossen in den Himmel und ließen blendende Flammen auflodern. Ros rieb ihm das Haar und die Kleidung. Zuerst roch er nur das angesengte Haar, dann nur noch das Diesel. Er schoss einen Hang hinunter zur Straße und beeilte sich, im Schatten der Bäume in Deckung zu gelangen.

Der Geruch der Sägemühle in der feuchten Nachtluft war betörend. Jetzt, da der Krach aus den überfüllten Buden am Ufer fast vollständig verstummt war, konnte Evans das Glucksen des Flusses in über hundert Metern Entfernung vernehmen. Er hörte auch einen seiner lokalen Helfer, der hier in der Nähe Position bezogen hatte. Für einen Moment fiel das Mondlicht durch zerbrochene Fensterscheiben und löchrige Dächer auf das Gesicht des Mannes. Die Spezialabteilung in der Botschaft von Rangun hatte ihm noch einen Gefallen geschuldet. Außerdem befehligte er die eher halbherzig geführten Untersuchungen über den Drogenschmuggel des britischen Geheimdienstes. So war es ihm gelungen, in kurzer Zeit diese Rettungsaktion auf die Beine zu stellen.

In der Delegation des Handelsministeriums wurde Marian bereits vermisst, die anderen Mitglieder waren jedoch eher erleichtert und machten sich lustig, als dass sie besorgt nachfragten. Alders Tod war noch nicht bekannt gegeben worden, so lange hatte sie also noch ein lüsternes Alibi. Er und Marian waren *das Gesprächsthema* und sorgten für reichlich Zoten, aber auch neidische Bemerkungen.

Ich verspreche Ihnen, Marian, Sie werden kein Gesprächsthema an Alders Seite im Leichenschauhaus werden.

»Gibt es was Neues?«, flüsterte er heiser in das Sprechfunkgerät an seiner Wange.

»Nein.«

»Nur ein paar Bettler.«

»Ein Mercedes, darin ein Uniformierter und eine Frau.« Evans hörte das Summen des Motors auf der Monkey Point Road.

»Ein Streifenwagen, aber für die gibt es nichts zu sehen.«

Die Tarnung schien gut zu funktionieren. Er hatte seine Leute entlang der Monkey Point Road, am Syriam Pier, der Botatung-Pagode und am Bazar postiert. Das Gewimmel im Bazar und der Krach der Menge war langsam verschwunden. Die Aktivitäten von Polizei und Armee schienen für die Nacht eingestellt worden zu sein. Noch bis vor kurzem hatten überall die schwarzen Polizeiwagen und die olivgrünen Jeeps der Tadmadaw patrouilliert. Jetzt um kurz vor zwei Uhr morgens war Rangun in tiefen Schlaf versunken und hoffentlich auch die fieberhafte Suche nach Marian.

Evans lauschte erneut den Geräuschen der Stadt, die jetzt in ihrem Schlaf grummelte. Noch ertönten einige Sirenen, ein Dampfer auf dem Yangon tutete, irgendwo bellte ein Hund, und selbst das Ausspucken eines Mannes war zu hören. Die Lichter wurden immer spärlicher, denn Rangun war für seine unregelmäßige Elektrizitätsversorgung bekannt. Die Einwohner behaupteten, dass man nach Mitternacht nur einen Blick aus dem Fenster zu werfen brauchte, um zu erkennen, wo die Junta, die Armeegeneräle und die korrupten Geschäftsleute wohnten. Ihre Viertel waren die einzigen, in denen noch Licht brannte.

»Meldung geben«, wies er seine Leute an.

»Ein Streifenwagen.« … »Nichts.« … »Ein paar Betrunkene.« … »Dieselben beiden Bettler wie vorhin.«

Er hatte sich für die Sägemühle am Flussufer als Treffpunkt entschieden, da diese direkt an das Labyrinth des

Stadtzentrums grenzte. Von hier aus konnte er mögliche Verfolger leicht ausmachen. Außerdem hielten sich dort nur Obdachlose, Schwarzmarkthändler und Straßenräuber auf, also das genaue Gegenteil dessen, was normalerweise für eine Rettungsaktion einer ausländischen Politikerin ausgewählt wird. Zufrieden lächelnd über seine Wahl erhob er sich, um den Krampf in seinem Unterschenkel wieder loszuwerden. Durch die offenen Türen der Sägemühle sah er die gelagerten Baumstämme. Davor türmten sich gestapelte Teakholzbretter. Evans roch die Sägespäne unter seinen Füßen.

Er hatte Marian instruiert, ihn nur im Notfall oder wenn sie in die Nähe der Sägemühle kam anzurufen. Sie schien den beiden Burmesen zu vertrauen, die sie herausgebracht und bislang versteckt gehalten hatten. Auf Evans wirkten sie kompetent, vielleicht ein wenig zögerlich. Von einem an der Mole liegenden Frachter wurden gerade Müllsäcke über Bord geworfen.

»Hier Nummer drei«, hörte er. »Wieder ein davonfahrender Streifenwagen. Sir, diese beiden Bettler, ich glaube, einer von ihnen ist eine Frau.«

Evans schaute auf die Uhr. Es war fünf Minuten nach zwei. Er hatte zwei Uhr gesagt, sie aber zur Vorsicht ermahnt, sodass sie auch später kommen konnten.

»In Ordnung, Nummer drei. Behalte sie weiter im Auge.« Er nahm sein Nachtsichtglas und suchte nach den drei Männern, die er an verschiedenen Punkten der Sägemühle postiert hatte. Die riesigen Sägeblätter schimmerten grau im Mondlicht. »Bleib wachsam! Die anderen bitte melden.«

»Nummer eins, keine Aktivitäten, Sir.« ... »Nummer zwei hier! Ein Taxi, ein nach Norden fahrender Armeejeep. Nichts Verdächtiges.« ... »Nummer vier, Sir. Hier ist alles ruhig. Sollen wir näher kommen?«

»Nein. Lasst Nummer drei die beiden verfolgen. Falls sie es sein sollten, sind sie auf dem Weg hierher. Passt auf verdächtige Bewegungen auf.« Er spürte den Schweiß auf der Stirn und unter den Armen, dessen Ursache *nicht* die Luftfeuchtigkeit war. »Nummer drei?«, flüsterte er immer aufgeregter.

»Es ist eine große Frau, sie trägt jedoch burmesische Kleidung.«

»Das macht nichts. Ist sie größer als der andere?«

»Ich glaube ja, allerdings bückt sie sich gerade.«

»Bleib in ihrer Nähe. Irgendwelche Bewegungen?«

»Nein.«

»Gut. Wo sind sie jetzt?«

»An der Ecke zur Botatung Pagoda Road. Sie wühlen in Mülltonnen hinter den Basarläden.« Die Stimme des älteren Burmesen klang zögerlich, als wäre er sich nicht ganz sicher über die Identität der Frau. Evans grinste in sich hinein. »Jetzt laufen sie wieder, überqueren die Monkey Point Road. Noch zweihundert Meter zu Ihnen, Sir.«

»Gut. Kommt jetzt alle rein. Alarmbereitschaft für die anderen.«

Er ignorierte ihre Antworten. Der schwere Geruch des Teakholzes und das Geräusch eines davonfahrenden Autos schienen ihm jetzt wichtiger zu sein. Deutlich konnte er das Säuseln des Flusses hören. Von einem der Frachter plärrte ein Radio über das Wasser. In einem der nahe gelegenen Blechhütten schrie ein hungriges Baby.

»Noch hundert Meter!« Dann kurz darauf: »Jetzt noch fünfzig. Sie müssen es sein, sie zögern nicht mehr.«

»Nummer eins, zwei, vier, kommt jetzt rein.«

Wieder beobachtete er durch sein Nachtsichtglas die Türen zur Sägemühle. Gott sei Dank, nur noch ein paar Sekunden.

»Eins, zwei, vier«, flüsterte er, »habt ihr jetzt Sichtkontakt?« Evans lauschte in die Stille. »Meldet euch, verdammt noch mal, eins, zwei, vier!«

Jetzt konnte er sie vom Türbogen eingerahmt erkennen. Wie angewurzelt standen der Burmese und die größere Frau dort.

»Herrgott, eins, zwei, vier, wo steckt ihr?«

Plötzlich veränderte sich das Licht im Fernglas. Die Umrisse der beiden Gestalten hoben sich wie vor einer Explosion ab. Die ganze Mühle war in grelles Licht getaucht, das durch die offenen Türen auf den Vorplatz fiel. Aus dem Funkgerät drang nur noch eine verräterische Stille. Aus Lautsprechern plärrte eine Stimme, während gleichzeitig Autos mit quietschenden Reifen vorfuhren. Evans fühlte Panik in sich aufsteigen, fühlte sich von den beiden im Scheinwerferlicht festgehaltenen Personen in die Irre geführt, fühlte sich veralbert durch die verräterische Stille seines Funkgeräts.

Die Stimme aus dem Lautsprecher wiederholte die Befehle in Burmesisch – *Stehenbleiben, keine Bewegung*. Er musste sich bewegen. Evans zog seine Pistole und entsicherte sie. *Bewege dich, bleibe nicht an einem Ort*, dachte er. Dann fing er zu schreien an: »Marian, rennen Sie! Marian!«

Marian – der Name riss sie aus ihrer Erstarrung, doch das grelle Licht und der enge Longyi hielten sie zurück. Wie ein Schmetterling war sie gefangen und zusammen mit Zeya von dem harten Licht des Scheinwerfers festgenagelt worden. Selbst die Stimme aus dem Lautsprecher empfand sie wie eine Hand auf ihrer Schulter. *Keine Bewegung. Bleiben Sie, wo Sie sind. Wir wissen, wer Sie sind*, erklang es erneut. Es gab keine Ausrede, keine Fluchtmöglichkeit mehr.

Wie, um Gottes willen, wie? Selbst als er auf die Türen und das Licht zurannte, das Marian fest zu halten schien, dachte Evans noch darüber nach. Wie angewurzelt stand sie dort drüben. Der Burmese verharrte ebenso regungslos neben ihr. *Los Mädchen. Los, um Himmels willen!*

Unbedacht rannte Evans weiter. Das oberste Gebot war, sie hier heil herauszuholen. Im Nachtsichtglas versuchte er rennende Gestalten, Scharfschützen oder Fahrzeuge auszumachen. Marian stand immer noch unbeweglich dort. Dann tauchte ein Soldat auf. Evans schoss, und der Mann sackte in sich zusammen. Er wusste, dass seine Leute jetzt schon dabei waren, sich aus dem Staub zu machen. Überleben war ihre Priorität, und er hatte sie schließlich nur für ein paar lumpige Dollar angeheuert. Alder war tot, und nun war die Frau auf dem besten Wege, ihm ins Leichenschauhaus zu folgen.

»Marian!« schrie er. *»Marian!«*

Wieder schoss er auf eine Person. Zur Hölle mit der diplomatischen Immunität. Dort drüben stand Pyotts Tochter und Aubreys Patenkind.

»Marian!«, schrie er erneut.

Marian – Der Name drang wie durch einen Nebel zu ihr vor und riss sie endlich aus ihrer Erstarrung. Der untersetzte, selbstlose Evans rannte wild um sich schießend auf sie zu. Ein Soldat, der sie sich gerade schnappen wollte, sackte stöhnend zu Boden. Als wollte sie sich in Evans ausgebreitete Arme fallen lassen, taumelte Marian nach vorn. Überall in der Sägemühle tauchten jetzt Schatten auf. Einer davon war der ihre, ein anderer versuchte an ihrer Seite, dem Licht zu entfliehen. Es war Zeya.

Plötzlich war ihr Schatten allein. Marian schaute sich nach allen Seiten um und sah den Körper des jungen Burmesen ausgestreckt in den Sägespänen liegen. In Panik wandte sie sich ab und kollidierte mit Evans. Wieder feuerte er. Der Krach der Pistolenschüsse neben ihrem Ohr betäubten sie. Schüsse peitschten jetzt von allen Seiten über den Platz. Der Lärm von Sirenen, Trillerpfeifen und jetzt noch das Peitschen von Rotorblättern erfüllte die Nacht.

»Los, kommen Sie!«, brüllte Evans. Dann war sein Ausdruck nicht mehr mutig und entschlossen, sondern erstaunt über einen plötzlichen Schmerz. Er rutschte auf den Spänen aus und ging, als wolle er beten, in die Knie. Evans schaute zu ihr auf, war für einen Moment verwirrt und brüllte sie dann heftig an: »Rennen Sie endlich weg, Marian! Ich werde es schon schaffen!« Immer noch zögerte sie. »Verdammt, man will Sie umbringen! Rennen Sie, ich befehle es Ihnen!«

Er lehnte sich mit dem Rücken an einen Stapel frisch geschnittener Bretter und versuchte, sich aufrecht hinzusetzen. Dann zeigte er auf ein nur wenige Meter entferntes Loch in der Wand der Sägemühle.

»Laufen Sie runter zum Fluss«, sagte er keuchend und drückte ihr dabei etwas in die Hand. »Das werden Sie brauchen. Gehen Sie jetzt!«

Sie nickte, zog den verschmutzten Longyi hoch, den ihr

die beiden Burmesen gegeben hatten, und rannte augenblicklich los. Marian hatte keine Ahnung, wo der andere Burmese geblieben war. Vielleicht hatte man Thu auch schon getötet.

Übel riechende, feuchte Luft und Düsternis. Sie ließ die Sägemühle hinter sich und fand sich in engen, von Blechhütten gesäumten Gassen wieder. Sie platschte mit dem Fuß in eine offene Abwasserleitung, die unerträglich stank, und rannte beinahe eine aus Pappe errichtete Behausung nieder. Jemand dort drinnen, ein alter Mensch, schrie vor Angst auf. Andere Gestalten tauchten jetzt auf, die von den Schüssen und dem Licht aufgeschreckt worden waren und eine Polizeiaktion befürchteten.

Eine Öllampe fiel um, Kochtöpfe schwappten über, ein Baby lag im Dreck. Angst und Entsetzten stand in jedem Gesicht, das vom Mondlicht oder den Suchscheinwerfern angestrahlt wurde. Hinter ihr ertönten Schreie und Trillerpfeifen, als gehörten die Slumbewohner und sie selbst zu einer Herde von Tieren, die gerade zusammengetrieben wurden. Evans? Thu? Wie Traumbilder waren sie verschwunden.

Erst jetzt bemerkte sie, dass Evans ihr das Nachtsichtglas in die Hand gedrückt hatte. Sie hielt es an ihre Augen und fokussierte es, wobei sie deutlich den eigenen Schmutz und ihre Angst inmitten des Gestanks der Behausungen um sie herum wahrnehmen konnte. Flach gewalzte Petroleumfässer, die als Wände für die Hütten dienten, ebenso wie Pappe, Lehm, Stroh und Bambus. Und mitten drin umherrennende, von Angst befallende Menschen. Ein Hubschrauber flog von der Sägemühle herüber zum Fluss. Ziellos feuerten Soldaten in die Menge. Dazwischen wurden immer wieder Befehle geschrien. *Halt! Stehen bleiben,* deren Befolgung aber nicht abgewartet wurde. Polizisten und Soldaten tobten wie ein Sturm durch die engen Gassen. Ein Lastwagen begann die Slumbehausungen niederzuwalzen. Schreie und Angst waren jetzt überall.

Um dem Terror zu entkommen, wateten die Menschen in den Fluss. Es waren kleine, verängstigte, halb nackte Figuren, eine andere Spezies von Menschen als die Soldaten, die sie verfolgten. Niemand beachtete Marian in diesem Chaos. Ihr Longyi klebte an den Beinen, als sie ins Wasser ging und dann auf den Schatten eines verrotteten Stegs zuschwamm. Ein Hubschrauber hing wie eine Kröte über den Hütten. Von seiner Nase stach förmlich ein Suchscheinwerfer auf die fliehenden Menschen. Aus dem schweren Maschinengewehr in der geöffneten Seitentür des Helikopters wurden sporadisch Salven auf die Slumbewohner abgefeuert.

Die Uniformierten hatten jetzt eine Kette gebildet und trieben die Slumbewohner in Richtung des Flusses vor sich her. Drei Lastwagen walzten die Hütten und Behausungen wie wild gewordene Elefanten nieder. Schüsse, Schreie, Befehle, Rotorgeräusche und ganz in der Nähe von ihr ein Planschen im Wasser. Selbst das Klappern von Zähnen konnte sie hören. Ein Schatten hatte sich vor Angst wie sie selbst ins Wasser geflüchtet. Auf ihrer erhitzten Haut kam ihr das Wasser eiskalt vor. Sie begann zu zittern, denn Angst war ansteckend, eine Plage, die sich innerhalb von Minuten ausgebreitet hatte.

Zeya war tot, und Evans sicherlich auch schon. Dutzende von Menschen waren tot oder starben, nur weil sie durch ihre Hütten geflohen war. Verängstigt hielt sie sich an den verrotteten Planken des Stegs in dem übel riechenden Fluss fest. Unkontrolliert zuckte sie bei jedem Schuss, jedem Befehl und jedem Aufblitzen des Suchscheinwerfers zusammen.

Kapitel vierzehn

Dschungelkrieg

Der winzige *Nat* mit dem Schwert über der linken Schulter war nur noch schemenhaft auf dem Felsen zu erkennen, obwohl die Scheinwerfer des Jeeps ihn direkt anstrahlten. Die Morgendämmerung erstreckte sich wie ein perlgraues Seidenkleid am Horizont, vor dem sich die Gangaw-Taung-Berge deutlich abhoben. Jenseits der Hügelkette, die sie bereits überquert hatten, lag Katha, die Straße nach Süden, die Eisenbahnlinie und der Irawaddi. Vor ihnen erstreckte sich das Mangin-Taung-Vorgebirge als Ausläufer des Himalaja. Sie waren jetzt umgeben von dichtem, fast undurchdringlichem Dschungel.

Hyde stoppte den Jeep neben dem Felsen, auf den vor Jahrzehnten der *Nat* gemalt worden war, und schaltete den Motor aus. Die plötzlich einsetzende Stille war beinahe greifbar. Neben ihm gähnte Ros gelangweilt, während Hyde einen Seufzer der Erleichterung unterdrückte. Es war ihm gelungen, sie zeitweise einzulullen, wobei sie die Gefahr, in der sie sich befanden, erfolgreich verdrängt hatte. Ros konzentrierte sich nur noch auf ihre Fahrt auf dem alten Schmugglerpfad im Licht des fast vollen Mondes. Er war dankbar dafür, dass sie die vor ihr liegenden Beschwernisse und den bisherigen Horror ausgeblendet hatte. Erschöpft beobachtete er am Horizont den Wechsel der Farben von Perlgrau zu Orange. Ein helles Leuchten, dort, wo die Sonne jeden Moment erscheinen würde, schob sich über die Hügel.

Mitten im Sonnenaufgang tauchte wie eine schwarze Fliege ein Hubschrauber auf. Seine Hand zuckte auf dem Oberschenkel, doch Ros neben ihm hatte es nicht bemerkt. Eine zweite Fliege folgte der ersten. Die Suche nach ihnen war wie die kreisförmigen Wellen im Teich ausgeweitet worden. Von der Art, wie die Hubschrauber in immer größer werdenden Kreisen von Katha aus operierten, hatte Hyde auf ihre Strategie geschlossen. Noch hatten sie sich nicht auf eine bestimmte Himmelsrichtung festgelegt. Und dank ihrer schnellen Fahrt im Jeep, bei der sie noch keine Rast eingelegt hatten, waren sie den Wellen voraus.

Jetzt jedoch war er sehr müde.

Hyde unterdrückte ein Gähnen. Die beiden Hubschrauber flogen im Tiefflug über die Baumwipfel des Dschungels hinweg. Noch suchten sie nach ihnen im Norden.

»Bist du hungrig?«, fragte er und kletterte aus dem Jeep, um seine müden Glieder zu strecken. Doch die beiden Fliegen am Horizont ließen ihn nicht los. Die Hubschrauber kamen ihm wie Insekten vor, die am oberen Rand der getönten Windschutzscheibe hektisch hin und her schwirrten, um einen fatalen Unfall zu provozieren. »Hast du besondere Wünsche?«, fügte er mit gespielter Unbekümmertheit hinzu.

Bei ihrer nächtlichen Fahrt durch die Reisfelder zwischen den Gangaw- und Mangin-Bergen hatten sie höchstens einen Vorsprung von wenigen Kilometern herausgeholt. Während dieser Zeit hatte Ros anscheinend himmlisch geschlafen und nichts bemerkt. Aber wenn beim nächsten Mal die Netze ausgeworfen würden?

Der Jeep stand unter alten, knorrigen Büschen und Bäumen, die seitlich vom Felsen wuchsen. Der Weg, der gerade breit genug für sie war, schlängelte sich zwischen Geröll und dunkelgrünem Dschungel die Berge hinauf. Noch war es sicher.

»Was gibt es denn?« fragte Ros.

»Das Übliche.« Sie würde nicht wissen, was man üblicherweise zum Überleben brauchte. »Haferflocken, Schokolade, verschiedener Brotaufstrich, Hühnchen, Kekse, Suppen, Reis.« Evans hatte schon immer gut eingepackt. Sogar einen kleinen Butankocher hatte er nicht vergessen.

»Irgend etwas … Kekse.« Langsam erwachte sie aus ihrer Benommenheit. »Und wie steht es mit Toilettenpapier?« fragte sie. Er holte beides aus dem Rucksack.

»Geh nicht zu weit fort! Bleib in der Nähe!« Nach ihrem Gesichtsausdruck zu urteilen, musste Ros seine Anweisungen als besonders überflüssig empfunden haben, denn sie eilte davon.

Er packte die Kekse, den Aufstrich, Schokolade und Rosinen aus. Sie hatten Proviant für zwei Tage dabei, mit je viertausendfünfhundert Kalorien pro Tag. *Das reicht, um ein hohes Maß an Aktivität durchzuhalten sowie die eigene Haut zu retten, Leute zu töten oder einfach Todesangst zu haben,* hatten früher die Ausbilder grinsend erklärt. Hyde kaute ein paar Rosinen mit getrockneten Äpfeln und beobachtete dabei die beiden Hubschrauber, die glücklicherweise nicht näher kamen. Dann füllte er den Tank. Der Gestank von Diesel mischte sich mit der klaren Morgenluft des Dschungels. Er versuchte, die Entfernung zu den Hubschraubern abzuschätzen, die in weiten Kreisen flogen. Bald würden sie abdrehen und im Westen nach ihnen suchen.

Am Abend zuvor hatte er das Unterholz bei der kleinen Buddhastatue im Felsen abgehackt. Wie von Scudamore beschrieben, kam dahinter die unfruchtbare Erde des Schmuggelpfads zum Vorschein. Auf dem noch gut befahrbaren Weg hatten sie die Eisenbahnlinie überquert und sich langsam die Berge hochgearbeitet. Von der Gangaw-Bergkette waren sie dann wieder in das verschlafene, vom Mond beschienene Tal hinabgefahren.

Die Hubschrauber hatten die ganze Nacht über nach ihnen gesucht. Als sie mit Suchscheinwerfern das Tal überflogen, hatte er den Jeep in einem Reisfeld versteckt. Bevor die peitschenden Rotorblätter jegliches Geräusch übertönt hatten, waren noch Frösche und Grillen zu hören gewesen sowie in der Nähe das Plätschern eines Bewässerungskanals. Ros war erst nach dem Abzug der Hubschrauber aufgewacht und hatte sich zu den Geräuschen nicht geäußert, und auch später hatte sie sie nicht erwähnt.

Er warf den leeren Benzinkanister über den Weg, wo er gegen weiter unten stehende Bäume krachte. In dem Moment tauchte Ros wieder aus dem Unterholz auf und hielt die Rolle Toilettenpapier wie ein Baby vor ihrer Brust.

»Ich habe übrigens die Hubschrauber gesehen«, begann sie streitsüchtig. »Auch die von heute Nacht!« Noch bevor er etwas entgegnen konnte, fügte sie beunruhigt hinzu: »Wie viele Menschen haben sie in diesem Dorf eigentlich umgebracht? Dort in Tripitaka.«

»Das war nur ein kleines Massaker, so wie am Platz des Himmlischen Friedens. Die Leute standen einfach nur im Wege.« Ros benetzte sich die Hände und seifte sie ein. »Ungefähr hundert.« Bei seinen Worten schüttelte sie sich. »In Tripitaka müssen sie wohl gedacht haben, ich hätte dich dorthin zur Spurensuche hingeschickt. *Alle* wussten davon, einschließlich deines Freundes Bruce Pearson!« Plötzlich überkam ihn Wut, während am Horizont die Hubschrauber langsam größer wurden. Dann zuckte er mit den Schultern. Sein Ärger war so sinnlos, wie einem neuen Tag die geballte Faust entgegenzustrecken. »Übrigens versucht gerade deine Freundin Marian, das Interesse der Dame für Kumars Ferienfotos zu wecken.«

»Ist sie denn auch in Gefahr?«

»Wahrscheinlich, aber das ist jetzt ihre Entscheidung.«

»Hundert«, wiederholte Ros nach einer Weile und atmete schwer. Dann brach es wutentbrannt aus ihr heraus. »Kein Wunder, dass sie uns auch auf der Todesliste haben!«

Die schwarzen Punkte am fahlen Himmel wurden immer größer. Ros trocknete Gesicht und Hände mit einem Papiertuch. Ein Summen – aber nicht das von Insekten – lag jetzt in der Luft.

»Sie töten die Menschen so verdammt leichtfertig«, empörte sich Ros. »Hyde, wir müssen hier lebend herauskommen! Ich will nicht einfach so *ausgelöscht* werden.«

Die Punkte nahmen jetzt Formen an. Sie erschienen wie Falken im Sturzflug, die auf sie zuschossen. Das Rotorgeräusch wurde lauter und erfüllte die Luft.

»Ros, steig in den Jeep. Beeil dich!«

Das Dröhnen der Motoren hallte von der Felswand wider, als die beiden Hubschrauber mit erschreckender Geschwindigkeit auf sie zuflogen.

Marian wusch sich an einem Ziegeltrog, als wolle sie sich von ihrem Umfeld und nicht vom Schmutz reinigen. Immer wieder ließ sie Wasser aus einem Blechkanister über ihren Kopf fließen und reinigte sich Gesicht und Arme mit Kernseife. Moos und Algen überwucherten den Trog, der an einer von Schlaglöchern übersäten Straße gegenüber eines alten Gebäudes aus der Kolonialzeit stand. Daneben waren auf Holzböcken die Tische eines kleinen Marktes aufgebaut, an denen Burmesen mit Kochmützen Schlangen häuteten und zubereiteten. Die meisten Kunden waren Ausländer oder Geschäftsleute, die hier zu essen pflegten. Unter der abgezogenen glänzenden Schlangenhaut kam das zarte rosafarbene Fleisch zum Vorschein. Die Ruhe und Gelassenheit der Menschen um sie herum ging Marian auf die Nerven. Selbst der Zeitungsverkäufer an der Ecke machte mit seiner rauen Stimme einen unbeteiligten Eindruck.

Die anderen Burmesen am Waschtrog schauten sie verwundert an. Sie sahen eine groß gewachsene, hellhäutige Frau in traditioneller Kleidung, die sich barfuß und mit zerbrochenen, aber lackierten Fingernägeln neben ihnen wusch. Diese ungepflegte und schmutzige Erscheinung war ihre beste Verkleidung. So fiel sie selbst am helllichten Tag nicht weiter auf. Sie sah aus wie eine verarmte Touristin, die durch Mangel an Geld oder Drogensucht hier gestrandet war. So jemand konnte einfach nicht von Bedeutung sein.

Ein Bettler mit ein paar Goldzähnen zwischen den Zahnlücken schlürfte an ihr vorbei und lüpfte dabei höflich mit einem kleinen Stock den obersten seiner sechs oder acht Hüte, die er auf dem Kopf trug.

Unauffällig entfernte sich Marian wieder von dem Waschtrog. Ihr Gesicht leuchtete jetzt von der aggressiven Seife und dem ständigen Rubbeln. Unter dem vom Fluss verschmutzten Longyi trug sie die Aufnahmen des Massakers von Tripitaka, die sie in einer Plastiktasche mit einem Klebeband um ihren Bauch gebunden hatte. In der Gürteltasche, die ihr Zeya am Abend zuvor gegeben hatte, trug sie ihr Handy, etwas burmesisches Geld und Kreditkarten, die ihr hier allerdings nichts nutzten.

Marian zitterte und fühlte sich so verfault und verrottet wie die Gebäude auf der gegenüberliegenden Straßenseite, deren weiße Tünche das Ausmaß des Verfalls kaum mehr überdecken konnte. Die Fehlzündungen eines klapprigen Lieferwagens ließen sie zusammenzucken. Einige Mönche warteten mit ihren polierten Essschalen an einem Imbissstand auf eine milde Gabe. Aus Angst um das eigene Fressen beobachtete sie dabei argwöhnisch ein hagerer Hund. Die Armut, verfallene Gebäude, Dreck und Gestank waren allgegenwärtig. Wie Nervengas hingen diese unangenehmen Eindrücke auf ihrer Haut und drangen in ihre Poren. Geistig und körperlich völlig ausgelaugt, taumelte Marian die Straße entlang und musste sich für einen Moment erschöpft gegen eine Wand lehnen. Weiße Tünche blätterte ab und blieb an ihren Fingern kleben.

Evans war ermordet worden, während er sie retten wollte, tot wie die anderen Körper, die an ihr vorbeigetrieben waren, als sie sich unter dem morschen Steg versteckt hatte und halb erfroren im Yangon geschwommen war. Die Armee hatte anscheinend ihre Anwesenheit dort genutzt, um die ganze Slumsiedlung niederzuwalzen. Dutzende von Menschen mussten dabei getötet worden sein. Die ganze Nacht hatte sie Schreie und den Krach der Bulldozer gehört und den Schein der brennenden Hütten gesehen.

Sie spürte einen erneuten Brechreiz und musste sich schließlich übergeben. Ihr ganzer Körper rebellierte gegen das, was sie gesehen, was sie ausgelöst hatte. Zum Schluss erbrach sie nur noch Schleim auf ihre nackten Füße. Schüttelanfälle erfassten ihren Körper. Im Gegensatz zu heute Nacht konnte sich Marian jetzt vor Erschöpfung kaum noch bewegen. Nachdem die Schießerei verebbt war, hatte sie ihr Versteck unter dem Steg verlassen und sich von der Strömung davontragen lassen. Ausgelaugt, den Terror immer noch vor Augen und zitternd vor Kälte hatte sie sich wie ein Stück Holz treiben lassen, als würde sie auf den Rüssel eines Elefanten warten, der sie ans Ufer holte. Als Deckung hatte sie die Leiche eines Mannes benutzt, und während sie sich hatte treiben lassen, hatte ein schon von Gasen aufgeblähter Hundekadaver ihnen Gesellschaft geleistet. Immer wieder waren Suchscheinwerfer über das Wasser und am

Ufer entlang gestrichen. Einmal hatte sie für eine Ewigkeit untertauchen müssen, weil ein Soldat die beiden toten Körper neben ihr unter Beschuss genommen hatte. Die Strömung und die Wellen eines vorbeifahrenden Frachters hatten sie schließlich in die Nähe des Ufers getrieben.

Der Himmel war schon morgendlich grau gewesen, als sie endlich Schlamm unter ihren Füßen gespürt hatte. Ganz in ihrer Nähe war ein Dampfer an einem Steg vertäut gewesen, und in schlanken Booten waren Männer aus dem Hafen gerudert, um ihre Fischernetze auszuwerfen.

Sie war an Land gekrochen und hatte schließlich unter einem umgedrehten, halb verrotteten Boot Schutz gefunden. Vor Erschöpfung war sie sofort eingeschlafen. Thu war spurlos verschwunden. Er war ihnen in der Nacht zuvor in einem Taxi bis zur Sägemühle gefolgt, musste dann aber wohl angenommen haben, dass auch sie bei diesem Hinterhalt getötet worden war. Der Gedanke, einer ihrer bewaffneten Verfolger könnte ihr Versteck entdecken, hatte sie verängstigt, aber der Schlaf war stärker gewesen. Erst am späteren Morgen, als sie frierend und hungrig erwacht war, hatte er wieder von ihr Besitz ergriffen. Mehr als die Suche nach ihr oder ihrem Körper am Ufer des Flusses war es die Einsamkeit gewesen, die sie an diesem Morgen mit Panik erfüllt hatte.

Das Handy funktionierte natürlich nicht mehr, seitdem sie im Wasser gewesen war. Marian hatte es in den Rinnstein einer kleinen Gasse in der Nähe des Flusses geschleudert. Ihre wütenden Schreie hatten die Neugierde der Passanten erregt, die sie als Verrückte betrachtet hatten, denn dieses Verhalten hatte gut zu ihrer äußeren Erscheinung gepasst. Von einer Telefonzelle aus hatte sie daraufhin das Royal Lakes Hotel angerufen, doch Alder war nicht in seinem Zimmer gewesen. Colin Evans konnte ihr nicht mehr helfen, er war tot. Sie hatte gesehen, wie er neben ihr getroffen zu Boden gegangen war. Nach ihrer Flucht hatten die Soldaten sicherlich kurzen Prozess mit ihm gemacht. Jetzt war sie allein. Im Fluss war sie gewissermaßen getauft, war in die Gemeinde der Bettler, der Aussätzigen aufgenommen worden, die auf dem Bürgersteig herumlungerten und jede Minute Angst um ihr Leben haben mussten.

Marian richtete sich auf und wischte sich den Schleim von den Lippen. Nur vom zentralen Post- und Telegrafenamt in Rangun konnte sie ein Auslandsgespräch führen, um Kenneth oder ihren Vater anzurufen. Sie war in der Pansodan Road daran vorbeigegangen, und selbst ihr untrainierter Blick hatte ihr gezeigt, wie schwer bewacht es war. Noch hatten sie nicht ihren Körper gefunden, also würden sie davon ausgehen, dass sie sich noch irgendwo in Rangun versteckt hielt.

Wo war nur Alder? Sie *brauchte* ihn jetzt.

Um der Gegenwart zu trotzen und zur Normalität zurückzukehren, kaufte sich Marian eine Zeitung. Sie stank immer noch nach dem Fluss. Eine Promenadenmischung schnupperte an ihr herum, um dann ein paar Meter weiter das Bein zu heben. Erschöpft ließ sie sich an eine Wand gelehnt in die Hocke gleiten und begann, das englischsprachige Organ der Junta – *The New Light of Myanmar* – zu lesen. Eine dünne, gestreifte Katze schaute von ihrem Platz, einer verrotteten Fensterbank, mit Geringschätzung auf sie herab. Ein einbeiniger Mann auf Krücken humpelte selbstvergessen an ihr vorbei, während Küchengerüche in ihre Nase drangen.

Das Bild auf der Titelseite konnte sie durch ihre tränenden Augen kaum mehr erkennen. Den hinter ihr vorbeirauschenden Verkehr nahm Marian nicht mehr wahr.

Alders tote Augen starrten von der Ecke der Titelseite auf sie herab. Darunter las sie die Schlagzeile: *Amerikanischer Kongressabgeordneter bei einem Raubüberfall ums Leben gekommen.* Seine Leiche hatte man aus dem Great Royal Lake gefischt. In der Ecke des Fotos sah sie einen nassen, uniformierten Ärmel. Sie hatten ihn getötet, hatten sein Doppelspiel durchschaut und sich seiner einfach entledigt.

Wieder wollte sie sich übergeben, doch ihr Magen war zu einer derartigen Antwort auf die Nachricht seiner Ermordung nicht mehr imstande. Ihre Augen wanderten über die Seite, als suche sie die Nachricht über ihren eigenen oder Colin Evans' Tod.

Am Ende fand sie eine kurze Notiz über die Zerstörung der Slums, die als ein kaum erwähnenswertes Ereignis abgetan wurde. *Eine Razzia nach Drogenschmugglern. Bedauerlicherweise starben einige unschuldige Personen im Kreuzfeuer oder wurden verwundet … Unter ihnen befand sich ein britischer Regierungsbeamter, dessen Name nicht genannt werden kann und der das Rauschgiftdezernat bei seinen Ermittlungen unterstützt … Er wird zurzeit im Ausländerkrankenhaus behandelt und ist außer Lebensgefahr …*

Das musste eine Lüge sein. Colin war tot. Die Meldung sollte sie nur aus der Deckung locken. Nein, Colin war bestimmt tot.

Nur feine Sonnenstrahlen durchdrangen das grüne Halbdunkel des Dschungels. Hyde verharrte regungslos inmitten des dichten Gestrüpps, dessen Äste Dornen trugen, die winzigen Messern nicht unähnlich waren. Das Sonnenlicht tanzte auf den Spitzen, als er sich ganz langsam umdrehen wollte. Ros und der Jeep waren lediglich wenige Meter entfernt und doch schon nicht mehr sichtbar. Er hielt die geschwungene Klinge der Machete neben seiner Wange hoch und war im Begriff, sich weiter durch das Unterholz, das den alten Schmugglerpfad überwucherte, vorzuarbeiten.

Der Schweiß lief ihm in Strömen übers Gesicht und kühlte merklich seinen Körper. Wie bei einem Malariaanfall transpirierte er immer stärker, während er sich krampfhaft darum bemühte, die Richtung, aus der er gekommen war, wieder zu finden. Dort, nein dort musste der Jeep gewesen sein. Plötzlich hatte ihn die Klaustrophobie befallen. Das dornenreiche Dickicht umgab ihn wie ein undurchdringlicher Stacheldrahtzaun. All die Stunden, die er hier verloren zu haben schien, zehrten jetzt an seinen Kräften und seinem Selbstvertrauen. Das Dornengestrüpp hatte ihn regelrecht paralysiert.

Hyde schwitzte immer stärker. Der alte Schmugglerpfad war einfach im Dschungel verschwunden. *Scudamore, dieser alte Hurensohn, behauptete, sie hätten den Weg mit Herbiziden besprüht. Er sollte doch hier sein.* Tausende der im fahlen Licht glänzenden Dornen zerrten an seiner Kleidung oder verfingen sich im Haar. *Warte-ein-Weilchen,* so wurde der mit Dornen besetzte Rattan genannt. Falls man sich zu schnell bewegte, rissen sie einen in Stücke. Langsam brachte er seine Erregung unter Kontrolle, obwohl der Schweiß immer noch in Strömen floss. Als führte er einen Balztanz für die Dornen auf, bewegte Hyde im Zeitlupentempo zuerst den linken Arm, dann den Oberkörper und zum Schluss den Kopf. Der linke Arm war endlich frei. Im Moment gab es keinen Gegner, keinen Feind außer diesen Rattandornen. Langsam bewegte er den rechten Arm, während in seinem Schatten die Ameisen geschäftig hin und her krabbelten, über seine Stiefel liefen und ihre eigenen Aufgaben verfolgten. Über ihm flatterten riesige, grellbunte Schmetterlinge.

Ganz in der Nähe, aber trotzdem unsichtbar, konnte Hyde Wasser rauschen hören. Aufmerksam schaute er auf den rechten Arm und die glänzende Klinge der Machete. Der Bogen der Klinge schützte seinen Handknochen, als er auf das Rattan und den Bambus einschlug. Wie verknotete Seile fiel das Dickicht auseinander. Er konnte jetzt den linken Fuß bewegen und schlug mit wiedergewonnener Zuversicht mit der Machete zu. Dann der rechte Fuß, und schon kamen unter dem Dickicht die Überreste des Pfads zum Vorschein.

Hyde hörte das Wasser immer deutlicher, dann auch die Stimme von Ros. Es waren nur Sekunden gewesen, in denen ihn die Panik erfasst hatte.

»Hyde, kommst du voran?«

»Ja, ist schon in Ordnung«, antwortete er mit einem Kloß im Hals. Herrgott, welche Angst hatte ihn vor den Dornenbüschen befallen! Er schaute sich um und konnte jetzt den Weg erkennen, den er gekommen war und wo der Jeep stehen musste. Er war keine zwanzig Meter entfernt gewesen.

Gestärkt durch die immense Erleichterung schlug er vorsichtig auf die Dornenbüsche ein. Er konnte zusehen, wie einem Vorhang gleich der Rattan unter seiner Machete zur Seite fiel.

Hyde legte einen umgefallenen Baumstamm frei, und die geschnitzte, mit Moos überwachsene Figur eines *Nats* schien ihn mit Geringschätzung anzublicken. Mit wiedergewonnenem Vertrauen schlug er nun schneller und kräftiger zu. Das Unterholz kam ihm nun harmlos vor, während er über seinen Panikanfall lächelnd sich den Weg bahnte. Das Mittagessen stieß ihm unangenehm auf, es war kalter Fisch mit Reis gewesen, der nach dem Plastikcontainer schmeckte, in dem Ros ihn aufbewahrt hatte. Zudem passte die getrocknete Krabbenpaste überhaupt nicht zu der Schokolade.

Der Dschungel öffnete sich vor ihm. Rattan und Bambus hatte er wie eine Tür zur Seite geschoben.

Doch augenblicklich gefror seine Freude über den freigelegten Weg. Hyde hörte das Geräusch der Rotoren. Vor ihm schlängelte sich der Weg vorbei an einem Felsen, über den sich ein in der Sonne glitzernder Wasserfall ergoss. Unruhig suchte er den bewölkten Himmel ab und wurde für einen Moment von der fast senkrecht stehenden Sonne geblendet. Noch konnte er nichts entdecken, obwohl die Geräusche des Hubschraubers immer lauter wurden. Wo, verdammt, steckte Ros?

Er schaute sich um. Hinter ihm war der Dschungel scheinbar wieder undurchdringlich. Ros und der Jeep waren auf der anderen Seite des grünen Vorhangs. Unzählige Insekten schwirrten um seinen Kopf. Der Wasserfall in seiner Nähe schien in einem bodenlosen grünen Loch zu verschwinden.

Es war nur *ein* Hubschrauber. War er zurückgekommen, um sicherzugehen? Hyde war überzeugt, dass sie zuvor nicht entdeckt worden waren. Die Sonne ließ ihn erneut schwitzen. Trotzdem würden sie ihn hier nicht erkennen können, nicht durch diesen dichten Baldachin aus Rattan, Bambus, Ästen und Blättern. Das ließ ihn wieder ruhiger werden, obwohl seine Temperatur immer weiter zu steigen schien.

Das Geräusch des Rotors veränderte sich, als der Hubschrauber irgendwo zu seiner Rechten in der Luft verharrte. Er war höchstens hundert Meter entfernt. Falls sie ihn hier vermuteten, würden sie Wärmebildkameras einsetzen. Jetzt glühte er vor Hitze und würde einen hell orangefarbenen Fleck auf dem Bildschirm abgeben.

»Ros!«, rief er. »Ros, schaffst du es hierher?« Er konnte sie nicht sehen.

»Ich komme, Hyde. Was ist mit dem Jeep?«

»Komm her!« Den Motor des Jeeps hatte er vor einer guten Stunde ausgeschaltet. Inzwischen würde er dieselbe Temperatur wie die Umgebung haben, mit der Wärmebildkamera folglich nicht zu erkennen sein. »Ros, beeil dich!«

Hyde kehrte wieder um und schlug mit der Machete eine breitere Schneise durch das Dornendickicht.

»Hyde!« Er wusste, dass sie jetzt gefangen war.

»Bleib stehen, beweg dich nicht!«, schrie er.

»Hyde!«

Über ihm hielt der Hubschrauber die Position wie ein Raubvogel auf der Suche nach seinem Opfer, während Hyde sich langsam einen Weg durch Bambus und Rattan bahnte.

Immer wieder sauste die Machete nieder, bis er das entsetzte, fahlweiße Gesicht von Ros vor sich sah. Sein Arm begann zu zittern, als er ihn hoch über sich hielt, um von oben das Dickicht durchzuhauen. Erst nach und nach hörte das Zittern wieder auf. Wie Augenblicke zuvor bei ihm hatten sich die Dornen in Ros' Haar und ihrer Kleidung verfangen. Vorsichtig, fast zärtlich durchtrennte er jeden Zweig einzeln, der an ihr hing.

»Komm, schnell!«, flüsterte er heiser.

Nur zum *Wasser*, dachte er. Falls man sie noch nicht entdeckt hatte, bestand die Chance, sich unter dem kühlen Wasserfall zu verstecken. Mit ihr an der Hand rannte er los …

… bewegte sich dort etwas?

»Was ist das da drüben?« fragte Jessop. Mit den Fingern zeigte er auf den Bildschirm, während er gleichzeitig durch das Wärmesichtgerät schaute. Ein Videorecorder speicherte die sich bewegenden Geistergestalten, die jetzt deutlich im Sucher zu sehen waren. »Da bewegt sich doch etwas, verdammt noch mal! Was ist es?«

Neben ihm an der offenen Kabinentür stand ein chinesischer Oberst, der über Jessops Schultern auf den Bildschirm, dann zum Dschungel und dann wieder zum Bildschirm blickte. Plötzlich war ein kühlerer Fleck zu sehen, während Jessop mit dem Fernglas die sich bewegenden Objekte zu verfolgen suchte.

»Es bewegt sich schnell«, murmelte er vor sich hin. »Ein Tier? Ein Hirsch, der durch den Lärm aufgeschreckt wurde? Jetzt ist es nicht mehr da!« Jessop schaute hinunter auf den Dschungel, der ihm durch die offene Kabinentür wie eine Bühne erschien. »Ah, da ist ein Wasserfall.« Der blaue Fleck füllte fast den ganzen Bildschirm. Die wärmeren Punkte und Striche herum gehörten zu Bäumen oder Büschen. »Es könnte ...«

Mit seiner unvollendeten Bemerkung wollte Oberst Yao Fan Jessop – diesen typischen Barbaren – offensichtlich irritieren. Auf einem an das Zwischenschott genieteten Klapptisch waren die grobkörnigen Fotos aufgeklebt, die im Morgengrauen von dem anderen Hubschrauber aufgenommen worden waren. Auf einer der Aufnahmen waren deutlich die Umrisse eines Jeeps zu erkennen, der dort wie ein Wildschwein im Dschungel hockte. Auf den Sitzen waren die weißen Punkte zweier Gesichter zu sehen. Mit gehässiger Freude hatte Jessop auf die Fotos reagiert. Hyde versuchte also offenbar, die Mangin-Berge zu überqueren, um dann durch die fruchtbare Tiefebene von Kabaw nach Indien zu gelangen. An der indischen Grenze wurde vermutlich bereits eine Rettungsaktion für ihn arrangiert. Der Plan war einleuchtend. Yao wandte sich vom Bildschirm und den Fotografien ab und schaute über die von undurchdringlichem Dschungel bedeckte Hügelkette, hinter der sich eine hellgrüne Ebene ausbreitete. Am Horizont erstreckten sich von Norden nach Süden die grauen, von weißen Tupfern unterbrochenen Linien der Vorgebirge des Himalaja.

Falls Hyde mit der Frau die Berge überquerte, würden sie in der Ebene wie Fliegen auf grünem Papier zu erkennen sein. *Lass sie für den Moment in Frieden. Lass sie sich in der Deckung des Dschungels weiter bewegen. Es wird genug Zeit und Gelegenheit geben, sie in der Ebene zu finden und zu eliminieren.* Yao war zufrieden. Er hatte den Bericht über Hyde gründlich studiert und wusste daher, dass sie weder hinter einem Hirsch noch einem Wildschwein her waren. Sie jagten einen Tiger.

»Das Gelände ist sowohl für uns als auch für unsere Beute schwierig«, erklärte er mit lauter Stimme und streckte dabei den Kopf nahe an Jessops Ohr. Cobb stand auf der anderen Seite des Klapptischs neben Jessop. »Falls er tatsächlich die Mangin-Berge überquert, brauchen wir nur zu warten.«

Jessop starrte ihn daraufhin entgeistert an.

»Das geht nicht«, entgegnete er. Yaos Uniform und seine aufreizende Gelassenheit schienen ihn jedoch zu beschwichtigen. Als würde er von dem Chinesen hintergangen werden, rief Jessop gereizt: »Er ist dort unten! Wir sind ganz in seiner Nähe! Ich kann es fühlen!«

»Sie können ihn aber nicht sehen«, erwiderte Yao. »*Dort* muss er hinüber.« Dabei deutete er auf die grüne Ebene zwischen den Mangin-Hügeln und den weiter entfernten Ausläufern des Himalaja. »Geduld, Mr. Jessop. Etwas Geduld und bessere Organisation.«

»Ja, ja. Was können wir noch in diesem Gebiet zusammenziehen? Über wie viel Hubschrauber, Truppen und Fahrzeuge verfügen wir?«, forderte Jessop den Chinesen heraus. Seine Streitsucht, seine Verachtung für die anderen waren ermüdend. Sein blinder Hass auf Hyde könnte aber nützlich sein. Auf jeden Fall musste Yao mit ihm zusammenarbeiten, so lauteten seine Befehle.

»Genügend. Wenn wir *jetzt* damit anfangen und sofort nach Katha zurückkehren.«

»Gut, lassen Sie uns verschwinden«, schnaubte Jessop. Sehnsüchtig schaute er dabei auf das Foto des Jeeps. »Sagen Sie es dem Piloten, Oberst.«

Yao gab einem seiner Untergebenen ein Zeichen, der die Tür zur Pilotenkanzel öffnete. Jessop starrte weiterhin auf die vor ihm liegenden Aufnahmen, auf den kleinen weißen Punkt, der Hydes Profil darstellte.

Du wirst es nicht bis Indien schaffen, Bürschchen. Nicht in einer Million Jahren, raunte Jessop vor sich hin.

Das Rotorgeräusch wurde lauter, als der Hubschrauber die Ruheposition verließ und wie eine hingeworfene Münze zur Seite abdrehte. Die Landschaft mit dem grünen Streifen der Kabaw-Ebene, dem am Horizont aufragenden Himalaja und dem bis nach Indien reichenden Himmel veränderte sich augenblicklich. Die Szene war in dem Moment verschwunden, in dem sie zurück Richtung Katha flogen …

… das Rotorgeräusch hallte von den Felsen wider, um dann schnell im Rauschen des Wasserfalls, hinter dem sich Hyde und Ros versteckt hatten, unterzugehen. Durchnässt und durchfroren lauschte Hyde aufmerksam, bis das Getöse in ein fernes Dröhnen überging und schließlich vollständig verstummte.

Um ganz sicherzugehen, blieben sie noch zehn Minuten in Deckung. Dann zog er Ros zu sich heran, die kaum mehr als ein durchtränkter Haufen von Kleidern zu sein schien. In seinen Armen hörte er ihr unkontrolliertes Zähneklappern und fühlte das Zittern ihres ganzen Körpers. Hinter dem Wasservorhang in der flachen Höhle war es verdammt kalt gewesen, obwohl nur ein paar Meter weiter die Mittagssonne brannte. Er küsste ihr nasses Gesicht und strich zärtlich durch ihr Haar, wobei er versuchte, sein eigenes Zittern zu verbergen.

Das Rauschen des Wassers wurde von Zeit zu Zeit durch die Schreie von Papageien durchbrochen. Langsam atmeten sie wieder ruhiger. Man musste sie im Morgengrauen entdeckt haben, jedoch jetzt nicht, sonst …

Scudamores Schmugglerpfad war weit weniger geschützt, sobald sie die Mangin-Bergkette hinter sich gelassen und das Tal dahinter erreicht hatten. Bis zur Grenze gab es kaum Deckung, und ihre Verfolger wussten jetzt, dass er sich nach Indien durchschlagen wollte. Der Weg war hier beschwerlich, er folgte einem Fluss vorbei an steil abfallenden nackten Felswänden und bisweilen durch dichten Dschungel. Aber in der Ebene wurde es noch gefährlicher, denn dort mussten sie flaches, bewirtschaftetes Land durchqueren. Er musste darüber noch einmal mit dem fetten alten Kerl in Kuala Lumpur sprechen.

Nachdenklich schaute Hyde auf die Uhr und versuchte, sich auf die neue Situation zu konzentrieren.

»Alles in Ordnung?«, fragte er. »Bist du bereit?« Ros nickte zustimmend.

Er hatte Schwierigkeiten, den Brief zu erkennen, der an einem Wasserkrug lehnte. Endlich konnte er die Buchstaben darauf entziffern. *Taff*, las er auf dem Umschlag, bevor er wieder vor Erschöpfung die Augen schließen musste. Die Mittagssonne fiel durch ein Fenster und schmerzte. Seine Zunge war so trocken, dass er sie kaum im Gaumen bewegen konnte. Er erinnerte sich an das Wasserglas, das für einen Moment hinter dem Schleier der Anästhesie hervorgetreten war, um sogleich wieder zu verschwinden. Doch er wusste jetzt, wo es war, und versuchte, sich in dem Krankenbett aufzurichten.

Sein Kopf war schwer und taumelte kraftlos hin und her. Übelkeit stieg seinen Rachen empor und er bemühte sich, sie wieder hinunterzuschlucken, musste jedoch fürchterlich husten. Wie ein rohes Ei hielt er den Kopf in seinen Händen. Hatte er einen Kater? Ein stechender Schmerz durchzuckte seine Seite, als er nach dem Wasserkrug und dem Glas langte, wobei der Briefumschlag auf die Bettdecke fiel. Langsam erkannte er die Schiene und den Verband, und der Geruch nach Teakholz stieg ihm wieder in die Nase. Jetzt sah er *sie* wegrennen, hörte die Stimmen der Burmesen, die seine Taschen durchsuchten. Erinnerte sich an ihre kurze Debatte über seine Identität, um dann in Ohnmacht zu fallen, während sie ihn hochhoben.

Colin Evans wischte sich den Schweißfilm von der Stirn und griff dann nach dem Wasserglas. Die Bewegung ließ ihn vor Schmerzen stöhnen. Gierig trank er das Wasser, füllte das Glas von neuem auf und spülte damit seinen trockenen Mund. Langsam ließ der Schmerz an der Seite nach.

Wie er sich jetzt erinnern konnte, hatte er ein paarmal sein Bewusstsein wiedererlangt, im Krankenwagen, im Korridor des Hospitals und im Operationssaal kurz vor der Spritze. Und jetzt wieder … Evans drehte seinen schweren

Kopf zum Fenster. Es musste gegen Mittag sein. Das Schwitzen hatte jetzt aufgehört. Er hatte fast den ganzen Krug mit Wasser leer getrunken, und jetzt war ihm wohl übel davon geworden. Besser er bliebe noch liegen!

Auf den Oberschenkeln lag der Brief. *Taff,* mit einem Sternchen an der oberen rechten Seite des Umschlags. Mühsam versuchte er sich zu erinnern. War er zuvor schon einmal aufgewacht? Wer hatte den Umschlag hier gelassen? Halb bewusstlos hatte er im Krankenwagen versucht, einem Polizisten in Zivil, der gut Englisch sprach, eine Räuberpistole anzudrehen. Er hätte einen Tipp erhalten und bei der Sägemühle einer Heroinbande aufgelauert. Der Polizist hatte nicht nach *ihr* gefragt. Vielleicht hatte er gehofft, dass Evans im Delirium etwas preisgeben würde, in das er wegen seiner Schusswunde immer wieder fiel. Aber er hatte wohl nichts gesagt, und anscheinend war er für sie eine zu heiße, zu politische Kartoffel. Nur deshalb war er noch am Leben und jetzt hier im Krankenhaus.

Taff und das Sternchen, erinnerte er sich und öffnete den Umschlag.

Rufe mich an, Taff, wenn Du aufwachst. Ich bin übrigens froh, dass Du nicht tot bist. Ich muss wissen, wo sich der besagte Gegenstand befindet, besonders auch deswegen, weil ein wichtiges Paket abhanden gekommen ist. Ich hoffe, da gibt es keinen Zusammenhang! Unsere Presseleute sorgen sich um die schnelle Rückgabe dieses Pakets. Neuigkeiten gibt es beim nächsten Besuch. Versprochen! Bill.

Bill Braxton war Militärattaché an der britischen Botschaft in Rangun. Die Benutzung seines Spitznamens und das kleine Sternchen daneben war für Evans der Hinweis, dass es sich um eine Nachricht vom Geheimdienst handelte. Marians Verschwinden musste die Botschaft in Angst und Schrecken versetzt haben. Da Bill wohl geahnt hatte, dass es sich bei Alder um einen Doppelgänger gehandelt hatte, rätselten sie jetzt über Marians Verwicklung in die ganze Geschichte.

Sie führt ihren eigenen Kreuzzug, Bill. Wenn sie überhaupt noch am Leben ist, murmelte Evans vor sich hin.

Doch das war sehr unwahrscheinlich, schlussfolgerte er

augenblicklich. Er konnte noch die Schüsse hören, dieses wahllose Abschlachten Dutzender von Menschen durch Polizei und Armee. Ohne Rücksicht auf Verluste hatten sie es auf Marians Leben abgesehen. Evans hatte keine Ahnung, wie sie von dem Treffpunkt erfahren hatten, da er doch diesmal so vorsichtig gewesen war. Vielleicht war es auch nur reiner Zufall gewesen, bei der Anzahl von Leuten, die sie zu ihrer Suche einsetzen konnten.

Er zitterte und ließ seinen Körper vorsichtig wieder in die Kissen fallen. Die Chancen hatten gegen ihn gestanden. Zeit und der Mangel an Unterstützung waren seine Feinde gewesen. Der Schmerz in seiner Seite machte es ihm jetzt schwer, irgendjemand dafür verantwortlich zu machen. Selbst Marian …

Evans döste vor sich hin. Ein Arzt kam, um den Verband zu überprüfen. Er stellte ein paar Fragen medizinischer Natur, betrachtete ihn dabei aber misstrauisch. Eine Krankenschwester brachte ihm etwas zum Essen, das er verweigerte. Es gab ein Telefon im Zimmer, er würde jetzt Braxton anrufen.

Das Klingeln des Telefons riss ihn aus seinem Dösen. Erschöpft öffnete er die Augen, während es weiterklingelte. Als er behutsam nach dem Hörer langte, erinnerte er sich wieder, Braxton anrufen zu müssen. Langsam setzte er sich aufrecht hin.

»Verdammt!« Für einen Moment musste er innehalten, um wieder zu Atem zu kommen und sich den Schweiß abzuwischen. Dann nahm er den Hörer ab.

»Colin?«, hörte er eine Stimme, die so trocken und gehemmt wie die seine war. »Colin?« In der Frage lag Angst und Unglauben. Der Ton der Stimme überzeugte ihn jedoch, dass sie es war.

Die Leitung war möglicherweise angezapft, denn sie wussten, dass er nur wegen ihr hier lag. Vielleicht hatten sie ihn sogar am Leben erhalten, damit er sie zu ihr führte. Deswegen hatten wahrscheinlich die verdammten Zeitungen schon über seine Rettung berichtet.

»Hallo, meine Liebe«, antwortete er gefühlvoll. »Danke

für den Anruf.« Sein vertraulicher Ton musste sie stutzig machen, bis er die richtigen Worte fand, um mit ihr zu sprechen, ohne sich dabei zu verraten.

»Colin! Ich las in der Zeitung, dass Sie nicht ...« Erleichtert seufzte sie. Sie war in einer wonnigen Ekstase und würde in einer Minute den anderen alles sagen, was sie wissen wollten.

»Nicht ich, meine Liebe. Ich war dort, um einer Spur nachzugehen, und plötzlich brach der Teufel los. Wieder ging es um die verdammten *Drogen*. Ich bin ins Kreuzfeuer geraten, wo es mich dann erwischt hat. Es war ein *Unfall*.« Verdammt, immer diese Zivilisten. Das dauerte eine Ewigkeit, bis die etwas kapierten.«

»Was mache ich jetzt?« fragte sie selbstvergessen und verwirrt wegen seines Verhaltens.

»Ich kann jetzt keine Besucher empfangen«, sagte er betont langsam. *Los, Mädchen. Wach endlich auf!* In dem sonnendurchfluteten Zimmer begann er wieder stark zu schwitzen. »Vielleicht geht es etwas später.«

Für einige Momente schwieg sie, als wäre ihr das Sprechen unmöglich, während ihre Gedanken sich langsam verbanden.

»Ja«, murmelte sie. »Ist das Telefon ...?«

»Wahrscheinlich.« Er musste davon ausgehen, dass es abgehört wurde, und etwas anderes organisieren. »Aus einer Telefonzelle, nicht wahr?« Sie musste ihn mindestens noch einmal hier anrufen.

»Ja.«

»Du hast dich wohl in der Mittagspause aus der Botschaft davongestohlen? Es ist ja auch ein zu schöner Tag heute, um wieder zurückzukehren.«

»Meinst du?«

»*Ja*! Mach doch einen Spaziergang. Geh unter Leute. Du magst es doch, wenn du unter Leuten bist, nicht wahr? Kauf einen Stadtplan!«, schloss er mit einem erzwungenen Lachen. »Und ruf mich dann in einer Stunde noch einmal an. Bis dahin habe ich mit dem Arzt gesprochen, wann du mich besuchen kannst.«

»Colin!«, jammerte sie, weil sie spürte, gleich wieder allein zu sein.

»Ist schon gut«, beruhigte er sie. »Es ist nur eine Frage der *Zeit*, nicht mehr. Geh jetzt und schau dir ein wenig die Stadt an.«

Erst nach einer Weile kam ein: »Ja!«

»Gut. Vergiss die Leute nicht. Geh doch in die Tin Pan Gasse oder die Penny Lane«, fügte er in der Hoffnung hinzu, dass sie seinen Hinweis auf Gasse und Weg verstanden hatte und sich künftig nur in den Nebenstraßen aufhielt.

Geschwächt legte er mit zitternder Hand den Hörer auf die Gabel. Der Schweiß lief ihm über die Augen, und seine Seite reagierte schmerzhaft auf sein Atmen, seine Befürchtungen und seine Bemühungen. Er hatte sich eben am Telefon selbst wie ein Amateur verhalten, weil er kaum in der Lage war, seine Hinweise besser zu umschreiben.

»Verdammt!«, schrie er mit schmerzverzerrtem Gesicht, legte sich in die Kissen zurück und kämpfte mit den Knöpfen seines Pyjamas. Ihm war so verdammt heiß.

Hastig schnappte er sich den Hörer, als sei sie immer noch am anderen Ende der Leitung. Dann zögerte er. Aubrey musste jetzt dieses Problem lösen. Nur er kannte die Spielregeln. Dafür brauchte er aber eine abhörsichere Telefonverbindung, um mit London in Kontakt zu bleiben. Und er brauchte ein Handy, über das Marian ihn erreichen konnte, ohne auf die Vermittlung des Krankenhauses angewiesen zu sein. Auch musste er den Raum nach Wanzen absuchen. Jetzt, da er wach war, würden sie es nicht wagen. Aber vielleicht hatten sie es schon vorher getan? Wieder begann er zu schwitzen. Diesmal jedoch stärker als zuvor. Eins nach dem anderen, dachte er. Die schwierigen Dinge zuerst. Wie war gleich *Aubreys Telefonnummer?*

Bill Braxton könnte ein Satellitentelefon und ein Handy beschaffen. Das sollte reichen. Fragen wurden nicht gestellt, denn offiziell konnte Bill da nicht hineingezogen werden. Falls das dennoch passieren sollte, müsste jemand still die Aufnahmen verschwinden lassen und Patrick Hyde im Klo runterspülen. Bill war ein Kumpel, und er liebte Geheimnistuerei. Außerdem schuldete er ihm noch einen Gefallen. Sollte er erst Bill anrufen und dann Aubrey?

Er wählte Aubreys Nummer. Das Klingeln des Telefons hörte sich an wie die Stimme eines Kleinkinds auf dem Boden eines tiefen Brunnens. Sein letztes Gespräch mit Aubrey war reiner Schwindel gewesen, da er so zuversichtlich getan hatte, sie ohne Probleme reinzubringen. Aubrey und Pyott hatten bis jetzt keine Ahnung, dass Marian überhaupt in Gefahr war.

»Sir Kenneth!«

»Colin! Was ist passiert? Um Gottes willen, wo waren Sie?«

»Hören Sie auf, mich so anzubrüllen!« Diese Respektlosigkeit war der Hinweis, dass Evans nicht frei sprechen konnte.

»Ja?« Dann hörte er, wie Aubrey mit der Hand den Hörer abdeckte und jemand anderen im Zimmer anfuhr. Wahrscheinlich war es ihr Vater.

»Sie müssen so schnell wie möglich mit Clives jüngerem Neffen sprechen. Sie müssen ihn über eine Menge von Alternativen unterrichten. Es gibt hier ein ganzes Rudel, dass zurück in den Zwinger gebracht werden muss. Wir haben keine Zeit mehr für Freundlichkeiten. *Jemand braucht ein warmes Bett.*« Das war der Jargon, dass eine Person gerettet werden musste. Aubrey würde es verstehen. *Essen* stand für genügend Zeit und *Bett* für einen Notfall. »Ich werde selbst gerade wieder zusammengeflickt. Und beschreiben Sie es Boyo in den schönsten Farben! Ich melde mich wieder.«

Er legte den Hörer auf und starrte aus dem Fenster. Das grelle Licht schmerzte ihn fast so sehr wie vorhin, als er aufgewacht war, während sein Kopf sich mit der losen, gefährlichen Fracht beschäftigte. *Konnte* Aubrey die Aufnahmen des Massakers irgendwie dazu benutzen, Marian zu retten?

Falls nicht, war sie so gut wie tot. Das war sicher.

Evans schluckte die von neuem aufkommende Übelkeit hinunter und wischte sich den Schweiß von der Stirn. Er brauchte ein Handy und eine abhörsichere Funkverbindung innerhalb der nächsten Stunde. Er stöhnte laut, als seine Seite höllisch schmerzte.

Dann wählte er Braxtons Nummer in der Botschaft.

Die Sonne stand schon über dem Gipfel des zweitausend Meter hohen Taungthonlon, der seinen langen Schatten über die Bergflanken und die sich davor ausbreitende Ebene warf, in die sie mit dem Jeep hinabfuhren. In der Ferne leuchteten die Berge Indiens wie mit Gold gedeckte Tempel. Das Lenkrad wurde Hyde fast aus der Hand geschlagen, als er mit dem linken Hinterrad über einen Felsbrocken fuhr und am Rand einer Klippe wieder auf den Boden zurückrollte. Links von ihnen in dreißig Metern Tiefe rauschte ein Fluss in einer Schlucht.

Er wollte jetzt nur noch seine Augen schließen und schlafen. Vor lauter Müdigkeit konnte er die Schatten in der Abenddämmerung kaum mehr durchdringen.

Ros ging es nicht gut, vielleicht hatte sie die Ruhr. Obwohl sie sehr ungehalten über ihre eigene Situation war und unentwegt Wasser trank, machte sie einen trägen und teilnahmslosen Eindruck. Sie hatte kein Fieber und keine Unterleibsschmerzen mehr, nachdem ihr Hyde die Flagyl-Tabletten aus dem Erste-Hilfe-Kasten gegeben hatte. Durch die Infektion war sie jedoch stark geschwächt und konnte sich nur noch auf die einfachen Dinge konzentrieren. Ros sprach fast unentwegt, um ihn am Einschlafen zu hindern. Sie versuchte ständig, ihn zu überreden, eine Pause zu machen, bevor er den Jeep noch zu Schrott fuhr oder in eine Schlucht stürzte. Während des Nachmittags waren die Hubschrauber einige Male zurückgekommen. Sie hatten sich jedoch auf die Reisfelder und die verstreuten Wälder konzentriert. Sie waren nicht noch einmal entdeckt worden, so glaubte er zumindest.

Er konnte jetzt nicht anhalten. In der Helligkeit musste er die Ebene erreichen, um sie dann in der Dunkelheit durchqueren zu können. Die einzige Möglichkeit, dort nicht entdeckt zu werden, bestand darin, in der Nacht zu fahren. Der Regen hatte etwa um vier Uhr nachmittags aufgehört. Etwa zu dieser Zeit hatte er eine weitere *Nat*-Figur entdeckt, die auf einen Felsen gekritzelt war. Sie sah aus, als klammere sie sich daran, um nicht vom Regen weggespült zu werden.

Wieder kam der Jeep ins Schleudern, sodass er beinahe umgekippt wäre und sie in den Fluss, dem sie fast schon den ganzen Tag gefolgt waren, geworfen hätte. Im letzten Moment fiel er wieder auf alle vier Räder.

»Verdammt, Hyde, du musst jetzt anhalten.«

»Ros, nerve mich nicht. Das hier ist nicht der Londoner Autobahnring! Wir müssen vor Einbruch der Dunkelheit unten in der Ebene sein.«

»Du willst nicht auf mich hören, stimmt's?«

»Wir können jetzt nicht anhalten. Ich muss das restliche Tageslicht nutzen, um heil nach unten zu gelangen.«

Ros atmete schwer und hielt sich ihren Magen. Wieder trank sie Wasser. Die sanfte, ruhige Ebene lag wie ein Versprechen vor ihnen. Er musste sich zügeln, nicht noch schneller zu fahren, war doch Indien kaum noch hundertdreißig Kilometer entfernt. Hyde hatte noch einmal mit Aubrey gesprochen. Phil Cass war auf Probleme gestoßen. *Er muss einen Helikopter schicken, um uns hier rauszuholen,* hatte er Aubrey angebrüllt, der daraufhin versucht hatte, ihn zu beruhigen. Cass hatte noch nicht genügend Leute gefunden, die ihm noch einen Gefallen schuldeten. Hyde hatte zudem noch einmal mit Scudamore gesprochen. Der Schmugglerpfad schlängelte sich durch die Ebene von Waldstück zu Waldstück, wobei sie die Entwässerungskanäle der Reisfelder oder deren aufgeschüttete Befestigungen benutzen. Die *Nats* waren jetzt in die Bäume geschnitzt. Und das alles bei Nacht!

Das Lenkrad wurde ihm erneut aus der Hand geschlagen. Mit letzter Anstrengung lenkte er den Jeep zurück auf den Weg, als müsste er ihn sich unterordnen. Ros' Gesicht war aschfahl beim Anblick der Schlucht. Noch dreihundert Höhenmeter mussten sie überwinden, bis sie die Ebene erreicht hatten.

Auf der Beifahrerseite quietschte es schrill, und der Motor heulte auf. Der Jeep bockte wie ein wildes Tier, das von einem Seil zurückgehalten wurde.

»Was war das?«

»Er steckt in einer Felsspalte fest«, antworte Ros erschöpft und hielt sich ihren Bauch, als stieße ein Baby von innen dagegen. Auf ihrer Stirn standen Schweißperlen. »Ich schaffe es schon!«, versuchte sie ihn zu beruhigen.

Hyde stieg aus dem Jeep und schaute sich das rechte Hinterrad an. Sie saßen tatsächlich zwischen dem Felsabhang und einem großen Stein fest, der zu groß war, um ihn zu bewegen. Der Jeep hing schräg über dem Abgrund. Das Rauschen des Flusses, der im Dämmerlicht kaum noch zu erkennen war, störte die abendliche Ruhe des Waldes. Sollte er versuchen, ihn in schneller Abfolge von Vorwärts- und Rückwärtsfahren aus dem Spalt wieder herauszubekommen? Für einen Augenblick war ihm das zu gefährlich und zu mühsam und erschien ihm komplizierter als höhere Mathematik. Über dem Fluss stieg kühle, feuchte Luft empor. Fluchend trat Hyde gegen das Rad.

Die Schatten wurden länger, als er umherliegende Steine vom Weg aufsammelte. Ros hatte er aufgefordert, sich auf einen nahen Felsen zu setzen. Ihr Körper war durch die Ruhr sehr geschwächt, und trotz der wenigen Sonnenstrahlen glänzte ihr Gesicht fahlweiß. Hyde füllte den Raum unter dem freiliegenden Rad mit Schotter auf. Nach einer Weile schien er zufrieden mit seiner Arbeit zu sein. Dann lud er das Gepäck aus dem Jeep, stieg ein und startete erneut den Motor.

Vorsichtig ließ er die Kupplung kommen. Der durchdrehende Reifen spritzte den Schotter nach hinten. Die Schatten der nahen Berge streckten sich wie riesige, dunkle Finger über die Ebene. Schweiß lief ihm in die Augen, während Ros ihm apathisch zuschaute. Die Schmerzen, unter denen sie litt, waren offensichtlich. Einmal im Vorwärtsgang, dann im Rückwärtsgang schaukelte er den Jeep hin und her. Immer wieder, wobei der Schotter gegen die Bodenplatte prasselte. Dann bekam er ihn plötzlich wieder frei, doch jetzt hing ein Rad über dem Abgrund und drehte durch. Der Jeep schaukelte mit ihm über der Schlucht. Er wunderte sich noch darüber, selbst als der chinesische Hubschrauber, dessen Positionslampen an der Unterseite sich an den feuchten Felsen widerspiegelten, über die Schlucht auf die Ebene zuflog. Hyde verharrte wie versteinert, als der Hubschrauber in einer engen Kurve zurück auf sie zukam. Unter ihm funkelte der weiße Fluss in der Dämmerung. Noch immer schaukelte er in dem Jeep auf und ab.

Hyde sprang aus dem Jeep, der nun langsam über den Rand des alten Schmuggelpfads in die Schlucht kippte. Einige Meter weiter unten schlug er gegen einen Felsen und explodierte. Die gespenstischen Flammen erleuchteten die Unterseite des Hubschraubers, der direkt über der Unfallstelle schwebte.

»Alex? Gott sei Dank! Marian ist noch am Leben! Evans hat ihr aufgetragen, ihn alle zwei Stunden anzurufen. Und Phil Cass tut sein Bestes, um Hyde herauszuboxen.« Sein atemloser Enthusiasmus endete abrupt.

Er war jetzt allein mit Aubrey im Zimmer. Alex Davenhill lächelte zuversichtlich, als Mrs. Grey die Tür hinter sich schloss. Die vergoldete französische Uhr auf dem marmornen Kaminsims schlug mit einem zittrigen, hellen Klang ein Uhr morgens.

Aubrey sah sehr müde aus. Seine Augen hingegen funkelten voll jugendlicher Energie, als es plötzlich aus ihm hervorbrach: »Werden wir es schaffen, Alex? Das schaffen wir doch!«

»Wo ist Giles?«, fragte Davenhill ruhig.

»Der ist ganz krank vor Ungeduld. Er schwankt zwischen Verzweiflung und Ekstase. Ich habe ihn um den Häuserblock geschickt, damit er sich etwas beruhigt. Evans ist ans Bett gefesselt und hat keine Leute, denen er vertrauen kann. Giles hat einen alten Bekannten aus Burma kontaktiert, der ihm vielleicht einige Leute zur Verfügung stellt. Wir brauchen dringend Hilfe dort unten und ein sicheres Haus, damit Marian für einige Zeit dort untertauchen kann. Vielleicht haben Sie eine gute Idee für ihre Rettung!«

»Ein großer Scotch würde mir jetzt gut tun. Mrs. Grey

besorgt ja schon ein Sandwich für mich«, meinte er gähnend. »Danke, Kenneth, für die schlaflose Nacht.«

Aubrey goss den Whisky ein und reichte ihm das Glas. Davenhill nippte dankbar daran, als Mrs. Grey mit den Broten ins Zimmer trat.

»Köstlich, geräucherter Lachs!«, sagte er, als sie das Zimmer wieder verlassen hatte. Dann fuhr er entschlossen fort: »Setzen Sie sich, Kenneth. Ich werde Ihnen erklären, was wir tun müssen. Es ist der *einzige* Weg, der uns noch bleibt.«

Aubrey setzte sich auf einen Lederstuhl an Davenhills Schreibtisch und machte dabei eine übertrieben professionelle Miene. Alex ließ sich in das Sofa fallen, nahm einen Schreibblock und einen Stapel Papiere. Nachdenklich betrachtete er den müden, ungeduldigen Mann. Augenblicklich spürte er Ärger in sich hochkommen, Ärger über Aubrey, Giles Pyott und besonders über Marian.

Narren! Alle miteinander! Wäre Colin Evans jetzt tot, was leicht hätte passieren können, so hätten sie keine Chance gehabt, Marian noch zu retten. Selbst jetzt könnte die ganze Sache noch schief gehen. Er war müde und spürte die untrüglichen Anzeichen einer nahenden Migräne. Die Panik von Kenneth und die Verzweiflung von Giles waren förmlich durch das Telefonkabel auf seine Füße getropft und hatten die bevorstehenden Freuden des Abendessens mit dem jungen Mann, den er zuvor getroffen hatte, weggespült. Den ganzen Abend über hatte Davenhill alle beteiligten Personen und Möglichkeiten überprüft, bis nur noch Ralph Lau in seiner Gleichung übrig geblieben war. Verdammt seien all die Kreuzzüge, dachte er. Verdammt auch all die selbstgerechten alten Männer und Politiker!

»Unser einziges Ziel ist Marians Sicherheit«, sagte er in bestimmtem Ton. »Stimmen wir darin überein, Kenneth?«

Nach einer Weile murmelte Aubrey: »Ja, ganz genau. Es geht nicht um die Chinesen, nicht um Alder und auch nicht um das Heroin. Es geht nur um Marian.« Dann schloss er mit hoffnungsvoller Miene: »Wie?«

Kapitel fünfzehn

Hektische Diplomatie

»Wir werden Ralph und das Handelsministerium unter Druck setzen. Beide sind zurzeit dermaßen symbiotisch miteinander verwoben, dass wir die eine Seite gegen die andere ausspielen müssen.« Seufzend nippte Davenhill an seinem Scotch. »Zunächst jedoch einige Hintergrundinformationen, die müssen sein! Hongkong kehrt heim ins Mutterland, die Militärkapellen spielen auf, und Schiffe verlassen den Hafen. Das ist das Ende unseres Empires. Zumindest das Ende unserer Kronkolonien, und damit verliert die Regierung den letzten Brückenkopf in Südostasien. Unsere Interessen und insbesondere die des Handelsministeriums haben sich seitdem nach Singapur verlagert, das zwar nicht mehr unsere Kolonie ist, uns gegenüber aber eine freundschaftliche Politik betreibt. Welche Banken, Firmen und Geschäftsleute, die die Interessen der England AG vertreten, sollen wir jetzt unterstützen? Das fragen sich nicht nur das Außenministerium und das Handelsministerium, sondern sogar das Finanzministerium. *Wer* könnte es sein, der unsere bescheidene Fahne in seine Aktentasche packt?«

»Ralph?«

»Nicht unbedingt Ralph, aber bestimmt Winterborne Holdings mit der Straits Royal Gruppe, AsiaConstruct und all den anderen Firmen, die unter dem Schirm dieser Holding gebündelt sind.«

»Selbst noch nach Davids ...«

»... kriminellen Machenschaften? Es war Betrug, was in der Anklageschrift stand. Unser lieber David zahlt nun dem Staat seine Schulden zurück. Und Clive als neuer Vorsitzender hat sich zusammen mit Ralph, dem kommenden Mann, bemüht, den entstandenen Schaden wiedergutzumachen.

Wenigstens Clive ist aufrichtig, während Ralph Lau so etwas wie der Geschäftsmann im Auftrag Ihrer Majestät geworden ist. Er muss sich köstlich darüber amüsieren, welche Unterstützung und welches Vertrauen ihm von der Regierung bislang entgegengebracht wird, da er doch gleichzeitig versucht, den Zusammenbruch von Winterborne Holdings mit Heroingeldern zu verhindern.« Davenhill konnte sich ein säuerliches Lachen nicht verkneifen, ehe er fortfuhr: »Handels- und Außenministerium haben bislang Ralphs Sache dermaßen laut unterstützt, dass sie ihn zurzeit nicht wie eine heiße Kartoffel fallen lassen können, ohne sich dabei selbst der Lächerlichkeit preiszugeben. Jedenfalls nicht, ohne den Erfolg der Handelsdelegation in Burma zu gefährden und ohne eine Möglichkeit, sich von diesen Fotografien zu distanzieren. Diese Fotos dürfen übrigens auf keinen Fall an die Öffentlichkeit gelangen. Auch nicht später, niemals! Alle Abzüge und Negative müssen beim Fundbüro abgegeben werden. Ist das klar?« Aubrey nickte nur. »Das wird unsere Trumpfkarte sein, die Drohung, dass sie jederzeit auftauchen können und wir gleichzeitig garantieren, sie unter Verschluss zu halten.«

»Sind Sie sich der engen Verbindung zwischen Regierung und Ralph sicher?«

»Ja! Das war es, was so viel Zeit gebraucht hat. Von den Eindrücken und Informationen, die ich gesammelt habe, kann ich nun Laus Bedeutung richtig einschätzen.«

»Können wir ihn denn unter Druck setzen?« Aubrey rieb sich erwartungsvoll die Hände.

»Ja. Falls das Außenministerium Kontakt mit ihm aufnimmt. Ralph hat den Kuppler und Vermittler gespielt, er brachte die richtigen Leute zusammen und hat ihnen die entscheidenden Informationen zugeflüstert. Sowohl unter der alten als auch unter der neuen Regierung spielte er den Mittelsmann zwischen zahlreichen Exportfirmen und asiatischen Investoren.«

»So?«

Ungefragt füllte Aubrey Davenhills Glas mit Scotch nach und setzte sich wieder hin.

»Bevor Sie fragen – ich kann dasselbe nicht für Patrick tun, es sei denn, auch das würde über Lau gehen. Wir können jedoch Lau nicht direkt mit den Aufnahmen konfrontieren.«

»Wie werden wir also vorgehen?«

»Mein Vorschlag wäre, diesen unausstehlichen Salter einzubinden. Er steht auf der Gästeliste für den zurzeit in Rangun stattfindenden Staatsempfang. Diese abscheulichen Neuigkeiten müssen für ihn schauderhaft sein.« Dabei lachte er mit katzenhafter, räuberischer Schadenfreude. »Salter muss mich in Rangun mit Lau halb offiziell reden lassen. Vielleicht unter dem Vorwand, dass ich gerade einigen unschönen Gerüchten über ihn nachgehe. Wenn das *Außenministerium* Lau davon überzeugt hat, dass er mit mir reden muss, wird er wahrscheinlich einlenken. Auf jeden Fall müssen wir die besonders Pflichtbewussten, die Hundertfünfzigprozentigen und die Berater des Ministeriums aus dem Spiel lassen.«

»Unter welchem Vorwand wollen Sie sich an ihn wenden, und was ist der Grund für Ihre Eile?«

»Der Außenminister ist zusammen mit dem Premierminister zurzeit in Washington. Ich wurde von einem Mitarbeiter einer obskuren Nachrichtenagentur um eine *Bestätigung* eines Massakers in Burma gebeten. Mit diesem Jemand habe ich zusammen in Oxford studiert, und jetzt arbeitet er für die besagte Nachrichtenagentur. Auch er wiederum hat nur davon gehört. Es gibt keine Details, nur angeblich ein paar Fotografien und Hinweise darauf, dass etwas Abscheuliches dort vorgefallen ist. Wie spät ist es übrigens?« unterbrach sich Davenhill und schaute auf die Uhr. »Es ist jetzt früher Abend in Rangun. Heute findet dort der große Empfang statt. Kurz bevor er losgeht, sollte ich mich melden, um Salter und Ralph auf dem Sprung zu erwischen. Vielleicht also in ein paar Stunden? Ich ...«

In dem Moment unterbrach ihn das Klingeln des Telefons. Aubrey schnappte sich sofort den Hörer. »Colin!«, rief er.

Halten Sie sie am Leben, flüsterte ihm Davenhill leise zu.

Die ganze Nacht hindurch, sagte er mehr zu sich selbst und wandte sich von Aubrey ab.

Es war nicht mehr und nicht weniger als ein Wildschwein, das im Unterholz umherschnüffelte und nach Essbarem auf dem Boden scharrte. Auf der Stange sitzende Hühner gackerten in einer verfallenen Hütte, um sich sogleich wieder zu beruhigen. Hyde konnte von hier aus den Fluss sehen, ohne ihn jedoch schon hören zu können. Silbrig glänzend im Schein des fast vollen Mondes schlängelte er sich südwestwärts durch die Ebene in Richtung des Chindwin, in den er etwa fünfundsechzig Kilometer entfernt von ihnen mündete. Ein paar schmale Boote lagen nebeneinander auf einer Sandbank. Irgendjemand in den nahen Hütten hustete, um den Rachen frei zu bekommen, und spukte dann aus. Ros, die apathisch neben ihm saß, zuckte vor Schreck zusammen.

Hyde versuchte hinter die Geräuschkulisse des nächtlichen Konzerts der Insekten zu lauschen. Nach einer Weile war er sich sicher, dass das Einzige, was er hören konnte, der eigene Atem war. Ros' hörte sich rasselnd und krank an. Der Verlust des Jeeps und der acht Kilometer lange Marsch hatte sie nicht so sehr ausgezehrt wie die Ruhr, unter der sie seit einigen Stunden litt und die sie immer stärker austrocknete und schwächte.

Teilweise nur wenige Meter entfernt von den steil aufragenden Felswänden war der Hubschrauber wie ein aufgescheuchtes Insekt die Schlucht auf und ab geflogen. Gerade in dem Moment, als die Besatzung sie mit der Wärmebildkamera hätte sehen können, war der Jeep explodiert und hatte sie mit der Hitzestrahlung geblendet. Erst suchten sie mit Scheinwerfern nach ihnen, um dann schließlich einen Soldaten an der Seilwinde hinunterzulassen, der das Wrack inspizieren sollte. Doch der Jeep war in den Fluss gefallen, wo ihre Leichen von der starken Strömung hätten fortgerissen sein können.

Die Besatzung war sich offensichtlich unsicher gewesen, denn nur so konnte es ihm und Ros im Schutze der einbrechenden Dunkelheit gelingen, sich davonzustehlen.

Er hatte den Rucksack und sogar die Dieselkanister ausgeladen, um so den Jeep leichter zu machen und das festhängende Rad wieder frei zu bekommen. Die beiden Kanister hatte er die letzten acht Kilometer zum Fluss getragen. Sie brauchten ein neues Fahrzeug und dazu den nötigen Treibstoff.

Ros war physisch geschwächt. Nur die schwindenden Reserven ihres eisernen Willens und die Wut über die Gräueltaten der Armee ließen sie noch weiter gehen. Sie sprach unentwegt über das Massaker in Tripitaka, über das sie mehr entrüstet zu sein schien als über ihre Verfolger.

Zufällig waren sie durch das kleine, am Fluss liegende Dorf gekommen. Mehrere Boote waren dort am Ufer befestigt. In der Hocke und mit beiden Armen auf die Kanister gelehnt, schaute Hyde sich genau die Umrisse dieser Boote an, deren Außenbordmotoren sich vor dem im Mondschein glitzernden Fluss deutlich abhoben. Benzin oder Diesel? Mit dem Diesel *musste* es gehen.

Zärtlich lehnte er sich an Ros' Kopf und flüsterte: »Ich werde die Boote überprüfen und auch die Hütte dort drüben.«

Ros schien ihn zurückhalten zu wollen, doch die kurze Berührung seines Arms könnte auch bedeuten, sich zu beeilen. Auf allen vieren löste er sich von den Büschen, hinter denen sie Deckung gesucht hatten, und kroch über die Sandbank auf die Boote zu. Er schaute in das erste Boot. Eine Pinne zum Steuern, ein Paddel, der Geruch nach Fisch und Diesel. Seine Erleichterung war augenfällig. Dann kroch er zu einer Hütte, an der Netze und Taue zum Trocknen aufgehängt waren. Wie eine Schlange richtete er sich auf und lugte durch das Fenster.

Ein beißender Geruch nach Fisch und altem Feuer empfing ihn. Mit der Taschenlampe leuchtete er die Wände ab. Zwei Strohhüte hingen an Haken. Daneben war ein Baumwolljackett, an dem wohl die blutigen Schlachtmesser abgewischt wurden. Die Tür zur Hütte war nicht verschlossen. Er schlich hinein und schnappte sich die beiden Hüte und das Jackett.

»Was, um Gottes willen, stinkt da so, Hyde?«, fragte sie, als er zu ihr zurückgeschlichen kam.

»Das ist unsere neue Garderobe«, flüsterte er grinsend. »Kannst du mir helfen, eines der Boote ins Wasser zu ziehen?« Sie nickte ihm brav zu. »Gut. Ich werde zunächst flussabwärts paddeln und dann den Motor starten. Lass uns jetzt gehen. Dieser Fluss mündet in den Chindwin, der nach Süden *entlang der Grenze zu Indien* fließt. Vielleicht erreichen wir bei Mitternacht die Grenze.«

»Du bist ja ein richtig kleiner tapferer Krieger! Nicht wahr?«, sagte sie mit wieder erstarkter Stimme.

»Ich liebe dich, Täubchen. Und ich werde uns hier heil wieder rausbringen. Lass uns jetzt gehen.«

Ros wankte vor ihm her. Irgendwo schnüffelte ein Hund im Schlaf und scheuchte dadurch die Hühner auf. Den Kahn schoben sie auf dem flachen Kiel ins Wasser, dann belud ihn Hyde mit den beiden Benzinkanistern und dem Rucksack und schickte schließlich Ros hinterher. Als das Boot von der Strömung erfasst wurde und langsam abtrieb, kletterte er an Bord und begann zu paddeln.

Ros' Gesicht glänzte fahl im Mondlicht. Der Kahn glitt langsam von den versprengt herumliegenden Hütten davon. In der Mitte des Flusses wurden sie von der Strömung erfasst, und erst hier übertönte das Rauschen des Wassers das nächtliche Konzert der Insekten. Die Ausläufer des Dschungels und die Reisfelder verschwanden hinter dem Flussufer und wurden durch die grenzenlose Weite des Nachthimmels ersetzt. Wie Juwelen im Mondlicht funkelten die Sterne am Firmament.

Das ist die letzte Etappe, dachte Hyde. Das Spiel neigt sich bald dem Ende zu.

Er konzentrierte sich nur noch auf die Rotorgeräusche des Hubschraubers.

Ralph Lau bemerkte, dass er schon betrunken war. Doch war es weniger der Champagner, der ihm zu Kopf gestiegen war, als vielmehr der Krach, den die anderen Gäste in der Hotelsuite um ihn herum machten. Er war trunken von den Gunstbezeugungen, den Gratulationen und der Dankbarkeit, mit der er überhäuft wurde. Ein anerkennendes Schulterklopfen hier, ein freundliches Lächeln dort oder achtungsvolles Geflüster hinter seinem Rücken. Überall im Raum, auf den Tischen und sogar auf dem Teppich lagen Seiten von Verträgen und Optionen herum, die die eigentliche Ursache der überbordenden Stimmung waren. Der aufsteigende Rauch dicker Zigarren signalisierte den totalen Erfolg. Die geröteten und zufriedenen Gesichter der Männer um ihn herum, denen er bei den Vertragsverhandlungen geholfen hatte, lobten ihn überschwenglich. Die Chefs von Investmentfonds, von Gas- und Ölfirmen, die Vorsitzenden der Baufirmen, von Elektronik- und Telekommunikationskonzernen – alle drehten sich ihm zu wie Sonnenblumen dem Licht.

Der Triumph dieses Moments blies alle noch ungelösten Fragen fort, doch immerhin war der überwältigende Erfolg nur ihm zu verdanken. Der arme David in seinem Gefängnis konnte jetzt nicht hier sein und der Wiederauferstehung von Winterborne Holdings beiwohnen. Nur schade, dass er sich nicht an der Bestätigung *seines* Erfolges in Davids Augen erfreuen konnte.

Wieder ein paar Worte des Dankes vom Chef eines Limonadenherstellers, und der bestätigende Klaps auf den Unterarm vom Vorstandsvorsitzenden eines Telekommunikationskonzerns. Die Minuten verstrichen in Erwartung des krönenden Abschlusses dieses Abends. In einer halben Stunde würden sie alle zum Ballsaal des Hotels hinuntergehen, um dem Galadiner mit den Politikern beizuwohnen. Dort erwarteten ihn weitere, wenn auch eher herablassende Glückwünsche. *Seinen Job hatte er vorzüglich erledigt.*

In seiner Aktentasche im Schlafzimmer befanden sich Milliardenverträge für AsiaConstruct in Burma, Laos, Kambodscha und sein Anteil am Mekong-Projekt. Sein Erfolg war überwältigend und verblüffte selbst ihn.

Wie ein Schatten in seinem Augenwinkel tauchte plötzlich Feng auf. Das unerwartete Erscheinen des chinesischen Generals in seiner Suite erinnerte Lau schmerzhaft daran, dass seine Verträge noch nicht unterschrieben waren und nur dann in Kraft treten würden, wenn Marian und Hyde nicht mehr am Leben waren. Das Leben dieser beiden Personen stand zwischen ihm und dem Erfolg. Wohl deswegen war Feng hier aufgetaucht, um ihn an seine Pflichten zu erinnern. Der Chinese verfolgte ihn wie ein Rachegeist.

»Sie ist immer noch am Leben«, flüsterte ihm Feng ins Ohr. Lau bemerkte erst jetzt, dass er sich quer durch die Suite auf Feng zubewegt hatte.

»Ja!«, schnappte er zurück. »Aber nicht mehr lange.« Verärgert darüber, dass sein Erfolg ihm aus den Händen zu gleiten drohte, fügte er hinzu: »Warum sind Sie dermaßen *beharrlich* und so ungeduldig?«

»Weil sie schon längst nicht mehr leben sollte.« Feng deutete auf den Raum mit der exklusiven Gesellschaft aus Macht und Geld. »Es ist absolut undenkbar, dass auch nur irgendetwas über mich oder meine Kollegen von der 999-Gruppe an die Öffentlichkeit dringt. Falls die Sache nur Sie angehen würde, wäre sie mir ziemlich gleichgültig. Ein kleiner Rückschlag, im äußersten Falle vielleicht. Es gibt andere Figuren, mit denen wir Sie ersetzen könnten.« Lau wurde es plötzlich eiskalt in der aufgeheizten und erregten Atmosphäre des Raums. »Ich selbst bin auf diesen Aufnahmen zu erkennen. Durch sie wird Alder kompromittiert und damit auch ich selbst. Man wird mich mit einer bestimmten *Strategie* in Verbindung bringen. Das war es, was den Amerikaner interessierte und was letztendlich zu seinem Tod geführt hat.«

»Es wird erledigt!« Lau fühlte den nervösen Schweiß der Demütigung auf seiner Stirn. »Meine Leute sind …«

»… bis jetzt erfolglos. Diese Frau ist gefährlich. Töten Sie sie endlich!« Bei diesen Worten verloren Fengs dunkle Augen und sein Gesicht den sonst so gleichgültigen, nichts sagenden Ausdruck. Lau spürte den wachsenden Druck, dem Feng von seinem Vorgesetzten Wang Wei und den anderen Generälen ausgesetzt war. Mit seinen langen Fingern griff er Laus Arm. »Sie verstehen die absolute Priorität, die diese Sache für mich hat?«

Der schmunzelnde Vorstandschef eines Nahrungsmittelkonzerns ging auf die beiden zu, als er jedoch Fengs Befehlston hörte, zog er sich wieder zurück. Draußen in der heißen Nacht tanzten die reflektierenden Lichter der Stadt auf dem Inyasee.

»Ja, ja!«, protestierte Lau. »Ich werde mich sofort an den Innenminister wenden.«

»Gut.« Damit ließ er Laus Arm los, der von einem leichten Krampf zitterte. »Sie ist Ihr einziges verbliebenes Hindernis. Beseitigen Sie es endlich!«

»Das Problem wird sein, die unteren Beamten da herauszuhalten, Kenneth.« Davenhill hielt den Telefonhörer locker in seiner Hand. Draußen beschien die Nachmittagssonne den Regent's Park. »Dieses monströse Regiment von Beamten!« Er lächelte, doch Aubreys blank liegende Nerven verboten ihm jegliche leichtfertige Antwort. Davenhill war wenigstens froh, dass Giles Pyott nicht zurückgekommen war, der sie zuvor müde wie ein Bittsteller und verzweifelt wie ein verurteilter Gefängnisinsasse angerufen hatte. »Sollen wir jetzt anfangen?«

Aubrey strich sich mit der Hand über die Stirn und betrachtete Alex aufmerksam. Bislang hatte er ihn gewähren lassen, doch jetzt fiel es ihm außerordentlich schwer, alle Verantwortung für Marians Leben aus der Hand zu geben und dabei eine für ihn so ungewohnte passive Rolle zu akzeptieren. Aubrey nickte ihm zu.

Davenhill seufzte erleichtert und versuchte die eigene Nervosität unter Kontrolle zu bringen.

»Dann zu Salter«, murmelte er vor sich hin. »Unser angesehener Leiter der Fernost- und Pazifikabteilung mit dem blitzenden neuen Orden am Revers soll in Rangun Chinas Stellenwert für das Außenministerium unterstreichen.« Davenhill grinste bösartig über seine eigene Bemerkung. »Das Motto seines Ordens ist *Zeichen für eine Bessere Welt*.« Er lachte laut und schaute auf die goldene Uhr auf dem Kaminsims. »Das Galadiner wird jeden Moment mit der Verteilung der Kriegsbeute und dem üblichen gegenseitigen

Schulterklopfen beginnen. Verderben wir also *Sir* Maurice den Appetit! Er wird wohl gerade seine schwarze Krawatte binden.«

»Seien Sie vorsichtig, Alex.« Aubrey konnte nicht umhin, Davenhill zu warnen, während er Salters Nummer wählte.

»Keine Bange, Kenneth. Ich kenne meinen Salter. Wir haben es hier nicht mehr mit solchen Leuten zu tun, wie wir sie früher im Ministerium kannten. Leute wie Salter sind wie Figuren auf Zelluloid. Dummerweise ist der Projektor nicht stark genug, um die Abbilder real genug erscheinen zu lassen. Ah, guten Abend. Sir Maurice Salter, bitte. Das Außenministerium in London.« Er zwinkerte Aubrey kurz zu. »Guten Abend, Gerald, hier spricht Alex Davenhill. Ist Maurice in der Nähe? Es ist dringend. Hören Sie, seine Meinung zu dieser Angelegenheit wäre sehr hilfreich. Übrigens, wie stehen denn die Dinge dort drüben? Das ist ja wunderbar! Ja, ich warte.« Er deckte das Mikrofon mit seiner Hand ab und sagte zu Aubrey gewandt: »Das war einer von Maurice' Lehrjungen. Der junge Mann ist ambitionierter als die restlichen neunundneunzig Prozent der neuen Beamten. Ah, Maurice. Verzeihen Sie die Störung.«

»Ja, Alex?« Die Schwierigkeiten, die er mit Davenhills professioneller Vertrautheit hatte, waren typisch für Salter. »Ich bin schon etwas spät dran. Kann sich nicht Gerald oder jemand anderes der Sache annehmen?«

»Nein. Ich wollte die unteren Beamten dabei völlig außen vor lassen, Maurice.«

»Ja? Und warum halten Sie das für notwendig, Alex?« Salters tief verwurzelte Herbheit ließ ihn alle Sätze mit gleicher Betonung aussprechen.

»Im Moment, Maurice, ist die Sache nicht viel mehr als eine kleine Wolke am Horizont. Nicht größer als die Hand eines Mannes. Sie verstehen? Aber es besteht die Möglichkeit, dass sich daraus ein Taifun entwickelt. Das könnte sehr unangenehme Folgen haben.« Davenhill spürte deutlich, dass er Salters verschwörerisches Interesse geweckt hatte.

»So, meinen Sie?« Dann zu dem jungen Mann gewandt: »Gerald, sagen Sie der Ministerin, dass ich ein paar Minuten später komme. Halten Sie solange ihre Hand, bis ich da bin.« Dann, nach einem Moment des Schweigens: »Also gut, Alex. Was hat denn Ihr Gefieder so durcheinander gebracht?«

»Wie Sie wissen, Maurice, habe ich in allen Teilen der Welt verrufene und mit Sicherheit nicht zitierfähige Verbindungen.« Sein Ton war einschmeichelnd und entschuldigend zugleich. »Eine davon rief mich heute in den frühen Morgenstunden an. Es war jemand von einer dieser obskuren kleinen Nachrichtenagenturen, die jedoch auch von größeren Zeitungen benutzt werden.«

»Ich verstehe«, antwortete Salter ungeduldig. Dann fuhr er mit einem theatralischen Seufzer fort: »Kommen Sie doch bitte auf den Punkt, Alex.«

»Ja. Ich weiß natürlich nicht, ob da was dran ist. Das bleibt letztlich Ihrem Urteil überlassen, Maurice. Sie haben den Überblick und kennen die Details.«

Aubrey betrachtete Davenhill und lauschte seinen Ausführungen, als würde er einem Video von sich als jungem Mann zuschauen. Alex ließ sich von seinen Nervenenden führen, die wie ein Sonargerät die filigrane Architektur einer Kathedrale abtasteten. Es war ein Vergnügen, ihm zuzuschauen, obwohl er dabei scheinbar Marian völlig außer Acht ließ.

»Ja«, gab Alex jetzt zu verstehen, »es handelt sich um etwas sehr Schmutziges. Es kann natürlich auch alles ein dummes Gerücht sein. Die Berichte aus Rangun klingen ja gut, wie ich von Gerald höre. Gute Arbeit! Unsere Herren werden begeistert darüber sein. Und wie ich weiter höre, haben wir den Erfolg entschieden Ralph Lau und Winterborne Holdings zu verdanken.« Wieder zwinkerte er Aubrey zu, der jetzt nervös und unruhig wirkte. *Beruhige dich, Kenneth!* rief er sich selber zu. »Ah, Maurice, verstehen Sie mich? Es geht um die Stoßtruppe Ihrer politischen Offensive, es *geht* um Lau und Winterborne Holdings. Und ich benutze diese Analogie mit Bedacht.«

»Meine Zeit drängt«, antwortete Salter mürrisch. »Ich muss jetzt wirklich los.«

»Ich mache es kurz, Maurice. Es scheint sich um Fotografien zu handeln. Ein ganzer Stapel davon, der in die Hände meines verrufenen Freundes gelangt ist. Sie haben eine starke Wirkung. Für wie wichtig *betrachten* Sie Lau weiterhin, jetzt, da Sie sich seiner guten Dienste mit Erfolg bedient haben? Und wenn nun mit Dreck geworfen werden sollte, an wem würde er denn hängen bleiben, wenn wir Ralph fallen ließen?«

»Was?«, schrie Salter fast in den Hörer. Das war der entscheidende Moment in dem Gespräch, und Davenhill war selbst von der Wirkung seiner Worte überrascht.

»Oder sagen wir besser: Nicht mehr von uns beiden geliebt wird.« Er spürte Salters Entrüstung und Misstrauen.

»Sie haben schon immer das Ministerium wie eine private Spielhalle betrachtet, Alex. Was *soll* dieser Unsinn? Ralph Lau gehört nicht zu meinen besonders geschätzten Freunden, trotzdem ist er für uns wichtig. Wieso habe ich den Eindruck, dass das hier nichts anderes als eines Ihrer bösartigen Spiele ist?«

»Sie sind es, Maurice, der ihn als Säule unserer Außenpolitik darstellt«, machte sich Davenhill über ihn lustig.

»Damit werden Sie mich nicht kriegen, Alex. Was soll das also? Haben Sie etwas, irgendetwas von Substanz, was Sie mir mitzuteilen haben?« Plötzlich herrschte eine unüberhörbare Missstimmung zwischen den beiden Duellanten. Salter begann jetzt an der eigenen Überzeugung zu zweifeln und musste letztendlich sichergehen, dass sich später niemand blamieren würde. Davenhill zwinkerte Aubrey erleichtert zu.

»Gut, Maurice. Es ist schon schwierig für *mich*, das zu glauben. Ich verstehe Ihr Zögern daher sehr gut.«

»Worum geht es also?«

»Es geht um Ralphs Ferienanlage im Norden Burmas. Gehen Sie mit den anderen Kollegen nicht dorthin auf eine Besichtigungsfahrt, wenn die offiziellen Gespräche vorüber sind?« Was für eine köstliche, kleine Boshaftigkeit, über die Aubreys alte Augen voller Bewunderung blitzten. »Leider ist es keine virtuelle Realität, Maurice. Es tut mir Leid.«

Davenhill musste das Tempo etwas verschärfen, bevor Salter sich vielleicht mit Fliege und Smoking im Spiegel sah und sein Selbstvertrauen und seine Arroganz wiedererlangte. »Es geht um Fotos – sie zeigen die brutale Art und Weise, wie die früheren Bewohner überredet wurden, die Gegend zu verlassen, und zwar für immer. So wie Troja im Feuer versank und auf den Ruinen eine neue Stadt gebaut wurde. Hotels, um genauer zu sein. Tripitaka ist eine Ferienanlage und ein buddhistischer Terminus. Nicht wahr, Maurice?«

Langes Schweigen herrschte am anderen Ende der Leitung, das Salter mit kleinen Steinen des Widerstands zu durchbrechen versuchte.

»Was meinen Sie genau mit Feuer und Ruinen?«

»Brennende Hütten, Gewehrfeuer. Wenn die Bilder nicht trügen, waren es eine Menge Leichen, denke ich. Ein tiefer Graben wie in Katyn. Es gibt da eine lange Tradition. Mein verrufener Vertrauensmann würde die Fotos selbst nicht benutzen, sagt er. Doch er denkt an eine der überregionalen Zeitungen oder vielleicht sogar an ein französisches Boulevardblatt.«

Salter atmete jetzt hart und schnell. Endlich erwachte er aus seiner Ratlosigkeit und platzte heraus: »Und wer soll darin involviert sein? Lau? Das ist doch absurd!«

»Nein, natürlich nicht. Falls diese Aufnahmen tatsächlich echt sind, werden die Greueltaten höchstwahrscheinlich das Werk der Tadmadaw oder eines Drogenbarons gewesen sein. Mit Leben und Tod geht man schließlich in Ländern wie Myanmar leichtfertig um. Wir sollten daher mit Lau nicht zu hart ins Gericht gehen.«

»Um Gottes willen, Alex!«

»Verzeihen Sie, Maurice. Leider ist es Ralphs Projekt. Er hat es in Auftrag gegeben. Eine in diesem Falle sinnvolle Vertreibungsoperation, die von einer lokalen Größe durchgeführt wurde, wird so mit Sicherheit auf Ralph zurückfallen und damit auf die Regierung Ihrer Majestät.« Er hielt für einen Moment inne, um seinen Worten mehr Nachdruck zu verleihen, und fuhr dann fort: »Aber ich denke, wir sind zu voreilig mit unseren Schlüssen. Es wäre natürlich besser, wenn Ralph uns versichern könnte, dass das alles eine Lüge ist. Vielleicht kann ich dann hier die Dinge klären.«

Wieder folgte eine endlose Pause, die Salter dazu benutzte, seine Fassung wiederzugewinnen. In der Nachmittagssonne, die durch die großen Fenster ins Zimmer fiel, sah Aubrey wie ein Gespenst aus.

»Sie meinen, ich müsste mit Lau darüber reden? Selbstverständlich muss er die Sache klären und den schmutzigen Gerüchten entgegentreten. Ich rufe Sie zurück, Alex. Wo sind Sie?«

Davenhill gab ihm seine Mobilfunknummer und fügte dann hinzu: »Ich habe meiner Kontaktperson zugesichert, mich innerhalb der nächsten Stunde wieder bei ihr zu melden. Die Sache eilt also etwas, Maurice.«

»Ja, ja! Ich werde mich darum kümmern, Alex.«

»Auf Wiedersehen, Maurice, und Waidmannsheil.«

Erschöpft legte er den Hörer auf, und ungeduldig stürmte Aubrey auf ihn ein. »Geduld ist eine Tugend!«, rief Davenhill. »Praktizieren Sie es, Kenneth!«

Er schaute auf die Uhr. Das offizielle Bankett, die komfortablen Decken von Macht und Erfolg, hüllten Lau und Salter gleichermaßen ein. Würde seine Geschichte noch glaubwürdig erscheinen, wenn Lau mit seinen beruhigenden Dementis und gespielter Empörung beginnen würde?

Falls seine Geschichte unglaubwürdig war, musste Marian sterben.

Mit einem Tuch wischte sich Evans den Schweiß von der Stirn. Der Telefonhörer war durch seine feuchten Hände klebrig geworden. Draußen war es inzwischen dunkel geworden, und Marian hatte ihn eine halbe Stunde später als vereinbart angerufen. Er hatte sie beinahe schon aufgegeben. Unsicher, ob sie es eben tatsächlich am anderen Ende der Leitung gewesen war, starrte er noch immer auf den Hörer. Jetzt, da sie aufgelegt hatte, machte er sich erneut Sorgen um sie.

Marian entglitt seiner Kontrolle, sie begann mit ihrem

Winterschlaf. Am Telefon war sie ihm gegenüber vage und zögerlich gewesen, anscheinend konnte sie keinerlei Konzentration mehr aufbringen. Sie machte einen derart erschöpften Eindruck, dass sie vielleicht vergessen würde, ihn in zwei Stunden wieder anzurufen.

Seine Verletzung schmerzte höllisch, als er aus dem Bett kroch und zum Tisch mit dem Satellitentelefon schlurfte, das ihm der Militärattaché gebracht hatte. Ein trockenes Lächeln, ein wissender Ausdruck seiner Augen, aber keinerlei Fragen von Bill Braxton. Das war ihre Abmachung gewesen. Evans konnte ihn nicht um Männer bitten. Das Einzige, was ging, war dieses Satellitentelefon und ein Handy, über das Marian ihn erreichen konnte, ohne sich vom Krankenhaus weitervermitteln zu lassen.

»Tony!«, platzte er heraus. »Hier ist Colin. Mach dem alten Herrn und dem verdammten Alex Davenhill Dampf! Mir bleibt nicht mehr viel Zeit. Ich habe Marian immer wieder gesagt, noch etwas auszuhalten, aber sie entgleitet langsam meiner Kontrolle. Wenn sich die alten Herrn nicht beeilen, brauchen wir überhaupt nichts mehr zu unternehmen!«

Giles war mit den Namen dreier Männer aus seinem alten Regiment zurückgekehrt. Die ehemaligen Soldaten waren jetzt im Sicherheitsdienst bei einem internationalen Gasunternehmen in Burma angestellt. Zurzeit machten sie in Rangun Urlaub und hatten zugestimmt, gegen ein entsprechendes Honorar für Evans zu arbeiten. Die notwendigen Vereinbarungen hatte bereits ein hoher Offizier im Verteidigungsministerium vorbereitet.

Doch in der letzten halben Stunde hatten die Umstände Giles genauso aufgebracht und schockiert wie zuvor Aubrey. Beide verhielten sich jetzt wie Bären in einem Käfig, denen man die Gallenblase entleeren wollte. Sie konnten sich nicht bewegen, und alles war für sie irreal wie ein Albtraum. In ihrem Falle waren sie gezwungen, aufrecht im Stuhl zu sitzen und Alex dabei zuzuschauen, wie er die Fäden spann, an denen Marians Leben hing. Aubrey war entsetzt über seine eigene Untätigkeit. Über so viele Jahre hinweg hatte er über Macht verfügt, doch nun konnte er nichts unternehmen. All sein Einfluss war eine Sache der Vergangenheit.

Wie Salter berichtete, hatte sich Lau durch Davenhills Geschichte nicht im Geringsten aus der Fassung bringen lassen. Alex machte einen sichtlich zerknitterten Eindruck, als er hörte, wie Salter noch Öl ins Feuer goss, wo es zuvor keinerlei Probleme gegeben hatte.

»Ich versichere Ihnen …«, wiederholte Alex dumpf mit stierem Blick. »Feinde, Konkurrenten. Solche Geschichten sind doch nur die üblichen Ausreden …« Als könnte er das Gespräch auswendig wiedergeben.

Alex war völlig niedergeschlagen. Aubrey konnte sehen, wie die endlosen Stunden von Nachforschungen und geduldigen Gesprächen ihn ausgezehrt hatten. Ihm erschien Alex jetzt wie jemand, der zusehen musste, wie sein in mühevoller Kleinarbeit aus Streichhölzern zusammengesetztes Modell der St.-Paul's-Kathedrale von der verspielten Hauskatze zerstört wurde. Es war lachhaft, doch auch gefährlich, denn er lief nun Gefahr, den Einfluss auf Salter zu verlieren.

»Ja, Maurice, ich verstehe, dass das Essen jeden Moment anfangen wird.« Wie ein Schauspieler den Souffleur schaute Alex Hilfe suchend zu Aubrey hinüber.

Wie konnte er nur helfen?

Natürlich! Alex sah den Wald vor lauter Bäumen nicht mehr, und sogar Giles ließ sich von Davenhills scheinbarer Niederlage anstecken. Aubrey schnappte sich einen Block, schrieb etwas darauf und hielt ihn hoch. Das Sonnenlicht fiel auf die großen, schwarzen Buchstaben auf dem weißen Papier.

Sie haben die Fotografien! hatte er darauf gekritzelt.

Alex starrte mit der Kurzsichtigkeit des Besiegten auf den Block, dann begann sich sein Gesichtsausdruck langsam zu verändern. Glückstrahlend lächelte er Aubrey an und sprach dann ins Handy: »Ah, habe ich das vorhin nicht erwähnt, Maurice?« Sein Grinsen wurde immer breiter.

»Besagter Freund hat mir ein Exemplar besagter Fotos zugeschickt. Das ist üblich bei solchen Sachen, um anhand eines Exempels das Angebot prüfen zu können. Ja, Maurice, es ist ein Abzug und kein Negativ. Ja, er ist scharf und deutlich.« Salter war jetzt offensichtlich angezählt. »Natürlich kann das Foto eine Fälschung sein. Es kann völlig woanders aufgenommen worden sein. Vielleicht sind die Aufnahmen auch schon ein paar Jahre alt. Nur Ralph ist in der Lage, uns darüber aufzuklären.«

Davenhill lauschte gierig in die atemlose Stille und spürte, wie die Müdigkeit wieder von ihm abfiel. Dieser Salter hatte ihn doch fast zu Fall gebracht!

Schließlich hörte er eine dünne, piepsige Stimme: »Ich werde dafür sorgen, dass er Sie anruft, Alex. Diese Angelegenheit muss geklärt werden. Es erscheint mir am besten, wenn Sie ...«

»Ja, Maurice.«

»Ich rufe Sie gleich zurück.«

In der Dunkelheit huschte eine Ratte über ihre Beine. Marian schauderte. Vor sich hin dösend war sie immer wieder in einen leichten Schlaf gefallen. Sie drehte ihre Uhr ins Mondlicht, das durch das löchrige Dach des Lokomotivschuppens fiel. Langsam hatten sich ihre Augen an die Dunkelheit gewöhnt, und sie konnte die kathedralenartigen Ausmaße der Halle erkennen. Wie lange saß sie schon hier? Seit der Abenddämmerung. Es musste noch hell gewesen sein, als sie hierher gekommen war.

Während des Tages hatte sie sich in nordwestlicher Richtung von den Geschäftsbezirken und den breiten Boulevards der Villenbezirke entfernt. Sie war Evans' Anweisungen gefolgt und hatte die belebten Vororte mit ihren Fabriken, schiefen Wohnblocks und schmalen Gassen aufgesucht. Alle zwei Stunden hatte sie ihn aus öffentlichen Telefonzellen angerufen. Jetzt befand sie sich hier auf den Nebengleisen hinter dem Bahnhof von Kyemgindaing.

Im Halbdunkel des Lokomotivschuppens schlief das menschliche Strandgut wie Obdachlose, Bettler und Diebe.

Evans glaubte, dass sie hier sicherer war, was wohl auch stimmte. Hier war sie weit weg von den Sirenen und Trillerpfeifen der Polizei und Tadmadaw. Immer wieder glühten Zigarrenstumpen in der Dunkelheit auf. Marian lauschte den menschlichen Geräuschen und hörte, wie jemand urinierte, ein anderer aß oder ein dritter schnarchte. Dann wieder erregte Diskussionen bei einem Drogenhandel in der Nähe oder das Gewimmer und Gewinsel von kleinen Kindern oder Tieren kurz vor dem Einschlafen.

Sie hatte von einer Familie etwas zu essen kaufen können, die sich um ein kleines Feuer aus Pappe und etwas Holz gescharrt hatte. Ihr Magen hatte gegen das Essen rebelliert, doch war es ihr gelungen, es bei sich zu behalten. Jetzt hatte sie noch mehr Hunger und Durst.

»Ich kann keinen zu Ihnen schicken«, hatte Evans ihr beim letzten Anruf erklärt. »Die Burschen, die Ihr Vater aufgetrieben hat, sind zwar in Ordnung, haben aber weiße Gesichter. Außerdem wollen sie jeden direkten Kontakt mit der Polizei oder der Tadmadaw vermeiden. Sie sorgen sich wohl um ihre verdammten Pensionen. Jedenfalls kann ich keine Leute hier aus Rangun rekrutieren, denen ich auch trauen kann. Sie müssen dort also noch ein bisschen ausharren.«

Marian war müde und abgekämpft. In der Ferne schlug irgendwo Metall gegen Metall. Eine Dampflokomotive zischte in der Nähe. Jemand hustete und spukte aus. Keines der Geräusche alarmierte sie besonders. Ratten huschten über den Boden, und eine Eule schwang sich von den unsichtbaren Dachträgern. Ein Zug dampfte aus dem Bahnhof. Marian kümmerte sich nicht mehr darum, auf die Uhr zu schauen. Sie wollte nur noch schlafen.

General Feng lauschte den schwachen Geräuschen, wie Lau sich vom Schlafzimmer ins Wohnzimmer seiner Suite bewegte, wo er vor kurzem noch die Mächtigen und Gierigen dieser Welt empfangen hatte. Dann übertrug eine der Wanzen im Wohnzimmer seine Stimme und die eines hohen Beamten im britischen Außenministerium. Feng stellte sich dicht hinter den jungen Nachrichtenoffizier, der die Abhöranlage bediente. Er konnte die Stimmen der beiden Engländer so deutlich hören, als wäre er soeben zu ihnen ins Zimmer gegangen und befände sich nicht ein Stockwerk darüber.

»Sie müssen sich diesen abscheulichen Gerüchten stellen, Ralph!«

»Maurice, das kann ich und das werde ich auch tun. Geben Sie mir die Telefonnummer.«

»... das ist die Nummer. Hören Sie, ich muss an der Seite der Präsidentin des Handelstages sein, wenn sie von der burmesischen Regierung begrüßt wird. Dies ist alles sehr unangenehm!«

»Ich werde mich darum kümmern, Maurice. Gehen Sie nur. Ich werde Sie nachher unterrichten. Wir können die ganze Sache bald wieder begraben. Da ist absolut nichts dran.«

Feng lauschte der Stille, die für einen Moment zwischen den beiden Männern herrschte, als könnte er ihre Gedanken lesen.

»Sehr gut. Sagen Sie bitte Davenhill, dass ich später mit ihm sprechen möchte.«

Eine Tür fiel ins Schloss, und Lau seufzte erleichtert. Dann war es wieder ruhig, und der Nachrichtenoffizier drehte den Verstärker weiter auf. Feng lehnte sich nach vorn, als wollte er sich die Stimme am anderen Ende von Laus Gespräch schnappen. Auf dem Empfang hatte er bemerkt, wie Lau von einem Regierungsbeamten angesprochen worden war, dessen Gesicht Ärger und Misstrauen ausstrahlte. Instinktiv war Feng den beiden gefolgt.

Jetzt hörte er das Klingeln des Telefons. Feng öffnete seinen Uniformkragen, während der Nachrichtenoffizier die Empfangsstärke noch einmal erhöhte.

»Hier spricht Ralph Lau. Ich nehme an, ich spreche mit Alex Davenhill? Und wer ist noch da?«

»Ah, Ralph. Vielen Dank für Ihren Rückruf«, antwortete Alex mit fester, leicht spöttischer Stimme. »Es tut mir Leid, aber die Sache drängt ein wenig. Maurice und ich waren übereinstimmend ...«

»Worum geht es, Davenhill?«

»Ihr Projekt in Tripitaka – Maurice hat Sie sicher darüber unterrichtet?«

Das Dröhnen von Laus Stimme im Gegensatz zum ruhigen Ton von Davenhill gab nicht die wahre Stärke der beiden Männer wieder, wie Feng erkannte. Lau war offensichtlich verunsichert, was der andere bemerkt haben musste.

»Hat er. Sie können Ihrem Freund sagen, dass die Theorie idiotisch ist. Es kann keine fotografischen Beweise geben, da dieser Vorfall nie stattgefunden hat.«

»Sie liegen jetzt unter dreißig Meter tiefem Wasser, nicht wahr?«, fragte Davenhill leichthin. »Der Damm wird wohl gerade fertig gestellt. Der künstliche See soll ja ganz bezaubernd in der umliegenden Landschaft aussehen.«

»Wir sind hier nicht in einem Reisebüro, Davenhill.« Laus Ironie war etwas zu dick aufgetragen.

»Verzeihen Sie, Ralph. Dann lassen Sie uns direkt auf den Punkt kommen. Es *gibt* Beweise! Aber lassen Sie mich erklären. Es sind nicht Bilder von irgendwo. Der Computer hat den Ort eindeutig lokalisiert.« Feng hörte seinen eigenen Atem, als wäre es der von Lau. »Es *ist* Tripitaka. Soll ich Ihnen die Szenerie beschreiben?«

»Fahren Sie fort.«

»Ein tiefer Graben. Leichen. Soldaten der Tadmadaw, die das Töten besorgen. Auf einem Bild sind mehr als vierzig Leichen zu erkennen, wurde mir gesagt. Auf dem ausgewählten Foto, das mir zugespielt wurde, sind zwei burmesische und ein chinesischer Offizier deutlich zu erkennen.« Die Schulter des Nachrichtenoffiziers zuckte, als Feng mit seiner Hand danach griff. Es herrschte Stille, die in seinen Ohren unangenehm brummte.

»Sie können diese Aufnahmen nicht gegen mich verwenden«, entgegnete Lau. »Damit würden Sie Ihre politischen Herren bloßstellen.«

»Das ist richtig. Doch wenn die Quelle geschützt bleibt, könnten ausländische Zeitungen sie veröffentlichen. Aber Ralph, so weit muss es gar nicht kommen. Stillschweigen kann noch erworben werden.«

»Und wie?«

»Machen Sie Ihren Einfluss geltend. Ganz einfach, ziehen Sie Ihre Leute zurück. Marian Pyott. Unser Schweigen für ihre Sicherheit. Dann gehen die Fotos, die Negative und alle Abzüge an Sie. *Wenn* Marian uns von der Botschaft aus anruft.«

Sofort fing Lau an zu brüllen: »Ist Aubrey bei Ihnen?« Sein Hass war giftig.

»Ja, Ralph. Und auch Marians Vater. Beide sind eingeweiht und stimmen meinem Vorschlag zu. Sie haben unser Ehrenwort. Pfeifen Sie Ihre Hunde zurück, Ralph. Von Marian und auch von Hyde. Für sein Stillschweigen können wir ebenfalls garantieren.«

»Für Hyde kann ich überhaupt nichts machen. Ich habe keinerlei Kontakt ...«

»Schade. Dann nur für Marian. Akzeptieren Sie meinen Vorschlag?«

»Kann ich Ihnen vertrauen?«

»Das können Sie.«

»Dann muss ich wohl.« Für einen Moment war in Laus Stimme deutlich seine Wut und Verärgerung zu hören. Er musste sich seine Niederlage eingestehen. Es war die Antwort eines geschlagenen Hundes.

Feng ging hinüber zum Telefon und tippte hastig eine Nummer ein. »Feng hier, den Innenminister!«

»Feng. Lau wird jeden Moment bei Ihnen anrufen. Sie werden seiner Bitte auf keinen Fall entsprechen. Gehen Sie jedoch zum Schein darauf ein. Ihre Leute werden weiterhin diese Frau suchen und sie töten. Der Körper muss so lange sichergestellt werden, bis *ich* ihn identifiziert habe. Verstanden?«

»... und die Abzüge mitsamt den Negativen«, wiederholte Lau, »gehen alle an mich?«

Lau würde sich in Sicherheit wiegen. Er würde zweifellos so tun, als hätte er die Frau oder Aubrey bestochen oder erpresst, um an die Fotos zu gelangen. Er dachte wohl, dass die Sache so einfach wäre, als ginge er nur durch eine Tür in einen Ziergarten. Aber er, Feng, musste die Aufnahmen an sich bringen, um herauszufinden, was die anderen wussten. Natürlich war er der chinesische Offizier auf dem Foto. Er musste die Fotos, die bei der Leiche der Frau gefunden wurden, sicherstellen und am Ende alle Kopien an sich bringen.

Erneut wählte er die Nummer des Innenministers.

»Die Frau«, erklärte er, »soll von diesem Evans in Sicherheit gebracht werden. Ja, der von Ihren Leuten verwundet wurde. Er liegt im Ausländerkrankenhaus. Verstärken Sie die Überwachung dieses Mannes. Dorthin wird die Frau gehen.«

Aubrey nahm den Hörer ab, während Davenhill und Giles auf dem Sofa saßen. Sonnenlicht fiel auf ihre Hände.

»Tony?«

»Ja, Sir. Ich habe Phil Cass für Sie in der Leitung. Er braucht Geld. Viel Geld, glaube ich«, fügte Godwin finster hinzu.

»Schalten Sie ihn durch!« Fiel jetzt doch noch alles zusammen? »Philip, was ist los?«

Cass hörte sich an, als sei er soeben gerannt. »Ich habe Kontakt zu ein paar Schmugglern aufgenommen. Den Hinweis habe ich hier von der örtlichen Polizei bekommen. Sie benutzen einen alten Cheetah-Hubschrauber, um Jade und Rubine herauszufliegen. Zwei Besatzungsmitglieder und *drei* Passagiere kann das Ding befördern. Aber leider wissen sie, dass ich mächtig unter Druck stehe. Das Problem ist jetzt, dass ihre Preisvorstellungen absurd hoch sind. Und in Dollar. Ich habe hier nicht genügend Geld.«

»Wie viel?«

»Dreißigtausend, fünfzehn für jeden.«

»Ich verstehe.« Die bisherige inoffizielle Operation hatte den kleinen, aber vergessenen Reptilienfonds der Spezialabteilung bereits aufgezehrt. Die Schublade mit den Geldscheinen, auf die Aubrey bisher zugreifen konnte, war jetzt leer geräumt. »Wir nehmen mein Konto. Ich werde Ihnen das Geld auf der Stelle überweisen. Die Kontonummer lautet …«

»Gut. Das habe ich, Sir.«

»Ich werde meiner Bank mitteilen, dass Sie Ihnen Auskunft über die zur Verfügung stehende Summe geben wird, falls Sie sich bei ihr melden. Ihre Schmuggler können dann zuhören, wenn sie wollen. Das Geld wird telegrafisch auf jedes beliebige Konto überwiesen, sobald Sie mich informieren, dass Patrick und Ros in Sicherheit sind. Hilft Ihnen das weiter?«

»Ja, Sir. Das wird reichen.«

»Beeilen Sie sich, Philip. Ich werde hier die notwendigen Vorkehrungen treffen.«

Erleichtert legte Aubrey den Hörer auf. Davenhill schwebte, wenn auch erschöpft, noch immer auf der Wolke seines Erfolges, und Giles' Ängste um seine Tochter waren fast vergessen. Die Uhr auf dem Kaminsims schlug gerade vier Uhr nachmittags und trieb Aubrey weiter an. Er hatte Patrick gegenüber Schuldgefühle, da er ihn so lange Zeit ignoriert und sich stattdessen mehr um Marians Rettung gekümmert hatte.

Schnell nahm er den Hörer wieder ab und wählte die Nummer seiner Bank.

Der Kampfhubschrauber schwebte über der Mündung des Nebenarms, den Hyde mit dem Boot genommen hatte, in den Chindwin. Der Suchscheinwerfer strich wie ein Finger über die Baumkronen, und das dichte Gebüsch schien dabei wie ein Hund über dem Wasser zu schnüffeln. Hyde, der kaum zwei Kilometer von dem Zusammenfluss entfernt war, hielt das Boot dicht am Ufer, indem er einen dünnen Baumstamm umklammerte. Müde beobachtete er den Hubschrauber.

Zusammengerollt wie ein Kind schlief Ros unter einer dünnen Decke. Das Gesicht wurde von ihrem strähnigen Haar fast vollständig bedeckt. Als eine dünne, silbrige Wolke sich vor den abnehmenden Mond schob, konnte Hyde sie kaum noch im Boot erkennen. Es war jetzt fast elf Uhr in der Nacht, und er musste sich einige Male schütteln, um die Müdigkeit aus seinen Knochen zu bekommen. Mit wiedergewonnener Frische beobachtete er den schnüffelnden Kampfhubschrauber. Das schwache Leuchten eines weiteren Suchscheinwerfers kam in größerer Entfernung von einem Transporthubschrauber.

Sein Plan war einfach *zu offensichtlich* gewesen. Er hatte es in dem Moment geahnt, als er sich für den Weg stromaufwärts zur indischen Grenze entschieden hatte. Aber er hatte keine andere Wahl gehabt.

Die Wolke umhüllte noch den Mond, während der Kampfhubschrauber langsam beide Ufer des Flusses absuchte. Die Strömung, gegen die sie ankommen mussten, würde sie stark behindern. Hyde zog kräftig an dem Startkabel, und der Motor sprang sogleich mit lautem Getöse an. Ros zuckte vor Schreck zusammen. Er hielt das Boot dicht am Ufer, wo er im Schutz von Feigenbäumen und dichtem Gebüsch blieb, die sich weit über das Wasser beugten. An dieser Stelle drängte der Dschungel zum Wasser wie eine Herde hungriger Tiere. Vor ihm war der Fluss zwischen steil aufragenden Böschungen eingezwängt und wand sich wie Eingeweide durch das Bergland. Er war sich sicher, dass sie gegen diese starke Strömung mit dem kleinen Boot niemals nahe genug zur Grenze kommen würden.

Ros wickelte sich wieder in ihre Decke ein und versank in den Zustand erschöpfter Bewusstlosigkeit. Zu Fuß über die Berge würde sie es niemals nach Indien schaffen. Die Ruhr hatte all ihre Reserven aufgebraucht.

Hinter dem Kampfhubschrauber suchte jetzt ebenso fieberhaft der Transporthubschrauber das Flussufer ab. Wie lange, zittrige Insektenbeine bewegten sich die beiden Suchscheinwerfer ruckartig hin und her, die auf beiden Seiten unter dem Rumpf hingen. Sie waren jetzt kaum einen Kilometer entfernt. Die Schatten der Bäume fielen gnädig auf das Wasser, als der Mond wieder hinter der Wolke auftauchte. Hyde drehte sich um und sah mit Entsetzen, dass das Kielwasser wie eine Schneckenspur im Mondschein glitzerte.

Er lenkte das Boot näher ans Ufer und wurde dabei gebremst von unter der Wasseroberfläche wachsenden Algen.

Er musste mehr Gas geben, um diese Hindernisse zu überwinden. Unruhig drehte er sich um und schaute dann nach oben, da jetzt der Lärm des Hubschraubers den Krach des Außenbordmotors übertönte. Nur wenige hundert Meter hinter ihnen erschien ihm der Kampfhubschrauber riesig in der Nacht, dessen Rotor wie ein Schleier über der Scheibe des Mondes lag.

Der Fluss wurde schmaler, und die Strömung zerrte stärker an dem Boot. Das Mondlicht fiel durch die überhängenden Äste und besprenkelte seine Hände und Arme. Als Reaktion auf seine Anspannung hatte sich Ros inzwischen aufrecht hingesetzt. Hyde schaute auf ihr vom Mond fleckig beschienenes Gesicht und konnte in ihrem angstvollen Ausdruck die schwindende Distanz zum Hubschrauber ablesen.

Wenn er doch nur einen weiteren Kilometer auf diesem verdammten Fluss zurücklegen könnte, dann hätte er die Schlucht erreicht. Die hohen Felswände würden die Manövrierfähigkeit des Hubschraubers so stark beeinträchtigen, dass er vielleicht unbemerkt entkommen könnte. Ein verdammter Kilometer zwischen Untergang und Rettung.

Nein. Er hörte den sich verändernden Ton, als den kraftvollen Zwillingsturbinen der Mi-25 mehr Kerosin zugeführt wurde. Es war die Exportversion der Hind-Klasse von Kampfhubschraubern, denen er in Afghanistan immer aus dem Wege gegangen war.

Dann war das Versteckspiel plötzlich vorbei. Die riesige Spinne ließ sich an ihrem Faden ab. Das Wasser um sie herum war aufgewühlt wie durch einen Schwarm Piranhas. Die Wellen erschreckten ihn dabei mehr als das plötzlich einsetzende Maschinengewehrfeuer. Wie ein Regenschauer fielen Blätter und Holzsplitter in das Boot. Ein kleiner Ast landete auf Ros' Schoß und erstickte augenblicklich ihre Schreie, die sie gerade ausstoßen wollte. Hyde griff nach einem herabhängenden Ast und hielt sich mit dem Boot dort fest, während sich Bäume und Äste wie ein beschädigtes Dach über sie wölbten.

Jetzt waren sie im Visier, wobei der Pilot behutsam über

die Wipfel flog. Der Maschinengewehrschütze suchte jetzt bestimmt mit seinem Wärmesichtgerät nach ihnen. Für einen Moment konnte Hyde die beiden Glaskuppeln des Doppelcockpits erkennen. Nur Sekundenbruchteile später verwandelten die Maschinengewehrsalven die Wasseroberfläche in einen Schaumteppich. Garben von Zwölf-Millimeter-Geschossen peitschten auf sie zu.

»Runter mit dir!«, schrie er Ros an und hörte dabei kaum seine eigene Stimme.

Er zog sie an sich, ließ sich fast auf sie fallen und drückte sie dabei auf die Planken. Äste wurden abgerissen und fielen ins Boot. Aus dem Außenbordmotor spritzte Diesel über sie. Kurz darauf fing der Motor Feuer, als der Kugelregen weiterzog und das Erdreich am Ufer aufwühlte. Die bis zu den Ästen reichenden Flammen leckten an dem Benzinkanister.

Hyde zog sie ins eiskalte Wasser. Unter seinen Stiefeln spürte er glitschigen Schlamm. Ros fiel hilflos gegen das Steilufer. Dann packte er den Rucksack, zog ihn aus dem brennenden Boot und hievte ihn mit letzter Kraft auf die freiliegenden Wurzeln eines Baumes. Schließlich schob er eine Schulter unter ihren Körper und drückte sie nach oben.

»Herrgott, halte dich fest!«, schrie er gegen den infernalischen Lärm des niedrig fliegenden Hubschraubers. *»Schnapp dir etwas!«* Seine Angst verlieh ihm die Kraft, sie ebenfalls auf die Wurzeln des Baumes zu heben und hinter ihr her zu krabbeln. In diesem Chaos vergaß er jedoch nicht, die Sekunden weiter zu zählen. *Acht, neun …* Der Hubschrauber war jetzt eine fliegende Waffenplattform. Hyde zog an ihren Armen und zerrte sie vom Ufer weg weiter in den dichten Dschungel. Dann kroch er wieder zurück und holte den Rucksack. *Vierzehn, fünfzehn …* Im Luftzug der Rotoren peitschten die Äste hin und her. Die Flammen des Bootes schienen regelrecht darin zu tanzen.

Eine gewaltige Explosion ließ die Erde erzittern. Er vergrub den Kopf unter seinen Armen und lag dabei auf Ros. Schlamm, Holz und Steine regneten auf sie herab.

Sieben, acht, neun, zehn … Die Stille nach der Detonation

der Luft-Bodenrakete hämmerte ebenso stark gegen sein Trommelfell wie die nächsten Explosionen. Irgendetwas krabbelte über seine Handfläche und ließ sich fallen, als er sie bewegte. Er konnte seine eigene Stimme nicht hören, als er Ros zum Aufstehen drängte und sie zusammen mit dem schweren Rucksack weiter ins dichte Unterholz zog. Die Stille blieb. Erst jaulte sie in seinem Kopf, um dann in ein Summen überzugehen. Jeder Raketenwerfer enthielt zwanzig Raketen, und über *zwanzig* Raketenwerfer verfügte der Kampfhubschrauber. Das war also nicht einmal ein Schlag auf die Finger.

Die weiteren Detonationen rissen ihn in einem halben Salto von den Füßen. Ros fiel hinter ihm zu Boden, und der Rucksack zerrte schmerzhaft an seinem linken Arm. Im Licht der Explosionen leuchtete der Dschungel grell auf, während die kleineren Bäume entwurzelt wurden und größere Äste durch die Luft flogen. Felsen, Erde und Holz prasselten durch das Unterholz.

Hyde krabbelte zurück zu Ros. Hinter ihnen standen die Bäume in Flammen. Im Wasser und an den Flanken des Hubschraubers konnte er den Widerschein des Feuers erkennen. Ros starrte ihn geblendet an.

Geblendet. Wenigstens waren sie vor den Wärmesichtgeräten sicher. Er umarmte sie und drückte ihren Oberkörper an den seinen. Das umliegende Feuer blendete sie. Irgendetwas brüllte er ihr ins Ohr, und da er seine eigenen Worte weder hören noch verstehen konnte, war er sich nicht sicher, ob Ros sie auch verstanden hatte. Wieder zerrte er an ihr, doch sie hatte Schwierigkeiten, auf die Füße zu kommen. Verunsichert stolperte sie ihm durch den dichter werdenden Dschungel hinterher.

Sie strauchelte über eine Wurzel und zog Hyde mit sich zu Boden. Der Rucksack schien ihm so schwer wie eine weitere Person, als er ihm aus den Händen glitt und wie ein Fels auf sie fiel. Bäume und Unterholz wurden vom Feuer hell erleuchtet, das am Ufer kaum hundert Meter von ihnen entfernt wütete. Fast hämisch grinsend hing über ihnen der schwarze Kampfhubschrauber in der Luft. Hyde blieb in einer Mulde von Laub hocken und hielt Ros fest in den Armen.

Dann entdeckte er, wie sie sich nur wenige Meter von den brennenden Bäumen an Seilen vom Transporthubschrauber hinuntergleiten ließen, als seien es kleine Funken, die aus der Luft fielen. Er ließ Ros los und öffnete den Rucksack. Nach einigen Momenten holte er die Maschinenpistole hervor, klappte das Schulterstück aus und lud sie mit einem neuen Magazin.

Weitere Soldaten ließen sich vom Transporthubschrauber hinuntergleiten. Neun, zehn, ein Dutzend.

»Mein Gott, Hyde!«, jammerte sie.

»Ist schon gut, ist schon gut«, beruhigte er sie, während er mit dem Zählen fortfuhr und jeden Moment den Einschlag einer weiteren Rakete erwartete.

War es jetzt vorbei?

Kapitel sechzehn

Chaostheorie

Jessop beobachtete die chinesischen Soldaten, die wie Spielzeugfiguren an ihren Seilen hinunter glitten. Sie sollten die brennenden Überreste von Hydes Boot inspizieren, das vom Ufer zur Strommitte trieb. *Welch armseliges Wikingerbegräbnis für Hyde,* nur dass der Hurensohn nicht im Boot war, sondern sich aller Wahrscheinlichkeit nach irgendwo am Ufer versteckte. Das Boot wurde von der Strömung immer schneller flussabwärts getragen.

Durch das Wärmesichtgerät konnte er aufgrund der Hitze dort unten nichts erkennen. Er hätte daran denken sollen, aber es hatte so viel Spass gemacht, Hyde mit Raketen und der Bordkanone unter Beschuss zu nehmen. Er musste grinsen, obwohl er noch nicht glauben wollte, dass Hyde wirklich tot war. Was ja der liebe Ralphie plötzlich nicht mehr wollte. Doch glücklicherweise wollten es noch die Generäle von Oberst Schlitzauge, der jetzt neben ihm stand. Hyde war also erledigt.

Während Jessop zu Yao Fan hinüber schaute, fragte Cobb ihn fast heiter: »Was meinst du, haben wir den australischen Hurensohn endlich eingeäschert?«

Jessop blickte dem Oberst nach, der zum Funkgerät ging und sich zu den Soldaten gesellte, die sich gerade auf das Abseilen vorbereiteten. Dann antwortete er: »Bei seinem Glück bezweifle ich das. Er steckt bestimmt noch irgendwo dort unten mit seiner dicken Freundin. Aber er wird nicht mehr lange am Leben bleiben. Das verspreche ich dir, Cobbie.«

Der Mann an der Winsch nahm seine Position ein, während der erste Soldat seinen Gurt an dem Drahtseil einhakte, das bis zum Dschungel hinunter reichte. Zehn Soldaten waren hier an Bord des Mi-25 Kampfhubschraubers, und zwei Dutzend hatten sich bereits vom Transporter abgeseilt. Aus den Funkgeräten krächzte das schnatternde Chinesisch, während der Oberst einem Leutnant und zwei Nachrichtenoffizieren Befehle erteilte. Jessop schaute der Aktion freudig zu. Er würde sich nicht dort unten an der Suche beteiligen, ihm reichte ein Tritt in die Rippen von Hydes Leiche. Der erste Soldat mit zusammengelegter Maschinenpistole um die Brust verschwand durch die Kabinentür. Sogleich folgte ein zweiter, dann ein dritter.

»Meinst du, Lau wird uns Ärger machen?«, fragte Cobb.

Jessop erwiderte nur höhnisch: »Ralphie weiß sehr genau, wer hier das Sagen hat. Das sind nun mal die Schlitzaugen, an die er sich langfristig gebunden hat.« Aufgeblasen fuchtelte er dabei mit den Armen herum. Der sechste, dann der siebte Soldat verschwand durch die Luke.

Laut lachend rannten sie zur offenen Kabinentür, als könnten sie den ersten Schusswechsel unten im Dschungel kaum erwarten.

Sie hatte sich das Bein verstaucht, und der Rücken schmerzte ihr vor Ermüdung. Als hätte sie jemand geschlagen, schlurfte Marian durch die Nacht. Die unvermittelten Geräusche des nahen Zoos ließen sie vor Schreck zusammenfahren. Selbst vor den Spaziergängern im Park und an den Uferwegen des Sees fürchtete sie sich. Dagegen war der Park und der Great Royal Lake von Rangun ein Traum von Heiterkeit.

Das Krankenhaus, zu dem Evans sie beordert hatte, lag kaum einen Kilometer entfernt am Nordwestufer des Sees. Sie konnte schon die gedämpfte Musik des riesigen Karaweik-Restaurants hören, des Nachbaus eines königlichen Vergnügungsbootes. Es war jetzt fast Mitternacht.

Ein paar Meter vom Ufer entfernt war der schwimmende Schrein für den Upagot, den *Bodhisattva*, dessen Macht Menschen in Todesgefahr beschützte. Marian hoffte inständig, dass er sie jetzt beschützen würde. Unter den Spaziergängern waren ein paar Gesichter immer wieder aufgetaucht. Sogar ein weißes Gesicht war darunter gewesen, doch so abgekämpft wie sie war, konnte ihr kaum noch etwas Angst einflößen. Sie glaubte einfach nicht mehr an ihre Rettung. Im Vorübergehen berührte sie eine Person leicht. Es war ein Weißer, und er nickte ihr aufmunternd zu, als würde er sie erkennen. Dann verschwand er wieder, und Marian wusste nicht, ob sie träumte oder wachte. Sie war jetzt ganz in der Nähe der Natmauk Road.

Sie schaute empor. Auf der anderen Straßenseite des jetzt kaum befahrenen Boulevards hob sich das Ausländerkrankenhaus vor dem nächtlichen Himmel ab. Es stand hinter blühenden Bäumen, die umliegenden Grünanlagen waren sehr gepflegt. Konnte Colin Evans sie schon sehen? Plötzlich jagte ihr die Begegnung mit dem weißen Mann einen gehörigen Schrecken ein. Hoffentlich hatte Colin sie von dort drüben schon erkannt.

Gott sei Dank! *Dort war sie.* Evans hörte sich selbst vor Erleichterung seufzen, worauf sein Fenster im vierten Stock durch die ausgestoßene Luft augenblicklich beschlug. Das Zimmer hinter ihm war abgedunkelt. Er studierte das graue, einem fotografischen Negativ gleichende Abbild von Marian in seinem Nachtsichtgerät. Geschwächt und verängstigt wie eine Drogenabhängige stand sie zögernd am Parkeingang. Evans war schockiert über ihre äußere Erscheinung und ihren lethargischen Gesichtsausdruck.

Mit dem Nachtsichtgerät suchte er die Grünanlagen vor dem Krankenhaus ab. Selbst diese minimale Drehung seines Oberkörpers verursachte noch einen stechenden Schmerz in seiner Seite. Marians geisterhafte Gestalt erinnerte ihn an den Hinterhalt bei der Sägemühle, in den sie beide geraten waren, an die anschließende Flucht und seine Schussverletzung. Vorsichtig strich er mit der Hand über den dicken Verband um seinen Bauch. *Komm, Mädchen, nur noch ein paar Minuten,* dachte er.

Zu dieser Zeit fuhren kaum noch Autos den von alten, ausladenden Bäumen gesäumten Boulevard entlang. Die wenigen Fußgänger schienen Marian nicht zu beachten, als sie zögernd wie ein Turmspringer am Bordstein stand und verträumt hinüber zur Fassade des Krankenhauses schaute. Niemand außer Cormack, der früher im Regiment ihres Vaters gedient hatte, war ihr vom Park hierher gefolgt. Mit dem Funkgerät hatte er Evans über Marians verwirrten Zustand unterrichtet. Cormack hatte Recht gehabt, sich nicht erkennen zu geben, um sie nicht unnötig aufzuregen.

In Gedanken verloren verharrte Marian weiterhin am Bordstein.

»Komm, geh schon über die Straße, Mädchen«, murmelte er vor sich hin, als wolle er sie antreiben. Im Nachtsichtglas konnte er ihre fahlen Gesichtszüge, ihre schwindende Aufmerksamkeit erkennen, konnte sehen, wie sie unschlüssig zu den Fenstern aufschaute, als hätten seine Worte sie doch erreicht.

Langsam löste sie sich aus ihrer Erstarrung und ging über die Straße auf das Krankenhaus zu. Evans bemerkte, wie er heftig zu schwitzen begann. Seine Leute hatten die wenigen parkenden Autos unter den Bäumen der Natmauk Road und auf dem Parkplatz des Krankenhauses bereits überprüft. Sie waren sauber gewesen. Marian lief jetzt mit energischeren Schritten und hatte die Straße bereits zur Hälfte überquert. Kaum hundert Meter waren es noch. Cormack lief zehn Meter hinter ihr. Die anderen beiden Sicherheitsleute des Gasunternehmens, die ihm Giles Pyott vermittelt hatte, beobachteten den Parkplatz und den Eingang zum Krankenhaus. Hatte sie sein Zimmer erreicht, besaß sie diplomatischen Schutz; er konnte dann die Botschaft anrufen, um sie hier rauszuholen.

Marian war jetzt auf der anderen Straßenseite. Die Auffahrt zum Krankenhauseingang erschien im Nachtsichtglas verzerrt. Wieder suchte er den Boulevard ab. Nichts Verdächtiges war zu sehen. Sie hatte die Auffahrt erreicht und lief mit energischem Schritt, den Kopf gesenkt, die Schulter hochgezogen wie eine Sprinterin auf der Zielgeraden, dem Eingang entgegen. Nichts außer ein paar vorbeifahrenden Autos bewegte sich. Cormack musste einem abbiegenden alten Taxi ausweichen, kurz bevor er die andere Straßenseite erreicht hatte. Es waren kaum noch fünfzig Meter. Evans schaute hinüber zu den anderen beiden, Neill und Omer, die Marian bereits ausgemacht hatten. Cormack lief schneller, um die Lücke wieder zu schließen. Außer einem weiß gekleideten Pfleger war jetzt niemand mehr in ihrer unmittelbaren Nähe. Der Schweiß lief ihm die Stirn und den Rücken hinunter. Seine Wunde schmerzte höllisch.

Plötzlich begann alles schief zu gehen. Hinter dem Doppelfenster in dem dunklen, stickigen Raum war es, als betrachtete Evans eine Stummfilmszene von einem Desaster. Zuerst fielen ihm die Auspuffdämpfe zweier Wagen auf. Einer seiner lokalen Helfer ging gerade auf Neill und Omer zu, während die beiden Wagen mit quietschenden Reifen in die Auffahrt zum Krankenhaus einbogen. Marian schaute sich um, während Neill und Omer, nur noch wenige Meter von ihr entfernt, durch den Lärm jetzt alarmiert waren. Cormack, der sich den beiden Wagen zuwandte, hatte bereits seine Pistole gezogen.

Evans musste entsetzt mit ansehen, wie erst Neill und dann Omer zu Boden gingen. Durch sein Glas sah er die weißen Gesichter und das spritzende Blut. Ihre Körper lagen hingestreckt auf dem Asphalt. Cormack schoss auf die Wagen, eine Windschutzscheibe ging zu Bruch. Im Zeitlupentempo, als würde sie von einer unsichtbaren Kraft zurückgehalten, lief Marian auf den Eingang zu.

Evans taumelte durch das Zimmer, öffnete die Tür und schrie etwas in den leeren Korridor. Eine erschrockene Krankenschwester stand plötzlich vor ihm in der Tür. Wie einen Vorhang schubste er sie zur Seite. Sein Körper war in Schweiß gebadet, der Verband feucht, seine Finger rot gefärbt. Er band den Gürtel des Morgenmantels fester. *Dritter Stock, zweiter Stock.* Lichter tauchten über der Fahrstuhltür auf. Der Schmerz in seiner Seite wurde immer unerträglicher. Wie Hämmer spürte er das Blut in der Wunde pochen.

Endlich öffnete sich die Fahrstuhltür, und Evans taumelte hinaus in die sterile Eingangshalle. Die Leute hier bewegten sich im Zeitlupentempo auf die automatischen Türen zu, die von den vorbeiziehenden Schatten schon längst geöffnet worden waren. So zumindest kam es Evans vor. Neill und Omer mussten von einem Scharfschützen getroffen worden sein, denn bis jetzt war kein Schuss aus den beiden Wagen abgefeuert worden.

Verdutzte Krankenschwestern standen hinter der verglasten Empfangskabine, während ein Sicherheitsmann hinter dem Schreibtisch in Deckung ging. Er sah, wie die beiden Wagen mit auffliegenden Türen vor ihr zum Stehen kamen. Sie rannte immer noch. Cormack trieb sie mit Geschrei vor sich her.

Inzwischen hatte Evans die Eingangstür erreicht und schrie die wie erstarrt herumstehenden Mitarbeiter an, sich auf den Boden zu legen. Er zog seine Browning aus der Tasche seines Morgenmantels. Das erste Magazin schob er in die Kammer. Seine Wunde flehte ihn an, sich nicht mehr zu bewegen.

Cormack kniete, sein Hemd war inzwischen blutdurchtränkt. Ein Mann in hellem Anzug stieg aus einem der Wagen und langte nach Marian. Evans schoss und sah, wie Teile des Kopfes weggerissen wurden. Blut und Gewebeteile klatschten Marian ins Gesicht. Der zweite war verwundet und nicht mehr in der Lage, sie fest zu halten, und es gelang ihr, sich aus seinem Griff zu befreien. Schreie hallten über die Auffahrt zum Krankenhaus. Cormack hatte sich inzwischen wieder aufrichten können und humpelte wie ein verwundeter Schimpanse. Gegen den Türrahmen gelehnt gab Evans noch zwei Schüsse ab, während gegnerische Kugeln in das verstärkte Glas neben seinem Kopf einschlugen.

Wie bei einem Wiedersehen zweier Betrunkener torkelte sie auf ihn zu. Als sie ihm glücklich in die Arme sank, fiel er vor Schmerz fast in Ohnmacht. Mit letzter Kraft umklammerte er Marian, zog sie durch die Tür ins Innere und schoss dabei über ihre Schulter. Auch Cormack feuerte noch. Ein weiterer Körper lag auf der Motorhaube des schwarzen Mercedes. Evans stolperte und fiel auf den Fußboden der Lobby. Marian fiel auf ihn drauf. Schmerz und Erleichterung ließen ihn ohnmächtig werden.

Sie lag auf Evans. Sein Gesicht war grau und nass geschwitzt. Alles schmerzte. Der Mann aus dem Park saß teilnahmslos auf den Treppen und blutete. Die automatische Eingangstür schloss sich wieder, und augenblicklich stürmten die Leute auf sie ein, als wäre die Realität zurückgekehrt. Helfende Hände drängten sie beiseite und rollten sie von Evans hinunter.

Marian setzte sich aufrecht hin und sah, wie die beiden Wagen die Auffahrt hinunter rasten und in die Natmauk Road einbogen. Auf dem Asphalt blieben leblose Körper zurück. Der Mann auf der Treppe versuchte, sich eine Zigarette anzuzünden, während Ärzte und Krankenschwestern auf ihn zurannten. Stöhnend öffnete Evans die Augen. Gott sei Dank, sie war gerettet! Es gab zu viele Zeugen hier. Ihre Verfolger mussten daher wieder verschwinden, als er sie durch die Tür gezogen hatte.

Die Aufnahmen des Massakers in Tripitaka mussten heruntergefallen sein, als Evans ihr das Leben gerettet hatte. Wie große Konfettischnipsel lagen sie verstreut auf dem Boden des Foyers. Marian hob ein paar in ihrer Nähe auf. Eine Krankenschwester, die von dem, was sie gerade erlebt hatte, mehr schockiert zu sein schien als von dem, was sie auf den Bildern sah, half ihr mit den anderen.

Den Stapel Fotos legte sie auf Colin Evans' Brust. Der stöhnte nur, konnte ihr jedoch noch zuzwinkern. Marian hielt seine Hand. Endlich in Sicherheit.

Hyde hatte mehr als dreißig Soldaten gezählt, die aus den beiden Hubschraubern wie Öltropfen an den Seilen entlang liefen. In seinem Nachtsichtglas hatte er genau ihr Waffenarsenal erkennen können. Alle Soldaten hatten zusammenklappbare Maschinenpistolen, einige von ihnen verfügten zusätzlich über AK-47 Sturmgewehre, leichte Maschinengewehre, einen Flammenwerfer und eine ferngesteuerte Panzerfaust. Sie *besetzten* dieses gottverdammte Stück Dschungel. Wieder begann er, in dem Rucksack nach etwas zu suchen. Nach den Wunderpillen!

Sie griff sich zuerst die Flagyl-Tabletten. Es machte jetzt keinen Unterschied mehr, an welcher Form von Ruhr Ros nun tatsächlich erkrankt war. Sie nahm die Tabletten mit einem Schluck Wasser. Er hielt die andere Pille in der Hand, den Springbock. Die garantierte die Kraft der Amazonen für mindestens zwei Stunden. Dann folgte die totale Erschöpfung, als hätte jemand das Licht ausgeknipst.

Er konnte leider keine Pille nehmen, denn das zusätzliche Adrenalin würde ihn in einen grenzenlosen Egoisten verwandeln. Springbock-Pillen waren gut für den Endkampf, aber nur, wenn man dabei auf sich selbst Acht geben musste. Hyde zögerte einen Moment und überlegte, welchen Effekt wohl die Pille auf ihren geschwächten Organismus haben würde. Dann gab er sie ihr.

»Nimm die auch noch. Die wird dir gut tun«, schrie er ihr ins Ohr, um den Lärm der Rotoren zu übertönen. Mechanisch schluckte sie die Pille hinunter.

Durch die Baumwipfel drang kaum noch Mondlicht zu ihnen hinunter. Langsam erlosch auch das Feuer am Ufer, sodass es immer dunkler wurde. Der Kampfhubschrauber hatte inzwischen eine Position direkt über dem Fluss eingenommen. Sie brauchten beide mehr Ruhe, denn wenn der MiL zu nahe war, übertönte er alle anderen Geräusche. Durch ein paar Äste konnte Hyde im Mondschein die Berge erkennen. Er richtete sich auf und schulterte den schweren Rucksack.

Die indisch-burmesische Grenze war die am besten bewachte des ganzen Landes. Die Armeen beider Länder standen sich hier in ständiger Alarmbereitschaft gegenüber. Die Tadmadaw konnte zudem auf Informationen chinesischer Aufklärungssatelliten zurückgreifen, die allerdings zuvor von chinesischen Offizieren ausgewertet wurden. Inoffiziell handelte es sich um eine chinesische Grenze, an der sich die beiden mächtigsten Staaten Asiens wachsam gegenüberstanden.

Bisweilen sind jedoch solch gut bewachte Grenzen nicht so gefährlich, da die Grenztruppen auf beiden Seiten weniger nervös sind. Wenn die Chinesen einen Grenzzwischenfall vermeiden wollten, musste nur die burmesische Tadmadaw ins Hinterland verlegt werden, denn Militärmanöver jeglicher Art würden indischen Satelliten oder den Posten auf den Wachtürmen nicht verborgen bleiben. Je nach politischer Großwetterlage konnten solche Manöver als Indiz für eine bevorstehende Invasion gewertet werden.

Die Grenze zum indischen Bundesstaat Manipur lag etwa acht Kilometer hinter der Bergkette. Von einer Anhöhe aus waren im Mondlicht die Umrisse einer Pagode zu erkennen. Das kleine, weiße Gebäude ragte in etwa zwei Kilometer Entfernung aus dem Dschungel hervor. Laut Cass diente die Pagode den Schmugglern zur Orientierung, jetzt gab sie Hyde und Ros die Richtung vor.

Er reichte ihr die Hand, um ihr auf die Beine zu helfen. Ihre Augen waren nun heller und lebendiger, die Haut schimmerte von dem Adrenalin. Die Springbock-Pille wirkte bereits.

»Geht es jetzt besser?«

»Was war denn da drin?«, begann sie. Abrupt wurde sie vom entfernten Krächzen eines Funkgeräts unterbrochen.

»Lass uns von hier verschwinden.«

Die ersten paar Schritte drückte er sie an sich, dann befreite sie sich langsam von ihm. Hyde nickte ihr aufmunternd zu, schob das Unterholz zur Seite und trieb sie an. Das Dickicht, das größtenteils aus Bambusrohr bestand, schloss sich wie ein Vorhang hinter ihnen. Hyde musste sich nur dagegenlehnen, als würde er eine schwere Tür mit seinem ganzen Gewicht aufdrücken. Noch wollte er die Machete nicht benutzen, denn er fürchtete, seine Position durch die Geräusche zu verraten. Nach wenigen Metern jedoch wurde das Dickicht undurchdringlich, und er schlug mit der Machete eine Bresche. Wenig später war er schon in Schweiß gebadet. Immer wieder sauste die Klinge mit ihren verräterischen Geräuschen durch das Unterholz. Erleichtert bemerkte er nach einer Weile, dass der mit Blättern bedeckte Boden allmählich bergauf führte.

Hyde musste eine Pause einlegen, um Atem zu holen und den Geräuschen seiner Verfolger zu lauschen. Der Lärm der Turbinen war stets zu hören, dazwischen ein aufgeschrecktes, schnaubendes Tier, dann das Gekrächze in einem Funkgerät. Ros lief mit kurzen, zackigen Bewegungen, als würde sie sich auf ein bevorstehendes Rennen vorbereiten. Einige Soldaten konnten sie zu ihrer Linken und vor ihnen ausmachen. Sie waren aber mindestens fünfzig Meter entfernt und liefen in eine andere Richtung.

Unter all den anderen Geräuschen hörte Hyde den eigenen Atem wie das Echo eines anderen Mannes. Ros folgte ihm mit energischer Miene und unruhigem Blick. Wieder wartete er für einen Moment und lauschte in die Stille, um dann erneut mit der Machete die dünnen Äste und Schlingpflanzen durchzuschlagen. Dabei setzte er den Hieb kurz über dem Boden an, als bahnte er sich einen Tunnel anstelle einer Schneise. So fiel der Bambus schnell zu beiden Seiten, und sie kamen dadurch gut voran.

Hyde legte jetzt weniger Pausen ein, da Ros mit ihrer künstlich angeregten, aber überschüssigen Energie zur Eile drängte. Der Anstieg wurde steiler, und immer öfter sahen sie den Mond mit den blassen Sternen am Himmel. In den wenigen Pausen, die Hyde sich jetzt noch gönnte, hörte er nichts mehr. Selbst die Rotorgeräusche der beiden Hubschrauber waren kaum lauter als das Zirpen der Grillen.

Plötzlich öffnete sich das Dickicht, und sie erreichten einen Trampelpfad, wobei ihn der Schwung der Machete, die ungehindert durch die Luft zischte, fast aus dem Gleichgewicht gebracht hätte. Es war ein schmaler, häufig benutzter Pfad, viel zu eng für die Schmuggler mit ihrem schweren Gepäck. Er wurde wahrscheinlich von Wildschweinen benutzt und schlängelte sich durch den Bambus vorbei an hohen Bäumen den Hügel hinauf. Wie ein schmaler Tunnel führte er direkt auf die Pagode zu.

»Sehr gut!«, flüsterte er und beleuchtete für einen Moment mit der Taschenlampe die amerikanische Satellitenkarte, bevor er wieder nach vorn schaute.

Durch das Nachtsichtglas erschien die Pagode in einem fahlen Grau. Ihre Terrassen waren in den Felsen gehauen und reichten bis nach oben zu der zentralen Stupa, die von schützenden Fabelwesen gesäumt wurde.

»Das sieht gut aus«, murmelte er vor sich hin. Der Platz

war menschenleer, und er konnte kein Lebenszeichen entdecken.

»Können wir nicht dorthin gehen?«, fragte Ros und scharrte dabei ungeduldig mit den Füßen.

»Hast du wieder Probleme?«, fragte er grinsend.

»Nein, es ist diese verdammte Pille, die du mir gegeben hast, Hyde. Ich bin doch sicher wie gelähmt, wenn die Wirkung nachlässt, stimmt's?« Er nickte nur. »Gut, dann lass uns weitergehen, bevor ich schlappmache!«

»Hörst du etwas?«

»Nicht in den letzten zwanzig Minuten. Wo stecken nur all die anderen?«

»Die sind hinter uns, hoffe ich. Infrarotsichtgeräte taugen nichts im Dschungel. Sie müssen unsere Spur finden. Noch sind sie nicht dort oben.«

»Wird Cass es schaffen?«, fragte Ros nach einem Moment.

»Das hoffe ich sehr.«

»Möchtest du, dass ich eine Pistole nehme?«

»Nicht in deiner Verfassung und schon gar nicht, solange du hinter mir läufst!« Dann stand er auf. »Gut, so schnell wie es geht.«

Fast im Dauerlauf liefen sie vorbei an hohen Bäumen den steiler werdenden Trampelpfad hinauf. Doch schon nach kurzer Zeit wurde das Laufen mühsamer.

»Wie geht es dir jetzt?« Hyde drehte sich zu ihr um und streckte ihr den Arm entgegen. Die Heckler & Koch Maschinenpistole hielt er fest vor der Brust.

»Hyde, es ist wie ein verdammter Traum! Es kommt mir so vor, als könnte ich fliegen!« Ihre Augen waren unnatürlich weit aufgerissen, und sie rieb sich Brüste und Bauch.

Er wollte gerade antworten, sah dann aber in ihre Pupillen wie in einen Spiegel. Er schubste sie seitlich zu Boden, woraufhin sie ins Unterholz fiel. Das Klicken der Sicherung seiner Heckler & Koch und das Krächzen eines Papageis hoch oben in den Bäumen war alles, was die Stille durchbrach. Dann hörte er das Klicken der Sicherungen ihrer Waffen und den metallischen Klang, wie sie gegen andere

Ausrüstungsgegenstände stießen. Hyde wusste genau um die Bedeutung dieser Geräusche, als er sich umdrehte.

Es waren zwei, die sich gegenseitig auf dem engen Pfad behinderten. Die Soldaten sahen eher aus wie Schießbudenfiguren. Hyde schoss im Hocken. Die gedämpfte Maschinenpistole hüstelte fast höflich in drei Salven. Dann sechs weitere Schüsse. Neben ihm wurde Rinde vom Baum gerissen, und einige der herumfliegenden Splitter blieben in seiner Wange stecken. Erdklumpen wirbelten empor, zerfetzte Blätter taumelten zu Boden. Seine beiden Ziele sackten in sich zusammen. Das einzige Geräusch, das aus dem Dickicht drang, war das Geschepper ihrer Sturmgewehre, als sie zu Boden gingen.

»Ros!« zischte er. »Komm weiter!«

Ros stolperte in ihn hinein, als er unvermittelt stehen blieb und im Nachtsichtglas die immer noch verlassene Pagode beobachtete. Das Brummen der Rotoren in der Ferne änderte sich nicht. Weder ein Gekrächze in einem Funkgerät noch irgendwelche Schreie waren zu hören.

»Bleib direkt hinter mir!«

Der Rucksack drückte schwer auf seinen Schultern, als Hyde sich über einen der Körper beugte. Es war ein junges chinesisches Gesicht. Er schnappte sich das Sturmgewehr mit Munition. Es war die 7,62 Millimeter und nicht die 9-Millimeter-Ausführung. Vom Gürtel des toten Jungen riss er ein Ersatzmagazin ab. Er brauchte viel Kraft, um sich mit dem Rucksack wieder aufzurichten.

»Ros, bist du da?«

»Ja, hier!« Ihre Stimme war dicht hinter ihm.

Außer seinem eigenen keuchenden Atem konnte Hyde kaum noch etwas hören. Der Pfad stieg jetzt steil an. Das Brummen des Hubschraubers war verstummt. Wo war nur der verdammte Kampfhubschrauber? *Wo*?

Nur wenige hundert Meter entfernt leuchtete die Pagode weiß im Mondlicht. Steinerne Elefanten standen wie um eine hoch aufragende Hochzeitstorte herum. Abermals wurde geschossen.

Er erwiderte das Feuer auf das dichte Gebüsch, ohne etwas sehen zu können. Nachdem er sich vergewisserte hatte, dass Ros unverletzt war, rannten sie beide weiter. Hyde versuchte, ihren Arm zu packen und sie hinter sich herzuziehen, aber sie winkte ab und trieb ihn den Pfad hoch. Noch zweihundert Meter bis zur Pagode.

Sie erreichten die Mauer um die Pagode und kletterten darüber auf eine von Schlingpflanzen überwucherte Terrasse. Im Schatten eines knorrigen Baums fanden sie Deckung.

Wie das weit aufgerissene Maul einer Python schien der Dschungel die Pagode förmlich zu verschlingen. Hyde legte den Rucksack ab und drehte sich auf den Rücken. Jetzt sah er den MiL, der einige hundert Meter entfernt über den Bäumen schwebte.

Er kroch zu der niedrigen Mauer zurück, um mit dem Nachtsichtglas nach sich bewegenden Gestalten im Dschungel zu suchen. Hyde hörte, wie Ros hinter ihm her rutschte, und spürte sie an seiner Seite.

»Geht es noch?«

»Frage nicht immer! Eine Pistole ... jetzt?«

Er gab ihr die Sig Sauer und entsicherte sie. Die Sig war gut geeignet für Ros' kleine Hände.

»Dreizehn Schuss, hier ist ein Ersatzmagazin.« Er zeigte ihr, wie das gebrauchte Magazin entfernt und das neue eingeschoben wurde. »Hast du das kapiert?«

»Jawohl!«

Warum bewegt sich der Kampfhubschrauber nicht?

»Zielen, Arme ruhig halten, abdrücken.« Ros nickte. Als hätte die Springbock-Pille ihre Persönlichkeit verändert, fieberte sie geradezu nach der Waffe.

»Sehr gut.«

Hyde klemmte den Lasersucher auf den Lauf der Heckler & Koch und inspizierte dann die chinesische AK-47. Er klappte den Nachtsucher auf und schaute hindurch, indem er auf den MiL zielte. Besonders gut war er nicht, aber es reichte in der mondhellen Nacht. *Warum, verdammt noch mal, kommt der Hubschrauber nicht*? Dann testete er den Lasersucher. Nachdem er ihn angeschaltet hatte, sah er im Zielfernrohr den roten Punkt auf einer Gestalt, die sofort hinter dem Rahmen der Kabinentür des Kampfhubschraubers verschwand. Hyde schaltete den Sucher wieder aus. Die AK-47 hatte die größere Reichweite, die Heckler & Koch war handlicher und daher besser geeignet, wenn sie näher kamen. Er schluckte den finsteren Gedanken hinunter.

Der Hubschrauber schwebte immer noch in einigen hundert Metern Entfernung über den Baumwipfeln. Die weiße Pagode mit ihrer einst vergoldeten Stupa wirkte im Mondschein zierlich und gebrechlich. Der MiL könnte mit wenigen Raketen die Pagode zusammen mit ihnen zerstören. *Warum taten sie es nicht*?

Plötzlich piepste es durchdringend im Rucksack. Ein Zittern lief durch Hydes Körper, während er das Funkgerät herausholte. Irgendjemand wollte ausgerechnet jetzt mit ihm plaudern. Selbst als er den Empfangskanal einstellte, wagte er nicht daran zu denken, dass es Cass sein könnte.

»Patrick?«

»Herrgott, Phil!«

»Endlich habe ich das verdammte Ding besorgen können. Wir fliegen jetzt los, wenn du willst. Es ist ein HAL Cheetah, der hat genügend Platz für euch beide. Wie geht es Ros?«

»Sie ist in Ordnung.«

»Gut. Das Geld des Alten ist angekommen. Ich sage dir, das sind vielleicht ein paar gierige Schweinehunde!«

»Wie *lange* brauchst du?«, unterbrach ihn Hyde ungeduldig. »Wir sind jetzt bei der Pagode.«

»Achtzig Kilometer«, antwortete Cass nach einem Moment. »Ungefähr fünfundzwanzig Minuten. Höchstens.«

»Phil sieh, dass du so schnell wie möglich hierher kommst. Die halbe Volksbefreiungsarmee versucht, uns unterzubuttern! Erzähle nichts davon dem Piloten.«

»Auf keinen Fall«, erwiderte Cass in ernstem Ton. »Gut, dann fliegen wir jetzt los. Viel Glück, Patrick!«

Als hätte er sich das Gespräch nur eingebildet, war Cass wieder verschwunden. Dann blickte Hyde hinüber zu dem Kampfhubschrauber und schüttelte unschlüssig den Kopf.

Der Cheetah war unbewaffnet und etwa hundertfünfzig Stundenkilometer langsamer als der MiL, was also ungefähr dem Unterschied zwischen Libelle und Kampfflugzeug entsprach. Soeben hatte er Cass hierher eingeladen, um sich zusammen mit Ros und ihm selbst abknallen zu lassen. Der Kampfhubschrauber würde nur ein paar Sekunden brauchen, um den Cheetah abzuschießen, und kaum länger, um die Pagode in Schutt und Asche zu legen. *Warum taten sie es also nicht*? schrie es immer wieder in seinem Kopf.

Mit dem Nachtsichtgerät der AK-47 durchsuchte er den angrenzenden Dschungel. Während er den Abzug auf Einzelschussposition stellte, tauchte eine, dann eine zweite Geistergestalt aus der dunklen Masse der Bäume auf. Hyde legte das Sturmgewehr wieder ab.

Es war unmöglich, die anschleichenden Soldaten von der Terrasse fern zu halten, zumal er sich nicht traute, Ros an einer anderen Seite der Pagode zu positionieren. Er schaute sich um, als suchte er nach einem Ausweg. Die Schlingpflanzen und das Unkraut hatten beinahe zwei Drittel der Terrasse überwuchert. Wie eine dunkle Hand reichte der Dschungel bis an die Pagode heran. Jeder, der sich hier näherte, würde zwar viel Lärm machen, blieb aber so lange im Schutz der Pflanzen, bis er die Terrasse erreicht und freies Schussfeld hatte. Wäre der Hubschrauber näher dran, würde das Rotorgeräusch vielleicht sogar das Knacken und Rascheln der sich anschleichenden Soldaten übertönen. *Warum bloß kamen sie nicht näher*? Ros stand jetzt zitternd neben ihm. Es wirkte. Die in der Luft hängende Waffenplattform übte genügend Terror aus. Weiter unten am Fluss war der Transporthubschrauber nur ein unbewaffneter Lichtpunkt über den Baumwipfeln.

Vor zwei Minuten hatte Cass angerufen. Sie waren jetzt also in der Luft. Durch das Nachtsichtgerät der AK-47 beobachtete Hyde weiter die MiL. Jemand ließ sich an der Winsch ab, während die Luftwirbel an Haaren und Kampfjacke zerrten und die Zweige der Baumwipfel hin und her peitschte. Die Gestalt verschwand in den Bäumen. Es war

Cobb. Hyde wartete angespannt. Jetzt hing Jessop wie ein Affe an einem Ast in der Luft. Sein Finger am Abzug begann sich zu versteifen …

Jessop schaute hinauf zu dem chinesischen Oberst, der scheinbar unbeteiligt in der Kabinentür stand. Was für ein schlitzäugiger Hurensohn, dachte er. Langsam drehte er sich in der Luft, als die Seilwinde aus der Kabine fuhr. Er konnte die Pagode sehen. Hyde war bewaffnet und am Leben. Der Hubschrauber könnte den ganzen Platz dort drüben in Trümmer legen, aber dieser verdammte Oberst wollte keinen Grenzzwischenfall mit weiteren Luftangriffen riskieren. *Wenn Sie ihn suchen und sich überzeugen wollen, dass er tot ist, begleiten Sie meine Soldaten auf dem Boden.* Einfach so, der verdammte Kerl. Aufgeregter Funkverkehr der Grenzposten hatte das Schlitzauge aufgeschreckt und zurückhaltender werden lassen. Also keine weiteren Aktivitäten des Kampfhubschraubers.

Die Winsch ließ ihn so verdammt *langsam* zu Boden! Kommt, beeilt euch, Hyde ist irgendwo dort unten und schwer bewaffnet!

Endlich berührten seine Füße Blätter und Zweige. Dann endlich verschlang ihn die Vegetation. Jessop bemerkte, wie er zu schwitzen begann. Dankbar verlor er die Pagode aus dem Blick …

Hyde senkte wieder das Sturmgewehr. Um sicherzugehen, hatte Jessop sogar Cobb zuerst herunter geschickt.

»Wenn ich abgedrückt hätte, wüssten die anderen Soldaten genau unsere Position«, flüsterte er vor sich hin.

Ros gab ihm ein Stück Schokolade und aß selbst etwas davon. Er biss hinein und schlang sie gierig hinunter. Er versuchte jetzt die Lethargie und Müdigkeit, die durch die Momente der Ruhe und Inaktivität noch verstärkt wurden, wieder von sich abzuschütteln. Hyde aß noch mehr Schokolade. Die Droge schien Ros jetzt weniger anzutreiben, sie wirkte nicht mehr ganz so feurig. Er hörte, wie ihr Magen zu rumoren begann, ihre Augen wurden trüber. Aufmerksam lauschte er den Geräuschen des Dschungels und versuchte, hinter dem Brummen des Rotors und den nächtlichen Lauten der Tiere menschliche Töne herauszufiltern. Büsche wurden zur Seite gedrückt, Zweige brachen, Metall klickte.

Noch siebzehn Minuten mussten sie aushalten.

Dort, wo die Pflanzen des Dschungels auf die Terrasse kletterten, schoss Hyde über ihre Schulter hinweg auf einen Schatten.

Eine Gestalt taumelte zurück in das Dickicht. Er jagte drei weitere Schüsse hinterher. Der Soldat fiel in den Schatten der Mauer hinter die Terrasse. Plötzlich hörte er ein Zischen in der Luft. Irgendetwas schlug auf der Terrasse auf und rollte in Richtung der Pagode.

»Runter!« schrie er.

Hyde schützte ihren Körper mit dem seinen, als die Granate explodierte. Ein paar Steinsplitter blieben in seinen Haaren und an seiner Kleidung hängen. Augenblicklich löste er sich von Ros, schaute über die Steinbalustrade und entdeckte in etwa dreißig Metern Entfernung einen Soldaten hinter einem Granatwerfer. Zwei Schüsse, und der Mann fiel zurück ins Gebüsch. Hyde stellte jetzt den Abzug von Einzelschuss auf Automatik. Er jagte eine Garbe in die Büsche, bis das Magazin leer war. Sofort tauschte er es gegen das Ersatzmagazin aus, das er dem toten Chinesen abgenommen hatte. Noch dreißig Schuss, dann war die AK-47 nutzlos.

Für einige Sekunden herrschte Stille.

Eines der in Stein gehauenen Fabelwesen der Stupa war durch die Explosion der Granate weggerissen worden. Es lag völlig zerstört am Boden, als er Ros und den Rucksack dreißig Meter weiter über die Terrasse zog. Nur wenige Meter von dem Ort entfernt, von dem sie gerade fortgekrochen waren, riss eine zweite Granate ein Loch in die Balustrade. *Noch fünfzehn Minuten.* Das musste der Mann gewesen sein, der soeben im Schatten der Mauer verschwunden war. Offensichtlich hatte er ihn verfehlt. Hyde erinnerte sich an die Ladesequenz. Zuerst musste er den Werfer aufheben, dann sich selbst aufrichten. *Da war er.*

Wie eine Zielscheibe richtete sich der Soldat auf. Zweimal drückte er ab, dann sackte der Körper in sich zusammen. Hyde geriet jetzt ins Kreuzfeuer und musste sich so flach wie möglich gegen die Steine drücken. Dicht neben ihm rissen Kugeln Steinsplitter aus der Terrasse. Der aufstiebende Staub ließ ihn husten.

Er signalisierte Ros, zehn Meter weiter zu kriechen. Verunsichert robbte sie auf dem Bauch hinter ihm her. *Noch dreizehn Minuten.* Im Mondlicht würde jetzt der Schatten des Cheetah über das Wasser in der Schlucht huschen, die sie im Tiefflug zum Schutz vor gegnerischem Radar entlang fliegen würden. Hyde schaute hinüber zum MiL. *Noch zwölf Minuten.* Auf dem Radar und in den Infrarotsensoren würde der Cheetah bald auftauchen. Im Kampfhubschrauber würden sie ganz gelassen abwarten können. Als wäre er unendlich geduldig und verfügte über alles Wissen dieser Welt, schwebte er immer noch dort drüben. Mit seiner AK-47 hatte er keine Chance, der MiL war außer Reichweite. Er brauchte einen Werfer für Boden-Luft-Raketen. *Einen Raketenwerfer.*

Der tote Soldat mit dem Granatwerfer war fast hundert Meter entfernt. Schon suchte Hyde mit seinem Nachtsichtglas den Dschungel um sich herum ab. Große Felsbrocken, Büsche, kleine, kaum wahrnehmbare Schatten …

Er würde Ros hier für fünf Minuten oder etwas länger zurücklassen müssen. Vorsichtshalber überprüfte er nochmals die Büsche, Felsen und Schatten. Nachdem er das Zielfernrohr vom Lauf entfernt hatte, schlang er sich die Heckler & Koch um die Brust.

»Ros, ich muss zu den Felsen und den Raketenwerfer holen. Damit kann ich den Hubschrauber runterholen.«

»Um Gottes willen, Hyde, das ist viel zu gefährlich!«

»Es gibt keine Alternative. In ein paar Minuten bin ich zurück.« Sie war nicht mehr in der Lage, die AK-47 zu benutzen, um ihm Deckung zu geben.

»Wir sind verloren, Hyde, nicht wahr?« Er schaute auf die Uhr. *Noch zehn Minuten.* In wenigen Minuten würde der Cheetah auf dem Radarschirm der MiL auftauchen.

»Noch nicht, Liebling!«

Hyde robbte über die Terrasse und zwängte sich durch die von der zweiten Granate gerissene Öffnung in der Balustrade. Es wurde nicht geschossen, aber noch waren es achtzig Meter. Er suchte sich einen Felsen als nächste Dekkung aus. Kroch, rannte, dann kroch er wieder. Steine rutschten unter seinen Stiefeln. Es dauerte eine Ewigkeit, bis er den Felsen erreicht hatte. Im gleichen Augenblick schlugen Kugeln in die umliegende Erde ein. Er zitterte vor Aufregung und Adrenalin.

Jetzt rannte er einen kleinen Graben entlang, der von unzähligen Monsunregen freigelegt worden war. Plötzlich wurde er von den Füßen gerissen. Er war getroffen.

»Verdammt!« Die Verwundung, dann der Fall zu Boden ließ ihn zusammenfahren. Sein Arm, sein ganzer Körper schmerzte höllisch. Der Arm war nicht mehr zu gebrauchen.

Das fahle Gesicht des toten Soldaten neben dem Granatwerfer starrte gen Himmel, als wollte es ihm bedeuten, dass alles vergebens war. Wie ein großer, schwarzer Vorhang hämmerte der Schmerz in Arm und Schulter gegen sein Bewusstsein. Vage nahm er Schreie und Befehle wahr. Eine Stimme brüllte in Englisch. Es war Jessop.

Hyde versuchte sich wieder aufzurichten und stützte sich gegen eine Seite des engen Grabens unter dem Felsen. Dabei diente ihm der Granatwerfer als Krücke. Die Granaten steckten noch im Halfter an der Brust des toten Soldaten.

Noch fünf, höchstens sechs Minuten. Es war zu spät, der Cheetah war schon auf dem Radarschirm und flog blind ins Verderben. Cass würde sterben, so wie er. Dann wurde alles dunkel um ihn herum …

Jessop sah, wie die dumme Kuh den Hang hinunter zu Hyde kletterte. Ros könnte dabei zuschauen, dachte er, wie er den Bastard abknallte.

»Hallo, Hyde!« Er kniete sich neben ihn und nahm ihm die Heckler aus der Hand. Hyde schaute benommen, sein Ärmel war von Blut durchtränkt, während der Arm nutzlos an der Seite baumelte. »Mission erfüllt, du australischer Hurensohn.« Er hob seine halbautomatische Smith & Wesson.

Ein Loch in der Stirn sähe wunderschön aus. Hyde schloss die Augen …

Am Rande des Grabens sah Ros, wie Jessop neben Hyde kniete, als würde er beten. Sie stolperte über einen Stein und stürzte hin. Jessop schaute zu ihr hinüber und schien enttäuscht zu sein, dass sie noch so weit entfernt war. Zwei ausgestreckte Hände, zielen, abdrücken. Die Pistole flog wieder und wieder nach oben. Vor lauter Tränen in den Augen konnte sie Jessop nicht sehen. Dreizehn Schuss hatte sie abgegeben, bis der Bolzen ins Leere klickte. Immer noch drückte sie krampfhaft ab, als sie die letzten Meter bis zum Graben lief.

Hyde starrte sie ihn. Sein Arm baumelte an der Seite.

»Wo steckt er?«, fragte sie.

Jessop lag ein paar Meter entfernt auf dem Rücken. Aus seiner Kehle drang ein blubberndes Röcheln. Als wollte sie jegliche Verantwortung von sich weisen, wandte sie sich ab und hockte sich neben Hyde in den Graben.

»Lass mich nach deiner Verwundung schauen.«

»Wir haben jetzt keine Zeit dafür«, entgegnete Hyde barsch und deutete auf den Granatwerfer. »Mach schnell, heb ihn auf und gib ihn mir!« Er stemmte das schmale Rohr hoch und versuchte es zu schultern. Doch Hyde konnte seinen verletzten Arm nicht bewegen, und er bemerkte, wie schnell er jetzt Blut verlor. Ihm wurde schummrig vor Augen, er war am Rande einer Ohnmacht. *Er musste wach bleiben, er musste sich um sie kümmern.* Die Sicht verschwamm ihm immer wieder, alle Details verschwanden hinter einem Schleier aus Mondlicht.

»Hyde!«, hörte er sie aus der Ferne brüllen. »Lass mich deinen Arm sehen!«

»Nein!« knurrte er. »*Du* musst das jetzt machen. Schnapp dir eine Granate. Ja, von dem Körper. *Los,* Mädchen, mach!« Sie nahm das Projektil. »Schraub jetzt das hier fest.« Er hatte sich die Heckler geholt und quetschte sie sich an die Seite. Der Hebel war auf Drei-Schuss-Salven eingestellt. Er spürte, wie eine Hand klebrig war, die andere fast taub.

»Was nun?«

Der Schmerz in Arm und Schulter sowie der Blutverlust brachten ihn wieder an den Rand der Ohnmacht. Wild schüttelte er mit dem Kopf, um die eigene Schwäche abzuwerfen.

»In das Rohr«, antwortete er kaum verständlich. *Ich muss bei Bewusstsein bleiben*, bleute er sich ein.

»Ja.«

»Die Schutzkappe! Zieh sie ab.« *Bleib wach*, feuerte er sich erneut an.

»Ja.«

»Den Sicherheitsbolzen! Zieh ihn raus.« *Nichts*. Er bemerkte, wie sie ihn wachrüttelte. Ein stechender Schmerz schoss durch seine Schulter.

»Ja? Was jetzt?«

»An dein Auge«, konnte er noch hervorbringen. Dann hörte er die eigene Stimme nur noch aus großer Entfernung: »Jetzt scharf einstellen auf den …«

»Hubschrauber?«

»Ja. Siehst du ihn deutlich?« Obwohl er heftig blinzelte, konnte er den MiL nur verschwommen erkennen.

»Ja?«

»Ziel auf die Mitte des Hubschraubers und betätige dann den Abzug.«

Ros feuerte. Der kleine Raketenmotor zündete nach etwa zehn Metern und beschleunigte die Granate auf etwa dreihundert Meter pro Sekunde in Richtung des MiL. Eins, zwei, drei. Die Granate explodierte Hunderte von Metern hinter dem Hubschrauber.

Hyde schoss, der Soldat fiel vom Rand des Grabens. Undeutlich hörte er Befehle in scheinbar großer Entfernung.

»Noch mal!« brüllte er. Die letzte Granate, ihre letzte Chance.

Hyde steckte den Kopf über den Rand des Grabens und konnte verschwommene, geisterhafte Schatten umherrennen sehen. Die Granate hatte offensichtlich die Aufmerksamkeit des Hubschraubers auf sich gezogen, denn dieser drehte sich jetzt träge in der Luft und richtete all seine Waffen auf sie.

Wieder jagte Hyde eine Salve auf ein paar Schatten, die er sich vielleicht nur eingebildet hatte. Plötzlich tauchten die Navigationslichter eines anderen Hubschraubers auf. Es war nicht der Transporter. War das wieder eine Illusion?

»Drück endlich ab, Ros, verdammt noch mal!«

Der MiL drehte sich jetzt in Richtung des nahenden Cheetah. Der Raketenmotor zündete, und die Granate schoss auf den Kampfhubschrauber los. Der Pilot des Cheetah hatte die Landescheinwerfer eingeschaltet, als er auf die Pagode zuflog. Kurz darüber schaltete er sie wieder aus.

Aus dem Tank des Kampfhubschraubers schossen Flammen. Etwa siebzig Meter über dem Boden schüttelte er sich in der Luft, dann zerriss ihn die Explosion in tausend Stücke. Das brennende Wrack drehte sich auf die Seite, die Rotorblätter stoben wie abgetrennte Gliedmaßen davon, um sich dann in den Boden zu bohren. Flammen schossen aus dem Dschungel empor.

Er schob Ros vor sich her auf die Terrasse. Der Cheetah und sie waren die einzigen sich noch bewegenden Objekte weit und breit. Die vom Kerosin durchtränkten Bäume und Büsche brannten lichterloh wie trockenes Stroh und hüllten die ganze Szenerie in gespenstisches Licht.

Wo war nur Cass?

Durch die zerstörte Balustrade zog Cass ihn empor auf die Terrasse. Ein Inder half ihm dabei, Hyde zum Cheetah zu tragen.

Neben sich sah er Ros, die erleichtert zu ihm hinüber schaute. Als sie ihn in die Kabine halb schoben und halb zogen, fiel er dankbar in Ohnmacht.

Epilog

Oftmals wirkt, was Furcht weckt, Heil;
und, des Herzens Wächtrin, soll
sie dort wahren ihren Sitz.
Segen bringt's,
klug zu werden durch die Not.
Aischylos, *Eumeniden* 517-20

Das wohlig-angenehme Gefühl von Müdigkeit war in dem Moment verflogen, in dem sie die Tür öffnete. Ruhe, ein heißes Bad und Tabletten hatten keinerlei Wirkung gehabt, denn ihre Erregung war so offensichtlich wie die dunklen Ringe um ihre Augen. Sie war und blieb die gehetzte Gestalt, die er in der Nacht zuvor im Nachtsichtgerät gesehen hatte.

Marian spießte ihn förmlich mit ihrem Blick auf. Selbst das Klacken der Absätze einer Krankenschwester auf dem Flur konnte ihn nicht mehr einlullen. Evans wusste nur zu gut, dass sie wegen der verdammten Fotografien hierher gekommen war.

Obwohl er ihr zuvor versichert hatte, dass Patrick und Ros sich in Sicherheit befanden, wirkte ihre Freude darüber seltsam aufgesetzt.

In dem geliehenen Seidenkleid, das mit drohenden goldenen Drachen bestickt war, setzte sie sich auf sein Bett. Er versuchte, ihre Hand zu nehmen, die sie jedoch hastig zurückzog.

Vor ihrem geistigen Auge lief wie ein endloser Film der Horror der letzten Tage ab: Alder, das, was ihr selbst widerfahren war, der tote burmesische Junge, der versucht hatte, sie zu retten. Evans hatte Mitleid mit ihr, denn offensichtlich war sie immer noch allein dort draußen in der Nacht von Rangun.

Auf der anderen Seite des Fensters hüllte die Mittagssonne mit ihrem Hitzeschleier das jetzt wieder unschuldige Rangun ein. Nur sie nicht.

»Wer wollte mich heute Morgen sehen?«, fragte sie in herrischem Ton und zerrte dabei an seiner Bettdecke.

»Das war Braxton. Er ist in Ordnung, er ist hier Militärattaché …«

»Haben Sie ihm die Fotografien gegeben?«, fragte sie abwesend, doch fast hysterisch. Sie hatte sich kaum in der Gewalt.

»Alle Kopien gehen an Alex Davenhill«, erinnerte er sie. »Das war der Preis für Ihre Sicherheit.«

»Davenhill interessiert mich einen Dreck!«, stotterte Marian. Ihre Augen füllten sich mit Tränen. »Was ist mit Robbie, Kumar und Zeya? Was ist mit all den Menschen in Tripitaka?« Die Tränen auf ihren Wangen glänzten, während sie abwesend aus dem Fenster starrte. »Sie sind alle *tot* – alle …«

Evans griff in die Schublade seines Nachttisches und legte den gepolsterten Umschlag mit den Fotografien auf die Bettdecke. Vielleicht konnte er ihren Gefühlen nicht widerstehen. Vielleicht wollte er sie einfach aus dem Zimmer haben.

»Was haben Sie jetzt vor?«

Den Umschlag an ihre Brust gedrückt, erhob sie sich und zitterte dabei am ganzen Körper. Es schien Evans, als wollte einer der Drachen auf ihrem Kleid die Fotos verschlingen.

»Jetzt? Ich muss ein paar Faxe an Zeitungsredaktionen und Fernsehstationen schicken. Ich habe die Erlaubnis, das Faxgerät des Krankenhauses privat zu benutzen. Ach, und vielen Dank, Colin«, sagte sie mit einem entwaffnenden Lächeln.